"一带一路"国家当代文学精品译库

主 编 郑体武

斯拉夫东欧系列

1993

Семейный портрет на фоне горящего дома

〔俄〕谢尔盖·沙尔古诺夫 / 著

张煦 / 译

上海外语教育出版社

图书在版编目（CIP）数据

1993/（俄罗斯）谢尔盖·沙尔古诺夫著；张煦译. —上海：上海外语教育出版社，2021

（"一带一路"国家当代文学精品译库）

ISBN 978-7-5446-6952-8

Ⅰ.① 1⋯　Ⅱ.① 谢⋯　② 张⋯　Ⅲ.① 长篇小说—俄罗斯—现代　Ⅳ.① I512.45

中国版本图书馆CIP数据核字（2021）第180188号

出版发行：**上海外语教育出版社**
（上海外国语大学内）　邮编：200083
电　　话：021-65425300（总机）
电子邮箱：bookinfo@sflep.com.cn
网　　址：http://www.sflep.com
责任编辑：龙歆韵

印　　刷：上海中华商务联合印刷有限公司
开　　本：890×1240　1/32　印张 17.875　字数 446千字
版　　次：2023年8月第1版　2023年8月第1次印刷

书　　号：ISBN 978-7-5446-6952-8
定　　价：80.00元

本版图书如有印装质量问题，可向本社调换
质量服务热线：4008-213-263

"一带一路"国家当代文学精品译库

顾　问：
姜　锋　上海外国语大学
李岩松　上海外国语大学

主　编：
郑体武　上海外国语大学

编委会（以姓氏拼音为序）：
陈众议　中国社会科学院外国文学研究所
高　兴　《世界文学》杂志
刘文飞　首都师范大学
宋炳辉　上海外国语大学
吴晓都　中国社会科学院外国文学研究所
张和龙　上海外国语大学
郑体武　上海外国语大学

总序

自习近平主席 2013 年访问哈萨克斯坦和印度尼西亚时提出共同建设"丝绸之路经济带"与"21 世纪海上丝绸之路"(简称"一带一路")以来,这一倡议日益得到国际社会的广泛理解和支持,也得到了越来越多国家的积极响应。到目前为止,中国已经与 100 多个国家和国际组织签署了共建合作文件,各个领域都取得了重大进展和积极成果,极大地促进了我国和相关国家之间的政治、经济、文化的交流与合作。

"一带一路"的建设,势必会促进国家之间的人文交流与合作,同时,国家之间的政治经济交流与合作也需要人文交流作基础和后盾。也就是说,在"一带一路"的建设中,人文交流举足轻重,不可或缺。常言道,国之交在于民相亲,民相亲在于心相通。文学是心灵的窗口,是民族性格、文化传统乃至国家精神的生动写照,一个民族和一个国家的历史经验和现实关切,总是会在相当程度上,以艺术的方式，通过对重大事件的书写和对日常生活的描绘，具体而微地在文学作品中得到反映。因此，要了解一个人、一个民族、一个国家的精神世界，走进其心灵，最好的途径莫过于文学。必须承认，同经贸合作的突飞猛进相比，我们与"一带一路"沿线国家的人文交往还明显落后，而对其中许多国家的文学，我们更是要么所知甚少，要么一无所知。这个空白亟待弥补。

正是本着"民相亲，心相通"的宗旨，同时也是为我国外国文学知识体系中的盲点和薄弱环节提供新知，我们策划、组织翻译出版了这套《"一带一路"国家当代文学精品译库》（简称《译库》）。

本《译库》根据语言文化和地缘因素，将"一带一路"沿线国家分成若干区域，并以此区域为基础，形成相应的若干系列，如"中亚与高加索系列""斯拉夫东欧系列""中东阿拉伯系列""中欧与北欧系列""东南亚与南亚系列"等。关于入选作品，原则上每个国家限选一部，要求是近二十年出版的新作，题材上反映当代生活，体裁上以小说尤其是长篇小说为主，艺术上有较高水准，在该国有一定的代表性。

由于"一带一路"沿线涉及的国家和区域众多，语言和文化具有多样性和复杂性，而我们对其中大多数国家的文学缺乏了解，再加上作品甄选、版权谈判乃至译者物色颇费周折，使得本《译库》在组织翻译出版过程中遇到的困难远超预想，缺点和遗憾也在所难免，诚望业内专家和广大读者提出批评和建议，以便我们在后续工作中不断改进。

本《译库》得到上海外国语大学重大课题立项和上海外语教育出版社重点图书出版支持，在此一并致以诚挚谢意。

郑体武
2019 年 7 月 22 日

目录

序　幕　/001

第一章　/009

第二章　/022

第三章　/032

第四章　/042

第五章　/061

第六章　/082

第七章　/104

第八章　/157

第九章　/188

第十章　/204

第十一章　/222

第十二章　/234

第十三章　/253

第十四章　/263

第十五章　/271

第十六章　/290

第十七章　/322

第十八章　/372

第十九章　/386

第二十章　/400

第二十一章　/412

第二十二章　/429

第二十三章　/447

第二十四章　/460

第二十五章　/471

第二十六章　/500

第二十七章　/519

第二十八章　/553

译后记　/556

序 幕

别嘉走出了"十月"站。

许多年前的一天,他的外公也是从"十月"站里走出来去参加集会的,或许,正是这个出口决定了外公的命运。

在雅基曼卡大街上有人在发传单,有人在发白丝带,还有人在将红旗展开。别嘉挤到了铁架旁边,站在铁架后面的警察堵住了通道。

"为什么不让进?"一位身材魁梧、小胡子弹性十足的男人打听道。

"都在待命。"一名女警一边说,一边挥舞着金属探测器。

"谁的命令?"一个男孩问道,他肩上晃悠着一个迷彩书包。

"还不清楚吗?吸血鬼头子的。"一个矮小的老头狡猾地眨了眨眼,他那颗圆脑袋上有一块灰色的斑迹。

开始下雨了,别嘉的格子衬衫粘在他的肩胛骨上。

警察的无线电对讲机噼啪作响——开始放人进去了。

……雨停了,变得很闷。别嘉感到十分陶醉,要知道他们今天人数众多,成千上万。他们要一边行进,一边分散着喊口号。他能通过口号声的大小、节奏和旋律认出自己人——这些口号他们都喊了一整个冬天了。他现在很高兴地攥起拳头,短暂地挥舞了一下,生怕打到其他人的后脑勺或者耳朵。

有些人成双成对地走着。娜斯佳本来可以和他一起的,昨天在楼梯间里他们俩抽烟时他叫了她,她笑了笑,将一口烟圈吐在他脸上:"我好像忘记了什么事儿?"随后她说要去父母的别墅那边。"你就没别的事可做了么?"不一会儿,她又问,"那你的集会是什么时候?"他看着她打着呵欠的样子就明白了,她根本没有在听。

他们就读于印刷学院二年级。她生性活泼,满头金发,嘴角有一颗巧克力色的痣。有一个冬天……"哎,今天礼拜几?"——"礼拜五,"别嘉说,"放纵日……去哪儿逛逛不?"——"这样啊……"他结巴起来,犹豫着要不要说他住在乡下。"你呢?"别嘉问。"去'让-雅克'!"她信心满满地回答。"要一起去么?我们在那边有晚会!"

他们在寒冷的暮色中朝着坐落在尼基金街心花园的小酒馆慢慢走去。小酒馆里挤满了人——红头发,绿头发,平滑如镜的和卷成烟雾状的头发。

几个姑娘和小伙儿在大声讨论关于被拘禁者和不公平选举的事情,拼命地在平板和手机上刷着推特和脸书,用铅笔在图纸上大力划去些什么,终于搞清楚了为何要以博洛特广场替代革命广场……别嘉很早以前就对集会感兴趣了,但他所知甚少。他又是问问题,又是和人争论,手中的纸都被酒渍染成了粉红色。娜斯佳哈哈大笑,她喝得大醉,他也相当开心。别嘉知道,她根本不需要政治,对在座的所有人来说,她仅仅是一个迷人的装饰品。之后,他俩便乘的士去了她家。

她的肚脐旁边也有一颗跟嘴角上一样的痣。

娜斯佳自信而躁动,但他却被她某种不设防的信任所打动。这个姑娘不知为什么会和旧习俗、婚礼联系在一起……面纱和蜡烛跟她的面容十分相称……在近处,她偶尔假装的粗鲁会令人生厌,但如果隔开一段距离,他就能感受到她那隐秘的脆弱,甚至是腼腆,并且他知道这才是她真实的本质。

他进入了她的圈子,示威游行的生活令他着迷,冲昏了他的头脑。有一次，她被人引诱了，从那以后她便开始诅咒这世上的一切，因为她感到寒彻骨髓，却又没法脱离人群。他觉得走上街头一定可以改变些什么，并且他也知道为什么要走出去——为了反抗残酷的不公正，这种不公正无处不在、无孔不入。

"哎，你们那个……是什么时候？"她将"集会"这个词埋葬在了一个大大的呵欠里。

"明天。六点。"别嘉坚定地回答。

"为什么是六点？"

"七点他就动身去克里姆林宫了。"

"他反正总会当选的，"又是一个呵欠，"我们还在恋爱，你干吗非要去？爱情不是生命里最重要的么！周围的一切都微不足道，随便其他人怎么想。"她突然变得严肃起来。

……前面已经无路可走了，但他们还是像之前一样走走停停，停下来就喘口气，不喊口号了。

突然，他听见一阵铁器的声响，还有一声鸟鸣，于是转过身去，发现从上方掠过一个黑乎乎的身影。他想要跳上去看看，但人群妨碍了他。

队伍里传来喊声：

"摄影师！"

"啊呀，那里有血！"

"消防梯！"

"拍下来了，横梁那里……"

"他往高处爬了——肯定在拍被高价买下的内容。"

"离克里姆林宫只有两步之遥，一切却如此糟糕……"

听着这些毫不知情的人们发出的嘈杂欢快的评论，他感到不合时宜，就像是一群不了解死亡的小孩在大喊大叫。

"冲啊!"身穿红色长 T 恤的健壮男子高举一块纸板,他举得如此之高,以至于别嘉根本看不到上面写了些什么。

"去克里姆林宫!"一个小伙子开玩笑似的嘟囔着,将白色面具拉到了眼睛上。

"还记得么?冬天桥上是没人的,我们自己过不去!"一个怀抱姑娘的年轻人解释道。

左边是沉重的灰色"突击队员"[1],在河对岸的右边是砖头垒成的塔楼。

桥对面停了三辆紧挨在一起的橙黄色洒水车,再下面是三排队列,防暴警察们穿着蓝色制服,戴着黑色头盔。

"不,在我外公那个年代,防暴警察穿得要朴素些。"别嘉想。

一分钟以后,第一排已经变成了楔形队列,传来模糊而又不祥的惊呼声。"虐待狂!"他断定是这个意思,随后才明白是:"坐下来!"[2] 人群开始互相推搡起来。

他挤到前面,才认出来坐在马路上的那几个人的面孔。看起来像是加加林纪念碑的谢尔盖,正用低沉的嗓音宣告着什么,他青筋暴露,头是光的,穿一件黑风衣,戴着墨镜。还有一位金发美少年阿列克塞,像一尊哑光白的雕塑,身着蓝色衬衫,带着一抹纹丝不动的、仿佛粘上去的微笑。在他们上方,站立着大个子作家德米特里,他将一只浮肿的胳膊搭在侧边,穿一件超大号的灰色 T 恤,上面印着洗到模糊的切·格瓦拉头像。他眯起泛红的眼睛,满足地抚着胡子和卷发,就像是刚从澡堂里出来。

与此同时,在无政府主义者红黑色的旗帜下,某种东西正在酝酿

---

1 莫斯科最古老的电影院之一,是结构主义的标志性建筑,已被列入建筑纪念碑和文化遗产。
2 俄语中"虐待狂"和"坐下来"发音很相近。

成熟,那里有人在高呼"前进",这喊声中也有一种竞赛的意味。

队列挪动了,发出激越的欢呼,在它后面跟着一整片停滞不前的人群。坐在地上的人们都站了起来。

防暴警察走得很近了。

走在前面的一名防暴警察在面罩的遮蔽下显得心神不宁。他没法抡起手臂,所以好几次用橡胶棒怼到了别嘉的胸前。别嘉眯了眯眼,也一手推在警察胸口,碰到了坚硬的武器装备。

人海一次又一次将前排的浪潮打向防暴警察,令他们差点儿要往后退。他们整顿士气,开始朝人群击打。作为回应,一堆旗杆疯狂捣戳在盾牌和头盔上。

"你往哪儿挤?"一名战士露出他满是汗水的涨红的脸,潮湿的嘴巴大口吞咽着空气。

"滚开!"别嘉大喊,"我必须得这样!"他忽然感到周围一阵推挤倾轧……

他们突破了防线。

别嘉一路小跑超过了那名警察,后者茫然失措地呆立着,其他防暴警察也都这样站着。奔跑的人群绕过他们的身体,飘扬的旗帜拂过他们的面颊,而他们只是徒劳地伸出双手阻拦人流。

一群新的队列迎面走来,有人将瓶子扔了过去,瓶子啪的一声碎了,蹦出一团橙红色的火焰,那是别嘉头发的颜色。

"胜利!"他在脑中大喊,想象着人群捣毁桥上的洒水车,然后将它们推进河里,接着打开鲍洛维茨基大门,冲进克里姆林宫……

从左面的"突击队员"那里涌出防暴警察的增援部队……戴着头盔看不见脸的"宇航员"伸手出拳,打在某人长长的马脸上……别嘉被迅猛的人潮冲走了……

……他们站在博洛特广场上的工厂门口。

"没事的,没事的……"穿奶白色外套的年轻人喃喃自语道,像是在计算着什么。"没事的,这里没人能挤到我们……"

"怪胎!"一个用蓬松的红头巾绑住手腕的少年喊道。

"不长脑子……可他们……跟他简直……"戴了一副黄色塑料边框大眼镜的女孩断断续续地说。

"没关系。"穿奶白外套者将 iPhone 举过头顶旋转起来,仿佛是一个可以用来测量大气压强的特殊工具。

"我们得搭个帐篷。"一位小伙子冷冷地说,他穿一件印有灰色自行车的白背心。

密密麻麻的小分队像乌云一样朝他们压过来。

"我们不会撤离的!"穿浅色外套的男孩大喊道,突然间,他一跃而起,扔出 iPhone,砸在一个光滑的头盔上。

"不会撤离!"别嘉大喊,然而他变得异常轻盈和敏捷,不由自主地闪到了一旁。

他看到浅色外套被棍棒打倒了,乌云盘旋着,攫住并吞噬了五十来人。红色头巾不见了,同时消失的还有黄色边框的眼镜、印着灰色自行车的白背心……

他看见运河对岸的人们排成了一条绵延不断的曲线——他们正往回流,然而在上桥处警棍和旗帜仍在闪现……几个头盔飞入水中,在阳光下闪闪发光,从远处看像是几只黑色的青蛙。

"九三年,九三年……"忽然,他听到了那个熟悉的密码,便靠近了一些,仔细听两个男人的对话。

"那时候也是一模一样的状况,但我们还是要拿下大桥!"一个面色红润、蓄着灰色大胡子的男人说,并做出坚定的手势。"让他们完蛋去吧!我们反正拿下了莫斯科!即使冒着枪林弹雨也没有吓尿!我还是个学生的时候,就从警察手里抢过枪,后来不得已给了一个哥萨克人。"

"不,九三年我在另外一个地方,"一名光头男子带着慈祥的微笑答道,他戴一副小眼镜,"我在莫斯科市议会大楼旁边设置了一个路障。廖瓦·波诺马廖夫[1]将我们划分成十人一队。顺便一说,他——廖瓦本人也在这儿。我拿着一根铁钎,在火堆旁坐了一晚上。"

"孵出来什么没有?"面色红润的男人拍了拍他的肩膀。

"我为了自由的俄罗斯而战,"眼镜里透出两股锐利的目光,"反对你们这些人的叛乱……"

"我也是为了俄罗斯而战!反对政变!康斯坦丁诺夫带领着我们,伊利亚[2]。高唱《瓦良格人》冲向盾牌。他和我们在一起,我看到了。他老了,但大胡子还跟原来一样。他在十月四日剃掉了胡子,但他们还是认出了他,把他关进监狱。现在他儿子也和他待在一起……"

别嘉想问些什么,那些与他外公相关的无法解释的过往令他揪心,广场上突然掀起一阵喧嚣。

"混蛋!"一个脸涨得通红,像是被压碎的草莓的小伙子,很明显冲着某个人叫起来。

一名高大的防暴警察朝他俯下身,试图用警棍戳他。面色红润的男人迅速躲开,警棍被一个肌肉发达的壮汉拦截下来。他穿了一件浅绿色的T恤,奋力将警察拽向身边。他一下子就把警察的头盔扯了下来,像踢足球一样踢了出去,然后又用力抱住他,将他的脖子死死卡在臂弯里。

---

1 列夫·亚历山大维奇·波诺马廖夫(1941—),苏联和俄罗斯时期的政治和社会活动家,本职是物理学家、物理和数学博士。
2 伊利亚·弗拉基斯拉沃维奇·康斯坦丁诺夫(1956—),俄罗斯政治社会活动家,人大代表,俄罗斯联邦最高苏维埃成员(1990—1993),公民社会发展和地方自治研究所主任(至2009年)。

那名防暴警察发出杀猪般的叫声。白色的肌肉令他窒息，它们鼓胀得就像面团。

士兵们赶来救援，于是绿色T恤就一脚将他们的同伴踢还了回去。小伙子们四散跑开了。

"给这群婊子洗洗澡？"有人边喊边跑，甩动着编成辫子的黑发。

别嘉不知道他是什么意思，但马上就看到几个小伙子和这个黑发辫冲向厕所的蓝色墙壁，他们用力摇晃推搡，墙壁轰隆一声倒塌了。一股散发恶臭的粪水倾泻而下，迎面浇在追兵身上。他们扎紧小腿裤管，慌忙奔逃出来，将尿液和粪便甩得四处都是。

别嘉一扭头，看见一名防暴警察正揪住某人的衣领，将他扔进水坑，随后用力踩踏他的背部，并用警棍抵住他的头。

别嘉和剩下的人群沿弯曲的桥面奔跑着。

"我会记住的！永远！"他想。散开的鞋带咔哒作响，从后面传来沉重的靴子碰撞声。"一辈子都会的！永远记住！"

他口渴难耐。

在桥的那一端，他们开始抓人并将抓住的人拖入囚车。别嘉设法逃脱了，他跑在所有人前面，沿着石砖铺成的拉弗鲁申斯克小巷在紫丁香色的暮色里狂奔。

他在特列季亚科夫画廊附近绊了一下，于是便蹲下来，将脚后跟塞进运动鞋里。发动机咆哮着逼近。

他小心翼翼地将鞋带系紧，就在这时有个东西戳在他脖子上，他感到一阵剧痛——这是一根警棍。

他面对着囚车，将双手压在它那被太阳炙烤了一整天的滚烫的车身上。

他被从上到下拍了个遍，搜查了所有的口袋，最后被没收了打火机，推到一个又闷又逼仄的地方。

第一章

一九九三年六月二十三日到二十四日的整整一晚上,莫斯科都在下瓢泼大雨,一直到早晨雨都没停,现在已经是中午了,还在滴滴答答地下。

在德米特里公路上,四辆无轨电车都被红灯挡住,停成了一列纵队。

瓦莲金娜·阿列克谢耶夫娜坐在窗边,额头抵在窗玻璃上。她这是在去参加"白色兄弟会"集会的路上,脑海里不知疲倦地回荡着那首老歌:"去园子采马林果咯,去园子里,去园子里,跳起舞咯,跳起舞,跳起舞!"每当忧伤和寒冷的时刻,想要身子暖和起来,或者忘记烦恼时,瓦莲金娜·阿列克谢耶夫娜就会想起这首童年的歌。哪怕是在祈祷的人群中,当所有人都唱起玛丽亚·戴维的颂歌时,她仍然在合唱的伪装下,悄悄哼唱这首自己最喜欢的歌。

后面传来了一群谢顶老乘客的咒骂。

"这也叫夏天!"有人叹了口气。

"怎么着,怪我咯?"一个女人的声音接话了。

"我又没惹你!"

"那就别惹我!"

"休想!"

"说谁呢?说你自己呢吧?"

"你死了就好了！"

"你肯定比我先死！"

瓦莲金娜·阿列克谢耶夫娜瑟缩成一团："邪恶的人们。"小轿车狡猾地一点点靠近交通信号灯，圆滚滚、脏兮兮的黄色油罐车在滴落一地的黑色油光中向前爬行，蓝色车厢的大货车紧跟其后，雄赳赳地鸣着喇叭。一时间响起了两次高音警报。

很响的撞击声。

瓦莲金娜·阿列克谢耶夫娜透过窗玻璃努力向外看。

外面雨流如注，她没法移开视线。叮——叮——叮，水流有节奏地、不间断地敲打着窗户。她看着外面，却有些不解：这明亮的液体拍打着、流动着、扩散着，但这不是雨水，不，这不是雨水。

心被刺了一下，她站起身来。突然喧嚷起来的人群把她挤回了座位上。

就在刚才，大货车撞上了油罐车的后壁，汽油飞洒在了四辆无轨电车上——它们一个挨一个，无望地排成一列。液态的汽油强劲地拍打在中间一辆无轨电车上，发出响亮的声音，正是在这辆车的窗口，坐着瓦莲金娜·阿列克谢耶夫娜。

骇人的火花一闪而过，车窗外面燃起了熊熊大火。所有人都感到燥热无比，可怕的尖叫声此起彼伏——电车被火海覆盖了。

瓦莲金娜·阿列克谢耶夫娜在火焰将她吞没之前，就因心脏骤停死去了。

司机，一个年轻小伙子，用铁钎子砸开了一扇窗户，跳出去跑了。电车的头部烧焦了，车门卡住了，人们击打着窗户。

汽油洒了半条街，四处一片火海。有人浑身是火，滑倒之后就再没有爬起来。燃烧的人形物体朝各个方向跑去，摇摇摆摆，跳来跳去——沿着公路，在汽车旁边；沿着人行道，在小卖铺旁边。路人纷纷躲闪，有的试图把他们身上的火拍灭，有的则只是呆若木鸡地看着这一切。雨下大了，人群从远处聚集过来。

好像是专门为汇聚过来的人群表演似的，两个火团扭在了一起——这一切发生得如此之快，根本弄不清是怎么回事。或许，这是一对恋人想要孤注一掷，让彼此得救：他们紧紧拥抱着，摔了下来，融成了一个闪亮的火球。

四辆无轨电车瞬间变成了一个通红的、冒烟的整体，旁边是燃烧的大货车和油罐车。一位脚踩高跟皮靴的女子，周身被包裹在烟雾和蒸汽里，迈着缓慢的大步在地狱般的火海里行走，手里紧紧攥着一把长伞。她的皮靴闪着金光。

雨中有人喊道：

"快跑！"

"把伞丢掉！"

"趴下去，哧溜着走！"

忽然，在雨幕的边缘，她在头顶撑开了那把伞，就在那一秒钟人们听到一声巨响——油罐车爆炸了。女人倒下了。人群在爆炸声中闪到了一边，即使是那些离得最远的人都四散跑开了。过了一会儿，他们又慢慢地、悄悄地、一小撮一小撮地回到了原先的观察据点上。这个区域是理想的安全区，范围又大又有余地，完全掩护住了各位主人。

两个人站在安全区内，看样子是高中生，他们的手握在一起。

"怎么能欣赏死刑呢？"男孩说，"就不害臊么？"

"那你做了些什么？"女孩问。

"祈祷吧！"

她听话地开始嚅动嘴唇。

"看呐，路上的液体干了！"

水洼带着嘶嘶声飞速地消失了。

"哦，米佳，我们不会被烧死吧？"

雨滴真心为自己的不合时宜感到羞愧，于是便停止了。天空中渗出了彩虹，透明且闪光，就像是汽油之吻。

消防员、救护车、警察、救援人员、记者纷纷赶来，火势被泡沫灭火剂压制住了，卫生员抬来了担架。

"快让开！"双颊饱满的上校驱赶着镜头和相机。"我把你们的底片都点咯！别在这儿折磨人！"他对戴着优雅太阳镜的女记者喷着热气。

"您姓什么？"一个头发如烟雾般蓬松的清瘦男记者伸出录音器。

上校顿了一会儿，有些愠怒地说：

"伊凡诺夫。"

"叫伊凡，是么？""太阳镜"接话道。

"死者有多少？""烟雾头"抢过话头。

"要多少有多少！"上校掉头就走。

隆起的柏油马路上有人在拖黑色的袋子。

消防员从无轨电车上搬出尸体——一具接着一具，一具接着一具，然后把它们码成一排。来了一支救援队，是一辆大货车，里面坐着焊工库瓦尔达和钳工克列什，他俩旁边是电工维克多·布里昂采夫，后者下了车四处张望。

"这事儿……他们真是不该啊……"强壮的库瓦尔达失神地嘟哝着，"这些人犯了什么错啊？"

"还不就是这么回事儿：自己飙车快活，然后啪的一下撞了。"矮个子的克列什小声附和道，"一车的乘客，这下可好，全部成灰了。所有人都一个下场：逃票的也好，卖票的也好……"

"少扯那些玄乎的。"维克多打断了他的话，这是三人当中对死者灰烬反应最大的一个。电线垂到了地面，在电车残骸的旁边，路灯低着头，仿佛枯萎的铁制植物。维克多抬头仰望，看到在如洗的晴空中有一道小小的彩虹。

"看到没有?"库瓦尔达蹲在地上,摊开手,露出掌心中一块红黄相间的大徽章,"想变瘦不?我可知道秘诀!"

"搞迷信。"克列什发现了。

"你别胡闹了。"维克多耸了耸肩。

库瓦尔达狠狠地将徽章扔了出去,它顺着马路滚了几滚,发出孤零零的叮叮当当声,随后就没有声息了。

"为什么叫我们来?"库瓦尔达咕哝着,"修线路么?可这地段不归我们管啊。"

"你不也看见了,这么大的事故,还不得把所有人都叫来。"维克多说。

"该吃午饭了!"瓦列尔卡·别洛卢斯在驾驶室里喊道,他是个长着小胡子的司机。

"走吧……"维克多应声道,"我们请客……"

于是他们回到货车上,掉头朝救援队开去。

一路沉默。

救援队的工作室在莫斯科中心一栋两层楼房的一楼,"明斯克"饭店后面。库瓦尔达和克列什去隔壁的商店拿了瓶酒和一些吃的,维克多推开了门。

"那边怎么样?"坐在电话旁的女人抬起头,像是嗷嗷待哺的穴鸟。

"简直可怕!"维克多提高了声调,"电视上没播么?"他用手指戳戳电视屏幕,那里面传来很小的声音:伯格丹·提托米尔[1]闪烁其

---

[1] 伯格丹·提托米尔(1967—),俄罗斯歌手,舞者,电视节目主持人,音乐人,演员。在20世纪90年代曾红极一时,后因吸毒退出公众视野,多年隐居美国。

词，伸出食指，以示回应。"我去洗个脸。"

他钻进狭小的盥洗室，锁好门闩。双手打上肥皂，冲干净，再抹上肥皂，清洗脸颊。被水蒸气模糊的镜子里，有个黑眼睛的男人直直地盯着他看，那人有着红棕色的卷发、毛茸茸的褐色眉毛、一张被奶白色泡沫包围的宽阔而多肉的脸。他弯下腰，鼻子重重地喷了几下，就算洗好了。把水龙头拧到底，他自语道："给别人什么都修，自己这儿却从来没热水……不过现在冷水倒挺好的……"

房间里，伴着广播断断续续的背景音，所有人都在桌边坐定了：库瓦尔达，克列什，瓦列尔卡·别洛卢斯，扎亚金，马尔采夫，德罗兹多夫。

大家都在叫他：

"快来，开吃了！"

"维奇[1]，我们倒上！"

他犹豫地挥着湿漉漉的手臂：

"马上，马上……"

快步走到前屋。

"吃东西么？"妻子也坐在电话机旁边，"汤在暖瓶里，还有三明治。"

"等会儿吧，莲[2]。有点反胃，"他坐到沙发上，有点不情愿地问她，"那你呢？"

"已经吃过了。"

"一个人吃的？"

"我打电话呢。"

他一动不动地坐着，任水珠挂在脸上，闭上了双眼。

1　译者注：维奇为维克多的爱称。
2　译者注：莲为莲娜的爱称。

第 一 章

"快看，快看！你上电视了！"

他不自觉地抖了一下，莲娜把电视声音调大了一些。

播报员正慷慨激昂地发表演说，这是个漂亮的年轻人，有一头浅色的披肩发。在她嘴边黑色的麦克风不停地震颤，背景是黑乎乎的无轨电车。

"关于刚刚发生的事故，传来先期画面如下：重型卡玛斯汽车撞上了油罐车，后者的贮油罐里有接近 20 吨汽油。卡玛斯汽车司机看上去急于赶路，在其车厢里塞满了昂贵的家具，应该是某位订货者的急单……"

"我在哪儿呢？"

"刚才还出来了。等会儿，估计还会放……"

"现在播报伤亡情况。正在清点伤亡人数，目前已知 14 人死亡，尸体全部集中在其中一辆电车残骸里。该车的车厢挡板已蜷曲变形，中部车顶掉落至底部……"

画面转成了全景：烧焦的车体，消防车和救护车上闪烁的信号灯，抬着担架和口袋匆忙闪过的人影。

电视屏幕上出现了演播室，身着敞领衬衫的播报员正襟危坐，彬彬有礼中透出一股圆滑。"我们会继续关注事故现场发来的报道。下一则新闻。当天，俄罗斯议会上院第一副总检察长尼古拉·马卡罗夫公布了有关公职人员受贿一案的调查进展……"

"就在眼前啊。"维克多说。

"啊？"莲娜调小了音量。

"我说就在眼前，那些死了的人，怎么死的都不知道。真是难以想象，那些人竟然也活过。"

"唉，维奇，还是别说了。"

"这是给我们所有人的警告——我是想说这个。"

"你还记得不,瓦莲金娜给过你一本书……就是那本小册子……她参加的那个组织发的。胡说八道是肯定的,但我挺赞同里边有个说法——'世界末日的预演',也就是说先要经过预演,世界才会完蛋。今天我看到烧起来的电车就想到了五月一号,就前不久,也是封锁了街道,又是消防员,又是救护队,大街上全是血,公共汽车也烧起来了。一直烧到没东西可烧了才算完,电视上都放了。会不会那是第一次……末日的警告,今天是第二次……往后呢?还会不会起火?"

"你指什么?"莲娜怀疑地看着丈夫。

"傻了么?"

"你才傻。五月一号,五月一号……你是想到情人了还是怎么的?"她的睫毛快速地眨动——她只要一着急,就会眨眼睛,几乎是下意识的反应。"这都是他们自找的。谁让你看到电视了?他们得到的指令是:就地集会。可他们呢?非要挤到不让去的地方去,不出事才怪。我怎么跟你说的?你又不是不懂!还用大货车来撞民警,谁都不负责……"她甚至吹起了口哨,"共产党人,向前冲啊……"

"这些民主党人……"维克多用手在沙发上摸索,好像在寻找什么论据,"让人游行示威能怎么样?他们又不是去克里姆林宫,又不是上列宁山……能碍着谁?也不看看都是哪些人在游行,不就是些老头子和退伍老兵么,至于那么狠命地打他们吗?还要出动特警队?头也打破了,骨头也断了,勋章全扯掉了。"

"你和我较什么劲儿?"莲娜神经质地笑了笑,"关我什么事?"

"不想和你吵。你说今天这事儿是偶然的?"维克多有些奇怪地盯着沾满灰尘的手指看,接着又开始在沙发上摩挲,"松松垮垮的,没任何管控,老百姓在车上逞能,把政府气得火冒三丈,这不就烧起来了!"

"你以为以前没有这事儿?"莲娜厉声问道,"只不过没有报道罢了,现在是因为言论自由,消息传得快。"

第一章

"传得快……"他邪恶地笑了笑。

电话铃响了。

莲娜拿起听筒,很久没说话。

"好的,好的。"最后她确认道。

她翻开一本厚笔记本,在上面快速地记着什么,听了一会儿,又开始记。

"我们没人,"她的声音有些颤抖,"什么意思?工作人员哪儿去了?所有人都去救火了啊,整个班子都在现场。听说好像是有什么事,我怎么帮你们?能坚持到早晨么?难以想象,水都没有。不过我们一个工作人员都没有!"

"发吧,发吧,面团子!"库瓦尔达闯进了房间,摇摇晃晃的,站定之后冲他们微微一笑,"打算把你们都灌醉。"他说。

莲娜用手掌捂住听筒:

"早晨倒班之后,马上就派人过去。女士……您是听不见我说话么?喊什么喊?"库瓦尔达又消失了。莲娜停了约莫有半分钟,在本子上划拉着什么,"坚持到早晨再说吧!"随后哐当一下挂了电话。

凡是接线员都有一条不成文的规矩要遵守:尽量给自己的队伍减轻负担。明天瓦利亚·列斯科娃替莲娜的班,任务就往前滚了。莲娜不仅会拦截下简单的任务,把它们尽量推给下一轮班的队员,有时还会让自己的组避过紧急和重大的任务。去年冬天,"普希金"剧院的管道在深夜爆掉之后,电话就没停,有个声音在告诉她一定要保护队友。她刚把队员从隔壁路段调走,第二根管道就在他们背后爆炸了,两个人淹没在滚烫的开水里。"莲娜,亲爱的!你救了我们的命,没让我们去送死。"她组里的队员都这么说。一时间她收到了许多罐咖啡和糖果,库瓦尔达还往她家搬过四把椅子,是原先他们从最高检察长那里抬来的(救援中心就是个杂物仓库,有胶合板、缝纫机和其他一些物件，都是顺道拿回来的）。

莲娜快速浏览了一下刚记下的信息，合上了笔记本。"怎么会这样？竟然停水。"她不快地回想起听筒里惊慌失措的声音。"真是的，刚来世上第一天还是怎么的？总打断别人！"隔壁房间传来沙哑的大笑声和欢快的打闹声。"让他们发神经去。"当大家都在吵闹、叫嚷、唱歌，甚至打架的时候，她会觉得自己很安心。有时候，刚完成任务回来，一身臭汗，脏兮兮的，互相推搡笑骂一阵，她就能睡个好觉。而当救援中心空空荡荡，所有人都出任务的时候，才是真的无法入睡——脑袋被寂静戳得生疼，为队员们担惊受怕：他们在现场怎么样了，在尸体和电线中间，在深深的地下……

她用手支住头，忽然大声问起女儿来：

"我们不在的时候，塔纽什卡[1]做什么呢？"

丈夫没有说话，他睡着了，头靠在沙发上。

"就一个优点——从来不打鼾。"其他男人都打鼾，就他不打。这简直就是自然界的奇迹：个子大，身体强壮，多毛体质，看起来应该是呼声震天的类型，可偏偏睡觉像个婴儿。

她和丈夫的工作时间是错开的：每人都是隔三天一值。所以必须有一个人负责看女儿，休息日也得分开（总会有三天的休息日是重合的）；但今天丽达·斯列布亨娜要和她换班——儿子结婚，于是莲娜和维克多就碰到一起了，女儿一个人在家。她今年十六岁，总是让人操心。

……维克多突然一跃而起。

有人在摇他的肩膀，紫红色的脸膛，牙齿尖尖的。

维克多看了半天，没认出来是谁。

"起来，快起来了！瞌睡鬼！"库瓦尔达充满关切地咧嘴笑着，

---

[1] 译者注：塔纽什卡为塔尼娅的爱称。

第 一 章

"出任务啦!"

维克多从沙发上坐起来。

他没穿外套,盖着一条薄薄的羊毛毯,身下还有一个枕头——肯定是莲娜垫上的。

"那边,米哈伊洛维奇[1],我一个人可不想去。"库瓦尔达说,"你也知道,那边有多少盲流。可我还能跟谁去?我们的人都喝大了,七歪八倒的。我倒是没醉呢,其他人都趴下了。就去干那么一小会儿,我把栓子给塞上,就万事大吉了。"

"栓子?"

"对啊,栓子。那里面还有没焊上的大洞,我们连人都没有,焊就别想了。"

"还有完没完了?要是出了大事故,派谁去?"莲娜挂上电话。"维嘉[2],跟他们走,出去透透气。到彼得罗夫大街一个银行附近——库瓦尔达知道,就往回走,到家继续睡觉,整夜都是你们的!"

他闭着眼睛把脚塞进工作靴里,这是有先见之明的妻子给从皮鞋换过来的,他瞄了一眼墙上的方形挂钟:九点四十五了,竟然睡了这么久。

"喝茶么?还有香肠三明治……"莲娜把纸卷弄得窸窣作响。

"不用。"

"他还不吃东西。"她好像在对着空气自语,"看到人烧死了就不吃东西了,一辈子都打算挨饿了,是么?你睡觉的时候,电视上播到你了,还有库瓦尔达,你们三个都有。说说呀?"

"播了?大概是长得像吧。你吃啊。"库瓦尔达用肩膀顶了他一下,"就是参加葬礼也要吃啊。"

---

[1] 指维克多·米哈伊洛维奇·布里昂采夫。
[2] 译者注:维嘉是维克多的爱称。

"回来再吃。"维克多冷淡地说。

"上路前喝一杯吧。"库瓦尔达又推了他一下,紧盯着他的脸。

"喝不下去。"

"还真悼念啊……"

"我悼念谁了?别说了!"维克多穿过前厅,踢了踢腿,双手抱住后脑勺,"脑袋要爆了,跟宿醉一样,所以不和你们喝了,帅哥们。"

"应该要喝一杯的。还是你怕家里那位?"

"哟,他怕?他什么都不怕!"莲娜故作生气地说,话语间透出一丝满足。

"我喝三瓶也不会醉,"库瓦尔达说,"你们想都想不出,我是怎么走到今天这一步的:之前就着伏特加把'皇家'灌下去了[1]。其实就是在喝酒精。那次我倒出一杯,一口干了,还以为是水,谁知是伏特加。你说这事儿……克列什见了这阵势,立马吐了。"

"你们在那儿吐了?"莲娜严厉地问。

"没有没有,他往窗户外面……"

"确实没在屋里?"

"真没有……"

"小心我吐你们头上!"

"没有没有,那里有铁窗栏,他吐那上面了。我听见了,声音可大了。您这是……"库瓦尔达用询问的目光小心翼翼地望着布里昂采夫两夫妻,"我听到你们那个……吵得很厉害的样子……好像不太对劲。你们怎么了?"

"你指什么?"莲娜有些不满,警觉地说。

---

[1] 俄罗斯有就着常温水喝伏特加的习惯,因为温水既不会刺激肠胃,也不会减弱伏特加的风味。但此处的"皇家"也是一种烈性酒,库瓦尔达想说他搞错了。

"什么社会党人,民主党人,谁知道你们都说了什么……搞得我这么……"

"他听见了……"维克多想,"他怎么能听见呢?他们不是在隔壁房间喝酒么?"

"你告诉他!"莲娜反应了过来,神经质地把笔记本往回翻,"这辈子都没对政治感兴趣过,改革也没对我们有什么影响,现在突然开始了……我看电视,电视里正说着呢,他不知哪里看不顺眼了,尽说反话。我不同意,他就发火了,说我们就来辩一辩。我当然生气了!他明显是在贬低我。我们就开始吵政治问题,谁都说服不了谁。你是从什么时候变成这样的,维嘉?从春天开始?还是更早些?冬天的时候已经这样了?电视上播代表大会的时候?还记得么,我们俩那会儿都病了,咳得不行,对望着没事情做……他突然开始大夸特夸哈斯布拉托夫[1]了,也不怕得罪我……"她突然打住了。

维克多走到库瓦尔达身边,把手搭在他的肩膀上。

"朋友。哎,我说朋友,你要是不懂,就别掺和。"

他的嗓音不高,但很清晰,莲娜感到了某种危险的热浪。

"我?我什么都没……"库瓦尔达站得笔直,一脸的困惑,笑容渐渐凝固住了,"问都不能问?你别生气啊,米哈伊洛维奇。你们也在一起过了……"

"说个没完……"维克多说,"想到哪儿就唱到哪儿……"他从椅子背上拿走绿色的外套,狠狠地拉上拉链。"我是替俄罗斯担心,你们有什么不明白的?"

---

[1] 鲁斯兰·哈斯布拉托夫(1942—):俄罗斯政治家,学者和评论家,俄罗斯联邦最高苏维埃最后一任主席,起初担任俄罗斯第一任总统鲍里斯·叶利钦的副手,之后成为他的主要对手,直到1993年都是俄罗斯宪法危机事件的积极参与者。

第二章

　　维克多生于一九五四年的冬天,在基洛夫州新维亚茨克一栋挺大的两层窝棚房里。房间里有一个壁炉,他从五岁起就开始学着帮忙往里添柴火了。妈妈维拉是名护士,十二小时倒班制。外婆安托尼娜·安德里阿诺夫娜也住在附近一个叫舍尔皮亚基的村子里,要穿过一条铁路和一片树林。她在集体农庄工作,闲暇时也种种地。有时候把果子背到基洛夫市场上去卖——沿着铁路旁的小道大概走个八公里左右(火车在新维亚茨克是不停的),小维嘉经常跟着外婆去赶集。

　　母亲怀他的时候,他的父亲,米哈伊尔·巴滨,一个滑雪公司的职员,被火车头轧死了。她说,在出事前吵了一架,不想因为这个撒谎,撒谎也没法让死人复活了。她就是有一天说了一句气话:"他真是个奇葩!神经得很!"人们看见他佝偻着身子,在火车信号灯前面的一段铁道上走,可能想要跳开的,但没来得及——他被撞倒了,并且卷入轨道里,当场就死了。

　　本来或许可以不要这个孩子(虽然不允许堕胎,但她毕竟在医院工作),但她那位住在舍利皮亚基村的哥哥因为自己没有孩子,所以信誓旦旦地对她说:"维拉,要是你不想要他,就给我养。"

　　有一次,母亲在互助基金会拿到了一笔买家具的钱,小维嘉看到了装钱的纸袋子,十分惊奇:"我们怎么会有这么多钱?"于是就抽出

第 二 章

了一半的票子——都是红色的[1],留下了蓝色和绿色的,到外面分给了小伙伴,大家马上就拿这钱买了饼干和其他想要的东西。"你干了什么?"妈妈冷冷地问,"现在我上哪儿弄红票子去,啊?"她说话的声调让人听起来很害怕,还不如直接骂人,"它们是最贵的!"维嘉很难受,一晚上都没睡,想着:"我都干了些什么!妈妈上哪儿去弄这些崭新的红纸啊?"

妈妈漂亮,坚强,爽朗——他的红头发就遗传了妈妈。这个果断的女人让他害怕了一辈子。

他四岁的时候,她改嫁了建筑工人尼古拉·布里昂采夫。布里昂采夫是个泥瓦匠,绰号叫"科里亚—舵手",他确实什么事儿都好指挥——坚毅,秃顶,有一双长期垒砖锻炼出的有力手腕。"千万不要嘲笑别人!"继父不止一次说,"我以前在造房子的时候,要是看到有人秃顶,就会对着上面喊'哎,秃子',现在自己就秃了。"维嘉五岁的时候,妈妈生了个女儿,取名叫伊佐利达——伊兹卡。他们很快分到了一套三室的房子。

维嘉很嫉妒妹妹。家里专门请了一位老妈妈杜尼亚,照顾襁褓里的伊兹卡,他则躲在床底下用尽浑身力气抓老妈妈的腿。她忍着没抱怨,一心照顾婴儿。来的第一天她就说:"科里亚,不管怎么样都别打维嘉!"所以继父只是罚他站墙角。

在幼儿园里维嘉因为巴滨这个姓被取笑,别人都叫他"老妇女"[2],但到了上学的时候,他已经改姓布里昂采夫了。在幼儿园的时候,他经常和看门人鲁斯兰·姆拉托维奇一起待到很晚,这个老鞑靼人总是从厨房给他带一口大锅来,锅里是剩下的水果粥干货——梅子

1　译者注:红色票子是 5 000 卢布,最大面值。
2　在俄语中,"巴滨"是"老妇女的"之意。

干、杏干、李子果和葡萄干。鲁斯兰·姆拉托维奇用他那棕灰色的蓝眼睛慈爱地望着维嘉,俯下身子,把汤匙敲得叮当响,然后把果核吐在漆布上。

"这个水果粥是有魔力的,"看门人说,好像在做某种实验,"都喝了,喝光。这才是好孩子。你不会死了,这水果粥就是不死药。谁不相信自己会死,那就永远都不会死。你是不死的,记住,因为你喝了这碗水果粥,明白了?"

"明白。"

"好喝么?"

"好喝。"

"有魔力的水果粥。"看门人满意地点点头。

"但其他人白天也都喝了粥啊。"维嘉不知怎么的突然想到。

"他们也会长命百岁的。"说故事的人马上就找到了答案。

从那时起,维嘉就爱上了水果粥,爱了一辈子。

伊兹卡得了中耳炎,不时轻声地抽泣,令人心碎,维嘉突然可怜起她来。他一连几个小时站在她床边,看着她,帮她盖被子,用舌头顶住上颚发出有节奏的声音哄她睡觉,甚至在某些时候他感到自己的耳朵里也隐隐作痛。老妈妈杜尼亚看到了,说:"好孩子,这是你的小妹妹啊!"他放声大哭,扑到她跟前,跪在地上,抱住了老妈妈粗壮的小腿。"你怎么了?傻啦?"她一把将他拉起来。

在新维亚茨克,城市与乡村的房子是建在一处的。夏天,维嘉就和伙伴们翻过篱笆院墙,在薄暮中偶然发现的菜园里来回摸索。大家有的从地里拽出个什么又扔掉,有的吃了一整株醋栗,还有的到处尿尿。只有维嘉会小心翼翼地拔出带块茎的胡萝卜,每五个捆成一束,带回去给妈妈。

早晨值班回来,看到窗台上橘红色的小礼物,她问道:

第 二 章

"你从哪儿拿的?"

"捡到的。"

"带回家干吗?"

"妈,我听人说吃了胡萝卜就会高兴起来,你太累了,总是不开心。"

"跟我走。"

她坚持要去那户人家,他只好忧心忡忡地去了。一个穿着萨拉凡[1]的老女人开了门,又是嚎叫又是摆手,但妈妈很坚决,维嘉只好到园子里把所有的胡萝卜都按顺序插回坑里。他坐在地上号啕大哭,从那以后再也没拿过别人家的东西。

在他九岁那年,林子里发生了一件可怕的事。那次他走到了土堤附近,因为驶过的火车声音太大什么都听不见,他突然觉得有人拍了他的肩膀,将他一把抱起拖进了小树林,随后扔在草地上。"敢哼一声,就杀了你!"一个戴着草帽、满脸疙疙瘩瘩的男人俯视着他说。男人快速而敏捷地将他用粗绳索捆住,似乎轻车熟路,他叫他脸朝下趴着,威胁说:"敢哼一声!"然后自顾自走了。

"他很可能一会儿还要回来。"维嘉缩紧身子,松了松绳子,然后把右手解放了出来,不到五分钟就松绑了。他头也不回地冲外婆家的方向跑去——顺着土堤飞奔,差点没掉到铁轨下面。中途有一次转身看了一眼:"不会有人跟踪吧?"仿佛每一棵枞树后面都浮游着一顶草帽。

这件事他谁也没告诉,但夜里总是被噩梦惊醒。秋天,他在学校附近认出了这个男人,他没戴帽子,一簇花白的头发翘在头顶上,从那个男孩——个儿不高的瓦夏·尼洛夫哆哆嗦嗦的样子就能看出,自己不是唯一的受害者。他明白了,必须要坚强起来。

他开始训练自己的胆量,经常带着准备好的铅笔刀走到林子里

1　萨拉凡是俄罗斯妇女穿的一种民族服饰,腰身肥大,长衫无袖。

去,有一次钻进了最中心的位置,站着不动,眯缝着眼睛,一直数到一百,然后在看不见的敌人面前高傲地慢慢离开;每当这时候,他的心脏总是怦怦直跳,好像马上就要爆炸一样。

水对于维嘉来说是致命的诱惑。春天,小伙伴们都聚集到维亚特卡河附近,河的两岸矗立着城市。河里的冰块一会儿聚拢,一会儿又荡开,互相撞击着发出嘎吱嘎吱的声音。维嘉瞄准一个冰块跳过去,滑倒了,但没有从冰面上掉下去,他就爬起来朝另一块继续跳。他这么跳了不止一次。有一天真的掉到河里了,但很快就爬了上来,湿了半边,连靴子里也都是水。回到家,妈妈抽了他一嘴巴,他就什么都明白了。

她一生气就打嘴,很痛,但更多的是丢人。

夏季,浮运的木材要从维亚特卡河上过,这个事儿叫作"壅塞",维嘉决定去原木上跳一跳。廖什卡·什梅廖夫加入了他的队伍,这是一个有着满头蓬松金发的小男孩,是他班上的朋友。他们很走运——从岸这边跳到了那边又返回来了,有几次险些没掉到两块潮湿的磨石中间去。

安娜奶奶是爸爸的母亲,来自离舍利皮亚基不远的列瓦什村庄,一直教育他说:"维坚卡[1],不要跟人吵架,不然牙齿会烂掉,舌头也会变黄。我的牙到现在还好好的,从来没看过医生;舌头更是粉粉的!就算是别人让你生气了,伤心了,可以喊一喊,但千万别骂人,骂人要长疮的!"维嘉把奶奶的教导抛在了脑后,尤其是"不吵架",不可能一点不吵,也就跟所有的小孩一样,看情况。

他们在学校里有这么个玩法:在班级或者体育馆里,大家说脏话接龙。女孩子们通常不参加,她们会脸红,对此嗤之以鼻,然后给

---

1 译者注:维坚卡为维克多的爱称。

老师打小报告。以字母"б"和"х"打头的单词维嘉想都不用想就能顺利通过，但在他满十岁那一天，不知为什么突然就不想玩了，确切点说，是玩不起来了，就跟短路了一样。他莫名觉得这个游戏有点令人反胃。一开始，大家没有在意，第二回好像也没人发现，到了第三回，爱欺负人的米什卡·济科夫因为自己的单词在维嘉那里卡住了，就在课间休息的时候大声质问他："还能不能玩了，娘娘腔？"维嘉一拳打得他牙齿都松动了。米什卡为了做做样子也攥紧了拳头，但最后还是服了软。

"你在哪儿把自个儿弄成这样？撞黑板上了？"回到家里，妈妈调笑他，"快把衣服给脱了……"

维嘉困惑地解开银制纽扣，脱下了灰色的皮夹克。背后是一个快磨掉色的白色十字架，他的耳边又响起了讨厌的窃窃私语："圣徒。""不会吧，我一整天都要这么过了？圣徒？"——他有点害怕会摆脱不掉这个绰号。

第二天，为了维护信仰，他稍微教训了济科夫一下，果然就没人这么叫他了。他和小伙伴们做了自制火枪，点火之后，林子里的枞树都烧着了。还有这么个团体，专门折磨小猫小狗的。一个叫萨什卡·摩西耶夫的，比他大一岁，是楼梯隔间的邻居，把小狗从五层楼高的小窗户里扔下去，小猫则用铁丝绑在树上，并当着其他小孩子的面向它扔石头。维嘉用意志力强迫自己不和萨什卡来往，虽然后者什么都会，尤其是玩摩托车和滑板车的高手，这对于维嘉来说还是极具吸引力的。

维嘉学习很好，体育课成绩最棒，读了很多书——大多是冒险故事，尤其是航海那类的。他爱在街边看台上读继父的报纸，他叫继父"爸爸"，爱和小伙伴廖赫[1]在院子的废品堆里收集各种零件，然后组

---

[1] 指前文中的廖什卡·什梅廖夫。

装成摩托车,他坐在雪地摩托车的图纸上梦想操纵真正的宇宙飞船。他在足球和曲棍球培训班学习,但妈妈又给他报了音乐学校的手风琴班,维嘉不仅在这门乐器的演奏上表现出色,而且唱得也不赖,可以模仿不少流行歌手的嗓音。

有一回秋天,他们四个人在被推倒的树桩上干了一瓶波尔图葡萄酒,这里面就有小个子的瓦夏·尼洛夫。他们眼睁睁看着灌木丛往两边分开,出现了那顶褪色的草帽……维嘉和瓦夏瞬间交换了一下眼色,维嘉看见瓦夏的眼中闪过恐惧的预感,仿佛早已心知肚明,这个男人将会怎么对待他抓住的小孩瓦夏,而他本人是注定会被吊打或者淹死的。

"伙计们,这是他……"维嘉轻声说。

受到惊吓的瓦夏没有说话。

"谁?"其他人问。

男人走到了草地上,轻蔑地扫视着他们。维嘉抄起放在地上的那支刚上膛的火枪,从口袋里掏出火柴盒,擦亮了一根里面的火柴。铁弹一飞冲天,打在男人的头顶上方,云杉的针叶纷纷掉落下来。廖赫也举起了自己的火枪,男人转身就跑,帽子都掉了。

"站住!"维嘉追了上去。

伙伴们紧跟在他后面。

他们奔跑着穿过了整个树林,在林子的边缘,被追踪者气喘吁吁地转过身来,龇牙吓唬他们,维嘉一个箭步冲上去用头撞在他的腹部,男人跌倒了,其他人于是一拥而上,将自己的恐惧砸在他的脸上,将做过的噩梦打入他的眼窝里。维嘉听见廖赫问他:"他到底是谁啊?"瓦夏答道:"什么是谁,坏蛋呗……"

上六年级时,他开始注意到一位黑发女孩奥莉娅·卢卡维什尼科娃,这是位个头小小的优等生,声音清脆,动作敏捷,四肢纤细轻盈,就像只小蚱蜢。他有好几次送过她回家,直到有一天,她仰起小

第 二 章

脸蛋，对他说出那些刻板生硬、冷漠无情、充满侮辱的话语——虽然在他看来还是很迷人："维克多，我不想和你在一起。你要先服兵役——这是其一，然后考上大学——这是其二，还要掌握很好的技能——这是其三。你完全没有准备好！"她后来一事无成，先是在工厂的某部门做工程师，随后离婚了，带着两个小孩生活……

在最后一个学年，他与塔尼娅·科里沃舍伊娜接吻了，后者现在已然不知所踪——飞去了她爸爸所在的阿尔乔姆市的滨海边疆区。这位塔尼娅跟他并不亲密，只是在接吻的时候才感觉真实。她身材丰满，辫子又黑又粗，笑声嘶哑……

如他所愿，他被招上了船。

他被派往北海地区，乘坐一艘名为"无愧"号的大船。

他们沿着大西洋进入安哥拉和罗安达，在那儿参加了战斗执勤，当时旁边的南非竭力避免投放自身的轰炸机。又沿着地中海到了塔尔图，到了西伯利亚。曾以官方名义访问突尼斯，在城市里待了四个小时，分成五个小组逛了逛东方风味的市场。他们组里每三个人买了两瓶可口可乐，用的是上面发的零钱。

然而，大多数时候他们都会停泊在靠近突袭炮管的位置，并且锚定在一个水下约80米深的地方，这么一待就是好几个星期。夜间，探照灯会照亮水下，戴着头盔、手持对讲机的海员则站在左右两边的甲板上执勤。在灯光的照射下，鱼群浮游过来，溅起轻轻的浪花，有时候章鱼会爬上来，乍一看很像搞破坏的敌特，他们都有着淡紫色的、闪着专注火苗的眼睛。

冬天在上层甲板上执勤尤其艰难，特别是站在巴伦支海上的时候：酷寒，极夜，而刚刚结束一段温暖旅程的他不得不扫雪铲冰。

他们曾经一连三个月停泊在巴伦支海上的基利金岛附近。岛上荒无人烟，地势平缓，花岗岩的海岸，立着一对石柱。维克多望着岸边出了神，想着："死地……怎么会有这种地方？"他觉得自己命中注定要永远留在这里了，一个距离被诅咒的岛屿一英里半的地方。冰冷的铅色海浪不断翻涌，在海面和岛屿上方不时掀起暴风雪，风雪散弹过去之后，岛屿又重新显现出来。那个时候，他开始思考不朽。如果他可以不死，他能不能忍受永远站在船上注视着基利金岛？答案是肯定的。于是，他便不那么郁闷了。

维克多的位置无人可以替代，因为他是一名优秀的无线电收发员。每天他都要一连在狭窄逼仄的战斗岗位上坐四个小时，不停地调试电台。他还改进了工作条件——发明了一台基于"乌克兰"电影放映机的传输设备。

他想知道复员后能去哪儿，政治部副主任克里亚宾——这是个骨瘦如柴、皮肤粗粝的男人，长着一张近乎原始人的脸，对他在无线电室的所有发明都鸡蛋里挑骨头——对他说：

"一等兵布里昂采夫，莫斯科有这么一所大学，你肯定考不上。"

"叫什么？"

"物理技术学院！"

"我们打赌，我一定会考上的，指挥官中尉同志！"

如果克里亚宾不喜欢维克多，他又怎么会建议他去那儿学习呢？

维克多在船上得到了绝对正面的评价（"致力于党和政府的事业，能够保守军事秘密"），并把这些文件寄去了莫斯科。就在复员前的几天，政治部副主任交给他一封学校寄来的招考信（"这信想必在他那儿躺了好几天了。"维克多想）——看来，离考试还有不到一个月了，而这些年他碰都没碰过课本……

他穿着制服和盖帽在莫斯科参加了考试，因为没有别的衣服可穿。得了一个四分，其他都是五分，虽然海员三分就可以达线了。

考上物理技术学院之后，他忽然明白了：骨瘦嶙峋的政治部副主任是为他好，不然就不会刺激他来莫斯科学习了。维克多甚至想给他写一张表达谢意的明信片，但最后也没下得了决心。

他在萨维洛夫火车站做装卸工，以此赚点零花钱。还学会了在打字机上打字——无线电收发员的经验派上了用场——还是德语的。他休了一个学年假，在苏联科学院列别捷夫物理研究所的光谱实验室找到了一份工作。

一九七七年，他认识了莲娜。

第三章

　　他们走进了夜幕中的城市。司机瓦列尔卡喝到不省人事,不想联系他,倒不是因为喝了酒不能开车——对条子来说是好事(总要有人让他们的车停下来),只是因为走路很近,而且瓦列拉[1]总是借酒耍疯。一次,他一个急转弯冲到了人行道上,直捣多尔戈鲁基[2]纪念碑的底座前。"你搞什么?"维克多吼起来,跃下了货车。"就想认识一下!"这个白俄人开心地解释道,"跟大公本人!"这样的恶作剧是最让人头疼的。要是他们的车爆炸了呢?维克多不止一次想过这个可能性,而且炸了你都不会发现。货车的车厢里随时都塞满了各种罐子,白色罐子装的是乙炔,蓝色的是氧气。有时候罐子堆得太多,要想下去只有从侧窗里爬出去,而瓦列尔卡就一直在驾驶室逞能。

　　……维克多和库瓦尔达顺着特维尔大街向下走。

　　"把你手松开。"库瓦尔达说。

　　"啊?"维克多漫不经心地应了一声。

　　"你别……手别搭我肩上……要不是你,我早就把人撂倒了……不信?那试试,撂倒你?"

　　"拉倒吧你。对不住,库瓦尔达,我也不是装样子。"

1　译者注:瓦列拉是瓦列尔卡的爱称。
2　莫斯科的尤里·多尔戈鲁基纪念碑,纪念苏兹达里的第一位大公。纪念碑于1954年落成在特维尔广场上,对面是莫斯科市政大厅。

第三章

库瓦尔达粗鲁归粗鲁,但心地很好,对别人取的外号也照单全收。

在薄暮中,一切都仿佛肿胀起来,覆盖上了一层细嫩的脂肪。花形雕饰、标识、广告牌和带栅栏小报亭的玻璃柜台都亮了,脚边的垃圾也在闪闪发光。报亭旁边,有人在边喝伏特加边吃东西,似乎在争论着什么,发出响亮的笑声。有几个人坐在木头箱子上。

路上的行人不少,基本上都是年轻人。维克多觉得,这些行人碾垃圾的过程都是饱含意义的:在每一次挤压、敲击和拍打中都能够听到一个惊叹号。

对面摇摇晃晃地走来一群穿皮夹克的人,一共七个。

"注意!"其中一个大叫一声,在刺眼的灯光中出现了一张黑沉沉的脸,嘴咧到了耳根。"莫斯科是友邻!喀山来决定!"

另一个人发自内心地跟着喊起来。

"绿色!"第三个人嚎叫起来,"绿色人类!"看来,他对库瓦尔达工人外套的印象很深。

"我让你看看什么是人类。"库瓦尔达怒气冲冲地说,但那群人已经走过去了——转瞬即逝,呼声震天,好比往垃圾场里扔了一个水桶。

"普希金"地铁站瓷砖墙旁边的通道阶梯上站着几个小姑娘。左边两个,右边一个。她们一边抽烟,一边皱眉抱怨着什么。

"娜塔莎!"库瓦尔达喊起来。

姑娘们置身事外,谁都不看,仿佛就是因此她们才被安放在此处。散着一头黑发的姑娘上身穿着一块黑抹胸,下面却是一条金光闪闪、好似金箔的短裙。金发女孩穿着一身黑,嘴唇鲜艳鼓胀,双颊潮红。第三个姑娘也是一身黑色打扮,有一头蜷曲的淡金色头发,红色的小皮包油光锃亮。烟味儿和刺鼻的香水味儿混合在一起,渐渐升腾起来,悬停在空气中。

库瓦尔达摇摇晃晃的,差点没从台阶上摔下去,维克多一把拉住了他的手肘。

"我不是在煽动你,"他沮丧地说,"但是,听着,难道你怎么活着都无所谓么?"

"你指什么?"

"人怎么活,取决于政府。"

"又是那一套!"

"而政治,这是什么?是生活!你的和我的!如果愿意,这也是他们的生活。"他点头示意了一下妓女们所在的方位。

"噢呜,亲爱的!我是圣诞老人!"库瓦尔达突然大叫一声,迈着轻快的舞步从姑娘们当中穿了过去。姑娘们停顿了有一秒钟,又开始继续发牢骚。

维克多跟在库瓦尔达身后,眯缝着眼睛,好像一个罪犯。他一路穿过吉他的乐声,卖彩票小贩的吆喝声,以及下班回家人群的喧嚣声。库瓦尔达伟岸的绿色背影在前方浮游,没有任何东西能将它遮挡。过了通道,进入大街,在"契诃夫"地铁站旁边拐进了一个拱门。库瓦尔达停了下来,墙上有一扇门闪闪发光,他拽住把手,进了门。

他们沿着石阶下到了潮湿的水泥地面上。

维克多打开了手电筒。这是规矩:走在后面的那个负责照路。他竭力想要越过库瓦尔达的肩膀看到电筒光,但很怀疑这么做到底有没有用。

狭窄的楼梯逐渐变得宽敞起来。

一般来说,走在前面的那个人手里要横握一根钢钎,这样如果他掉进井里就可以卡住。但库瓦尔达对这儿的路熟稔于胸,只需时不时发出洪钟般的警示:

第三章

"井!"

这些敞口的井——电缆和通风井深不可测,很可能有人曾经掉进去或者跳进去过。维克多有时候会想,他们的尸骨就静静躺在井底。两边铁丝网上的巨型探照灯发出昏暗的白光,但探照灯的数量很少,大部分不是被毁坏,就是自己烧坏了,在破碎的半球形灯罩里,陈年积水微微泛着绿光。有几次碰到了正常的灯,都是光秃秃地吊在电线上。墙上蜿蜒交织着粗粗细细的管道和电线,有些电线很危险地杵出来——没有外皮,还很尖锐。

他们继续往前走。

"我搞不明白,"库瓦尔达说,"这地方怎么住人?"

"那还能住哪里?"

"在这儿憋着还不如死了算了。"

"好死不如赖活。"

"这里之前住着亚美尼亚人,"库瓦尔达说,"你知道不?"

"嗯,"维克多表示同意,"听说了。"

"带着孩子,带着行李!我就纳闷了:为什么不接纳他们呢?亚美尼亚可是个坚强的民族!之后也许会接纳他们的。你说会不会?他们在这里住了没多久,半年吧。"

维克多朝左边望了望。

他很喜欢这扇神秘的大门。

巨大的,黑色的,焊得死死的,没有一个人能闯入。看起来,这扇门就是因为这种不可通行性而被写满了骂人的话和标语:"波利亚,我们不是奴隶!"这是一条用红色字母新写出的标语;在它的下方有一行两年前写下的、褪色老化变成粉红色印记的题字,现在已经看不出写的是什么了。他觉得,这扇门通往一条深入克里姆林宫内部的特别隧道,这条隧道很早以前就挖好了,那是个久远的年代。

他们走进了大厅,在朦胧的烟雾中隐约可见几个人影,有人在吃东西,不时发出响声。空气中散发着酸臭味儿。突然有人发出一阵声嘶力竭的咳嗽,压过了其他所有的声音。

"谁来了?"出现了一位少年拦住了去路,但他看见绿色外套以后,就迅速消失在了烟雾中。

咳嗽声中断了。

"别害怕,又不会吃了你!"响起了一个嘶哑而美妙的嗓音,进而是同常人无异的笑声,库瓦尔达加快了步伐。

维克多有点紧张,他试图避过一个大胡子男人,后者的拐杖像刺刀一样伸出来,他选择了靠左边行走,于是感到有潮湿的床单在脸颊上掠过。

他拉开晾衣绳向前冲去,一下子撞在了库瓦尔达结实的后背上,后者拐进了走廊里,没有放慢速度,维克多想,要是只有他自己,找管道肯定要花更久的时间。

库瓦尔达定住了,似乎在嗅着什么:

"很近了……"

靴子踩在水上哗哗作响。蒸汽盘旋起来,逐渐散去;布满水珠的探照灯发出嗞嗞声,昏暗地燃烧着,水齐脚踝深,但两个人都毫不担心,因为明白这已经不再是沸水了。

库瓦尔达大声骂了几句,快速走到管道旁边,管道上已经覆盖了好几层泛着油光的铁锈了。

管道上翻在外面的洞眼就像是一张贪得无厌、不断尖叫的嘴巴,里面布满了尖锐的犬齿。库瓦尔达将手指伸进去仔细地探查那些锋利的边缘,闷闷不乐,却又像带着些许讥讽。

他或许会一直在那儿用手指探查,但是维克多突然喊道:

"哎,你还有很久么?"

第三章

库瓦尔达在口袋里摸索了一阵，拿出一个楔子，其实就是一根木头做的钉子。

"松木的？"维克多问。

库瓦尔达没有回答，动作轻巧果决地将螺丝慢慢拧上，然后，从另一个口袋里掏出一把小钉锤。

"照一下。"

维克多将手电筒凑近了些，几次敲打之后，楔子就消失在了洞眼里。

这是最简单的操作。如果爆裂的管道再多一些就麻烦了：下地面的至少要有五个人，还必须拖上一台 240 公斤重的焊接设备，它要接上电源——从而拉动焊接电缆。在地下的小通道里找到配电板，或者用小车推两个罐子。白色的罐子有 120 公斤重，蓝色的是 80 公斤。打开点火器——或者用切割器切割，或者用焊接器焊接。

"我们这是在银行底下么？"维克多若有所思地问。

"嗯。"

"银行……"维克多像嚼水果糖一样品味着这个词。

"必须抢劫一下还是怎么着？"库瓦尔达有点疑惑地说。

"你真是我们的人！"

"你们的，你们的……"

"他们就坐在上面，用唾沫弄脏我们的票子。我们还要在地下给他们修管子，每天都冒着生命危险，站在埋到颈子的污水里面。还记得赫罗莫夫有多优秀么？这才是苏联的真英雄！"

"已经没有什么苏联了……"

"还会有的！"

"你来老一套。"

"老——这……这才是老！"维克多指着管道。它沿着墙根向前伸展,锈迹斑斑,厚实而平静,乍一看过去都不明白那根木楔子究竟插在了哪里。"知道么,列宁说过:一切都在腐烂,一推就散架了。不信?锤子拿来!拿来!"

"不给!"

"我只要敲一下,管子就碎了……你信不信?"

"信。"

"给我!"

"疯了么?我们到这儿干吗来了?又想被你家莲娜教训?"

"我们不吃她那套。拿来!"

"听着,我们俩到底谁喝醉了?那你待在这儿好了,把拳头敲碎。还英雄……"库瓦尔达头也不回地朝走廊走去,"最好向赫罗莫夫多学学。"

钳工伊戈尔·赫罗莫夫上周有一个特别事件。集中供热站开始供热了,他对这个供热站简直了如指掌。水流发出声响——滚烫的、冰冷的刚性水,用于清洗沸腾的管道。热水蒸气被压出来了——千万不能吸气:鼻孔和肺部都会粘住。然后一直等到冷水把热水中和了,这时候热水可以关掉了,但冷水却关不掉。赫罗莫夫脱到只剩内裤,从外面的楼梯爬了上去,在黑暗中游了一百米,然后潜了下去——他知道在哪儿潜——有两米深。在水下扭紧了闸门,关掉了水流。之后又潜下去,游了回来。全部过程都在黑暗中完成。随后水泵开了,开始抽水。这当儿,赫罗莫夫甩干外套,穿好了衣服,像个过命名日的人一样容光焕发。人们拿他开玩笑,他反而变得愈加得意了。瓦列尔卡用两根手指捏住鼻子,说:"哎哟,跟老鼠一样臭烘烘的!"赫罗莫夫神采奕奕,仿佛什么都没听见。

往回走。前方又传来了咳嗽声,维克多提高了说话的音量,好让这些话语能够同电筒光一起越过库瓦尔达的肩头,让他停在路上陷入

第三章

思考：

"现在时代不同了。我就不会跳下去！不会！我和你多说一点吧：之前我从不乱扔垃圾，要是有谁乱丢纸屑，我就会上去批评。现在我也乱扔！不仅扔纸，还扔瓶子。随他的便。哪怕所有的管道都炸了！我曾经有过这么个念头：带着铁棍或者锤头下到地下，见管子就敲碎。特别是冬天最想这么干。不是么？没有水和暖气不知道人们要怎么过——或许就开始思考人生了。会醒悟过来的，但已经晚了。必须得给他们提个醒儿，就像敲警钟一样——哪，哪，啪。一根管子，两根管子……把我们这些见鬼的破管子都砸碎。民主党人反正也不会装新的。我倒是想这么做，但心里也明白：管子一炸，自己就会被活活焊接进去。正所谓一次不值得的游戏。而且人们也很可怜，人们也很可怜，"维克多重复道，"什么也做不了。今天好多人在电车里烧死了，太可怜了，他们就像是我的亲朋好友一样。但却没人可怜我们。谁坐在克里姆林宫里，你是知道的，我已经说过了……"

库瓦尔达沿着走廊继续走，没有转身。

脚下有什么东西像弹球一样蹦来蹦去。

"老鼠！"维克多哑着嗓子叫了一声。

库瓦尔达放慢了脚步，甩过肩膀一句：

"别大惊小怪的。"

进到大厅里。一个看不出年龄的胖子蹲在墙根，圆圆的脸，头发又长又黑，打结在一起。

"下班了？"他疑惑地问，很明显地强忍住咳嗽，皱起了眉头，形成一道深深的皱纹。

"你怎么咳嗽了？"维克多问道。

"走吧。"库瓦尔达说。

"肺气肿。"胖子宣布了这朵开在肺部奇葩的名字。

"其他人在哪儿?好像不止这么几个人啊。"

"夜生活才刚刚开始!"胖子教导说,"夜里,所有的事情都……"

他带着某种享受的快感咳起来,仿佛在抚平体内的创伤。好不容易直起身来,新一轮的咳嗽又令他面部扭曲,偏向一边。他蜷缩成一团,沮丧地伸出手掌,吃力地说:

"帮帮忙!"

"我没钱给你。"维克多不自在地说,随后赶紧追同事去了。

"这趟还挺好。"当他们拾阶而上回到城里时,库瓦尔达评价道。

"挺好的?"维克多紧跟在他后面问。

"没有吊死鬼。"

"啊……还真是。"

工人们经常会碰到吊死的人。不知为什么,人们要跑到地下来上吊。流浪汉或是酗酒者,甚至也有体面的公民。这些人一进到暖和的地下,就从已经完结的生命中获救了,开一瓶酒,然后开始制作上吊的绳索:或是用长裤,或是最好用皮带。方便得很——到处都是管子,一挂上,好极了!

地下的环境有可能对精神造成了压迫。看来,人们在喝醉以后就会浑身无力,这时候已经同命运妥协了,想着:下次再来,我还能比这次准备得更充分么?这儿总比在天杀的地上好。反正死了之后也要进坟墓,还是回到地下。维克多就是这么解读那些来这里上吊的人的心理的。工人们不会把他们报到警局去:条子每天夜里都要来这里捞一笔。

有些上吊的地方给人造成了不便——比如通道当中。整修小组抬着机器气喘吁吁地前进,而这个可倒好,像开玩笑一样把自个儿挂起来了,永远摆脱了痛苦,并且挂得还很可恶,绕都绕不过去。必须要贴着墙,一个跟着一个地走过去才能避过尸体。有一次用小车推罐子时,马尔采夫撞到了一条死人腿,扎亚金则被一只短靴打到了头。短靴在撞击下弹射了出去,掉在地上发出一声闷响。他们走过这段,直起身来,两人回头一看:一具摇来晃去的尸体,脚上穿着一只短靴……

维克多和库瓦尔达走出了拱门,进入了地下通道。人变少了,彩票贩子不见了,只有吉他手还在弹唱,身穿斜拉链皮夹克、头戴小白帽的年轻人在唱一首他们没听过的歌。

街灯旁站着三名妓女中的一位:一头红色的卷发,她正在抽烟,微屈一条腿,用高跟鞋的细跟抵在灯柱上休息。库瓦尔达向她投去热辣的目光。

"要不然,我们去麦当劳?"他指着黑压压的人群说道。

"啊,要站一个小时……"维克多哼了一声,"看呐,快看!"他对天上挥着手,似乎看见了一闪而过的奇迹。

"哪里?什么东西?"

天空中低垂着一弯银月。

第四章

塔尼娅高兴坏了,没想到爸爸和妈妈都来了,这种情况百年难遇。她还邀请了闺蜜。

塔尼娅的红头发和浅色眼睛像爸爸,黝黑的肤色像妈妈;纤细的身材,长手长脚;胸脯微微隆起,刚刚开始发育。她穿得像平时一样朴素:蓝色的足球衫,黑色的短裙。

她用湿抹布把客厅的桌子擦好,切了沙拉、香肠,摆上了一瓶在小货亭里买的卡奥尔红葡萄酒。丽塔来了,她是住在铁道路的邻居,也是十五岁,穿着带金丝线的短上衣,她在帮忙:启开了酒瓶,摆好了盘子和高脚杯。随后,中央大街的一对小姐妹来了——十六岁的维卡和十三岁的克休莎,两个人都是金发碧眼,穿着牛仔套装。

塔尼娅小口小口地抿着葡萄酒,双腿交叉,时不时咬一下左手小指的肉刺。她望着女友们,收音机里传来响声震天的歌声,在这音乐的节拍下,她一只脚不住地晃动:

Ramamba haru mamburu,
Ramamba haru mamburu.

"好酷的歌,"她不确定地说,似乎有一丝丝的抱歉,"只是俄罗斯人都听不懂在唱什么。"

"什么都听不懂才酷呢!"老公鸭嗓子的维卡答道,她骨架大大的,脸上有两团红晕。

"我喜欢'百事可乐'乐队。"克休莎懒懒地说,她是个皮肤白净的娇小姐。

"这里面也有,"塔尼娅说,像之前一样微微带着歉意,"这盘磁带里有最近所有的热门歌手。"

"快关了你们的曼布鲁[1]。过来坐着,说说话。"丽塔容光焕发,心满意足地说。

"这首歌很棒啊。"塔尼娅固执地说。

"快关掉,跟你说呢。"

丽塔身材丰满,鬼点子最多。她前不久刚染了头发,但不成功——黑发露了马脚。她丰腴得恰到好处,为年轻的身体增添了一种妩媚的吸引力,这在她完全变成一个令人生厌的胖女人之前还能持续好多年。她是唯一一个和男孩子约会的人,因此,在她的眼睛里喜悦不是黯淡下去,就是欢呼雀跃。她长得很像她父亲,两年前被撞死的一位长途客车司机,也是个头不高,有一个凸起的、类似尼安德特人的低额骨和厚厚的嘴唇。

丽塔和塔尼娅从记事起就在一起玩儿了,后来又进了同一个班。而从市中心来的一对小姐妹是家里有别墅的,夏天的大部分时候,她们都住在三层的尖顶红砖城堡里,有时候冬天也过去住。她们的父亲是位珠宝商,去年给自家的铅灰色房顶镀了一层金。实际上,是一种闪闪发光的金属,但到了今年春天,原先的金色就不可逆转地变暗了。

塔尼娅家的房子比较朴素,是所谓的芬兰样式:木头搭建,两层

---

[1] 译者注:指上文的歌词"mamburu"。

楼高,深樱桃色——跟丽塔家几乎一模一样,只不过后者是奶白色。

维卡将克休莎带来的薯片嚼得嘎嘣脆,一片接一片地从大袋子里掏出来,袋子由克休莎白皙的手指攥着,放在面前。

丽塔的劣质香水味在不通风的房间里显得异常浓烈,克休莎的小鼻孔不停颤动着,薯片袋在她手上嗞啦作响。

Ramamba haru mamburu,
Ramamba haru mamburu.

"像是从桶里传出来的声音。"

丽塔站起身来,走到窗前:

"抽烟么?"

"你等等……别在窗前抽。"塔尼娅犹豫不决地望着她。

"为什么?"

"因为人来人往的啊,神经病可不少,给他们发现了会告诉你家人的。"

"哎哟,好怕,好怕,好怕……"丽塔故意气她,撇了撇嘴,"塔纽赫[1],你也爱护爱护我吧!我可不想听这些胡说八道!"她向录音机俯下身,按下了关闭键。

"你最好坐下来,在桌子旁边吸。我待会儿来通风。"

"那怎么弹烟灰?弹在地板上?"丽塔用打火机点燃了一支"骆驼",吐出一个瓦蓝色的烟圈。

塔尼娅跑进了厨房,拿来一个烟灰缸:

"呶!弹这里!待会儿我来擦……"

---

[1] 译者注:塔纽赫为塔尼娅的爱称。

"你们九月份还在这儿么?"丽塔问两姐妹。

"我们很快就要去塞浦路斯了。"克休莎嘟囔着。

"回来的话,"维卡补充道,"要十天以后了。"

"你们都去过哪些地方了?"塔尼娅问。

"哪里都去过!"克休莎炫耀道。

"我只去过克里姆林宫,"塔尼娅小声说,"现在这也算是出国了。听说,我们好像都要被送到巴黎去。我们整个班都要和法国人交换。"

"等等,"丽塔生气地表示反对,"只是莫斯科市的人要被送走吧,吓我们干吗?"

"我们去过法国,"克休莎说,"他们那里的火车速度好快,窗户外边什么也看不清,就好像一直在下雨……还是下雾。"她断断续续地说。

姑娘们吃吃地笑了起来,拿起了酒杯。

丽塔给自己倒了一杯。

"甜的,该死的,"她点了一支烟,"简直就是糖煮水果。"

"我能不能喝点别的……不喝葡萄酒?"克休莎问。

塔尼娅又冲进厨房里,在水龙头下接了一杯冷水。

"有水锈。"克休莎怀疑地冲水杯里看了一眼。

"该死,我们喝起葡萄酒来,就像那些……那些教皇。"丽塔说。

"教皇?为什么是教皇?"塔尼娅没明白。

"不会吧你,没去过教堂?"

"我们就是教皇,"维卡从她妹妹手里抢过薯片,跳起来向她们挥动。她稍稍加重了自己低沉洪亮的嗓音,特意拖长了"ao"的音,

"我们来祈祷!"

克休莎嘿嘿地笑了。

"哎,你干吗?真是的!"丽塔一跃而起,从维卡手中夺走了即将

被扔向地面的薯片袋,将她的手摁在椅子上。

维卡投降了,她也许是要强壮一些,但有种特质让丽塔成为了头儿——阿塔曼女战士[1]。

"不得取笑神圣之物!你们笑什么?"丽塔眯起眼睛扫视了姑娘们一圈,"奶奶告诉过我:这里以前有座教堂,在树林子里的车站旁边。那里到现在还有一堆石头。看到过吧,没骗你们吧?教堂关闭了。有次一个小伙子喝大了,翻到墙里面,穿上了教皇的衣服,却再也没能爬出来,衣服也没脱下来。他拼命地挣扎,一直挣扎到了早晨。后来,炸毁教堂的人们来了,埋了一圈炸药引爆了,没人听到他在里面大喊。"

"或许,他根本没喊——要是没有一个人听到的话,"维卡评论道,"除了他自己以外没有别人在场,你是怎么知道发生了什么的?"

丽塔略一思忖,用猫科动物特有的勾人目光扫视一周,随后突然笑了起来:

"你先听我说完再自作聪明!他的未婚妻就站在人群里无声地抽泣。那天晚上他没有上她那儿过夜,她于是告诉别人:'听见了么,他在求救!'她去了他的母亲和哥哥那里,但他们都说:'得了,回家睡觉去吧!啥都听不见!'她又跑到指挥官那里:'您听见了么,在教堂里有人求救!'他答道:'是风声。'总之,教堂炸掉以后,在废墟里面找到了这个小伙子的尸体,还穿着教皇的衣裳。我奶奶亲眼看见的。"

"怎么,她就是那个未婚妻?"塔尼娅问。

"滚!"丽塔做了个要打她的手势,"他的未婚妻立马就信了上帝,开始绕着村子跑,边跑边唱赞歌。"

---

1 译者注:即 ataman,是哥萨克各种首领的称号。在俄罗斯帝国时期,这个词是哥萨克军队最高军事指挥官的官方头衔。

"丽塔,你是谁的未婚妻呢?"克休莎问道。

所有人都大笑起来。

丽塔将高脚杯举到嘴角,微微倾斜并拉开角度,迅速地将酒一饮而尽。这之后,她转向克休莎,在不怀好意的微笑中被葡萄酒染红的嘴角微微上扬:

"我喜欢科尔涅夫。"

"大的那个么?"维卡蹦了一句。

"叶果尔。"丽塔咬了咬嘴唇,别过头去。

"叶果尔……"塔尼娅重复着这个名字,就像回声一般。她把椅子弄得吱吱作响,眼里的光黯淡了下去。

科尔涅夫家就在丽塔家旁边。这原本是一栋天蓝色的房子,因为长期被黑烟所熏,显得无比邪恶。科尔涅夫家的大儿子瓦西里,坐了很久的牢,老婆不久前去世了,老科尔涅夫一个人拉扯大了叶果尔——二十年来一直是整个村子的危险人物、吸血鬼和卑鄙之徒。他嘴唇厚实,脸刮得很光净,春天就从军队回来了,一条伤疤覆盖了半张脸。

"想嫁给他?"塔尼娅问道,声音带着一丝不易察觉的颤抖,"你觉得,他配得上你么?"

"那嫁给谁?"丽塔脱口而出,"不然,嫁给尤里克?"

大家又笑起来。

"这是克休莎的情郎。"维卡说。

"闭嘴!"克休莎威胁道。

几年前,这群姑娘小一些的时候,她们和尤里克的关系很好,这是个头脑简单、神经敏感的小男孩,住在小树林旁莱蒙托夫大街的别墅区里。他鼻子有点长,脸色白中泛绿,头上常年戴着一顶缀着球球的红色羊绒帽——为了避免受风,或是一顶巴拿马草帽——为了防晒。他的妈妈和外婆总是在张罗过节，做了很多好吃的招待小客人，而尤里克也像个玩偶一样对姑娘们彬彬有礼。然而，随着时间的流逝，她们抛弃了尤里克。丽塔有一次甚至将他推到了池塘里。他沿着尘土飞扬的小路走回家，边走边哭。巴拿马草帽掉在了池底，从手腕到膝盖都挂着长长的水草，这让尤里克看起来完全变成了匹诺曹。如今，只有克休莎因为无聊才偶尔见他一次：她们在小区里跟他玩躲猫猫。

"别这样，我们克休莎是大姑娘了，"维卡用保护人的口吻调笑说，"我们的克休莎都接过吻了，在莫斯科有个中学的男生送她回家，然后在她家门口徘徊了好一阵子……你的季马怎么样？会接吻么？"

克休莎脸上泛起了一丝红晕。

"嫉妒咯？"

"我么？"姐姐发出了一阵银铃般的笑声，"我逃都来不及，他满脸都是粉刺。"

"好啊你！好啊你！"妹妹尖声尖气地叫道，"你自己不也长过两个粉刺？还挤了一个月，不记得了么？一个在额头上，一个在鼻尖上。看呐，现在还有疤呢！"她抬手指着维卡的脸，由于用力过猛，一胳膊重重地撞在她脸上。

"简直了，我有个弟弟，哇塞，他完全不讨姑娘们喜欢……"丽塔叹了口气，"再瞧瞧科尔涅夫，该死的，在少先队夏令营走一遭——都能撩上女孩儿。"

"叶果尔？"

"可不？！"

少先队夏令营在远离镇子中心的地区已经存在了一个世纪之久，现在这仅仅是一个供中学生休息的场所。少先队制度已经取消了，号角也不再吹响，几个寻开心的刺儿头也都被各自拉回了家。商店旁边有一个红色的旋转木马，孩子们会骑着玩儿，但更多的时候，上面坐的都是喝醉了的男人们，转着转着就摔了下来，干脆在地上睡着了。

"怎么，你都和科尔涅夫约会了？"维卡问道。

"快了。"丽塔说，故意做出一副忧郁的模样。

"你不是跟哈利托什卡[1]出去过么？"塔尼娅平静地回应道。

她以一种探究的目光望向女友。真是好朋友，这样的朋友怎么能叫人不喜欢。

"滚吧你！他是个畜生，我才不跟畜生出去呢。再提这茬儿——就跟你断交。"

"就是个畜生啊，"塔尼娅帮腔道，"我早就跟你说过了。"

"你是说过。那又怎么样？"丽塔又点了一支烟，"他是我什么人？情夫么，还是什么？他妈妈跟我妈妈说，他小时候被电打过，幸亏一个采蘑菇的人路过，用木棒把电线挑开了，不过打那时起他就那样了——过了电。"

"跟傻子一样，"维卡证实道，"成天追着人跑，撞柱子上才好呢。"

哈利托诺夫住在一个小商铺旁边，他妈妈就在这个商铺里做售货员。他动作敏捷，留着一撮白色的鸡冠发，经常骑着小摩托风驰电掣。此人生性异常傲慢，喜欢追逐异性，却又言语粗俗。他以这种方式来掩盖自己灼热而野蛮的情欲。有一回，他带着丽塔兜风兜了一整晚，她从后面抱住他，而他的双手就在方向盘上起舞。他们每转一圈暮色就更浓一些，在黑暗中他们把车停在了田野旁的小树林里。哈利托恩不会舌吻，丽塔就以老手的姿态回应了他。很快，她又和开吉普的阿尔斯兰好上了，哈利托什卡看到他俩在一起之后，怒火中烧。他骑在摩托上与她擦身而过，就在要撞上的一瞬间扭过脸来，那是一张因愤怒而疯狂变形的脸，同时向她高高竖起中指。更有甚者，他开

---

1 译者注：下文中哈利托诺夫的爱称，哈利托恩也指此人。

始从窗户里随时随地监视她，只要她一出门，他就骑着摩托冲过来大喊：

"丽特卡[1]是个贱货！丽特卡是个贱货！"

街坊邻居的小孩们已经开始跟在他后面这么叫了。

丽塔的小弟弟费佳，在哈利托恩骑着摩托向他轧过来的时候闪开了，一下子掉到了沟里。

丽塔本想向阿尔斯兰抱怨，但他一溜烟跑了，所以她只好隔着栅栏惺惺作态地叫唤：

"叶果尔，哎，叶果尔……我真是受够了这个畜生了……我不过就是坐了一次他的小破车，他如今就缠上我了，还侮辱我……帮我和他说说吧！"

栅栏那边果然又响起了摩托声，科尔涅夫走了出来，扑上去，一个耳光扇在白色鸡冠发下的脸颊上。哈利托什卡跟他的摩托车一起轰然倒地，叶果尔拽着他的衣领将他拖起来，威胁了几句，然后狠狠给了他一脚。哈利托什卡飞出去好远，奇迹般地脸朝下跌在一堆沙子里。科尔涅夫立了一会儿，双手插在屁股口袋里，对着翻倒在地的摩托车啐了一口，砰的一下关上了栅栏的门。哈利托什卡慢慢爬起来，趁着没人注意溜到摩托车旁边，飞快地将它扶起来，然后一路小跑逃走了。

"没一个正常人。我们学校里每个人都随地吐痰，"维卡说，"学校棒得很，一半的人都是坐小轿车来上学的。上课就互相砸纸团，揪衣领。"

"课间就打架，"克休莎补充道，"用注射器从马桶里抽水，来吧，互喷吧。"

---

[1] 译者注：丽特卡是丽塔的爱称。

第四章

"这是你们莫斯科!你们又没去过我们的学校。"丽塔反驳道。

"我们学校里有个怪胎,直接在走廊里撒尿。"塔尼娅接住话头。

"扎鲁滨么?"丽塔活跃起来,"不止他一个,我们还有打得断手断脚的。校长火大得很,他办公室的窗户被打碎了,门上还写了'白痴'两个字。课间好多人都喝得醉醺醺的。听着,姑娘们,你们尝过伏特加没有?"

"只有你什么都尝过。"塔尼娅说。

"最好早点尝,就有经验了。"丽塔在面前转动盛着葡萄酒的高脚杯,"别光说不练!"说着钻到了桌子底下,"我喝过兑番茄汁的伏特加,就在'童话'餐厅里。"

"和阿尔斯兰契克[1]么?"塔尼娅问。

"对啊。"

阿尔斯兰是去年春天与丽塔在学校旁边认识的。有几次,他用自己的吉普车载着她去了"童话"餐厅,就在雅罗斯拉夫公路的出口旁边。阿尔斯兰充满自信、无忧无虑、活力四射,就像多汁的果实;你简直无法将他与任何坏事联系起来。他掌握着好几个商铺的交易,送过丽塔真正的法国香水。有一次,他们挑了个双休日去索夫里诺[2]的娱乐中心度假,丽塔就是在那儿告别了童贞。之后,阿尔斯兰给丽塔买了化妆品,将她接来送去,还见了她母亲加琳娜,给她送了一篮水果糖,第二次见面又抱了一个大西瓜过去。他也和塔尼娅认识了:"跟我们玩儿去吧,不会害你的。我朋友陪你,之后你谢我都来不及!"但塔尼娅怕父母生气。丽塔的母亲则在她父亲去世之后对一切都无动于衷。后来,阿尔斯兰回他在高加索的家了,他的香水到现在还立在

---

1 译者注:阿尔斯兰契克为阿尔斯兰的爱称。
2 译者注:索夫里诺,莫斯科下面普希金诺地区的一个小城镇,位于塔利采河及其支流马霍尔卡河上。

丽塔的书柜里：她用得很节省，大多数时候都喷自己买的便宜货。

"听着，真的不疼么……第一次？"维卡忽然满怀敬意地问道。

"还行吧。"丽塔漫不经心地说。

"我听有个女孩儿说，她差点没把血流干。那个和她上床的男孩儿一看这么多血，当场就吓跑了。她是被救护车接走的。"

"胡扯什么，肯定是生病了才弄不成的。"丽塔一下一下地按着打火机。

火车驶过，房子吱吱呀呀地晃动起来。有时候，塔尼娅在夜里因为头部坠落在枕头上而惊醒，仿佛自己就坐在火车里一样。

"那……这到底……"塔尼娅在组织语句，"舒服么？"

"还行吧，"丽塔重复道，对她吐了一个烟圈，"没人想试试么？"

"我想试试！"塔尼娅接过没抽完的半支烟，咳嗽起来。

"你不会抽过吧？"维卡问。

"抽着玩儿。"塔尼娅回答，一边咳嗽着熄灭了烟头。

"生活教会了人抽烟，"丽塔说，"你就吸气的时候用力一些：啊——啊噗，然后呼气……噗嘶，啊噗，再呼气……吐掉……"

她从挂在椅子上的小包里拿出化妆品，打开之后就对着镜中的自己，开始用小刷子在两颊上涂腮红。随后，她将刷子递给塔尼娅：

"想试试么？"

"呃……"

"别弄了，"丽塔说，"她爸爸不允许她化妆，说她还太小了。"

"他没不允许我化妆！"塔尼娅咬着指甲说。

"我都化妆，"克休莎说道，"从十岁就开始了。"

"她化妆，"维卡略带嘲讽地插了一句，"用的都是儿童化妆品。"

"都是上好的化妆品，贵得很。是别人从美国给我带回来的。"

"要是嫁人，"维卡转了话题，"最好是嫁外国人。爸爸说了：趁现在还不算太晚,得赶紧从这儿逃出去。我们已经在塞浦路斯买房了。"

"你们可真幸运。"停了一会儿,丽塔说道。

"'童话'里外国人可多了,"塔尼娅提示道,"都是从谢尔吉耶夫镇过去的、在那边吃午饭的游客。"

"谁允许他们去那儿的?"丽塔合上了化妆品的盖子,"'童话'里都是我们自己人。那是以前,苏联时期有过,还特意为游客建餐厅。现在那里都是黑帮。"

"他们在'童话'的头子是瓦列拉,我爸爸跟他很要好。"克休莎柔声柔气地说。

"他是普希金诺市人,"维卡说,"他在普希金诺还开了一家餐厅。"

"瓦列拉·基纳米特将会在那儿热情款待你们。"塔尼娅挑衅地大声念出杵在餐厅旁边标牌上的欢迎语。

所有人都笑了起来。

"听说这个瓦列拉,"丽塔说道,"还养妓女。"

"说什么呢……快点,丽图西[1],快上……"维卡说。

"哎,你们在那边玩笑开够了没有!"丽塔嚼着香肠,接着又转战沙拉了。在她所树立的榜样魔力下,所有人都开始大吃起来。

电话铃响了,塔尼娅走了过去。

"嗯,妈……我么?好得很啊!一会儿就睡觉……山羊?喂过了,啊哈。白天它睡足了。对,是从袋子里拿出来的。挤奶?妈,我现在不挤了。明天我和你一起挤。真的,我一个人弄不来。好的。爸爸怎么了?电视?没有,我没看。给爸爸看?没有啊。怎么了?电车?烧起来了?我看看,好的。嗯,就这样,妈。"

电话是一种隐蔽的奢侈品——不是家家都有的,他们一年前才

---

1 译者注:丽图西是丽塔的爱称。

添置上。维克多坚持要买,虽然价格不菲,但与世界建立了联系。确实,现在每天都有人打电话给他们。

"我妈说电车着火了,死了好多人。"

"我找甜面包去了。"丽塔站起身来,走出了客厅,砰的一下关上了卫生间门。

塔尼娅打开了电视搜索频道,连父亲的影子都没找到。她调到圣彼得堡台——阴沉的滤镜,棕榈树,大胡子的男人们穿着棉袄在小山包之间奔跑,歌剧,涅夫佐罗夫喉音颤抖的咏叹调:"洞若观火⋯⋯忠心耿耿⋯⋯惨遭遗弃的士兵们啊,属于那曾经强大的国家⋯⋯而如今已被诅咒⋯⋯"

她关上电视,打开了收音机。

"看着我的眼睛,我想说,我已把你忘记,我也不会哭泣,我只想知道,你因谁而将我抛弃。"从磁带里传来维特利茨卡娅饱受折磨的声音。

"听说,她和提托米尔打算结婚了。"维卡说。

"布加乔娃把他们拆散了。"克休莎补充道。

"把音乐关掉,我说过了吧!"丽塔走进房间,居高临下地呵斥道。

塔尼娅怯生生地走向收音机,按下了停止键,委屈地耸动着双肩:"关就关嘛⋯⋯"

"你爸爸还把自己画下来了,真是搞笑,"丽塔说,"简直就是艺术家,在茅厕里,没看到么?"她转向两姐妹。

"你还没父亲呢。"塔尼娅若有所思地回她道。这是真的,在厕所马桶上方的白墙上,维克多不知什么时候趁着醉意用妻子的口红涂了一个从后脑勺看过去的头像。还真像,大大的,满头卷发的脑袋,所以才这么醒目。

"我们要回去了。"维卡心不在焉地说。

第四章

"对哦，走了，"丽塔附和道，"塔纽什[1]，你怎么了，不会生我的气了吧？你是我最好的朋友，你是知道的。哪天出来一起逛逛，哈哈！"

女孩子们在嬉笑中下了楼，穿过门廊走入了傍晚的花园里。走在最后的是塔尼娅。她刚打开窗栓，一只胡蜂立马带着气势汹汹的轰鸣冲进了烟雾缭绕的屋子里。它在墙壁间撞来撞去，掉在了桌上，最后钻进丽塔那盘没吃完的沙拉里去了。塔尼娅想把它捉住，用抹布之类的东西包上再扔出去，但姑娘们的笑声越来越远了。她停顿了一下，随后一个复仇的箭步冲向收音机，摁下了按钮，关了灯，扭头跑进暮色中。

空气中弥漫着甲壳虫和青草的气味，蝉儿振动着银色的翅膀。路灯多数都不亮，只是在远处，在黑暗街道的尽头有一家店铺还亮着灯。姑娘们站在大门旁边，不停地跺脚，从空屋子黑洞洞的窗口里传出歌声："看着我的眼睛，我想对你说……"

塔尼娅和丽塔的年纪差了一个月。塔尼娅是七月生的，丽塔则生在八月。她俩小时候总打架，塔尼娅喜欢咬人，丽塔就抓她的脸。塔尼娅是最先发起进攻的那个，而胜利者通常是丽塔。她紧紧抓住塔尼娅，将她压在下面，一边大叫着"喏"，一边用拳头砸在她背上。最后，总是妈妈将她俩拉开，但没过一会儿就又吵起来了。塔尼娅去丽塔家做客时，弄倒了她的一只陶瓷卷毛狗，把它的脚给砸坏了。丽塔当时没有发火，一周以后她去塔尼娅家玩，抓起那本阿格尼娅·巴尔托的诗集就冲到了外面，这是一本插图精美的厚书，她一边跳着脚喊"追——我——呀！追——我——呀"，一边把书一页页撕下来。

上学的前一年，塔尼娅的父母带她去了季什科沃水库，丽塔也和他们一起。姑娘们游泳游得很快活，塔尼娅的母亲用一条又白又大的

---

[1] 译者注：塔纽什是塔尼娅的另一个爱称。

浴巾给她俩擦拭身体,浴巾上还有奥林匹克小熊的图案。闪光的虻虫在空气中浮游,两个女孩旋转着,互相拍打对方——头一回不是因为打架。

"我们来数数,谁虫子打得多。"丽塔提议道。

于是,她们开始专心致志地拍打小虻虫,每个人都在摊开的毛巾表面铺上一堆堆被压碎或者半死的生物。塔尼娅是多么想证明她什么都能做到呵,她太想赢了!她真的赢了——她的虫堆数多一些。

"我们来给它们做个坟吧。"丽塔提议。

她们将虫子的尸体从毛巾上捧走,埋在了布拉茨克海滩上的沙穴中。有一些虻虫从沙砾中钻了出来,但很快在它们上面便立起了一座城堡,为了让其更坚固,两个女孩用灵活的手掌在上面拍了好一阵。最后,塔尼娅捡来一根弯曲的小树枝插在了顶端。

"好样的,"丽塔很满意,"我们在这座坟前发誓吧:我们会要好一辈子!"

奇怪的是,她们自那时起就要好起来了。在学校里坐一排,校园节日汇演上她们成双上台——被她们的友谊所感动的校长是这么觉得的。

"你怎么系的领巾——爱惜着点!"丽塔激动地大叫。

"她整个儿就是红旗的颜色……"塔尼娅用艰涩嘶哑的嗓音说。

二年级时,丽塔爱上了身材壮实、喜欢寻衅滋事的茨冈人,塔尼娅则喜欢上了好打架的头子——一个眼睛像锡块的、考试总得两分的男孩儿。两个女孩儿互相讲述自己邪恶的爱情,没完没了地讨论:谁说了什么,谁的眼神是怎么样,他究竟喜欢谁,怎么才能让他嫉妒……升了一个年级之后,又出现了新的目标——例如,两人都迷恋上了年轻的体育老师,在这一点上她俩倒是没有分歧,或许是因为对女英语老师的憎恶将两人团结在一起,那是一位身手敏捷、表情阴郁的阿姨，很明显跟体育老师有一腿。塔尼娅成绩好一些，她总是替丽塔写作文，丽塔则胆子大一些——她负责维护塔尼娅。她们开始结伴去学校的迪斯科舞会，又一起甩脱喝醉的小伙子们。

塔尼娅兴许长得好看一些，但她的拘谨和羸弱削弱了自身的吸引力，因此总不及丽塔在男孩子们中间受欢迎。塔尼娅闪着北方太阳的那种微弱白光，激不起那帮渴望新鲜热辣事物的粗野同龄人的兴趣；狡猾、放肆而又快活的丽塔则从不乏追随者。

"烦死了！一群一群地贴过来。我怎么他们了，身上抹了果泥还是怎么的？"

"听着，为什么……为什么没人贴我？"

"因为你是一块板加两个奶头。要行动！"

第一次喝醉酒也是两人在一起——喝的啤酒。在小树林里。皱着眉头，一口一口咽下去的。啤酒是罐装的，又苦又涩，还泛着恶心的泡沫。喝完就头晕目眩的。

"丽……丽特……"

"哎唷……"

"所有人都要死的……"

"对头……"

那年夏天，丽塔的父亲被撞死了，埋葬在距离镇子五公里远的墓地里，墓地的触角一直延伸到松林的边缘。丽塔的妈妈加琳娜痛哭失声，小弟弟费佳擦着眼睛，这是个生得很美的小男孩，跟妈妈长得一模一样。丽塔耷拉着一张被泪水泡得浮肿的脸站在一边，就像瞎了一样。死者躺在棺材里，完整无缺，但又不像生前的样子——显示出一种威严又傲慢的神气，仿佛是一个模子里刻出的演员，马上就会立起来唱出悠扬的男低音。塔尼娅第一次看到他穿一身西服，她没有哭，疏离地看着这一切，似乎变成了死者的灵魂，出席现场却不被任何人看见。

她小时候就无数次地想到过死亡，但死亡从没能和若拉叔叔联系在一起，他是个那么爱开玩笑的人。这个人的死亡令她如此震撼，以至于无法意识到死亡本身，并在置身墓地的时候完全怅然若失。塔尼娅环视四周，发现一切都变得白茫茫的。她望着棺材、鲜花、墓穴、雪松，感到所有这一切就是她，是她本身。她吸收了这一大片白色，到了告别仪式结束时，她变得像死人一样苍白。

　　人们将棺材钉了起来，地面被敲打得叮当作响。丽塔抱住了塔尼娅，将自己的额头贴在对方的额头上。她们平时的交流都是带有信任的嘲讽和轻松自如的，所以此刻塔尼娅竟无法找到要说的话，猝不及防地，在她们额头相抵时，她脱口而出一句话，一出口她就明白有多么可怕：

　　"还记得吗，我们一起埋了虻虫。"

　　"什么？"丽塔浑浊的双眼立马充满了恐惧，"什么？"她弹开了。

　　"没什么。"

　　"不对，你说什么？"

　　"虻虫。埋了。还记得吗？"塔尼娅摇晃着，意识逐渐离她而去。

　　她们之后再也没有提到这件事，但相互间却愈发疏远起来。第二年，丽塔认识了阿尔斯兰，从此开始了她的"隐秘"生活。丽塔对塔尼娅说话总是客客气气的，带着一丝嘲讽，她越是一遍遍说她们是朋友，塔尼娅就越是清楚：虻虫的墓已经被毁坏了。黑色的小飞虫不怀好意地存活了下来，它们重新积蓄力量，冲出了沙砾，于是整个空间都充斥着贪婪的嗡嗡声……

　　维卡和克休莎往家的方向走，丽塔和塔尼娅朝另外一个方向。她俩在大街上摇摇晃晃地游荡着，这里哪怕百年后都还是一个样子，或许更久也说不定：右边是二层楼房，左边是狭窄的林荫道，落叶松站成了两排，土堤，铁路，再后面是茂密的森林。

第四章

一轮皓月当空。

"你和她们在一起搞什么?"丽塔的声音从遥远的童年传来。

"干吗这么说,她们挺正常的。"

"废物。"丽塔吐出一口烟,出人意料地轻盈,带着刺鼻的气味,有些古怪地漂浮在前面黑暗的树干之间。

"为什么是废物?"

"自恋狂。你自己看不出来么?吃好的喝好的,"丽塔突然低声说道,"她们的父亲是搞钻石切割的,想想看就知道多有钱!真想抢了这只小畜生克休莎,捞一笔她的钱……该死的,哪怕有一次送我们这种钻石也行,可她们偏偏只拿着一袋薯片来炫耀……什么又是出过国,又是去过哪儿,那就别回来啊!还想要金屋顶!我妈的一个熟人给他们家砌的顶,说:故意那么弄的,让它以后颜色会变暗。变个屁!还想要金屋顶……"

"她们爸爸有钱,她们倒成罪人了!"

"这么喜欢她们?给她们家当佣人去啊。"

她们朝小卖铺走去——一个带柜台、窗口有栅栏的铁盒子,盒子上面亮着一盏探照灯。看小卖铺的是一个叫吉姆卡的茨冈人,丽塔还是个少先队员的时候,曾经喜欢过吉姆卡的弟弟,也是她的同班同学。据说,两兄弟都干过偷自行车的勾当。

"小姑娘!"从小卖铺里走出来一个人,朝她们迎了过去。

"嗨,好啊,叶果尔!"丽塔吓了一跳,转而兴奋地回应道。

来人是科尔涅夫,穿着运动裤和海魂衫。虽然天色很暗,塔尼娅还是立马看见了他那张忧虑疲惫的脸和警惕的目光。

他又上前一步。

"你是谁?"他俯下刮得很干净的脸,打量着塔尼娅。

那道横穿脸颊的刀疤让他的脸看起来像一块被咬过的馅饼。"肉馅饼"这个念头一闪而过。塔尼娅感到一阵心慌,随之而来的是甜蜜的虚弱感。要是他现在递上伏特加,她肯定会毫不犹豫地喝下去。她为自己的眼睛不能从他脸上挪开而感到难堪。

"这是塔尼娅,塔尼娅·布里昂采娃。她住六栋。"丽塔摸着他俯下的脸庞,一下一下,一下一下。

"塔尼卡[1],我记得。你都长这么大了……差点儿没认出来。以前看你跑来跑去的,个头小得很。现在你……你……可真像一株小柳树。"

塔尼娅瞬间跌入了一种半梦半醒的状态里,定住了一般。丽塔尖着嗓子说了些什么,又用手抚摸他剃得光光的脸颊,急急忙忙地买了杜松子酒奎宁饮料,从细细的瓶颈里倒出来喝,还洒了自己一身……

随后,所有这一切都沉入了路过货车的轰隆声中,叶果尔将两手搭在塔尼娅的肩膀上。

他不知为何非要将她转过来——背对着铁路,也许是想试一试,转动她的身体要费多大劲儿。

"放开!别碰她,跟你说呢!"丽塔尖叫道。

而对方只是一面摇晃着身体,一面傻笑着,继续紧紧摁住塔尼娅的肩膀。

在他眼前,塔尼娅的背后——她看不见,但能听见一辆货车带着铁的呻吟直直地穿过黑暗,穿过茂密的森林,永不停息,就像在恐怖片中。很明显:铁路的叮当声再不会消失了。

"放开她!"

叶果尔恶作剧地加大了手上的力度,坚硬的指甲嵌入了塔尼娅的皮肤里。货车鸣了最后一声笛,叶果尔松开了双手。

"你可真搞笑!"他说,像以前一样扬起一边的嘴唇笑了。

---

[1] 译者注:塔尼卡也是塔尼娅的爱称。

第五章

归队之后,维克多瘫在沙发上,抓起了一个三明治。

"饿得要死,"他嘴里塞得满满的,含混不清地说,"莲,后来怎么样?"

"还能怎么样?都吃光了!赫罗莫夫起来以后也很饿,我给他泡了茶,把你的香肠三明治给他吃了。吃完就又躺倒了。"

莲娜望着维克多,既心安又恼怒。关于在地下发生了什么事,她没有问,希望他自己会说,如果真有事儿的话。

"干一杯!"库瓦尔达提议说。

"可以来一小杯……"

库瓦尔达倒了半杯,又拿来一个装冷水的长颈瓶稀释酒精。维克多的脸扭曲了:

"这不行……"

"别傻了!"莲娜叫起来,"要是真喝醉了,我把你们藏哪儿去?"

"还拿对新人那套唬我们?"库瓦尔达直起身子,从上方用讥讽的目光望着同事。

"好,"维克多说,"今天不喝了。小吃有么?"

"煮鸡蛋,吃么?"

"吃。"

库瓦尔达拿来一袋鸡蛋,维克多迫不及待地剥开蛋壳,一个接一个吞了下去。

"跟蟒蛇一样,"莲娜说。她用手撑住脸颊,望着丈夫,"连盐都不撒。"

"喏,为了我们大家,干杯!"库瓦尔达一口干了,清了清嗓子,"打个盹儿去……"

"去吧,去吧!"莲娜目送着他的背影,"维奇,你也……去睡会儿。"

"我去了他们睡不好。也不想睡。最好……能玩玩填字游戏……"

他脱下短靴,伸开了双腿。莲娜从桌子中间的抽屉里取出一叠报纸,将它们同一个铅笔头一起递了过去。

"玩吧,玩吧……就是别说话,行不?"

"你怎么办?待会儿做什么?呆坐着?"

"想想都知道。跟你有关系么!"

维克多翻开报纸,开始研究最后一页,嘴里嘟哝着,不断地咂嘴;有好几次用五指插进头发里,一边按压,一边梳理。时而一拍脑袋,飞快地填上一个字母。有一下写得过于大力,纸都被戳破了。

"不好意思……古罗斯货币的一万块,也没有光。四个字母,"他望向妻子,"莲——莲!"

她坐在那儿,仿佛置身忘川(陷入了幻想?思索?还是睁着眼睛睡着了?)——下巴好像与拳头长在了一起。

"莲!"他怯生生地又喊了一声。

电话突然响了。

莲娜一下子拽起听筒,用一种陌生的声音说:

"我在听。"

她等了一会儿。

"我在听。好,我明白。地址是什么?第五亚玛街?公司?切断水源?收到。会过去十个人。"

她放下电话,翻开笔记本,做了记录,又合上了本子。

"你刚问什么?"

他们的目光相遇了,两个人都在交汇的一瞬间害羞起来,移开了眼睛,就像是初坠爱河的恋人。失眠唤醒了年轻时代的不知所措。

"黑暗!"维克多叫起来,"答案:黑暗!这么简单,就想试试你!累了么,小可怜?睡吧,我来值班。"

"撑得过去。"

他一直到天亮才睡着,梦完全将他淹没了。维克多刚把铅笔头吐到地上,随后将报纸也扔了下去——就躺倒了。

他感觉自己才睡了几分钟,就有人吻在他的唇上。他一跃而起,正好撞在妻子的额头上。

"白痴!白痴!"她揉着起来的鼓包,"差点没撞扁了!你为什么这么鲁莽?"

车站人山人海,就像平常的早晨一样。维克多猜着每一个过路人的身份,就像猜字谜那样。

那边那个戴着咖啡色宽檐帽、脸色阴郁、眼睛充满血丝的老头可能是敲钟人——维克多甚至无声地笑了起来。而那个头戴耳机、穿着被汗渍浸透的白色球衣——球衣上还印着花哨图案的,是个大学生。他在去参加考试的路上,弄不好是补考。

之后,空气中弥散着古龙香水味,闷热,烦躁,不知为何还有臭鸡蛋味儿。布里昂采夫站在那里,佝偻着身体。

火车停在了隧道中间。车厢里到处都能听到从耳机里传出的音乐,而当车轮发出轰隆声的时候便听不见了。附近的某个地方有"嘭——嘭"的空洞声响,表演者不断地喊叫着。从某个遥远的角落传来像蚊子哼似的具有穿透力的声音,那是崔[1]在以太阳的名义歌唱星星。

"要是火灾呢?"维克多想,透过窗玻璃看着外面的暗夜,玻璃上映出他的脸庞,红色卷发中的一个亮团。在这张脸后面,隧道里那些灰色而巨大的电缆不断掠过。

"哎呀,妈妈,有肉的味儿。"一个清脆而悲哀的童音传来。

"安静点,瓦尼亚。"

"有肉的味儿!"

有人吃吃地笑了,同时也传来了痛苦的叹息声。

"不会真的出什么事儿了吧?"莲娜担心地说。

"叶利钦卧轨自杀。"维克多大声说,就为了让周围人都听到。

火车猛地刹了闸,又继续向前行驶,不断加速的同时用警报声淹没了整个隧道。火车一边响着警铃,一边向车站那堆黑压压的人群驶去。橡胶包边的车门往两边打开了。

雅罗斯拉夫火车站似乎在同时播放两部电影———一部是快进,一部是慢速。一部电影当中,人们行色匆匆地朝不同的方向奔去,互相推搡着、顶撞着,又继续向前赶路;另外一部电影里,则没有一个人着急忙慌。长着一张又大又红面孔的村妇在熙熙攘攘的人潮中凸显出来,她眼睛望向虚空,对喧嚷和推搡毫无反应。流浪汉们都靠在车站的四壁上:有蜷缩着身体躺在地上的,有坐着的,头耷拉在胸前,还有一直站着的,不断揉搓着双腿,向行人投去怯生生的目光。

以前,维克多一个人走在车站里时,总会在流浪汉面前驻足,从口袋里摸足了硬币,犯了错似的放在他手里,之后再满怀同情地询问他。然而,现在他只是边走边转头望他们,放慢一下脚步而已。

---

[1] 译者注:即维克多·崔(1962—1990),苏联摇滚乐手,电影演员。

"你在干吗?"莲娜有些吃惊。

他加快了脚步,最后瞟了他们一眼,忽然停下了脚步,指向前方:

"你看,快看!在那边!死人了!"

他指着的那个人远离其他人,以胚胎的姿势躺在地上。他身上分不出颜色的衣服像囚服一样,膝盖碰到了灰色的胡须,脑袋下面有一块已经凝固干涸的暗红色血渍,扭曲的臀部旁边一摊更大的液体正向四面流淌,泛着褐色的绿荧光。一群苍蝇围着他飞舞。

"这么臭!我不行了。我们走吧!"

"等会儿。哎,兄弟们,"维克多朝站在那边的流浪汉喊道,"他还活着么?"

那些人开始搅动舌头,回答得短促而令人费解。维克多又向他们靠近了一些。

"鬼知道他……"其中一个人鼻音很重地回答,他很面善,眼睛里流出细细的黄色脓水,像蜡油一样凝固在多毛的脸颊上。"大卫·米什卡死了……"又加重语气强调了一遍,"米什卡·马洛伊,从安加尔斯克来的。"

"你疯了!快走!"莲娜喊道,离开丈夫朝出租车的方向走去,"那你留在这儿好了!"

维克多失神地挥了挥手,朝妻子跑去。

"你上哪儿去?干吗这样?我叫个救护车,就完事儿了……"他在她耳边悄悄地说,"怎么说这也是个人啊!"

"他怎么能算是人?"莲娜笃定地说。

维克多回头望着火车站的方向,看见银色的圆顶在银色的五角星下面闪耀着早晨清新的光芒,五角星的每一束光都在太阳底下像剃刀一样锋利地闪烁。忽然,下面站台上那些向小火车快速移动的人形当中,在他们膝盖的高度……头颅……胡须……身体……

"快看!"他拉了拉莲娜的衣袖。

她扭过头,一开始也被圆顶晃了眼睛,视线下移之后没有忍住:"这他妈的……"

朝小火车涌去的人流在半路绕开了一个流浪汉,就像避开一条疯狗。他在他们中间爬着,他爬向维克多,他朝向布里昂采夫爬着——明显是冲着他来的。他跪着向前爬,一跳一跳的,他想要服务于他。当他气若游丝地躺在地上时,有人呼唤了他,他感到主人出现了。

血迹像褐色的烧饼一样贴在他的长发跟额头上,他爬得异常敏捷,喘息声越来越大。

"这是他么?就是那个人?"维克多像孩子一般快乐地问道,"太好了,他还活着!"

莲娜跳上了小火车。

"哎!哎!你上哪儿去?"维克多紧张地笑着,追在妻子后面,而她在车厢里飞奔,将通道的门摔得砰砰作响。

到了车厢中部,她终于累了,坐在了靠窗的座位,将脸贴在窗玻璃上。维克多坐在她对面,轻轻拍了一下她的膝盖:

"哎呀,莲,他朝这边爬了!"

她瞬间颤抖了一下,揉了揉眼睛。

"一点儿都不好玩。"她重又靠回了满是灰尘的窗玻璃上。

司机在一片轰隆声中说着虚情假意的祝酒(其实是不含酒精的饮料)词,火车发出嘶嘶的声响,就像一瓶从莫斯科就开始漏气的汽水。

两位拉家常的胖女人将维克多挤到了一边,莲娜旁边四仰八叉地坐着一个穿短背心的金发小伙子,袒露出粉色的、运动员才有的胸脯。小伙子下流地叉开双腿。

"莲！"维克多又喊了一遍，以确认对妻子的权威。

"我不明白，"她凑近他，压低声音问，"你是喜欢怪胎还是怎么的？还把他们弄回家来住。怎么？你觉得他们是权力的牺牲品？行啊！最好哪样你知道么——你自己跟他们过去。你反正在火车站有名得很，我没说错吧？周二下班以后别回家了，跟你的新朋友们睡去。"

维克多摇了摇头：

"以前有人给他们治疗。以前所有人过得都很艰难。现在一瓶酒就能骗一栋公寓，想去哪儿就去哪儿。怎么了，我说得不对么？"他瞟了一眼睡着的运动员，"你的用词很准确：牺牲品。"

莲娜恶毒地看着丈夫：

"当心，别染上肺结核，或者鼠疫什么的。家里还有女儿要养，你反倒和流浪汉好成一头。"

"莲娜，我们简直是鸡同鸭讲。"维克多干巴巴地打了个呵欠，这下轮到他看窗外了。

他在半睡半醒之间，眯着眼睛看到了如梦般的现实：红色，是被阳光穿透的他眼皮的颜色，与此同时，绿色是窗外的草地。他毫无防备地想到了那个流浪汉和他身下的两摊：红色的是血迹，绿色的是粪便。他奋力甩了甩头部，就像要把水滴甩干一样，随后，无比嫌恶地开始用拳头大力揉眼睛。不知为什么，他不再望着窗外，而是直视前方。莲娜呼哧呼哧地喘着气，几乎要靠在运动员裸露的肩膀上，后者睡得悄无声息。

车厢里每分钟都会进来小商贩，不是推销色情杂志、基督教日历，就是推销手电筒或者脚垫。前一个在吹嘘商品的时候，后一个就等在旁边，等他刚一闭嘴就开始自己的表演。

"新鲜出炉的《闪电报》！快来买无产阶级斗争的报纸咯！"

维克多坐不住了，直起身来四处张望。一个长着小烤饼脸蛋的快乐小老太在一排排座位间跳来跳去，腋下夹着一叠报纸。

"普通人生活的真相！新鲜出炉的《闪电报》！"

"谢谢您，老妈妈！"维克多在她手里放了几个硬币，"上一期没有么？就是登了古恩科·鲍里斯诗的那期……"

"没了。去列宁博物馆找找吧！"小老太啪嗒啪嗒地迈着步子，"那里每期都是全的。最好礼拜天去。十点钟就排长队了。那里都是自己人：有维克多·伊万诺维奇，带着诗集的古恩科，还有助祭彼邱什金……"

"啊哈！看到了，知道知道，去吧！"坐在维克多旁边的两个村妇大声喊道，"昨天电视里放了。"

"别说了，托马。我们就喜欢追着读这些垃圾玩意儿。"她的同伴表示赞同，而就在刚才她还买了一份"可怕至极的报纸"。

"'视野'频道比这可信多了，女同胞们！"拿着报纸的女人热情地回应道。

其他的乘客马上加入了谈话，一时间人声嘈杂。有人在骂，扬言要把什么人扔出窗外，另外一个则任性而怨气满满地附和；还有人在骂那些骂人的人。过道里站着无人理睬的小商贩们。

莲娜发出了一个无意识的哼声，浑身抖了一下，醒了过来。

她疑惑地望着丈夫。

"'四十三公里站台'到了。"小火车司机雄赳赳气昂昂地快速播报道。

"下车！"莲娜叫道。

"啊？"他用不可置信的眼神盯着她，"到站了？"

他们跳下了小火车。

生养他们的小村庄以森林的气息、鸟儿的鸣叫、稀少的人烟和街头那些铁盒子般的小卖铺来迎接他们。

第五章

维克多感到一阵强烈的困倦。他结束工作之后经常有这种感觉——应当踏上"四十三公里"这片土地试试：眼睛自己闭上了，脚也只能勉强抬起来，而且他不知为何总觉得自己像是泡在牛奶里的棉花。他向前挪动着，想象自己是一团棉花……又白又软……就是那种浸透了牛奶的棉花团……

莲娜温柔地揽住丈夫的腰，无声地同他和解了。布里昂采夫夫妻俩就这么一路走到了家，迈进了门槛。

"谁把这里搞得这么脏？"维克多面无表情地问，一边用短靴的尖头将一个烟头从小路上踢到了草地里。

"猫一出门，老鼠跳舞。"[1]莲娜同样面无表情地回答，随后按响了门铃。

等了好久，莲娜又按了一次，半天没有松开。然后靠在门上，挠了起来。

塔尼娅顶着两个黑眼圈，脸色苍白、头发凌乱地开了门，还不时越过父母的头顶，偷瞄早晨的花园，那里既湿润又清新。她没穿袜子，一件均码的橘红色大背心松松垮垮地拖到了大腿处。

"怎么不开门？起不来么？"一见到女儿，莲娜就活了过来。

"锅烧焦了？"维克多在门厅里停住了，仿佛警惕地听着什么，"好像闻到一股子焦味儿……"

"哪是烧焦了呀，维奇。明明是香烟！"莲娜更加来劲儿了。

"香烟？"他又问了一遍，沉下脸来，"抽烟了？在家里抽的？"

"丽塔来了，在窗口抽烟的……我又拦不住她……一直通风来着……"

"来，来，你自己闻闻！"母亲靠近她。

---

[1] 译者注：俄国谚语，意思是领导一离开，下属就为所欲为。

塔尼娅退后了一步。

"真要命……看来，不能把她一个人留在家！"维克多吼道。他弯下身来脱短靴，对着地板宣布，"你那个丽塔，就是个婊子，"他直起身，"也想变成她那样？"

"山羊喂了没有？"莲娜问。

"喂过了。"

"没骗我吧？再去喂一次。一天都在院子里。"

夫妻俩上到二楼，各自回房睡了。

塔尼娅烧上一壶茶，卷起袖子坐在旁边。一只大黄蜂在房间里乱撞，幸亏夜里没蜇人。她追在后面打，最后在木头桌子上用一本深蓝色俄德字典的书脊将它拍死了。响声清脆无比。之后，她打开电视，喝着咖啡，调大了音量。

……到了将近中午的时候，她突然飞奔上楼冲到了母亲床前，停下来俯身看着她。莲娜很久没有反应，最后才猛地醒了过来：

"你干吗？"

"外婆！瓦莉娅！瓦莉娅外婆！烧死了！"塔尼娅尖叫着，拼命注视着母亲的脸庞，"瓦莉娅外婆烧死了！"

"怎么回事？"

"昨天。在莫斯科。无轨电车里。斯维塔姨妈打电话来的，昨天她被烧死了——瓦莉娅外婆！"

莲娜用脚够着拖鞋。

"为什么你没让我接电话？"

"你说的：要是在睡觉，就别打扰你们。"

"但这事儿非同……"

她来到了维克多的房间。

"吵什么？"他睁眼躺在床上，双手抱头。

"瓦莉娅外婆烧死了！"女儿脱口而出。

"预感到了么？说啊！"莲娜问。

"你们出去。"他在被单里蜷起膝盖，"我马上起来。"

莲娜打给了斯维塔，同父异母的妹妹。在电话里哭诉了一阵，随后将听筒递给维克多，后者咕咕哝哝地说了些什么，暗示性地咳嗽了好几声。

他从铁架子上抽出一瓶"皇家"，在厨房里就着水喝了一小杯。塔尼娅闷声不响地站在厨房的窗户旁边，窗子外面挂了一个纸板做的小盒子——用石灰浆粘在一起的一摞颜色鲜艳的纸袋，上面钻了半圆形的小孔。如果使劲摇晃这个盒子，就会看到里面有两只麻雀在啄食面包屑，好像上了发条一般。

"一会儿我们去阿霞那儿。快换衣服，"莲娜一边说，一边用毛巾擦满是泪痕的脸颊，"给它喂饲料，然后领它上门口台阶这儿来。"

塔尼娅走到外廊上，卷起已经褪色的干农活儿的裤腿，在红色的塑料桶里舀了一勺复合饲料。山羊咩咩叫着冲出了窝棚，跑进了菜园子深处。塔尼娅刚刚走近，阿霞就开心地大叫着跑出来了，这让她吓了一跳，有点沮丧。

"你这么激动做什么……饲料还没切好呢……"她打开窝棚的门，放下塑料桶。

阿霞吧嗒着嘴，不时用那双琥珀色的眼睛向她投来超然的目光。

"水呢？糟糕，还要重新倒？"

塔尼娅将山羊关住，从铁桶里倒出浑浊的水，随后回到又开始大吵大嚷的屋子里，在洗澡间重新装满了一桶水，回到院子里，打开窝棚的门，轻松地将水桶对准那翻起的、透着粉红色的黑鼻孔倒下去。

如果水里掉进了青草、稻草，或者一小撮饲料，山羊都是不会喝的,它有洁癖,只认纯粹的清水。挤奶的时候必须有人在对面站着,从上方把住它,并用两脚夹住它的身体两侧。此外,如果看不到上方的长裤或者短裤,山羊是不会听话的——它把裙子视为一种侮辱。大多数时候,阿霞都待在外廊,它正是在那里度过了第一个年头,因此,像往常一样,塔尼娅将它从窝棚领到了外廊上,妈妈已经在那里等着了。

乳白色的汁水涌进了珐琅脸盆里,发出叮叮当当的撞击声。

"傻瓜,你要什么宝?会付出代价的!你有多少经验,啊?别胡闹,该怎么站就怎么站。"莲娜厉声喝道,一面保持着蹲坐的姿势,用熟练的手法挤压着藏在白毛下的粉灰色奶头。

塔尼娅紧绷着腿部的肌肉,蹲坐在山羊的脊梁骨上方,两手紧握它的两个角,令它的头部保持弯曲的姿势。山羊喷出一股反抗的气息——温暖、甜蜜而又异质。

"啊呀,你啊,瓦莲金娜·阿列克谢耶夫娜!你为什么死得这么惨?"一开始,羊奶敲打着光光的盆底,发出清脆的响声,尔后因为越来越多,撞击声也逐渐缓和了下来,"一辈子没说过人坏话。都不是我后妈,就是我第二个亲妈!活活烧死了……上帝啊!"

除了阿霞,布里昂采夫一家再无别的家畜。去年冬天,一只骨瘦如柴的叫恰恰的白色橘斑猫不见了——村子里的猫总是喜欢躲到某个地方去。很多人都觉得是哈利托什卡的错——听说他是个隐藏的屠猫者。阿霞来布里昂采夫家已经第三个年头了,它急切地想成为家里的一员,克制不住地往屋里跑,就跟猫一样;还像看门狗一样恶狠狠地嚎叫,想对着每一个过路人冲过去。

巧合的是,阿霞就出生在瓦莲金娜昨天烧死的地方——霍季科沃。

瓦莉娅还是个金色大辫子齐腰的小姑娘时,就进了莫斯科一所名为克鲁普斯卡娅的打字培训班。她和她的一个好朋友,褐色眼睛的莫斯科姑娘卡佳在内务人民委员部找到了工作——卢比扬卡[1]的打字员。

战后，卡佳高攀了她的上司——奥列格·马伊斯特连科上校，一名被例行征召为肃反人员的哈尔科夫[2]人。在丈夫把她一个人留在索契的疗养院期间，她爱上了一个叫波隆斯基的有着浪漫经历的飞行员，他们确实演绎了一个罗曼蒂克的故事，但最后飞行员还是去明斯克找自己的妻子和两个儿子了。卡佳回到了莫斯科的丈夫身边，没过几年就生下了莲娜。莲娜刚满一岁时，卡佳在一个礼拜天出了国营百货商店的门，正沿着红场往下走，忽然撞见波隆斯基和他两个未成年的儿子及妻子迎面走来。当着粗壮的妻子和目瞪口呆的孩子们的面，他扑了过来，紧紧地拥抱她："我到处找你……我就知道……我梦想着总有一天能找到你！"卡佳同马伊斯特连科离了婚，带着小莲娜和波隆斯基一起去了明斯克。

马伊斯特连科为了报复，当即就向瓦莉娅求了婚，后者也同意了。于是，他们有了一个名叫斯维塔的女儿。

卡佳和波隆斯基相处并不愉快——他就是个好色之徒，在明斯克对她万般挑剔。半年之后，她抱着莲娜去阿尔马维尔投奔了一个亲戚，在商店谋了一个经理的职位。后来，她在莲娜七岁时因非法挪用公款罪被逮捕了。马伊斯特连科参与了此事，他在反贝利的清算运动中幸免于难，于是卡佳被交给地方剧院的演员处取保，并降至售货员级别，但在未还清债务之前不得离开阿尔马维尔。

卡佳身体里流着库班人的血，那里的人身材匀称，充满活力，激情四溢，威风凛凛，一年到头都被盛夏充溢着。在爱情上受挫令她心力交瘁，坐牢又使她变得易怒和多疑。

1　译者注：（莫斯科）卢比扬卡广场（即捷尔任斯基广场，曾为国家安全机关所在地）。
2　译者注：哈尔科夫是乌克兰的一个城市。

莲娜被她父亲带回了莫斯科。他是个好脾气的、有点儿多愁善感的乌克兰老头儿,很像鹈鹕,对两个女儿都宠爱有加。

莲娜真心喜欢上了她的继母。三年来,她一直与同父异母的妹妹住在一个小房间里,所有人一起去海边度假。然而,卡佳却至死也不愿和瓦莉娅来往:不想,就这么简单。

"你和她打得火热做什么?"生母是这么说继母的,"你觉得她会真心待你么?她那是用得上你……你觉得她会想你好么?只会咒你!"

"肯定会!"莲娜怼了回去。她性子很烈,又爱讥讽人,"你抛弃了爸爸,现在又来后悔。"

"我是抛弃了,哪知她捡别人吃剩的倒是快得很。我反正找到人了……"

"又嫁不出去。"

"噢哟,嫁人!"母亲爆发出一阵哥萨克式的大笑,"我都快想疯了。嫁人……重要的是爱情!"

卡佳妈妈在四十二岁那年溘然离世。顺便一提,她是在海滨疗养院疗养期间因为中暑去世的,陪伴她的是那位情人——"镰刀铁锤"厂的年轻工人。

七年级结束后,莲娜去了建筑学院学习热力工程,毕业后在住房管理所工作;之后又转到了国防部的后勤部门。

她从来没有叫过后妈"妈妈",而是直呼其名——瓦莉娅。瓦莲金娜是她最知心的朋友。离开卢比扬卡之后,她去了多家机构做女打字员的工作;临退休时经历了丧偶——她于是去了一家建筑规划管理机构做了女秘书。正是在那里,瓦莲金娜·阿列克谢耶夫娜将莲娜介绍给了维克多,后者是电子学专家,由他来敲定一项街道照明的工程,这是他在苏联科学院列别捷夫物理研究所的专业。

瓦莲金娜说起个人生活总是引用谚语——不是来自民间,就是自己编的：

"姑娘们一年年枯萎，就像鲜花凋零。追求者不少哟，丈夫只有一个。要是嫁不出去，权当没来过这世上。"

她一辈子都保持着在本子上写东西的习惯：过往的生活经历，罗曼蒂克的事件，追求过她的人，还有诗。

> 曾经的我美貌非凡，
> 我的肖像令人倾倒，
> 脚踩尖细的高跟鞋，
> 追求者们络绎不绝。

有一次，在莲娜的生日会上，她献给她一首长诗，囊括了丈夫前妻之女的一生——从出生，到在中学和大学求学，再到工作，与布里昂采夫相遇，塔尼娅的出生，搬到"四十三公里"，甚至连山羊也没落下。

上了年纪之后，瓦莉娅在她一个拉脱维亚邻居阿福古斯塔的怂恿下迷上了静修。她们在集会上唱圣歌，然后会分到奶渣和米粥。

突然——瓦莲金娜没了。简直不可思议。烧死了，和那些人一起在电车里被烧死了……

山羊的白色皮毛下滚过一波神经质的震颤，它迫不及待地想要逃走了。

"马上就好！不弄你了！别急……"莲娜挤完了第二个奶头，安抚它说。

细细长长的奶流射进盆里，发出嗖嗖的响声。

布里昂采夫一家从莫斯科的石楚金大街搬出来的时候，正是瓦莲金娜建议他们迁往"四十三公里"的，也是瓦莲金娜把山羊领到了他们家。她那些霍季科沃的老相识们都抱怨说,没地儿安置这只小羊羔。

周末,维克多赶早班小火车去了霍季科沃,在那儿进行了一笔滑稽的交易,出来时手中便多了这么一个白色的活物。他同卖家说好了,等到小母羊长大可以下崽了,就把小羊崽给他送过去。小火车里的乘客都盯着它看,小山羊伸长脖子,将还没有角的、只长了两个小鼓包的脑袋凑近春意盎然的车窗,温柔地眨着眼睛。维克多抱着它,既轻柔又有力,仿佛它是雪捏成的,一会儿就化了、塌了。它开始嗅他的脸颊,顶他的喉结,忽然又来咬他衬衫的衣袖。维克多把小山羊带回了家,并将它安置在小窝里——这是他亲手在外廊上搭起来的。小窝里铺着拍打得松松软软的被子和一个小枕头,就差没放玩具了。小山羊感受到了善意,不停尖声叫唤着:"啊——啊啊——阿喜[1],啊——啊啊——阿喜!"

"你怎么了,阿霞?"莲娜来到外廊上,同山羊展开了一场意味深长的心灵对话。

因为山羊的到来最高兴的当属塔尼娅。在布里昂采夫一家的地界上长有一片香蕉林,是上一任主人——一位外交官员留下来的。长长的、结实的树干上长着宽阔的叶片,让人想到大象的耳朵。也许,这些在北国之境顽强生活下来的不结果的植物恰恰象征了苏联人对香蕉富庶的幻想。塔尼娅发现:对于阿霞而言,这世上最好吃的东西莫过于香蕉叶了。小姑娘于是将叶子弄碎,一口一口喂给山羊吃。

山羊一天天长大了,是时候转移到窝棚里了,但布里昂采夫一家一拖再拖,这期间阿霞越来越适应外廊上的生活,尤其喜爱与人亲近。如今,它已经轻松地度过了小窝时期,开始抓住每一个机会参观

---

[1] 译者注:阿喜是阿霞的爱称。

第五章

家舍——跟在进屋的人后面，或是迎接出来的人。最后，它终于巧妙地蒙混过关，自己溜进了家里。它直立起来，用两个前蹄趴在锁上，门锁发出哒的一声响，随即门就被向里面推开了，之后又吱呀一声回到了原处。山羊首先就跑进厨房，小心翼翼地在桌上探索着，看看能不能捞到什么东西嚼一嚼，然后走进客厅，跳上一把罩着满是灰尘的套布的旧椅子。如果只有维克多在家，山羊便会遭到驱赶，要是莲娜和塔尼娅在家呢，山羊就能在椅子里坐上几个钟头，看看电视，动动耳朵，听听她们讲话，偶尔眨巴眨巴眼睛。莲娜在椅子旁边放了一个瓷盆，山羊尿急的时候就跳下来，在那里面方便，然后再跳回椅子上。

随着身体的日益强壮，山羊还染上了傲慢和易怒的毛病。只要来客走近一些，它就会爬起来进入战斗模式——低下头，把角伸得直直的，这种情况出现得越来越频繁。但它与猫咪恰恰似乎达成了某种协议：只要山羊将角对准坐在台阶上的猫咪，并且凝神盯住它——猫咪就会停下梳洗，报以同样专注的目光。山羊与猫咪的眼神交锋会这样持续好几分钟。从此以后，山羊和猫咪就再也不对对方产生兴趣了。

塔尼娅很喜欢阿霞那对嫩角，经常抚摸它们，还给它们挠痒痒，它们令她想到那些精致的古物：器皿，武器，乐器。应该要让畜生先平静下来——塔尼娅毫无惧色地抓住羊角，但山羊还是竭力挣脱，总想趁着这股兴奋劲儿朝前猛冲，再不然就是疯狂甩脑袋。

山羊跟谁都没有像跟塔尼娅这样乐于遛弯儿。他俩连跑带跳，呼唤着对方，塔尼娅把它当成自己的一个熟人，经常吓唬它。只要她忧心忡忡地叫一声："陌生人！"山羊马上就会低下头扬起角。

她有时候会带山羊在一个废弃的施工厂房的旁边吃草。这里原本是一片寻常的草地，楼房之间的间隙也足够大，但到了苏联末期，开始在草地上建一所疗养院。地基打起来了，运来了水泥板和堆成山的砖头，修建就到此为止了。几年过去了，水泥板和砖块摇摇欲坠地塌陷下来，逐渐散了架，有传言说，这片地已经被上级卖给了索福林蜡烛厂。阿霞在这片还没开始动工就已经被废弃的工地上起劲儿地蹦跶。父母都有些担心："你的小羊没把腿折了？"塔尼娅笃定地回答他们："这是只高山羊！"

山羊偶尔也会被牵到稍远一些的树林旁边的田地里吃草。听说，这一大片田地也是要被卖作建筑工地的，但不知何故没人相信。在那儿，阿霞有半天都被拴在一根木桩上独自吃草，然而要把它拖过去可得费一番力气。它故意蜷起四肢，好像在地上生了根似的。平时都是维克多负责拖它过去，它被绑得只能跪着，不住地撞击地面，发出无助的哭泣声。它要哭上大半天，什么东西都不吃，就连住在田里的老太婆玛利亚·尼基提齐娜塞给它的稻草都不碰，好比讨厌去幼儿园的孩子被强制拖去上学一样。

"就该把你送到防疫站去。专门对付有神经病的畜生。"红鼻头的玛利亚·尼基提齐娜说，她家两头奶牛都在同一片地里温顺地吃草，既不用看着，也不用绑起来。

不过，只要塔尼娅一去接阿霞，它必定会全速奔回家——小姑娘骑着自行车在前面，它则跟在后面跑。

最后，山羊终于从外廊的小窝搬到了菜园子里。远离房屋令山羊很难接受，它一旦觉得房子里没人，便会因为害怕不住地叫唤——这是一种遭到遗弃后发出的怪异喉音。邻居们纷纷威胁说要将它杀了。渐渐地，山羊学会了用角挑开门闩，先从窝棚跑到门廊上，最后一头冲进屋里。

它现在开始发情了。莲娜领着阿霞顺着满是落叶的湿滑小路走到树林深处，那里住着守林人谢瓦，他的业务范围很广，也包括给山羊配种。山羊跑到了铁丝网拦着的畜生圈里，那里杂草丛生，郁郁葱葱，它像一个赛前的拳击手一样在自我放松。人们都称守林人是苏格拉底。谢瓦不容反抗地捉住阿霞的两角，塞进了铁丝网里。

"他会将它撕裂的！"莲娜担心地想。

谢瓦眨眨眼睛，将粗糙的手指放在嘴边：

"嗞——嗞——嗞……"

苏格拉底和阿霞相处得很好，甚至有些过于好了。当莲娜来接走山羊时，它突然冲了回去，尖叫着，好像尝过了什么至上美味一样。

它生下一只可爱的小羊羔，毛色漆黑，大大的眼睛。但不知为何，仅此一只。他们给它取名为加百利。维克多按约定将它带去了霍季科沃。

阿霞突然病倒了，因为吞食了一大块玻璃纸。莲娜一开始怀疑是邻居干的：想要毒死它。山羊无法进食——吃了就吐，也无法站立——只能趴着。它被挪到了客厅的椅子上，下面垫了一个搪瓷盆。一位名叫德米特里·雅科夫列维奇的兽医从普希金诺来了，他一脸黄灰色的大胡子，嗓音由于常年吸烟变得呼隆呼隆的。他俯身蹲下来：

"怎么了，老妈妈，不舒服？有伏特加么？"他问道，眼睛没有离开山羊，"拿过来！"

莲娜拿来一瓶"野兽"——当时有这么个牌子。

"黄瓜腌了么？腌了就拿来！"

他站起身来，拔掉铁瓶塞，对着大胡子就倒——一口接一口，四分之一瓶酒一眨眼就没了。他一边把黄瓜嚼得嘎嘣脆，一边摇头晃脑，半闭着眼睛，好像在接吻一样。

"这个用水加满，"他伸出还留有一些伏特加的瓶子，厚厚的舌头在胡子里舔舐，"家里有男人么？"

"有。"

"叫他来！"

"维奇!"莲娜对着上面喊道。

"朋友,搭把手,"兽医吩咐道,"把它的嘴按住。"

维克多掰开山羊的嘴巴,医生倒入了掺水的伏特加——整整一瓶。

"压紧,别让它吐出来。"

山羊转动眼珠,但它实在太虚弱,根本无法反抗。

"仁慈的上帝,保佑它健康!"医生用呼隆呼隆的声音道别,"别瞎想,明天我们的老妈妈就能站起来!你们只要带它出去好好转一转,让它打起精神来。"

果真是这样,第二天阿霞就恢复了饮食,还咩咩叫起来。第三天则完全没事儿了。

阿霞每天可以挤出三升奶——已经很多了。但布里昂采夫一家对羊奶并不十分感冒,养山羊主要是为了健康,首先是女儿的身体健康。他们教导塔尼娅:早上一杯,睡前一杯。莲娜可以把奶加在咖啡里,而维克多则是一闻到羊奶味儿就恶心到胃痉挛。

"你对羊奶到底哪里不满意?孩子都被你吓到了。"莲娜说。

"有一股子尿骚味,我受不了!喝尿兴许真有益健康,但我不行!"

"胡说!"塔尼娅听到了他们的谈话,跑进厨房,"羊奶明明是草莓味的!"

丽塔和她弟弟(都是被他们的母亲逼迫的)也分到了羊奶,还有那些愿意尝试的都分到了。

"这哪是家,完全就是养老院,"维克多嘲讽道,"快来啊——电话里一声召唤,还附赠羊奶……"

"我们又不收钱。"莲娜这么对他说。

"对啊。"他表示同意。

"为什么不收钱？"塔尼娅插了进来。

"丢这个脸做什么？"维克多答道，而这个回答说服了所有人。

瓦莲金娜每次去布里昂采夫家都喝得很开心，可以一下子连喝三碗羊奶。

"莲，你怎么由着它的性子来？"她看到山羊不止一次从窝棚里跑出来，冲进没有拴上的屋里，然后跳到椅子上，这场景让她震惊不已。"走开！快滚！该死的老巫婆！"她将报纸折成一卷朝着山羊脸上打。

山羊毫不犹豫地跳到了地板上，用角狠命地顶老太婆的膝盖下面。莲娜惊叫起来，瓦莲金娜则绕着桌子躲闪：

"嘘，天杀的！"

山羊跟着她。瓦莲金娜转过身，气急败坏地吐口水。山羊停下来，晃了晃脑袋。老太婆奋力抿嘴，包了一大口唾液向它喷去。山羊摇晃了一下，随后从客厅跑出来，穿过门廊回到了菜园子里，气愤地跺着蹄子。

"看吧！"瓦莲金娜得意地宣告，擦了擦膝盖下面，"我就是个简单直接的人。我小时候都是这么驱赶山羊的！多吐口水——羊钻灌木。它们的洁癖可重了，山羊嘛！"

瓦莲金娜自那时起就提防着阿霞，山羊对她也是一样。

第六章

瓦莲金娜·阿列克谢耶夫娜是在封闭的棺材里下葬的。棺材如果是封闭的,诀别的过程就需要很久,所以太平间里没有要任何人进去——所有人直接去了墓地,在那儿和教堂里为死者唱悼歌。那天风很大,天色惨淡。牧师身穿白袍,个子很高,他脚踩一双脏兮兮的靴子,在墓前做安魂祈祷。他大声宣读经文,随后自顾自唱起来——没有一处停顿,仿佛是被某种内部汹涌的节奏所推动,祷告的话语时而激烈地跳跃,时而沉入含糊不清的喉音。他将香炉摇得叮当作响,让悠扬的歌声席卷并穿过所有人,就好像是风中弥散的熏香——时而聚拢,时而飘散。

莲娜轻声哭泣着,维克多偶尔叹息一声,塔尼娅则环顾四周,将注意力转向看到的一切。

瓦莲金娜的女儿斯维塔已经哭成了泪人儿,她有一张线条柔和的脸,生着一头卷曲的浅色头发。她圆滚滚的手臂从黑色的外套里伸出来,冻得发抖,手臂上覆盖了一层小小的疹子。她的丈夫伊戈尔——窄额头,溜肩膀,看上去很严厉,在宣誓的时候沉默以对。几个死者的朋友和邻居在轻声哭泣,窃窃私语,仿佛粘在了一起。

远离人群的地方站着一位身穿白色上衣、头戴连衣帽的女孩。"教派的人。"有人小声说道。她正在读一本封面花哨的小册子,几乎贴着面颊,双唇蠕动。

第六章

　　这是塔尼娅生平第二次参加葬礼。封闭的棺材减弱了瓦莉娅外婆的死给她带来的冲击，仿佛棺材里是空的。

　　追悼会是在契斯特街上的一栋老房子里举行的。瓦莲金娜曾住在一个独立的两居室里，家人却决定在一个更加宽敞的地方追悼她——在隔壁的大型公用厨房里。追悼会开始之前，人们去了瓦莲金娜的住所：梳妆台，橱柜，书柜，搪瓷人像，挂壁地毯——在维克多看来，所有这些都应该会褪色，会起变化，因为老太婆曾在围绕她的这些物品上投注了多少热度和关注啊，然而这些"背叛"她的物品看起来似乎安然无恙。

　　人们事先已经往公用厨房里挪了三张桌子，窗台上立着一张年轻漂亮姑娘的照片以及一个放在黑面包下面的酒杯。这里聚集了所有房间的住户，甚至一个身穿睡袍、头发湿漉漉的女人也在走廊和厨房之间来回穿梭，胸前紧抱着一个熟睡的婴儿。

　　"孩子给谁带？"莲娜问。

　　"一个女性朋友，斯魏金娜。"伊戈尔回答。

　　他们有个五岁的男孩和一个七岁的女孩。

　　"他们可喜欢外婆了……"斯维塔抽泣道，"我现在怎么跟他们解释外婆上哪儿去了？！"泪水顺着她的两腮滚落下来。

　　瓦莲金娜童年时代的好友也来了——一位从霍季科沃赶来的老头儿：他坐到塔尼娅旁边，用手抓住她的肘部上方。虽然力道不大，但握得很牢。这一握意味着死亡将至的恐惧，塔尼娅感受到了，这恐惧已将她钳住。老头儿耸动着电线般的眉毛问布里昂采夫一家关于山羊的事情，因为耳背，又问了一遍，说小羊羔加百利被狗群撕裂了，"到处都在唱悼歌，实在难过，老婆已经长眠了，我也不是当年的我了，"一面还继续捏住塔尼娅，仿佛他自己早就忘了这回事儿似的。塔尼娅挣脱了他的钳制，端了一盆沙拉出来，换了个座位坐下。

追悼会终于开始了。

斯维塔第一个念悼词。

"妈妈总是说,她要活到一百岁。我想,要是没有这场事故,她说不定真能活到一百岁。她经历过多少危险呵!战争期间,她整晚地坐在打字机前敲击,窗外警笛呼啸,而她则想着:不行,必须要完成任务。任务!每个时代都曾有过。打完之后,她沿着大街往地铁站跑,周围的一切都在尖叫、咆哮……随后,炸弹在房屋旁边爆炸,石块砸在了她的后背上,冲击力如此之大,以至于她面朝下摔倒在人行道上。她说:要是砸在太阳穴上,那必死无疑。还有一次,那时她已经不年轻,有五十多岁了。她上我们家来做客,那天正好是我生日,在穿过公园往回走的时候——喏,就在我们的'河畔'站附近,黑暗里一个疯子向她扑过去。他将她扔到雪地里,还是早春,善良的妈妈就用牙齿咬住他……"

"她咬了他哪里?"维克多好奇地问,在去墓地的路上他终于逮着机会吃点东西了。

"别说话,"莲娜拽了拽他,"又不是看马戏。"

"怎么了?"他有些愠怒,傲慢地回答,"不是,这怎么了?我说什么了么?本来就是好样的。"

"咬住了这个垃圾的鼻子。"斯维塔解释道。

"瓦莲金娜的牙齿可真好,"她的另一位女友接话,"不像我这一口烂牙……"

"行了行了,赶紧开始追悼仪式吧。"伊戈尔说。

"等一会儿,"斯维塔制止道,"我为什么要说这些呢……是因为,我们都不知道自己的命数。妈妈活了这一辈子,到底为了什么……为了什么?"她的声音飘了起来,"就是为了被烧死么,啊?"她急促地吸进一口气。

"为了把我们拉扯大!"莲娜接住了她的话,"为了给人们带来快乐!"

"我知道这些事情的时候……"斯维塔将杯里的酒一饮而尽,还是像之前一样站在桌子旁边,"已经晚了,都到晚上了,阿福古斯塔突然打电话来。"她用巨大的下颌和灰色的卷发向一个老太婆示意,"是你打的吧?"

老太婆克制地点点头。

"这不……"斯维塔深吸了一口气,"阿福古斯塔打电话来,说你母亲没来我们的朝圣。我们等了很久,但她没来。家里也没她的影子。于是,我就穿着睡衣给警察局打电话,从警察局打到医院,从医院打到太平间。伊戈尔,"她拍拍丈夫的脖子,"穿着内裤跑出来,对不住,叫我回去睡觉。我跟他说:'快换衣服,我们去太平间。'啊呀,那是怎样的一个晚上哦!"斯维塔的嗓音颤抖起来,"直到认尸开始,我都无法接受这个现实。这不是妈妈,就不是。哪怕她的护照被烧掉了,她我总是认得出的!他们给我们看了手表、披风、串着小鱼的手链。我看这些东西好像隔着一层雾,觉得好陌生啊。伊戈尔这时开口了:'对,这些我们认识。'我马上就被领到了出口处,听到他又说:'这个手链他们都有,他们那些……教派里的人。'"

斯维塔坐下来,马上就瘫作一堆。

"那些目无上帝的人才叫我们教派,"一个老太婆郑重地反驳道,"我们,是教堂,"过了一会儿,她补充道,"白色兄弟会。"

"你们当中有一个人来了墓地,"莲娜说,"一直在看书。"

"奥尔加修女,"老太婆紧张地伸直脖子,好像准备冲锋陷阵的战士一般。

"我还记得,我们仨去疗养的那个时候!"响起了莲娜充满活力的嗓音,"还记得么,斯维塔?沙滩旁边就是铁路。我们正躺着晒太阳,忽然听见火车的鸣笛声和粗野的喊叫声。原来是格鲁吉亚人看到我们的瓦莉娅了。他们冲她喊叫，挥舞手臂，指指点点……她那时还年轻，身材苗条，皮肤白皙，一头金发。比我们好看多了，是不是，斯维塔！"

"为什么你们……叫……白色兄弟会？"维克多转向阿福古斯塔，"这名字从哪儿来的？"

她转过身来对着他：

"这是纯洁的颜色。"

"我……我……"斯维塔再次站了起来，用一本练习册扇着变红的脸颊，"找到了她写的诗……最后的几首。她总是在过节的时候给我们大家献诗。这几首就好像是我们给她写了信一样，她以我们的名义给自己写了回信！"

"也有我的么？"维克多问。

"怎么能漏掉你呢！"斯维塔含泪笑了起来，对着他晃晃练习册。"她在里面写了，我们都爱她，欢迎她做客。她……她还以小孙女的名义写了诗……"

"斯维塔阿姨，读读我的吧。"塔尼娅脱口而出。

"你的？马上……"斯维塔翻了几页，"喏，找到了！《塔尼娅致外婆》。"

> 瓦列奇卡[1]外婆，我是多么想你，
> 再来四十三站台看望我们吧，
> 我会用果酱和茶来招待你，
> 在此之前还要去车站接你。

1　译者注：瓦列奇卡是瓦莲金娜的爱称。

第六章

> 我记得，你在我小时候是怎么夸我的，
> 那一次你是如何招待我们的，
> 我也要用果酱招待你，
> 这是妈妈为我们做的！

"记得吗？"莲娜问女儿，"那时候你五岁，我们刚搬家不久。外婆在客厅喝茶，你忽然从厨房跑出来，手里还拿着一瓶果酱，是我用黑刺李做的。你递给她说'喏'，忘了么？"

"她肯定不记得了，"维克多替女儿答道，接着从桌子上方俯身问，"哎，你们是怎么宣称的：世界末日马上要到了？"

"秋天，"阿福古斯塔受到鼓舞，眼睛里燃起了兴致，"鱼季一到，秋天就结束了。旧世界将会被火舌吞没。"她慢慢咀嚼着每一个音节，以一种播音员引以为豪的清晰度说出了这句话。

"秋天？"维克多带着敬意确认道。

"八年后的秋天，"伊戈尔咧嘴笑了，"要知道，就是这个教派害死了外婆。要是她好好在家待着，我们现在也不会坐在这里了。"

"我母亲她从不信这些！"斯维塔尖叫道，"她是为了你们才去的。为了你们，就是这样，阿福古斯塔·古斯塔沃夫娜。说是两个人结伴热闹些。你们那里还唱歌！对每个新来的人都充满兴趣！"

"她信了。"阿福古斯塔高傲地回答。

"哎呀，她当然信了！"老太婆们都激动起来。

"您或许是信了，"莲娜激动起来，"28栋的主要积极分子，整个楼道年龄最大的人。您可真严格，逼着别人称敬语，主意多着呢！列宁怎么样了，像还挂着么？就是您床头挂的像……还是已经改朝换代了？"

"已经换了。"老太婆中间有人喊道。

"啊，这就对了！"维克多又活了过来，"你们的头儿叫啥来着？全忘光了……"

"玛利亚·戴维·基督·尤斯马洛斯，"阿福古斯塔一字一顿地说，似乎想要将无关的问话抛在一边。

"整个小区都被她贴满了！"一位头戴绿色三角帽的老太婆嚷嚷起来，这帽子看起来活像一只青蛙。"瓦莉娅也是被逼的，给他们贴传单。瓦莉娅不想去，推三阻四的，我于是说：'还是去吧，活动活动腿。'"

"这不是传单，是基督之册。"阿福古斯塔很快答道。

"什么小区……整个城市都被贴满了！"伊戈尔突然发起火来。"无处可躲。到处都是戴包头巾的妇女！不久前我才去了国防部附近，大门上也被贴上了，紧挨着红色五角星。一个包着头巾的娘们，像教皇一样做着手势。大门旁边是站岗的警卫。我让他注意她，喏，指了指传单，又指了指那个娘们：'你他妈的快给我撕下来！'他竟然回答：'关我什么事？'他自己眼睛里就闪着宗教狂热的光。"

"为什么要搞得别人不好受呢？"维克多说，"我就挺羡慕您的，阿福古斯塔，说实话。每个人都得信个什么，没信仰可怎么过？"

"可不是么！"伊戈尔反击道，着重强调了第二个词，"可不得信个什么。荒谬！"他啐了一口，"他们不开会都不行！要讨论挂谁的画像，唱谁的赞歌……怪得很！……"

"你自己就不奇怪么？"维克多小声问。

"伊格列克[1]是好样的，"斯维塔开口了，好像是为了寻求某种安慰，"去了日本，买了辆车开。赶上好时候了：只会变富……"

"妈妈，别在这儿跟我们吹了！"伊戈尔假装皱起眉头，挤走满意的微笑，"我只是不懒而已。钱遍地都是！这里买进，那里卖出。实

---

1 译者注：伊格列克是伊戈尔的爱称。

打实的以物易物！还有比这更容易的么？有的人，钱就在他眼皮底下——不，他要喝酒。工厂倒闭了——大家一起喝酒，怨天尤人。你去另外一个城市看看，租个房子，找份工作。就算是开车搞个体运输吧——也照样挣钱。抱怨嘛，总会有，但开怀畅饮一番就过去了。我明白：年龄大了做事难，但我们的机会还是不少的。现在多少小青年都开着奔驰，不久之前他们还在院子里踢球。最主要的，是你要长脑子。昼伏夜出的老娘们就什么都信，成群结队地参加……", 他用威胁的语气对阿福古斯塔说，"各式各样的宗派。"

"那些不接受我们的以及对我们恶语相向的人都将……"她的嘴唇和脸颊由于看不见的嘲讽而抖个不停。

"怎么？"

"那样……"

"既然开口了，就把话说完……别跟光腚刺猬似的吓唬人。喏？你想说什么，嗯？"

他以一种挑衅而敏锐的目光直视着她，仿佛时刻准备跳起来。阿福古斯塔眨着她那奶白和咖啡色相间的眼睛，又鄙夷又惊慌。

"你不会是想倚老卖老吧？还玩瞪眼睛？你看啊，看啊，不合格的教徒！"

"伊戈尔！"斯维塔喊道。

"原谅他吧，上苍。"阿福古斯塔站起身来，回避众人的目光，嘴里念念有词，"原谅他……上苍……"她走得很慢，谁都没有看一眼。消失在了走廊尽头。

"您这是干什么？"维克多又倒了一杯酒。

"她罪有应得！"老太婆们喧嚷起来。

"瞎胡闹！"霍季科沃的一个老头儿说。

"这就不好看了，"莲娜说，"不管怎么说，她都是我们瓦莉娅的朋友,本该为她追悼的,我们这办的是什么事儿!"

"还是她的邻居,"斯维塔说,"我们要不然从河滨搬到这儿来吧,把那边的房子租出去。"她保持着一个姿势,"哎呀,这真是太不好了,伊戈尔,为什么要这么粗鲁呢?"

"那她干吗吓唬人?"

"我们这栋房子的故事可多了,"响起了一个女人沙沙的嗓音,她一直站在灶台旁边,怀抱一个婴儿,"有人来过这里,说要把我们遣散。"

"谁来过?"伊戈尔厉声问道。

"新年的时候就把你们都赶出去,他们说,"女人走到桌子后面,抱紧了睡熟的婴儿,站在原先阿福古斯塔的位置上,"大清早就有人敲门,我赶紧开门,因为在等医生来。结果门口站了俩人。'奉命遣散你们!'我吓得差点宫缩了:'遣散到哪儿去?有这个必要么?'——'上面的决定。集体宿舍全部遣散,我们公司会接收你们。'我看了一下,两个都不是俄罗斯人,就问他们:'你们是哪儿人?'一个说:'我是亚美尼亚人。'另一个说'我是阿塞拜疆人。'两人都龇牙咧嘴的。当时,我们这儿的其他住户都围了过来,这两人在门口跺着脚,仿佛很不得劲儿。一个说:'都明白没有?'另一个重复道:'准备准备,年前所有人都要搬出去。'随后就一溜烟跑下楼了,活像两个小男孩。我站在敞开的门口,感到十分纳闷儿:刚才发生什么了?五月过去了,我就是在五月生产的,现在都六月了,没声音没图像的。后来,我突然回想起来了:那天是四月一日!不会是个玩笑吧?"

"说梦话呢吧,"维克多说,"亚美尼亚人和阿塞拜疆人。"

"都是因为钱才搞了这一出。"伊戈尔带着教训的口吻说。

"这过的什么日子。"一个霍季科沃的老头儿叹了口气。

"或许,还是能挺过去的!"伊戈尔说,"要是给点儿勇气的话。

嚼舌根的人和游手好闲的人太多了，不洁净的根源就在这里。杜马的人也都是些奸商混蛋，第五个传声筒，第三个，第一百零八个，说的全是废话……连土地法都不给通过。"

"他们只管提出问题，"维克多摇晃着酒杯，"他们是替老百姓提问题的。"

"你吃东西别说话！"莲娜很为他担心。

"就知道对着民众喋喋不休，"伊戈尔生气地嚼着一根脆生生的腌黄瓜，"必须往前走，才能像个人一样地活着。是不是？"他嚼完之后响声很大地咽了下去。"是还是不是？"

"是，是，真的是。"维克多不无讥讽地模仿道。

"你干吗？"伊戈尔挑衅地抬了抬眉毛。

"所以还是投票了？"

"我们哪还记得？"斯维塔打岔，"我们好像都没去……那天我们……"

"去了"，丈夫打断她，"投票了，是的，是的，真的投了。投给了叶利钦，投给了新俄罗斯。"

"我以前还经常说要拿斧头把你的脑袋瓜子砍下来呢。"维克多满怀深意地说，倒了杯酒一饮而尽。

他们突然安静了下来。

女人怀里的小婴儿发出了恼人的哭声。

"嘀！"霍季科沃的老头儿向塔尼娅竖起了大拇指，"你爸爸真是好样儿的！"

"别听他瞎扯，"莲娜语速很快地说，"他疯了！一天到晚看代表大会！"

"记住我的话！"维克多又倒了一杯酒，用忧郁的目光扫视了一圈，似乎要说得胜的祝酒词，"祝你们……祝你们所有人，活着的时候……祝你们都……百病缠身！唯一一个生龙活虎的人被他们赶走了！就是这位老太！大家都坐下来，哎，这就对了……"说完又喝了一杯。

"你胡闹什么？"伊戈尔哑着嗓子问。

"你们适可而止吧！"斯维塔害怕地叫起来，"我们为什么聚在这里？还不是为了给妈妈追悼……已经这么难受了，可你们还……"

小婴儿放声大哭，抱着他的女人站起身，将包着他的襁褓摇来摇去，口中发出嘘嘘的声音。

维克多像狼一样盯着伊戈尔，突然跳起来说：

"开始吧！"

他先是瞪着女儿，随后将那双疯狂的眼睛转向妻子。最后，他转身朝门廊走去。

"没教养。"霍季科沃的老头儿发出吱吱的声音。

"危险……万一……"莲娜把话咽了下去，"喝醉了，这个畜生！我明天再收拾他！"

听得出来，维克多在一边骂娘，一边捣鼓门锁。

莲娜在斯维塔脸上亲了一下，又拍了拍伊戈尔理得平平的头顶。

"对不起！你给我站住！"

莲娜跑了出去。

"再见！"塔尼娅大声说，像个小影子一样跟在母亲后面飞了出去。

维克多没怎么受酒精的控制，准确一点说，他只是做出一副不胜酒力的样子。

他喝多以后与其说会脸红，不如说会"脸黄"，从上到下变成一颗明亮的大雀斑。他一边踏着舞步，一边摇晃着，笨重的身躯仿佛要飞起来，鞋跟轻轻碰撞，发出轻快愉悦的响声，就像一个母亲怀中的婴儿一样。低低的云层悬垂在小巷上方那条狭长的天空里。

第六章

莲娜反复对他强调最让她感到折磨和羞耻的事：

"维嘉，你以后别喝了！你不要再喝了，好不好？维嘉！快去那个院子！坐下！塔尼娅会买点水来，我们不急，坐车走……"

小巷里几乎空无一人，维克多被一种无边无际的幸福感淹没了。

在布里昂采夫一家刚刚离开的那栋老房子对面，立着一处别墅。遮阳板下两扇威严的木门上，一块牌匾折射出暗金色的光芒，上面用黑体字写着"莫斯科牧首管辖教区"。稍远一些，在两扇覆盖了白色窗帘的窗户之间，有一张传单贴在凸起的墙面上，泛着柠檬黄的颜色，或许是由于阳光的照射，又或许是因为时间太久胶水变了色。传单的上半部分是一张黑白照片：一张年轻的，既羞耻又淫荡的脸庞，裹着像床单一样的浴袍和毛巾一样的头饰——有些女人就这么包住头发——正往浴室外面走。这位女神的左手拿着一根权杖，右手做出祈福的手势。

维克多用手掌摸了摸嘴唇，咂了咂嘴，接着大手一挥，五个手指拍在那张传单上：

"女士，我们来跳舞吧！"

"警察要把你带走！"莲娜偷偷地瞟了一眼巷口。

"你干吗嗤之以鼻？不要嫉妒她！这不过是一张图片，你后妈贴的。瓦莲金娜没了，这张纸倒是还在！"

别墅的门打开了，一个身穿西装的胖男人迈过了门槛，他点着一支烟，用好奇的目光打量着他们。

"爸，我们走吧！"塔尼娅央求道。

"女儿都害臊了！"莲娜说。

维克多抬头望向云端，仿佛朝空中射出数支看不见的疯狂之箭。然后，他转过头，打着一个软绵无力的哈欠说：

"您盯着看是做什么？自己跟个刺球一样。我们走！"

他满怀热情地迈开步子,仿佛已经打定主意要去哪儿了。莲娜和塔尼娅没办法,只好在伏特加刺鼻的气味中跟着他朝前走去。

"爸爸,别走那么快!"塔尼娅喊道,瞄了一眼父亲那张瞬间变得果敢、坚决的面庞。

"让他吹吹风!"莲娜提出了异议,"这下不知道库兹亚耶夫家怎么想了,我还向他们夸下海口:'维杰奇卡[1]是好样的,能喝,从没喝醉过。'这就是好样儿的维杰奇卡!"她开始唠叨丈夫,逮着他神志不清的那一刻使劲儿说,"还正好赶上我二妈的葬礼……可他……他是打定主意要把我们大家一下子都送上西天去……"

维克多没回答,拐进了普列契斯坚卡小巷,朝着"科罗伯特金"地铁站走去。

"我们现在是不回家么,爸爸?"塔尼娅问。

"你敢去买酒!"莲娜说,"我就亲手把你送到局子里去。"

他穿过斑马线,在地铁站旁边站住了。

"你要是不满意——我也没办法!"维克多大手一挥,慷慨激昂地指向左边,"到火车站直走!你们知道路的!"

"爸爸,我跟你走!"塔尼娅说,"你还要逛多久,啊,爸爸?"

"塔涅奇卡[2],你去过红场么?"他感慨道。

"小时候去过。"

"我也很久没去了……你们怎么都这么不像本地人?什么时候我们一家人把莫斯科走一遍!我没想跟人闹矛盾。他们有他们的想法——我有我的。坐在那儿听他们夸夸其谈真让我作呕!"

"跟我在一起也让你作呕么?"莲娜咄咄逼人地问道。

---

1 译者注:维杰奇卡是维克多的爱称。
2 译者注:塔涅奇卡是塔尼娅的爱称。

第六章

"我有你一个人的意见就够了。一个人——也罢了,再多——就想吐!"维克多凑近妻子,露出温柔而严厉的微笑,随后张开双臂拥抱了她周遭的空气。

"爸,我能买一个冰淇淋么?"塔尼娅问。

一分钟以后,他们继续往前走。塔尼娅一面从橙色的卷筒纸里舔着化学甜味的冰块,一面想:"怎么回事,到底有人没有?人们都上哪儿去了?不会都死了吧?"一阵熟悉的寒意刺痛了她的心。莲娜一言不发,似乎与她心意相通,耸着肩膀,迈着度假者的步伐满不在乎地朝前走。维克多继续目标明确地行进,但变得更加沉稳,越来越像一颗大大的、苍白的雀斑。

"这是普希金造型艺术博物馆,记得吗,塔尼娅?"莲娜点点头,"右边是一个游泳池。本来承诺在这里重建一所教堂的。"

"建了么?"

"你妈妈等着呢,"维克多耐心地答道,"他们什么都能承诺!"

经过列宁博物馆和莫斯科大学的旧楼,就到了"国家"饭店。穿过地下通道,维克多将一家人领到了骑兵广场。

起风了,强劲而有韧性,仿佛从大海吹来。列宁博物馆渐渐变红,呈现出复活节蛋糕的那种暗红色。博物馆周围聚集了一群人,能听到兴奋的讲话声,不时有人离开一个群体,又加入另一个群体的讨论。

"哦,你就是要带我们来这儿!"莲娜拖长声音说。

"爸,这不是红场啊。"塔尼娅提醒道。

"马上,马上,马上……马上就往广场去……"维克多梦游般地答道,"马上……"

他三步并作两步缩短了与人群的距离,随后迅速融入了他们的讨论。

第一个群体规模中等——四十个人。

一个个子不高、身着黄色衬衫和灰色无袖上衣的男人在大声宣讲，他灰白色的头发披散在肩膀上，花白的胡子呈铲子状。他仿佛一位摄政王，随着声音的节拍用手掌划开空气。

　　"就在这个复活节，三名修士在奥普京修道院被屠杀。他们敲响了警钟，虽然被撒旦分子杀害，他们仍然发出了信号。他们就是在钟楼里惨遭屠杀的，一个人的脚上被刺上了三个"6"，他一边流血还在一边敲钟。"

　　"被砍了，那又怎么样？在我们布拉杰耶沃每天都有人被砍。"有人愤愤不平地说。

　　"你就说怎么办吧！"另外一个人迫切地说。

　　"上帝啊，宽恕我们这些罪人吧！"一名女子用透明的手帕捂住嘴，发出了一声叹息，她随身带着纸质的圣像。

　　"我的想法很简单，兄弟姐妹们！如今是恶魔的时代！在狄维耶沃有位玛格达丽娜老妈妈，已经九十四岁了，也是在复活节这一天陷入了昏昏沉沉的睡梦中。不久之前，她突然清醒了过来，只说了两个词：'九月，十月'，随后又昏睡过去。恶魔的时代啊……喂，你是个牧师，到底为谁效力？不会是恶魔吧？"

　　他把问题抛向了一个同样个子不高、身材健硕的男子。这人剃着光头，身穿一件不塞进腰里的白衬衫，上面还绣着矢车菊和罂粟花，但下身却是运动裤和运动鞋。他的下巴强壮而紧收，仿佛一块独立的肌肉组织，上面有又长又硬的黑胡须作为装饰。

　　健硕的男子开口了，庄重而紧张：

　　"真正的俄罗斯人尊重他们祖先的信仰。太阳升起来——这就是我的神明，今天刮的风也是神明。森林中，河流上，田野里——到处都是亲人们的灵魂。而我，也不是任何人的奴隶。你们只知道没完没了地忏悔，只想把所有人都禁闭在修道院里。在秋天的九月二十一日，我邀请你们来参加斯瓦罗格[1]节，这个节日现在已经失传了。光明之神衰弱下去，太阳神达日博格[2]遇到了玛莲娜，后者是死亡之神。道路艰难且漫长。胆小的民众是不配信仰多神教的，整个自然——就是一所勇气的学校！"

"不要听信渎神者的建议！"穿着无袖上衣的黑胡子大手一挥，为在场的多神教教徒画了一个十字，"我们是上帝的奴隶，不是人。俄罗斯大地上是谁第一个当了炮灰？是修士！"

"神父，"莲娜忍不住问道，虽然难为情，却很执拗，"现在当真不能吃苹果和李子么？"

"我不是神父。你先等一等。"他向她转过身，温柔地看了她一眼，"到变容节就可以吃了。"

"果实丰收之日，"多神教教徒咬紧牙关，"所有你们的节日——也是我们的！以前是雷神节——现在变成了伊林节[3]。"

"那到时候你们怎么区分呢？"维克多大声问道。

"爸爸，走吧！"塔尼娅把他拽走了。

一阵突然刮起的大风帮了她的忙。

布里昂采夫一家来到了另外一群人当中——这是个最大的群，有七十多个人。人们都在不知疲倦地发表慷慨激昂的讲话，一位身着五彩盛装的老阿婆为群里的发言定下了基调——红色占据了上风。他们都挤在一起，就像今天葬礼上的那群老太婆，只不过不同于她们的潮湿阴暗，这些人更加充满战斗的激情。

一位胸部丰满的年轻女子显然是这帮人的支柱，她身着一件印着

---

1 译者注：斯瓦罗格，斯拉夫-俄罗斯神话中的天神与天火神。
2 译者注：达日博格，斯拉夫-俄罗斯神话中的太阳神和天火之神。
3 译者注：伊林节，旧俄历7月20日，俄罗斯正教会圣伊利亚的节日，古时民间把这个节日视为"雷神节"。

红色五角星的绿色 T 恤,摇晃着两根深色的辫子,嗓音洪亮地说:

"三号,整个世界都会出动!'劳工俄罗斯'呼唤市民大会!提早四个月就定下了日子,就是为了每个人都能参加。只要你来——就会发现有百万同盟。"

"三号?什么三号?"人群里响起了一个声音。

声音的浪潮翻涌起来:

"什么什么?十月!十月三号!"

"五月九号我们领来了十万人,因为惧怕我们的力量所以开放了红场。到了秋天,就在三号,我们要聚集百万人,同时拿下政权!我们从一滴水逐渐变成了一片海洋!这'一滴水'叫安比洛夫[1],他背着包,沿途发送自己出的杂志,人们就跟在他后面。我们遭遇了多少暴力啊!去年我们去奥斯坦金诺时,申请了媒体曝光。在那儿,我们搭起了临时住所。后面发生的一切正如歌曲所唱:六月二十二日的四点整……记得吗?还记得发生了什么吗?"

"在这之后塔伊西亚·斯捷潘诺夫娜死了,"人群中发出一个声音,"索罗金娜!"

老奶奶尖叫起来,既像茨冈人,又像俄罗斯套娃:

"骨头像枯枝一样被折断了!"

"人们抓住她,摇晃她,还鞭打她的臀部……"

"奥斯坦金诺的整个广场都被血水洗刷了。"女子抖动着屁股。

"归还奥斯坦金诺!"维克多不由自主地叫起来,随后冷静了下来,似乎这些词是不受他意志控制,自个儿蹦出来的。

"你怎么了,爸爸?"塔尼娅在他耳边说。

---

[1] 译者注:维克多·伊万诺维奇·安比洛夫(1945—2018),苏联和俄罗斯时代的社会政治活动家,社会政治运动"劳工俄罗斯"的执行委员会主席(1992—2012),后担任该运动的荣誉主席(2012—2018)。

"说得对，公民。来吧，就在三号！我们要在今年以战斗回击。"女子外衣上的星星发出虚假而诱人的光芒，仿佛被切开的番茄。

"等着吧，他会去的，"莲娜不满地嘟囔着，"到时候最好就住在临时帐篷里。"

"五月九号还没到，我们的安比洛夫就被劫持了，"女子接着说，"嘴巴堵上，指头掰断，被关押在城郊两天两夜。虽然没有他，游行还是按时发起了。要是安比洛夫在，我们就能到克里姆林宫了！没关系，让他们准备好迎接秋天的那次吧，我们现在的实力已经很可观了。"

"什么啊？"莲娜挑衅地问道。

"什么？打个比方，阿姨，我们已经可以守卫列宁墓了。"

人群中有人吹起了口哨。

"如今克里姆林宫里——都是新的布尔什维克，"年轻人继续固执地说，"还有他们的嫡系子孙。就拿盖达尔[1]……"

"盖达尔背叛了爷爷！就为了果酱和饼干，"女子答道，"他是个坏孩子"。

老太婆抚掌大笑以示支持。

"俄罗斯需要你们为她注入新鲜的血液，"年轻人作出了总结，"你们的国际歌《英特纳雄耐尔》！你们的安比洛夫在非洲当记者。俄罗斯人民供养的都是些野蛮人。"

"不是在非洲，是在古巴。你们的巴尔卡绍夫[2]呢？"女子反问道，"还不是个钳工！"

---

1 译者注：伊戈尔·铁木罗维奇·盖达尔（1956—2009），俄罗斯自由主义改革家，政治家，经济学家，经济学博士。20世纪90年代初俄罗斯经济改革的主要领导者和理论家。1991—1994年，他在俄罗斯政府担任高级职务，包括为期6个月（1992年6月—12月）的代理总理。

2 译者注：亚历山大·依德罗维奇·巴尔卡绍夫（1953—），俄罗斯民族社会主义者，政治、宗教活动家，"俄罗斯民族统一"运动的发起者和领导者。

"无产阶级,啊哈,"年轻人晃了晃他的刘海,"我们不戴阶级的有色眼镜看人,最重要的是大家团结一心。在库班的加里宁州黑人强奸了一名女孩,警察被他们压着,根本不作为。我们的同僚谢尔盖·斯列普佐夫召开了乡民大会,把村子里所有的黑人都赶走了。"

人群里响起掌声。

"我们秋天开始招人。到时候会有成千上万个青壮年加入,就在这里,莫斯科。我们会上街游行,然后大获全胜。俄罗斯——俄罗斯的秩序!还有问题么?"年轻人摇头晃脑,他的脸蛋变得越来越红,活像蛋卷里弹出的山楂果。"荣耀归于俄罗斯!"

刮起了一阵猛烈的风。

博物馆前的人们突然沉寂下来,似乎所有人都低下了头。

"呶,莲,你赞成哪一方?"维克多深受感动,转向她说。

妻子望着他那双由于恶毒的想法而瞪圆的眼睛:

"蠢够了吧!"

塔尼娅嘿嘿笑起来,表示赞同。

"一群凡夫俗子……好吧,我再等一分钟。最后一次机会!最后——最后一次……"他一把拽住妻子和女儿的手,把她们拉到了旁边的一群人里,这是人数最少的一个群,只有二十人。

那儿传来讲话声:

"我赞成鲁缅采夫[1]的宪政。"

"滚蛋吧,你的鲁缅采夫!我已经签过字了。还用问么!我肯定赞成斯洛波德金[2]的宪政!"

1　译者注:奚列格·赫尔曼诺维奇·鲁缅采夫(1961—),俄罗斯律师,政治、社会活动家,俄罗斯联邦宪法(1990—1993)的直接制定者之一。

2　译者注:尤里·马克西莫维奇·斯洛波德金(1939—2014),俄罗斯人大代表,1992年在俄罗斯联邦宪法法院审议叶利钦总统关于取消苏共活动合宪性案件中担任律师。

"您不是立宪民主党人?"

"不是,您呢?"

"我是基督教民主党人。您呢?"

"我们是无政府工团主义的!"

"支持埃季奇卡[1]的?"

"怎么会?支持以萨耶夫·安德留哈[2]!"

"你们肯定想不到,他们事先能看到些什么,"一名肤色苍白、鹰钩鼻上架着眼镜的男子说,他戴了一顶棕色的毡帽。"不过我也看到了!"他把脑袋上的毡帽转了一圈,"我还在九一年守卫过白宫[3]呢!"

"傻瓜!"有人说。

"或许我是傻,但我也保护过不止一位叶利钦,还有卢茨科伊[4],哈斯布拉托夫,杜马议员……他们……他们都心知肚明!"

"怎么着,还心知肚明……"皮肤黝黑的敦实男子露出了几颗金牙,"他们之间都是串通好的!记住我的话!你不能信这帮人!今年春天的弹劾失败了,秋天还要继续干:一网打尽。都是一帮应声虫,你的这些杜马议员。"

面色苍白的男人拍了拍帽子,将它揉成一团:

"等等!你们听说了么,叶利钦宣布:炮兵一准备好,秋天就开炮……"

---

1 译者注:指亚历山大·爱德华·利莫诺夫。
2 译者注:安德烈·康斯坦丁诺维奇·以萨耶夫(1964—),俄罗斯政治家。自1999年12月19日起担任俄罗斯联邦议会国家杜马成员。
3 指莫斯科白宫,坐落于莫斯科河畔。白宫是原苏维埃联盟的苏联人民代表大会和最高苏维埃所在地。俄罗斯著名的十月事件之后,改为俄罗斯联邦政府大楼,为俄罗斯联邦总理及政府官员们的办公场所。
4 译者注:亚历山大·弗拉基米尔维奇·卢茨科伊(1947—),原为退伍的航空少将,俄罗斯第一任副总统,后弃政从商。他反对《别洛韦日协议》,被逮捕并被指控组织大规模群众骚乱。

"斯洛波德金怎么样了……斯洛波德金呢……"周围的人纷纷问道。

"斯洛波德金怎么了?"维克多问。

"你不知道那个怪人?这都错过了?"皮肤黝黑的男子很是吃惊,"你可学着点儿吧!斯洛波德金跟叶利钦吵起来了,就在大会上,克里姆林宫里。叶利钦大手一挥,警卫们就跳将起来,把斯洛波德金拖了出去,就像拖一袋土豆似的。之后他被抛在门口,一只鞋子都丢了。"

"亲爱的,如果我没理解错的话,你肯定在哪里把鲍里斯·尼古拉耶维奇[1]得罪得够呛,"粉衣的胖男子开口说话了,他的秃顶上悬了一绺孤零零的头发,"不好意思,我亲爱的,您真的认为存在理想的政权?"

"对!"莲娜点头道,"说得好!"

"闭嘴!把他赶出去!"周围的人们骚动起来,"叛徒!"

天空中响起了轰隆隆的雷声。

"放开他!"莲娜的声音淹没在众人的喧嚷中。

"你可以再勇敢一些,用胸脯替他挡着!你们会胜利的!"维克多建议道,接着补了一句,"最好别说话,不然要被打。"

"怎么,你连自己老婆都不护着么?"莲娜大声责问道。

"别在这儿吵啊!"塔尼娅央求。

"我想请教您……"粉衣男子转向戴着帽子的苍白男子,"对对,就是您!您看起来是个文化人。您说您预见到了?还是您再张大眼睛仔细看看?看看周围!周围,对,就是我们的周围……这些都是谁?给个提示?我既不难堪也不害怕,请吧……"

"市民从来都是那样,"面色苍白的男子神色紧张地抚摸着他的

---

[1] 译者注:指鲍里斯·尼古拉耶维奇·叶利钦。

帽子，仿佛在给自己打气，"议会和市民组织是完全不同的东西。普通群众哪怕天性善良，要他们挥动起义的大旗也是办不到的。您觉得，你们的集会能好到哪儿去？我只要一路过，一争论，就被卷进去了……然后所有的衣服都要送去干洗店清洗……等一等，你们的叶利钦已经干掉了杜马议员，不管是你们还是我们，都会变得无足轻重。看着吧，二十年以后我们就要一起游行了。"

第一批雨点落了下来。

粉衣男子用圆圆的拳头掩嘴噗嗤一笑，拳头上照例搭着一撮毛，作为装饰。

"您呐，我亲爱的，就是个幻想家！"

"他是幻想家，你就是畜生！"周围的人群恢复了气力，重新喧嚷起来，"快滚！"

雨点敲击着地面。粉衣男子从人群中滑走了，就像一块肥皂。

人群没有散开，他们发出咕嘟咕嘟、噗嗤噗嗤的声音，喷出一团团蒸汽，喧嚷声也愈发绝望起来。

布里昂采夫一家走到了红场上。

在雨中，红场看起来像是一个巨大的黑色瞳孔。

……夜里，塔尼娅梦到了瓦莉娅外婆：

"快看！"外婆打开了电视。

人们挤在一起，他们吵吵嚷嚷，靠在一座类似复活节岛上的巨型灰色石像上，好像在讨要着什么。他们被一个半圆形的钢圈围住——由可以移动的、寒光闪闪的盾牌组成。人们或在祈祷，或在发怒，塔尼娅听不见他们在说什么，但她明白这都是些微不足道的话语。

忽然，就像是得了谁的口令一般，嗖嗖飞起了冷箭。

人们开始一个接一个倒了下去。

这个梦是如此不可思议，她哭醒了，再也没能睡着。

第七章

他们认识的那个时候,维克多正着了魔似的一心扑在一个项目上。

瓦莲金娜·阿列克谢耶夫娜在工作中注意到了他,当时她在接待室做女秘书。

小伙子身材匀称、高大,瞳孔是淡色的,帽子下面是浅红色的头发,面颊宽宽的,充满了生机。他冲进了她上司的办公室,面色苍白,步伐轻快,手中握着厚厚的一卷图纸。出来的时候他步履缓慢,带着一副强颜欢笑的神情,那卷图纸被他夹到了腋下。

"听我说句话,亲爱的!"

他看到了一双天蓝色的、孩童般宁静且充满信任的眼睛,镶嵌在那张虽已不再年轻、但线条绝对经典的苏联海报式脸上。似乎一波一波的赞许之情正从她那边荡漾而来。

"你怎么称呼?"

"维克多。"

"好名字。我是瓦莲金娜·阿列克谢耶夫娜。你过来,我想说……"

他走近了一些。灰色的西装,白色波点的黑领带,从白衬衫里透出轻微的汗味儿。

"你是做什么的?建筑师还是艺术家?都不像啊。"

"我是设计屏幕的。屏幕。呶,比如电视机。可以挂在产房里的

第七章

那种。"

"你家谁要生了?"瓦莲金娜关切地问道。

"干吗说这个?"

"结婚了?"

他摇了摇头:

"跟您说了,我是制作屏幕的,过来确认外观。将来要挂在产房的墙上,在户外能看到,您明白么?可以一直显示的。"

"显示什么呢?"她有些怀疑地问。

"想显示什么,就出来什么。"

"我来给你倒杯茶。吃糖么?要知道,我买的糖果可好吃了。为招待贵客,我特意留下来的。说的不是糖果,是故事。这么说,你是个聪明人咯?我看得出来,你是个正经人。不像那些个头发乱糟糟的艺术家,来不说'你好',走不说'再见'。搞不懂他们是哪门子的艺术家。你就有可以展示的东西。"她同他不停地唠叨,用充满乐感的温柔嗓音将他包裹起来,他感到浑身舒坦,于是便微笑起来。"我可不是只有糖果给你,还有个未婚妻呢。她谁都看不上,全部拒绝了……她可有点儿捉摸不透。你会喜欢她的——谁见了她都会喜欢上。"

"介绍我们认识一下吧!"维克多出于礼貌积极地回应道,心想,"好东西从来没人推荐给我,总觉得有点儿不对劲。"很早以前他就得出了一个隐秘的结论:"自己的爱情要自己找寻。"

他瞄了一眼手表:

"行吧,您一切顺利!"

说完迅速溜了出去。

"很明显,不是莫斯科人,"瓦莲金娜晚上在电话里汇报说,"随便你,莲,事情就是这样。"

"不要给我乱牵线,瓦莉娅!我讲过一百遍了:不要侮辱我。你做什么要拉这个皮条?"

"除了我,谁还关心你?"

"命运。"

继母露出了愠怒的微笑:

"命运啊……命运可是争取来的。算了,你自己决定吧。"

"我早就决定好了,不要让我难堪!好吧,就算你领我们见面了,我要和他说什么?嗨,我们去登记结婚吧……真棒,快活得不得了:死乞白赖硬缠上一个陌生人。才不要……我能过好自己的生活。"

与此同时,瓦莲金娜也毫不示弱:

"我看人可准了:你们就是天生一对,他是红头发,你是黑头发。小伙子是一流的!你们互相瞧一眼就知道了,不然谁能看到你!又不是在大街上拉郎配!他有学问,身材又魁梧,一样都不缺。你看吧,莲努西卡[1],过不了多久你就会着急了,要不就是和哪个脑袋空空的骗子瞎逛悠,他把你玩够了就会抛弃掉。"

"你把我当成什么了,瓦里[2]……我怎么就成了放荡的女人了?哪儿来的骗子?我还会被骗!……"

"科斯季卡难道不是骗子么?"

"我们说好了的!不许提他!我们什么事也没有……"

"但这个人,你别不信,罗蒙诺索夫[3]就写在他脸上,"瓦莲金娜絮絮叨叨地说着,仿佛是在欣赏一件艺术品,"他的头脑是金子做的,塞满了图纸、草稿……再怎么都不会惹你生气,不像有些人。能看出来是个正经人,会疼人。有可能是西伯利亚来的,那就是当老板的

1　译者注:莲努西卡是莲娜的爱称。
2　译者注:瓦里是瓦莲金娜的爱称。
3　译者注:罗蒙诺索夫(1711—1765),俄国第一位世界闻名的博物学家,诗人,现代俄罗斯标准语奠基人,美术家,历史学家,彼得堡科学院院士。

料。跟了这种人不会吃亏的。西伯利亚那边的人都可靠得很,信得过。这样的人在莫斯科迟早能站稳脚跟。我活了这么久,看人一看一个准。这个小伙子有两点我很确定:第一,西伯利亚人;第二,准备好了。准备好了,你明白我的意思么?"

"准备好去干吗?"

"准备好结婚啊,这种人很抢手的,你还在犯傻……"

"我怎么犯傻了?"

"你?哎,别想了。我没时间跟你闲扯,馅饼要烤糊了。"

"等等!他叫什么?"

"维嘉。我都在访客名单里把他的姓找出来了:布里昂采夫,维克多·布里昂采夫。漂亮吧?"

忽然之间——这个音节的组合一经说出——莲娜的脑中交织出了一张金色的网。随后又消散开来。

"你说,他什么时候来?"

"我哪知道?最好马上来!"

莲娜噗嗤一笑。

维克多在三天后出现了,怀里斜揣着两个纸卷。他兴高采烈地和瓦莲金娜·阿列克谢耶夫娜打了个招呼,就消失在了上司办公室里。她立马拨通了莲娜的电话。

那天,莲娜郁闷到无所事事——整整一天都被纸张的沙沙声和广播的嗡嗡声淹没——因此她不费多大力气就逃离了。她潜入地铁,二十分钟后就从继母工作的地儿钻了出来。

与此同时,维克多来到了前厅。

"胜利了?"

"一周之后投入使用。"笑容在他脸上绽开,他将两手背在后面,每只手都拿了一个纸卷。

"在哪儿啊？"瓦莲金娜离开桌子，一跃上前，关上了走廊的门。"喝茶，吃糖？"

"未婚妻呢？您可是答应过我的。"他欢快地低声说，蹙额瞧着她。

"记性这么好……未婚妻马上就到！"

说时迟，那时快，就像情节简单的乡村戏剧里一样，在狭小舞台上的旧台板上，两个人激情四射地喊着念白，走廊里响起了一声：

"你好！"

瓦莲金娜回头一看，让到了一边——进来的是气喘吁吁的莲娜。

她一迈进门槛，就显出了不知所措的神情。黑色的眼睛快速而果断地眨动（仍在奔跑中），睫毛上下扑闪，天真而又风情（就是这么练习好的），然而颧骨上爬上了两团羞涩的红晕。

维克多有些不好意思。她脸上有某种他早已幻想过的东西，就像意大利电影里的女主角。

瓦莲金娜张罗起来，用温柔挥动的手臂以及轻声细语填满了整个空间，这使得两个年轻人感到更加自由：

"站着干什么？快来喝茶。嗳——嗳，笑得这么甜。你看，这就是我女儿。快坐下。"

"叶莲娜？"维克多艰难地咧开嘴唇，胆怯地伸出手去，好像它有千斤重似的。

他感到震惊，竟然这么简单就认识了如此美妙非凡的尤物。

姑娘上前一步，握住了他的指尖：

"我跑了一会儿，"她转向瓦莲金娜，"来看看你……"

坐下之后，莲娜用勺子搅拌着茶水，发出微弱的叮叮当当声，以此来转移注意力。维克多往茶杯里添了三勺糖，喝了一口，打开糖果，咬了一口，又往嘴里送茶。他们互相不看对方的眼睛。

"我看你从西伯利亚来？"瓦莲金娜说。

"不是。"

"你叫布里昂采夫嘛！难道家在布里昂斯克？"

"我是基洛夫斯基的。"

瓦莲金娜紧追不舍。

"工作怎么样？能挣到钱么？生活够不够？一个人在莫斯科么？"

"嗯。"

"住在哪儿呀？"

"暂时在集体宿舍。"

"你的父母呢？"

"母亲在新维亚茨克。"

"别脸红啊，你们，都是大孩子了。一个是学者，好样儿的。另一个也很聪明，技术上可明白了，工作也不差——在国防部。"

维克多望向莲娜，她本能地甩了一下头发，散落了几根黑色的发丝。她的肤色黑里透粉，嘴唇厚厚的，细细的黛眉，鼻梁挺挺的。天蓝色的外套下包裹着一对浑圆坚挺的乳房。

电话铃响起来了。

"嗯，彼得·叶甫盖尼维奇？明白。打给叶尔马科夫，让他六点上您这儿来。"瓦莲金娜挂上听筒，瞟了一眼上司办公室的门，"不是这事儿，就是那事儿……没空见您。就是说，维克多，你的方案已经通过了？你说要建什么来着？"

"我就是那个……屏幕……产房里的。哪儿去了……我的图纸哪儿去了？"他环顾四周。

莲娜偷偷笑了。图纸在书橱里找到了（他塞到里面就忘记了），维克多翻开一页：

"这是医院，产房就在这里。这个是总设计图，所有的建筑都能看见。"

"有意思。"莲娜欢快地说。

他报以受到鼓舞的微笑,小心翼翼地将图纸卷起来。

"这全是您自己设计的么?"她问。

"工作性质就是这样,"他有那么一瞬间进入了世界名人的角色,并且感到自己的机会来了,"能给您打电话么?"

"做什么?"她把头歪向一边。

"对您说些好听的。"

瓦莲金娜用铅笔在纸上写下一串数字,递给了维克多。他迈着轻盈的舞步走上前去,看了一眼纸条:

"这是您的还是莲娜的?"

"我对您来说太老啦。"瓦莲金娜说。

"我的电话是宿舍的。送送您吧,莲娜?"

"您先走吧,我们再坐一会儿。"

"我会打给您的……一定会的!"最后几个字他几乎是喊出来的,随后消失在走廊尽头。

"原始森林来的棕熊。"莲娜评价道。

当天晚上,维克多就打来了。他嗓音低沉,听起来十分腼腆。他约她第二天去看晚场电影。莲娜拒绝了:工作太忙了,明天不行。

"那就后天!"维克多提议道。

诚实的回答是"好啊,当然了,随时都可以",但她觉得明智的做法是往后拖一拖,并且在这当中感受到了某种无法言喻的快乐。

"后天也不行。"

"那什么时候可以?"维克多伤感地问。

她的感受近乎甜腻起来,大脑停止了运转,就快要忍不住趁着这份快感回答——"永不可能"或者"下辈子吧"——但她最后还是选择了模棱两可的答案:

"哎，以后吧……"

"周末？"

"也许吧……"

"我给您电话！"

第二天他没打来。莲娜坐了一整天，一边用手撑着头，一边喝着凉茶，夜幕不仅在窗外，也在她的心里慢慢聚拢。黑暗中，她不情愿地站起来，开了灯，就在这当儿，电话铃响了。莲娜颤抖了一下，故意错过了第一次响铃，第二次，之前那种甜蜜的感觉再次涌了上来……第三次响铃……窗玻璃上时不时映照出闪光的厨具。

"请说。"她冷淡地说。

是继母打来的。

"他没打给我，压根儿没打来，看在上帝的分上，让我静静吧！"莲娜扔掉了听筒。

继母又打来了，关切的声音响彻四方。莲娜想着，只要瓦莉娅在线上，维克多就打不进来，于是她用假装礼貌的声音干巴巴地请求："对不起……我现在没法说话。"她挂上电话后，紧紧地攥着听筒，直到它有了人的体温。关上灯，在黑暗中灌下了最后一口凉茶，随后去了浴室，没有关门。泡在水中，她时不时用腿挡住出水口，然后伸直脑袋，仔细地听着电话。

维克多第二天傍晚给她打了电话。

"喂！喂！莲娜，你好！我在电话亭给你打的！我们单位的电话坏了。你能听见我说话么？"一声巨响。又是一声。"见鬼！这下公用电话也出毛病了！"

"我听得见！"

"我们去么？明天是周六。"

"去！"莲娜跟他一样喊道。

"我来接你？"

"不用，我自己去！"

"'地平线'电影院。晚上五点。哪儿见？地铁站？在'伏龙芝'那站！"

"可以。"

"那四点在大厅中央见！"

"好的，到时见。"

莲娜有些后悔，自己不仅在电话里喊破了音，还早到了二十分钟。为了挽回颜面，她没站在大厅中央等，而是在伏龙芝[1]白色头像旁边的站尾，还好地铁站里没几个人。

维克多很快就出现了。他紧张地转着头，怀疑地眯起眼睛观察了一阵，终于看到了她，于是便走了过去。他仍然穿着那天的西服，只是没有打领带，领口是敞开的。

"你怎么了，视力不好？"她问，装模作样地嘲笑他。

"不啊……视力好得很。你不好么？"他关切地望着她的眼睛。

她又笑了，还眨了眨眼睛：

"挺好的呀！"

"也就是说，随便坐第几排都行。我们是第八排。"他摇了摇手中的票，"早上我特意坐车去买的，以防万一嘛。电影叫作……那个……"他一口气念了出来："《姑娘，想拍电影么？》没听过？我也是。十六岁以下禁止入内。只有《长胡子的男幼师》还挺欢乐。你不会看过吧？"

"我哪儿躲得过啊！"

---

[1] 译者注：米哈伊尔·瓦西里维奇·伏龙芝（1885—1925），革命家，苏联政治家，内战时期红军司令员，军事理论家。

第七章

他们到得有些早,就先去了小卖部。莲娜专心地挖着白色的冰淇淋球——她身着浅紫色的连衣裙,浑身散发出浓烈的阿拉伯香水味,乌发柔顺亮泽,一丝不苟地梳在发髻里,系上了天蓝色的丝带,耳朵上还有一对银质耳坠。维克多盯着她那对长长的、镶嵌奶白和天蓝绿松石的耳坠,明白自己已经爱上她了。这双耳朵小而柔软,生着粉嘟嘟的耳垂,似乎就是为这对耳坠打造的。而她本人,莲娜,从左边的耳坠开始,连同所有的一切——她的笑声,流转的眼波,黝黑的皮肤,香水味,从连衣裙下裸露出来的、健壮得令人意外的膝盖骨,直到她右边的耳坠,引导他进入了极致欢乐的境地。只要和她坐在一起,就哪儿都不用去,连电影也可以不看了……他喝完了咖啡,呼出一口气,解开了皮夹克:

"你的工作忙么?"

莲娜严肃起来:

"事情倒也不难,就是监测供暖系统,但还是挺重要的:要是哪里没检查到——警报就会响。我一开始在房管局工作,负责加加林地区。每个锅炉房我都熟悉,走过的时候一定要亲自去看看小气窗有没有开。"

"应该开么?"

"那还用说!不然温度太高锅炉就炸了。呸——呸——呸[1],目前还没出事。"

"那在国防部做什么呢?"

"在后勤机关。还是管锅炉房啊——只不过在军队里。我要陪着检查机构的人到处跑,半个苏联都走遍了。不仅要检查,还要盯着煤炭够不够。去过伊尔库茨克、赤塔,还有恰克图边境线。你都有哪些

---

1 译者注:拟声词,经常连发三声,表示驱逐晦气。

战绩?"

"我都汇报过了啊,昨天去了产房,核对了图纸,还需要修改一些小地方……"维克多开口道,但他忽然停了下来,一口将剩下的咖啡喝完了。

他知道自己一说起喜爱的事业就激情四射、没完没了,所以决定适时打住,省得被当作神经病。

"经常来电影院么?"莲娜问道。

"不啊。"

"我离了电影可活不了,小时候经常来……还有戏剧和芭蕾……"

"最喜欢看什么呢?"

"芭蕾,你呢?"

"马戏。"他承认道,脸都红了。

"为什么?"

"感觉很生动,还有动物……人们总是命悬一线——要不就是会从钢丝绳上掉下来,要不就是可能被野兽攻击。有时候我到了那里还得等一会儿:万一有什么动物临上场发狂犬病了,猴子、马、老虎……就坐着等。也许有病的动物当场就被撂倒了。有个马戏演员告诉我:他们舞台后面备有麻醉枪的。而你可能只注意到好玩的一面……"

"什么啊?"

"大概,追求你的人很多吧……"

他们走进放映厅,关于三年级女孩的故事已经开始了:她的母亲是急救车上的一名医生,在与货车相撞的一次车祸中不幸丧生。悲伤的女孩,和她那成为鳏夫的可怜的爸爸……维克多的鼻子发出急促的喘息声。莲娜偷偷地瞧着他,他的脸在电影屏幕的映照下发生了奇怪的扭曲,下唇显得尤其突出。他又喘了一口粗气,缩进了椅子里。她感到十分不悦，看了他这么久，他竟然没发觉。"哎！"她低语道。他瞬间转了过来，重重地抓住了她的小手，莲娜将手抽了出来。

"你怎么了？"他小声问。

"你怎么了——哭了？"

"瞎说。就因为这个我才不爱看电影。我不爱看，尤其是悲情的。"他每说一句就提高八度。

"你小声点儿。"莲娜悄声说。

他观察了一会儿，又抓住了她的手。莲娜想要挣脱，但他抓得更紧了，充满了男子气概，同时还安慰性地用手指抚摸她。

"放开。"她生气地说。

"你不喜欢？"

"对，我不喜欢。"

"你们安静点，不然我叫管理员了！"维克多左边的女人发怒了。

他松开了手，继续看电影，但两人已经什么都看不进去了。

维克多想："我真干了件蠢事，谁知道她怎么想，不管了……她现在肯定觉得我精神不正常。"

莲娜想："啊哈，又是这个套路。这已经不是第一个了。先是要牵牵小手，然后是索吻，再然后四处乱摸，之后呢？没有之后。就应该教训他们一下。他倒生气了……随他去，神经病，也是个没出息的。或许人家以后也不会再约我了，无所谓了。"她也立马变得伤感起来。

半年前，她同科斯佳[1]分手了。

……所有的事情都是从十一月七日的前一晚上开始的。莲娜下班回来，顺便去了趟超市，正拎着沉甸甸的购物袋往家走，忽然从黑暗

1　译者注：即前文提到的"科斯季卡"。

中跳出一个人来，在路灯下投射出凶狠的影子。在这之前，她很少撞见他——不论是在电梯里，还是在大街上——虽然他就住她家楼上，但他们从没说过话。他平时总和一条牧羊犬在一起，后者一身灰毛，体格健壮。现在，他一言不发地夺过莲娜手中的袋子，并在她脸上喷出一团蒸汽云雾，当中混合着健康牲口和凛冽寒秋的气息。他的嘴唇上方长着一条黑乎乎、油腻腻的硬胡须，黑果实似的眼睛微微突出，上下打量的时候显得既警惕又精明。

"我们去帮忙。"他说，就像是下了一道命令，他牵着牧羊犬朝她奔去。

"谢谢。"莲娜说。

"谢谢不咋地。你为啥总在家闷着？工作——回家，工作——回家，我都观察你好久了……"他说话语速很快，似乎充满了活力。"一起出去透透气吧。跟雷达[1]一起，怎么样？去散散步。"

她不知怎的，很轻易地就屈服了，还劝自己说："为什么不呢？挺有趣的一个人，而且散步确实有益健康。"在那些大雾天和薄暮中，踩着湿滑的落叶，沿着泥泞的小路，她跟他，还有他的狗一小时接着一小时地散步。这位科斯佳简短地汇报了自己的情况：比她大十岁，未婚，运动员，登山运动员，是兼职的体育老师。牧羊犬边吠边回头，莲娜变得不自在起来。

"呐！"他拽了拽狗链子，"怕它么？"

"怕！"

"别怕，我会说它的！"

于是，莲娜开始追着这头野兽跑，把它逼进角落，它委屈地向她伸出爪子。科斯佳在一旁快步跟着，就像对着女学生一般迁就而又生

1　译者注：雷达是牧羊犬的名字。

硬地问：

"你有男朋友没有？"

"我不想回答这个问题！"

"没有！"他自信满满地说，吹起了口哨——狗回头看了看，链子松了下来。

回到家门口，他将狗拴在飘絮的柳树上，自己在长椅上坐下，长椅上已经有人很贴心地用报纸垫了好几层。

"冷么？"他抱住她，紧紧贴住自己，感到一阵抖动，"怎么发抖？应该多走走，适应适应。还要和我一起出来散步么？"

"要。"她僵硬地答道。

狗开始用低沉有力的声音狂吠起来，挣扎了一下，又一下，绳子松了，它跳起来，重重地喘气。

"松开它吧，求你了……"

"你别怕呀，"科斯佳温柔地抚摸着莲娜的颧骨，粗糙的手指划过她的嘴唇，"必须让你暖和起来。"他用右手扶住她的后脑勺，左手加大力道揉搓着她的肩膀，然后突然吻了上去，潮湿而热烈。

他像是在啃食，胡子又痒痒又扎人。莲娜想要挣脱——狗又叫了。少女和狗的眼睛在一瞬间相遇了。

"你也……你也吻我……"科斯佳用嘶哑的嗓音说。门吱呀一声打开了，一位拄着拐杖的老头儿出现在门口。科斯佳弹开了，"现在暖和了吧！"他朝气蓬勃地说，"还要再透透气么？"

"不了，我要回家……"

"随你。那我们也回家了，好不好，雷达？"

莲娜在家往嘴上涂了一层唇膏，盖住小胡子留下的痒痒的粉色痕迹。第二天是周末，过节。她在一阵喉咙痛中醒来，看到电视里的游行活动，想着在此之前曾经有过短暂的接吻经历，可以顺便一提：一次是在少先队夏令营里和一个从埃里温来的叫阿拉姆的男孩，因为玩纸牌游戏输了的人要接吻；还有一次是在技术学校的晚会上，喝了点波尔图葡萄酒，迪马·索木尔吻了她，一个瘦瘦的金发男孩，她很喜欢他，但他后来被电车轧死了。

莲娜先接女友奥莉亚下班，然后是继母。她对她们两人都说了一样的话，显然很是骄傲："现在我也有追求者了。长得可帅了。简直想不到，我住七楼，他就住八楼！"奥莉亚说："小心点，别被强奸了。本来就方便，两步就到。"瓦莲金娜的建议她倒是听进去了："人这一辈子什么最重要？忍耐啊。你先别和他断了往来，马上让他看看，你有多善良，多乖巧。他要是说反话——你就忍着。这样或许对你有好处。"

快到傍晚的时候，科斯佳来敲门了：

"出去散步么？"

"不想去。有点着凉了。"

"那得治啊！今天过节哎！来吃饭吧，一起庆祝一下。"

他回到自己住处拿了一瓶赤霞珠干红下来，酒已经开封了。莲娜跑下楼，忙不迭地摆出了鲱鱼罐头，切好了奶酪和香肠，两人坐在一起，喝完了葡萄酒。她不停地咳嗽，葡萄酒有种怪味儿，好像是掺了伏特加一样。电视里正在转播音乐会，一个巨型儿童合唱团在引吭高歌，唱的是歌曲《老房子》，电视屏幕都被震得起了涟漪。第二排的第五个是一名嘴巴大张的男孩，他肤色黝黑，满头卷发，穿着白色衬衫，打着一条红领带——简直跟阿拉姆一模一样，时间过去这么久了，他还是一点儿没长大：

水的那边是一座砖头盖的老房子，
无论走到哪儿我都忘不了它呵，兄弟们……

第七章

松树站两边，浪花拍堤底，
遥远的房子，我亲爱的房子呵……

"他叫阿拉姆，"她梦呓般地说。
"真的么？"科斯佳一把将她拉到身边，吻住了她的唇。
"等等……扎人！"
"适应一下！"

他对她说了些甜言蜜语，抚摸着她的头，将她的酒杯又倒满了："张开嘴，眯起眼，就该这么喝。"她喝了一大口酒，然后又是接吻（多么古怪的味道！），他们用嘴唇回应彼此，偶尔吐出只言片语……电话响了，她摇摇晃晃地站起身，科斯佳将桌子推到一边："来得及的，再坐一会儿。"……她睡着了，不过一会儿又被冻醒，发现自己躺在沙发上，没有穿上衣，胸罩被推到了颈部，而科斯佳那潮湿的胡须不停地在她胸部游走。莲娜感到身体已经不属于自己了，她轻轻地呻吟着，将手指插进了他的头发，再一次闭上了眼睛，感受他是如何炽热而又凶猛地钻入裙下。"放松……我自己来……必须这样。我自己来。"

"自己来就自己来。"她的话语既欢愉又痛苦，仿佛从很远的地方传来。

一阵剧痛，好像五脏六腑被烫伤了。失去知觉……她在剧烈而快速的震动中不情愿地醒来，感到一阵恶心。科斯佳不断地推拉她，像是在做某项体育运动。她彻底清醒了，明白了所有的一切。她一边流泪，一边压制住恶心，忘我而贪婪地捕捉他的嘴唇和胡须，同时抚摸着他那满是汗珠的强壮的背部，轻易地将指甲抠了进去。

科斯佳经常从八楼跑到七楼来。一开始还带着酒，有时甚至还有花，后来就只有酒了。确实也带她去过几次餐馆。"我想要我们永远在一起。"他重复着，眼底滑过一丝谄媚的神情。"我简直为你着迷！"在与她交往期间，他每晚都要出去遛狗。莲娜躺在床上，什么都能听到：钥匙转动的声音，狗吠声，电梯的运转声——直到所有这些声音开始倒转时（电梯，狗吠，钥匙），她才能带着某种没来由的快乐与感恩进入梦乡。

有一回，他在她家撞见了瓦莲金娜·阿列克谢耶夫娜——她试图跟他攀谈，告诉他自己去过多少地方，爬过多少高山。他表现得很热情，但始终抱有警惕，而且每次都很快就告辞了。

"你也有追求者了，真是太好了，"瓦莲金娜说，"长得也不错……你跟他在一起多长点心眼。莫非，是个要付抚养费的主儿？看起来就像个老手，简直就是莫泊桑。我的意思是：男人如果真爱你，他就一定想要结婚……他会缠着么？"

"缠过，不过我把他撵走了。"

同科斯佳的亲密没有带给莲娜她想要的，但她喜欢他。她对他们之间暧昧不清的关系感到不安，想向他讨个明确的说法。有时候，她一个人站在镜子前，盯着自己的胸部想："难以置信，我都有情人了。"她觉得自己像是小说中的女主角。

于是，她打算简单地试探他一下。

"我想和你谈谈……"

他们半靠在沙发上。

"谈什么？"

"我怀孕了。"

科斯佳的脸唰的一下由白转青。

"你确定？月经来晚了？验过尿了？"他很有经验地大声问道。

"嗯……"

"我反对。"他斩钉截铁地说。

"为什么?"

"这不在我的计划之内。"他盯着她,眼都不眨一下。

"我不管,就要生下来!"

"行行好,别做蠢事!我有个认识的医生,手艺很好,是教授……"

"你不要我们的孩子?"

"我光上学都够了,你知道么?!又是吵,又是闹。简直没法想象,回到家以后还是一个样儿。"

"或者也不需要结婚?"她没忍住。

"也许吧,也许……"他扯着自己的小胡子。

"你给我滚!"莲娜叫起来。

"轻点,轻点,轻点……"科斯佳迅速收拾好东西,溜了出去。

在这之后,他好几回都试图挤进门——她没允许,直接把他推到了外面。听到她的开门声,他便从楼上跑下来:"听我说——""你放心,这都是我臆想出来的。"他就真的放下心来,再也不纠缠她了。但每天傍晚和清晨,莲娜都会听到他出去遛狗的声音,每当这时她总是屏住呼吸。

现在,瓦莲金娜·阿列克谢耶夫娜只要一问她:"你那个追求者怎么样了?"莲娜必定回答:"不怎么样,不想处了。"随后就转移话题。

电影散场后,莲娜和维克多一起往地铁站走。两人都不说话。

她想:"怕是我太傻了?小伙子是个好人,有同情心。电影里的人都能把他感动哭。说不定,也是奔着真爱来的。牵了一下手,我就……干吗要抽出来呀?或许,我就是这么纯情呢,从来没有被男人牵过手?哎哟,还摸我的手。要是让他牵着……说不定我就别想再抽出来了。但是,我都这么大了,快要当阿姨的人了,还有不切实际的幻想。他说不定都惊到了,想着'傻瓜'。我就是傻瓜,还是泼妇呢。"

快到地铁站了。

"莲。"维克多叫她。

"干吗?"

"哎,别讨厌我啊,莲……你不原谅我么?"

"什么?"她惊诧地问道。

接下来的一个月时间他们都贡献给了"文化节目",瓦莲金娜·阿列克谢耶夫娜是这么叫的。

"你也稍微控制一下他的'文化节目',好让他办点儿正经事。如果是把你往餐厅里拖,或者更坏些,来咱们家里做客——他很快就会暴露。你跟他相处得留一手,你太软了,男人能感受到,之后就变得放肆起来。你折磨折磨他,让他吃醋。就说:有个知名作家邀我去大剧院。但同时也别把话说死了:不过我拒绝了。"

他们去了阿佛尼亚大街的"突击手"影院。他伸出手去的时候,影院的灯还没灭,然而,莲娜一个意味深长的问话"干吗"令他立马把手缩了回来,随后困惑地看了自己的手指半天,仿佛又想吹,又不敢吹。他们一整场都在笑,笑声将他们的距离拉近了,莲娜觉得电影的男主角有点像维克多。

从"突击手"里出来,他们上了桥,影院是灰色的,看起来好像跟阴郁的天气融为了一体。河水在微风的拂动下泛起涟漪,克里姆林宫还未点亮的灯光一片昏暗,莲娜自己也不知道为什么,突然说:

"莲尼亚真可爱!"

"哪儿还有个莲尼亚?"

"你不知道么?当然是库拉夫列夫啊!他演技可好了,我们单位有个军人也这么说……"

"怎么好?"

"说不完的俏皮话。"

"腹中空空,就知道要贫嘴。"维克多下了结论。

第七章

"可我就喜欢!"

"随你的便。能送你回家么?"

"送到我家的那站就行,不用到家门口了。"

"为什么?"

"不为什么。"

地铁里,他们的手指在金属扶手上挨得很近。车厢在震动,两人的手不断靠近,莲娜好像没有察觉,并未将手抽回,维克多也不时偷瞄这次"身体接触"的进程。

空出了一个位置,她坐下了,维克多如同一堵倾斜的墙一样矗立在她上方。到"舒金"站了,她按惯例问了些道别话:"你最近过得怎么样?"他便开始使出浑身解数,自相矛盾地解释。她制止住他:"你的近况我都清楚了。"他不作声了,面色突然转阴,很明显是被她的话呛住了。

当天晚上,他用宿舍的电话(已经修好了)打给她,说话声断断续续,似乎还带着某种梦呓般的喘息。她于是大声喊道:"我什么都听不见!再见!"他又打过去了——声音变得清晰起来,但不知何故有些粗糙。他每天都打电话来问:"在干什么?没干什么?好吧。要不要见面?什么时候你才会明白?"有几回,他俩在电话里沉默了。"听不见!啊?"她用响亮的笑声作为诱饵,都能猜到电话那头的大鱼有多郁闷。她感受到了一种复仇的快感——折磨维克多就意味着对科斯佳的报复。然而,她越来越频繁地想起那个住在楼上的人,并且在半夜突然发现自己又能听见楼梯口的响声了。女人的想象力促使她朝着那片沉默发问:"亲爱的,是你么?"听筒被挂上了,维克多立刻又打了进来,高声喊道:"谁是亲爱的?""管他是谁呢。""不对……"他纠缠不休,"这是……你这么叫谁呢?""济娜,一个女性朋友,别问了。"

他没有放弃，又带她去了革命博物馆——这次是手挽手走的。"为什么您走路的时候这么不协调？"她故意用"您"来发问。他马上端起架子，这下当真变得不协调起来：头缩在肩膀里，眼前一片眩晕，害得她径直撞向一个强壮的水兵假人模特。莲娜在最后一秒钟成功地避开了撞击，而维克多满头卷发的脑袋距离英雄的无檐帽就只有几毫米远。

"真想知道，如果我们生活在十七世纪会做什么？"他领着她逛街心花园的时候问道，"我就想当个水兵。"

"我嘛……"

"资本家？"

"什么？"

"哎，你又爱干净，又招人喜爱，保养得还这么好。要是我被哪个资本家刺伤了，你会帮我包扎起来，再将我藏起来的，不是么？之后你会上前线做一名护士，不是么？而我会教你射击，我们就可以一起对抗白军了。"

"真能想……"

"告诉我，你曾经恋爱过么？"他问得很急，似乎不敢问出口。

"童年时候有过。你呢？"

"我？我——从没有过。之前，之前我有时候……"

他们沿着街心公园的小路散步，穿过厚实油亮的杨树林，头顶上方是一小片炎热的晴空。杨絮在脚底渐渐变得灼热，仿佛黏糊糊的大麦粥，莲娜似乎听到了某种隐秘的咕嘟声。维克多不说话，时不时用力踢上一脚咕嘟起来的泡沫。

没过几天，他又搞到了《黑鸟》的票——德意志民主共和国的芭蕾舞剧。他在"普希金"站捧了一束鲜艳的玫瑰迎接她，随后他们一起去了音乐剧院。"一路上拿着你的花多不方便啊！"莲娜说，"怎么不看完剧再给我！来，你先拿着！"

舞台上响彻电子乐声，一个巨大的黑色铁栏杆笼子里坐着一位女俘虏，她浑身长满了白色和金色的羽毛。"他不一定就很富。他上哪儿拿钱？就凭自己做的屏幕？说不定到现在还饿着肚子，就因为在我身上花光了最后一个子儿。哎，碰碰我啊，碰碰啊！"她瞥了他一眼：维克多死死地用手指钳住花束，似乎提前宣告了侵犯行为的不可能。身着红色紧身衣的男舞者张开双臂，女俘虏穿过铁栏杆奔向他。他的身体时而扭曲，时而弯折，将她高高抛起，并引向背景中的绿色树林；与此同时，有四个长着黑色钢爪的怪物正匍匐着朝他逼近。莲娜心中升起了一丝不安。他们就要这样在电影和芭蕾舞中一直走到本世纪尽头？还是走一阵就会停下来？他爱上我了么？是的，看得出来，显然是爱上了。她在自己的内心摸索了一阵，没有找到与之呼应的感觉，于是，凭借女性全部的直觉，她明白了——只差一点点，维克多就会飘远。他似乎已经同这种虚荣的消遣融合在了一起，莲娜是这么觉得的。他那不安的颤栗——其实是一种激情的伤寒症，只消一次偶然的恫吓、一阵强风就会突然转冷，追求者本人便会如同一片干枯的树叶飘落在地。到那个时候（假设他匆匆忙忙地和另一位不爱的人结婚了），或许他将终其一生小心翼翼地呵护"莲娜"这个名字，然而仅仅是在梦中，甚至不让自己知晓，因为他再也无法投入一场现实中的恋爱了。富有节奏的音乐里可以听到碎裂和颤抖，令人感到头晕目眩。现在，有四个身着红衣的舞者，同样长着尖爪，将四个黑衣舞者围了起来。这两拨人不断地将腿高高抬起，仿佛是在鼓动翅膀。红衣舞者们走上前去，转眼间就毁坏了笼子，把它变成了一堆破铜烂铁。

"没什么可怕的，"莲娜想，"我不就需要这种丈夫么。必须折磨他一下——我要先离开他。"

"我梦到你了……"在他们随着人流离开大厅时，他在她耳边说。

"希望不是个噩梦！"她从他手中接过了花束。

"那是个奇妙的梦！就像今天的芭蕾！比今天的还要好！可惜我们没法一起观看我的梦！"

站在电梯上，她的脸被玫瑰花遮住了，而他则带着抱怨和责备喋喋不休地叙述心事：

"屏幕的投放日期延迟了。上面训我了。我也不懂。虽然坐在那里画图，但想的却是别的事……今晚得全部改好。真奇怪：之前对我来说轻而易举的事，现在我开始……"

"我要出差去了。"

"什么时候？去哪儿啊？"他马上转了话题。

"周四。去格鲁吉亚。据说，那里是人间天堂：大海、水果、葡萄酒，当地人也很热情。我的意思是到处阳光普照。"

"要去多久？"

"是审问么？"她笑了。

她一笑就停不下来，因为她看到自己的笑在他浅色的眼睛里激起了一阵恐慌。

"电梯到了！"她笑得更大声了。

维克多怪模怪样地蹦了起来，差点没摔倒，她更觉得好笑了。

"那个邻居向我献殷勤来着。"她不知为何在站台上这么说道。

"他做什么了？"

地铁呼啸而来，莲娜故意含混不清地说。

"他做什么了？"维克多再次喊出这句话的时候已经是在车厢里，他一屁股坐在她旁边。

"他等我！在门口！"

"说了下流话？"

"是恭维话！"

第七章

"我送你！"

"不用！"

"我反正知道你住哪儿！"

乘客们都看着他们，维克多又问了几句，莲娜没有回答。对面坐着一位戴着帽子、拖着行李箱男人，她对他做了一个高深莫测的表情。那个人马上明白了她的眼神，尴尬地脱下了帽子。"说实话，这一切让我烦透了！"维克多一跃而起，冲出了开着的地铁门，然而没过多久，又跳进了另外一扇即将关闭的门，再次坐到莲娜旁边。

他们在"舒金"站下车了。

"谢谢你的花！"她戏谑地鞠了一躬。

"让我……一起……"他揪住衬衫的领口，一粒纽扣像火星一样蹦了出来，"我就送送……防止有人……缠着你……"

"你说什么呢？行了，我没时间！"她出了站，感觉有戏。

地铁站旁边有一面玻璃，上头"电话亭"几个大字闪着银光，她正对着这面玻璃整理头发，突然发现了维克多灰色的背影，他正在一群行人中间滔滔不绝地说着什么。莲娜有一种突如其来的打电话的冲动，不管打给谁都行，哪怕是假装在讲电话呢。她动用女人所有的直觉感受到，当下站在电话亭里拿着听筒，这么做是绝对正确的。为什么？原因难以描述，但更加难以描述的是维克多嫉妒的猜测。

她将花束放在电话机上方，投入一个硬币，拨通了继母的电话。

"喂！我们去看芭蕾了。对，美极了。德国人跳得真好！色彩也很饱满！音乐，说实话，不太对我的胃口。我不知为什么有点烦这个罗蒙诺索夫，你明白么？他就是有些无趣。就是烦，没别的。好了，我回头再打给你。"

她拿起花束，无意间飞快地瞥了一眼旁边，没看到跟踪者，于是又对着玻璃中的人影整了整头发。

莲娜沮丧地甩了甩头和手中的玫瑰花,快步朝家的方向走去。春天傍晚那优柔寡断的暮色在周遭渐渐弥散开,所有的声响都变得尖锐起来:秋千的咯吱声,窗户里的餐具碰撞声,歌声和哭泣声的回音。不远处,一辆救护车带着令人心碎的尖叫呼啸而过,驱散了黑暗又聚拢了阴影。莲娜走到门口。三楼那个干瘪枯黄的老邻居站在那里,斜倚在门上。

"收到花儿了……自己就是一朵鲜花。我被我家老太婆赶出来了,不让进门。"

"您许是喝多了吧。"

"喝了。但活儿也没少做。我可是名副其实的勤快人!"他连续拍了三下胸口,发出军乐的节奏。"进去吧,亲爱的,别碍着别人的事儿!"莲娜背后传来一个声音。

她回头一看——原来是维克多。他扑向那个老男人,揪住他的耳朵,一字一句客气而凶狠地说:

"畜生,妈的,这是我的女朋友。老废物,再跟她搭讪一次,眼睛都给你抠出来……"

老汉被揪住耳朵的脸变得扭曲了:眼睛眯起来,嘴角微微扬起,挤出了一个邪恶的微笑,活像一个被严刑拷打的人,鄙视地瞧着刽子手。

"傻瓜,放开他!"

半个小时之后,她已经不乏得意地在和继母分享此事了:

"他让邻居蒙了羞。要是碰上科斯佳,再嗅出点儿什么来——你都能想象会打成什么样儿!必须要断绝联系。我简直烦透他了,没力气再纠缠。他不仅无趣,还是个大醋缸。好歹也要先结婚再吃醋啊。他表达爱意的方式都不正常。我有时候觉得他就是个伪君子。行了,我马上就跟他说拜拜。跟这种人在一起不会快乐的,性格太压抑了。"

第七章

"性格就是这样了,也改不了。我早就跟你说过:这是个认真的人。有前途。所以你也对他认真点,莲。"

"怎么个认真法?你就会给这些没用的建议。我不想跟他一起过,也不会跟他一起过。再说了……他总是穿那一件外套,怎么,就没有第二件衣服了?"

"也许就是没有呢。他是住集体宿舍的小伙子,富家公子哥儿倒是天天换衣服,你可别追着这些人屁股后面跑。"

"他身上还有味道。要不就是在哪儿沾上的,要不就是他喷了太多的香水,闻起来犯恶心。"

"忍一忍就好了。你觉得你自己随时都香喷喷的?要是想嫁人,所有的事都得适应。你父亲打鼾打得多吓人!有什么关系呢——我都习惯了。后来,听不到他打鼾我反而睡不着。我难道就高贵些么?要是闹肚子了呢?肚子经常叽里咕噜地响,跟快完蛋了一样。你也好不到哪儿去,不是圣人。"

快入夜的时候,维克多打来了电话,他用受伤的声音拖长元音问道:

"会原——原谅我吧?"

"原谅,原谅。"她敷衍了事地说。

"我们什么时候再见面?"

"不知道。最近很忙。我要出差。"

"去格鲁吉亚人那儿?"

莲娜明白了:他喝醉了。他嘟哝着:"我是谁?这么一位好姑娘……我怎么敢……如此放——放肆……"随后他像奥博金斯基[1]那

---

[1] 译者注:奥博金斯基·瓦列里·弗拉基米洛维奇(1942—1997),苏联流行歌手,男高音。

样唱起来,歌声悦耳又悠扬:

> 对面的这双眼睛,
> 万花筒般的火焰,
> 对面的这双眼睛,
> 明亮而更加温暖……

挂断之后,他又打来了,又从头开始唱这首歌。

"酒鬼,你再也不会见到我了。"她挂上了电话。

窗外传来一声大喊:"里奥博尔德,出来!"她好像听出是维克多的声音。他要是跟那个被他揪了耳朵的邻居一起喝醉了,两人半夜里在大街上游荡怎么办?然后,她听到了楼梯间里低沉的吠叫。"科斯佳,我牵不住它了!"传来一个姑娘的尖叫声。莲娜将脸埋进了枕头。没有哭,只是累了。一群黑色的长爪大鸟在她眼前盘旋,不断缩小包围圈,而穿着红色紧身衣的男舞者抛起了浑身浅色羽毛的女芭蕾舞演员……

莲娜并没有去格鲁吉亚,只是去了下诺夫哥罗德的捷尔任斯克,还就一天的时间。捷尔任斯克的一个坦克装配部门有着绿色的外墙。检查完锅炉之后,莲娜抽空在红角[1]坐了坐。她发现了一本鲍里斯·利亚夫金的《英勇年代速写》:1917 年的夏天,正值枪杀布尔什维克起义者的时候,一名水兵被子弹射穿了腿部,他一瘸一拐地跑到了一个富人家里,撞进了他家女儿的闺房,姑娘不仅没有被吓到,反而帮他包扎了伤口并将他藏到了衣柜里。他在那儿悄悄地躺了一周,

---

1 译者注:俄罗斯传统木屋里南面两扇窗户之间的角落,经常会放置圣像、十字架和蜡烛,是东正教信仰进入民间的体现。

家里所有其他的人都不知道这件事。秋天，布尔什维克胜利了，姑娘的家人迁出了彼得堡，只有她一个人留了下来。她找到了那个水兵，和他一起度过了整个卫国战争时期。故事充满了幻想色彩，但也相当令人陶醉。莲娜刚读了开头的几段，就感觉胸口有什么东西突然紧缩起来，再一看到"水兵那翘起的黄铜色短发"，她立马合上了书，久久地、沉默地坐在黑暗中。

回到莫斯科还没进家门，就有电话在等她了。

"你已经回来了么？见个面？你想去哪儿？"

"我们去看马戏吧！"莲娜说，女性下意识的本能告诉她，现在最要紧的是给追求者一个机会，并跟他去他最喜欢的地方。

她没有马上认出他来。一直走到跟前，才看出那就是他。他换了一身衣服，穿了一件很适合他的深红色毛衣，下身是黑色长裤，还理了头发——发量减少了一半。他将手臂弯起来，莲娜挽了上去，两人的手臂时不时碰触在一起，她开始兴奋地喋喋不休起来。他的手臂保持不动，而莲娜一边叽叽喳喳，一边不经意地摩擦着他的肌肉。她把什么鸡毛蒜皮的事儿都说给他听：老旧的大楼，喷泉，羊肉串，似乎是粘在锅炉房里的上校（"我花了整整五分钟让他安定下来！哪儿来的就从哪儿溜了！"）。男伴的肌肉像海浪一般涌动：时而因为嫉妒变得坚硬如铁，时而又放松得如同舒展开的橡胶。

"那边到底怎么样嘛？"

"你能想象么……没什么特别的。我们莫斯科好多了！"

"你说真的？"他停下来，盯着她的脸蛋看，"你真是个好姑娘，莲娜！"他好像在说别人的未婚妻一样，用一种嫉妒的口吻评价道。

马戏剧院里，他们的位置就挨着舞台。表演还没开始，维克多就倾身向前，不断揉搓双手，还面露微笑，仿佛在期待一场盛宴。

一位身穿晚礼服，鼻子上顶着一个猩红气球的男人走上了舞台，从袖子里放出了一只长着肉冠的大公鸡。公鸡哑着嗓子凶狠地鸣叫，一下子飞进了观众席，冲着坐在那儿的一个栗色发辫的女人奔去。女人尖叫起来，同样尖叫起来的还有莲娜。

"害怕？"维克多快活地问道。

"没啊！就是很久没看过了！"

"是安排好的。"

小丑将那个女人领上舞台，解开了公鸡，向她抛去了一条灰色的长袍，后者在空中就碎裂了，变成一群动物四散逃开。

"老鼠！"莲娜转向发出惊喜喊声的地方：这是个瘦弱的小男孩，一边蹦跳着，一边发出尖叫。他的周围坐着其他的孩子，他们都躁动不安起来。

这时台上宣布了老虎的节目。一只浑身赤色、长着墨色条纹的巨型野兽在场上灵活地绕着圈，中央站着一位少年，他双手抱臂，咧出一个大大的紧张笑容。观众席上的男孩将双手合成喇叭状，大声喊叫。舞台上的少年草草收住了微笑，老虎停了下来，向他转过头去。

"安排好的？"莲娜拽了拽维克多的肘部。

"谁？"

"男孩！"

"好像不是。"

"他在喊什么？"莲娜仔细听了听。"阿吉斯-阿别巴！"男孩喊出了一串既滑稽又顺溜的字符，令他很是惊奇。"阿吉斯-阿别巴！"她终于分辨出来了。少年拍了一下掌，老虎于是响亮地抽了一下尾巴，孩子们兴奋地叫嚷起来，有人吹了一声口哨。

"哎哟！"莲娜也顾不上什么礼仪了，紧紧地抓住维克多的双手。

"你害怕？"

"害怕！"

第七章

老虎继续绕圈,但现在已经有一只爪子踩在了舞台边缘。

维克多的手裹住了莲娜的手,覆盖在她的手上面,轻轻抚摸着——既从容不迫,又充满了温暖和肯定。她的手指感恩般的瑟瑟发抖。

舞台上突然冒出了枝叶繁茂的棕榈树,一只穿着蓝衬衫和蓝短裤的黑猩猩从幕后闪出,还牵出一位穿着粉色连衣裙的金发女郎。乐队开始奏乐,黑猩猩围着女郎转悠,一会儿将她拉近身边,一会又将她推开。

"阿吉斯-阿别巴!"小男孩又叫起来。

"怎么不把他带走?"莲娜生气地问。

猩猩抛下了它的女伴,用一只右手勾住棕榈树,迅速爬了上去,在空中旋转。

"天呐!"莲娜呻吟着说。

"别怕!"

他们同时望向彼此,嘴唇融化在了一起。

莲娜在回吻维克多时闭上了眼睛,没有看到小男孩被一位女负责人迅速地拖了出去,也没有看到猩猩又顺着棕榈树回到了原来的地方,继续和它的女伴跳舞。莲娜深深陶醉在维克多的怀抱中,双手环绕住他的脖颈。

"乖乖!"他嘴对嘴地说,用眼睛示意了一下。

她躲开了。

维克多望向上面:在圆形的穹顶下,一位黄衣人正用身体画出各种形状——0,8,以及其他数字,仿佛是一支彩色粉笔。

"我怎么办?"她这么想着,感觉受到了侮辱,于是问道:

"你想接着看还是出去走走?"

"出去走走!"他准确无误地立刻从马戏表演中抽身而退。随后,他们便踩着观众的脚跑出了马戏剧院。

他们在莫斯科的暮色中漫步,没有松开彼此的手,就像孩童一样纯真。

"激情哦!受够了!你想不到吧,我可不是胆小鬼!就是没习惯看这个!那个小男孩叫得也太大声了,险些没把野兽给惹火了。"

"记住,只要你跟我在一起,就什么都不用怕。"

"老虎也不用怕么?"

"当然了!"维克多信心满满地点了点头。"给你唱点什么吧?"

"唱歌?"

"刚好来了兴致。不知道你怎么样,我就是想唱点什么。所有的好歌我都会唱,没有我模仿不来的歌手。可以学奥博金斯基、科博宗、马戈马耶夫、安东诺夫。你不相信?你会信的。听吧。"他发出了一阵鼻音,轻轻的,但是满怀深情地唱道,"伙伴们,最重要的,是心灵不会老去……"

他的手心出汗了,在副歌的地方他将莲娜的手握得更紧了一些。他俩一直往前走,拿不定主意要不要再亲一次。维克多唱完了一首,便咂咂嘴,做出一个接吻的口型,又接着唱起了另一首。

"妙极了!你真的可以哎!太像了!连歌词都背得一字不差!"莲娜发出了真心的赞叹。

他小幅度地颤动喉咙,发出准确的音符,唱出的每一首曲子都比原先更加婉转动听,就好像是撒上了糖霜一般。

"普加乔娃你会么,《小丑》?"

"会,但我不想唱女角。"

他们一点儿都感觉不到疲倦。走到基洛夫大街,穿过去就到了捷尔任斯基广场,那儿的车辆沿顺时针方向绕着一尊青铜塑像转圈子,他们下到地下通道,走过闪着"苏共中央委员会"几个金色大字的楼房,又折回了克里姆林宫。

第七章

"命运就这样引领,命运就这样引领,命运就这样将我们引领!"维克多高昂地唱道。

他们走到了红场上,在探照灯的照射下,黑色的天空里飘扬着一面旗帜,洋溢着青春的喜悦。列宁墓闪烁着微弱的光芒——像一个微驼的老者,正集中精力积蓄最后一点力量。从钟楼那边走过来三位上着刺刀的巡逻兵,仿佛是被施了魔法的梦游者。

维克多和莲娜爬到了桥上。

"这么说,你读过利亚夫金的书没有?"

"皮亚夫金?"

"得了吧!那里面讲到了一个水兵和一位姑娘的故事……就是你讲给我听的……"

"什么水蛭[1]?对不起,可以吻你么?"

"好吧……"

铁制的大钟叮叮当当地响起来,黑暗中的克里姆林宫闪烁着它的墙体和圆顶,就像是黑色铁盘中一只上漆的天鹅。红色的星星放射出浓烈的光芒。

"完全不会!"莲娜噗嗤一声笑了。

"那怎么办?"

"学呗,趁我还活着。"

"能再来一次么?"

之后,他们来到了"舒金"站。在自己家门口,莲娜将维克多拽到长椅上坐下。

"你真是……"他嗫嚅着,又靠了过来。

---

1 译者注:俄语中"水蛭"的发音与"皮亚夫金"相似,维克多没读过这个作家的作品,错把他的姓听成了"皮亚夫金",因而联想到水蛭。

"哪样?"

"果酱……像果酱一样……"

"那我像哪种果酱?"

"不知道。可能是樱桃酱?"

门开了,科斯佳吹着口哨,牵着雷达走了出来。牧羊犬用那双经验丰富的眼睛四处张望,但耳朵并没有耷拉下来,一边吠叫,一边引导主人朝远处走去。

"已经好些了吧?"维克多从吻的海洋中浮上来问道。

"什么?"

"我亲得好多了吧?"

在莲娜之前,他接吻的经验很少。在新维亚茨克跟堕落的同班女生科里沃舍伊娜吻过几次;在集体宿舍跟喝醉酒的女看门人——在走廊里深吻了她一分钟,然后就分手了。每次想到莲娜,他甚至试图排练接吻,把拳头放在嘴边长久而激情地吮吸,但总感觉自己像一只熊在舔舐自己的手掌。

"你真是个怪人,维嘉。我怎么和你缠上了?但你可别以为我是什么轻浮的人!"

"可以去你家做客么?"

"不可以!你会惹我生气的——然后我们就再也别见了。跟你坐在一起我就想睡觉。"莲娜一跃而起,冲向了门口,口中喊着"回见",砰的一声关上了门。

维克多站不起来,整个人被一种至上欢乐的无力感压倒。他又在黑暗中独自坐了一个小时,什么也没想。好几次他握起拳头,放到嘴边舔舐,回忆跟这位美妙姑娘的甜蜜之吻。

他每个晚上都给她打电话,很快就情绪激昂地宣布:

"我的项目开工了。我们一起过去——带你看看吧?我来打车!"

第七章

周六早上他去接她。他仍旧穿着那件灰色西服,但打了一条夺目的祖母绿领带。

"在这儿停。"他和出租车司机说。

上桥之后,在左手边围起的栅栏里有一堆堆呈几何图形排列的水泥高台,像是外星生物放在那里的,很是奇怪。旁边是塔式起重机和堆得很高的大理石、花岗岩条板。

"在建苏联馆呢!"维克多兴奋地说,"看到了么?这肯定是个很大的馆,跟白宫一样。"

他向她伸出手,一言不发地带她走过经互会大楼灰色的登记簿,拐进了加里宁大街的另外一边。

在一栋外观塑花装饰老楼的侧边墙上,安装了一块巨大的玻璃屏幕,里面放着新闻纪录片《今日头条》:在阳光的照射下画面有点失真,来往车辆的轰鸣声也让人听不清画面里的声音。

"看到了么?"

"看到了!"

"看不太清楚?"

"这是什么?"

"现在看不太清,但夜里可清楚了!我的孩子!"

"什么?"

"我生的,"看得出来,这个玩笑是经过准备的,因为他询问式地笑了一下,好像在引导她发笑,"这是我做的屏幕!"

"你太厉害了!是怎么把它安在这儿的?"

"安在这儿?首先要敲钉子,然后做托架。能看出来一点吧?"

在"布拉格"餐厅里,维克多拿了一瓶香槟酒、一盘蟹肉沙拉和一碟黑鱼子。

"为你的成功干杯!"莲娜说。

"谢谢。其实,像这样的谈话……怎么跟你说呢……还需要谈话么?感觉都很清楚了。我已经有过一次这样的经历了。那是在新维亚茨克,我十五岁的时候,在河上。跳台很高,勇士们个个往下跳。我爬上去之后,想着要逃跑。在此之前,我从没跳过水,有人从我身后钻出来,都是些精壮男子,互相推搡着:来啊,我说,新兵。跳台有十米来高,好在我知道该怎么做,就跳了下去。头朝下,双手平举,同时弓起背。就这么直直地掉进了水里。到现在我都不知道应该怎么跳。万一跳下去摔死了。"他粗鲁地眨了眨眼睛,用力揉搓着脸颊,两条浓眉竖起来,活像两只牛角。他举起酒杯,"为了我们?"

他们碰了碰杯。

"话不多说,莲娜……你的父称叫什么?"

"奥列格夫娜。"

"奥列格夫娜。好的。你嫁给我吧!"他一仰脖子倒空了酒杯,洒出来了一些,头伏在湿了的领带上,一边擦拭一边嘟哝,"你可……最主要的,你可别以为我是个酒鬼。"

"我没以为,我是亲眼所见。"她本想挖苦一番,但还是没有说话,深深叹了一口气,抿了一口酒。

"我们对彼此了解得太少了。"她垂下了眼睛。

"还要了解什么?"维克多激动地问,"找不到比我更好的了。除了接吻,婚礼之前我什么都不会要求你做的,不会。我能看出来你有多清纯!你别看我不是莫斯科人,我就是适合你,不信问问你妈妈,是她介绍我们认识的。她当时就跟我说:有个新娘子。我还不相信,现在真得好好谢谢她。莲诺奇卡[1],我会安排好的!上班的时候我都想好了!只要你想要——就都是你的。我会打扫卫生,用小勺子喂

---

1 译者注:莲诺奇卡为莲娜的爱称。

你吃冰淇淋,带你去看芭蕾,想看多少场就看多少场。你要是愿意,我就烧一辈子的饭。你吃鱼子酱,吃啊,我不吃的!莲,明白吗?我只需要你,只需要一辈子待在你身边。因为……我……我爱你,你信我不?"

"我也很喜欢你。那就让时间来证明吧,别到时候后悔!"

于是,等待开始了。

几天之后,维克多第一次上她家做客,带去了一瓶匈牙利葡萄酒。莲娜在酸奶油里焖榛鸡,是从"自然馈赠"商店里买来的。她放了一盘名为《波尼 M》的唱片,那是她同父异母的妹妹斯维塔送的。"萨尼,萨尼,萨尼",唱片里蹦出这么几句。

"怎么样,能唱么?"莲娜饶有兴味地问。

"别干自己不擅长的事儿。不,这种我可不敢尝试。"

"哪种?"

"我唱歌得弄明白究竟唱的是什么。莲诺奇卡,你懂翻译么?万一这歌词很蠢,唱了岂不是自取其辱。"

"'萨尼'是'阳光明媚'的意思!算了,我们还是跳舞吧,音乐不需要翻译!"

她翩然起舞,大幅度地扭动胯部,剧烈地甩头。双臂一会儿高举向上,一会儿又低垂下来。维克多笨拙地推动椅子,从这头跌跌撞撞到那头,活像是一棵遭雷劈的大树。

她旋转到桌边,拿起酒杯一饮而尽。

"别使劲儿跺脚,"她提醒道,"不然地板要塌。"

她转了三次,两人的距离不断缩短,在第三个转弯处他抓住了她,压上了全身的重量。她怕他会摔倒,所以贴了上去,将头靠在他的肩膀上,从那里散发出危险的气息:他急切地托住她的下巴,使劲地吻了上去。

两人都停了下来，但他们的嘴唇开始舞动，在迪斯科的节拍下疯狂地颤抖。

他们拥抱着彼此，嘴唇嚅动着，跌入了另一个房间。莲娜打开双臂，倒在了沙发上。她躺在那儿，眼皮低垂。维克多弯下身来，吻她的一只眼睛，与此同时，她的另一只没被吻的眼睛就像洋娃娃一样睁开来。左边，右边，左边，右边——亲吻的声音响亮而断续。

"够了，我要瞎了！"

"说吧……"

"什么？"

"说吧，小刺猬！"

"我怎么就是小刺猬了？"

"可以么，我以后就叫你小刺猬？"

"那我叫你白蘑菇，可以么？"

"可以，说吧……你之前都跟谁接过吻？"

"你不害臊么？你自己快交代，都交往过哪些姑娘？"

"没有……一个都没有。我真开心……我就是为你而生的。你！亲爱的，是唯一的一个。但你都没夸过我……"

"你很强壮。罗蒙诺索夫……"他从上方俯下身来，她开始解他衬衫的纽扣。

"怎么，就现在？"他不安地问。

"啊？"

"你现在就要属于我了？"

"傻瓜。"莲娜又敏捷地将纽扣扣了回去。

红酒喝完了，榛鸡吃光了，唱片也放完了，他们幸福地吻在了一起。

他们于是开始经常见面，去看电影，看马涅日广场的格拉祖诺夫展，到"清洁胡同"[1]站看望瓦莲金娜（给她带小葱鸡蛋馅饼儿）。

盛夏燥热，酷暑难当。他们坐车去了郊外，沿着北方大道来到了季什科沃水库。到处都是一摊摊落满灰尘的盐堆，活像是从巨型牧羊犬身上掉下来的毛。一条小径穿过异常高大的狗尾草丛和光秃秃的蒲公英丛，然后消失在水中。斜坡上，水边的沙滩和水中都挤满了游客。维克多和莲娜在仿佛没有尽头的灌木丛和白桦林中漫步，最后终于顺着一处荒僻的高坡哧溜滑下来，出现在一片不大但空无一人的沙地上。

维克多脱光衣服，跳进了齐腰深的水中，他大力挥动胳膊，溅起层层水花。开始是向前游，然后突然转向左面，消失不见了。莲娜不会游泳，她铺开毛巾，摆上从帆布包里拿出来的两个煮鸡蛋、在路上压扁了的西红柿、报纸包的一小袋盐、两条博罗蒂诺面包，还有一个泡了野蔷薇的保温杯。

她决定等维克多来了再吃东西。她望向远处，那里的黑色小船看上去好像一动不动。她想：难道这就是爱情？她确实想嫁人，时间也到了。还能找谁呢？她已经习惯了同他相处，也觉得他人很有趣，但总感到生疏，也许真的是因为彼此了解得太少？最可怕的是：不知为什么，她并不是很想引起他的注意，当他问她话的时候，她立马就失去了讲述的兴致。要是他现在溺水了呢？"吚——吚——吚。"她轻声说，不安地离开了水边。水波摇曳着，似乎是在回应她寻找的目光，突然翻起一阵闪亮的水花，一个红色的脑袋被推了过来。

"哎，嗨——嗨——嗨！"脑袋发出了喊叫。

维克多爬上岸，开始拍打身上的虻虫，水珠溅在莲娜温暖的皮肤上，感觉毛扎扎的。

---

1 译者注："清洁胡同"是莫斯科的一个地铁站名。

"你怎么不下水?凉快凉快,不然会中暑的。"

"闭嘴!我母亲就是中暑去世的。"

"对不起,我不知道。"

他挨着她坐在毛巾上,贴得紧紧的,浑身令人反感的又湿又滑。他无精打采地一巴掌拍在肚皮上,那里叮着一只虻虫,他用两根手指捏起这个嗡嗡叫的生物,一个响指将它弹走了。虻虫冲进水中打了几个转,激起了一圈圈细密的涟漪。莲娜想起身,好歹下去水里泡泡,但不知为何还是没有动。维克多塞了一嘴吃的,吞下了一个西红柿。

"也没带个腌黄瓜。"他专心致志地一边咂嘴一边说,腋窝下面露出一小撮浓密而潮湿的红色卷毛。

"腌黄瓜?"

莲娜没办法从这撮卷毛上挪开眼睛,既办不到也不想。于是她就这么带着反感一直盯着看,时不时抽动鼻子——忽然她明白了,原来自己疯狂地想要他。

"维奇,"她仰面倒在毛巾上,"给你看我的胸部?"

他闪电般地回过头,投去询问的目光,她眯起眼睛表示肯定。他端起杯子,吹了一吹;或者仅仅是用力吸了一口气,又满意地呼了出去。

"一个人都没有。就这么着吧。应该等到结婚的。那时候再让他知道,我已经不是处女了。要是结不了婚呢?真相总是最重要的。最好就是现在。现在,趁我还对他……有点兴趣……还是这只是因为中暑[1]?"

维克多将她的胸罩推到了颈部,就像那时的科斯佳一样,上下

---

[1] 译者注:诺贝尔文学奖获得者伊凡·亚历克塞维奇·蒲宁写过一篇名为《中暑》的故事,讲述了一名军官偶遇一位有夫之妇并且与之度过一日欢愉时光。

打量着。他张开五指捉住她左边的胸部,似乎并不着急转向右边。莲娜猛地挣脱了他的抚摸,将他仰面推倒,快速地吻在他的脖颈和太阳穴上。

"帮帮你?"她手法准确地潜入他的贴身短裤里:潮湿的卷毛,黄瓜……

一阵响亮的水花声。

水中冒出来一个粉色的秃顶,是个老头儿,他委婉地咳嗽了两声,浮游而过。

莲娜一下子跳起来,目不斜视地开始穿衣服:

"见鬼!你在干吗?还有这些蛆虫!到处都是!……"

婚礼是在九月底举行的。维克多穿了一套煤黑色的西服,系了蝴蝶结,莲娜则身着一条白色镶花边的连衣裙。来宾不多,都是熟人。瓦莲金娜携女儿斯维特兰娜出席,还带了一袋馅饼:她女儿是个胖胖的大学生,一副气鼓鼓的样子;她真正和莲娜好起来是到了后来,她自己结了婚以后。维克多的母亲维拉因病未能到场,但给了新娘子一个石榴红的手镯,是托伊兹卡带去的,她是个欢快的红头发女人,十九岁就改了嫁。

"祝你们百年好合,"伊兹卡毫不拘束地说,"这还没成家,看起来就水火不容。你们俩这么不一样,是怎么看对眼的!你们办的婚宴不吵不闹,好得很。我办的时候——忙得一团乱,乌压压的人,维奇卡[1]知道我讲的都是真话。到头来又离婚了——在大家面前丢脸!丈夫脾气暴,我也是一点就炸。两个人都太热了,后面就冷得快。维奇卡怕也是个暴脾气?"她问莲娜,鬼鬼祟祟地压低声音,故意让周围人都听得到。

---

[1] 译者注:维奇卡是维克多的爱称。

莲娜避开了她的目光。

"我姑娘可不是那种人。"瓦莲金娜摇了摇头,表示谴责。

"哪种人,妈妈?"伊兹卡爬到桌子上,把盘子推到一边,"哎呀,亲爱的……你不会以为还像以前农村一样,结婚之前什么都没发生过吧?孩子们!我知道,你们两个小可爱也许第一次见面就看对了眼……开始约会,然后越来越喜欢,觉得非对方不可,于是就急着来结婚……"

维克多皱了皱眉。

"最主要的就是千万别上瘾!古话说得好,希望越大失望越大!"伊兹卡举起右手,伸出食指做威胁状,"前不久,我刚结第二次婚,连打扮都没打扮。两个人坐在一头,然后灯就灭了。我们摸着黑喝了香槟,然后就躺下睡了。也没请宾客,怕生事端。说不定这次会多叫些人!而你,维奇卡,叫的人肯定比我多!吻一个,孩子们!"

"接吻吧!"斯维塔马上就明白了,略带挖苦地说。

"接吻——现在可以了,"瓦莲金娜意味深长地瞟了伊兹卡一眼,"现在他们什么都可以,接吻也好,其他的事也好。"

维克多和莲娜站起身,笨拙地碰碰鼻子,在大家的笑声中红了脸。

"全是些魔鬼。"瓦莲金娜说着,宽厚地笑了。

"你想不想唱一首?"莲娜在接吻的时候小声问。

"不是时候。"维克多同样小声地回答。

只是到了快半夜的时候,他突然坐直身体咳嗽了一下,好像准备扯嗓子开唱了。过了有半分钟,似乎是在集聚喉咙深处的力量,随后轻轻地起了音,但蕴藏着一股隐秘的威严:

我的心上人在高高的塔楼里等待,

第七章

> 塔楼如此之高，无人能够攀上……

瓦莲金娜若有所思地叹了一口气。伊兹卡不合节拍地重复着几句歌词，用拳头撑住沉重的头颅。

"如果有三套马车该多好，三套马车跑得快！"维克多在唱到最高音的时候，用尽浑身力气打着拍子。

所有人都鼓起掌来。莲娜听着鼓掌声，深感欣慰，因为这些掌声也是献给她的。

客人们过了午夜才陆续走光。莲娜洗了很久的床单，她不断地按住自己颤抖的双手。之后，她把自己反锁在浴室，躺在泡沫里，感觉像是披了镶花边的头纱。在水快要漫过脸的时候，她关上了龙头……

维克多穿着裤头和背心坐在床沿上，挨着一座绿色灯罩的落地灯，手中捧了一本罗伯特·罗日杰斯特文斯基的诗集《行动的半径》。她穿着睡袍坐在旁边，越过他的肩膀瞄了一眼：

"喜欢么？"

他重重地合上书，好像在这之前已经看过了，张口就来：

"我沐浴着枪林弹雨……"

莲娜关了灯，钻到被窝里，立马感到如雪般的凉意，她将膝盖蜷缩起来，顶住下巴。"简直胡闹，简直胡闹。"她在一阵剧烈的颤抖中重复着，所有的思绪都消失了。门吱呀一声开了，黑暗中维克多的身形显得愈发高大——一个卷毛的巴布亚人，臀部围了一条浴巾。不知为何从他身上散发出一股浓烈的酒精味，仿佛是用伏特加冲的澡。莲娜感到好笑，也轻松了许多："他自个儿兴许什么都没发现。"

"快让我抱抱你！"他掀起被单。

她提前尖叫了起来。他倒是轻车熟路——动作十分敏捷，但却机械得令人懊恼，完全是结婚十年的老夫老妻才有的反应。事实上，他已经对此场景幻想过无数次,并且直到这一刻还像以前那样感到自己沉浸在梦幻之中。他像对待一个假人那样不停地压迫、摇晃着她,生怕自己脱了轨——跳出了令人深感自信的节奏,又回到乏味的现实中。这一切很快就结束了。维克多在她的发间深深叹了一口气,随后用肘部支撑着半靠在床上,望向黑暗之中。他在嗓音中掺入了一些浪漫的柔情,问道:

"你痛么?"

"有一点儿吧,"莲娜含糊地答道,"就现在……"她爬过他的身体,赤着脚,噼噼啪啪地走进了浴室。

她在手心里挤了一些沐浴液,随后涂抹在全身上。她自己也不知为什么要再洗一次头,躺在浴缸底部,静静等待水漫过脸部,内心暗自希望丈夫已经进入了梦乡。

她回到房间的时候,吊灯亮起来了。维克多坐在床上,环抱双膝目视前方。

"血在哪儿?"他低声问。

"哪里——哪里,溶在水里了啊",莲娜激动地打断他的话。

"请你正常说话!"

"睡吧。你喝多了。"

"听着,你为什么总像对待小孩一样对我?我不是小孩。怎么着,你以为我不知道女人第一次都会出血?叶莲娜,我是个直接的人,也就直说了。床单上没有血迹……怎么,不是这样么?还是我瞎扯淡?"

"维奇,别这样。我不知道……"

"那你把我使唤得团团转的时候,是知道的咯?不把我当人看。还嘲笑我,好像我是你的奴隶一样。我就直接问了,你也直接回答我。这段时间你都没给过我,是这样吧?"

"别说了!"

"你为什么要骗我?"

"我没骗过你!你想要就要啊!"

"啊哈,你行!"维克多一拳头砸在床上,跳了起来,"啊哈,你原来是这样的!想要……就应该一想要——就拿走,请吧。又不是所有姑娘都跟你一样,我怎么要?在你之前,我谁都没有,影子都没有!怎么,你不信?觉得我在开玩笑?"

楼梯口响起了狗叫声,既凶狠又真实。

"我信。"莲娜犹豫不决地后退了一步。

"本来可以跟你分手的,周围姑娘多得是。啊,不对,我还是太谦虚了,女人到处都能找到,火车站里可以拿铁皮火车来装。我是把你当作真爱来珍惜的,满心盼望自己的新婚之夜!在我之前,他们有很多么?"他抬起眼睛,每只都充满了猩红的电闪。

"你说谁?他们?"

"公狗们。"

"闭嘴!"

"哎哟,还袒护他们,"他站起身,她躲到门旁边,"忘不掉他们?"他打开衣柜,拿出自己的衬衫。

"你去哪儿?"莲娜嘟囔着,"只有一个。维嘉,我不想回忆这些,因为不好受。"

"啊哈,说得好听!"他将衬衫扔到脚边,穿着便鞋踩在上面,就好像那是一面代表贞洁的旗帜。

"你是我的第一个。真正意义上的!"

"那不是真正意义上的呢?一百四十一个?"他转动着无名指上的戒指。

"我爱你,之前谁都没爱过!"莲娜走上前去,想要捕捉他的目光,"听我说……"

"坦白交代！"

"什么？"

"所有，所有的事情，不要隐瞒……"

莲娜坐到床上，维克多走到她身边，他的肚子紧挨着她的脸：凹陷的肚脐投下阴影，一条毛茸茸的小径，泛着沙土的黄褐色，渐渐延伸到黑色丝质的内裤里。

"一个混蛋把我强奸了。"莲娜抽了抽鼻子。

"强奸？"维克多在她身边坐下，"把地址给我！他住在哪里？"

"你说什么呢？"

"啊哈，还是我的错！姑娘……姑娘，能跟你认识一下么？不能？是谁把你伤了，姑娘？"维克多的嗓音变得异常尖刻起来，"不告诉我？姑娘，你为什么在我面前做出一副好像受尽所有人侮辱的样子？"

"别说了……"莲娜的喉头在颤抖，"不是所有人！"

"那是谁？"

"就一个！"

"哪一个？"

"他把我灌醉了。我根本不知道。整个过程都在梦中，你明白么？"她哽咽着，"关灯。"

黑暗中他们肩并肩躺着，一动不动。

"教教我吧，"维克多生气地打破沉默，"接吻已经教过了。也教教这个吧。我啥都不会。"

"你想学什么？我也不会啊。"

"证明一下，你有多爱我。你自己来。"

莲娜翻过身对着他。她想要求得原谅。她扭动着身体，又是蹭，又是摩擦，用力地吮吸，在他身上留下吻痕，让潮湿的长发扫过他的身体。维克多喘息着,想要抓住像蛇一样在他身上游走的她。他浑身又热又痒,蛇加快了速度,他同她融为了一体,他成为了她,备受折磨地喷出蛇毒。莲娜停住了,将脸颊贴在他的胸口,清清楚楚地听见那里传来不知所措的心跳声。

维克多心想:"必须烧了这条毒蛇。"他一边挠着她的脖颈,一边说:

"还说没有经验,这么狡猾……"

她推开他的胸口,受伤地咬着指甲。落地灯亮了,发出绿色的光。

"滚出去!"

"你从哪儿学会这些的?"他懒洋洋地问。

"就一次。我发誓!我只有过一次,维嘉!你想要我把整个灵魂都掏出来么?我跟你不是生活在石器时代,我们都是现代人。你为什么要羞辱我?他把我灌醉了,对我做了那些事情,我一点都记不起来了,好像根本不是在我身上发生的一样。但我是你的,不是别人的。我爱你,爱的是你啊,你啊,你要明白,不是那个该死的邻居!"

"邻居?"维克多弹起来,从地板上抄起衬衫,打开衣柜开始急匆匆地穿衣服,"邻居……我简直想不到。你想从那个酒鬼那儿得到些什么?"

"你说谁?"

"就说那个。"他抻开皮夹克,跺了跺光着的脚,"袜子哪儿去了?你说邻居?就是那个在门口碰到你的……真后悔,那个时候没把他打死。现在我算明白了,你就这品味!你说他把你灌醉了?叶莲娜,真谢谢你给我找了这么一个对手!虽然我哪儿也不比他……他倒是超过我了,赶都赶不上。"

"是另外一个邻居!"

"另外一个？"维克多欢快地叫了起来，从衣柜和餐边柜之间夹出袜子，"另外一个？他们组团追求你还是怎么着？所有的邻居都参加了？"

"他不是我们这栋楼的。他也住这个小区里。"

"啊哈，你怎么不说他也住在地球上呢。这个怎么说来着……罗日杰斯特文斯基的诗里。"他从裤腰里穿出皮带，"撒谎难道不令自己反胃？戒指，传染病，无可撤销。无需哭泣，分手时我会完璧归赵。"他挥挥手走了出去。

"领结也拿走！"她跟在后面喊。

过道的门发出砰的一声响，但她已经没有力气站起来去关紧门了，眼泪令她透不过气来，动也不能动。

婚礼前夕，莲娜请了一周的假——这才能整天待在家里。早晨，她凭借出奇的好胃口吃了一顿节日大餐，之后又躺下睡了——梦中隐隐约约听到电话铃响了。一直睡到傍晚才醒，她盯着电视，却什么也没看明白。电话铃又响了，她无动于衷……她努力不去想维克多，但总是会想到。为什么他要为她勾勒一幅贞洁神圣的画像，令她无颜以对？她在心中自言自语："我是对的，是他胡闹。"但喉咙里却因为内心的苦楚而发痒，一面还在担心："他那边怎么样了，没出什么事吧？直接就离婚了，那怎么跟周围人说？这简直不可原谅。为什么那时候要结婚？难道只要一晚上就有了感觉？还是维克多的离开给了她重重的一击？再或者，人一结婚想法就变了？"她又躺下了，很晚才起来，打开了电视。

"喂。"她无精打采地说。

"你们都到哪儿去了？"瓦莲金娜的声音从门口传来，"打电话也不接，跟人间蒸发了一样。顾不上见人？故意不接电话的？你快说说：都挺过来了么？没被吓到吧？你的另一半怎么样？"

第七章

"都很好。"

"那声音怎么听着这么虚？莲努西克[1]，他们男人一开始啥都不操心，只想着一件事。你别看现在外面已经是秋天了，你们的春天才刚刚开始。可以说，春潮泛滥！你忍着点，他很快就会快活够了，要不了半年，你们的生活就步入正轨了。往后就是过日子了。你有的是求他办那事的时候。我是过来人，知道该说些什么。对你没吸引力？你想要转移注意力么？你多暗示暗示，不然以后就更不好意思了。"继母不知为何不怀好意地笑了，像是要寻衅滋事。

"胡说八道。"

"好吧，我的宝贝儿，快活起来！趁你们还年轻——给我打电话。"

夜里，莲娜被一阵剧烈的敲门声吵醒了，她往猫眼里一看，马上开了门。维克多上前一步，踉跄着冲进了屋里：

"领带忘拿了。"

眼睛下面的淤青是紫红色的……浑浊的眼珠，头发乱蓬蓬地缠在一起……他穿着一件腋下呈深色的衬衫，短裤的膝盖处被染成了生机勃勃的鲜绿色。

他走进房间，用手指着床，就像是在确认方向，随后跨了两步，一头栽在床单上。莲娜费了好大劲才把他翻过来，欣慰地小声说："真是个畜生……"他睡着了——无忧无虑，无声无息。她想，现在让他滚也不失为一个好的决策，但实际上却开始脱他的靴子了。他抽搐了一下，咂咂嘴，清晰可辨地说道："领带"。

安顿好他之后，她便依着床头在椅子上坐下——照看这位魁梧的昏厥者。

天快亮的时候，他抽动了一下双臂和双腿，像是被绑起来了一

---

[1] 译者注：莲努西克也是莲娜的爱称。

样，响亮地打了一声哈欠。

"你知道，我去了哪儿么？"他问道，从床上坐起来，将枕头垫在屁股下面。

"哪儿？"莲娜配合地追问道。

"我不记得了！已经是第二次了。小时候和根卡——同班同学——头一次喝断片了……只记得绿色的天空里有鹤在飞，还有根卡对我讲的那个不上台面的笑话。刚才也是一样。好像是跟一个什么女子在地铁站认识了，那时候还很清醒，我们去了她那儿，一起坐下喝酒……之后就完全不记得了。只有一个印象：电灯亮着，墙上挂了一张地毯，而在她那张红色的地毯上——有一只白鹿。"

"你为什么要跟我说这些？"莲娜的眼睛睁大了，忽然阴沉下来。

"我们现在互不相欠，明白吗？我说这个是让你知道：我一直都会讲真话，因为受的教育就是这样。在家不想讲真话，就不要跟我说话。不止你一个会玩，莲娜，你明白么？你要是不喜欢——我们就各走各的路。从你这儿一离开，我就打算好了：现在就开始玩。看起来，真是冥冥之中有神助：出了'文化公园'站，就有一个女的冲我眨眼睛，我对她打了个招呼：'你好'——就这么去了她家……我是怎么从这个女人那里出来的，跟谁打了架，又是怎么到了这儿——一点儿印象都没有。还好没被送到醒酒所去！"

"滚出去！"莲娜想要这么说，但话到嘴边却变成了抱怨：

"你不会再这样了吧？"

"你呢？你觉得，我会信你？你会信我么？就凭几句话？一点儿都不公平！你是我的第一个，而我是你的……只有你自己知道是第几个！"

"但我从没背叛过你！"莲娜突然感到一阵绝望，就像是坠落到了恐怖童话中，在魔鬼的集市上同一个被割下的头颅讨价还价。

第七章

"我们在哪儿住？"

"这里啊，不是说好了么。"

"这里？"维克多打断她，"正好进进出出都不知道谁给我戴了绿帽子是吧？是这个排队站在我背后嘿嘿笑的，还是这个电梯里盯着天花板看的，或者是那个借火的。他们中间哪个是邻居？还是全都是邻居？再或者只有一个是，其他人都是他朋友？这个卑鄙的人就在你们小区里晃荡……"

"我为什么要忍受？"莲娜想，"你追求我的时候，会这么跟我说话么？"

"是时候了！谢谢这个房子——我们还是去另一个家吧！"

"什么另一个？"她带着醋意顽皮地问道，"回宿舍住？"

"我怎么知道？"他鼓出湿润的下嘴唇，显示出某种不可战胜的力量，"是时候了！"

"你穿什么去？就这身？"莲娜指着散落在角落里的一堆衣服，"你穿成这样，我哪儿都不放你去！"

"有喝的么？"

她冲进厨房，回来时端了一杯水。

他一口气喝完了，嘴巴在杯子边缘碰得当当响。之后又睡着了。她端来两盆水，分别泡上衬衫和长裤，然后蜷缩在丈夫身边躺了下来。

她惊醒了，发现旁边没有人。半梦半醒之中她激动地想："他既然想走——就再也别回来了。"维克多在厨房打开了水龙头，把水壶弄得哐哐响，不停地擦着火柴。"只要他现在再跟我说一句话，我立马就把他赶出去，管他衣服湿不湿、是不是光膀子呢。"于是，她叫起来：

"不能轻一点么？"

"把你吵醒了？对不起。你还睡么，不睡了？能和你谈谈么？不能？"还没等她回答，他接着说，"莲，你知道的，我不爱喝酒。但总有不顺的时候。我都想过了……你睡了，我没睡。你睡的时候，我一直看着你，欣赏你……原谅我，小刺猬。我太迷恋你了，莲。理智点说：我就是个木头。你对我来说，可以叫作那个什么……那个……神圣不可侵犯？全是我自己臆想出来的！就是这样，自己骗自己，自己生自己的气。都是喝多了惹的祸。我没喝够，所以跑出去了——就为了把自己那份喝回来。至于责怪你，这只是为了给之后的醉酒找个借口。你真是心善——还是接受了我，没有嫌弃我又脏又丑，像头畜生。对不起，我的光。到此为止，我会悬崖勒马的。不喝酒，不犯错，想都不会再想伏特加了。"

莲娜一言不发地看着他。

"我们就当过去的都没有发生过吧。我不论是过去还是将来，都会一直信你。除了你，没有别人会让我伤心。"

"你怎么不把她领到家里来呢？"她用粗粗的嗓音说。

"没有其他人。我开玩笑呢。在宿舍跟我们那些酒鬼喝大了，打了一架——是真的，但真没有女人。哎，行了，行了！不喝酒，不犯错。小刺猬，我能亲亲你么？"

"系你的皮带吧，"莲娜小声说，用怀疑的眼神斜睨着他，"等等！"她睁大眼睛，打量着他紧握在腰下的颤抖双手，"戒指上哪儿去了？"

"戒指？"

"戒指哪儿去了？"

"不记得了……"维克多使劲儿抬起右手，激动地比划着，"丢了。小刺猬，我谁都没有……给过……我也没扔……我去买新的！"

那天晚上，他们吵起来了：维克多发烧了，他咳嗽得厉害，但就

第七章

是不躺下休息,还非要说体温计把温度测高了。

"再给你拿一个体温计来?"

"从哪儿拿?"

"从骆驼那儿。"[1] 然后她突然不说话了,捕捉着他怀疑的眼神。

有关邻居的预言分毫不差地成真了。三楼的那位男子在门口问维克多借火,特别像中国人。"我不抽烟,"维克多一板一眼地说,"也不喝酒。"他们一开始是在排队的时候碰到科斯佳的(他们都在排队买香蕉,他站在后面冲他们笑)。第二天又在电梯里撞见他,他还带着他的那条狗,狗儿伸出舌头抖动着,陶醉地嗅着莲娜的腹部。莲娜已经做好准备要随着电梯和这两个男人一起坠入电梯井里了,然而科斯佳只是拽紧了牧羊犬的颈绳,瞪圆了眼睛从旁边走了出去,维克多则面色阴沉地盯着电梯墙,上面用墨水写着"ABBA"。

四个月之后,她又在电梯里遇到了科斯佳,他没有带狗,而她没有维克多在身边。他斜眼瞟着她明显变粗的腰肢,黑色的小胡子似乎要抖落出笑意来。"眼中钉,眼中钉,"莲娜有些迷惑地想,"以后就得一直生活在他的阴影之下了。等生了孩子,孩子长大,开始上学,然后体育老师就是这种人?"最近一段时间她总是回忆起这位邻居,多半带着强烈的抵触感。

在这期间,瓦莲金娜也心情沮丧。她上门来做客的时候,有一次关心地问(仿佛莲娜没有嘱咐过她一般):

"维克多,你跟邻居们的关系处得怎么样了?可别离群索居!楼上有个男的是认识的,对吧,莲诺奇卡?不加肉的红菜汤——这不……"

"可是,"维克多用沙哑的嗓音打断她,"我们很想搬走。"

---

[1] 译者注:"从骆驼那儿"是一种戏谑式的回答,通常用于别人问"从哪儿"、而你不想直接回复的场合。

"搬到哪儿去？"瓦莲金娜的脸上浮现出一丝警惕，"这是真的么？"

维克多用粗粗的手指敲着桌子，无名指又戴上了戒指。

"真的，真的，"莲娜连连点头，"非常需要。搬到另一个小区去。你在房管局不是有关系么？"

"房管局管的是房子，又不是搬家，"瓦莲金娜故作姿态地解释道，"我唯一掌握的信息是：郊区有房子。但你们不是要在莫斯科么？"

"小孩子在郊区更好！"维克多脱口而出，"我也想跟大自然亲近亲近！"

"雅罗斯拉夫大街上有位外交官正在卖房子，家具都是齐全的。廖瓦叔叔跟他很熟，你知道他吧，莲努西克，是我在霍季科沃的一个朋友。这些地方你都熟，全是我的父老乡亲。我从小就带你习惯了季什科沃。那个外交官的房子就在这些地方——不是'普拉夫达'，就是'泽列诺格拉茨基'。到莫斯科也不远。要打听看看么？"瓦莲金娜说。

"打听打听吧。"维克多响亮地说，饶有兴致地望着面前的红菜汤，似乎在里面发现了一场关于背叛和报复的戏剧。

"了解一下吧。"莲娜沮丧地说。

那个地方叫作"四十三公里站台"。他们搬去了那里——将莲娜的一室居换成了外交官的芬兰式两层楼。那是一九七八年的八月，小塔尼娅还在喝奶。

第八章

塔尼娅从小就看到父母是怎样互相指责的。

距离莫斯科的遥远路途,易断的电路,生锈的水,暖气的噪音,无聊的商店,危险的井口和难以通行的泥泞,还有火车的轰鸣声,学校里的胡闹——所有的这一切都成了他们互相指责的理由。

"去火车站要靠走路,去城里要在电车里站一个小时,回来的时候简直累死了。"维克多抱怨道。

"还不都是你自己一手造成的,醋坛子。"莲娜恶毒地评价。

"应该找个正常人结婚的……"

"要是不喜欢,现在还来得及——去找你的正常人。兴许在莫斯科就能找到。"

令塔尼娅困惑不解的是,面对她的质询,不论是父亲还是母亲都对特定的几个话题避而不谈,问题在于,她自己也很不满意。塔尼娅不知道该怪父亲多一些,还是母亲多一些:"怎么能这样,好歹也在莫斯科生活过,竟然自愿放弃了这种生活。"最应该怪的应该是父亲,因为母亲说"是他非要搬这儿来的",但不知为什么还是想要怪在母亲头上,理由是:她毕竟也同意了,而且这是她最亲爱的继母给的建议。

维克多有时候也夸赞他们现在的住宅。

"这样的房子别人肯定要花大价钱。我们就位于森林之中,而且房子又宽敞。莫斯科的孩子们勉强能呼吸,我们的孩子在茁壮成长!"

"不是茁壮成长,是闲得发慌。"莲娜反驳道。

"车站很近,不管怎么说走路都是好事,我们生活设施也齐全,还有大自然相伴。有时候我都感觉回到了小时候……"他心平气和地固执己见。

"他还感觉……我怎么办!早知道要嫁给这种人……连我看芭蕾的权利都剥夺了。"

"你反正要去莫斯科上班,顺便自己去看芭蕾舞呗。"

"谢谢你的指教!没你我可怎么办啊?孩子不要了,休息也取消,坐电车去看戏,然后半夜再颠回来?"

当塔尼娅还很小的时候,她的选择偏向"四十三公里"这一边。冬天,爸爸有时候会带她去铁路后面的森林里。他们慢慢走着,在倒下的雪杉之间跨过去,只听他说:"是它的杰作。""谁的?""别叫!"他们走到一个巨大的雪堆跟前,父亲将一根手指竖起来放到嘴边:"安静,别吵醒它。你知道谁在里面么?""谁?"塔尼娅压低嗓门小声问。"它正睡觉呢。""熊。"她猜中了,一动都不敢动。但有一年春天,她长大了不少,和女友丽塔一起去林子里玩儿,她保证要指给她看熊——"爸爸看见它了。"她从融化的雪堆中穿过,准确无误地找到了那块空地,然而,迎接她们的不是饥饿的嚎叫声,而是融化在雪水中湿漉漉、闪亮亮的枯枝烂叶,凹陷在黑色的车辙里。

那年春天融雪特别多,以至于低处的街道和铁轨都变成了名副其实的小河。河水散发出野性和生机勃勃的味道,引发了一阵欢乐的骚动。沿河散步的时候,爸爸许诺要给她钉一艘木筏,然后在夜里把她叫醒,两人一起划船:提着灯笼,用桨划动。她睡过头了,一夜到天亮,哭着跑到父母跟前:"筏子呢?""什么筏子?你别是在做梦吧?"妈妈说,突然变得特别生气。爸爸则遗憾地跟她开玩笑:"给鲨鱼吃掉了。"

夏天，他带她去了另一片林子——离他们家有一公里远，在村子的边缘。不远处是轰轰作响的雅罗斯拉夫公路，"那是一只很可怕的巨型苍蝇，你相不相信？"塔尼娅摇了摇扎着黄色小辫子的脑袋，她可不相信那是什么苍蝇。于是，他又指着地上的脚印，很可能是山羊留下的，神秘兮兮地拖长音调说："这是野猪留下的，我们得做个捕兽夹捉住它！"他就地用生锈的铁丝做了一个拙劣的夹子，然后把它按进了潮湿的土地里，但这次捕猎完全是做做样子。一旦确信了这都是些鬼话（全部是她听父亲讲的关于周边地区的事），塔尼娅便认定，在莫斯科（她很少去——两次是去过圣诞，连带看芭蕾；一次是去看戏，还去看了马戏表演；另外几次是去妈妈工作的地方，还有去瓦莉娅外婆家做客）生活要好得多，所以从她八岁开始，只要父母一吵架，她就选择倒向莫斯科一边。

搬到城郊之后，莲娜从国防部辞职了，又过了几年，等塔尼娅可以自理了，她在事故救援队找了一份工作——坐在电话总机前做接线员。维克多继续在苏联科学院列别捷夫物理研究所工作了几年，之后转到了莫斯科电子学院，还以函授的方式拿到了文凭。

他从实验室里带出了一个已成追忆的梦想，经常会在傍晚浮现：用手指沾上红色的颜料，然后在"月亮"上留下指纹。确切一点说，是留在由拉沃奇金工厂生产出来的登月车零部件上。他的老同事萨维尔耶夫以前就是干这事儿的，他的指纹总是能留在太空里。但布里昂采夫希望有一天他也有这个机会。

在寒冷的薄暮中，他们经常走到户外：塔尼娅戴着连指手套扔雪块玩儿，雪块又干又滑，父亲则手持一把雪铲，直至将路面铲得像镜面一样光滑才罢休。

"哎哟，你真是，"他一面说，一面将戴了雷锋帽的头仰起来，

"这么亮,看得一清二楚……"

天寒地冻,因此……辽远而高阔,仿佛触手可及……

他偶尔会大胆地幻想,好像那不是萨维尔耶夫,而是他本人触碰到了月亮。

塔尼娅仰望天空,想象着月亮上的那个阴影其实是爸爸的手指印。有些天气里,月亮会整个儿露出来,如同一个模糊的手印。

维克多一直在他的小作坊里改装夏日小屋,那里各种工具叮当作响,红色的灰尘四处飞扬(又是磨刀,又是收集自行车,还用木头做门把手)。现在他已经不满足于此了,他在阁楼上收藏了许多铁器,还自制了两个接收站:他成了广播爱好者,来回搜索电台。他忍受不了有人过来打扰,并且禁止莲娜来拿东西。他可以一连几小时灵感迸发,将匈牙利豌豆罐头的铁质包装盒焊接在一起,制作长镜筒的望远镜。

"白铁工人。以后就叫你白铁工人了,"妻子讥讽道,"快别捣鼓你那些破铜烂铁了,不然别人看见了会想,那家住了一个疯子。"

"我是为了塔尼娅。说了要给她看星星的。你反正两眼一抹黑,什么都不感兴趣。"

然而,他总是独自一人观赏星星,望远镜也被他看护得像圣物一样,一如那些锁在不锈钢安全柜中的天文书籍。只有三次,在心情大好且天气适宜的情况下,他允许女儿从自己房间的窗户里通过望远镜向外看,但没过一会儿就抢了过来,自己将脸贴在上面,拧拧这个,转转那个,尝试前言不搭后语地解释,然后挥动手臂,恼火地打发她下去。莲娜则从来没收到过与他共同观星的邀请,当然她也没要求过。

从苏联科学院列别捷夫物理研究所出来之后,维克多一直在找赚钱多一些的工作,最后定在了"2929 传送"——做导航用的仪表盘。

所有的东西几乎都可以用它来导航：轮船，飞机，火箭，炮弹。关于这份工作他缄口不言。有一次，他和同行们一起为战斗机做了一个电流中枢——光钎焊就花了半年，最终弄出来一个只有两个拳头大小的仪表盘。在这之后，战斗机从普列谢茨克飞到堪察加半岛，奇迹般地落在半径一米的目标范围内。维克多和他的同事因此而获得了奖励和证书。

在这个"2929"里维克多坚持了一年多——有种内在的不安感在逼迫他赶紧换工作，哪怕上司对他确实很好。他转到了"极地"设计院，那里是设计激光回转仪的，有将近五千名工作人员。他在九楼的一个大型玻璃实验室里工作。

布里昂采夫一家真正的丑闻开始于节假日，或者说从双休日就已经开始了，就因为维克多放纵地饮酒狂欢。11月7日，他将第五杯家酿酒一饮而尽，又按惯例唱了几首歌之后，挥舞着一张红色的明信片，将其紧紧攥在手中，然后大声读出了上面的文字：

"我的生活蜿蜒曲折，或许要和一位新人才能最终尘埃落定。没有孩子，真是太糟糕了。我为你真心感到高兴——有妻有女。在我和有些女人说起你的时候，她们都后悔莫及。奥莉娅·卢卡维什尼科娃尤甚，塔马拉也有此意。就这样吧，祝你们一家节日快乐！"

他漫不经心地扔掉明信片，眼角的余光看见它粘在了黄油上。

"看见没有，伊兹卡写的？"

"什么？"莲娜不满地反问道。

"都在想我。卢卡维什尼科娃都追悔莫及了——你以为就是随便写写的？这是暗示。伊兹卡清楚：奥尔加已经红了眼，因为我变得醋意大发，都后悔得不行了。"

"这真得祝贺你。"

"你觉得我在撒谎？你去问问伊兹卡，打电话给她。我身边小姑娘可多了,每天晚上来的都不一样。哈——哈——哈!"

"你在女儿面前也不害臊……你想说服谁呢,真搞不懂。有意思么,年复一年地听你唠叨这些废话,那些让我受够了的你的老朋友?就算这样的朋友有几千个,那又怎样?我年轻的时候,要是你一定要提起来的话,也是有些事情的。"

"什么事?"

"你猜啊!"

"快说……"

"有一次喝多了。"

"然后呢?"

"没了!"

"我走了,走了!出去走走……"维克多打起精神,嘴里嘟囔着,离开桌子,冲进了过道。

"你去哪儿,爹爹?"塔尼娅也不知道,怎么会脱口而出这声刺耳而不幸的"爹爹"。

他坚决而冷漠地避开了她,就好像让开一个障碍物一样。套上靴子和外套,走了出去。

他三天以后才回来——后来才弄清楚,他住在当地一个朋友家里,煤气工人米沙·费里莫诺夫,从他那里又去了莫斯科。莲娜一开始有些担心,便去了泽列诺格勒村的邮局,地方上叫作"绿村"。她在那儿给维嘉的设计院打了电话,得知他没去上班。

"或许,他外面真有人了,可能是在路上碰到的,"她跟女友讨论道,女友是当地的一位英文老师,姓霍洛捷茨,"也不心疼女儿。一个小可怜,什么都不说,但我能看出来:她难受着呢,全都记在心里。"

塔尼娅站在窗户下面,听到了她们的谈话。

第八章

"莲娜,他配不上你,"霍洛捷茨利索地说,"他是不是什么学者我没法评判。但你任何时候去,他都躺在那里,穿着居家短裤,手拿一张报纸。真是个怪人,我反正无法理解。我私底下总是叫他'棉花勇士'。或者再简单一点,'棉花人'。在我的启发下,很多人都这么叫他。亲昵的幽默,可以这么说吧。以前没法和你说,现在可以了。'棉花人'怎么了?谁,'棉花人'出走了?'棉花人'又喝多了。"

"棉花人?"莲娜神经质地笑了一下,突然变了脸色,生气地反驳道,"他也不是什么'棉花',他还是有肌肉的。"

塔尼娅从房子边上走开了,她不想再听下去,恼恨的眼泪在眼眶中打转。

父亲是礼拜天回来的。他神不知鬼不觉地溜进了客厅,像小丑一样毫无预警地笑了:"倦鸟归巢了。"莲娜一不小心撞上了他,惊叫起来,厨具叮当作响,塔尼娅则在一片惊叫声中被派去向伊达汇报暗语:"倦鸟归巢了。"塔尼娅迎着寒风在大街上蹒跚前行,忧伤灌满了她八岁的心灵。

"哈罗!沃特杜尤旺特[1]?"霍洛捷茨在园子里看到了她,她正在从绳子上取下晾干的内衣。

"妈妈要我跟您说:倦鸟归巢了。"塔尼娅说,竭力使脸上的表情显得天真一些。

"塞伊特因英格丽什,普利斯![2]"

塔尼娅转身跑了。

塔尼娅发现,在父母日常的争吵中还是有某种甜蜜的东西存在。

---

1 译者注:原文是用俄文拼写出的英文,可能因为霍洛捷茨是英文老师,句意为"你好!你要做什么?"
2 译者注:同上,意为"请用英语说!"

"你吃掉了我的青春,然后就这么躺下了,像只懒猫一样!我可真是瞎了眼……那时候年轻,信了你的鬼话。不然的话,现在应该跟将军生活在一起,无忧无虑的。过来人说得真对:应该嫁给莫斯科人,而不是你这个林中怪物。"

"要不是你大了肚子,我还能继续跟你生活在一起?"父亲用一种干巴巴的语调故作欢快地说。

"我也想这么说,同志。"

他们并不怎么避讳塔尼娅,心满意足地找寻可以互相刺痛的点,每一次准确的刺激之后,都要满怀喜悦地惊声尖叫。在勾心斗角当中,他们将全副注意力都放在了对方身上,似乎完全没有办法考虑某些看起来非常重要的事情:他们有可能永久休战的。

莲娜通常是那个起调子的人。有一次,两人一同在菜园子里干活。塔尼娅在给茴香和芹菜除草,父亲在往小畦里浇水,母亲浇完了黄瓜和西葫芦之后,开口说话了:

"应该把苹果树锯掉!看吧,这些树的阴影有多大!这就是为什么其他东西都长不好!不想锯?我就说嘛!"

"你就是不想做苹果馅饼,才想出来把树害死的主意。"维克多不慌不忙地说。

一阵沉默。五分钟过去了,突然,维克多发出一阵令人毛骨悚然而又歇斯底里的哀嚎:

"你看什么看?就知道盯着看!要是你自己锄草,别人盯着你看,你会舒坦么?"

"闭嘴!"莲娜回应。

塔尼娅噗嗤一声笑了出来,但她的笑声谁都没听见。她有些受伤:丽塔的父母都是小打小闹,主要就是骂骂娘,要是躲在窗帘后面的丽塔没忍住笑出声来,就会被拽出来掌嘴,好像刚才是她骂娘了一

第八章

样。但塔尼娅的父母仿佛是在每天的例行拌嘴中扒拉素材：破衣服，杂志，碎渣，满是灰尘的布头，断掉的铅笔头——两人都试图在逝去的老旧物品中翻出些什么来，这些东西早已沉入岁月的底部，偶尔闪烁着求助的金光。争执还是在不断地升级，而吵架的由头也同样在增多。

维克多没有停止过怀疑妻子的不忠。

"你身上是谁的味道？"一天清晨他警惕地问道，那时她刚刚下夜班回来，面色灰白。

"味道？什么味道？"

"不是什么味道，是谁的味道，"他带着那种恣意妄为的微笑纠正道，"电工的还是钳工的？"

"别犯蠢！"莲娜勃然大怒。在她找不到合适的词反击的时候，通常就会大声抛出这句标语以示愤怒："别犯蠢！"

维克多知道她队里每一个人的名字和性格，有好几次都是没打招呼就去看她，将小塔尼娅丢给丽塔的父母照看。或许，他在1991年舍弃"极地"的工作，转而加入救援队，不仅仅是因为整体形势萧条、天然气需求骤减，更是因为与日俱增的嫉妒心。现在他们在家里的时间更多了，吵架也更频繁了。

家庭的口角虽然不至于使塔尼娅精神失常，但也令她的性格有些孤僻和自闭。

小学之前，她一直在上幼儿园，在那里她对一位名叫阿列夫缇娜的女老师十分依赖。女老师梳着一根又大又亮的辫子，在新年晚会上扮演了雪姑娘。正是在这个晚会上，塔尼娅得知，根本没有什么圣诞老人，其实就是厨师戴上棉花做的大胡子和三角帽，再穿上毛皮大衣扮成的；雪姑娘则真的是那位不断旋转着的、名叫阿列夫缇娜的阿姨。孩子们有的百无聊赖，有的上蹿下跳，有的不吃东西，只有塔尼娅举止得体。她幻想着有一天父母会忘记来接她，于是幼儿园就变成了她的家，雪姑娘就能无时无刻地陪在她身边了。但当阿列夫缇娜辞职之后，幼儿园就对塔尼娅完全失去了吸引力。

上小学之后，她看父母的眼神变得越来越困惑。他们在处理鸡肉的时候也会吵架，是炖还是炒，或者如何消灭马铃薯甲虫，用桦树焦油还是牛蒡或者药芹熬出的浓汤，然而，她在书本中看到的却是一个流浪和冒险的世界，一个有着友谊、爱情、战斗、胜利、美女和英雄的世界，并且这个世界在一天天变得更加鲜活。

在文选读本中有一段关于德国鬼子进村的历史。他们在全校学生面前绞死了老校长，之后学生们便开始对他们实施报复——扎破轮胎，在油箱里撒沙子。有位小姑娘说服了游击队员，将炸弹放在洗衣篮里带进来，并且炸死了一个德国将领。塔尼娅没敢问自己，她也能做到这样么？她很喜欢那个小姑娘的父母：父亲没赶上前线招兵，便加入了游击队，母亲负责照顾他们以及通风报信。如果有一天镇人民代表苏维埃的红旗倒下了，列宁的石膏头像被击碎，头戴敌方头盔的摩托车手沿着"四十三公里站台"呼啸而过，她的爸爸妈妈又能做些什么呢？或许，还是像原来那样生活：妈妈用黑刺李熬制果酱，爸爸则时不时酿一壶酒，然后将它封存在三升的罐头中，藏到本该存放炸弹的地下室里。

一个傍晚，在收看电视节目《时间》的时候，塔尼娅小心翼翼地问：

"美国会突袭我们么？"

"容易得很。"爸爸打了个呵欠。

"不可能！"妈妈马上回答，"我们很强，他们怕我们。别瞎想，塔纽什。这不刚刚还在播么，裁军已经开始了。"

"但是，万一他们放导弹出来呢？学校里都在传：那个时候我们也要放,整个世界就烧起来了……或者他们坐坦克来,开飞机来呢,那我们就被俘虏了。"

"还用说!"爸爸又打了一个呵欠。

"你在孩子面前瞎扯些什么?是不是想要她四处宣扬你的那套说法?关上门,去楼上听你该死的半导体,然后闭上嘴。"

"你是个懂事的女孩,管住嘴巴,别说多余的话。你真的认为,美国什么都不好?"爸爸专注地盯着塔尼娅,仿佛她是美国人一样,"那里也有衣服,有食物,应有尽有。再年轻一些,我还会信那套糊弄人的鬼话,现在已经不信了。"

塔尼娅没有在意父亲的话,她还是更信赖学校。结论已经出来了,如果明天就开战,她父母是不会去杀敌的——在文选读本里有一个坏人,是个潜伏的白匪,他用靴子踢狗。德国人来的时候,将他任命为村长。她不愿相信爸爸就是这种人。课间休息的时候,她不再跟其他人一起玩"木塞子"[1],而是经常捧着一本书坐在窗边。她读了《最后的莫西干人》《格兰特船长的儿女》《汤姆·索亚历险记》,总是想象自己便是那位最迷人、最温柔、最高傲的贵族小姐。

"你们爱对方么?"她有一次问道。

"非常爱!"父亲大声回答,似乎带着一丝嘲弄。

"我们都爱你。"莲娜接话。

塔尼娅是如此热爱阅读,以至于她特意在练习册上画下了书中的几处冒险场景。还有一些书的情节,她是在脑中构想出来的。

五年级的时候,老师给他们布置过一个作业——写一篇题为《我小小的家乡》的文章。

---

[1] 译者注:一种儿童游戏。该游戏需要一套矩形的框架板,每个框架的中心都有一个孔,里面塞着相适应形状和尺寸的木塞子。游戏的主要任务就是将切割下来的木塞子还原,组成最开始的完整的矩形框架板。

"我出生在莫斯科,然而出生后不久,父母就搬到了这里。我小小的家乡——就是我们的'四十三公里站台'。我们的村子在古时候被称为'烧焦的树林',现在我们村变成了泽列诺格勒村的一部分,似乎就不复存在了。但我清楚地知道:我们还在!我们就是'四十三公里村',就算地图上没有我们的名字。我们有将近五百户人家,主干道是柏油马路。很多街道都是以作家命名的:米哈伊尔·尤里耶维奇·莱蒙托夫,列夫·尼古拉维奇·托尔斯泰,阿列克赛·尼古拉维奇·托尔斯泰,弗拉基米尔·弗拉基米尔维奇·马雅可夫斯基,伊凡·安德列维奇·克雷洛夫,尼古拉·阿列克谢维奇·涅克拉索夫。我骑着自行车跑遍了所有这些街道,还不止一次,每条街上都发生过值得记忆的事。我们有一家商店和两个池塘,一个池塘里有好多水藻,另一个更糟糕——马上就要干涸了。但没有上小学之前,我竟然在两个池塘里都游过泳!我们还有一望无际的绿色田野,在那里我有时候帮着放牧两头奶牛——'杜尼亚'和'小星星',它俩都属于玛利亚·尼基提齐娜·捷缅扭克。她是位很和善的老太太,她丈夫早年拄着拐杖上战场,已经去世很久了。她儿子参加了阿富汗战争,活着回来了。就是玛利亚·尼基提齐娜告诉我,我们的村子叫'烧焦的树林',至于为什么这么叫,她没有说。她还说,战争时期我们的村子被轰炸过。我们村有两片大树林,空气也好极了。到处都是丁香树、茉莉花和苹果树。我和爸爸妈妈住在铁路旁边,有时候能听见火车的轰鸣声,但我们已经习惯了。我们的生活很平静。在我们这儿真好!幸福安康!如果有圣诞老人的话,我还想许个愿——我想要村子里有条河。如果能在这条河里抓到一只金鲤鱼,我还要许第二个愿——我想要村子里有座芭蕾舞剧院。"

这篇作文在学校展览了出来,同课程表贴在一起,之后还在当地的报纸《灯塔》上刊登了。第二天就有人用印刷体在作文下面写了两个字:"傻瓜"。谢力万诺夫,双胞胎中的一个,生着锡块似的眼珠,每次看到塔尼娅都要用两个食指指着她,发出惊诧的怪叫,仿佛见到了阴间来客一样喊:"普希金!"丽塔则两眼冒火,开玩笑似的问她:"是你自己写的还是爸爸替你写的?"

有一段时间(很短,大概几星期左右),谢力万诺夫在几个走卒的怂恿下挡住她的去路,毫无新意地喊道:"红毛头,小丑样,麻子脸,一铲子敲死你爷爷!"塔尼娅竭力用理智克制自己,做出一副无所谓的样子,还和女友们谈笑风生,但一走到家门口附近的小树林,她就会想到在学校受的欺负,便忍不住流下不争气的眼泪。她最生气的就是被大家叫像男孩子一样的外号"红毛头"。她把满心的委屈和爸爸说了,后者一边走一边滔滔不绝地说:"你以为我没被欺负过?哈,肯定被欺负过啊。不过是因为大家都嫉妒我。红头发的人最特别了。你看看我们的皮肤!""有雀斑,是么?"塔尼娅幽怨地确认道。"皮肤在发光!你的皮肤,我的皮肤都是……在发光呐,你看!我们的红头发来自太阳。太阳的后裔。其他人没有这种颜色。所以他们才嫉妒,他们所有人。"

"根本不是来自太阳,"她沮丧地想,"倒是有可能因为生锈。爸爸总是骗人,美化我们的生活。我们的水管子生了锈,水也是红色的,可在我小时候他给我洗澡的时候告诉我,这是可可,上好的可可……干脆和我说:这水是太阳赐予的礼物,太阳水……""最重要的是——这水可不能喝。"妈妈补充道,一面用毛巾将塔尼娅擦干。

从八岁起,塔尼娅就幻想,爸爸要是飞行员就好了,妈妈是空姐,他们就能把她带上天了。当别人问她:"你父母是做什么的?"她便真诚地回答:"工人和农民。"这个回答能让所有人满意,除了丽塔:

"你父亲哪里是什么工人?"

"那他是什么?"

"学者。我爸爸是司机,你爸爸是学者。但我爸比你爸挣得多。"

"是么?那就是说,妈妈是工人。她整天和工人打交道——她自己这么说的。她的工作就是修管道。"

"那为什么说他们是农民?"丽塔紧追不舍。

"我们不是在莫斯科,就是在菜园里,"塔尼娅重复爸爸的话,"我也是农民,因为他们总让我跟他们一起锄草。"

塔尼娅想尽量把父母的工作描绘得惊心动魄一些。

"跟我说说事故吧。"她在睡前央求妈妈。

"哪来的什么事故,塔纽什。我也就负责接电话,什么也没看到,"莲娜阴沉地嘟哝着,"队友们也都没什么印象。又臭,又脏,还湿。哪里爆炸了,就下到地下去修补。行了,快睡!"

父母相互之间倒是对这些可怕的事故说个不停:锅炉房里吊死的人,被裸露的电线电死的路人。然而,每当塔尼娅尝试问些什么的时候,都被他们粗暴地打断。"各人有各人的事。"莲娜说。父亲说:"这不是小孩子该关心的话题……等你长大再说吧。"塔尼娅猜到了,他们不需要跟她进行无谓的对话。

她很早就对男孩子们产生了兴趣,却很少有男孩子对她有兴趣。当她去丽塔家时,发现丽塔是第一个谈论各种不雅事物的人。"画下来!"塔尼娅害臊地建议。女友便画下了某种粗大、膨胀、雄赳赳气昂昂的东西(她不会正确地拿铅笔,不知羞耻地将它攥在手心),旁边她写下了几个下流的词,随后便将纸揉皱,移开壁炉的盖子将它扔了进去,但塔尼娅看到的东西在她心里打下了深深的烙印。

"你在学校有喜欢的人么?"莲娜有一次漫不经心地问,塔尼娅似乎被刺了一下,带着挑衅的语气说:

"我和丽塔——我们喜欢同一个人。他叫阿尔焦姆。"

第八章

"阿尔焦姆？你们班上还有个叫阿尔焦姆的？"

"他是我们的体育老师。"

"别犯傻了！"莲娜从短暂的停顿中回过神来，塔尼娅看着母亲，明显被吓到了。

不知为什么，在读《三个火枪手》的时候，她有了一个坚定而清晰的想法："他们全都死了。"——这个想法在瞬间令她打了一个寒颤。从那天起，死亡的病毒入侵了她的大脑。塔尼娅突然想起，这是文学，但为时已晚：这个世界上所有的人都将死去，大仲马也不例外。如今，死亡的想法变成了一个小点，或者确切些说，一个在左眼前面浮游的黑色斑点。每当醒来的时候，塔尼娅先看到天花板，接着将视线挪向窗帘，然后回到床单，黑色的斑点就跳跃着、飞旋着，落在各种物件上。

不论睡着还是醒来，塔尼娅都会想到死亡，因为死亡与黑色的斑点联系在一起。可只要塔尼娅一起床，黑色的斑点立马就会奇迹般地消失，可能是飞到别人那里去了吧。在忙碌充实的白天，斑点不会来找她。临睡前，塔尼娅会特意久久地思考死亡，然后盯着黑暗里看，直到黑点消失在里面。但第二天它又会在光线中蹦跶出来。"要不是这个讨厌的黑点，我早就忘记死亡这回事了。"塔尼娅想，但死亡并未离她而去。一旦躺在床上睡不着的时候，塔尼娅就开始担惊受怕，先是为父母，然后是猫，然后是丽塔，然后是山羊，然后是班上的几个女孩，然后是她暗恋的那个高她两年级的热尼亚·塔拉邦，然后是瓦莉娅外婆。在所有这些亲人和朋友之后，她又开始为最喜欢的演员担心，还因为难以忍受的心痛而轻声叹息。难道他们都会在某个时候死去？这不可能！全都死去！她辗转反侧，脸像是被蒸汽烫伤了一样灼烧起来，床体发出的咯吱声仿佛是对她痛苦的一种奇异的赞同。塔尼娅努力想象自己也会死去，但不知为何总也想象不出。忽然又有一个新的想法占据了她的头脑,她为此从床上坐了起来:每个人都是独立的个体。她似乎在黑暗中看到了这道红色的闪电:"一个"。塔尼娅那时候十二岁。山羊是独立的,女孩是独立的,所有生命都是独立的。而且各自为政,没有共通的想法存在,所有人都终将死去。这意味着什么?是不是意味着根本没有人存在?也没有任何东西?塔尼娅怀着一种强烈的求知欲,不知不觉开始啃起了指甲,而她在一周之前刚暗暗发誓再也不这么干了。等她把指甲挨个啃完,这些想法便消失了——不管是什么想法,全都没了。

塔尼娅于是问:

"爸爸,如果我们都会死的话,活着是为了什么呢?"

莲娜在给山羊挤奶,十三岁的塔尼娅用两腿夹住山羊,双手捉住它的两个角。父亲在一旁看着,挑她俩的毛病。

"你别坐在它脊梁骨上,一会儿断了,"他哑着嗓子说,没有正面回答她的问题,"每个人有每个人的活法,阿霞会死得早一些。"

"大家都死得早,"莲娜说,"我就指望着能活到抱孙子的那天。"

"别这么早就提抱孙子这么不吉利的话。努力生活,塔尼娅,不断学习,等你找到生活的意义再告诉我们。实际上生活没有什么意义,女儿,有的是生活的规则。但也不是每个人都能明白。什么是应该明白的呢?首先,是能力;其次,是勇气;最后,是机会。你们知道意义在哪儿么?"他向她们投去居高临下的目光,"人活着最大的意义——就是为他人而战斗。"

"简直……"莲娜回他道。

她话说了一半,硬生生打断了他,这一声"简直"就像是崩断的琴弦。

"就算有能力,但力不从心,"维克多继续说他的理论,"或者有才华,有勇气,但不排除胳膊拧不过大腿的情况。再或者有勇无谋,

第八章

不过无论如何我还是很敬佩……很敬佩为生活而战斗的人！"

"白痴到处都是，"莲娜给第二只山羊挤完了奶，"还有那些无所事事的人。要去生活，塔纽什，要组建一个幸福的家庭，生个孩子，抚养他长大，别让他受人欺负，别被人拐走，还有就是在别人回忆起你这个人的时候，想到的都是你的好。"

"也要战斗。"维克多补充道。

"你想跟谁战斗？跟我么？"

"每位苏格拉底都有属于自己的克桑蒂贝[1]，"他满意地答道，继续满怀热情地说，"应该为真理而战斗。我倒是想战斗，但哪儿来的机会？谁会听我的？周围卑鄙的人和事还少么？但有一件东西我肯定是有的——男人的荣誉感，女人也应该有属于自己的荣誉感。这样……这样就算……还有一件事：人的生活不能没有梦想！"

一九八八年，维克多在学院同事的教导下，开始了生食疗法。莲娜对丈夫的新爱好展开了坚决抵制：她不仅不读美国医生的小册子，也不给维克多准备他要求的那些食物。他晚上将米粒泡发，早上就吃糊状的米粥，在里面加上磨碎的苹果粒和蜂蜜。中饭和晚饭吞食甜菜、胡萝卜和大白菜，量大到令人难以置信。

"我们家出了一条大虫子。什么都吃！"莲娜说，故意有滋有味地嚼着肉饼，"你最好改吃块茎和香蕉叶，这样更省钱。复合饲料你想吃多少我就给你撒多少。万一哪天跟阿霞一样开始产奶了呢？塔纽什，再给你一块瘦肉多的？"

"放开吃，"维克多幸灾乐祸地说，"放开吃，恶毒的女人。害了自己不说，也害了女儿。没关系，肉很快就要从商店里下架了。那个时候你们恐怕才会好！"

---

[1] 译者注：苏格拉底的妻子，历史上有名的悍妇。

"被那个骗子耍得团团转,什么都听他的。"

"你都不认识,就骂人家。他可是出了名的好人!是他让我看到了延续生命的可能性!"

维克多将磨碎的蔬菜装在罐头里带去上班。在那儿他和教导他的"出了名的好人"热尼亚·库尼岑互相匀一下食物,然后讨论瑜伽的新姿势。热尼亚·库尼岑是位来自坦波夫的话痨,家族里的怪咖,以前曾是狂热的养蜂人,做回转仪的时候曾为蜂房掉眼泪。

有一回吃晚饭,塔尼娅和莲娜正在啃烟熏鸡,维克多照例从一个巨型的带盖儿汤碗里吃沙拉,所有人都在目不转睛地观看电视剧《女奴伊扎乌拉》。维克多忽然说:

"据说望远镜都是瞎扯淡。我们虽然看不见星星,但可以同它们交流。只要姿势正确,加上一些练习就可以了。"

他舔了舔勺子,从桌边站了起来,一屁股坐在地上,双手撑住身体,晃动着脑袋,将舌头伸出来,双眼圆瞪,就这么定住了。

"爸爸,你在干吗?"塔尼娅问。

"这是狮式,"他说,"预防咽峡炎的,"随后又将舌头伸了出来。

"你挡我看电视了,狮子!"莲娜烦躁地说,"再胡闹就把你送到动物园去!"

维克多没回话。

"狮子是吃肉的!"她语带恳求地说。

他一言不发,好像短路了,用玻璃珠似的眼睛盯着电视机。两周的生食疗法令他消瘦了不少。电视剧结束了,莲娜起身去洗碗。电视里还在放着什么,塔尼娅定在了椅子上,不想起来,父亲那石化的脸上不断滚下豆大的汗珠。

又过了一星期,他出人意料地放弃了这个新爱好。

"孩子她妈,我们去林子里烧烤吧!吃点人吃的东西!"

"乌拉！"塔尼娅一听到烧烤就蹦了起来，从那天起父亲就恢复了之前的饮食。

塔尼娅不知道他是怎么跟生食疗法和瑜伽搭上关系的，直到有一天晚上，她上卫生间的时候，从过道里传来楼上妈妈房间里的说话声，他激动地没法压低嗓音：

"还给我塞杂志……真恶心！我打开一看：男人跟男人抱在一起。我问他：'这是什么？也是某种秘法么？'我巴掌都举起来了……还是忍住没打他。他现在看到我都绕着走。"

"应该跟领导说。"

"莲娜，我又不是爱打小报告的人。"

父母一开始都没有察觉，改革已经开始了。莲娜经常在看电视或者读报纸的时候发出叹息：

"老百姓啊，就拿老百姓开涮！还没处躲……好多事情都瞒着我们！"

"以后也会继续开涮的，"维克多用一种宿命论者的语调、带着漫不经心的嘲讽评价道，"也会继续瞒着你们的。"

1990年的8月，塔尼娅受洗了。教母是伊达·霍洛捷茨，她建议找一个附近的教堂和一位最近她经常拜访的有名的神父。教父是伊达的一个朋友，名叫伊利亚·伊万诺维奇的房客，一个搞地质学的老头儿，从不拒绝别人，笔直的脊梁骨，花白的胡须，脸像是从圣像画里拓下来的。父亲拒绝参加她的受洗仪式。

"莲娜，你以前根本想不起上帝的。现在所有人都成了信徒，互相点头哈腰的。我觉得去教堂还不如去马戏剧院。"

"渎神者！是魔鬼不放你进来！"

他们一行人坐小火车抵达普希金诺，在那儿换乘了一辆专线巴士，一路颠簸到了一个乡村小教堂，教堂有天蓝色的洋葱顶。为她洗礼的神父身着白色的圣衣，身材健硕，留着黑色的大胡子，他的毛发蓬松浓密，生着一双大大的褐色眼睛，满含忧郁。他单独跟塔尼娅说话，嗓音浑厚而温柔。他问道：

"你经常想到什么？"

"各种。"她悄声说，他靠得更近了一些。

"我们的生活是一座桥，"他缓慢地说，"但直到我们走到它的尽头，都不知道这一点。你明白么？"

塔尼娅不住地点头。她身着白色的衬衫，赤脚站在一个塑料桶里。神甫口中念着祷告，专注地发出每一个音节。他将她的头弯在铁质的洗礼盆上方，舀出圣水，连浇了三次。最后，他剪下了她的一绺头发，团成一个蜡球，放入了水中。这个红色的小团在水中荡漾，就像一只好心肠的猫脸，红色的毛发翘起来，活像胡须。洗礼过后，神甫再次开口——这次是跟在场所有人说的，嗓音低沉而平稳，塔尼娅什么都没听见。

一个月之后，电视里出现了神甫的黑白照片，报道说他在谢姆霍兹车站旁边被杀，就在他的住地附近。

"他被肢解得一块一块的。"伊达狂热地说，她在商店附近遇到了莲娜。

后来才弄清楚：他是被斧头砍死的。

"还好我当时没跟你们去，"维克多寻思，"现在整个教区的相关人员都要接受调查……这事儿还很棘手：刚看到这个人，他就被……他八成是被一个叫'记忆'的组织给干掉了。他可是个犹太人。"

"你自己不是犹太人？"莲娜挖苦道，"头发又红又卷的。"

"我要是犹太人就好了，但凡聪明点儿，也不至于娶你。"

"丈夫要是犹太人——全家生活都小康。"

"你还有什么不满意的？"

第八章

"什么都不满意！一辈子就带我去过一次海边，就那一次还差点把塔尼娅淹死了。"

在塔尼娅五岁的时候，他们全家去了雅尔塔。每天清晨，他们都迎着朝霞下山去海边。"不幸的胆小鬼"——父亲总是不顾她的尖叫，一路将她拖进深水里，用双臂托着她，教她学游泳。有一天起了很大的浪，维克多滑了一下，失去了平衡，女孩很快被浪头淹没了。直到几秒钟之后才被拽上来，齁咸的喷泉从她的嗓子眼里喷涌而出，之后她嚎叫起来，就像刚出生的婴儿一般。塔尼娅怎么也没学会游泳，倒是莲娜总在维克多面前提起这茬儿。

神甫的死令塔尼娅大为震撼，确切些说，是电视屏幕里的照片和"杀害"这个词将她打垮了，整整半天的时间她都说不出话来。但同时她又有一种奇怪的感觉：这一切她很早以前就知道了。莲娜对这桩谋杀的反应表现在去教堂的热情更大了。她和伊达·霍洛捷茨、伊利亚·伊万诺维奇在周日一起去普希金诺的教堂，没有了被杀害者，那里显得冷冷清清的，他们还去看望他年轻的侄子，他有着细瘦的长脖子和灰色的蓬松大胡子。然后，他们就动身去谢尔吉耶夫镇的修道院，找了一个同伴——上了年纪却身手敏捷的索菲亚·德米特里耶夫娜。她总是包着一块花头巾，挂着一根嘎吱作响的拐杖凶猛地穿过街道。有几次塔尼娅也去了。

"你们隔一天来一出戏：一会儿过节，一会儿斋戒，一会儿过节，一会儿斋戒，"维克多半开玩笑地说，一面切下一块满是汁水的炖猪肉放在已经涂好黄油的面包上，"要么？你们还要搞什么名堂？啊？会错失很多的！最高级的猪肉！这是个填词游戏的问题：'食人者，鲁滨逊的助手，某些人不吃肉的一天'。"

"星期五。"塔尼娅咪咪地笑着说。

"喏，乖女儿，来咬一口，奖励你的！不，莲，你就是被这群巫师骗了……你对占星不感兴趣,更别说物理学了,专业技术吧也不精,往教堂倒是跑得挺勤。你可能觉得上帝就是跟你一样的人,坐在救援队的电话机前面,"维克多发出了嘶哑的笑声,挑起两道浓眉,"只不过等的不是电话铃声,是祈祷。"

"你说的这是什么话?上帝全都能听见!"莲娜嘎吱嘎吱地嚼着燕麦饼干,"你自己想想,不久前你是个什么姿态。"

"正因为有亲身体验,我才跟你说:人是软弱的生物。很容易就会在劝说下投降的。"

冬天,莲娜神不知鬼不觉地停止了礼拜,连斋戒的日子也一并遗忘了。

一九九一年,莲娜投票给了叶利钦,维克多则毫不犹豫地支持图列耶夫[1]("舰艇上有我的朋友阿曼"——"你的阿曼——就是个萨满[2]"),但他们甚至都懒得为这个而吵架,对两个月后出现的国家紧急状态委员会也处之泰然。一大早,他们就投身小菜园的事业中。

"指示来了!还有坦克部队!我要去莫斯科!"伊达·霍洛捷茨出现在篱笆边上,大声宣布,"戈尔巴乔夫被逮捕了!"

"说明他有罪。"瓦莲金娜躺在折叠床上(她在布里昂采夫家做客),不紧不慢地说,她说起话来像唱歌一样。

"我说您,伊达·米哈尔娜,也当心点儿,别跟坦克瞎掺和。您管这事儿做什么?"莲娜直起身子,握紧了手中的锄头。

"我们信仰上帝![3]"伊达大叫起来,"每张美元上都写了这句话。

---

1 译者注:阿曼·图列耶夫(1944—),俄罗斯政治活动家。"统一俄罗斯"党最高委员会成员。
2 译者注:原文中的 Аман(阿曼)与 обман(骗子)押韵,为了与原文贴近,译文中选用了"萨满"一词,与"阿曼"押韵。
3 译者注:原文为俄语拼出的英语,Ин Год ви траст! (In God we trust!)。

第八章

作为自由人的第一条准则。上帝不会背叛,就像共产党人不会腐坏。"

"这粥还要煮多久?"维克多皱了皱眉,沮丧地问道。

接下来的几天阴雨连绵,国家紧急状态委员会垮台了:历史的板斧不仅砍掉了镇人民代表苏维埃的红旗,也令之前立在大楼前面的半身像荡然无存。伊达将干旱的村子都跑了一遍,大声祝贺每一个认识和不认识的人。九月份开学的时候,她跟所有人都讲了白宫的话题——用英语描述国家政变和白宫的捍卫者们。

冬天,苏联解体了,布里昂采夫一家对此却没有任何感觉。之后,物价开始飞涨,瓦莲金娜花光了所有的积蓄,所幸的是,乡村小卖铺里新到了一批货,有香肠、奶酪、甜酒、烈酒、香蕉、猕猴桃、"鲍乌恩提"牌的糖果。

爸爸是什么时候开始跟政治挂钩的呢?不是那一年,也不是下一年。虽然父母不愿承认,但塔尼娅记得很清楚:他们几乎是与伊达同时被卷入政治的。

塔尼娅清楚地记得一九九二年十二月那个奶白色的日子。窗户上结着厚厚的冰花,冰花外面是暴风雪的呼号,父母都病恹恹的,还没从昨天晚上的争执中恢复过来;两人都躺在客厅里——父亲霸占了靠墙的宽沙发,母亲则在电视机旁边的沙发床上。他们昨天吵着吵着就开始口出恶言,爸爸咬牙切齿,妈妈也毫不示弱。与此同时,电视机作为伤风发热的罪魁祸首,一整天都开着。

早晨,塔尼娅熬了牛奶粥,切了奶酪,给父母端过去。她心情愉悦,感觉自己像是医院的护工,还给他们泡了带醋栗叶子的茶。这也许是某种精神疾病,对共同生活感到厌倦的相同症状。塔尼娅似乎也得了病,她觉得自己像吸血鬼一般精神抖擞、头脑清晰。她很满意地给父母量了体温,帮他们掖好被子,不时摸摸他们的额头,倒来新鲜的开水,并且让屋里泛着酸味儿的暖空气流通出去,由此确定不会交叉感染。或许，她是为自己如此被需要而深受鼓舞？但对于无助的父母而言，电视仍然是他们关注的焦点。

"莲，把声音调大一点，什么都听不见！"

"听不见就坐椅子上，挪近一点，不然我也要聋。你想要我得耳朵的并发症？"

快要傍晚的时候，霍洛捷茨来了——帮他们喂喂山羊，她在掌心撒了点盐，就这么将它收买了。这个冬天，阿霞突然讨厌起复合饲料来，吃得既少又不情愿，只认面包干、粮食和甘草，顶多再加上土豆片，还不能是生的，一定要烧熟的。

伊达用穿着红色短裤的两腿将它固定住，塔尼娅还是头一次挤奶，山羊拖着尾音咩咩叫，不住地摆头。

"你的山羊可真有活力！[1]"伊达说，"你知道'活力'么？"

"知道。"塔尼娅回答，她可是熟悉英国人所有的流行语。

"这个羊奶是给你父母喝的，是不是？"

"是。"

"咩——咩——咩！"阿霞似乎是想在走廊里叫得让里屋都听见。

走之前，伊达在客厅门槛上大声说：

"你们看什么呢？'富人也会哭泣'？呸，啥玩意儿！最好调到代表大会那个台！那个才是真正的连续剧！我们自己的连续剧，土生土长，不需要任何演员！哈斯布拉托夫和叶利钦明争暗斗。而那些杜马议员！干了什么好事！我有个朋友从迈阿密来，在我这儿住了小半年，跟他一起看这些，我俩经常笑得停不下来，眼泪都能笑出来。他说：'这种事儿在哪儿都遇不到！'"

---

1 译者注：原文为俄文拼出的英文：Ер гоут из вери лайвли! (Your goat is very lively!)，意为"你的山羊可真有活力！"

第八章

"非常感谢您提示我们,"维克多严肃地说,"我们会看的。真相在哪一边,您怎么看?"

伊达将围脖遮到眼睛下面,防止被传染。

"再清楚不过了。叶利钦会带领俄罗斯前进,人代会[1]只会拖后腿!恨不得把我们拖回集体农庄去!"

"哎!"维克多叹了一口气。

对伊达他总觉得有些不好意思,还有种沉重的负疚感。在国家紧急状态委员会垮台之后,电视里所有的频道都被赞颂自由、抵抗暴政的激情颂歌占据了,他也似乎受到了重创。那段时间他总躲在菜园子里,而做老师的弱女子却单枪匹马、破釜沉舟地迎战巨龙,为此他感到很羞愧。莲娜还在一旁火上浇油:"梦想家,你有什么好难过的?反正你也是躲在菜园子里的浆果丛中避风头?"

那一晚上加第二天,维克多都扑在了人代会上。什么法定人数,法律草案,大会讨论,台上演讲和台下发言,电子投票表决器,吹毛求疵、语带讽刺的国家杜马主席……莲娜试图换台,反抗道:

"这些蠢话简直没法听。除了你,没有第二个人会看这些胡说八道的东西。"

"那伊达呢?"

"你搬去跟伊达住吧,看到死都没人管你。"

"莲,你别喊。让我好好想想。一个人总有些时候想搞清楚政治的。"

莲娜依据女性的本能只崇拜力量,她想都没想就开始批判这群杜马议员了:

---

[1] 译者注:此处的人代会指的是苏联人民代表大会,是1989年5月至1991年12月底苏联的最高国家权力机关。

"你在他们身上浪费什么时间?你看看,都是些不中用的!那个长了满脸的疙子!这个简直就是穿着西服的鲶鱼。那个——白头发的,快看,快看,白头发正在挖鼻孔!我要是有权力,就让这些人统统去坐牢。哎哟,我的天呐,怎么长了这么多胡须!简直就是一头须鲸……真是不得了,说得跟夜莺一样好听……三十岁都没到,开始教人怎么生活了。"

"每个人都有特定的任务的。"维克多嘟哝着。

"女人呢……怎么把女人给忘了?去做饭,洗衣服,带孩子!一个'谢'字也得不到。"

"也许应该为她们感到骄傲。"维克多若有所思地说。

"也许是这样,"莲娜模仿小孩子尖锐的嗓音表示赞同,"谢谢你,妈妈,囤了这么多东西,我以后就再也不用工作了!"

"你在我们救援队里不也是坐着一动都不用动么。"

"你作个比较!我们队里任何一个男人或者女人如果演讲的话——特别是在男人喝了酒、女人烤完面包之后,是不是会让所有的杜马议员都闭嘴!但我们演讲没人会给钱。有本事就分成两队,我们的救援队和最能说的杜马议员们,到时就知道人民站在哪一边了。让克列什一个来评判就成!"

一开始,维克多准备完全站在伊达这边,想着万一以后有机会成为历史大戏的见证者,便不会因为畏首畏尾而放弃维护人民。然而,莲娜如此蛮横而粗鲁地将他划分在杜马议员的阵营,以至于他每辩驳一句便陷入更深的绝望,他感到她瞄准电视里一会儿这个人、一会儿那个人所放出的毒箭,每一支都是冲着他来的。莲娜与丈夫的新爱好妥协了,她也从中找到了乐子:不用深入理解那些议员的发言就可以没完没了地取笑他们。

塔尼娅严密照看着父母,监督他们按时吃药。母亲的体温降到了

第八章

三十七度,她还是躺在那里;父亲的高烧不退,但直到第二天他还是热情不减,坐在椅子上目不转睛地盯着电视,还不断朝前挪动,生怕漏听了一句话。

"伊达不是一般的聪明,"他忽然说,"不,莲娜,人民还不明白,你也是——跟其他人一样……人们预见到了,火车还是没了……哈斯布拉托夫问得很对:要这个政府有什么用?男孩子都穿粉色的内裤,老头子在污水池里掏宝贝。叶利钦……喝得酩酊大醉还上台发言,帽子歪戴着,整个观众席都在窃笑。你猜怎么着,他肯定会赶走所有议员,今后喝得越来越凶。"

"简直……有个新闻特别好笑:有个议员,我忘了名字,有一次出去抽烟,看到一队铲雪车,还以为是坦克。"

"帕夫洛夫。尼古拉·帕夫洛夫。好笑?从电视里你别指望了解真相。等要开始驱逐议员的时候,电视里就会告诉你:他们罪有应得。"

从那时起,布里昂采夫家的生活中出现了一些新人物,维克多对他们的姓名、长相、行为和言论都了如指掌,他像个追星族一样,赞同某些人,又反感另一些人。

奥伊金娜和阿克修契茨,巴布林和切尔诺科夫,康斯坦丁诺夫和阿斯塔菲耶夫,亚库宁和尤申科夫,安德罗诺夫和乌拉日采夫,伊萨科夫和沙什维阿什维利……

一九九三年四月,全民公投开始了,在塔尼娅学校附近的选票点父母的投票结果如下:

妈妈:赞成—赞成—反对—赞成

爸爸:反对—反对—赞成—反对

一九九三年五月底,在学校举行了一场迪斯科舞会。父母都在菜园子里翻地,丽塔来了,穿着一条短短的紧身红色连衣裙。塔尼娅被女友的打扮震惊了：她在香水的云雾中款摆，猩红的嘴唇泛着光泽，像一道伤口。塔尼娅穿得就朴素多了，牛仔短裙，童装式样的粉色背心，上面还印着海星，缀着玻璃小珠子。

"你就这样去？"丽塔哼了一声。

"哪样？见鬼，等我一下。"塔尼娅顺着楼梯跑上了妈妈的房间，打开了梳妆台下面的抽屉。

她很早以前就开始悄悄地化妆了，但现在她渴望看起来不输于丽塔，所以铆足了劲儿地画。她拿起口红，一面看着镜子，一面涂抹在嘴唇上。又抄起黑色的睫毛膏，用硬硬的小刷子将睫毛向上提，然后用眼线笔在眼周描了一圈。最后抽出装着琥珀色液体的透明小瓶子，在头上噗哧噗哧喷了一遭。一滴香水喷到了眼睛里，很辣，但塔尼娅竭力克制不去揉它，免得弄花了睫毛膏。

"你在做什么？"妈妈在她身后问道。

塔尼娅飞快地将化妆品收到了抽屉里。

"怎么不问一声就用了？"妈妈继续和蔼地问，"香水都喷完了？"

"塔尼，我们要迟到了！"丽塔在下面喊。

"我自己没有。"

"问爸爸要，或许会给你买的。"妈妈说。

"买什么？"维克多在门口问。他正想回自己房间手工制作零件来修复地板，"你们说什么呢？"

"给她买香水？"莲娜调皮地问。

"香水？给谁？买什么香水？"

"你说呢？她已经给自己化妆了！"

父亲冲进房间，专注地盯着塔尼娅的脸蛋，他被眼前的一幕吓到了，好像这不是他的女儿，而是某个邪恶的人偶，明亮而熟悉的眼睛周围画了一圈浓重的黑色……他转向莲娜：

第八章

"你看看,她到底像谁。简直……"那个词在他嘴边打转,但他不想骂人;虽然也可以吐口水,但在家里这么做不吉利。

"难道是我给她画的……"

"你不是母亲么?等着吧,没过一年,别人就会指着我们家骂:'你们倒是很会培养女儿嘛'"。

"你还有多久?"丽塔在下面喊。

"去洗掉!"父亲命令塔尼娅。

"不去,"塔尼娅说,"我已经成年了!"

"什么?"他抓住她的手臂,将她拖下了楼梯。

塔尼娅想要挣脱,墙上凸起的钉子刮了她一下,手腕被刮破了。莲娜跟在后面追:

"维嘉,别这样!维嘉!维嘉,别伤了她!"

父亲将塔尼娅推进了浴室,把水龙头开到最大:

"我给你洗?还是你自己洗?"他转过身,眼睛直直地盯着莲娜,突然看到了露出惊讶表情的丽塔,"这里还有一个长大的!化妆品打翻了吧!还等什么?快点!"

塔尼娅觉得,父亲如此严厉地训斥她很可能是做给母亲看的,他之所以这么愤怒是因为看着塔尼娅却想起了某些和妈妈有关的不愉快的往事……

从塔尼娅小时候起,父母每年都给她庆祝生日。六月十五日他们全部变了一个样子:既开心愉快,又温柔可亲,告别过去的一切,仿佛换了个人似的。不知为何,塔尼娅每个生日都不大高兴。

那年夏天,生日的前夕,莲娜在清点要买的东西:

"蛋糕在普希金诺买,还要买蛋糕蜡烛,再烧一只鸡……"

"我们女儿过几岁生日?"父亲像是开玩笑地问,"十四岁?"

"差不多。"母亲也戏谑地回应。

"十四岁？"父亲又问了塔尼娅一遍，她耸了耸肩，学着母亲的样说："差不多。"

"喝葡萄酒还早了点吧？"妈妈心存疑虑地说。

"什么葡萄酒？"爸爸反对，"一小杯香槟，就这么定了。"

扬斯一家没有来，他们去国外休假了。丽塔来了，还有她要好的同班同学卓娅和斯维塔，害羞的红脸蛋优等生什马科夫以及双目灼灼的茨冈女邻居阿扎，她还戴着牙套。伙伴们和塔尼娅都坐在客厅里，瓦莉娅外婆打电话来了，说了一堆祝福的话，之后开始念诗了，与此同时，塔尼娅做鬼脸逗来宾们开心。

瞥了一眼客厅，妈妈贴近塔尼娅小声说："你爸想唱歌。别惹他生气！"塔尼娅晃了晃肩膀。

维克多背着吉他走了进来，一屁股坐在沙发上，用手抚过所有的琴弦，然后撅起嘴：

"你……"

女邻居阿扎嘿嘿笑了起来。

你走入我心，好似幸福的使者，
我和你一起开启了新的世界……

爸爸望向妈妈——走到她跟前，那热烈而灼热的目光就像是一只危险但又调皮的公狗。

但是爱情，但是爱情——这金色的阶梯……

塔尼娅看了一眼妈妈，她也蠕动嘴唇，无声地跟唱着，生怕妨碍了爸爸。随后她踩着高跟鞋出去了。不一会儿，她手捧一个圆圆的奶油蛋糕走了进来,蛋糕上摇曳着几根白色蜡烛的火光。

父亲唱完了,用拳头擦了擦嘴唇。

塔尼娅吸了一口气,屏住呼吸,那一瞬间她感觉自己像个溺水者,然后用尽浑身力气将那口气吹了出来。火光晃动着黯淡了下去,人们发现火舌只是跳动了一下,狡猾地偏到了一边,现在又直起身子,挑衅似的噼啪作响,比之前闪动得更加起劲了。塔尼娅又吹了一次,烛光熄灭了。

"十四岁,"优等生什马科夫说,"你没说过你才十四岁啊!"

为了确认这一点,他又大声地数了一遍蜡烛的根数。

"她本来就是十四岁啊。"莲娜神经质地笑了。

"她十五岁。"丽塔咕哝着。

塔尼娅一语不发。

"不可思议……竟然弄错了……"维克多的声调逐渐平静下来,"没事,没事……对于女士而言,越年轻越好。"

他重又拨动琴弦,他已经忍不住要再展歌喉了。

父母亲的房子是一切的源头,
你是我生活中可靠的港湾……

一分钟之后,他用低沉嘶哑的嗓音又唱起来。

莲娜离开了一会儿,又小跑回来,在蛋糕上补插了一根蜡烛:

"吹吧,女儿!"

塔尼娅吹灭了补上的一根蜡烛。

"他们竟然忘了我几岁!"

她的双目变得空洞而无神,身体内部仿佛被一个冰冷的灵魂冲洗着。

第九章

八月的一个阳光明媚的早晨,他们打算去树林。

"塔尼,你和我们一起么?"莲娜问。

"我在家待着。"

"大家都说那里的蘑菇多到数不清。"

"我还是跟山羊在家附近遛遛弯儿吧。"

"你个懒姑娘,采蘑菇都不愿意,"莲娜猜测道,"我们要是找到就自己吃。"

"可我肯定会和塔尼娅分享采到的蘑菇的。"维克多保证说。

他们准备了很久才出门。维克多爬上阁楼找一个大一点儿的篮子,所有的篮子在他看来都小了。他很是沮丧,不知道那个最大的藏到哪里去了。"这不是么!"莲娜信心满满地指着他贴在胸前的那个深褐色的粗糙编织物。她把自己的浅色篮子洗了很久,上面满是山羊毛,在篮子的底部,绒毛跟某种黑色的黏土状物(蘑菇腐烂以后的残留物)混合在了一起。"这么小有什么用?"维克多问。之后他们选好了采蘑菇穿的衣服,从二楼下到一楼的时候不断兴奋地喊叫着,仿佛已经在林子里了一样。最后找到了几件旧衬衫和几条运动短裤:最主要的是把身体遮起来。

"十一点了,她还在磨蹭。"

"我磨蹭?看看你自己吧,都没救了。"

第九章

最后他们终于离开了屋子,伴随着小棚子里山羊那令人心碎的尖叫声走出了篱笆栅栏。

塔尼娅从打开的窗户中目送父母离开。她调到了音乐频道,差点没跟着电视机里的节奏摇摆起来。

"一切都会好的。"维克多信心十足地说。

"什么都会好的?"莲娜问。

"天气会好的啊。"

"你怎么知道?"

他神秘地眯起了眼睛:

"鸟儿是这么唱的……"

"什么鸟儿?"

"小麻雀。"

"哪有什么小麻雀?"

"我没告诉过你么?是有征兆的。在我小时候,祖母就和我说了,每回都应验。从家里出来,碰到小麻雀唱歌,如果歌声从左边来,还含着怒气,那就是说今天没好事儿,一天都晦气;如果声音从右边来,透着高兴劲儿,就意味着一切都会好的……"

"它们现在唱歌了么?你在哪儿看到这里有麻雀的?"莲娜转过头。

"聋子,耳朵别要了。"维克多抓住了她的手臂。他们停下了脚步,奇怪的是,真的有声音,莲娜甚至皱起了眉头:右边,不知谁家的菜园子里,在篱笆后面,从茂密的杂草丛中传出了生机勃勃的啁啾声。

快到森林的时候,他们放慢了脚步。莲娜从草地里捡起一根树枝,时不时跨过沟渠,探寻蘑菇。她蹲了下来,切开两个红菇——一个是鲜红色的,另外一个是含混的灰色。

"必须去林子里找……这些都是小打小闹……浪费时间……"维

克多嘟哝着。

他碰到了一个巨型毒蝇蕈,突然想起了曾经人们对他外表的嘲笑——在船上的第一年,他被取了个外号叫作"毒蝇蕈",当时他抬腿想踢人,但还是忍住了。

森林的边缘迎接他们的是大堆大堆铺散开来的垃圾,里面还有上了锈的残疾人助动车残骸,似乎从远古时代就在那里了。他们沿着这条路往前走,直至在左边出现他们最爱的那片林中空地——空地上有一棵被推倒的松树。这是他们经常休息的地方,在这儿他们可以同森林进行无声的交流。就像他俩现在这样蹲下来:莲娜不知何故胆怯地侧身看着一队秩序井然、忙忙碌碌的大黑蚁,随后站起身,走进了覆盆子丛中。回到丈夫身边时,她摊开手心,上面是几颗肿胀得发红的浆果:

"喏——这些是最甜的!"

云杉树后面传来愉快的交谈声,人们的影子闪闪烁烁,一个孩子大声地反复喊:"是炒还是腌?"

维克多连看都没看就漫不经心地拿走了浆果,一把塞进了嘴里,甚至都没嚼一下。

"你好像有点不开心?"

"我们错过了所有的蘑菇。"

"怪你自己。我要去找了。"

"好吧,那继续向前!"

他们爬进灌木丛,拨开冷杉的屏障,在已形成的昏暗天幕下面探索未知的空地。他们脚下是铺着一层厚实红色针叶的小路。冷杉林里没有蘑菇,蜜环菇的时节还没到,有些地方留下了被削剩的不知名蘑菇的残根,还有大大的暗色桩菇,上面落满了针叶,但这种菇有毒,不久前电视刚播过,最好别吃。

第九章

"你轻点,哎!树枝都打到我脸了!"维克多满是怨气地叫道,"为什么总在前面挡着我?眼睛差点没被你打瞎。应该沿着路走,就能一直到渡口了。你这样走前面就是沼泽地……"

"就知道抱怨,抱怨……"

不过维克多说得全对,他们钻进了茂密的芦苇丛和高大的苔草里,必须绕过沼泽地的边缘才能重新回到那条通往小桥的路上。说是小桥,其实就是三条原木加上一块钢板,架在黏糊糊的湿土上,一条虽小但灵动清澈的小溪从中穿流而过。

小桥的后面,一条浅浅的小径消失在树林喧嚣的深处。莲娜弯下身子,坐在地上,然后开始用手指灵巧地点数。

"你是在数蘑菇还是浆果?"维克多发起了牢骚。

"你再唠叨,就不分给你了……"她往嘴里放了一把小草莓。

"那我怎么活!"他右肩向前顶着,坚决地冲进了浅紫色的阴影里,瞬时响起了一片枯枝的断裂声。突然,他往后一闪,像是被某种邪恶的力量抛了回来,扭头说,"莲,你跟我走,还是怎么样?"

"不跟你走,你知道的。跟彼得叔叔走……"她笑道。

维克多钻进灌木丛里,眯起眼睛,弓起身子。一阵潮气扑面而来,蚊子嗡嗡作响,蜘蛛网粘在脸上和头发上。

"跟什么彼得叔叔?啊哈,原来是这么回事儿!"

"你把我赶哪儿去?这样我们什么都找不到了。哎哟!疼!疼,妈的!"

现在,换他走在前面,大力分开树枝,也不稍稍按住。

"我说,现在弄明白你怎么回事了!"

"别叫,白痴。所有的蘑菇被你喊得都吓得躲起来了。"

"你听见自己说什么了么,癞蛤蟆?"

莲娜已经不再跟随丈夫往前走了,而是和他平行,离得远远的,自己分开面前的树枝。维克多用一根坚硬的弯树枝做开路武器,可在冷杉林中这个武器旋转起来很是困难。布里昂采夫夫妇俩全神贯注地盯着地面,不断在草丛中、在盘根错节的树根里、还有躲在地下的黄蜂巢穴以及隐秘的土堆和洼地上敲打摸索着。到处都生长着各种怪异的毒蕈,外表既邪恶又具有欺骗性,在吸引你注意力的同时,又逼你转向别处。维克多碰到一个被踩扁了的蘑菇,不知是好菇子无辜遭了难,还是就因为有毒才遭到了报复。

"红菇!"莲娜叫起来,她半蹲着割下那个粉色的红菇,"还有一个!"随后又站起身,摇晃着小篮子,"蘑菇都爱我!"

"红菇,"维克多模仿她说,充满了嘲弄的语调,"不是正经的菇子!"

"你不会因为蘑菇吃我的醋吧?"

"你除了蘑菇还需要谁?"

"关于这一点还有其他看法。"

"你说什么?"他从脚下抓起几个松果,对准她扔了过去,其中一颗砸在松树上,反弹回来打中了他自己的头。他大叫一声,站起身来,猛力揉着太阳穴,"都怪你,蠢货!"他呻吟着,又觉得好笑,"像被子弹打中了一样!"

"你才是蠢货!"妻子神气活现地回嘴道,她又蹲下身去。

维克多三步并作两步来到了一片位于几面森林墙中间的空地上。一束赤裸裸的、完全解放了的、毫无遮挡的天光倾泻在他身上,令他一阵眩目。

"我的!"他在瞬间脱口而出。

"白色的!"莲娜欢呼起来,她雀跃着,仿佛是对白色光芒的回应。

他俩几乎在同一秒从不同角度看到了那个白蘑菇,但维克多第一个到达那棵孤零零的白桦树,像运动员一样弯下腰,用小刀割下了

第九章

它，随后将刀藏到口袋里，转身对着妻子。他将蘑菇凑近脸，久久地抽动鼻孔，嗅着咖啡色的菇伞。

"给我！"莲娜冲过去，不信任地看着他，"维奇！"她踮起穿高跟鞋的脚尖，拽住他的胳膊肘，"没生虫么？"

"你才生虫了。别捣乱，会弄坏的。"他把蘑菇放进了篮子里，平缓地左右摇摆，仿佛在摇一个摇篮。

"要不，停下来喘口气吧？"

"真没用……"维克多用指头揉揉还在痛的太阳穴，"在救援队里待着，成天游手好闲的。到森林里散散步，怎么就不是休息了？拿我来说，这么走走反而能增长力气。"

一架飞机从天空呼啸而过，似乎是为了回应它，一只啄木鸟顽固地叫着。

他们继续往前走。

"大海捞针……大海捞针……"他一面说，一面瞄着妻子。

白蘑菇的奖励或许过于贵重了，维克多后面都没再交好运。一路上，他用棍子敲打白桦树的树干，想将那些附着在上面的干蘑菇震下来。

"在我们之前人们肆意妄为……什么都没留下……时机啊……错失了时机……早就错失了……已经错失很久了……我究竟得罪了谁？"

他爬上一棵倒在地下、看起来似乎没有尽头的树，将篮子搁在地上，选定了一条航线之后，就将树枝扔了出去。树枝飞了起来，在空中做了几个漂亮的旋转，最后砸在了云杉笔直的树干上。莲娜一边哼歌，一边摘浆果，几次弯腰去割下新发现的红菇。最后，她在一个僻静处发现了鸡油菌家族。维克多一字一句地叫道：

"我要像列宁一样！像弗拉基米尔·伊里伊奇一样！"

"来了位歌唱家！"莲娜揶揄他，"你除了唱歌还会什么？"

"啊呜——呜——呜!"远处响起了一声不安的召唤。

"啊呜——呜——呜!"那声音再一次响起,仿佛等待着答复。

"我会好多啊。"维克多嘟哝着。

"哎哟,确实会。沦落到救援队来了。"

"难道怪我……"

"其他男人都去挣大钱了。你倒是挺乐意被别人领导。每个人都应该做自己的领导。"

"我就是自己的领导。"

"领导。天天带着望远镜……望远——丢脸[1]!从罐头盒子里出来的。"

"什么?你说什么?再说一遍?不,你说什么了?"他气喘吁吁地扑向她,将小篮子夹在臂弯里;而她则受了惊似的嘻嘻笑着跑开了,"再说一遍!"透过沙沙的摩挲声,他听到了篮子里的大蘑菇在相互轻轻地挤压。

"白色的!"莲娜又叫起来,"乌拉,又是一个!"

她坐下来,向蘑菇弯下身,小心翼翼地从根部将它切了下来。蘑菇的个头还不大,也许正因为如此,才显得既高傲又无精打采,气鼓鼓地张着肥嘟嘟、光亮亮的菌伞。

维克多以迅雷不及掩耳之势夺过了莲娜手中的蘑菇,将菌伞从菌柄上一下子扯掉了。

"啊!"她痛苦地喊道,"你做什么?"

"它长虫了!"维克多揉碎并扔掉了菌柄,然后将菌伞也撕成了两半,扔在地上。

---

[1] 译者注:俄文中的 подзорный(望远的,观察的)与 позорный(丢人的)只差一个字母,莲娜在这里偷梁换柱了。

第九章

"你就会撒谎!哪来的虫子?你倒是指一个给我看看啊!"莲娜一屁股坐在地上,从草地里将蘑菇一片一片拾起来,"哪儿呢,我问你?"她抬起头,正碰上他的目光,在她看来既残忍又愚钝。"畜生!"她跳起来,在空中挥舞着那把张开的小折刀,"把你的蘑菇给我!我也要把它们弄碎!这样你就开心了吧?"

"哎!你干吗?"维克多护着篮子,向后连连退步。

莲娜面目狰狞地向他走去,她握紧小刀,大声说:

"你以为自己可以为所欲为,啊?"

维克多在后退时不小心绊在一个隆起的土包上,差点没摔倒;他直起身来之后,朝妻子走去。她呆住了,扔掉了小刀和篮子——蘑菇散落了一地,滚得到处都是,五彩斑斓的,甚是有趣。他将篮子推到她胸前,左手抓住她,吻上了嘴唇。

"畜生!"她对着他的脸从下往上吹气。

他小心翼翼地放下篮子,冷笑了一声,似乎是在积聚力量。

随后,他双手平静而又温柔地捧起她的脸,固定住她的双颊。她哼叫着,用脚踢他,而他则移动双手,捂住了她的耳朵,然后深深地吻了下去。她咬住了他的嘴唇,他将她摇晃着,不时地拽向左边——右边……几分钟之后,他们进入了一种奇特的舞动状态,滚到了两个土包之间。

他趴在她身上,用全身的重量压住她,紧紧抓住她伸出的手腕,时而盯着她的脸,时而什么也不看。

"住手!"

"就不。"

"维嘉,你疯了么?"从她嘶哑的嗓音中可以听出些许调侃,"放开我!我喊人了!你听见没有?"

"啊呜,"他故意模仿她,"你要喊什么?喊'啊呜'么?"

"维嘉，维奇！这里有人会来……"

"这里可以的。这是森林。来吧，傻瓜，听我的话。"

"你才是傻瓜。"

"你是傻瓜。"

"你身上一会儿要发臭。"

"你也会，你也会的……"他兴致勃勃地说，"臭烘烘的……"

"讨厌。"

"我讨厌你。"

"我……哎哟！"——他们的嘴唇紧紧贴合在了一起，甜蜜而又激烈。

维克多突然停了下来，专注地看着她。

她躺在那儿，双目紧闭，奶白色的三叶草花朵散落在深色的长发里。他用力扯下了她身上的运动短裤和内裤，露出了臀部，接着又将她稍稍抬起，换了一种动作方式将内裤推到了膝盖处。妻子的裸体黝黑、黯淡，浮肿，腹部稍稍隆起，大腿上布满了细密的肥胖纹，在膝盖处还有一个淤青，是在菜园子里磕到的，阴部结实、突出，是修剪过的，藏在一丛坚硬的黑色毛发中。他趴在她身上，开始了缓慢而专注的运动，但没有看着她，而是将目光投向旁边，仔细地捕捉着来自森林的声响。鸟儿在叫。他们在森林里走了这么半天都没听见，可现在他却听到了它们的啁鸣。

它们似乎是在互相对歌，歌声自由而婉转，时而嘹亮悠扬，时而喑哑短促。有趣的是，如果不仔细听，很可能会错过。然而一旦侧耳倾听，他便明白，这是无论如何不该错过的：它们的歌喉是如此具有穿透力。这些声响让他想起在打字机上打字的情形：手指在键盘上令人厌烦地来回奔忙，一章完结了，跟着又一轮疾如风暴的敲击。

莲娜的眼睛闭得更紧了，她的脸上呈现出一种痛苦与甜蜜交织的激情。维克多感到她那硬硬的阴毛正在刺穿他耻骨的森林，她的额头上爬过一只瓢虫。有人在奔跑，像是在他的脖子后面画圈圈，令人感到痒痒的。他一把抓住了自己的后脖颈，但身后空无一人。他浑身都在震颤，觉得自己与妻子、这片草地，甚至整个自然融合在了一起，仿佛能感受到草儿的生长。在一瞬间，他想象有一个黑色的漏斗将他吸入，似乎是大地母亲在同他们一起旋转。他同某种巨大的东西融为了一体，后者了解他并且一直守护着他。

她开始嚅动嘴唇，寻找一个音节，用长长的、不听话的舌头舔着上下唇瓣，唾液在上面闪闪发光；很快，一张期待激情的面具在她脸上逐渐冷却，而她的腹部……不，不是她的腹部，而是她那不知羞耻的大肚皮剧烈地抽动了几下，然后恢复了平静，重又变得坚硬起来。最后，从她的身体里迸发出一阵震耳欲聋、悲痛欲绝的哭嚎声，维克多竭尽全力挤进了她的身体，一直等到她的哭声减弱，才释放出来。

他们迅速地爬了起来。他没有看妻子，埋头收集散落在地上的蘑菇。

莲娜坐在一个大树桩上，他背靠她，紧挨着坐了下来。

树桩旁边是一堆烧尽的篝火，里面安息着一块边缘烧焦的大骨架。

太阳在树干上融化了。光芒倾泻在草地上，一片雪白，头顶被烤得发烫，视野中的颜色也改变了，草地眨眼间变成了雪地，树桩则成了雪堆。啄木鸟敲树干的声音从不远处传来，听起来好像是有人用撬棍在碎冰。年轻的夫妇呆若木鸡地坐在那儿，不明白刚才发生了什么，要是再这么坐下去，马上就要突破中暑的门槛了。但这样背靠背地坐着，虽然什么也弄不明白，却能感受到同源性和一种共通的柔软。也许，他们之前的生活只是这次林中幽会的一个混乱序幕。忽然之间，鸟儿发出了啼叫，既清晰可辨又引人入胜、感人至深。莲娜抖动了一下肩胛骨，似乎是在暗示她听见了这声音，就在那一刻，像是在报复这啁啾声一般,一阵微风带来了从雅罗斯拉夫公路发出的轰隆声,遥远而又模糊。

维克多第一个打破了沉默:

"不如申请一个假期吧……去海边玩玩……告诉我呗?我们的假是什么时候?十月份?要不早点去请吧……"

莲娜的一只手越过他的肩膀,抚摸着他滚烫的卷发,然后插入他温暖的发间,轻轻地挠着他又凉爽又湿润的头皮。她抚摸着他的后脑勺,他的颅骨,让他的头发从指间滑过,就像是要为他遮住光线的侵扰。

"海边……还记得么,我们去的时候?记得么,莲?我们带上塔尼娅,一起去克里米亚……"

她靠在他的后背上,听见声音震颤而来——响亮但不甚清晰的词语直击她的心房。

"我们以后再也不要吵架了!"她说,将他的头发握成一团。

之后,他们两人又转向了彼此。他们拥抱在一起,不说一句话,在他俩的前面是一堆油腻腻的黑色煤渣,应该是之前的篝火燃尽后残留下来的。

"再也不吵了。是我错了。我真看到了:那个蘑菇确实坏了。要不,我们回到那里,把它找出来,我指给你看?"

"我信……"

"别信!原谅我的愚蠢,莲娜!"

"什么?"

"跟你在一起感觉真好……什么都跟这个比不了。我不需要任何人了,我永远不会背叛你的!"

"我也是。"她心甘情愿地回应道。

"我相信。我想问的是另外一件事:为什么我们总是水火不容?

"等等，先别急着回答！要知道，我跟你从来没有推心置腹地交谈过。你别笑！还记得么？我对你一见钟情，但你却不爱我。不，别否认。那时候，我从你的眼中什么都看出来了，但你那双冰冷的眼睛却燃起了我更大的热情。当我知道自己不是第一个时，简直昏了头。嘿，想喝酒了……"维克多不自然地停顿了一下，擦了擦额头，每句话他都说得很艰难，好像在爬陡坡似的，"你呢，莲？如果我说错了，你就纠正我，你不是后来才爱上我的么？我从你眼中能捕捉到。什么时候？这个我不知道……能告诉我么？"

"什么？"莲娜问，满意地偷笑。

"你又是这样！"他绝望地拍了一下自己的膝盖，打死了一只正在透过布料叮他的蚊子。

"要我说什么？"

"说什么……说爱情，说什么！"

"我对你，我亲爱的丈夫，从来都是言听计从。"她像唱歌似的说，用双手环住他的脖颈，亲昵地在他脸上亲了一下。

他们又沉默了。

维克多的思绪又回到了很久以前的那次雅尔塔之旅。他们总是早早就起床了，每天都睡不好，塔尼娅会在闹钟响起之前，用她在幼稚园学到的舞蹈和歌声将他们叫醒。她在双人床上蹦来蹦去："电车！电车！穿上你的小短裤！"她使劲摇晃父亲的肩膀，将"起床"错喊成"电车"[1]。他睡眼惺忪地纠正道："不是'电车'，是'起床'。"但她根本不受教。他用被单把头蒙上，她于是生气地抽泣，用力拍打被单。莲娜大吼起来，小女孩就安静了，爬回自己的被窝里，委屈地握紧拳头，等父母都睡饱之后再过去安慰她，但她直到吃早饭的时候坐

---

[1] 译者注：在俄语中，вставай（起床啦）和трамвай（电车）发音相近。

在水果羹旁边才渐渐平静下来。这样的情形每天早上都在重复。

塔尼娅一睡着,他俩就走上窄窄的露台,那里起先被薄暮笼罩着,不一会儿就转为南方的暗夜,空气中弥散着无花果的清香。大海被新建起来的白色高楼遮住了,他们自然想走入城镇里,在街边灯火中漫步,一路走到海边,在夜晚的沙滩上喝到微醺然后睡去。然而,他们不能离开孩子。在这种不自由当中有某种异常甜蜜的东西,于是他们便互相亲吻。在那些黄昏,他们安静地亲吻彼此,丈夫和妻子,聆听着屋内的声音。

上午,他们会沿着那条有裂纹的柏油路下到海边,路是顺城墙而建的,城墙则是由圆石子堆砌起来的。小猫坐在古老的炮眼上,成熟的樱桃李果微微泛黄,塔尼娅在沙滩上飞奔。下午,沿着小路上山的时候她就抱怨起来——不愿被带离海边,也不喜欢爬山。有一天,他们买了船票去利瓦季亚。在那里,他们围着雪白的宫殿打转,紧紧地跟着导游,"这里以前居住着沙皇一家,革命之后就变成了工人医院。"导游麻溜地说,她是一位年轻的乌克兰姑娘,满口雪白的牙齿,就像是这宫殿的一部分。"我见过皇室的孩子们!"一位衣衫褴褛、白发苍苍的老太婆大声插嘴道,她背部佝偻,穿着一件宽松得像睡衣似的罩衫,内衣下露出有弹性的刺柏丛花纹,"那时候我还是个小姑娘,给他们献过花。"

海轮安全抵达雅尔塔之后,他们买了甜瓜和葡萄酒,晚上就坐在露天阳台上,用军用杯喝酒,酣畅淋漓地大口啃瓜。喝完红酒,吃完甜瓜,他们便回到房间亲吻彼此,身体交缠在黑暗中。粉色的灯光闪烁其中,令他们的动作显得更加平顺流畅。到了早上,塔尼娅哭了,因为一块甜瓜也没给她留下。中午的时候她又差点没淹死,都怪爸爸将她带到深水区,放手后滑了一下。莲娜发火了,维克多也生自己的气,生莲娜的气,生女儿的气。再也没有亲吻,没有露天阳台,葡萄

第九章

酒也不喝了,对克里米亚的印象只剩下胡闹和蜃景,和一些从未发生过也永远不会实现的事情。

莲娜也有一些值得回忆的东西。当她和维嘉一起坐地铁时,有个姑娘的视线自始至终没从他身上移开。她长得挺好看,像是学生。他们坐下了,而这个小婊子站在门边,目不转睛地盯着他看,偶尔回过神来收起视线,但没过一会儿又开始看他,兴许是在他身上找到了爱人的原型。"你要干吗?"莲娜想质问她,但还是忍住了,因为怕引起维嘉的注意。他抬起头,发现了那位年轻女子的目光——继而打了个呵欠。这个呵欠又长又大。他故意将空气吸饱了再吐出来,全程都没闭上嘴巴,还拖长尾音发出一种轻微的摩擦声:"啊哈——哈——哈——哈——哈——哈"。年轻女子眼中的光芒立刻黯淡了。然而,莲娜的内心却闪过一道感激的光芒。她情不自禁地在丈夫的大手上摩挲起来。

在一年之前,也是八月份,工作日的一天——她和他,还有塔尼娅坐电气小火车从普希金诺的服装市场回来(便宜买了一件羊皮衣和一双毛毡靴,夏天就为滑雪橇做准备),车上人不多。车厢里有个约莫二十出头的小伙子双腿叉开坐在那儿,一边嗑开心果,一边将果壳吐在两腿之间,不一会儿就积了一小堆。

"哎,亲爱的,你为什么把这里搞得这么脏?"维克多阴沉着脸问。

小伙子尴尬地翻了一个白眼:

"得了吧,我不就……"

"孩子爸,别说了!"莲娜吓坏了。

"从这儿滚。"维克多说。

"还不快滚,傻瓜!"莲娜帮腔道。

"你们叫什么叫?"

小伙子怕挨打,于是侧身挤进过道,快速向另外一节车厢走去。

"好歹收拾一下再跑啊！"乘客们说。他们先前一片死寂，这时才迸发出迟来的喧闹。

维克多换到了那个家伙的座位上，他漫不经心地踩在那堆果壳上，那堆微型"头盖骨"上，它们在他鞋底下面嘎吱作响。

莲娜带着骄傲，不安地望向丈夫。他像是已经忘记了那个被赶走的小伙子。她想，维克多是多么令人印象深刻啊，甚至都不用拿拳头来威胁。

为什么她很少意识到这一点，正因为对她们而言，他是保护者；而对别人——尤其是那些软弱可悲的人来说，这是个强大的男人，他们很快便明白，最好不要惹他。

今年，在菜园子里忙活的时候，莲娜不小心抓到了一根嫩而扎人的荨麻：

"哎哟！"

"有点疼？没事儿，对你有好处……"

"哟呵，你来拿，试试！"

"没问题啊！你看着，也学着点儿！"维克多两手一用力，连根拔起了这株荨麻——敦实的胖姑娘。

他站在那儿露出一丝讥讽的微笑，将带刺的植物在手中折断、弯曲、揉搓，打成几个结，最后团成了一个球。

"快扔掉，求你了！"莲娜恳求着。

他揉捏并转动着这个怪异的绿色球体，弄断了它碧绿多汁的软骨，于是，他又盯上了另一株长在篱笆旁边的荨麻，长长的，枝叶茂盛，桀骜不驯。

"把它扔了！要不我现在就跪下求你！"

"为什么？"他好奇地看着她。

"你表演给谁看呢？你还是小孩子么？"

第九章

这一幕令她如此受折磨，以至于她真的准备好要跪求他了：丈夫为了证明她不明白某件事，竟然心甘情愿地扎伤自己的双手。

他扔了荨麻球，她马上捧起他的双手热切地打量。这双手又大又粗，是一种奇异的混合体，既有粉红色的水泡，又有红色的毛发、橙色的老茧，还有强健的指甲。

……他们站起身来，一起往回走。

在那片倒了一棵松树的隐秘草地上，维克多看了看表：

"我们走了多久了？足足有三小时！我估计我们是十一点进的森林。"

"啊呜——呜"，从很近的一片悬钩子丛中钻出一个阴谋家模样的男人，长着烟灰色的胡须，提着一个铁桶。

"采得多么？"

"不多，"维克多说，"我们来得晚，但我已经找到白蘑菇了，"他拍了拍篮子，"您呢？"

男人掀起红格子的方巾：桶里的蘑菇都快溢出来了。维克多吹起了口哨，莲娜说："您真厉害！"

"啊呜，啊呜"，从白桦林里传来气呼呼的声音，与此同时，一个生着宽宽的粉色脸膛的矮个子女人一瘸一拐地走了出来。她也提着一个篮子。透过篮子的树条可以看到，蘑菇很多，篮子都塞满了。

"你们可以再采一些，"男人用宽容的语调说，"每天早晨都会有新蘑菇长出来的。很久都没有这样了。"

"好像最近都没下雨，这是怎么回事？"莲娜应付道。

"夏天蘑菇多，战争便不远。"矮个子女人说。

第十章

塔尼娅在打开的窗户下伴着音乐台《2×2》跳舞。

> 我的姑娘——姑娘——姑娘——小姑娘,
> 如果你知道,我有多爱你,
> 或许你会立即奔向我,

电视里那个圆得像小桶似的克雷洛夫在唱。

窗户外面是街道和铁路。

快车如同一阵绿风吹过。塔尼娅尝试辨认车体上黄色的字母:是个很简单的词,好像是"沃尔库塔"。她很早就锻炼出了一套从房间窗户看列车上字母的本领。

有一辆小轿车像是要追上火车,在大街上飞快地行驶。突然之间,它尖叫着停了下来。

"棒极了!"红色的"欧宝"车里,一个脸蛋光净的小伙子咧嘴一笑。

他下了车,跳到发动机罩上坐下来,跷起二郎腿。

这位就是叶果尔·科尔涅夫。

第 十 章

"最近怎么样，小柳树？"

"好得不得了！"塔尼娅模仿他放荡不羁的语气说，一面将头伸出窗外。她的心怦怦直跳。

"我就想去洗个澡……三天之前在推小车……现在又到处开车跑生意……成天热得要死……我带你转转，怎么样？"

他以一种主人的口吻说。

"我的事情一大堆。"塔尼娅不确定地说。

"瞧，我可不会邀请你第二次的。我们偷偷去季什科沃，在那边冲个澡，我就把你载回来……你想啥呢？太小了做不了主，还是怎么的？"

"我不小了。"

"嗯！"

"那几点动身呀？"

"几点，几点……一点！说走就走，转眼就到。"

"好，等我一会儿……"

塔尼娅响亮地关上了窗户，穿起绿色的泳衣，外面套上一件白色连衣裙，然后冲进了妈妈的房间，扑上一些散粉，又在嘴唇上抹了口红，喷了香水。跑下楼，在肩上搭了条毛巾，踩了一双平底凉鞋。她锁上门，将钥匙藏在门口的地毯下边；阿霞从窝棚里走出来，突然放声痛哭。"闭嘴吧，你！"塔尼娅一边往外走一边对它抛下这句话。山羊停下来陷入了沉思，女孩感到一阵兴奋，似乎有什么新鲜快乐的事物在前头等着她。

"我们不会去很久的，是不是？"

车子发出轰鸣，弹射了出去。叶果尔没说话，露出他那有伤疤的半边侧脸。

"我们洗个澡就回来，是吧？"她抬高了声调，嗓音变得又尖又细。

"害怕了？"

"你干吗，骗我么？"她带着恐惧问道。窗户玻璃外是扬起的尘埃，"你要带我去哪儿？"

叶果尔转向她，他那火烧一般的脸上一双厚颜无耻的眼睛闪闪发光。

"你该不是脑子坏了吧，邻居？肯定将你完璧归赵。怎么会骗你呢？我看你还是说声'谢谢'比较好。一个人在水里扑腾有点无聊，跟那些丑八怪们都分手了，朋友又都在忙……正好看到你，就叫上一起……你就乖乖坐着，享福吧。"

说话间，他们已经停在铁路道口上了。

叶果尔抽紧鼻子，吸了一口气。他的嘴唇稍稍有些外翻，能看见里面粉色的黏膜，颤抖着，跳动着，慢慢挨近塔尼娅，活像两个吸盘。

"你挺好看的，"他响亮地咂吧了一下嘴，"红头发——好极了。眼睛是绿色的，对不对？"

"灰色的。有时候会变成绿色。"

"什么时候？"

"什么时候……我也不知道……"

"你这头蠢猪，到底要往哪儿走？"他狠狠踩了一下油门，命令"日古利"[1]向前开。

他们花了大约十五分钟到达水库，在一小块空地上的玻璃房小商店门口停了下来。

"给你买点什么吧？你喜欢什么……棒棒糖？伏特加？"他咯咯笑

1　译者注：伏尔加汽车厂生产的"日古利"牌小轿车。

着,"等一下,我很快就回来……"

他回来的时候手里多了一个袋子,里面似乎是放了一瓶酒、一条面包和几盒罐头。

"你可是要开车的。"塔尼娅担心地说。

"放心!怎么,你以为我会喝多?我就抿一小口,这样游得更尽兴,等上来吹干,再来一小口,就能回来了。我可不会喝醉!得足足两升酒,才能把我撂倒。一吐完——就能上路了。一分钱都少不了我的,要是别人——这卢布还有得赚么?嘎——嘎——嘎!"他陶醉在自己的说话方式里,"你喝过啤酒么?"

"有时候喝。"

"马上就能喝!我还买了气泡饮料和一点吃的,之后可以……"

塔尼娅想让他掉头往回开,要是他喝酒,她就拒绝与他同行并和他绝交,但薄弱的意志令她难以启齿,加之羞于承认自己是个胆小鬼,而且最重要的是——她喜欢他。

水边的人不多,一群裸着上半身的男人躺在陡峭的土堤上。在下面的沙滩上,两个光屁股的小孩疯狂地尖叫,相互打闹;一个男孩和一个女孩从这边走到那边,试图爬上草坡并从上面滑到水里。还有两个半裸的女人,再没其他人了。塔尼娅想:这两个裸体女子是谁家的?谁会照看她们?她们该不会跟上面那群人有什么联系吧?

叶果尔一把抓住她的手,拽着她向前走。

"咱们挪个地方!"

"我们去哪儿?"

"得找个地方……这里人太多了。有个地方,我小时候就知道。从那个时候起,路就被野草堵上了。下坡很陡,然后就好了。没人会注意到,喝酒也好,晒太阳也好,住那儿也好……"

他们拽着柳树的枝条,一路滑下来,最后终于落到了沙滩上。这是一条窄弧形的沙滩,两侧被灌木丛切断了。

"看吧,宝贝儿!好好看看!叔叔不会瞎扯淡的。"叶果尔点燃一支烟,夸张地将烟圈喷向高处。

"我们能从这儿爬出去么?"

"得了,叔叔不会抛下你的。"

"你怎么就是叔叔了?你不才二十岁么?二十岁,没错吧?"

"对你来说就是叔叔。我见多识广,跟我在一起,你马上就能变成阿姨。嘎——嘎——嘎,小柳树!"

塔尼娅在地上铺开一条毛巾,忙不迭地从袋子里拿出一瓶伏特加、一罐啤酒、一罐雪碧、一袋切片香肠和一条面包。叶果尔用拖鞋踩灭烟头,将它踢进沙子里,然后脱掉短裤跟背心,只剩下黑色的泳裤和金链子,满脸享受地躺了下来。

"我爸爸也有海魂衫,他以前当过海员。"她开口就是为了说点什么。

叶果尔将全身的重量落在拳头上,快速地做起了俯卧撑。他的胸膛碰到了沙子,但背部挺得笔直。他的背上湿漉漉的,隆起的粉刺结节闪闪发光。他哼了一声,站起身来,拍掉手上的沙砾:

"妈的,烫死了!我可不是什么水手,我是坦克手。"

塔尼娅脱下连衣裙,只留下泳衣。

"游么?"他问。

她不会游泳,雅尔塔的那件事令她心有余悸。

叶果尔走到水边,弯下身,用两只手掌捧起一抔水,然后将刮得光光净净的头埋了进去。

"塔尼……你是叫塔尼娅么?"

"不是,真气人,是丽塔。"她生气地说。

"塔纽什,给我倒上!"

第十章

她试着拧开铁质的瓶盖，费了挺大劲儿，终于首先打开了伏特加。
"谁会这么开，他妈的！"

他一把抢过瓶子，起开后一仰下巴，这个姿势保持了半分钟。他的喉结像蛇一样滚动，坚毅的下巴中间有一条缝，上面胡子拉碴的。他拿开瓶子，做了个鬼脸，在自己两边脸颊上响亮地拍了一下，小声说：

"下水吧！"

他抓住塔尼娅的手臂，将她拽向水边。这一切就发生在眨眼之间，他们下了水，溅起一片水花。塔尼娅拼命挣扎，试图将手抽出来。

"放开我！我不会游泳！"

他将她拽向了更深处。远处翻起泡沫，一艘靠马达发动的小船轰鸣着从斜对面驶过。

塔尼娅闭上了眼睛，浪尖舔着她的下巴，火辣辣地疼，像两只蚱蜢钻进了鼻孔里。

"我要上岸！"她时而大叫，时而在心里呐喊。

"上什么岸，阿姨？你是疯了么？还在那儿瞎吵，妈的！"叶果尔出人意料地骂起人来，还挺带劲儿，"你自己想想，阿姨。愿意的话，就洗个澡，你会活得好好的。"

他放开塔尼娅，浑身一紧，身上和腿上显现出坚毅的肌肉线条，他用力朝后蹬了两下，双手向前一扑，头部弓起，像一枚深水炸弹一样消失在水里。

塔尼娅坐在沙滩上，沙砾简直烫人，她时不时下到水里冲一会儿凉。一种奇异的感觉将她攫住，好像这一切曾经发生过，她也是坐在岸边的小沙滩上，或许就是这个半弧形的、被灌木丛夹住的沙带，望向水中，等待着一个潜水的男子。

泅水者猛力的击打令水域沸腾了起来，一个平头正越来越近。叶果尔用一条腿支撑着站起来，两手固定住另一条腿，在几次怪诞的跳跃之后到达了岸边。他在毛巾上坐下，随地啐了几口，头上的湿头发像针一样直立起来。他将左腿搭在右腿的膝盖上——粉红色的血从斜斜的伤口里渗出来，颜色变得愈加鲜红。

"没事儿，死不了。血管破了，"他气喘吁吁地说，"哪个混蛋乱扔酒瓶子，让我逮着就把这些玻璃喂他吃了。给我抽根烟。"

塔尼娅听话地从他的短裤里掏出一包烟，取出一根塞在他嘴里，他则表情漠然地衔住烟。

"打火机！"他嘟囔着。

她慌忙找出了打火机，打了一下，点着了。

"水里可舒服了，"他深吸了一口烟，水珠在皮肤上滚来滚去，"你没下去可惜了。"

她替他驱赶虻虫，用手拍死了好几个。腿上的血颜色变浅了，渐渐止住了，留下了一条细细的褐色硬壳。

他很快就忘记了自己的伤口，踏着拖鞋从塔尼娅面前走过，到达水边又返回来，好让太阳照到各个侧面，身上干得快一些。

"你怎么什么都不喝，小柳树？"他抄起伏特加，"都烤热了，该死。是温的，别吐了才好……"

他用力吮吸了一口，随后吐出了一口又浓又稠的液体。拆掉包装袋，他往嘴里塞满了香肠：

"也是温的……"

他掰下一大块面包扔到嘴里，又抓起一罐啤酒，拉开易拉环：

"开水！应该放水里冰一冰……"于是小心翼翼地碰了碰装雪碧的罐子，"妈的，也是开水。你在想什么？"他将两个铁罐捏扁，带到水边扔掉了，"要喝伏特加么？"他充满期待地嘻嘻笑着。塔尼娅没喝

第十章

过伏特加,也不想喝,但让她自己都感到吃惊的是,她竟很自然地点了点头。

"可你连瓶盖都不会起,啊?"他将酒瓶握在拳头里,"你还是玩布娃娃去吧,喝什么伏特加?"

"那你干吗要给我喝?"

"喏!"

她从他手中接过酒瓶,颤抖着伸到嘴边,像喝药一样倒了下去。劣质的呛人液体在嘴巴里灼烧,滑入喉咙又翻腾了回来。塔尼娅又是喘气,又是咳嗽,嗓子里好像有什么东西卡住了。这该死的毒药嘶吼着想要突出重围,她咬紧牙关,同它战斗着,用尽力气将它闭锁在体内。

"吃点东西!"叶果尔带着面包及时出现,掰下一小块放在她的鼻子跟前,"闻一闻!"

她将面包送进嘴里,瞬间就被伏特加浸透了,她咽了下去,气喘吁吁地说:

"滚开。"

"你说啥?"他后退了一步,"你现在跟谁说这话?"

"不是说你,是说伏特加。"塔尼娅哑着嗓子说,她从他的语气中分辨出了威胁的意思,但却被喉咙里的灼烧感分散了注意力。

几分钟之后,她便感到了愉悦。她来了胃口,三下五除二地吃掉了面包,又吞掉了整根香肠,接着开始吹口哨。"钱都被你吹光了。"叶果尔阴沉着脸顺口说,但她仍旧嘟着油乎乎的嘴吹个不停,感觉自己既顽皮又任性。他拿来一罐冰啤酒,拉掉易拉环,一会儿从罐里喝口啤酒,一会儿又凑到伏特加的瓶口。

"还来不?"

"垃圾,不要了。"

"尝尝气泡饮料?"

塔尼娅拿来一罐雪碧,按照他的指点,先喝了一小口伏特加,随后又灌下了一大口饮料。这次伏特加果然下去得容易些了。叶果尔以自己的方式将手搭在她的肩膀上——她没有反对,甚至都没有察觉。

"我老爸——是个最坏的混蛋,"叶果尔说,"轻点儿,他说,还想活呢。他把妈妈逼得上了吊,现在想要轻点儿。他从小就打我。喝醉了之后用刀子把人捅了,蹲了八年牢,出来又开始喝了……他只要喝一点酒——马上就兽性大发。用皮带、用手、用东西打,抓到什么就用什么打……有一次用套娃,套娃立在那里,他抄起来就朝我头上砸……妈妈跑过来护着我,套娃就砸她身上了。我长大一点就去学了拳击。那时候还是个小毛孩,可他马上就明白我想干吗了,之后就再也没打过我。我在的时候,他也不敢再纠缠妈妈了。我说了:'你要是敢动她,我就把你弄残。'跟妈妈说的是:'别害怕,妈妈,他要是动你就跟我说,跟我说就行。'他为了糊口饭吃,从来在家里是待不住的,跟当地人吵嘴打架,晚上睡觉才回来。我去参军了,妈妈给我写信说:'你怎么样?没受气吧?'我回她:'他们想让我受气来着,我抄起椅子就砸掉了那人半边牙齿。'就是这么回事儿。这就是我参军的战果——"他指了指自己的脸颊,手指正好落在那条伤疤的深沟里,"我就是个傻瓜,没想到问一声:'你自己怎么样啊,妈妈?'我后来才明白,发生了什么事。老爸寻思着:'又没人问,又没人管,不如就放开了打她吧。'我不在,他就把她逼进了棺材!我们这个年代,谁还会因为肺结核死掉?肯定是他害的,往死里折磨她。我到家就说:'哟,你好啊,主人!'语气温柔得很。他神志清醒地坐在那边,满脸阴沉。'等我呢,'我说,'想我了吧?想得好,想得对。你的好日子现在才开始呢。'然后一拳就砸在他脑门儿上。我把他安排得可好了,他跟我这儿像个魂儿一样,卑躬屈膝的,不敢说

第 十 章

半个'不'字，否则我就把他送到局子里去，或者他累了就在大街上睡。条子跟我说了：'你自己看着办吧，我们不会插手的。'……"叶果尔放在塔尼娅肩上的手更加用力了，他抬头望着深蓝色的天空，那上面有几片碎云急匆匆地飘过，突然他发出一声嚎叫："畜生！逼死了我妈妈！他以为我能原谅他么？三天前，我赚了一大票，事情顺得很，喝了点酒回家，对他说：'给我把靴子脱了。'他好像不大乐意，我照着他的腿就是一脚……他爬走了。第二天早上也没见影子。我知道他上哪儿去了，在斯捷潘家，这也是个酒鬼，住在列夫·托尔斯泰大街上。你应该认识……就是那个斯捷潘！叫什么……贾布里采夫！他还躲到斯捷潘家去了，……得了，……我们走着瞧，看看那位斯捷潘能忍他多久，……已经三天没回家了……"叶果尔喝了一口酒，将瓶子递给塔尼娅。

她喝了一小口，为了不尝出味道，她又飞快地喝了一口气泡水，再喝一口酒，再喝气泡水……

"行了，别喝了！你喝这么多做什么？"叶果尔发现情况不对，赶紧抢过酒瓶，"注意点，你要是喝多了，父母可不会摸你脑袋了。"

"他们看不惯我！"塔尼娅确信地说。

"怎么会？"

"不知道。"她有点傻气地嘿嘿笑了。

"别凑热闹。你父母正常得很，又积极，又健康，也不酗酒。还勤快。"

"钱挣得还少。"她又傻笑起来，不知为何吹起了口哨。

"谁挣得多？在我们"四十三站台"这里你看到过这种人么？难道是那个寄生虫，他叫啥来着……扬休凯维奇，扬斯……"

"你们为什么都不喜欢他？"塔尼娅说，"他可是珠宝商，赚的都是良心钱。"

"就该枪毙这个有良心的人。他可不是什么珠宝商,他就是只蜘蛛……要不就是马蝇,呸!对,他就像只马蝇,活像!他在真理路上有家咖啡馆,带台球室的那种,同时也做其他生意。他只不过是不瞎嚼舌根,没被发现罢了。正派人什么都跟我说了。他到底怎么样,这只马蝇?越来越富,越来越富,你以为他会帮别人?我之前赚了一笔钱,又是出去玩儿,又是到处乱花,还死命喝酒,没过多久就又变回了穷光蛋……钱很快就能赚回来。三天前刚买了车。想知道我从哪儿搞来的钱?秘密!可惜没装收音机,现在没法放音乐。没关系,这个我们能搞定。入伍之前,我可是过了一段苦日子的。三月八号想给一个女孩子送礼物,她后来从我们这儿搬走了。我们在'普希金'站给人洗车,那个时候真是一分钱都没有。我在路上碰到扬斯,他牵了一只牛头梗。我跟他这么说:'您好。有个小小的请求。您能不能……借钱给我一星期,肯定全部奉还。'他看都没看我一眼。他不看我,却看着狗,用一种不像男人,活像娘们的腔调说:'不会是你妈妈派你来乞讨的吧?'婊子养的,我怎么就成乞丐了?我十二岁起就在工地上帮忙了,十五岁就认定自己是个男人了。那时候我都十六岁了,他却站在那里,眼睛望着狗,侮辱我的母亲。"

酒瓶里剩下的酒不到一半了。塔尼娅的口哨吹着吹着停了下来。忽然她察觉到了这一点,于是又开始吹;她想疯狂一回,弹起来跳舞,甚至跳到水中游泳。她知道自己现在是可以游泳的。与此同时,她慢慢朝着叶果尔靠过去,因为直起身子十分艰难;而他按压得也更加用力,五个手指似乎是漫不经心地在她脖子上游走,但同时又饱含关切,让她联想到父亲拨弄吉他琴弦的手指。

"你爱我么?"她问道。

叶果尔的手滑得更低一些,隔着衣服抚摸着她的左胸。

少女警惕的本能令塔尼娅闪到了一旁——他没有坚持。她于是走到水边，迟疑了一会儿，旋即向前奔去，她用拳头捶击水面，高高地抬起后脚跟，不时发出欢叫声，溅起一片水花。叶果尔用惺忪蒙眬的睡眼盯着她看，眼睛一眨不眨，虻虫在他的双眼之间黯淡了下去。

她摇摆着开始了舞蹈，就像在迪斯科舞会上一样：腿向左，腿向右，向左——向右，向左——向右，拳头握紧从上甩到下。无边无际的自由在胸中炸裂，呼唤她更加猛烈地动作。当他们返程的时候，她已经没有任何疑虑了……

"你瞎跳个啥，小辫子甩来甩去的？"

塔尼娅一面合着节拍扭摆，一面舞动着向他走去。她一手抓住酒瓶，一手抄起铁皮罐，脚下的舞步没停，分两次就着雪碧喝掉了剩下的伏特加。

斜坡上响起了灌木丛的窸窣声，有条狗在低低地叫。

"雷克斯，过来！"一个愤怒的男声吼了起来，塔尼娅的意识中闪过一个古老而久远的印象[1]。

她突然感到了一股倦意。坐在叶果尔身边，她望着他的脸，深色的胡须好像近来长了不少，她用手指温柔地抚摸着上面的疤痕。

"你干吗？"叶果尔阴沉地直视着她的眼睛，"你还是个处女呢！"

"你的疤从哪儿来的？"她问。

"我不是跟你说过了么，你耳朵打苍蝇去了？参军的时候被打的。听着，你已经接过吻了，是不？说实话……你大概是不怕接吻咯？你听好了，小柳树，要想比亲亲更进一步，你是别指望了。"他喝光了啤酒，将铁皮罐捏扁了。他双眼盯着伏特加的酒瓶，仿佛是在对着她一样，"小家伙……哪怕你现在什么都知道了，什么都可以……为什么不呢？"他说得很不连贯，吞吞吐吐，咕咕哝哝，还歪着半边嘴巴，

---

[1] 译者注：可能是塔尼娅母亲莲娜年轻时喜欢过的科斯佳也有一条叫雷达的狗。

"为什么不呢，邻居？如果你同意的话……这有什么关系……只要你自己想好了……想要。又怎么样呢？"

他那口水横流的大嘴挣扎着挪动到跟前，边缘有点发炎，上嘴唇上还粘了一个发黄的烟屁股。这张大嘴靠近塔尼娅，就像是凶猛的热带植物。

"你的双亲都关心啥呢？"从这张嘴里传出声音。

"他们反正不爱我，"塔尼娅伤心地小声说，"他们只爱他们自己。"

"爱我？"叶果尔听错了。

"对，爱你，爱你……他们爱你！"她笑了，轻柔地迎上去，先吻了他。

这个吻持续的时间很短，像是一声抽噎。

叶果尔的嘴唇咸得发苦，他推开她，喝了一口酒，将酒瓶递给她：

"喝！"

塔尼娅往嘴里倒入了这魔鬼的液体，接吻的滋味加速了伏特加的下滑。她转过头，想找找看有什么能搭配着喝或者吃的东西。叶果尔的嘴唇又涌了过来，他们的第二个吻长得不可思议。

她坠入了这个吻当中，完全失去了意识。叶果尔的舌头在她牙齿上来回舔舐，像是在抛光或者点数。他的嘴唇碾压并吮吸着她的嘴唇，甚至那个中间有缝的下巴也狠狠地将自己分成两半嵌入她的下巴，胡须扎得她生疼。当叶果尔终于和她分开时，塔尼娅的脑中一片空白。她能看到和呼吸到的只有光，那是一道刺目的白光，她睁开眼睛，潜入黑暗的深处，然而利剑一般的光芒也从那儿射出来：她再一次被拖出黑暗，震颤着，回到那一片光亮之中。

她从呻吟中回过神来，认清了是什么令她颤抖；很痛，她想从体内将这痛感逼出来，哪怕是用呻吟的方式。

第十章

叶果尔的下巴是垂下来的,看起来上下颠倒,十分可笑,像是一张侏儒的脸。

"不——不……不要……"塔尼娅拖长声音。

"是你……自己……自己要求的!"他用宽阔的手掌封住了她的呻吟声。在他那如同生面团一般的手掌下,她再次克制住了自己。

她睁开眼睛,首先看到的就是那件祖母绿的泳衣,在远处躺着,裹在一团破布里。

她不明白发生了什么事。后背和肩膀都被叮得奇痒难耐,她本能地将手伸到肚子下面,就在很痛的那个地方,手指像是沾到了什么东西,她在毛巾上擦了擦,然后翻了个身。

"醒了?"叶果尔坐在那儿抽烟,凝视着远方。

塔尼娅用手肘支撑着爬起来,摇摇晃晃地向前走,想都没想到自己是光着身子的。她跑到水边,一弯腰就吐了。

"好好吐!这就对了!对——对——对!你还能再喝点,这边水可好了,全是活水。你怎么能让自个儿醉成这样,啊?还吹牛,美人儿:接吻可在行了。不,你是很漂亮,实话!"他说得断断续续,但都能听见:带着一丝愧疚和不易察觉的关心,"过来吧,得收拾东西了……"

他头脑清醒地看着她:从后面,在很远的地方就能看到她那还是孩童的、有点男孩子气的身形,两片肩胛骨倔强地凸显出来。

塔尼娅漱了一会儿口,慢慢朝前走去。她每迈开一步,就在水中漾开一个平稳的波纹,恶心的感觉渐渐消散,下面的疼痛也减弱了。她走到齐喉咙深的水里,感受着窒息的快感,做好了同下身的血滴融化在一起的准备。她潜下去,让水没过头顶,又站起来,透过倾泻而下的流水眨眼微笑。一绺头发贴在脸上,钻进了眼睛和嘴巴里,金色的光芒融入眼睛和嘴巴之间。

如此安静的、令人愉悦的、友善的光芒……八月之光，垂死的童年之光，女性之光，微醺之光……从天空中的某处传来断断续续的狗叫声。

"该走了！"叶果尔呼唤道。

塔尼娅梦游一般转向呼声传来的地方，露出微笑。

"到这儿来！"

她走了过来，仍然在水里漾出一圈圈平稳的涟漪。

"你搞什么，跟犯了毒瘾似的？"

"啊？"

"我们要走了！你知道自己睡了多久么？"

"你喊什么？"

因为烦躁，叶果尔的指令更加清晰了：

"你以为我跟谁说话呢，跑步走……我快被马蝇叮死了！"

他很恼火：在这个女孩儿面前他有些难以自控，为她的裸体，为所发生的一切而感到不安。

他的酒渐渐醒了，感到自己似乎有些为她所牵动，有她的慢条斯理，也有她在完全清醒后忽然想到的东西。

她上了岸，望着他头顶上方的某个地方。

他冲动的目光捕捉到了她的胸部，小小的，圆圆的，蜷曲的浅红色绒毛。他皱了皱眉，感到体内的欲望再次升腾起来，于是生气地命令道："穿好衣服！"说着，自己迅速套上了背心和短裤。

塔尼娅将泳衣拿在手里，犹犹豫豫的，似乎拿不定主意要对它们做些什么。

"拿过来……抬腿！另外一条腿！胸罩扣上……"他飞快地给她穿上衣服，毫不客气地搓着手，"站好！"

塔尼娅一屁股坐在吱吱作响的沙滩上，蜷缩成一团。叶果尔猛地

第十章

一下将她拽了起来：

"你怎么歪来扭去的？"

"你对我做什么了？"她忽然清楚地问道。

"你……"他因为震惊喘不上气，"你……是你自己……"

"让我一个人待在这儿！"她试图匍匐在沙地上。

她醒来的时候，发现自己躺在车的后座上。延伸至海滩的斜坡以及那条沿着岸边蜿蜒的小路已经成了记忆中一个模糊的梦。脑海中传来狗叫声——好像有一只狗朝她扑过来，有一堆篝火，篝火旁边便是那条狗……但叶果尔将它赶走了……或许，并没有什么狗，虽然断断续续的狗吠一直在耳朵里炸裂。

汽车的颠簸少一些了，塔尼娅坐起来，发现车窗外掠过一排排村居。

"好些了？"叶果尔问道，没有回头。

他们开上了铁路；眼前出现了亲切的暗红色房子，塔尼娅叫起来：

"停车！"

"等等。"叶果尔加快了车速，"你先醒醒吧……"汽车一路扬起灰尘，经过落叶松的林荫道，最后停在了铁皮棚小店的旁边。叶果尔转过头："你父母要是看到你这样，会把你打死的！现在去我那里喝杯茶再走……"

她没有力气反对。他跑到小店跟前，扯起嘶哑的嗓子喊道：

"好啊，吉莫恩！伏特加，再来一个葡萄干小蛋糕，就那边那个。"

"你跟谁来的？不会是本地人吧？还是带了个小学生？"茨冈人吉姆卡爬了出来，仿佛小店门口的一个黑面团。

"你坐下！"叶果尔一掌将他推了回去，"啊，还要一盒'骆驼'香烟！走了！"

他回到车上，踩了脚油门，下一站就是他的家——原本是天蓝色

219

的房子，但被烟熏黑了。

他们在厨房坐下，那里墙上、油布和地板都沾上了各色油漆，面积虽小，味道却很刺鼻。塔尼娅发现，大部分的油漆块不知为什么都是褐色。叶果尔倒了一杯伏特加，一饮而尽，拍了拍额头，又倒了一杯。塔尼娅从茶壶里倒了半壶水，小口小口地喝，她浑身不住地发抖。

"没生气吧？"叶果尔问，他双眉紧锁，"不，你说，你提出来……如果不高兴，就说出来。"

"没有生气。"塔尼娅轻声说，牙齿碰在杯口上。

"我们还会见面吧？你想见，我们就见……只要不说话。亲，亲，亲，分都分不开……你简直把人憋死了。我也是条血气方刚的汉子……你最好别逼我那个……不然我就会那样逼你！你以为，我什么都记得？我只记得你第一个吻上来的。"他像是在给旁人作出解释，"不然呢？还能怎样？我喜欢你啊！"

"真的？"塔尼娅严肃地问。

"啊？"

"你说的是真话么？你喜欢我？"

"嗯。"

"那丽塔呢？"

"谁？"他皱了一下眉。

"你邻居。"

"她怎么了？没……我和她从没……够了……"他不自然地用手遮住脸庞，像是要赶走或是逮住马蝇。他保持着这个姿势，思考了一会儿，随后倾下身去，"听着，小柳树，你几岁了？"

"十六岁。"塔尼娅嗓音沙哑地说。

"你还说十七岁。已经忘了么？你好歹记得一点什么？"

她伸出手，小心翼翼地抚摸着他皮毛上的刺，好像他是一只野兽一般。叶果尔抓住她的手，越过桌子将嘴唇凑过去。她又是第一个吻上去的。他那宽阔的舌头颤抖着，回应了一个长长的吻，舌头仿佛在接吻过程中鼓胀起了肌肉，像是拳击台上的大力士一般。接吻当中，叶果尔将酒杯打翻在地上，两人一分开，他立马便对着酒瓶喝起来。

"你会吃点东西的吧？好歹吃一点……"塔尼娅不知何故恳切地说。

"马上！"他听了她的话，直起身来，摸索着撞在墙上，向窗户游走。窗户下面堆了一排灰头土脸的洋葱，他抓起一个，眨眼间就剥掉了它带土的外衣，随后坐在桌边，用牙齿插进了洋葱的最中间，嘎嘣嘎嘣地啃着。才啃了一半，他便撇下了，半张着眼睛嘟囔道：

"喜欢大海么？我不是说季什科沃！这就是个大水坑！你去过海边么？我一下子就能赚很多钱！我跟一个兄弟关系铁得很，事情肯定顺……我干一单，就去海边！干一单，我们就发了。想要跟我一起么，美人儿？我这人可特带劲儿……你想干掉谁，只要说一声。"

"该说什么？"

"算了。"他挥了挥手。一丝唾液，好像银色的蛛网一般，从他的下嘴唇垂下来，拖到了桌子的边缘。

塔尼娅弹起来，冲到了外面。

远处传来山羊咩咩的叫声。

第十一章

父母从林子里回来的时候,塔尼娅已经在季什科沃了。

席间,莲娜打开了电视。

"帕尔菲诺夫!"维克多认出了此人,突然大叫道,"这才是真男人!"

是的,这就是谢尔盖·帕尔菲诺夫,里加特警队的前指挥官。电视里正在播《议会时间》,主持人是位年轻的金发女郎,身着浅绿色的皮夹克和同样颜色的短裙。她有一张讨人喜爱的脸,稍稍有点婴儿肥。"尼娜·别尔德尼科娃"[1]这几个字母时不时高亮出现。她语速不快,看得出很努力,睫毛扑闪个不停,遮住了天蓝色的、好似玻璃珠的眼睛。金发女郎对面坐着一位身着军队防护连体服的肥胖男子,胡子是马蹄形的。他说话很不连贯,字斟句酌,还窘迫地呼哧呼哧喘气。不久前,他刚被立陶宛监狱释放,昨天从里加火车站到了莫斯科,在那里举行了欢迎他的集会。

电视节目主持人令莲娜如此生气,以至于她都懒得骂她,她只是叹了口气,继续喝她的热汤,头都不抬一下。

"谢尔盖,实际上您是被出卖了?"一个悲伤的嗓音问。

---

1 译者注:尼娜·别尔德尼科娃,1955年9月9日出生,毕业于列宁格勒的沃兹涅先斯基金融经济学院,经济学副博士。第二届俄罗斯联邦议会国家杜马成员(1995—1999),俄罗斯联邦共产党派成员,信息与政策国家委员会成员。在入选国家杜马之前,她曾在《莫斯科郊外》电视台做专栏作家。

第十一章

"是的……"他艰难地挤出字句,气喘得厉害。"先是戈尔巴乔夫。要知道,我们……呼哧……可是对苏联政府宣过誓的,他却毫发无损地脱身了……把我和我的同事们……呼哧……杜马议员约拿·约诺维奇……呼哧呼哧……安德罗诺夫把我带到了国外,去了普斯科夫州……谢谢……"

"我明白,回忆这些很痛苦,那您总共蹲了几年牢?"

"二十二个月……六周在死囚室里……"

"谢尔盖!您知道么,如果不是在演播室里,我现在就要走过去吻您!"

"谢谢。"来宾的圆脸上泛起了深色的红晕。

"她没上错节目吧?"莲娜投去了讥讽的一瞥。"离夜深好像还早啊,就当着这么多人的面往上贴。"

"就你懂得多!他是英雄,所有人都应该去吻他。要是能安排我跟他见面,我也要吻他,跟吻亲兄弟一样。"

"好好,我知道他被释放了,这就让他成英雄了?英雄……简直!昨天斯瓦尼泽才特意解释过:这是你们卑鄙的议会宣扬的,故意这么做的……为了唤起这些……不值一提的情感……议会从前是卑鄙的,现在就要变成霸道的了。"

维克多盯着女主持人别尔德尼科娃,这一次竟然被她与拉雅·阿尔图赫娃的相似度震惊了,后者是他们一个小卖铺的售货员,他还与她私下里幽会过几次。拉雅年纪大一些,胖一些,早个二十年,几乎就是这个女主持人的翻版。每次一看到这个女主持人,他就想告诉莲娜:"像拉伊卡吧,是不是?"不过,在最后一刻他还是咬紧牙关没有说出来,没必要提,万一嗓音出卖了他呢。莲娜会问:"哪儿来的拉伊卡?""什么哪儿来的?我们的售货员啊!""你干吗要提她?"——或者直接就察觉了。奇怪了,莲娜甚至都没有发现她们如此相似。

事实上，维克多并不认为和拉雅之间发生的事情是背叛。虽然他几次都是在微醺的时候，按照约定从后门溜进已经关门的商店，但他自认为与莲娜的关系丝毫没有因此而受到影响。每次他都感觉自己像逃学去玩旋转木马的中学生。当他在电视里看到这个女主持人的时候，马上就想再坐一次旋转木马。然而，他也可以极其肯定地对妻子说："我从来没有背叛过你。"——并且感到自己没有在撒谎。

篱笆的门响了一下。

莲娜走到窗边。

"扬斯。"她说，观察着那位矮胖的邻居在菜园里滚来滚去。

他走进客厅，两腮下垂，眼下是两个褐色的眼袋，第三个袋子也甚是厚实——是他的肚皮。丝绸的花衬衫敞开到第四颗纽扣，能看到里面一小圈灰色的胸毛。他从运动裤口袋里掏出一瓶未开封的伏特加，上面印着蓝色的单词"绝对"。

维克多紧抿双唇，同情地摇了摇头：应该是很贵的商品了。

来客成为他们的邻居已经第五个年头了，他长长的姓氏"扬休凯维奇"如今已经被掰断，成了短短的"扬斯"。关于他的致富之路有很多传言，大家都知道他是个珠宝商。塔尼娅同他的女儿维卡和克休莎很要好，有时候她们要是在一起玩的时间太长，他就会上家里来找她们；不过更多的时候来的是他妻子阿拉，高高的，很健美，有一对高耸的胸脯，白金色头发在脑后扎成一个马尾。他们从没叫过塔尼娅上他们家去。几年前，他们一家子还参加了塔尼娅的生日宴会，扬斯带来了一瓶威士忌，自己一仰脖子几乎喝了个精光。最后他们还和维克多一起合唱，拥抱了彼此。

"坐，坐！正好要开饭了……"莲娜说，竭力装出殷勤的样子。

扬斯用酒瓶敲了敲桌子，在椅子上啐了一口，大滴的汗珠在他那坡度平缓的额头上闪闪发光。

第十一章

莲娜拿来了杯子。

"你们在看什么?不会是人民代表吧?"

"怎么了,不允许?"维克多问,倒上了一杯酒。

"他们马上都要进入黑名单了……"

"早就该进了!"莲娜表示赞同。

扬斯打了个响鼻,举起酒杯,没有碰杯就吞了下去。

维克多举起自己的杯子,轻轻晃动里面的伏特加,欣赏着油亮的表层:"喏,为你的健康!"随后一饮而尽。

电视里还在放《议会时间》:身材粗壮、毛发浓密的女演员塔季亚娜·多罗妮娜说到周围都是色情和暴力,与此同时,屏幕里在滚动播放她年轻貌美时拍摄的冷冰冰的黑白照片。

"蠢货,"扬斯恶毒地笑了,"再满上!"

"她哪里说错了?"维克多握住了酒瓶。

"哪里——哪里……要用韵脚回答你么?得了,别生气。我担惊受怕着呢,一把斧子正悬在我头顶上!"扬斯颇有滋有味地咂咂嘴。

"什么斧子?"莲娜问,"谁要吃鸡?"

"一帮混蛋在逼我!"扬斯抬起逐渐清澈起来的眼睛,竟然出人意料地流露出信任的神情。

"鸡谁要?"莲娜重复了一遍。

"行了,别问了。"维克多说,"邻居,你别怕,说说看是什么事儿。"

电视里出现了尤里·弗拉索夫,前举重冠军,如今成了时事评论员。他是个秃顶,留着铲形的小胡子,戴着一副宽边眼镜——金发女郎尼娜正从观众来信中选出问题,向他发出虔诚的拷问。

"下塔吉尔河的工人想问:'亲爱的尤里·彼特罗维奇,我们与您同在!为什么我们的电视里有这么多犹太人?'哎,哎,或许,不需要回答这么……"

"为什么？为什么不回答？不是，为什么呢？"冠军果断地推了一下眼镜。

"都变成野兽了么？"扬斯伸长脖颈，凑近屏幕。

莲娜起身按下了遥控器，关掉了电视，朝厨房走去。

"哎！你干吗关掉？"维克多的嘴里还塞得满满的就叫了起来。

"完全变成野兽了……"扬斯又说了一遍，忽而萎靡起来，"该死的法西斯……"

"偏在最有意思的地方……"维克多继续大声说，"再打开！"

"对不起，亲爱的，我走了，"扬斯沮丧地说，起身时挪动椅子发出咯吱咯吱的响声，"我该走了……"

维克多将手搭在他的肩膀上：

"等等！再坐一会儿！但在苏联时期……就没有按民族划分人的做法。"

"啊哈，"扬斯带着苦涩的优越感笑了一下，"最好是没有。"

"你们得好好吃一顿。"莲娜端出来一个平底锅，里面一只烤得金黄的鸡在冒热气。她把锅放在了木制的窗台上，上面满是细纹和裂缝，印着黑色的圆形花纹。

"战争，"扬斯无精打采地开口了，"已经让坟场林立了。都是年轻人的墓。我们附近普希金诺城下边有一处，算是半个墓地——真人高的塑像，都是半大小伙子。我是老东西了，今年五十四岁。我要是就一个人，早把其他人都打发走了，自己躺坟里去——他们逮到我，大不了埋了。我是没希望了，但老婆还没到四十，还有女儿……她们躲哪儿去？如果我是孤家寡人，早就逃跑了。有时候被逼得受不了，就快说出来了——是自己问自己：'你怎么了，骗子？想抛妻弃女，是不是？你是一死了之，她们怎么活？'于是我又悄悄溜走，消停了下来……不久前有个来自梅季希的小伙子被打死了，叫巴西加林，我

第十一章

认识他,是个运动员。他什么东西都没给家人留下,活着的时候很富裕——三辆轿车,莫斯科有三套房,都是公司安排好的。寡妇带着一个小孩留在梅季希的两居室里,自己怀着孕。呵,真是好极了!现在巴西加林的副手坐在他的位置上,还出于友谊照料他的老婆。说不定就是他把自己的老板干掉的。或许,他命该如此。但她上哪儿去?照理说,我是把家里五年以后的生活都预备好了。但之后呢?阿尔卡是个钢琴家,已经够荒诞了……"他轻松地喝了一杯酒,有些悲情地捂住嘴咳嗽了几声,他的拳头上长满了斑白的、如同金属丝般的汗毛,从袖口深处显现出来。

"您不是珠宝商么?"莲娜小心翼翼地确认道,一边用小刀分开鸡肉。

"我?兜来转去的……以前算是珠宝商,现在就是玩玩。先投资了一家咖啡馆,后来又投资了一家,然后从普希金诺来了一批本地人,我花钱将他们给买通了……之后又来了一批人,我就说:'伙计们,我是受本地人保护的'——战斗了整整一个月。最后普希金诺人被征服了,也就是说,我要付一批新人的钱,他们都是外地的。古邦[1],你们也许听说过?西尔维斯特尔[2]总该听说过吧?"

维克多递过盘子:莲娜扔给他一只鸡腿外加一把小刀。他又重新斟了一次酒。第二把小刀她递给了客人。

扬斯往嘴里送了一块疙疙瘩瘩的鸡皮,一边嚼,一边激动地吧唧嘴。

"来新人了!就在夏初!又要付钱……我付了奥列霍夫人的钱。时不时贿赂一下条子们,转头又给普希金诺人补点保护费,不能再

---

[1] 译者注:亚历山大·古邦诺夫(绰号"古邦"),匪帮头目之一,在下文所提及的西尔维斯特尔死后想要夺权,但年轻一代的奥列霍夫人表示反对。
[2] 译者注:西尔维斯特尔真名为谢尔盖·伊凡诺维奇·季莫菲耶夫(1955—1994)黑帮头目,奥列霍夫犯罪团伙的发起者和领导者。

激化矛盾了。有人给我打电话：出来聊聊。我们讲好在'童话'碰面，他们没进餐厅，直接从侧门朝树林方向走了，像是某种暗示。'谢尔吉耶夫镇——我们就从那儿来。城市漂亮吧？城市也漂亮，我们也是体面人。必须为漂亮买单！四十——一星期。'他们都还很年轻。我看得出：他们所有人都被毒害了，我还可怜他们，但他们谁都不值得可怜。我打电话给上面，说了这回事：'您会保护我么？''没问题。''为什么不保护巴西加林？''关你什么事！别操心。'我不信任他们，但还是抱有希望。付给所有人钱是不可能的！昨天从谢尔吉耶夫镇又来电话了。'订棺材了么？''订棺材做什么？''为了之后分啊。'跟谁分？我一辈子都在分。给出去多少啊！还好我的一家人现在都在塞浦路斯，我知道有个熟人当着自家孩子的面被用木棍暴打。"

客人晃了一下酒杯，抓住鸡腿在眼前转了一圈，凶残地啃了起来，一边还咂着嘴，发出不大的哼唧声，好像在唱一支虽令人不安却能让自己平静下来的小曲儿。

"别害怕！"莲娜用清亮而有力的嗓音命令道。

扬斯颤抖了一下，皱起眉头不太友好地看着她。

"您不必害怕，安德烈。您今天向我们袒露了心迹……如果您愿意，我们就送您回家？顺便问一句，您家的狗呢？"

"狗么？跑了。挖了个地洞逃跑了。我到处找过，喊过。一点头绪都没有。亲爱的小狗。看起来，已经被人抓走了。老婆回来会杀了我的！"

"我们家猫走丢的时候，我们都睡不好觉，"莲娜说道，"您会好起来的！我能感觉到。维嘉知道，我能看出别人的情况……您以后的日子还长着呢。"莲娜温柔而坚毅地说，"安德烈……安德留沙……我建议您别再喝了，回家去躺着，好好休息一下。明天早上就是另外一

第十一章

番景象了,您到时候很快就会明白该怎么解决问题。"

扬斯放下骨头,沮丧地问道:

"真的么?"

"真的,真的!"莲娜连连点头。

"为什么不能害怕?我不过只是个普通人嘛不是?一个人在家根本待不住。车子一过,马上就醒了,坐在床上,就这么听着。好像是开过去了,还是开到谁家去了,又是音乐,又是人声。我坐在床上就开始笑,声音可大了,跟我爷爷一样。他曾是克里姆林宫医院里的医生,跟我说逮捕开始的时候,他们晚上惊醒以后,就跟妻子,自己的女人一起静静地听电梯上下的声音。等着看它最后停在哪一层。喏,电梯停了——在上面或者下面——他们就哈哈大笑!不是没到,就是过了,明白么?"

"如果需要的话,可以在我们家过夜。"莲娜同情地说。

"不!我不会让你们难办的,"扬斯朝后一仰,将手插进运动裤的口袋里,停顿了一下说,"还要我带小礼物么?"

"够了!您还没喝完呢!"莲娜回应道。

扬斯费力地从口袋里掏出一只黑色的手枪,紧握在手里举得高高的。

他把手枪举得如此之高,似乎是要扔到天花板上去。

"我的子弹从来都是满膛的。"他胜利者一般龇开嘴。手枪不大,闪闪发光,就像玩具一般。

莲娜无声地定在窗边。维克多倦怠地咀嚼着食物,发现之后望向一边:

"莲,我觉得有点咸了。"

"我有武器……以备不时之需……"扬斯把手枪放在酒杯和盘子之间,"我就高兴一件事,自由了!"他警觉地将手枪收到裤子口袋里,"自由了,所以我才这么冒险……你还想怎么样?罗马不是一天建成的。思想一时半会儿也转不过来!需要时间!我可能就是燃料,你们也是燃料,我们的孩子都是燃料。之后,在这之后……在不远的二十一世纪……"他没有说完。

房子的主人们沉默不语。

"能抽根烟么?"扬斯问。

"对着窗户。"莲娜说。

"去外面。"维克多说。

扬斯转向莲娜:

"也就是说,一切都会好的?"

"你听谁的?"维克多插嘴道,"你肯定听我的啊。她可是不分时候谁都安慰。她还跟自己妈妈说'你能活一百岁',人家八十岁就死了——活活烧死了。电车烧起来了——你看新闻了吧?就是我们的瓦莲金娜被烧死了……"

莲娜走到门边,警觉地倾听了一阵。

"什么东西?"扬斯轻声问。

"没什么,"莲娜以冷淡的目光扫过他,"山羊!在叫,这里能听见。要喂它,给它挤奶。塔尼卡溜掉了,把它忘光了。我去处理一下。我看您谈这些也不会好好吃菜了……"

"明白!"扬斯以出人意料的敏捷从桌子后面弹起来,晃悠着用手抓住了它的边缘,"我错了!你们满满的关心,而我……就是个醉鬼,对吧?我走,我走!我难受,好人们……心很痛,好像明白了什么。谢谢,不管怎么样也算是给我的灵魂指引了方向!"他挥挥手,冲出了客厅。

"他在这种状态下会杀人的。"莲娜说。

"最好把我杀了,你就能和他狂欢了。"维克多说。

第十一章

"你怎么这么说？"

"丈夫还活着，你就留宿外人。"

"我知道他肯定会拒绝啊。我就是想鼓励一下他，看他都抖成什么样儿了。"

"怎么，你以为我没看见，你是怎么瞧他的？"

"哎，维奇，你说不厌么？"

阿霞用角顶开了窝棚的门，站在菜园子中间把生菜都吃光了。它抬起头，认出了主人，带着痛苦和欢欣长长地叫了一声。

莲娜不得不推醒丈夫——他脱得只剩居家花色内裤，蜷曲在沙发上打盹儿。

"谁去挤奶？"她隔着缎面的布料掐他的屁股，一边在他耳边责备道。

"去问邻居。"他梦呓般地咕哝。

"问过了。他什么都不会，只会接吻。"

"什么啊？"维克多眼睛都没张开，像一堆巨大的肉团凌空跃起，放下双腿摸索着拖鞋。

"衣服就扔地下，"莲娜训斥道，"袜子也没洗。"

"马上就洗！"

"指甲长长了！硬得跟石头一样！看着就吓人。你自己剪剪，不是小孩了！我不是你妈妈，知不知道？快去！别指望找塔尼娅帮忙，自己弄。"

挤羊奶还是像往常一样，在走廊上。维克多用光裸的、覆盖了红色汗毛的腿夹住满是羊毛的侧边，为了赶走瞌睡和醉意，他开始庄重地朗诵鲍里斯·古西科夫的诗，这是他从《闪电》杂志上看来的：

> 这是邪恶的诗歌！当中没有

> 诗意玫瑰的香气，没有日常的幻想。
> 这是——对罪恶的惩罚，这是——从汽车里钻出的
> 背叛与谎言的死亡火焰！……
> 是谁说——诗歌怎么打磨都不为过
> 还打磨什么，如果枪杀已经开始！

山羊低声叫着，晃动头部，不断地甩蹄子。

"你在搞什么？"维克多生起气来，"你这样把它的奶头都拽掉了！"

"你别朝我吼！"莲娜回应。

"塔尼娅哪儿去了？"

"你自己想想！"

塔尼娅到家的时候，父亲正在看节目《600秒》。他顺道打破了一个碟子，热了一锅土豆烧蘑菇，给自己倒了一半，在电视跟前就着伏特加狼吞虎咽地吃起来。他沉浸在某种极度放松的愉悦当中。涅夫佐罗夫出现在《岗哨》采访节目中——讲到俄罗斯的边防兵在塔吉克斯坦和阿富汗的边境地区遭到袭击。战争持续了一昼夜，四十名战士只有十八名生还。血肉模糊，浑身绷带，衣不蔽体，头发全无，他们在太阳暴晒的地方恸哭，试图排队看齐，口中不断咒骂着"该死"。一名姓梅尔兹利亨的中尉正用嘶哑的嗓音作报告，说是边防哨所拦截了袭击。

从过道里传来声音：

"妈妈疯了，山羊在叫，你也……"

"它一直在叫。"

"你跑哪儿瞎逛去了？你这是什么样子？穿的什么东西？眼睛怎么了？"

"怎么了？"

"红的！头发是怎么搞的？"

"哪里不对劲？"

"你怎么说话呢？还不耐烦！维嘉！"

"别打扰我看节目！"

莲娜快步走到他身边：

"女儿反正不关你的事……"

"我看完就来管。"

"就知道看些垃圾。"

"好得很……别打扰我！"

"好得很……人都被杀了——他开心；孩子们哭了——他就满意了。"

"走开，别挡着！这是我们的军官们……在流血牺牲……"

"为了什么？"

"别说话！"

"无法忍受！早就应该把军队从各个外省撤回来了，但你们非要那样不可。"

"是你们，不是我们！"

"不是，就是你们！你们！快去睡觉！"她猛然一挥手，对着望向客厅这出闹剧的塔尼娅喊道。

第十二章

一九九三年的八月已经过去了一半,它蹒跚而行,日渐丰满,灌满了醇厚的、愈加酸甜的汁液。

天气热得令人想要呕吐,单单一条扬起灰尘的大路就能瞬间让嗓子干透。

夜晚的天空并不安宁,发白的星星脉动着,激荡着,维克多有好几次都把自己锁在房间里,用颤抖的手调试那台放置于敞开窗口的望远镜。

塔尼娅试图平复心情,花了好几天待在家里,收拾房间,从锅里舀喷香的小牛肉白菜粥。到了傍晚,在银蓝色的薄暮中,她就到菜园子里用水管慷慨地为植物浇水,水管是从浴室的水龙头接出来的,一直顺着地面拖到门口。

山羊躲在窝棚里,声嘶力竭地叫,喝了好多水。在柔和的暮色中,塔尼娅用一把生锈的大剪刀给它剃毛,剪刀很钝,发出咔嚓咔嚓的响声。塔尼娅正对着阿霞,捉住它的两只温暖的羊角:雪白的羊毛落在干燥的地面上,落在烧焦的草地上,落在小石子般的羊奶头上,随后就奇妙地黏附在这些地方。

塔尼娅忧伤地看着落下的羊毛,仿佛在看某种充满暗示的东西。就在那天傍晚,她从窗户里看到有一个男孩和女孩朝着公交车站的方向在走。她认识那个女孩,卡佳·拉古缇娜,普普通通一个女孩儿,

第十二章

没有哪点比她强，只是稍大一点儿。一个不认识的男孩正大声同卡佳说话，一面还做着手势，满怀爱意地看着她的脸，于是塔尼娅想："就没有一个人爱我。"

她用对家务的热心来抵御内心越来越强烈的伤感。忧伤令心情变得沉重，同时将她紧紧攫住。塔尼娅感到自己被人偷光了财产。她关上电视，换了个思路，打算来玩填字游戏。揉了报纸，在书架上的几本旧书里挑出一本《三个火枪手》，先是从头开始读，然后翻到中间，徒劳地想要找回童年的乐趣。她明白：有某种重要的东西流失了，这是万万不应该的。那些原本在想象中灼人的秘密，以及书中那些绮丽而又充满诱惑的片段引起的联想，还有同丽塔那些撩人的奇闻轶事有关的东西，全都变得既下流又卑鄙。她又想起了那件可怕的事，但能记起来的部分只有一半，并且在内心深处她希望这一切只是一场梦。她不停地跑浴室，似乎是想洗去燥热，但在浴室里她总要带着好奇和羞耻观察自己的身体，费力地回想起季什科沃——有时候是彩色的底片，有时候又是模糊的跑光底片，因为屈辱而逐渐泛红……

然而，与此同时，她还希冀有后续的发展。她渴望与叶果尔相见，坚信他需要她，想与他交谈、亲吻，然后开始一段真正的恋爱……她愿意如他所提议的那样去海边……

这些天，具体来说是四天，叶果尔都一直在塔尼娅的脑海中徘徊不去。她在等他：听，窗户下面响起了尖锐的刹车声，或者他神不知鬼不觉地进了房间，再或者电话铃响了（她奔向电话机），她听到电话里传来一声欢快而轻浮的"你好哇，小柳树"——但电话是从救援队里打来的，是维克多的朋友，电工萨沙。

早晨，丽塔打来了电话：
"你怎么样？上哪儿去了？"
"没上哪儿。父母逼我干活呢。"

"出来玩儿!"

"我们傍晚见吧!"

"傍晚不知道,也许有约。"丽塔嘿嘿笑了。

透明的薄暮,大地将凉未凉之时,天空是朦胧的暗蓝色,预示着满天星光,塔尼娅推开栅栏,向女友家走去。她一面走,一面感到这个傍晚充满了爱意,这爱意隐藏在触觉中,在气味里,在行进的步伐中,在高空中滑翔的鸟群里——她不小心绊在一块积满灰尘的石头上,一抬头看见的。

丽塔的母亲加琳娜个头魁梧,满头金发,脸蛋是长形的,肤色很白。她正往钵子里捡醋栗。

"丽塔不在家。"她心不在焉地说。

"她上哪儿去了?"

"谁知道她。"

塔尼娅慢慢地走过科尔涅夫家稀疏的篱笆墙,经过旧钢板上那条龇牙咧嘴的大狗,看样子怪可怕的,钢板已经褪色了,上面还有题字"恶犬"(可他们家一条狗都没有)。叶果尔的房子是木板搭建的,刷成天蓝色,破破烂烂,颇具吸引力地掩映在未经修剪的苹果树和樱桃树丛中,尖尖的、带阁楼小窗户的屋顶和长长的红砖烟囱直耸云间。塔尼娅迈着艰难而痛苦的步伐经过这栋房子,进而加快了脚步,似乎想凭借双腿撤离这个欲望之地。

她决定在村子里转一转。

车站旁边的小商铺里,茨冈人吉马喝得醉醺醺的,蓬头垢面、无精打采地坐在小折椅上:凸出的眼珠漫无目的地瞎转悠。看到塔尼娅,他忽然活了过来。

"出来散步?想买什么?"他张开没有牙齿的嘴,似乎闪过一丝讥讽,"找谁呢?"

"反正不找你。"

"是么,是么?怎么,玩过了就把你抛弃了?我可看到你坐在他车里了!"

"滚开!"

她转进了一条小巷子里,朝她背后飞来的那些话被铁轨上呼啸而过的快车切断了。

她一边走,一边看着脚下尘土飞扬的柏油马路,上面已经满是裂纹了。她幻想这其实是一块块裂开的坚冰,而她必须试着跳过去,并使凉鞋避过裂隙。她不想抬头看天,但从周遭蛇形渐暗的细腻光线以及充斥于草木中的窸窣声判断,第一批星星已经苏醒了。

疯狂的鸣笛声"哔——哔——噗"响起……她越过一条小沟,跳到一旁。伴着震耳欲聋的喇叭声,一辆汽车飞驰而过……塔尼娅在惊惧的一瞥中看到了那辆红色的"欧宝"。"叶果尔?"她感到血液唰的一下撤离了面部。

她急匆匆地转为小跑,到达十字路口之后,马上就来到了她熟悉的大街。完全黑下来了,天空爬进了她的眼睛。这天空里满是刺目的、有着太阳般自信的星辰,还有那奇妙的闪亮星云。

叶果尔家附近,在昏黄的路灯下停着他的那辆红色轿车。车门是敞开的,从里面传来动感十足的音乐声,就像是迪斯科厅。"好样的,买了收音机!"塔尼娅想,不知为何有些得意。

"关上,该死!"透过嘈杂的音乐声,从密不透风的空间里传出一个任性的嗓音,一听就是个女孩,"哎,关上,跟你说呢!"

与此同时,车的前门发出了砰的一声。

塔尼娅悄悄地靠近车子,她一边走,一边急速地摆动手臂,仿佛汽车马上就要从那里发动起来,绝尘而去似的。

她蹲下来,握住了粗糙的轮胎。车里充斥着乐声,车身微微颤抖,上下颠簸,连内胎似乎都在发出嗡嗡声。

塔尼娅用手抚过车身,贴在窗玻璃上,试图看清楚什么在里面。一开始,她什么都分辨不出,后来看到了黑的头发和白的发卡。她跳到前面,清楚地看见挡风玻璃后面有两个人。

她用手掌拍打了一下玻璃,带着发卡的头发变成了丽塔那张迷人的圆脸。

塔尼娅在窗户上啐了一口,绕过车头,在另一面拍打起来。

侧边车窗摇了下来。

"要干吗?"叶果尔忿忿地说,翻着厚厚的嘴唇,在黑暗里看着像个埃塞俄比亚人。

"你这个叛徒,我讨厌你!"塔尼娅一口气说完,差点没来得及把手指抽回来,因为车窗飞快地摇起来了。

她再次用手掌拍打窗玻璃,随后用拳头敲击金属的车身,但没有人注意到她,或许还把她视为笑柄。车内的音乐换了一波,还是像先前一样动感十足、活力四射……

她从车子旁边跳开,绊倒在一块石头上。从地上爬起来一看,原来是一块砖头,落在如面粉般的灰尘里。它有她摊开的手掌大小,粉白色的,像一条快要热死的鱼。

塔尼娅笨拙地挥了一下手臂,将砖头扔了出去。砖头响亮地砸在汽车后盖上,车里的音乐声停了。

她头也不回地离开了。

车门打开了,追赶的脚步渐渐逼近,叶果尔激动地叫着她的名字。又一遍:

"塔尼娅!"

"现在我就打你的耳光……耳光……"她想。

他一把捉住她的肩膀,将她转过来。他的脸扭曲了,在她看来是

第十二章

因为痛苦。他往后退了几步,像是做错了事一样打量着她。

"你要干吗?"塔尼娅轻声说,"去找她……找她去啊……"

他打断道:

"你干吗要弄坏我的车?"他用大手从侧面拍打她额头上方。

塔尼娅晃了晃,迟疑了一下才哭出声来。叶果尔回到车上,把门照样开着,将音乐声开到了最大。塔尼娅站在十五步开外放声大哭,完完全全变成了一个小姑娘。

她瞥了一眼老头儿雷步金的房子,她就站在这房子的对面:在星光和泪光中,这栋房子扭曲起来,变成了黯淡的浅蓝色,仿佛是用肥皂泡吹起来的,马上就要倒塌融化似的。

"你好!"一个微弱的声音响起来,她这才突然发现在高大的白桦树旁边有个人影。

一个低着头、又瘦又小的男孩走到路上,塔尼娅认出来他是丽塔的弟弟费佳。

"别哭了……"他有些犹疑地恳求道。

"你走开……"受到新一轮的屈辱之后,她的眼泪更多了,扭头朝家的方向跑去,边跑边抹眼泪。

她哭得直打嗝,喘不上气来,一头钻进了有些干枯的巨大牛蒡丛和灰色的蒲公英丛中。她咬住自己的手臂,试图忍住不发出声音。除了生命就要完结这件事,她想不到任何别的。

"你在这儿?"响起了一个同样孤独的声音,"咕——咕!"

她沉默着,用意志力强迫自己哭得小声些。

"你冷静一下!"费佳说。

"别管我。"

"别哭了,求求你了!他不值得……"

"你们家丽塔是个婊子!"

"我也不喜欢她……说真的！"

"婊子！"塔尼娅又肯定地重复了一遍，看着这个淡金色头发、穿着白背心和牛仔裤的男孩，他以守门员的姿势朝她俯下身子，两手支撑在膝盖上方。"你要干吗？"

他一时语塞。

"或许可以出去走走？"

"你就是个小毛孩！"塔尼娅突然站了起来。

"我不是小毛孩！"他直起身子。

他们俩面对面站着：小男孩头发乱蓬蓬的脑袋在她的下巴处发出白光。

"我能打你，而你甚至都没法还击，"塔尼娅说，抽了抽鼻子，"现在就灭了你，明白么？"

"你冷静点。你这样不能回家。"

"你自己冷静点！"

她忽然被一种满不在乎的感觉攥住了。

"我们去田野吧。"费佳说。

他走上大路，塔尼娅机械而迟钝地跟在他后边，两人一言不发地在大街上走着。

天气变得凉快了一些，她感到眼泪都风干了，从脸上和眼睛里蒸发掉了，就像是被星星吮吸去了一样。

"对不起。"费佳轻声说。

"为什么？"

"我没保护好你。啫……就是在他打你的时候。听着，别把我和他混为一谈！"

"我没有！"

"你也真是……白白受折磨了……"

第十二章

"我没有受折磨!"

他们走到了一口病恹恹的井旁边,这井像是长在地里似的,闷闷不乐地持续散发出臭气,随后进入了一个广阔而声响丰富的田野。原本潮湿滑腻的草墩子[1]在这些天里变得坚韧干燥了起来,脚下一些不知名的小花小草在窃窃私语,有三叶草、牛至、洋甘菊、金丝桃、毛茛、柳兰。塔尼娅认植物很在行,在小学时她曾经采集过植物标本,但昏暗的光线抹杀了所有的差异。她打了个喷嚏,神经质地笑了。

"愿你健康!"

"奶牛拉屎!"[2]她机智地回应道,"你不信?就在那边!那边!别踩到了!"

草地里有几团黑油油、光溜溜的牛粪。

"我们去那边……"费佳说,似乎在黑暗中看到了什么,拽着塔尼娅的胳膊就走。

他们走到一个矮矮的稻草垛边,看上去像是随意堆起来的,还散发着清新的植物香气。

"你喜欢我们这儿么?"费佳小心翼翼地问道。

"哪儿?你们这儿?"

"嗯,就是我们这儿,我们这个小地方……"

"我从出生就在这儿……在你们这儿。"她鄙夷地说。

"不是,是真的么?丽塔告诉我说,你喜欢莫斯科,听说,你们一家之前在莫斯科住……"

"我鄙视你们家丽塔!鄙视她跟你说的一切!明白了?"塔尼娅又激动起来,"你们都是畜生,合起伙来拿我寻开心……说什么了,聪

---

1 译者注:寒带及北温带低地或沼泽中长满莎草或苔藓的草墩子。
2 译者注:俄罗斯人习惯在对方打喷嚏之后说一句"愿你健康",塔尼娅在这里取了俄语中"健康"和"奶牛"的尾音做了个对子,有调皮的玩笑之意。

明人?"她的眼睛里又刺痛起来。

"莫斯科是个可怕的城市，"费佳轻声说，他绕过干草垛，拍了拍它圆圆的侧边，"人们的脾气都很坏，奔来跑去，急匆匆的。进地铁的时候，没有人帮着拉门，一个女人的头就撞在地铁门上了。我经常去莫斯科。"他继续走着，与她稍稍拉开了距离，提高音调说，"前天在摩天轮上看到了整个莫斯科，就像坐在直升机上一样，但给我钱我都不搬去那里住。"

"一百万也不去么？"塔尼娅笑了起来，想到了彩票节目《一百万》，这个节目曾没完没了地在电视上滚动播放。

"生命更宝贵……莫斯科马上要打仗了。"

"打仗？"

"打仗！"他严肃地重复道。

"还好有防弹背心……"她机械地回应。

"要是弹药库被炸了呢？"

塔尼娅没想到怎么回答，也不大想说话；费佳在一旁走来走去，头发和背心白得发光。她没听到他的话，一心想着在黑暗的车厢里，叶果尔和丽塔黏在一起，想着就是在这同一辆车上，她曾经坐在叶果尔旁边。

"不会打什么仗的，小男孩。"她将伸开的五指插入干草垛，不断往更深处摸索，仿佛在寻找掉落下来、迷失在里面的星星。

"我不是小孩。"

"那你是什么？你几岁了？"

"快十五了。"

"谁会袭击我们？"她缓缓地抽回手，放掉指间的稻草，"你不会是个胆小鬼吧？"

"我替所有人担心，"费佳严厉地说，"你去过拉多涅日么？"

第十二章

"没。"

"为什么？离我们又不远。那里可漂亮了，田野都比我们的多。父亲经常带我去那里。你知道圣谢尔盖么？"费佳始终绕着干草垛转圈，抬高了声音，他正处在变声期，"谢尔盖是在田野里成圣的。他那时候还是个孩子，去了很多地方，在田野里遇到了一个老头儿，老头儿给他念了经文，谢尔盖就成圣了。或许就是这片田。他能走到这儿来么？肯定能。他的父母迁到了霍季科沃，他们长眠在那边的教堂里，尸体被裹好了放在玻璃板底下，甚至都没腐烂。他一个人去了谢尔吉耶夫镇。这个城市就是因为他命名的。熊都会走到他身边，从他手里吃面包。"

他凑近了些，断断续续地往她脖子里吹气：

"我们活着是为什么呢，反正要死的？"塔尼娅转身如此突然，好像想给他个措手不及，俩人的头险些撞在一起。

"为了呼吸！"费佳停了一会儿说。

"什么啊？"

"你试试看别呼气，嘴巴跟鼻孔都闭住，再吸气——你马上就会明白为什么要活着。或者如果你生气了，就到一个没人的地方，然后呼气，一次，两次，三次……就好了。"

"不呼气人就死了。"

"但是葬在森林旁边的坟墓里，你不呼吸，但是大地会代替你呼吸……"

"但是，但是……"她故意模仿他，还做了个鬼脸，但黑暗掩盖了一切。

"我现在跟你在田野上呼吸，"费佳站在那儿，两手抱住头，像个字母"Ф"，"但在莫斯科，这个时候人们正受热呢。你以为呢？他们就跟在锅底似的。在莫斯科没有空气。你骂了丽塔，但出来走走，呼吸呼吸空气，就变得轻松了，是不是？"

"不是！"塔尼娅从稻草垛中抽出一把看起来病恹恹的草，照着他的脸便扔了过去——他的脸就像白头发下面的一块白斑。

干枯的草茎没有抵达目标就落了下来。

"你像谁，这么白？"

"我的外祖母是从沃洛格达来的，妈妈的妈妈。我没见过她，只见过照片。她看起来很和善，我爹也是个好人，但姐姐是条毒蛇。我爹撞伤了之后，她完全堕落了。妈妈根本不管她。塔尼娅！"他带着某种甜蜜的痛苦叫出了这个名字。

"什么？"

"塔尼娅！你读书，丽塔从来不读。你很善良，你别学她。你嫉妒她什么？她把他搞到手了，你应该高兴才是。她玩一段儿就抛弃了。"

"你觉得，我应该和谁交往？"

似乎是为了支持她的提问，稻草垛里的某个地方响起了山雀恬不知耻的啁啾声。

"跟另外的人。"费佳没有挪动位置。

"是谁？我很好奇？"

"嗯……"

"谁？"

"不知道，"他直起身来，在稻草垛上拍了拍，好像在为没有勇气直接回答而气恼，然而立刻又下定了决心，用一种像要昏厥过去的嗓音说，"我一直喜欢你。"

在此之前，塔尼娅或多或少觉察出了他的窘迫，但现在她感到一种奇特的权力，一种在他面前不道德的优越感，于是她冷淡地问道：

"然后呢？"

第十二章

他走到她跟前，拉住她的手：

"塔尼……"

他的双手出人意料的有力，而她柔软的手在他悸动而粗糙的手中不安分地扭动。两人一语不发地站在清香四溢的草丛中，头顶是仿如透明玻璃罩的八月天空，看起来似乎已经准备好要跳上一支舞了。

塔尼娅抬起眼睛望向星辰，旋即又闭上了，但光芒持续在她眼中闪烁，在眼睑内侧和视网膜上留下了一个强烈的瞬间印记。不知为什么，她感到自己的眼皮成了被扎了孔的票据，这些票据她和妈妈在莫斯科乘电车的时候也被验过……乘电车……瓦莉娅外婆就是在电车里烧死的……这一切真是太可怕了！"我是一张打了孔的票据。"她想着这句不知从哪儿得来的话，感到自己身上所有的黑痣都是小孔，恒星从这些小孔里无拘无束地流过。一道蓝光从她体内穿过，那光就是忧愁。

"放开我！"她轻松地甩开了手。

"为什么？"费佳踮起脚，看着她的脸庞。

"我爱的是叶果尔！"

"什么？"

"你听见了！"

夜晚将世界分成两半——欢快得有些怪异的明亮天空和浮着一层厚厚黑油的大地。

失望抽打着塔尼娅，她垂着头，摸黑在田里走着，路也辨不清。经过一家亮灯的窗户，那家灯火通明的漂亮走廊在路上投下块状的阴影，让人不由得想起细致抹匀的奶油。

他们迎面撞上了几个烟圈，烟头在门口忽明忽暗地闪烁，一个略带沙哑的声音说："晚上好。"费佳答道："您好。"塔尼娅没说话，她一心要往家赶，同时觉得自己已经无处可去了。

费佳手足无措地嘟囔：

"塔尼……你别生气。我……我只是……想要安慰你……你很美。我觉得美。特别美。所以就想……"

塔尼娅一遍又一遍地想着车里的叶果尔和丽塔，想象着他们一起去了他家，躺在羽毛褥子上。之所以能想到羽毛褥子，是因为在书上读到的——褥子又白又高。他们拥抱着彼此，在褥子上交缠在一起，又在亲吻的间隙稍稍分开，随后嘲笑她，讲她的坏话。他们以后会一直在一起，村子里的所有人都会听闻她的丑事，然后传遍整个学校。所有人都会觉得她可怜。她现在谁也不需要，只想见到父母。她为什么要跟这个毛头男孩出去？说不定，她以后就必须跟他在一起了。跟这个傻瓜？谁要是看到了，会笑死的。

费佳尴尬地捉住她的手腕，她猛地抽了回去，同时还跺了一下穿了凉鞋的脚。

远处不知是哪儿传来一阵滚雷声，塔尼娅停了下来，费佳快速地吻了吻她的手。

"听见了？"

对雷声的怀疑还未消除，很快又响起一阵密集的枪击声，噼里啪啦的，回声很长，一轮接着一轮……

停了一会儿，再是"噗——噗——噗"……新的巨响砸在了地上，又一声，新一轮响声的交替，一声盖过一声。寂静……爆炸……一阵枪响……

"索夫里诺。"费佳说。

"是的，这样子……很久都没有过了。"塔尼娅明白了，这确实是三公里以外的军队。

"大炮在射击。还有冲锋枪。"他很在行地补充道。

她失望的心情稍稍有所缓解。"噗——噗——噗"……钝钝的击

第十二章

打声。回音扩散到天空中,两个拖着长尾的星星飞往不同的方向,就像两粒被规定了航线的子弹。

"我说的吧!"费佳叫起来。

"说的什么?"

"关于打仗啊。"

"你瞎说什么!"

"我没瞎说!我去过那儿。跟小伙伴收集子弹壳。那边的围墙上都是弹孔。有个军官,是我爸爸的朋友,他说过:那边要有大麻烦……"

爆炸声停止了,现在冲锋枪又开始一阵一阵地射击,声音弱了一些,可能是一架冲锋枪在射击,射完之后,另一架又开始了……

他们站了一会儿,又往前走。经过十字路口的时候,没有发现有一辆小汽车停在那里,所以当车灯亮起,他们都惊到了,在两束强光的直射下呆若木鸡。

车门打开了,叶果尔跌了出来。远处的轰隆声接连不断。

"好啊,老乡!"一股浓重的酒气扑面而来,"怎么不回家睡觉,啊?哈喽,小家伙。"他抬起多肉的手掌,不知是宽宏大量还是伺机报复,直直地盯着费佳,好像根本没看到塔尼娅一样,"你就是个厚脸皮,嗯?"

"怎么了?"费佳以清脆而清晰的声音出人意料地回答。

"屁股蛋还是黑的!"叶果尔凑近他的脸,伸出左手用有力的手指突然抓住了他的肩膀,快速打了几个响指,发出了某种类似塑料袋的哗啦声。

塔尼娅坚定地朝前迈了一步,叶果尔马上拦住了她的去路。

"让我过去!"她固执己见。

"去哪儿,啊?谁在等你呢,水桶?跟这个蠢货一起出去……你

247

他妈反正不挑,是吧?你!"

他说话充满恶意、颠三倒四,摇摇晃晃地遮住了车灯的光。

冲锋枪又开始喋喋不休,接下来的几声一次比一次响,一次比一次激烈。

费佳轻吼一声,扑向叶果尔,像潜水似的用头撞在他的肚子上。叶果尔晃了一下,拖长尾音嘟囔着:"垃——垃——圾圾!"随后用粗壮的手臂抓住了费佳浅色的头发。下一幕便是费佳发出一声微弱的惨叫,跌进了沟里黑暗的荨麻丛中。

冲锋枪的射击声停止了。塔尼娅又闻到了伏特加的气味,浓郁得像一头野兽。男孩挣扎着,在沟里发出呻吟。

叶果尔将塔尼娅用力拥入怀中。

"不要……"

"要——的……"年轻肉体的绝对力量,凸起的肌肉,散发着汗味、苦烟味、鱼干味儿和甜甜的彪马香水味儿的海魂衫……几乎令她窒息,"要——的……"

"敌人!敌人!敌人!"塔尼娅的心脏在痛苦地敲击。她所爱敌人的脸浮现出来,无比炽热。他用满是唾液的嘴唇在她闭得紧紧的嘴唇上探索,熟悉的舌头试图将它们打开,最后猛吸一口,包入了她的整个唇部。

"哎,臭狗屎!"费佳在黑暗中无所畏惧地喊道。

叶果尔松开了双臂:

"你说谁?"他摸黑晃了几晃。

塔尼娅趁机逃跑了。

……她在电视机的背景音里假装已经睡着,实则闭着眼睛回想那幸福的一天。

那天他们没有游泳。她很开心。如果不用下去,塔尼娅很是喜

第十二章

欢那片差点没把她给呛死的大海。大海冒着泡,溅起白色的浪花,发出的声音就像是窸窣作响的大幕从左往右徐徐拉开。雅尔塔那天是多云,但没有风,暖洋洋的,深蓝和天蓝色的海水逐渐变成了白色和灰色。

他们去了植物园——是妈妈提出来的,爸爸不想去,但还是同意了。在沿河街的尽头,梧桐树围成的空地旁边有一辆黄色的公交车,等人一坐满,这车就顺着窄窄的山道颠簸前行。他们停在了一个开阔的广场上,旁边有一个花岗岩的基座,上面是列宁的半身石膏像。接着,他们就进入了植物园华丽的大门,朝着大海的方向拾阶而下,一个园子挨着一个园子地参观。层次丰富而复杂的香气,人们像鬼影一般在植物的缝隙中摇曳,写了名字的铜牌,包在褐色毛发里的巨型树干,光秃秃的低矮小树,树丛里水管的嗡嗡声,鸟儿的啁啾声,塔尼娅感到四处都传来惊慌失措的铃声,那是看不见的自行车发出来的,似乎在沿着无穷无尽的阶梯向下滑行……这不是鸟叫,不是水管的咕嘟声,就是铁质的铃铛发出的声音,一直追赶着他们。在公园里,他们漫无目的地散步,闻着植物的气息,沿着另一边的阶梯返回山上。自行车的铃声愈加尖锐和急促,跟他们背道而驰……

塔尼娅试图走得更快一些,好像到了顶部就能看到自行车似的(他们很早就答应给她买一辆了)。妈妈爬得没那么快,抓着女儿的手,不时停下来,带着关切的笑容回头看看爸爸:"走了,维奇!别发疯了!"爸爸不怎么进园子,却在认真地读牌子上的文字。一开始,妈妈还和他一起读,碰到奇怪的植物名两人就哈哈大笑,塔尼娅也被逗乐了。不久,妈妈就厌倦了,现在她大声喊着,不断催促爸爸,但每次只有喊到第三声他才能听见,还一边不满地摇着头。

"来都来了,怎么,就这么走了?我们什么时候会再来?就跟仙境一样!让我再读一会儿……"

"哪儿来的朗读者!"

"你也别那么急着把塔尼娅拽跑,谁教她认字?"

"哎哟,已经教会她游泳了是吧。"

在最高处,那个他们走出来的广场上,迎面响起了一阵惊惶的铃声。一群人叮当作响,擦肩而过,就像一串自行车铃声。所有儿童形体的白衬衫上都欢快而激动地飘扬着大大的、鲜艳的红领巾。

"少先队员!"塔尼娅叫起来,从妈妈那里抽出手,跑进了叮当作响的队伍中。

她的耳朵都被大合唱般的喧嚷声震聋了,这声音在几秒钟之后分解成了持续的支流:少先队员三个一群、两个一伙地聊天,女孩,男孩,瘦子,胖子。有个小孩儿的下巴是绿色的,像画了小胡子一样。这个孩子顺手捏了一把自己的脸蛋,似乎是发泄对样貌的不满。

到处都在喊:

"你丢了什么东西吗?"

"走开,你不是我们的人!"

"列卜扎,这是个间谍!"

"别惹她生气……"

"小姑娘,你叫什么?"

两个黑人姑娘发出同样僵硬的笑声,她们看起来一模一样,就像是"松鼠"牌巧克力和"小熊"牌巧克力。塔尼娅着了迷似的看着她们,从黑色的脸孔到红色的领巾没找出一丁点儿不同。她微微有些眩晕,人声在跳跃,逐渐远去,飞到了更高的地方,那里列宁圆圆的头像白得放光,就像雪人一般,再高些便是灰色的天空。忽然,她的眼前飘过紫罗兰色的波纹,她再一次体验到了溺水的感觉……

父亲抓住她的肩膀,用力将她提了起来。

朦胧的云端里斜斜地射出一束光,炽热而鲜活。

第十二章

"她想加入少先队。"妈妈向一位微笑着的小公主汇报。这位公主穿着黑色小短裙,白衬衫上别着一枚大红色标志。

"好样的!"

"您是从阿尔捷克[1]来的么?"妈妈压低了声音。

"是从阿尔捷克来。"小姑娘笑得更欢了,露出粉红色的牙齿。

"我能加入少先队么?"塔尼娅恳求道。

"能的,能的……"妈妈和小公主同时说。

"先入学,成为少年先锋队预备队员……"小公主对塔尼娅保证道,"表现好一点,听爸爸妈妈的话,就能来我们阿尔捷克了……"

塔尼娅满怀信任地揉了揉妈妈的手,又恳求似的拽了拽爸爸的手,然后把父母拉到并排,自己走在他们之间。她轻快地小跑起来,将他们的手拉得更紧了。她将双膝蜷起,提到肚子,向前荡去:"摇——啊——"

她一会儿向前荡,一会儿朝后荡,把他们的手臂扭来扭去,不时发出咯咯的笑声。不只是笑,而是某种从体内发出的咯咯声,激动而又兴奋。妈妈和爸爸都在她的掌握之中,她现在将他们两人联系在一起,就好像是最重要的器官,他们的血只有通过她才能循环。他们爱她。她在他们手臂上荡秋千的时候,他们应该很痛,但他们忍住了,这就说明是爱她的。她回到马路上,跑着,跳着,再次感到自己似乎已经是个少先队员了。

"银行……锡比克……签字……账户和签名……在'锡比克'银行……"突然,就像从喇叭里传出来似的,一声巨响不知从何处冒了出来。塔尼娅在恐惧中开始乱蹬双腿,这很快招致了不幸。

"哎……他们会累的……"少先队的女辅导员仍旧微笑着,收起

---

[1] 译者注:阿尔捷克是黑海海滨的一座全苏少先队夏令营的名称。

了牙齿。

塔尼娅停止了摇晃，放开父母，仔细地观察她的嘴巴。嘴巴肿了起来，渐渐外翻，泛起了银色的泡沫。嘴巴一边靠近，一边不屈不挠地向外喷着诅咒。

"母狗。你怎么了，母狗，啊？哎，怎么了？你为什么撒谎，啊？"

剃了光头的叶果尔·科尔涅夫眼都不眨地看着她，伸出了满是肌肉的潮湿触手。周围一个人都没有，没有父亲，没有母亲，没有少先队员们，只有他那张怪物般的嘴。

她突然明白了，刚才睡着了。

"你为什么撒谎，啊？"耳朵上方再次传来吼声。

塔尼娅睁开了眼睛。

"您看：这是卢茨科伊先生的签名。钱已经通过'锡比克'公司转到瑞士银行了。"从电视里传来一个声音。

"母狗，"维克多大声说，"为什么撒谎，母狗？"

"你轻点儿，"莲娜制止道，"别把她吵醒了。"

"不，听我说，你在胡扯些什么……"

"事情是这样的……"

塔尼娅坐在床沿上，绝望地打了一个呵欠。

第十三章

"懒虫!回来得这么晚。"莲娜生气地看着女儿那张睡眼惺忪、涂得跟鬼一样的脸,"今天是起不来的了!"

"他们的话你都信,是不是?"维克多打断莲娜说话。"你信的都是些什么人?你以为电视上为什么要放这个?就是骗那些傻瓜的!"

"那信谁,信你那个小胡子?我跟军人工作过,没有比他们更坏的人了。"

"我的爷爷和叔叔都是军人。"

"这就是为什么你会这样!"

"哪样?"

"你自己知道哪样……"

"从德米特里·雅库博夫斯基[1]处得到的消息需要总统的立即干预……"电视中播报道。

"你背叛了祖国,莲娜。"维克多感慨地说。

塔尼娅从床上爬起来,将衣服揉成一团攥在手中,溜进客厅,脚撞在了桌腿上,于是,桌上那些大大小小的罐头叮叮当当地响了起来,这些都是为即将到来的李子果酱做准备的。

---

[1] 译者注:德米特里·奥列格维奇·雅库博夫斯基(1963—)苏联和俄罗斯时期的律师、辩护人和企业家。曾在一系列备受瞩目的案件中为多位名人辩护并在政府担任要职。

塔尼娅站在莲蓬头下面刷牙。悲伤并没有在一夜之间消失，相反，它以新的活力回归了，似乎变得愈加生动。塔尼娅站在水下漱口，将白色的泡沫吐在自己身上、肚子上、耻骨上，一会儿便被冲掉了。于是，她重又将牙刷塞进嘴里，问同样一个问题：他怎么能这样，叶果尔？叛徒。讨厌的叛徒。至于丽塔……她比我强在哪儿？最好让她把艾滋病传染给他！塔尼娅从浴室出来，看到父母又跟往常一样坐在电视机跟前。他们好像只对画面感兴趣，因为他们的声音每次都盖过了电视。

"怎么了？"维克多愤慨地说，"他被任命查出谁是小偷。他挖了没多久，就立马把他们的行李箱都没收了！行李箱哎，莲！所有人都被仔细排查。他们害怕了，就想陷害他，'你自己就是小偷！'"

"他是谁？不久前才曝光了他老母亲。在库尔斯克大街上做啤酒生意。他老爸有三棵树那么粗。你记得么，就是我们种过的那棵老椴树？你今年还把它锯掉了？就是那么粗。"

塔尼娅在门边不自然地嘿嘿笑了。

"起来了？"莲娜转过头望着塔尼娅，"去商店跑一趟！家里没有面包了！"

"要哪种？"

"随便哪种。要一整条，黑的也行，十个鸡蛋。钱在冰箱上。还有三盒火柴！火柴总是找不到！三天前才买的，现在又没了。你不会抽烟了吧？"

"我没抽。"

走到外面，塔尼娅逼迫自己不去看科尔涅夫家的方向，肯定有人在里面窥视她，而她的任务就是昂首走过去。但在拐弯的地方还是没有忍住，她转过身，用审视的目光快速扫了一遍整条街，红色的"欧宝"不在。刮起了风，苍蝇嗡嗡地飞过，蚊子紧抓在皮肤上，天空还

第十三章

是那么高远，那么蔚蓝，朦胧的烟云开始变暗了，传来一阵令人不安的轰隆声。

商店旁边躺了一条黄灰色的大狗，他耷拉着耳朵，呜呜地低声叫着，随后看到了天空，便马上安静了下来。台阶上一小洼一小洼的液体不知是血还是酒，逐渐干涸了，像红地毯似的。

塔尼娅侧身闪进商店，顾客都站在柜台旁边：村妇娜斯佳包着一块白色的头巾，脊背挺得笔直，像座蜡像，还有双下巴的波利亚叔叔，他是小马佐尔卡的主人（经常带着孩子们在马车上兜风）。

"我们的土地正在卖哩。在这上面……见鬼了……要盖别墅！"他用傲慢的嗓音说。"我侄女儿在镇人民代表苏维埃当秘书，是她亲自打印的文件。从明年开始，第九十四条。别墅将会替代我们的土地。"

"他们建立在别人不幸上的幸福是不会幸福的。"一个老太婆坚定地说，像是在诅咒。

"时代已经过去——光明熄灭了！我的母马差点没被偷……那是三天前。我把它拴在门边，自己在屋里打盹儿。醒了：听见嘶叫声。我以为是做梦。不，是真在叫。我往窗外一瞅，绳索已经被解下来了，我大叫起来，他们就跑了，一共两个人……"

"这么说，还有人真的想吃马肉。"女售货员一边给老太婆称三条香肠，一边开玩笑地说。

"不会吧，拉雅，你不知道一匹马值多少钱？"

"他们是谁，好歹看见了啊，波利？"

"没，睡迷糊了。还用猜么？茨冈人呗。"

"不会是我们自己人吧，本地的？"

"要不就是本地的，要不就是本地人领来的。"

"说话。"女售货员用冷冰冰的声音命令塔尼娅，不拿正眼瞧她，好像她是那个偷马贼一样。

因为拉雅的缘故,塔尼娅不爱去店里。这个女售货员不知为什么总对她不大友好。

塔尼娅把买好的东西放进袋子,说了声:"再见!""还会见面的,孩子!"波利亚叔叔回应道。塔尼娅从商店走出来,差点没踩到红色的水洼,好在及时停下来了,避开台阶,从侧边跳了过去。

在由厚厚的原木投下的绿色荫翳中——这是醉酒者最爱的地方,出现了一个熟悉的身影。狗吠叫着跳了起来,它一边咆哮,一边重重地蹦跶,闻了闻她们之间的空气——呆住的塔尼娅和渐渐走近的丽塔。突如其来的一阵风令周围的灌木和树丛都弯下了腰,连狗都蜷缩成一团,样子难看地咧着嘴。

丽塔走得更近了。她的脸有些肿,涂得比往常更艳丽,让人忽然想起学校办公室里那枝永远立在窗台上的塑料花。

"你要干吗?"塔尼娅退了一步,握紧了拳头。

一种危险即将来临、必须全面应战的感觉代替了她的憎恶感。丽塔很可能尾随了她,追踪着她的足迹,为的是在战斗中获胜。塔尼娅感到必须要率先出击,第一个攻击那张鲜红而宽阔、像是已经被压扁了的嘴。

"干吗?"

"别把他从我身边夺走!"丽塔哭着说。

她的嘴在颤抖,下巴在颤抖,鼻孔一翕一张的,就连耳朵都在发抖。

塔尼娅又退了一小步,轻轻啐了一口:

"噎死你!"

"他在哪儿?"丽塔询问式地盯着她的眼睛。

"你找啊!"塔尼娅朝她邪恶地眨了一下眼睛,技艺十分高超,随后就一阵风似的跑开了。

第十三章

她快到家的时候,沉重的雨点像亮闪闪的铁钉一样落了下来。打开篱笆门,她冲进了院子。拴在菜园子里的阿霞发出忧郁的咩咩声,塔尼娅跳到山羊旁边,拔出小楔子,将绳子拖到窝棚的一边——山羊还拴在上面。塔尼娅试图推着它走,从侧边抱住了它,但是因为刚剃了毛,身子又淋湿了,山羊总是从她手里滑走。于是,塔尼娅只好跑到它前面,用手抓住它的两角,顶住它的对抗力,感到自己好像在拖一根刚刚连根拔起的原木,慢慢朝车厢走去。

父母在厨房吃午饭,从墙上的"收音点"听《议会》广播。塔尼娅将一整条面包搁在桌上,舀了一盘汤喝。

"妈妈要去莫斯科了。"维克多宣布。

"克拉拉·斯列布亨娜打电话来,说她病了,必须去换她,"莲娜飞快地说完,不敢看女儿,"我中饭吃完就走"。

"你都替了她几回了?"维克多叹气道。

"第二回。"

"她没别人可求了么?好像不知道你要从郊区折腾过去一样。"

"我们关系不错啊,为什么不帮帮人家?"

"如果不是去工作,你最好趁早坦白。"

"不信你就打电话去救援队问。"

窗外,所有的一切都被倾盆大雨浇成了灰色,雨点打在窗户上噼啪作响,菜园子里也发出窸窣声。维克多关上了小气窗——窸窣声停止了,噼啪声却还在。

一个与塔尼娅同名、姓伊万诺娃的播音员在主持节目,嗓音清晰,令人振奋。接下来是一个少年水兵的高音,他刚从桅杆上爬下来,向听众汇报他所看到的地貌景观。

"也不知是不是在打雷?"父亲带着一丝希望说。

"应该是的,还很大声……"妈妈说,"雷暴雨。"

如果维克多在上班,莲娜从来不会看《议会时间》,也不会听《议会》广播。但他在的时候看还挺有趣的,她总喜欢用自己的声音盖过主播的。

窗外亮起一道银蓝色的闪电,像是一条飞入高空的魔鱼。

"别佝背,女儿!"莲娜说,"背会变驼的。"

"我没佝背!"

"还有,别掰面包,拿刀切。"

维克多皱起眉,斜睨着广播,意思是"别妨碍我听"。

响起了一个滚雷,声音巨大而又辽远,广播声立时变得沙哑而断续。

三秒钟之后,伊万诺娃像什么也没发生过一样回来了,做了几个夸张的停顿之后,开始转述有关上议院支持俄罗斯舰队驻扎在塞瓦斯托波尔的命令以及克里木半岛的特殊地位。之后,因为被坏天气所困,她开始讲在白宫里发生的事情:康斯坦丁诺夫议员的办公室被人闯入,文件也被抢走了。

"他想必自己喝多了,什么都不记得了。"莲娜解读道。

"你瞎说些什么!"

"看你这样看多了呀。你忘了,那次是怎么喜滋滋地把护照弄丢的?"

之后,伊万诺娃又开始讲莫斯科市长卢日科夫对共青团领导玛利亚洛夫的法庭诉讼:"卢日科夫是黑手党,这一点从他脸上就能看出来。"

"从脸上……"维克多跟着喊起来,满意地笑着,"从面相!"

"你照过镜子没有?万一说的是你呢?"

"我难道是骗子么?我好歹也是个学者。我现在不得不卑躬屈膝,还不是为了养活你们。"

第十三章

莲娜站起身，拿起小锅往刚刚盛过汤的湿盘子里倒罐头焖肉和饭。

直播室里又出现了都主教基里尔，说话吹毛求疵的，像要把每一个词都舔干净。他对议会下令反对小宗派表示了感谢。接下来是演员布尔里亚耶夫。在远处一片鼓号齐鸣的进行曲中，他好像在漱口一般，声嘶力竭地朗诵着普希金的诗《致俄罗斯的诽谤者》。

莲娜将盘子收到水槽里，把小茶杯依次倒上茶，端出了一个装着燕麦饼干的小盒子。

转播结束了，马上又开始了日常的《俄罗斯广播》，以一首由年轻人唱出的激昂歌曲为背景：

> 我们前方没有障碍，
> 用肩膀突破大门……
> 俄罗斯人在行进！

"讽刺！"维克多在圆凳上转过来，用拳头一会儿对着收音机，一会儿对着大雨示威。

莲娜在门廊里弯下腰，已经在穿胶鞋了。

"想我送你么？"他不确定地问。

"坐下吧，你上哪儿去？"她啪的一下迅速套上外衣，聚乙烯的雨衣哗哗作响，"我走了，电车还有十分钟就到。塔尼，把餐具洗一洗。山羊你们喂一下。好了，拜拜！"

"小心点！"维克多喊道，他起身贴近窗户——窗玻璃外透过汩汩而下的水流闪动着妻子戴着透明雨衣帽的黑色后脑勺。

之后，他就把自己锁在了楼上，塔尼娅听到一声气愤的铁质撞击声。她想靠电视来忘掉发生的事，便不停地换台，但总是想到叶果尔，既强壮又自由，完全是个野兽："你最好把我杀了。"电视机的屏幕开始变得模糊,不知为何她想到了两张嘴——叶果尔那张粉色的、贪婪的、怪兽般的嘴和丽塔那张涂得不像样的漂亮的嘴。"他们的嘴长得真像,我的嘴巴就很畸形。"她想,用手指摸着自己的樱桃小口。

父亲下来了,提醒她:

"晚饭做好了?"

她煎了一个鸡蛋,切好了西红柿跟黄瓜。在桌边坐下之后,他问:

"为什么不洗碗?"

"我就洗。爸……"

"什么?"

"你动静那么大在搞什么?"

"做个东西。"

"什么东西?"

"重要的东西。你爸爸什么都会。只要给我时间——坦克都能组装出来。我们现在的生活就是这样……危险得很。俄罗斯的未来在哪儿,你知道么?我们所有人会被领到哪儿去?到屠宰场——就是那里。'警告的意思,就是武装起来'——我是这么理解的。"

"我们还去给羊挤奶么?"塔尼娅怯生生地问。

雨停了,她走下潮湿的台阶来到园子里,整个园子略带歉意地在一线阳光中闪烁。她将阿霞牵了出来,拖着它穿过泥泞来到了门廊。很快给它挤了奶,从二楼又传来坚定的敲击声。

塔尼娅像往常一样在客厅躺下了,但过了很久都没睡着,在痛苦的回忆里辗转反侧。

她突然惊醒了,好像有谁推了她一下似的,一开始她还没反应过来,不知究竟置身何处,天蓝色的光斑在墙上和天花板上跳动。"这是什么?闪电?"

"死了?"一个男人在喊。

第十三章

"死了,婊子养的,死了!"另外一个人喊道。

"抬走了?"

"抬走了!"

一道强烈的闪光照亮了整片黑暗:桌子,橱柜,电视机,缀着金片的圣像,所有的阴影都在摇晃,从敞开的窗外传来叫声和说话声:

"你们来得好迟!"

"谁打电话的?你?"

"是我,怎么了?真的死了?"

"没有,妈的,伤了……"

"听着,日涅克,我们都是垃圾,就你当了条子。"

光线循着某种既定的路线来回闪动,既刺目又不真实。

"你们来得好迟。"塔尼娅辨认出这是邻居尼基塔激动的声音,他在普拉夫金斯克疗养院当看门人。"我一连好几晚都闻到味道了。走过去,看他躺在那儿。用打火机一照……"

蓝色的波光起了涟漪,漾出了一圈圈波纹。整个客厅都在波纹里旋转起来。

"打死了?"

"你说呢!"

"真打死了?"

"滚你的蛋!"

塔尼娅两腿发抖地靠近窗户,探出头去:警局的"公羊"[1]停在沉默的信号灯下,信号灯不断变换颜色,倒映在路上的水洼里。警车的旁边有几个暗色的人影。

---

1 译者注:"高尔基"汽车厂出产的"嘎斯"牌吉普车,因为发音相近,农村地区也称这种车为"公羊"。

早晨,伊达·霍洛捷茨过去看了看,用一种见惯世面的语气喋喋不休地说:"他被杀了,你明白么?"[1] 她转向塔尼娅,递去一个可怕的眼神。这个时候,莲娜刚好替班回来。

"妈妈,扬斯被杀了!"塔尼娅在门口迎接她。

"荣耀归于上帝!"妈妈呆若木鸡般地叹了口气,她轻拍了一下自己的额头,似乎是在想象子弹射穿的场景,随后悲伤地抱了一下伊达,然后就走上楼睡觉去了。

"走过去,闻到……"邻居正隔着篱笆跟维克多描述,白天已经又有一批警察来找过他了,"我想,不如抽支烟吧。打着了火一看还是黑的。再一照,他的脑袋都浸在血里。整个脑袋——血汪汪的。"

扬斯是在自家门口被打死的。是近距离的射杀。谁都没有看到究竟发生了什么,或许他本人认识杀手,所以才在黑暗中允许他靠近,并被一颗子弹击中。

好几天过去了,村子里一直在议论,说这样的谋杀在这里还从没遇见过。

据说,他被葬在了莫斯科。玛库利哈就住在这栋黑顶红砖的房子旁边,她自己家也是一栋小木屋,就像是一个木蘑菇。她说,扬斯的妻子来过一次,一个星期以前,是一个人来的。她到得很晚,窗户里的灯一夜都亮着。天刚破晓,她就在晨雾中发动了汽车,然后久久地站在嗡嗡作响的车子旁边。最后她终于进了车,消失在了大雾中,于是院子又变得空荡荡的了。

---

1 译者注:这句话也是用俄文字母拼出的英文:He is killed. Do you understand?。

第十四章

有一次，维克多正对着一盘红菜汤将一小瓣大蒜切成碎末，他带着挑衅的语气说：

"记得么，有一次和他在这儿吃的？"

"是和你吧。还有谁？"

"哈喽，女人的记性真是。跟你最爱的那一位啊。中央大街，十一号。"

"你倒让我想起了一个人。我还给他点了安魂蜡烛，就是刚刚去世的安德烈。"

"必须的啊！简直就是被你说坏了！"

"什么意思？"

"难道你忘了自己唱了什么？跟他保证说：安德留沙，没人会动您，一定能长命百岁！"

"闭嘴。"

"这怎么说呢，就是个先兆。我们这个穷地方，他是唯一的富人。现在其他富人也盯上我们这块地了，要在这儿造豪宅。"

"爸！"塔尼娅一阵心血来潮，突然问道，"你的武器造好了么？"

"他有什么武器？"莲娜质问。

"什么武器？"父亲拖长声音问道，目光锐利地直视塔尼娅的眼睛，几乎是难以察觉地眨了眨眼，塔尼娅便立马冷静了下来。

"就是那个……为了种菜……新镰刀……"她说。

"女儿,你该不会是发烧了吧?"莲娜不无担心地笑着说,父亲也笑了,显得既和善又温柔。

就在此时响起了一阵咳嗽声,不大的"咳哈——咳哈"声从门那边传来。

他们看到一名男子悄悄潜入了屋内,像幽灵一样现身在他们的客厅。

巨大的个头,耷拉的双肩,破烂的衣服,他就像一个装了土豆的麻袋。他的脸上坑坑洼洼,面色苍白,粉红色的沟壑一道一道的,还长着灰色的短须,活像一个马铃薯。

这是科尔涅夫的父亲瓦西里。

他从沉重的眼皮下面向孩子投去了疯狂的一瞥,随后用低沉的嗓音略带歉意地说:

"对不起……我那个……顺着……我们的街道……问人……我丢了……"

"谁?"维克多脸色一沉。

"我儿子……万一你们在哪儿看见过他呢。失踪了有十天了……"

瓦西里用力揉搓着褐色的双手,像是要把它们清洗干净,在他的左手腕处,一个字母纹身清晰可见。

"不知道,"莲娜说,"但您也别担心,说不定在哪儿玩呢。"

"他的车也跟他一起不见了。"

"我们什么也不知道!"维克多肯定地说。

"你们难道住在一起?他不是把您赶出来了么?"塔尼娅大声喊道,她听到了自己陌生的声音像是从水中传来,一瞬间被吓到了。

"赶出来?把我?把我赶到哪儿去?你怎么知道的?难道跟他要好?"科尔涅夫盯住了她那张渐渐发白的脸。

第十四章

"这是丽塔告诉我的。"她搪塞道。

"哦,要是在哪儿看见他了,一定告诉我!"他不知怎么的开始呼哧呼哧地喘气,用力却又有些克制,很显然,呼哧声预示着他的出现,也将伴随他离开。他紧抿嘴唇,犹豫不决地走到门口,目光越过坐着的人们望着某处,随后消失了。

"老强盗和小强盗,"维克多说,"你们听见他进来的声音了么?完全是个贼。他们的老妈也是强盗,死于心律不齐……"

"因为肺炎死的。"塔尼娅反驳道。

"你怎么对他们家这么了解?"莲娜怀疑地问。

……一天又一天过去了,塔尼娅告别了夏天,从生理上感觉之前的生活已经丢失了,开启了某种完全不一样的生活。八月的最后一个夜晚,她将头埋在枕头里无声地哭泣,几乎没有眼泪。

九月的第一天来临了。在去学校的路上,她碰到了丽塔。她被几个小伙子团团围住,站在石阶上——他们都在抽烟,烟雾弥漫过一群孩子,孩子们手里捧着鲜花,欢叫着冲进门里。

"早啊!"丽塔出人意料地友好。她向上吐出烟圈,瞬间就有了一圈灰色的小胡子。塔尼娅就像没看见似的飞快经过她身边。

塔尼娅坐在安娜·卡梅朔娃旁边,这是双胞胎中那个腼腆的女孩。丽塔身边则坐着面带微笑、无忧无虑的奥马尔,他是个四肢修长的阿富汗人,几年前刚转到他们班(所有从阿富汗来的难民都住在泽伦卡)。

课间休息的时候,丽塔走到塔尼娅身边,后者正趴在窗台上玩"俄罗斯方块"。

"干吗?"塔尼娅头也不抬地问,继续专心致志地堆叠屏幕上的方块。

"我们得谈谈。"

"谈什么?"

"走!"

"上哪儿?"

"到外面。"

在学校操场上,丽塔转进了角落里,塔尼娅跟了过去。

丽塔猛吸了几口烟,扔掉了烟头,烟头在柏油路上蹦跶了几下,火花熄灭了:

"谁都不能将我们分开了!他不值得我们断送友谊!想必是玩了一个又一个……你是我一辈子的朋友!他……他差点儿没把我弟弟的锁骨弄断……锁骨都裂了……"

泪水让塔尼娅喘不过气来,她用微弱的声音喊道:

"他一回来,一切还会回去的……"

"就算他回来,我也不会接受他了!"丽塔抓住她的手,塔尼娅挣脱了。丽塔再次捉住了她的手,用温暖的、肉肉的指头将它紧紧握住。

一周之后,她们就坐在了同一排。

在九月中旬一个阳光明媚的日子里,她们从学校里排成排走出来,丽塔说:

"烦人,我只跟你说啊,这个神经病……"

"哪个神经病?"

"还能有哪个?!叶果尔,烦人。你没听说他的事么?"

"没有……"

"喏,万一……啊?"

"或许,他逃走了?藏在某个隐蔽的地方……去海边了?没有么?"塔尼娅从丽塔手里接过一瓶波尔图葡萄酒。

瓶口染上了鲜艳的口红。

她一仰脖子。

第十四章

葡萄酒缓缓地流了下去,伴随着轻微的咕咚声,她始终没有摆脱那张激动而鲜明的脸庞,仿佛是在为叶果尔的健康干杯,或许这一切只是因为阳光——它正透过稀疏的树叶气鼓鼓地照射过来。

"讨厌,迈克尔·杰克逊要来莫斯科了,"丽塔转了转眼珠,"可以搞到票就好了。"

"你从哪儿搞到票?你知道一张票多少钱么?我可买不起。我爸爸还到处喊'把猴子给运来了'……"

"我妈妈跟我说:'去莫斯科看演出,钱都不够路费的。'……"

也许,塔尼娅和丽塔之间这种塑料姐妹花的关系还会持续多年,但塔尼娅总在苦恼,觉得自己没有一个真正的朋友。

与此同时,她还央求妈妈给她买了一个兰蔻的化妆品套盒。"你画素颜妆吧,可不用学你的丽塔,"莲娜神神秘秘地告诉她,同时向她展示了几个妆容,"你连最薄的打底霜都不用涂,不然就凸显不出你的好皮肤了,而且你老爸也看不出来!"

若有若无的香水味,明亮眼底里浅蓝色的阴影,浅浅的红晕——所有这一切再加上小小的雀斑,奶白色的肌肤和火红的头发悄然发生了化学反应,产生了质的变化,将塔尼娅变成了一簇温柔而又没有攻击性的诱人火焰。

那个秋天,塔尼娅开始有人喜欢了。男孩子们围绕在她身边,与她搭讪,试图约她出去,特别是奥马尔。一次,在课间休息时,他突然龇牙咧嘴地叫起来:"丢人!"塔尼娅还以为他喊的是:"看呐!"就在此时,他那乱蓬蓬的脑袋已经被阿富汗人拖着穿过了走廊。

然而,她根本没有注意同龄的男孩子们。在很长一段时间里,她都觉得那个讨厌的叶果尔正在某个角落里观察着她。她想要遇上一个和他势均力敌、甚至超越他的人,一个真正能够引起他嫉妒的人。但她一想到要和另一个人嘴贴嘴,不知为何又感到恶心,更别说做其他的事了。令她反胃的还不止这些,她感到自己的一部分已经沉迷在丽塔的酒瓶里,除此以外,这个秋天的树叶落得太快,草也衰得太快了。

到了晚上,从索夫里诺又传来了炮声。一入夜,军队的声音——非同小可的轰鸣声和射击声不绝于耳。父亲重重地拉上了窗帘,口里不停地咒骂着。

"爸,你怎么了?"塔尼娅问道,她正在做代数作业。

"马上就知道谁胜谁负了。"

几分钟之后,从他地窖间里传来金属的敲击声。

塔尼娅被公式搞糊涂了,她撕下了那页练习纸,走到窗帘的缝隙处。在他们家附近,一辆满载傍晚归家人们的电车疾驰而过,增添了额外的声响。隔着一闪而过的橘黄色窗玻璃,电车里的人们就像是一群蛆虫。

未来那场国民战争中谁会获胜,几乎所有人都漠不关心。

在那个九月,阿霞的命运出现了转折。

随着秋天的来临,山羊的脾气也越来越坏。如果说此前它还很少到窝棚外面来,现在则经常用角把门闩顶开跑到菜园子里去。它还在下雨天跑出去——有一次是在夜里,到了早上,布里昂采夫家人中的一位发现它浑身淋得透湿。

维克多给窝棚上了铁锁,阿霞叫得越来越大声了,还学会了弄断几根木板,从窝里逃出来。"把你家的畜生管好,不然我就毙了它,不留活口!"邻居尼基塔隔着篱笆吼道(塔尼娅想,莫非是他打死了扬斯,但马上又打消了这个可怕的想法)。

阿霞长久以来最大的恐惧与日俱增——落得被抛弃的下场。莲娜每次出门都要从窗子爬出去,免得惊动这个性情怪僻的家畜。结果就是她离家外出的次数越来越少,除了非常必要,比如上班,她基本足

第十四章

不出户。山羊只要听到离开的脚步声，随时都会不加掩饰地陷入歇斯底里的状态。哪怕其他人都在家里待着，它还是会不顾一切地嚎叫。塔尼娅出门上学的时候则饶有兴致地先将背包扔出窗外，然后再爬到下面的长椅上。维克多对此类把戏嗤之以鼻。此外，除了莲娜，没有人愿意再让山羊近身，给它挤奶也是到了万不得已的时候才做。

有一天，莲娜正牵着阿霞在树林里遛弯儿，路上遇到了守林人谢瓦。

他身材敦实，头发蓬乱，正赶着几只小山羊朝前走。他在村里以滴酒不沾、鬼点子多、大胸娜佳的丈夫和五个儿子的父亲闻名：两个小男孩，两个少年，一个已经成人了。

"苏格拉底哪去了？"莲娜好奇地问，紧了紧牵着阿霞的绳子，它正奋力朝同类的母山羊挪动。

"死了，"谢瓦忧伤地说，"我现在养的都是美人儿[1]。"

"我也受够了我家山羊了！简直无法忍受！"

"你不会跟它交流。给我——"守林人接过缰绳，把它扔进黄色的落叶里，然后面朝着山羊弯下腰，像对小孩子说话似的哄道，"哦，好了，好了！乖一点儿，傻孩子……别淘气！"

山羊像着了魔似的眨巴眼睛，嘴唇慢慢蠕动着。随后，它又像着了魔似的穿过白桦林，一路低着头，啃地上的草吃。

"看看你怎么对付它的！简直是个魔术师……"莲娜赞叹道。

"它的奶多么？"谢瓦认真地问。

"四升。"

"生了几胎了？"

"头胎。"

---

1 译者注：指母山羊。

他咂了咂嘴。

"它可真是你们的活宝!"

"真的!糟透了!神经都给它搞衰弱了!"

"嗬,好家伙。"谢瓦在耳朵后面挠了挠。

"千真万确!"

"它要是跟着我,可是能派上大用场……我能和它找到共同语言。我跟山羊生活了多少年……和它们打交道是有方法的……我跟山羊好着呢……"他带着令人反感的、但充满善意的微笑说,"我买下了!"

莲娜满怀柔情,忧心忡忡地看着阿霞在远处吃草的小小身影,不知怎么的脱口而出:

"好吧。"

"不会不给您奶的。每天一升——都是您的。您现在只需要悄悄地走,悄悄地,明白么?"

"也许,这样会好些,"莲娜松了一口气,"不管是对我们还是阿霞。他跟山羊处得多好啊!"

她于是踮起脚,沿着树林中隐约可见的小路,头也不回地朝家走去。

山羊在她身后连叫都没叫一声。

第十五章

这是几个不眠之夜。

维克多、钳工克列什和焊工库瓦尔达从早晨就开始了露天的工作,一直处在风口。他们凭借一己之力,在瓦尔松诺菲耶夫小巷里挖到了一条管道,灼热的蒸汽就是从那儿冒出来的。

矮个子的钳工将铁钎放到一边,半开玩笑地抽噎着,开始汇报情况,所有人对此早有准备。在他汇报的时候,另外两个人在凿沥青马路:

"一个电工……是另外一个抢修队。所有这些好像都是在大学路上发生的。那就早了。简单来说,有人用铁钎敲着敲着,就跟现在一样,结果碰上了电源线。"

库瓦尔达挺直身子,向上抛了抛铁钎,似乎是想试试它的重量,随后又继续挖起来。

"然后呢?"维克多问。

"然后?简而言之,铁钎就跟炮弹一样飞出去了,飞到了九霄云外……可能砸中了某个人,谁知道呢……那个人自己是烤焦了,这是肯定的,瞬间就化为灰烬了。听起来有点吓人——妈妈别伤心……你以为呢,在莫斯科的地底下有多少混在一起的东西——管道、电线、鬼知道还有什么,伸向哪里。得了,只要被击中,连害怕的时间都不会有……"他吹了一下手指,抢起铁钎对着沥青马路凿下去,就像是一只树上的啄木鸟。

"别说丧气话，"维克多说，他也在凿，只不过没那么有节奏，一会儿重，一会儿轻，"你怎么想起来他是个电工的？"

"随口一说呗。"钳工愉快地回应。

维克多朝地下吐了一口唾沫，随后非常准确地砸在上面，砸下去的地方变成了一个破碎的黑洞。

完成凿击工作以后，他们开始用铁锹铲，土堆随即在碎片状的沥青路上堆高了起来。

库瓦尔达阴郁地说：

"还记得科尔济宁么？他把一条狗咬了，他也挖过地的。"

这个故事深得所有人的喜爱。就在去年，钳工科尔济宁被警察局逮捕了。他们当时在特维尔大街挖地，一条小狗总是围着他们转。它被他们冒出坑外的头部吸引住了，不住地打转，狂吠不止，直到科尔济宁将它赶走。科尔济宁喝得酩酊大醉，蹒跚着朝它走过去，用牙齿咬住了它的尾巴。小狗疯了似的尖叫起来，它很快就被赶来的主人抱在了怀里。没过一会儿，警察也出现了。科尔济宁虽然被抓，但又被当场释放了，毕竟人家正忙着。"它叫个什么劲儿？"他生气地反复说。"把狗咬了。"——从那时起，他们的头儿阿巴耶夫就开始这么戏弄他。头儿是个面色苍白、终年戴着墨镜的男人。

头儿有时候也和他们一起出任务。一次，在温暖的中央供热站——那里经常能撞见醉鬼，他们发现了一名昏睡过去的警察，并把他扒到只剩下内裤。那人也没反抗，因为早已醉到不省人事。阿巴耶夫自己也有点喝多了，套上了警察的制服，更过分的是——在特维尔大街上，他从卡车里爬出来，径直走到了妓女跟前，就戴着自己的墨镜和别人的肩章。

他在她们旁边徘徊了好久，又是吓唬她们，又是冲她们要保护费，后来干脆要她们脱光。这之后老鸨现身了，忙不迭地跟她们说了半天，不住地安慰她们，说是不管怎样警察还是罩着她们的。没人能想到，这个条子竟然是假的。救援队员从卡车里看得一清二楚，都笑得前仰后合……

维克多、克列什和库瓦尔达放下了铲子，又抄起了铁钎。爆掉的那根管子虽然冒出了蒸汽，又形成了一汪水洼，却还是藏身在混凝土的管箱里。他们敲碎管箱，又花了一小时把它焊上。

回到队里，维克多跟搭档们在午饭时喝了一杯"皇家"，里面掺了水和一种名为"Yuppi"的黄色易溶粉末。

到了一点钟，就在所有人都昏昏欲睡的时候，新任务又来了。巡线员打来了电话，语气里带着抱怨，声如洪钟的调度员则把大家都吵醒了："起来，同志们，起来！"——她名叫丽达，头发灰白，瘦骨嶙峋，看起来像个男孩，不怎么讨人喜欢。玛丽娜·拉斯科娃大街上有根管子爆炸了，事态有些严重，所有人都必须去。

瓦列尔卡·别洛卢斯开车载他们去的，停在了卡车旁边。爆掉的管子就在地下中央供暖系统里。维克多打开混凝土大楼那扇不大的门，闪身躲在一边。白色致密的团状水蒸气在黑暗中翻滚，风带着享受的快感一会儿将它们聚拢，一会儿撕裂，沸水淹没了地下室和台阶，一直漫到门口。

一时间狂风大作，不知为何就像是半夜刮起的那种风。对，这就是夜风。"夜里病情都会加重，"维克多想，"天气在黑暗中也变坏了，还是这只是一种感觉？"房屋遮蔽了院子，变得黑洞洞的，像是睡着了，只有屋檐下边的一扇窗户里还亮着灯，红得发亮，仿佛是受命站岗的士兵，坚守这个不平静的夜晚。几棵杨树的树枝上，睡着的乌鸦像秤砣一样发黑。"夜中之夜，夜中之夜。"维克多有些迟钝地想，感到突然袭来的阵阵阴风把他的思绪全都吹走了，并且还在庭院和后街上扬起一片灰尘、落叶和垃圾。

　　秋季的夜——是夜中之夜，没别的。

　　三个人也可以完成任务，所以瓦列尔卡和其他队员——马尔采夫和德罗兹多夫才在车上睡着了，他们没有去。克列什小心翼翼地将水泵浸入台阶上的沸水中，水泵的延长线一直伸到房子最近的出口处，维克多就在那里将插头接到配电板上。半个小时以后，克列什顺着台阶走下来，同时也将水泵放到了地下室的地面上。开水从水管里流到了混凝土大楼的后面，那里顷刻之间就形成了一个小湖。

　　中央供暖系统里的水一抽干净，他们就往地下室拖来了焊接工具——气动的和电动的，两种都需要。真正在拖的只有维克多和库瓦尔达，克列什大多数时间在瞎忙活或者唉声叹气。反正台阶也窄，他在也是碍事。首先是气焊——他们分别提来了两个很沉的罐子，随后又喘着气提来了电焊工具，那是一个焊在小车上的铁盒子。维克多称之为"有轮子的棺材"。地下室里又湿，又闷，又挤，维克多习惯性地喊："汗蒸了！"然后实打实地用袖子擦擦额头。他打开了手电筒，在墙上寻找配电板。找到之后，巧妙地用小刀撬开了，按下开关——铁丝网罩里布满灰尘的大灯就亮了。

　　"你原来在这儿啊，我亲爱的。"传来库瓦尔达略带威胁的声音。

　　那根粗管子被另外一些已经看习惯了的锈迹斑斑的管子包围着，但与其他管子不同的是，这根管子上有一个不规则的大洞，几乎令它断成了两半。库瓦尔达在它周围敲敲打打，发出闷闷的响声，也就是说，这管子已经锈完了。如果声音是脆的——则说明还很结实。

　　"要切么？"克列什问得过于兴高采烈，所以维克多皱了皱眉。

　　"切！"库瓦尔达说，看了看身前。

　　维克多再次意识到，他无论如何也不会习惯这些孔洞，哪怕是管子上的（后者被称为"针管小眼"）。他总是带着某种神秘的惊叹看着这些洞眼，既有反感，又十分着迷，甚至有些许伤感。每当蒸汽弥漫、大水涌出的时候，他都想象是一场战争开始了，而他自己就是那个战士。

克列什去找合适的钢铁零部件了。库瓦尔达换上了焊工专用的防水上衣，卷起袖子，戴上面罩，以免头部受伤。

切下来的小块掉在库瓦尔达脚下。

"往前走吧。"他说，摘下了面罩。

维克多踩住配电板，从口袋里掏出一个状似圆珠笔的指示器，插在巨大的铜线堆里检测电压。然后，他从焊接机里拉出电线，小心翼翼地用扳手绕在接线柱上。

哪怕是下意识地，他也总是会想起在刚进救援队工作那会儿，那个壮实的老头加百利什教给他的几个实用地下妙招。本就应该如此——先上预备班。

有一次在房子的地下室里，他的这位导师掀开了防护板，一边往里面挖，一边兴致勃勃地跟他讲述自己在奥勒尔城下的游击队青春。维克多毕恭毕敬地站在一旁，在老头将扳手放在两根电线上时，他心不在焉地走到了另一堵墙边。电线一碰……火花像疯了似的四溅开来，一瞬间融化了扳手的钢嘴，溅得加百利什满身都是。

维克多扑向那团闪光。

"开灯！"老头嘶吼道。

"灯亮着！"维克多摸到了他的肩膀。

他转过身，烧焦的脸孔抽动着，胡须已经变成了灼烧的黑线。他瞪着一双疯狂的粉红色眼睛，维克多突然明白过来：他失明了。他抓住老头的手臂，后者还像之前一样天真地请求他："开灯！别犯傻，把灯打开，维杰克[1]！"他将他拖到外面，他顺从得像个布娃娃，不

---

1 译者注：维杰克是维克多的爱称。

停地大声呻吟。一直到了第四天，加百利什才恢复了视力，但也不完全。自那时起，维克多最怕的就是在防护板边上放松警惕。

他们将电气设备拖到管子旁边，库瓦尔达用手套拿着钢制的补丁，开始了严格的焊接工作——重新连接管道。响起了恼人的嗡嗡声，四溅的火星在空中由耀眼的白色变成了红色。维克多每次都在第一批火星迸溅之时偷偷地看一眼，随即背过身去，以抵御来自孩童时期的诱惑——盯着，盯着，再盯着，甜蜜的失明……他又想到了焊工季玛·图赫科夫，去年有一个火星竟然飞到了他耳朵里，致使他的耳鼓膜烧着了。

维克多爬到了地面，克列什紧随其后爬了上来。

"要帮忙？"马尔采夫从卡车上下来，问他们。

"不用，谢了，"克列什说，"库瓦尔达在焊……管子糟透了。"

一阵风刮来，吹掉了马尔采夫的烟头：它越过他落入了黑暗中，翻了几个跟头，还在一闪一闪的。

"这该死的夜！"克列什兴高采烈地说，放下只剩半截的香烟，烟头在风中变成了红色，像一面小旗帜一样鼓胀、抖动。

"夜中之夜。"维克多轻声说。

"什么？"

他不知该怎么回答，但来自上面的某个东西帮了他——夜晚的天空里分不清楚哪里是云，哪里是浓重的暮色。下起了斜斜的冷雨，有节奏的声音打在树下的树叶上沙沙作响，令人顿感不快。马尔采夫藏进了汽车里，维克多和克列什下到地下室，那里焊接的嗡嗡声一直没有停歇，火花四溅，库瓦尔达弓起了他宽阔的背部……

凌晨三点，活儿终于结束了。补丁折射出崭新的光泽，好像是被细密的针脚固定在旧管子上似的。

一回到救援队，瓦列尔卡、马尔采夫和德罗兹多夫便倒在床垫上

第十五章

睡觉。在前厅的沙发上，调度员丽达蜷成一团，在睡梦中她更像小男孩了。维克多、库瓦尔达和克列什轻声骂着娘，坐在了桌边。维克多在盘子里放上切好的香肠、奶酪和面包，开了一瓶新的"皇家"，拧开了金黄色的木塞："要不要弹一曲？"他倒了半杯，从长颈玻璃瓶里给自己倒了点水，又把玻璃瓶递给了库瓦尔达。克列什从罐子里灵活地捞出了一个红色的圣女果，用手指将它搓软，拿到脸旁边，就像是小丑的圆鼻头。

"我累死了。"库瓦尔达打了一个大呵欠，艰难地宣布。

"听说，晚上不睡觉，活不到六十岁。"克列什将圣女果的果肉挤进了嘴巴，果皮扔在了烟灰缸里。

"一点没错，"库瓦尔达点点头，像是赞同此话首创者的智慧，"谁会在夜里工作？都是最末等的人，跟你我一样……夜里从来没好事，偷盗，抢劫……"

"爱情。"维克多说。

没人回应他。

"那爱情呢？"他执拗地问。

"跟妓女。"库瓦尔达插嘴道。

"爱情……"克列什故意模仿他，"你不会还相信爱情吧？"

"不行么？"维克多皱了皱眉。

"喏，为了爱情！"克列什突然喊道。

他们一饮而尽。饮料散发出一股熟悉的烧焦了的橡胶味儿。

"我看他们就算是从坦克上摔下来都不会醒，"克列什拖着一种滑稽的语调说，"爱情……噢，爱情……我可不会忘记这种爱情……我的第一任妻子就叫柳波芙[1]。"

---

[1] 译者注：俄罗斯女人名"柳波芙"（Любовь）的意思为"爱情"。

他叫谢尔盖·克列霍夫,但救援队里大家都称他为克列什。他个头不高,北方人的长相,头有点秃,脸上总是显露出某种狡黠的神情,说出的话也令人捧腹。他在头脑清醒的时候,有一种沉着冷静的幽默感。但一喝酒就发颠,声音也提高了,尖细得刺耳,像女人那样唉声叹气,还会歪着嘴,在某句话的末尾哑摸哑摸。

"要我说?说什么?意思是,你们点了爱情这单呗?那时候我还年轻,刚从军队服役回来,在职业技术学院学习。在一个秋天看上了女邻居。大概就是这么回事儿。她住在对面。有一天,她站在阳台上,四处张望,而我正在给妈妈养的花浇水。她是个金发女郎,肩部裸露,看起来身材苗条。在远处显得尤其诱人。她要是一直待在远处就好了!我对她喊:'你好啊!'还挥了挥手——她笑了,也朝我挥了挥手:'你那边是什么啊,红色的小花么?'随即又笑了。那时候还是有过浪漫的!"

"没事儿,浪漫还能回来的。"维克多坚定地向他保证,一面又开始倒酒。

"你太乐观了吧,女人是改变不了的!"克列什将手伸到罐子里,又灵活地掏出一个圣女果,"她们谁都不爱。她们不仅当时没爱过,哪怕一百年之后也不会爱。之前,我都没怎么注意过这个小姑娘。那次不知怎么的突然开窍了!我站在阳台上,看到她坐着,手里捧着一本书,只能看到她露出来的半个脑袋。等啊,等啊……她一站起来,我马上说:'你好!你叫什么名字?''柳芭。''我叫谢廖沙!''啊?''谢廖沙!'她说:'哈哈!不是丑八怪,就是谢廖沙!'[1]'咱们别喊了!出去走走吧,阳光这么好!''我不行,要收拾

---

1 译者注:俄语中"丑八怪"(рожа)与"谢廖沙"(серёжа)是押韵的,此处柳波芙在讲俏皮话。

家里。'半小时之后,她的全身出现在浴室的另外一块窗户里,手拿一块湿抹布在窗户上擦着。长话短说,一个星期之后,我就同她出去四处溜达了。溜达归溜达,她从来没邀我去过家里,连电话号码也没给过我。每次都是隔着阳台示意对方:'你好!'——'你好!'然后就下去走路。我俩走路的时候,不是没话说,就是说一些不着边际的话。一开始,她甚至把手从我手里抽出来,更别说接吻了。"

"家教很严。"维克多解开了衬衫。

新一轮的酒精和水已经在杯里等着了。

"走近了看,她没有想象中的那么好,"克列什显然陷入了回忆之中。这个时候打断他几乎是不可能的。他絮絮叨叨地说着,甚至都忘了喝酒,"侧面看起来很胖。我不想令自己失望,就竭力不去看,假装什么都没有发现。她母亲在政府的贸易部门工作,她也步妈妈的后尘在经贸学院上学。我是什么?钳工一个。家族很大,有一栋别墅,但所有家庭成员都是工人,爷爷是工人,奶奶在纺织厂干了一辈子。之后的一个双休日,我父母都在别墅,我望了一眼,柳芭没出来,阳台是空的,窗户也都是空的。不会是生病了吧?不一会儿,有人按门铃。我开了门,门口站着一个女人。'你是谢尔盖?''是我!''我是柳波芙·索科洛娃的妈妈。'(我都不知道她姓索科洛娃)'您好!'我说。'你听好:别去烦我女儿。你干吗,想找麻烦是么?她有未婚夫,和她在一所大学学习。你别缠着她。她不好意思直接对你说这些。你明白么?'我有点失态,开始瞎扯。说我没缠着她家女儿,出去散步都是双方共同的意愿……她转身走了,楼梯里传来'咚咚咚'的声音。她踩着高跟鞋走了,砰的一下关上了楼道里的门。这就是我那个时候听到的。"

"于是你就输掉了爱情,"库瓦尔达一连喝了三大口,干掉了杯中的酒,"为了你的健康!"

"等等！"克列什摆摆手，"等等！几天以后的一个傍晚，我又看到柳芭的半个脑袋出现在阳台上。'柳芭！'我喊她。她点点头，但没有站起来。'柳芭！看书太黑了！快到晚上了！''我没有看书！我在喝茶！''我们去散步吧！'突然，她妈妈在阳台上出现了，开始狂吼，威胁说要叫警察。柳芭从阳台上溜走了。我父亲听到喊声跑过来，和她妈妈对骂……我母亲也跳起来大声嚎叫，把老爸拽到她身后。经历过这桩丑事之后，我打算把柳芭忘了。但越是努力，越是忘不掉。她反而越变越美好了。不论我听什么歌，看什么电影，她的身影都无处不在。我感到痛苦不堪，我个子不高，而她的未婚夫肯定是个高个子。生活就是如此不顺。"

克列什将杯子倾斜着放到嘴边，牙齿咬住玻璃的边缘，就着液体缓缓流动发出的嘶嘶声抿了一小口。

"哎，陷进去了，明显的。好样的。"库瓦尔达说。

"等等，别着急……"克列什意味深长地弯起食指。"几天之后，她在阳台收衣服，因为下雨了。我还是像往常一样。'柳芭！'她没回应。我们之间是一道雨帘。'柳芭！'她取下了最后一件衣服。'喂！'我对她喊着，不知怎么的，竟然翻过栏杆吊在上面。我向她转过头：'喂，你看！'我翻转了一下双手，栏杆很滑，结果就在'喂'刚说出口的那一刹那，我掉了下去。还好只有两层楼，下面是一片丁香丛。我掉到了丁香丛里，压折了几根树枝，顺便把腿也摔断了。清醒过来，第一眼就看到了她妈妈的脸，既恶毒又凶狠。'你还好么？救护车已经在来的路上了！'柳芭对我哭着俯下身，她的眼泪大滴大滴地落在我脸上：'谢廖沙！坚持住！求求你了！亲爱的！'我摸着旁边的丁香树枝坐了起来，向她伸出双臂。"

"真好！"维克多摇了摇头。

"真好？"库瓦尔达的眼睛瞪得比平时还大，"好什么？屁股跌烂

第十五章

了好么？好多都是这样年纪轻轻就毙命了……"

库瓦尔达——亚历山大·比罗格夫有一张草草拼凑而成，却又不失英俊的脸，他颧骨很高，下巴方方的，凸起的眉弓下面是一双天蓝色的鼓眼睛。他的额头上两道竖起的皱纹十分醒目，就像是飞翔的鸟儿张开的翅膀。他嗓音厚实，充满了不悦。

"你那时候几岁？"他问。

"二十岁，"克列什哑着嗓子说，"要不是这一摔，我还能再长高些。据说，人要到二十五岁才会停止生长。"

"后来呢？"维克多小声问。

"柳芭每天都到医院来看我，在我腿还打了石膏的那段时间，也来家陪我坐着。说是在我从阳台喊她的那一刻就爱上我了。还有之前，在我们还是孩子的时候，她看到我就喜欢上了，虽然那时我根本没有注意到她。她也根本没有什么未婚夫。总共就亲了几次，抱了几下……"克列什轻轻地拍了一下手。库瓦尔达咧开嘴，最后演变成了一个大大的呵欠。维克多把奶酪和一小片香肠放在两片黑面包之间，闻了闻，咬了一口。"我离不开她，她离了我似乎也不行。为了我们的爱情，她差点没考及格，我又躺在医院里，真是不幸。我们交往了半年——只接过吻……随后就想结婚了。所有的亲戚都反对，她妈妈和我妈妈说的话竟然惊人得一致：'你们想干吗？早着呢！必须把学上完！'但我们那时候已经想象着像成年人一样亲密了。我记得自己躺在那里想：'多幸福啊！'她也陷入了幻想……她母亲马上就开始催：'什么时候结婚？什么时候结婚？'婚礼举行了。我们住在她家里，地方大些。我爷爷还在世的时候，经常说：'婚前万事和，婚后衰成狗。'简而言之，摩擦从我们婚礼就开始了。酒席上就吵了起来。我们生了个男孩。头几年，我试着说服自己为了儿子活着。她的脾气越来越坏，第一次歇斯底里发作了，然后是第二次……这就是幸福!不是怪我把浴室的龙头拧坏了,就是钱赚少了,不然就说是像神经病,满身都是机油味儿,跟她走在一起丢面子……岳母总是站在她那一边,如果说妻子是母狗,那这位就是母狼,似乎随时都准备进攻。后来,柳芭想出了新招。不管我说什么,她一律嗤之以鼻,处处挑刺,以攻击的方式回应我。再后来,她开始讥讽我,这一切都是圈套:要不然就是让我屈服,要不然就是让我的亲人低头,有时候还想弄死我们。但我都忍了……最后实在受不了了,是因为我听到了'东西'这个词。"

"什么?"维克多聚精会神地问。

"东西。"

"多米诺[1]……"库瓦尔达呵呵笑了。

"东西,东西,东西……她就是这么叫我的。'那东西回来了!'——我下班回来的时候。'那东西已经躺下了。'——我隔着墙听见她对自己妈妈这么说。我从床上跳起来,披上衣服就冲了出去。晚上是在父母家睡的。早上他们还在睡觉,我就起来抽烟了。她一发现,就到阳台上对我喊:'谢廖沙,我又怀孕了!'我们又一起生活了十七年。不是生活,是互相折磨。为了什么?为了儿子和女儿……儿子不跟我说话,是她一手调教的。女儿有时候和我说说话,也是偷偷摸摸的。"

克列什故作激动地抽噎了一下,他的嘴歪到一边,明亮的眼睛放出光芒。

"之后,我跟另外一个女人结婚了,"克列什继续说,"普塔哈·纳塔哈。一切都跟第一个一样。看起来,注定这样……我不是在走捷径……她一开始撒泼,我就撒腿逃跑了……跑还是来得及的,好

---

1 译者注:俄语中单词"多米诺"与"东西"都属中性名词。

第十五章

在没有搞出孩子。"

"怎么,你现在是一个人?"维克多同情地问。

"有个离异的女人。我们有时候见见面。"

"满上,"库瓦尔达用低沉的嗓音说,"别换手。"[1]

维克多给所有人都倒上了酒精和水。

大家碰了杯,一口干了。

"但我跟布里昂采夫一家就像亲人一样,"库瓦尔达用拳头擦了擦额头,"正直的男人。"

"我真为你痛心,克列什,我可怜的谢廖沙。"维克多若有所思地说。

"可怜可怜你自己吧!"克列什又把手伸进了罐头里,但这一次什么也没掏出来。"我的情况还算好的。没有什么鬼把戏可言!我跟一个男人在酒馆里聊过。他结过婚,说与爱人情深意切。后来,他老婆被下了诊断书——脑癌晚期。他们的感情太好了,就决定一起自杀。吞了一种什么药丸,他被抢救过来了,妻子却死了,再没能看到这个世界。直到解剖她尸体的那一刻才弄明白,她根本就没有什么肿瘤——都是那些混账医生弄错了。他们甚至想把他弄到局子里去。时过境迁,他又爱上了一个带孩子的女人,但后来她也病了,只不过不是癌症,而是渐冻症。她就在他眼皮底下离开了,留下他和一个孩子。现在他在带别人的孩子。命运……"克列什哼了一声。"你们知道,他对我怎么说么?等孩子一大,他就喝药自我了断。'一了百了,'他说。他经常会梦见第一个妻子在召唤他,责备他……"克列什又哼了一声。

"有什么好笑的?"维克多忍不住问道。

---

[1] 译者注:俄罗斯一种古老的习俗,认为倒酒过程中换手就会招来厄运。

"谁笑了？"

"你！"

"闭嘴！我来讲另外一个服毒身亡的事情！"库瓦尔达将拳头高高抬起，伸了出去，"我在工厂工作。铸造车间。那里，就是工厂里，我跟一个厨娘好上了。"

"和厨娘？"克列什又确认了一遍。

"嗯，怎么啦？她在食堂给我们做饭的。胸——有这么大！看着就诱人。"

"漂亮么？"维克多问。

"还行吧……"库瓦尔达不紧不慢、掷地有声地说，"脸颊粉扑扑的。她就是太健康了，没别的。健康也害了她。她说话总是柔声柔气的。有一次，我站在那里问她：'腌黄瓜汤能吃么？'——'可以。'下一次我又问：'肉饼好吃么？'她望着我的眼睛：'好奇心可真强。'我也回了她一句什么。互相笑骂，说着俏皮话，直到最后才走。第二天，她一下就认出我来了：'都是新鲜的，味道都可好了，我自己尝过的！这个是肉馅儿的，好吃！'随后就扔过来一个肉饼。我接住了。就这么聊上了，下班后继续见面。第一天晚上，她把我带到了家里。给我做了饭，灌了酒，服侍我躺下了。一开始，我被这样的待遇震惊了。她一个人住，叫让娜。让娜，啊哈。冰箱坏了——她是从食堂里拿食物过来的，都是在那些跟她关系很铁的管食品的人那里拿的。后来才发现，她比我大五岁。但看起来比我小些。这都是因为她经常……被滋润……"

他的诉说很阴沉，甚至有些悲怆，就跟往常一样，即便是这样，维克多也准备好迎接最坏的结局了。

"我真是受够了她！哪儿都躲不开。往死里喂，往死里灌，往死里爱。不知道……心是没办法控制的。于是，我决定离开工厂，顺便

第十五章

也远离她。我另外注意到了一个女孩,她没主动贴上来,但也没拒绝。就这么开始交往了,她后来成了我老婆。我们就平平常常地生活,在一起过了十五年,生了两个女儿。我不是说这个!我说的是厨娘。我的感情在两条线上发展,重心在新的那条上。让娜意识到我想踢掉她了。有天晚上,我们在房门口碰上了,她问我:'要分手,是不是?'我丈二和尚摸不着头脑。她说:'我都知道了。你在跟另一个女人见面。你有什么要说的?'还能说什么?我说:'见了,就是见了。'她转身离开了,我也没去追……"

"对她们就应该这样。"克列什表示赞同。

"你们继续听我说。第二天,让娜在食堂给我盛了一碗汤。蘑菇的!我不说话,也不看她。我已经跟新人约好下了班之后会面,而她好像猜到了。我喝了那碗汤,把碗底都舔干净了。快到傍晚的时候,我感到肚子绞痛,但也没太在意。到了集体宿舍里跟新娘子一起喝红酒,然后躺下了……然后我整个人都不好了!止不住地放屁。一弹起来,发现床单上是一摊粪便的污渍。好不容易穿上了内裤。肚子里一塌糊涂!全揪在一起了!我跑到走廊上,冲向厕所,门锁上了。我使劲儿拉把手,一个老太婆从隔壁蹲位里出来了,看到我就大叫起来:'啊啊啊!'冲进蹲位以后,一个小时都没出来。整个集体宿舍的人都聚集在外面,打算把门撬开。你们知道怎么回事了么?我后来在想,是厨娘在汤里混进了蓖麻……就是这种混合物。"

"那个姑娘呢?"维克多笑了,问道。"那个新人?"

"没事,她原谅我了。告诉你,她最后成了我的老婆,一起生活到现在。"

"你跟你老婆还可以么,我是说在一起生活?"克列什不相信地问。

"可以啊,一切正常。但你说的是对的:一结婚,她就变成另外一个人了。我有个熟人,挺果断的一个小伙子,性子很直,我们在同一个厂里工作。洞房夜一看到妻子没化妆的脸,像一张灰色的饼子,马上就把她抛弃了。还这样说:'你欺骗了我!我以为你很漂亮,因为你都是带妆的,现在我算看清楚了:你的美貌是个骗局。如果一开始就是骗局,那接下来肯定只有骗局。'"

"兄弟们,还有谁经验丰富的?"克列什尖着嗓子问,带着某种突如其来的嗡嗡声,他的嗓音让维克多想起今天电焊装置的噪音。他目不转睛地盯着克列什,似乎是在等待,从他口中能蹦出火花来。

"好像超过十个了,"库瓦尔达回答,"有时候我会数一数,有的人从记忆里消失了,过段时间又记了起来,然后又开始数……怎么都数不清楚。"

"别害怕,我们不告诉你家莲卡,"克列什看看维克多,"说!我有四十三个!你呢?"

"少,少……"维克多有些发窘。

"快说!你肯定有故事……丽达睡着了。我们都是自己人……"

"干吗缠着人家?"库瓦尔达挺身而出。

维克多沉默了,完全不是因为他妻子跟他们共事,仅仅是因为没什么好隐藏的。他惊讶于他们的生活。他们是从哪儿勾搭到女人的?从哪儿找到的呢?除开莲娜,很久以前在地铁上与一位醉醺醺的戴帽子女士相遇——那次在他记忆中留下了空洞,还有几次与村里售货员拉雅的幽会之外,他简直就是一张白纸。

"说说你自己啊……说说莲娜……你们在哪儿认识的?"克列什眨眨眼,伸手去够酒瓶。

"真该揍你一顿,"维克多厌烦地想,还是放弃了,他站起身来,"我去洗把脸,马上就天亮了……"

他走到盥洗室里,开始用双手接自来水龙头下的冷水来喝。有那么一刻,他觉得自己仿佛是在河里浮游,被水流所裹挟。很冷,他于是撑住洗脸池,带着一种醉酒的陌生感好奇地望向自己的倒影——面色苍白,无精打采,发狂的眼神,蓬乱的头发,下巴上还有一个结疤的创口。昨天早上他很早起来刮胡子,因为快赶不上电车了,就不小心刮破了。这是多久以前的事了!但创口还在那里,可以摸到,结痂还很新鲜。

门厅里沙发上的丽达唱起了抱怨的二重奏,就像鸟儿一只接着一只地开始啼鸣;维克多迈着大步走到了外面。风停了,雨住了,但空气中还是有一丝凛冽的寒气。不可言喻的暮色在户外居心叵测地聚集起来,既没有灯,也没有星星。前方还是一片漆黑,在这漆黑之中不敢做多余的动作,因为任何动作都是多余的。

他的脸颊冻得冰凉。现在,经过刚才那个尴尬又扎心的饭局,维克多在黑暗中得到了治愈。这里曾有过他的未来。透过一九九三年秋天的浓重暮色,他突然看到了过去:马戏团的舞台,自己和莲娜,年纪还轻,正初次接吻,大叫"阿吉斯-阿别巴!"的小男孩,他于是不自觉地轻笑了起来。

他回到屋里,一直止不住地微笑。一起喝酒的同伴们都睡着了,他离开他们,好像就是为了释放瞌睡虫似的。库瓦尔达将头枕在伸出来的手肘上,双颊满是红光。克列什四仰八叉地躺在椅子上,肚皮从黄色的背心下面露出来。

维克多走进前厅,在抽屉里一阵翻腾,最后抽出一捆结结实实的旧报纸,每一份报纸的最后一页上都有他填过的方块填字游戏。他记得这里面混进了几个还没解决的难题。于是,他将那几份报纸找了出来,拿起一支值班室的圆珠笔回到桌前,移开杯子,开始填词。

"塞尔普霍夫的河流——纳拉。戏剧的文本基础——歌词。路边的沟渠——水壕。东比利牛斯山的公国——安道尔。"

电话铃响起来了——跟往常一样刺耳。第一声,第二声,第五

声……有人来回穿梭,库瓦尔达打了一个长长的呵欠,最后响起来的是丽达的声音,在半梦半醒之中显得异常坚定:

"你好,你好!我听着呢!哪里?马上!哦,稍等一下……"

维克多小跑几步过去,给丽达递上了一支笔,她立马紧紧攥在手中,开始在本子上记录:

"斯塔罗皮缅诺夫斯基!十一栋!几室?十一栋六室!好的!三号楼!好的!地下室!水管堵了?明白了!稍等!"

这已经是下一个救援队应该头疼的事情了。

整个救援队开始苏醒过来了。有人磨磨蹭蹭,有人站起身来,有人发出咒骂,有人在咳嗽,有人在喝东西,有人跑厕所。门开了——来了第一位替班的。

维克多急匆匆地套上自己那件深蓝色的外衣,跟所有人握手告别。

出门的时候,他被刚刚升起的太阳击中,呆住了,眯起眼睛,感到自己仿佛浸润在温暖的橘子汁里。他竭力抬起眼皮,逼着自己加快步伐,想一个人去地铁站。

他想起来,不知为什么,每次他喝了咖啡以后都不会更精神,而是恰恰相反——像在这亮光里一样,变得昏昏欲睡。"我的器官还真够反叛的。"他想。

在车站里,他慢慢地走过那些横七竖八的流浪汉身边,为他们也能晒到太阳而感到开心,他努力保持住嘴角的轻笑和神秘而温柔的蹙眉,仿佛自己是这轮朝阳的同谋。

上了火车,他坐在窗边,想到了自己的家人。莲娜在家怎么样?他对她发火了,真是不应该,应该对她好一些的。先回家吃顿饭,然后下午睡一觉,傍晚去整一下篱笆——从邻居波琳娜家那边开始弄……塔尼娅长大了,应当知道自己怎么才能跟上进度。现在学校的功课很难,有连他一个成年人都不是总能搞明白的作业……莲娜把山

第十五章

羊送走了，早就该这么做了……

他睡着和醒来的时候，都感觉不到心脏的跳动。在窗户上有块被阳光照亮的小牌子，上面写着"列宁语录"，他于是读了起来。

"下一站是'真理'站。"响起了司机嘶哑的声音。

"今天几号？二十号？结婚纪念日。十六年了，说不定莲娜也想不起来了。我是喝够了，就是这么回事。"他望向晒得热烘烘的窗户，外面闪过一丛丛金色的灌木和树林。他胆怯地冲着坐在对面的那个未成年小女孩笑了一下。她扎着红色的蛇形小辫子，跷着二郎腿，他总觉得有些地方像他女儿。

后排传来手风琴酸涩的声音，紧接着响起一阵惆怅的歌声。歌声悠扬，消融在车轮的轰隆声里。

这是一个经验丰富、还很年轻却已经过时的嗓音，带出了某种难以辨认的监狱歌谣之风。

第十六章

维克多一直睡到了傍晚。

他的内心充溢着一种宜人的平和。他拥抱了莲娜，将她紧紧压入怀中，轻轻晃动，然后吹了吹她的额头，弄乱了刘海。

塔尼娅坐在电视跟前——一群蓬头垢面的吉他手在屏幕上跳来跳去，活像会动的扫帚。

"我的斯维特卡来电话了，"莲娜说，轻轻从他怀里挣脱出来，"说是有人在驱逐他们。"

"从哪儿驱逐？"

"从'清洁胡同'那里。"

"谁要赶他们走？"

"就是那些……高加索山民。你记得么，他们说过的？在追悼会上。还是你都忘记那时候的事了？"

"哦，记得。所以他们这是想重新安置集体宿舍了。"

"旁边的公寓楼也被收回了。他们到处说'软的不吃——那就来硬的'。就这种语气。"

"斯维特卡怎么样？"

"她还能怎么样？那栋房子里的人全都被赶出来了。不是安置到郊区，就是给一笔少得可笑的安置费。阿福古斯塔也走了。房管处正和警察局交涉。大家都在给最亲爱的杜马议员们写信。全部石沉

第十六章

大海。"

"给杜马议员写信……多亏了叶利钦,现在什么事儿都有。以前这种行径做梦都梦不到!"

"你冷静点儿。这些想必是车臣人。你家哈斯布拉托夫的朋友们……"

"伊戈尔呢?他可是个能干的人。什么办法都没有?就这么力不从心?"

"不知道。斯维塔说,有一半房屋的楼梯都被封了。有个老太婆爬楼的时候从上面摔下来了。"

"真的假的?"

"斯维塔讲的……那瓦莲金娜不也……差点活到要遭受这种非人待遇了。还好斯维塔和伊戈尔有自己的房子。"

"搬去'清洁胡同'的都有谁?舒缅科?"维克多双眉紧锁,走到电视跟前按下了遥控器。

"爸!"塔尼娅生气地叫起来。

《议会时间》快要结束了。金发尼娜的谈话室里坐着两位军人,一个老年人,一个中年人。维克多突然惊奇地感受到一阵暴风雨来临前的紧张:那个年轻一些的军人他认识。他是捷列霍夫中校,"军官联盟"的头儿,神态端庄,衣着讲究,戴着眼镜,留着毛虫般的小胡子。他身板挺得笔直,不怀好意地一字一顿地说:"我们丑话说在前面:对于那些觊觎苏维埃政权的人,我们会不遗余力地打击。"另外一位则面带愧色、愁云密布,他双颊凹陷,头偏向一边。他的画面下方,有一行字在闪动——"米哈伊尔·提托夫,中尉将军"。

"我们的祖国正处于危难之中,"一个尖细且焦虑的嗓音响了起来,"它……它——是最亲爱的……"声音消失了。

将军开了口,用那只不大的优雅的手打起了手势,但听不见他的声音。就这样持续了有一分钟。

"斯坦尼斯拉夫·尼古拉耶维奇,请帮米哈伊尔·格奥尔格维奇正一下麦克风。"主持人说。

捷列霍夫朝提托夫靠过去,在他胸前的接线板上一阵捣鼓。

"都是些没用的。"莲娜说。

"还是我来吧。"红指甲在制服的翻领上摸索。

镜头里将军的脸变得巨大无比,他又尖着嗓子说了起来,一面说一面摆动脑袋:

"我告诉你们……我可是战斗在一线的……祖国……祖国——这是最……"

响起了一个刺耳的声音,屏幕上显示出彩色的条纹。

"喏,完了?"塔尼娅好笑地问。

维克多对她嘘了一声,摆了摆手。他被一种不好的预感攫住了。

忽然,在深蓝的屏幕底色上亮起了一串黄色的字符——"俄罗斯联邦总统告全国人民书"。

叶利钦那张面色沉重的脸出现了,他的头发灰白,短到几乎翘起。他看上去既紧张又威严。

"我在非常事件发生的前夕向你们宣布,"他俯向发言稿,眼神严肃地定在那里,"最近几个月以来,俄罗斯承受了严重的政府危机。我接收到了来自全国各地的声音,要求停止事态的危险发展。"

他拖着熟悉的鼻音,时不时冒出一个刺耳的音符,仿佛是在折磨一个塑胶玩具。

"想干吗?"维克多在屏幕前挑衅地问。

"大多数苏联最高苏维埃的领导人都奉行宽松的政策,这最终造成了总统的免职,政府的工作混乱……"

"说得很对!"莲娜从书架上拿下来一块积了灰的红宝石方块,吹掉上面的灰尘，又放回了书架上。

"当前的立法机构已经失去了作为国家权力最重要杠杆的功能……"

"快说正题！"维克多对着屏幕喊道，似乎在挑起一场打斗，"你到底想干什么？"

叶利钦缓缓将杯子举到嘴边，带着一种被压抑的尊严喝了一口。忽然，他显然像是听到了电工布里昂采夫的要求，用一种清晰且快速得出人意料的语速说出了下列句子：

"从今天起，苏联最高苏维埃和人民代表大会的立法、行政和控制职能不再生效。人代会不再召开。人大代表的职权就此终止。"

维克多转向妻子：

"你听到了？"

"我又不聋。"

"他竟然这么搞！"维克多震惊地重复了好几次，"——他竟然这么搞！"渐渐变暗的窗外掠过一只蝴蝶，色白而轻盈。"他完蛋了！"

屏幕里传来单调的鼻音："我呼吁外国领导人的支持……你们的支持意义重大……恳请你们了解这次的复杂状况……"

"会怎么样？"维克多小声说。

"还能怎么样？现在臣服吧！"

"臣服谁？不会是你吧？"

"事情每个人都有份。你也不例外。厨房里的灯闪了两天了——去检查一下线路。菜园里的苹果掉下来了，快腐烂了都……"

"你在嘲笑我么？"他弹起来。

"为什么这么说？"

"那里面说完，你又……"

"又怎么了？"塔尼娅向父亲投去厌烦且傲慢的一瞥。

"开战!"维克多绝望地挥了挥手,将一个看不见的酒杯砸在地板上,"代表大会放假了。他们连个理由都不给。但他……他没有权力……他们会给他颜色看的!"

"还想打仗……"莲娜似笑非笑,像是在观看丈夫出丑似的,用食指抵在太阳穴上转了一圈[1],"关你什么事?"

"你……就是条毒蛇!"他生气地喊道,"你从来都没想要了解过我的喜好!"

"喝多了吧,啊?"

"你们是看不到了!"

"我干吗要在这儿?"塔尼娅尖叫起来。

维克多迈开大步走了出去,跺得楼上砰砰作响。

塔尼娅走到电视跟前,换到了正在播放广告的频道。

三个卡通柠檬形象戴着墨镜,一群蓝色的巴掌和蓝色的鞋子在断断续续的进行曲中行进:"'百万乐透'能让您的美梦成真。"

她换了一个台,还是广告。带柱子的大厅里有一张长桌,衣冠楚楚的年轻人坐在桌子的两边。在他们上方是一位领导模样的中年人,穿着蓝色西装,胸前的口袋里露出一条天蓝色的手帕,头发是灰白的,和叶利钦一样。"最重要的是,我们对俄罗斯的复兴怀抱坚定的信念,"他庄重地说,紧握手中的铅笔,"每一天我们都必须意识到,数以万计的人们正将他们的证券托付给我们——'彼得大帝'协会!"声如洪钟的画外音宣布了办事处的名称,里面的办事员像石化了一般虔诚地坐着。

从余下的晚上到半夜,维克多都没有再说一句话,他待在晶体管旁边,专注地遨游在电波空间里,感到自己就像一位经验丰富的采蘑

---

[1] 译者注:这个手势在俄罗斯人看来有嘲笑、讥讽之意,指某人脑袋不好使。

第十六章

菇者，用木棒在森林的草丛中探索。

第二天莲娜要上班，而他则轮休。早晨，他已经在莫斯科了。

他从"克拉斯诺普雷斯涅"地铁站出来，迈着自信的步伐朝一栋建筑物走去，从那里吹来的风混杂着麦克风的尖叫声和篝火的烟雾。

天气很凉爽，秋日的阳光令它罩上了一层苹果的金黄色。这一晚上发生了很多事。

路上，他看到了一个敞开的水槽，里面的垃圾堆得快要溢出来了，水槽上用粉笔写了几个印刷体字母组成口号——"为了叶利钦"[1]。维克多放声大笑起来，眼里闪烁着调皮的光芒，一位公民看了他一眼："他算是完了！"

"快，快去那儿，善良的人们！"一群无精打采的老阿姨迎面走来，边走边喊，"我们待了一整晚！现在轮到你们了！"

不多时，维克多遇到了一个小路障。在道路尽头公园坐落的地方，是一堆沥青块、围栏、木头箱子、折断的树枝，四面都被钢筋水泥架围住了。这堆东西的上方盖着一条写了黑色字母口号的被单——"对不起，十字架上的俄罗斯！"圣安德鲁海旗[2]迎风飘扬，两道蓝色的条纹互相交叉。路障前面有一个戴着毛皮高帽的哥萨克在叫卖，他佩戴的银色肩章仿佛是老旧的明信片。他的脸短短的，神采飞扬，蜷曲的小胡子和两鬓都闪着金光。他甩动短马鞭，抽打在高高的抛光靴筒上。

"这是莫罗佐夫……哥萨克中尉……"声音从一群远远朝这边看

---

1 译者注：原文用的是俚语缩写 ЕБН。
2 译者注：圣安德鲁海旗作为俄罗斯海旗的历史开始于彼得一世时代。他亲自致力于海旗的设计，并尝试了很多种方案。据传说，有一次他在工作中伏案睡着了，醒来时看见阳光折射在云母窗玻璃上，形成了蓝色的十字架。

的女人当中传来,"哨兵分队……哥萨克哨兵分队……大家整晚都在搬石头!"

维克多经过路障和体育场外墙之间的小路,朝那堆篝火走去。箱子上坐着一个穿短呢外套的秃顶大胡子,在他两侧分别坐着一位身着黑色外套、袖子上有红色花纹的人,花纹上有样白白的东西。木板在火堆里燃烧得噼啪作响、火星四溅,在这堆篝火旁边,一把巨大的斧头在骄傲地安睡。

"你们打哪儿来,伙计们?"维克多俯下身问道。

"德涅斯特河[1]。"大胡子答道,抬起一双疑惑的黄色双眼。

"这画的是什么?"维克多碰了碰其中一个小伙子的臂章。

"曲柄钻!"那个人欢快而友好地解释。

"装模作样,"秃顶再次抬起了眼睛,含混的大舌音为他平添了一股奇异的男子气概,"你服过役?"

"如你所言。"维克多说。

"来我们这儿吧,现在缺成年人。"

"马上……我逛一会儿就回来……"维克多转过头迎着风,擦了擦脸上的晒斑,急匆匆地向前走去。

他迎面撞上一块标语牌,上面贴着新粘上的传单。他瞥了一眼黑体字的大标题——"劳工俄罗斯""民族救亡阵线""俄罗斯全民工会""代理总统令""俄罗斯大教堂"以及一张模糊而细长的斯特里戈夫将军[2]的照片。映入眼帘的还有几张因为粘上胶水而泛黄的照片,都是匆忙中随便拍下来的——"列宁墓旁的步行者""等待信号"。还

---

1 译者注:东欧一条西北—东南走向的分界河,在乌克兰和摩尔多瓦边境,最后注入黑海。
2 亚历山大·尼古拉耶维奇·斯特里戈夫(1943—),俄罗斯政治家,退休的克格勃少将,俄罗斯全民委员会主席。

第十六章

有一张照片,是一名工人在人行道上举起红旗子,他脚下是一具同志的尸体——维克多不记得照片的名字了。

他顺着矮坡上的草地哧溜下来,经过一群人,他们有的在吃东西,有的把纸张弄得哗哗响,有的蜷在帐篷里打盹儿。一个熟睡的人形卷筒头部有一块硬纸板,上面坐了一位约莫四岁、面色苍白的小女孩,她正忘我地同一只三色小猫玩耍,小猫围着她转,不时用爪子和小尾巴碰碰她。集会的声音越来越响,越来越清晰。

"莫斯科发声了!莫斯科发声了!"麦克风里传来一个嘶哑的嗓音,"我感冒了,我的朋友们。不过还是从床上爬起来加入了你们之中!"

广场上响起一片欢呼雀跃和热烈鼓掌的声音,仿佛是一只巨鸟受了惊正展翅飞起。

"谁在说话?"维克多身后草地上的一名女子问道,他停下了脚步。

"乌拉日采夫。"另一个女声回答道。

"第一位民主人士。就是他毁了军队,现在喊得倒挺大声。"

"哎,你就省省吧,别挑衅了!"

"我挑衅?"

维克多没有听全女人们的交谈就溜走了,但宣讲者发出的每一个铿锵有力的音节都钻进了他耳朵里。

在小矮坡的脚下他又发现了一个已经快要熄灭的火堆,一缕黑烟从暗红色的散煤中腾起。旁边是一个穿着棉背心的身形丰满的金发女郎,她正忧心忡忡地用一根断了的管子不断拨着残火。火堆四周坐着几个男孩和女孩,都目不转睛地盯着那根管子,他们看起来不比他的塔尼娅大多少。

"你们是什么人?"维克多用颤抖的嗓音问,他感到自己被他们的圈子吸引了。

"我们是波尔多斯[1]。"姑娘将管子递给了头发淡金色的年轻人，后者显然已经准备好接替她的工作，随后她直起身来，冲维克多笑了一下，温柔而虔诚。

一根高高的钢制旗杆扎入地里，顶端飘着一面绿红黑的三色旗，旗子上印了黑色的拉丁字母。

"诗意化社会是全民幸福理论的实验品，"姑娘像说绕口令似的大声喊道，"听说过这种说法么？格利岑卡，等一下！"她从年轻人手中拿走管子，蹲下身来，从怀中掏出一张揉成一团的报纸，将其展开后铺在煤块上。转眼之间，欢快的火苗就蹿了出来。"我们来扔木头吧！木头！"她带着哭腔喊道，于是所有人都站起身，从火堆旁捡起树枝和木棍朝火里扔去。

篝火突然变旺了，像是在贪婪地吞吃。

女孩再次站起身来，用那不知怎么的带有显著孩子气的浅蓝色眼睛盯着维克多。

"援军很快就要从乌克兰过来了。您不是乌克兰人吧？我们的人在哈尔科夫有很多，敖德萨也是。我们认为每一个人都有写诗的能力，只要愿意，篝火旁在座的人都可以朗诵诗歌。"

"还会出版一份口头报纸。"一个笨手笨脚的黑发男孩附和道，他无所畏惧地将手伸到火里拨弄树枝。

"提醒得太及时了，普里尼亚科夫！口头晚报。每个人都要说说一天里做了哪些有意义的事。"

广场上的尖叫再次沸腾起来。

"宪法法院的决议对于裁决来说必不可少。"有人在麦克风里叫嚣

---

[1] 译者注：波尔多斯是法国作家大仲马的小说《三个火枪手》中的主要人物之一，其他两位分别是阿多斯和阿拉密斯。

第十六章

着,就像是风声在壁炉管道里呼啸。

维克多朝火堆里啐了一小口。

"别吐口水!"一个姑娘生气地跳了起来,"你自求多福吧!一吐口水,力气就没了。口水吐在哪里,那里就会起纷争。"

"好吧,被你说服了。"他笑了笑,朝广场走去,那里也是山坡缓缓流入的地方。

"您回来,我们还要念诗呢!"叫声从他背后传来。

前几排的席位自由而分散。人们走来走去,互相攀谈,但建筑物附近的那群人密集地挤在旗帜下面,不时发出响亮的齐声喊叫。雪白而巨大的白宫悬在广场上方,在阳光的照射下它众多的窗户闪闪发光,仿佛是由冰雪融铸而成。长长的阳台上因为站着演讲者的关系显得黑乎乎的。风从斜对面吹来,在他们面前扬起一片篝火的青烟,像是一条单独的主横幅。

"他们会被母亲诅咒的!"维克多辨认出了车臣女人萨日·乌玛拉托娃[1]的声音。他眯起一只眼,看到了她棕色的皮夹克,浓密的古铜色头发和不断挥舞的拳头。"他们从奥斯坦金诺就开始散布关于我们的谎言,一整个谎言的帝国!昨天在篝火旁边一个年轻人问:'萨日,我们怎么才能获胜?到底要上哪儿去呢?'"

广场上一阵痉挛。突然,从玻璃墙的墙根到小矮坡的脚下掀起了一阵此起彼伏的喊叫声:

"到奥斯坦金诺去!"

"到克里姆林宫去!"

"奥斯坦金诺!"

---

[1] 译者注:萨日·扎因济诺夫娜·乌玛拉托娃(1953—),有"苏联最后一块碎片"之称。出生于一个车臣家庭,曾是工厂女工,后成为俄罗斯有名的政治家。

"去哪儿?去奥斯坦金诺啊,去哪儿。"

"先去市政大厅!"

"克里姆林宫!"

"都去奥斯坦金诺!"维克多声嘶力竭地喊道,完全屈服于一股未知的力量,这力量使他从灵魂中发出呐喊。

"我告诉他:走向人群。到你的朋友、邻居、兄弟、亲家母家里去,到陌生人家里去。打电话给不认识的人,说最简单的话……"萨日用拳头碰了碰麦克风,整个广场响起嘎巴一声,像是有谁把听筒给扔了。"叶利钦帮派必受审判!"

人群在前面挥舞着旗帜,喊声震天。

在离维克多不远处,一对面色绯红、穿着讲究的恋人依偎在一起轻轻摇摆,身着粗线褐色套头毛衣的男人从后面抱住一位穿着漂亮的粉色上衣的女人。混合了葡萄酒和香水气味的微风吹拂在维克多脸上,一个甜美多汁、微微喘息的声音传来:

"噢,达尼,我们是要把他赶走么?鲍里斯啊,达尼!哈哈哈!"

维克多右手边是一位身材健硕、毛发稀疏的男子,他正若有所思地捣鼓着装有天线的晶体管转轮。

"听到什么了么?"维克多饶有兴致地问,仿佛认出了他的灵魂伴侣。

"他们在用粪便涂抹我们,就是这么回事儿。"男子以一种出乎意料的热情答道。"《议会》电台已经关闭了,现在改播音乐。我以前只听这个节目。《俄罗斯》电台一开播我就关机。我们现在像是闷在一艘潜艇里,集会都发生在水底,整个国家根本不知道。我们也没法再发出别的信号了。"

"那是因为他们没掌握马克思主义,"从容不迫的声音从一个老头口中传来,他的皮肤像羊皮纸一样粗糙,戴着一副镜片很厚的眼镜,

第十六章

镜片是绿色的,跟酒瓶底一个样,"不熟悉形而上学,连辩证法都没听说过。"

"您是做什么的?"维克多问那个男人,想知道他们是否曾经一起工作过。

被问的那个人则将接收器凑近耳朵,心醉神迷地眯起眼睛,就好像是贴在地上倾听奔腾而来的鞑靼人马群那致命的铁蹄声一样。

"我是谁?哲学家。"老人轻声笑了笑,以为问题是向他提出的,"理工科博士,自我介绍一下,基里·米哈伊尔·扎哈洛维奇。"

维克多看到他伸过来的手,便也伸出手去,两只手颤抖着紧紧握在一起。

"你问我么?"矮个儿男人沮丧地折起天线,"开车的。机械师。这边桥下面有我们的汽车厂。冬天被解雇了。现在没工作。《议会》广播是个好节目,很真实,被停播可惜了。知道塔季亚娜·伊万诺娃么?啊哈,我可是听了。她的声音真是……让人心痒痒。不知道她长什么样儿?她在不在这里?不知道?可惜了。"

广场上的人群开始向前挪动,人声鼎沸、掌声雷动,又变成了一只渴望飞上阳台的小鸟。维克多睁大眼睛,看到阳台上有个穿着蓝色西装、头发蓬松、火红胡子的人。

"俄罗斯的公民们!"

维克多往前挤了挤。

"我发誓,在有生之年是不会向这些败类投降的!我会战斗到打完最后一发子弹!"具有爆炸性效应的话语断断续续,淹没在了掌声中。"国债券——都是一纸空文!几戈比就能把工厂卖了!整个国家被总统的经济和政治路线搞垮了!"

广场上沉寂下来,人们深吸了一口气,疑惑从城墙飞向山包,从一个人飞向另一个人:

"什么？"

"哪个？"

"哪个总统？"

"你不就是总统么，妈的！"

"上一任！"

演讲者一时口误，而举着旗子的众人已经在拼命高呼，仿佛现在的一切都将由此决定："上——一——任！上——一——任！"

演讲者失神地脱口而出：

"上一任。"

人群里响起了疯狂的掌声，旗帜像翅膀一样翻飞，成千上万个声音凶狠地嚎叫，将一个新的现实植入了大胡子男人的脑袋，后者默默地吞下了麦克风前的空气，让他记住自己是谁，让他坚持到最后一颗子弹：

"卢茨科伊——总统！卢茨科伊——总统！卢茨科伊——总统！"

维克多和所有人一起大喊，他看见窗玻璃在阳光下闪闪发光，折射出云母般如梦似幻的希望。

他开始一边往前挤，一边看着脚下，绝大多数都是穷人的鞋，不仅灰尘满布，还磨损得厉害。

前方还矗立着四顶帐篷，维克多绕过其中一顶——在它旁边远离马路的草地上人们正以出乎意料的整齐合声唱着《喀秋莎》，朝巨大的玻璃门廊走去。那些西装革履的人显然是杜马代表，他们被众人关注的目光锁定，似乎在进行热烈的讨论，虽然在他们头顶阳台仍然轰轰作响。大楼里隐约可见议会警卫队中警察的蓝色制服。玻璃板上贴着一些纸片，有法律条例，还有张一俄尺[1]长、描绘叶利钦的彩色讽

---

1 译者注：旧俄长度单位，1俄尺=711.2厘米。

刺画：大额头，紫红色的鼻子，下方是紧抿的嘴唇，两道剑眉，巨型酒瓶被一只缺了三根指头的大手紧紧攥住。

在立有"急救站"牌子的桌子后面，一位穿着白大褂、身材高大的女人正轻拍一个画有红十字的盒子。那张放着"志愿军"标牌的桌前坐着一位身着迷彩服、英姿勃发的老兵，他身旁站着一个身形匀称、面色沉着的年轻人，也穿着迷彩服，肩上扛了一把自动步枪，一头浓密的栗色头发。好几个男人围着这张桌子，那个老兵仔细地核对着护照和面孔，在一本厚厚的笔记本上记录着，救援队里用的也是这种厚笔记本。第三张桌子贴有"给宪法捍卫者"的标牌，在两个老太婆的监视下，桌子上摆着几个苹果、长条吐司、一挂香蕉，还有一个方形的透明盒子，里面一半塞满了钱。维克多盯着她们看了好一会儿，就像看水族馆里的鱼类，随后他在口袋里一顿摸索，毫不吝惜地将一张纸币投入了盒子里，就为了这个面额的钱莲娜可能会当场把他打死。

"……建立在欧洲民主制的基础上，"他听到了讲话的片段，于是踮起脚尖让视线掠过拥挤的人群头顶，看见墙边站着一位瘦削的男子。他打着一条宽边的祖母绿领带，戴着金边眼镜，脸上的毛发像漆黑的灌木丛一般茂密。

"那是谁啊？"维克多问站在他前面的那个驼背青年。

"卢缅因采夫。"[1] 青年故作聪明地对他窃窃私语道。

"啊——啊——啊。"维克多对这位杜马议员有所耳闻。

"能够控制执行部门的强有力议会是任何一个有尊严的民主制的标志。"杜马议员狂热地说，揉搓着自己长长的手指，仿佛在手掌间

---

[1] 译者注：奥列格·赫尔曼诺维奇·卢缅因采夫（1961—），俄罗斯律师，政治和政府活动家。非商业性组织"宪法改革基金"的主席。

有什么东西在滚动。

"西方为什么支持叶利钦?"响起了一个略带挖苦的声音,说话人显然已经不年轻了,"他们再民主也民主不到哪儿去了……"

卢缅因采夫神经质地笑了一下,猛然摊开双手。

"先别急,亲爱的朋友们,"一位穿着深色工作服的大婶站了出来,可能是部门的某位工作人员,"代表大会上已经开始组织签名了,之后会对克林顿总统发起弹劾,这样一来他就不会支持我们那个下流货了。"

周围的人们将信将疑,发起牢骚来。

"说得倒挺好,就是很难相信。"又是那个略带挖苦的声音。

紧跟着人群发出了愤怒的喧嚷声:

"活在自己的想象中!"

"对!终于找到该信谁了!信敌人!"

"他们有权把我们所有人在这里解决掉。我们在大使馆看到狙击手了。"

"那有可能只是扛着摄像机的记者,"卢缅因采夫飞快地给出了一个职业性的假笑,"我们还是觉得,事情没到狙击手那一步,是不是?我认为解决的办法很简单……"机关枪似的语速压倒了微笑,他还在不断加速,"叶利钦一旦不再施行他那条激起众愤的指令,之后总统和议会的换届选举就会和全民公决同时进行,全民公决上将提出几个关于宪法的方案。没人反对吧?"

"没有!没有!"响起了几个半信半疑的声音。身着制服的女人叫得比其他人都响,捣蒜般地点头。

"反对!"有人喊道,剩下的人立马吵嚷起来:

"电视里都在说瞎话,哪来的什么选举?"

"必须审判那个缺手指的人!然后施以绞刑!"

第十六章

"必须拿下克里姆林宫!"

"拿下克里姆林宫!还有奥斯坦金诺!"

"必须有奥斯坦金诺!"维克多一口气说完,热情洋溢地用五指轻拍了一下前面微驼人的双肩。

随后他往右边挪了挪。人群的中央站着杜马议员巴布林[1]。他仪表堂堂,留着讲究的西班牙小胡子,专注狡黠的双眸和浓密的头发中有一绺白发。他身上有某种首都人的精湛技艺,总能用西伯利亚的谚语把话圆上:

"他们自己把自己逼入了死角。夜里我们所有人的电话线都被切断了。一大早我们的导演米哈伊尔科夫和戈沃卢亨就来了这里——委员会大楼。杜马议员们也从全国各地赶过来了,他们在火车和飞机上就各种被拍摄、阻拦,但我们还是组织到了有效的人头数。"

"谢尔盖,谢尔盖,"一位身着连衣裙的姑娘顽固地叫唤,她的裙子在胶皮雨衣里微微发蓝,一条粗大的黄色辫子搭在胸前,"您要是能代替哈斯布拉托夫就好了!"

人群发出喧嚣,他们推搡着彼此,发泄出了最隐秘的热望:

"事件说明一切!"

"谢廖什卡!宣布召开代表大会吧!"

"早就该这样了!"

"让哈斯[2]下台!胜利是我们的!"

杜马议员的脸变红了,他往后退了一步,靠在墙上,胡须似乎变成了蓝色:

"这该由全体成员定夺……"

---

1 谢尔盖·尼古拉维奇·巴布林(1959—),俄罗斯政治活动家、学者型的律师。俄罗斯联邦荣誉科学家。下文中的"谢尔盖""谢廖什卡"皆指此人。
2 译者注:指上文中的"哈斯布拉托夫"。

维克多再次往右边挤了挤，没入旗帜下方的人群当中。集会继续进行，露台上的发言人换成了传奇的安比洛夫，他在旗帜的映衬下整个人都变得红红的。所有人都定住了，将脸高高地仰起，仿佛为了止住鼻血。维克多也抬起了头，红色的布料拂在他的脸上。

"同志们！"维克多甩了甩脑袋，想要摆脱红旗，随即看见露台上有一个呈拳击手姿态的矮个子，"同志们，武装起义万岁！我对卢茨科伊说：'亚历山大·弗拉基米尔维奇，别让人民为难，给他们武器！'"演讲者的声调紧张而疯狂，就好像是在不断挥舞的拳头上裹缠什么东西一样，"同志们！现在也不要浪费时间！准备好莫洛托夫鸡尾酒吧！不用害怕任何人、任何事！矿工、切尔诺贝利人和水手与我们同在！列宁、斯大林、莫洛托夫、普希金和马雅可夫斯基与我们同在！"

周围响起了鼓掌声和咆哮声。

"冲——锋——枪！冲——锋——枪！"一个穿着破烂制服、戴着生锈矿工帽的男人边叫边跳，似乎想要飞起来，他的这身装扮活像在卫国战争时期。

维克多挣脱了标语旗帜的怀抱，开始绕着人群观察。他穿过集会人群的边缘，所有的口袋立马塞满了传单，随着"等一等"的喊声，一只蓬头垢面的狼人[1]凭空出现了，散发着甜腻的酒精味儿。他给了维克多一本名为《俄罗斯土地从何而来》的纪念册，必须要对折才能收起来，为此维克多在他手掌上放了几枚硬币。

他走到广场的尽头，来到一幢像是奥林匹克中心的大楼前面，一楼是白色的，二楼则是巧克力棕色。一排狭窄的小窗立在屋檐下

---

1 译者注：指土耳其青年新法西斯主义组织"灰狼"的成员，该组织于1980年非法成立。

第十六章

边,建筑物的正面被某种黑色的、尖锐的物体刻了字,像是用煤炭写了一串咒语。维克多放慢脚步,从右向左读了一遍:"灵魂不在美国!""市长——小偷!""艾琳,你相信谁?"……建筑物的一角高高扬起,直插云霄,巨大而奇妙,仿佛一座古代雄伟的神庙以此为支点。当他抬头仰望,目光顺着大理石爬入天空时,不由感到一阵头晕目眩。他从头晕中挣脱出来,强迫自己做了几次深呼吸,以抵御那种迷失和恍惚。

他被教堂的歌声吸引住了,旋律是如此地简单,以至于他一下子松了一口气,也跟着低声哼唱起来。这是从拐角处流泻而出的一支唱圣歌的宗教队伍:酒红色的古旗,身着黑色紧袖长袍、胡须油亮的神甫,干瘪的女子……或许是因为疲惫和过度紧张,或许是因为吸入了过多的油漆味,维克多突然有种脱离时空之感。他混入了队伍当中,一边跌跌撞撞地向前走,一边笨拙地画着十字。有人给了他一幅道林纸的圣像画,金光覆盖了他的整个胸膛。"这是沙皇尼古拉,拿着。"他抓住了圣像,与其说看到,不如说感觉到在他们前面人群闪开了一条路——人们露出了各种表情,有困惑,有嘲笑,有赞许,有痴迷。他感觉好极了,于是歇了一会儿又和他们一起唱了起来:

> 上帝啊,保佑你的子民吧,
> 庇护你的财产,
> 赐予抗战的胜利,
> 用你的十字架守护你的住所……

他们沿着那栋无边无际的建筑走走停停。当维克多环顾四周,他似乎是从一个陌生人的视角认出了这个地方,并且感到这一切不像是发生在他身上。大楼的正门,用石头堆成的稀疏的路障,空荡荡的大台阶,金色的冷冰冰的字眼"最高委员会"……河边的花岗岩,一段秋日里灰色的河道,一座桥……市政厅的玻璃书大楼,这里以前是经济互助会,之所以叫"书楼",是因为造型像一本打开的书,上面有着醒目的红白相间的广告牌——"三洋。日本制造。"……汽车发出"哔哔"的声音,一辆电车缓慢驶过,窗玻璃上贴着瓦莲金娜·阿列克谢耶夫娜那张如同白色斑点的脸……

他们又唱了起来,开始向前挪动,谢天谢地!碰到一地落叶……再次停了下来。脚下是长方形的石块,黑色的普列斯尼亚英雄纪念碑和石头做成的旗帜,低矮的拱桥……拱桥旁边有一个生锈的铁桶嗡嗡作响,铁桶上方翻动着肥腻的火舌,发出一股臭气——烧的东西不对劲(塑料抑或橡胶)才冒出这种烟。

神甫双目微闭,口中念念有词,他全神贯注、满怀同情地吟唱起来,张开那只红红的、像鸽子般温顺的眼睛环顾四周,随后便开始用那个被他紧紧攥在小手中的巨型十字架赐福众人。维克多是最后一个走上前去的。都不用看其他人,他就猜到了该怎么做——在弃儿般的抽噎中低下头去,一块冰冷的铜块便迎上来封住了他的嘴唇。"基督复活了!"从蜷曲的大胡子里传出领头的叫喊,维克多看清了大胡子的细节,下面是一点点白色,像是蘸进了盐里,还有深色织物上闪亮的银线,忽然——他看清并且嗅出——那是蜿蜒流下的汗水带有盐渍的痕迹。"耶稣复活了!"他不合时宜地喃喃自语,想着:"好像不是复活节啊。"

他摇摇晃晃地离开队伍,坐在铁桶旁边的一块长石上休息。

"怎么了?不舒服么?"一个胖胖的脸很光净的男子问他。

"就是有点累。"

"烟抽多了么,大叔?"一个绿色鸡冠头的小伙子专注而放肆地盯着他。

第十六章

"怎么会,他刚跟那个神甫走在一起。可能是宗教狂热分子。"响起了一个孩子气的大胆声音。

"玛赫诺·涅斯托尔·伊万诺维奇[1]就没动过神甫,"胖男人宣称道,"最重要的是神甫要站在我们一边。"他咬牙切齿地说。

"过路的,你站在谁一边?"一个被烟雾笼罩的男人用低沉的嗓音问道,他皮肤黝黑,看起来脏脏的,令维克多想起了他青年海军时代的朋友阿曼。"你到底站哪边?"

"您干吗咄咄逼人,让他喘口气吧!"有人挺身而出。

"哎,听见没,你对无政府主义怎么看?"低沉的嗓音坚持问道。

维克多开口了(他感到双脚开始发热):

"我们国家本来就是无政府状态。一团糟……喉咙好干呐,没有水么?"

"在无政府状态下多幸福啊,必须得争取才行!"男低音递给他一个保温杯。

吸入一口芬芳的蒸汽,他吞下了又酸又热的液体,五脏六腑在瞬间就被这粗糙的柔情安抚了。他再次贪婪地喝了一大口,含有草叶香的液体直接注入了心脏。

他将保温杯还给主人,后者追问:

"那你到底支持谁?"

"我谁也不支持。我支持俄罗斯。"

"这里所有人都是支持俄罗斯的。"绿色鸡冠头的男孩急切地打断道,维克多的脑海里突然浮现出"鸡冠子"[2]这个词。

---

1 译者注:玛赫诺·涅斯托尔·伊万诺维奇(1888—1934),无政府主义革命者,无政府主义的实践者。在1917—1922年的卫国战争期间领导了乌克兰的农民起义军,著有《回忆录》一书。
2 译者注:朋克用语,朋克发型中的一种。

"支持俄罗斯,好嘛。我为我们的人民感到遗憾。我老婆……"所有人都沉默了,维克多用不大的声音说,"她支持叶利钦。我什么都懂,对整个世界的形势了然于胸。只要是关于政治的,我什么都读。我以前是高级电子工程师,做太空设备的。而我现在呢?在地下倒腾管道。蠕虫……我一直都追求真理,就是这样。我不知道耍什么花招,也是生平第一次参加集会。但我会为我们的人助威到底。"

"我们的人是谁呢?"胖男子略带嘲讽地问。

"卢茨科伊就挺好——飞行员,哈斯布拉托夫也不赖——文化人,又是教授,对他们的诋毁很多。杜马议员也有不错的,安比洛夫说得很清楚,要清除所有这些……物价简直在飞涨!什么都买不到。据说,冬天所有产品的价格还要上调。没听说么?"

"我们都是自己挺自己的!"鸡冠头小伙子激动地说,他头皮上的其他部分都被剃光了,在一层轻薄的绒毛下泛起粉红色,"每两个人中间就有一个垃圾。夏天,我们在列宁博物馆跟巴尔卡绍夫派[1]的人打了一架:我们的人用酒瓶子把一个法西斯分子的头骨砸碎了。从那时候起,他们就想报复。我们的'麻雀'昨天被要挟了(没人知道谁叫"麻雀"),他被按在墙上恐吓:不离开这里就干掉你。"

"你们应该团结起来……所有人……所有人……"维克多喃喃道,"不然就会出岔子。你们是一起的,但之间也有战争。就像我跟我妻子,好像是一体的,又好像各自为战。"

"离了吧。"男低音出主意了。

"我有个女儿。"

"他有个女儿。"一个披头散发、穿着灯芯绒夹克的男子低声说。

---

[1] 译者注:巴尔卡绍夫派,巴尔卡绍夫分子,即参与和支持以阿·帕·巴尔卡绍夫为首的亲法西斯社会政治运动"俄罗斯民族团结者"。

第十六章

"而且我爱她，"维克多补充了一句，为了让大家都明白他对妻子的感情，"我爱她，所以原谅她。我们还是羡煞旁人的一对呢。"

桶里好像有什么东西爆炸了，传出真切的出气声，烟尘腾空而起，四处蔓延，黑色而刺鼻的气体试图咬住鼻孔，抓伤眼睛。

"你没有尝试说服她么？"胖男子站了起来，一条狭长的干木板斜亘在他面前，露出弯曲的生锈钉子头。维克多没有回答。他发现周围地上还有一些木条，应该是从篱笆上脱落下来的，涂着斑驳的灰色油漆。胖男人灵敏地将木条塞进桶里，然后迅速跳开。

"国家，教会，家庭。"桶的另一侧有人回应道。

"怎么说？"维克多追问。

"不需要你的家庭。"男低音解释道。

"我的？"维克多双手做了一个握紧的动作，像是要抠出鹅卵石来。

"总的来说，这还是个值得商榷的问题。"头发蓬乱的男子抖动了一下。

"我的也不需要，虽然我结婚了，你的也一样，"胖男人急切地回答，一屁股坐在旁边。"成千上万的家庭都将消亡。整个国家都是多余的，没有政权就简单多了。私有财产就是罪恶。"

"自由不仅你需要，你老婆也需要。"男低音的声音。

"一个好的左派能稳固婚姻。"鸡冠头男孩哈哈大笑。他的鸡冠子像是用草药染绿的。

胖男人嘻嘻笑着，将气球似的头歪向一边，又仰起来，指向某个地方。维克多的目光扫过木条上方，随后没入了树叶泛黄的街心花园里。在每两棵杨树之间都立着一棵枫树，枫叶更大且更密。

"怎么会这样？"一个猜想让他打了个激灵，"所有人都能互相睡么？"他用手掌在圆石上拍了一下。又拍了一下。拍击的声音听起来很温柔。"也许你们是这样,但我是无法改变了。好吧,比如说,现在所有人在婚前都做过,但没人会说出来。不过,这也应该。但十五年前呢?一切都不是这样。我是这么想的,而且肯定也不止我一个:如果要嫁人,就清清白白地嫁人……"

从圆桶上腾起愤怒的火焰,一簇火星飞溅到他的膝盖上。

维克多大叫着弹了起来,一边跳,一边抖落灼热的猩红色"草莓",还不断地拍打自己的双腿。他站在那里,仔细端详了一会儿裤子。一缕轻烟从他的膝盖处消散,就像从"祖父烟草"的烟屁股上消散一样,与之一同消散的还有原先的疲惫感。

"得,别尿在酒杯里!"[1]他默念了一句儿时的座右铭,朝着无政府主义者们、圆桶和一九〇五年英雄的纪念碑慷慨地鞠了一躬,随后头也不回地离开了这群人。

走着走着,他听见身后传来各种嗓音汇聚成的喊叫。他回过头,看见在街心花园的深处似乎排了一条长队。他走近一些发现,这是一小撮三十出头的人,穿着黑色的夹克,袖子上还有红白相间的袖章。在一旁聚集着一堆妇女,七嘴八舌地议论,显得十分焦灼:

"年轻人说他叫米拉?"

"他们都叫他彼德罗维奇。"

"打过仗……"

"哪儿,在哪儿?"

"在塞尔维亚!"

"巴尔卡绍夫?"

"巴尔卡绍夫!"

一名敦实的男子手持短枪在队伍前面踱来踱去。

---

[1] 译者注:流行用语,意为"不要担心,不要害怕"。

第十六章

"兄弟们,我们来这里不是为了当杜马代表,不是谋取他们的席位和'伏尔加'牌小轿车。"他的声音带点慵懒,仿佛要融化似的,"我们来这里是为了俄罗斯人民。假如民主主义者获胜,那么数以万计的俄罗斯人将丧失生命,到时候就会有数以万计的非俄罗斯人来替代他们。"

他身着黑色的皮夹克,留着浅棕色的胡子,生着一对冷漠的灰色眼睛。一些酒滴状的胎记从他的太阳穴一直延伸到颧骨。

"没有俄罗斯人的俄罗斯——不是俄罗斯!"他用左手一把抓起手枪,似乎是漫不经心地将右手甩到身前,"荣耀归于俄罗斯!荣耀归于俄罗斯!"他大喝了一声,双手向上举起并停在了空中,像是通了电的电线。

维克多回到了广场上。

人们或是形单影只,或是成双成对地从篝火和帐篷那边涌向玻璃墙,再返回来。一群人挤在入口处,旁边站了几位杜马议员,还摆着一张登记志愿者的桌子。

他走到广场中心,那里聚集了一大群听众。稍稍分开如同窗帘布一般枯朽的老头老太,他便看到了圈子里面。在抛光的原木上坐着一位身穿白衬衫和红色无袖外套的男子,他在没精打采的篝火上方伸出双手。他嘴唇很厚,下唇丰润,眼睛是蓝色的,黄色的刘海儿搭在额头上。他嗓音嘶哑地说着什么,迷人地做着鬼脸,手指在篝火上方颤抖,右手的手指有些奇怪地弯曲。

"被折断了。绑架。"维克多回忆,再次认出了安比洛夫。沥青剥落了,露出卡其色的旅游帐篷。

"我们支持苏维埃政权,但必须重申一遍,这些议员先生不是我们的盟友,而是同路人。是他们把我们放在叶利钦的脊背上,并且自己行使了总统的权力;是他们提出了可耻的俄罗斯独立和相应的节日[1];是他们批准了别洛韦日协定[2]。还记得我们想要把他们驱散的那次么?讨伐白宫。一九九二年十二月的时候。"他转动眼珠,伸了伸脖子。

"记得,记得……"四面八方响起了回应。

"怎么会不记得,维克多·伊万诺维奇,"一位枯瘦的老太太凑过来,她戴着军绿色的船形帽,一身的制服,肩章叮当作响,"维克多·伊万诺维奇!"

"就是!"

"你该穿得更像样些。会感冒的,我们没了你可怎么办?"

"维克多·伊万诺维奇,你吃点吧……温的,不烫了,"是一个姑娘悦耳的声音,她伸出手来,手掌上放着一个磨碎的土豆。维克多很快记起了她深色的辫子,那是他参加完追悼会之后在列宁博物馆旁边看到的。"我们在隔壁的火堆旁跟彼楚什金一块儿烤的,已经撒了盐了!"

"怎么,把彼楚什金都给烤了?"安比洛夫笑得很灿烂。

"不不,彼楚什金只是帮了我而已。"姑娘真诚得有些发窘。

安比洛夫接住那块看起来像石头的土豆,将姑娘的手握在自己的手里,维克多看到了黑色的指甲油。

"维克多·伊万诺维奇,你不要吃盐,吃盐不好!"嫉妒的声音从一个面色红润、嘴唇鲜红的老太婆嘴里传出来,她留着一头淡紫色的

---

1 译者注:指俄罗斯独立日,1990年6月12日,俄罗斯联邦第一次人民代表大会通过了俄联邦国家主权宣言,1994年将这一天定为俄罗斯独立日,2002年之后,又称为"俄罗斯日"。
2 译者注:白俄罗斯、俄罗斯、乌克兰关于建立独立国家联合体的协定。1991年12月,俄罗斯总统叶利钦、乌克兰总统克拉夫丘克和白俄罗斯最高苏维埃主席舒什凯维奇在别洛韦日森林举行了《关于建立独立国家联合体的协议》等文件的签字仪式,表示:"我们白俄罗斯共和国、俄罗斯联邦和乌克兰是苏联的创始国,签署了1922年的联盟条约,因此我们指出,苏联作为国际法的主体和地缘政治现实,将要停止其存在。"

第十六章

卷发。

安比洛夫朝她转过身去，仍旧保持着微笑：

"我可不能没有盐！打死都不行！亲爱的同志们，我们不如一起唱歌吧！萨尼约克[1]，你在哪儿？"

在原木的一头坐着一个快活的年轻人，正摆弄着一把吉他。他扎了满头金色的小辫儿，有一个坚定上翘的鼻子。

"切·格瓦拉司令……"安比洛夫眨了眨蓝色的、还在闪动着火花的眼睛，"没学过？"随后，他用嘶哑的嗓音一字一顿地唱起来：

> 站在历史的高度，
> 你勇敢的太阳在哪里？[2]

年轻人不好意思地挠挠鼻子。

"你听过《古巴在近旁》[3]这首歌么？"

"翻车[4]？"

"就是'青春已逝……古巴在远处，古巴在近旁……'怎么，没人听过？"安比洛夫露出了宇航员的胜利微笑，用欢快的目光扫视了一圈，然后停在了维克多身上——这目光似乎将他穿透了，正向他发出挑战。

"我知道。"维克多忍不住了。

---

1 译者注：萨沙的爱称。
2 译者注：原文为俄语字母拼成的西班牙语歌词，是一首流传在古巴的关于切·格瓦拉的歌。
3 译者注：俄罗斯乐队"被禁的鼓手"在他们1999年的首张专辑《杀死黑人》中收录的歌曲《古巴在近旁》。
4 译者注：俄语里的"古巴在近旁"与"翻车"这个词听起来很相似，因为被问者没听过这首歌，所以听成了"翻车"。

1993

"你好，丘拜斯[1]！"安比洛夫将外皮已经烧成灰的碎土豆块塞进嘴里。

有人的手风琴在轻声呜咽，似乎想要压过吉他。

"我不是丘拜斯，"维克多苦恼地说。

"那怎么头发是红色的？原谅我，同志！"安比洛夫塞了满嘴的东西大笑起来，"会唱歌么？"

"会一点儿。"维克多阴沉着脸说。

"演奏呢？"

"以前会。"

"你在我们这儿可算是经验丰富了！快过来这边。怎么称呼？"

"跟你同名……"

维克多坐在了那个叹了口气递过吉他来的年轻人的位置上。他来回拨了拨松弛的琴弦，感到了箭在弦上，一时间血气上涌，便大胆地唱了起来：

> 远方没有惊扰到任何人，
> 我们来自全球各地。
> 我们汇聚在海平线之外。
> 这里，在你年轻的土地上，哈瓦那。

吉他上贴满了很多红色和黄色的贴纸，签名和图画都已经模糊不清了——维克多完全沉浸在了歌声中。他无所畏惧地唱着，生怕会显

---

[1] 译者注：丘拜斯（1955—），俄罗斯政治家，俄罗斯-犹太血统的商人。曾在1990年代初，以鲍里斯·叶利钦政府具有影响力的成员身份负责俄罗斯的私有化进程。在此期间，他是苏联解体后引进俄罗斯市场经济和私有制原则的关键人物。

第十六章

得可笑，但他感到：他成功了。

> 我头顶的天空，我头顶的天空——
> 就像一个草帽，就像一个草帽！
> 黄金海岸，黄金海岸——
> 巴拉德罗，巴拉德罗！

他为自己的记忆力感到骄傲——巴拉德罗。他甚至了解那是古巴北部的一个度假胜地。

> 雨滴掉落下来，黏稠而孤单，就像汗滴一样。
> 成千上万双眼睛看着你，哈瓦那，
> 我们不知疲倦地说了千万遍：
> 古巴很遥远，古巴很遥远，古巴——在近旁！
> 这是我们说的，这是我们说的！

"唱得真好，小子！"安比洛夫眯起暗淡的眼睛。

穿着印有红星足球衫的姑娘晃动着液体般的乳房说：

"来参加我们的篝火大会吧，今晚我们还在这儿。"

雨滴还在持续下落，有一滴充满自信地在衣领后边，顺着他的脊背流下来，维克多仰了仰头，又一滴雨点打在他的额头上，巨大无比，仿佛是三指画的十字[1]。天空中飘浮着一朵厚厚的乌云，人们在不知不觉中四散走开了。

---

[1] 译者注：1653年尼康宗教改革之后，原先用两指画十字的东正教礼仪开始变为三指，只有一部分固守传统的旧礼仪派仍保持两指画十字。

"帮帮忙!"一名身形消瘦的男子跳到火堆旁边,他穿着一件破烂不堪的外套,这令维克多想起那块土豆皮,"海滨路全面崩溃了!那边的路障愚蠢得可笑。已经开始修建正常的路障了,但人手又不够!必须要减轻那边的负担。维克多·伊万诺维奇,下命令吧!"

火堆闪了一下,发出嘶嘶声。

"我不下命令,只提建议。设路障是一项神圣的工作,"安比洛夫转了转眼珠,瞬间变黑了,似乎反射了天空的颜色,"我们里面谁不怕雷雨?"

"怕什么雷雨?"一个戴着围巾、穿着长靴的小老太笑了起来,她那被雨水打湿的满是皱纹的脸颊缩成了一团,"我们有份报纸就叫《闪电》!在我乡村的童年时代,有一次,一个球状闪电飞进了我们家里。我和父亲站着没动,它又自己从窗户飞出去了。自那以后,我就一点都不怕雷电了。我邻居家有个小孙子,是个好孩子,人聪明,但胆小。只要一打雷,他就钻到床底下。他的曾祖父被闪电劈死了,看得出来,这就是遗传……"

倾盆大雨开始了。仿佛一时间广场上所有的玻璃墙都在发起进攻,或者也可以反过来说——大自然开始向大楼发起了猛攻。

"乌拉!"有人嚎叫起来,跑上了小山坡,随后消失了,就像被击中了一样。

灰色的冰流堵住了人们的嘴,令他们目瞪口呆。满头金色小辫的年轻人瞬间淋得狼狈不堪,他冲向维克多,抢过吉他,然而不慎将吉他掉在了地上——好在脚下不是沥青路面。

广场顷刻间变得空无一人,雨水横流,烟雾弥漫。有人钻进了帐篷里,而帐篷因为那些进来躲避的人们变得鼓胀起来;有人蜷缩在门口的遮阳棚下边,一个劲儿地敲门;还有人撑起了预先准备好的雨伞。安比洛夫推开淡紫色卷发老太婆递来的雪青色雨伞,他环顾四

第十六章

周,浑身透湿,怒不可遏。他的下唇上挂着一滴雨水,无袖衫紧贴着里面的衬衫。近处一道光亮的闪电令他的眼中充满了某种超然世外的东西。他转身朝白宫走去,将运动鞋里的水甩得吧唧作响,很显然,运动鞋对他来说太大了。"吧唧,吧唧,吧唧",走在一旁的维克多听着这个响声,五脏六腑都湿透也冷透了。"砰!"一声巨响,像是一捆手榴弹爆炸了,雨下得更猛烈了,如同装上了新式洒水器。安比洛夫运动鞋的吧唧声淹没在了凶猛的水流声里。

几分钟之后,半裸到腰的维克多、吉他少年(他沿着花岗岩的台阶跑上去,将吉他连同维克多的毛衣和背心一起,放在突出的大理石下面)、不怕打雷的小老太婆和十来个浑身透湿的人聚在海滨路的大门口,开始维修路障。在冷水的浇灌下,维克多满足地绷紧浑身的肌肉。尽管在这种天气里并没有警察来干预他们,这一心血来潮的路障建设也几乎没有任何意义。他们小蚂蚁搬家似的从附近搜罗来各种分量十足的重物:先是砸开,之后又是拖又是滚,直到全部堆放在一起。

他们齐心协力地行动,面对着阵阵水流和在水洼表面疾驰而过的没有灵魂的汽车,仿佛是在反抗一个想要将他们冲走的人。

这里已经立了成排的倒置的垃圾桶,"明斯克"牌掉了门的冰箱——里面全是水,还有靠在冰箱上薄薄的屋顶铁片,呜咽着闪闪发亮。维克多正帮忙推一个绕着电线的巨型木制线圈,推到指定的地方之后,他又立即跟随地表轰隆的响声跑到了相邻的街上,那儿是一家织布厂。人行道上,三个人拖了一个生了锈的博物馆级车床,上面印有数字"1937",这是生产衰落的纪念碑。维克多从前向后开始了工作。他旁边是一位制服湿透了的老军人,制服上别着军官联盟的铁质红星。从天空中,从白宫的窗户里,或是从乌云上往下看,维克多觉得自己就是一只顽固的红色蚂蚁,黏附在一根红色的针上,但不知为何，这让他感到很开心。随后，他用撬棍撬开了长石板，小老太婆满怀热情地接住，将它们堆成一个稳稳的塔楼。他钩住并翻起另一块长石板，发现了一条珊瑚色的蚯蚓。蚯蚓在细雨中无助地扭动，维克多回头看了看老太婆，递给她一块石板，正巧碰上一道蓝色的闪电划破灰色的天空。闪电看上去似乎击中了沿岸"乌克兰"酒店的尖顶，从边缘照亮了整栋建筑。河水闪闪发亮，像被火燃着似的一直燃烧到底部。

过不多时，暴雨似乎精疲力尽了，逐渐停息下来，各种声音瞬间突破了重围。

"我们去院子里吧！秋千，旋转木马，过山车！"戴帽子的高个男子喊道，从他的帽子里流下汨汨的"小溪"。

"我不会动孩子玩的东西！"退伍军人也用他的口气吼道。

"得了吧！我们这么做是为了所有的孩子！现在的和将来的！"

"现在架子都是木头的，很容易拆掉，"老太婆活跃起来，"我家院子里就有个木头秋千，还有用原木做的玩具。这些拿来很容易。"

"可怜可怜孩子们吧！"军人近乎哀求着攥紧了双手。

维克多明白，是时候离开了。他顺着花岗岩的石阶走了上去，做了几个不连贯的体操动作，将自己塞进了湿漉漉的衣服里，随后冒雨朝地铁站进发。雨渐渐小了，发出模糊的响声，在水洼表面吹出一个个苍白的泡泡。

"就是为了把你们炸死！"镶有玻璃的车站传来一个声音。

穿深红色皮夹克、长得跟野猪一样的年轻人从长椅上哧溜下来，从马口铁盒里呷了一口啤酒，对着空气喊道。

"你说谁呢？"维克多严厉地问。

"我说这些……"

"这些什么？"

第十六章

"这些混蛋……"

"他们是谁?"

"这些……火车开走了。别妨碍我生活。"

"怎么生活?"

"像所有人一样生活。吃吃喝喝,看看好看的电影,给牛挤挤奶。姜味奶油,时髦玩意儿。那个……叫什么来着?电脑……能看到全世界。你怎么站雨里?到我这儿来,避避雨。"

"这个国家被出卖了,人民生活在水深火热里。"

"哦,你这是怎么说呢!不,大叔,您的口号对我来说一点用都没有!您能给我什么?"

"永生。"维克多深吸一口气,不明白自己为什么这么说。

"不,神父,你还是走吧,我看你啊,比我醉得还厉害……快走开!"

维克多转过身。

"凡人。"他鄙夷地想。

第十七章

他不会相信——莲娜背叛了他。

他太过于频繁地控诉她的背叛,以至于她总是像对待一个讨厌的傻瓜那样对他置之不理,所以他从很久以前就没有怀疑过她对自己的忠诚了。

如果维克多知道真相,他会大吃一惊的。

从她怀孕的第一天起,他就开始打压她。她总担心自己会被遗弃(与科斯佳的那段往事永远伤害着她,在她的心中埋下了不确定的种子),这又引来了越来越多的恶意攻击。她害怕表现出依赖和软弱,想让自己看上去像个女皇,但心里却惶恐不安。

在怀孕期间,她都忘记该怎么想象爱情了——恐惧总是冲刷着她。就是"冲刷"这个词,像是温暖肥皂水的波浪。她试图逃离这间令人感到不快的公寓,哪怕是依照维克多的愿望——搬入郊区,她想,可能在郊区生活会更加顺心。她生他的气,觉得他又无耻又可笑;她也生自己的气,觉得过于便宜了他,都没嫁一个莫斯科人,而是嫁了第一个碰到的巨婴;也生气自己变成了一个行动不便的女人,还没来得及好好看看这个花花世界;还生气自己容易受孕的体质,早早怀了他的孩子。

她咬紧牙关,假装开玩笑地对瓦莲金娜说:

"哎哟,我这是造了什么孽啊?也许是得尊重嫁人这事儿。"

第十七章

"莲诺奇卡,这是因为妊娠反应把你折磨得够呛。一怀了孕,人们就对什么都不满意。经常因为这个闹不愉快。一不愉快,很容易就吵架。我们这儿有个小姑娘,是建筑师,有段时间休产假,角色没转换过来,连丈夫都不能见,一见就要呕吐。可怜的丈夫成天担惊受怕,抖得不行。等到孩子一生出来,立马全好了。现在他俩跟没事儿人一样……"

"会过去?"

"会过去的……"继母以过来人的口吻居高临下地说,"你该高兴才是。其他人想怀孕还怀不上,得不停找医生。你丈夫是个好人,他要是有哪里没做对,你就多担待点儿。你难道就是最正确的?丈夫难道会离开一个好妻子么?好妻子难道会抛弃自己的丈夫么?"继母顿了一下,知道自己说了不该说的话,似乎是在暗示莲娜的妈妈卡佳。"也不一定,一切都有可能,这是自然的。但没有耐心是在哪儿都行不通的。你以为换一个会更好?只会更差!"

瓦莲金娜的话稍稍令她有些安慰。

怀孕第五个月,她遇到了一位举止怪异的妇人。有一回在妇科保健所的走廊上,一群人正等候就诊,一位白发遮面的老妇人正一边用力扯断白发扯出线绳断裂的噼啪声,一边大声说:

"姑娘们,别宝贝那个洞眼[1]!洞眼用不着宝贝!洞眼不需要宝贝!"

老妇人是以训导的口吻说的,难道她忘了周围都是孕妇么?她是故意混进来的?还是打算和妇科医生讨论肿瘤的事?

每个人都很尴尬,眼神躲闪,掩嘴窃笑,一面还用小册子挡住脸。只有一个四十岁上下的女子,用她那双洗衣女工的疲惫大手抱住膝盖,请求道:

---

[1] 译者注:青年人之间的俚语,指女性的阴道。

"别乱说了!"

听到老妇人夸张的语句,莲娜忽然带着报复的快感自言自语:"没关系,一生完我就……"她补充道,"去他妈的,想跟谁就跟谁。"

她是在莫斯科的比罗格夫卡医院生产的,整整生了一夜,痛苦万分。塔尼娅的出生,让生活变得愈加艰辛起来。每当她远离人群、坐在八月泛黄的花园中,手中抱着吃奶的婴儿时,焦虑感就加重了,但依照瓦莉娅的建议,她第一次试图把火气压下去。她忍受着满是填字游戏的报纸(要不在窗台上积灰,要不就是摊在地板上),忍受着充满海腥气的汗味,甚至是伏特加和自酿酒的气味,忍受着他在酒醉后的妒忌,以及那些关于她过去和尚未发生之事的盘问……

有时候小孩也让人心烦,经常醒了就哭闹。她用温柔驱赶了这种烦恼。孩子也让人高兴,但她头脑里总有一个念头挥之不去,就是必须找一份薪水低一些、假期长一些的工作,在村子里总是死水一潭。偶尔,对丈夫的爱意会突然涌上心头,他不在的那些夜里,她长久地等待,倍感寂寞和煎熬。之后便会美化他的脚步,他的话语,甚至是他的嗓音,更何况他还无私地照料孩子。莲娜逐渐平静下来:这就是忍耐和爱吧,而一旦那种他永远也不会离开她的自信出现,她就不知为什么开始想要一些别的、明亮的东西,并且她记起来了:"我好歹也是个漂亮女人啊。"

她与维嘉还是很和谐的,甚至他的气味也不令她讨厌。与怀孕期间不同,平常她还是很愿意和他同床的,即便如此,她还是不时感觉到自己还没有尝过真正爱情的滋味。

维克多总是埋头于图纸,自己在房间里捣鼓破铜烂铁,很少洗头、整理发型,不用香水,惜字如金,打呵欠的声音巨大。最主要的是——他变了,爱慕者的激情褪去之后,他再也不会在她面前战战兢兢了。不论怎么粉饰,裂隙还是出现了:他不再答应带她去看芭蕾舞

第十七章

或是买个冰淇淋,还不断暗示她所犯下的某些令他烦躁的错误。或者他也没有暗示——但在他日常的、平凡的、最为温和的话语中,莲娜已经听出了暗示。为此她会复仇的!……

傍晚,她在花园里摇着婴儿车,一边等待丈夫从车站出来,一边开始幻想。她在想象中描摹了一个浪漫的幽灵,来自吸血鬼的种族——气质优雅,风度翩翩,闪亮的头发从中分开,目光也富有光泽,含情脉脉。她的第二个丈夫热爱并且了解戏剧;他用词准确,语调温柔;他慷慨大方,谦逊有礼,从事外贸或者外交官的工作。"他会如何对待孩子呢?谁会要拖着个孩子的我呢?谁会要我呢?"才二十四岁——就要一动不动地坐在这个摇篮旁边,听任青春像小火车一样从"四十三公里站台"呼啸而过么?然后再过三十年。再后面——没了。就像同事奥莉娅开玩笑说的,"滞销货",在仓库里盛灰的。

她还搬到了乡下住……这儿谁能看到她?他是故意把她拖到这儿来的……

事实上,她也没法弄清楚自己究竟需要怎样的丈夫。

上中学的时候,她喜欢上了优等生维塔利·阿斯特拉罕金,他是个娇弱的男孩,生着一张高傲的面孔,小麦色的头发,高贵,冷漠,轻盈;大院里还住着和他截然相反的人——小混混焦玛·格里德涅夫,一头动作迟缓、绵软无力的畜生,像是被灌了开水一样,不知为什么总喜欢粘着他。她等待着,看谁会注意到她。只有一个外号叫"死人"的雷兹洛夫对她表示了兴趣。他似乎生来就只能得3分,不仅被优等生也被小混混鄙视。在技校,她和一个瘦削的金发少年吉马·佐梅尔接吻了(他的专业是钳工维修,像德国人一样勤勤恳恳),很早以前她就注意到他了,而他似乎觉察到了她的关注,在一次纵情狂饮中摇摇晃晃地主动发起了攻势——开始用带着波尔图葡萄酒味的嘴唇亲吻她。一个月之后，他就被火车轧死了，就是为了（莲娜自己想象的）让她的一部分也随之在铁路的呼啸声、火车的鸣笛声、刺目的探照灯里和暴风雪的漩涡中消失。

一年过去了……塔尼娅已经能下地走路了，但莲娜白天仍旧在那个摇篮里哄她睡着，然后像往常一样在香蕉树丛中把摇篮推得吱吱作响。那年八月，她的膝盖上总是躺着一本《我们现代人》杂志（继母给了这个稀奇货），上面刊登着皮库尔的小说《在界线上》。莲娜学会了在不抬眼的状态下分辨是什么车刚刚经过，是救护车、卡车，还是电气火车，甚至还能区分出它们走哪条线路：是从莫斯科出发越来越近，还是越来越远。有时候，火车经过的时间重叠在一起，确实叫人难以分辨。没多久，莫斯科电气火车就到了，它嘶嘶地冒着气，莲娜等待着丈夫走来，等待从邻居的篱笆墙那边传来精疲力竭的"唉哟——唉哟——唉哟"，还有击打橡胶的声音。

门闩响了一下，篱笆门吱呀一声，莲娜再次翻开了杂志：

"你好呀。"

"好。"

维克多以主人的姿态靠在婴儿车上方，挡住了阳光，散发出一股浓浓的啤酒味儿。

"咿哎——哎——哎哟！"从篱笆墙上甩出一个长长的尾音，布里昂采夫夫妇同时回过头。

在灰色的木条和一团支离破碎的覆盆子后面闪过一片黝黑的肌肤，一个小伙子像青蛙一样跳起来击打单杠上深红色的球状物。

"喜欢么？"维克多问。

"运动员啊！"莲娜不无嘲讽地说，感到有些尴尬。

"你这么坐着真好：想读书就读书，还有人运动给你看……"

维克多咧嘴笑了，散发出愈加浓烈的啤酒味儿。她觉得那股酸味

第十七章

就来自于他闪亮鼻尖上的几个雀斑。

"这么坐着真无聊。"莲娜说。

"那你想怎么着?躺着?"

"我什么都不想。"

"你想的话,我们就养条狗。"

"你怎么不说养牛羊呢!你也知道,我现在忙孩子都忙不过来。"

他在婴儿车绿色的顶篷上转圈抚摸着:

"发燥了!好像塔尼卡还不够热似的。"

"叫你舌上长疮。"

"太阳整天跟火烧似的!你总在这儿坐着,坐着……看谁呢?"

"看你。"

他俩有一茬没一茬地说话,伴着从篱笆后面传来的呜咽声和啪啪的击打声。

"和谁都还没去认识么?"

"有必要么?"

"你自己决定。"

"我要跟谁认识?"

"你还愁没人认识?我去上班的时候……邀个人来家里做客,就不那么无聊了……"

"我没功夫认识人。"

"怎么?我们的那个邻居都……"

"他跟我有什么关系?"

"恐怕还是要认识一下吧,你既然都坐在篱笆旁边了……"

"什么?"莲娜再次翻开杂志,埋头于字母当中。

"在士兵的帮助下,他紧紧包裹住格里什卡,放入最后一个摇篮中,"皮库尔写道,"拉斯普京被绑得如此结实,以至于……"

"至少要知道他叫什么吧?"

"我为什么要知道?"她翻动着书页。

"你不知道?"

"不知道,没那份荣幸……"

"没那份荣幸?"

维克多穿过荨麻丛走向覆盆子丛,靠在一根干得脆生生的横木上,吹了一声召唤的口哨。击打声还在继续。莲娜扑哧一声笑了。维克多猛地转过身来,锐利的目光像是要将她刺穿,她于是低下头假装看书。

"嘿!你是聋了么?"

"啊?"小伙子停止打拳,戴着拳击手套来到了栅栏旁边。

"年轻人的生活怎么样?"维克多仍旧撑着横木。

"再好不过了!"

"你住在这儿,是不?"

"到奶奶这儿过暑假……今年要上大学了……马上就开学。"气喘吁吁的声音听上去好像在为自己辩白。

"一年级?不像。壮得跟头麋鹿似的。那我叫你……叫什么?"

"丹尼斯。"

"我是维克多,丹尼斯。邻居还是要认识一下的!我家那位,你知道的,她每天都在这儿……"

小伙子漫不经心地点了点头。

"你认识?"维克多提高了嗓音。

"啊?"

"我说你认识我家莲娜?"

"不啊,怎么了?"

"那你点什么头?"

"小朋友，你别在意，"莲娜大声说，"他脑子有毛病。"随后又低下头继续读杂志。

"什么？"维克多忘了小伙子，一下子跳到她身边。

"没什么！"她像他一样大声说，"滚开！"

"你……"他提起拳头，威胁式地眯起眼睛，"竟然在孩子面前！"

"什么孩子？塔尼娅懂吗？"

"混蛋！"

"打啊！打我啊！你试试看！立马跟你离！"

小婴儿尖叫起来，开始左右翻滚。小伙子离开了栅栏，门廊上响起一阵惊惧的脚步声，紧接着是一片死寂。

维克多直到傍晚才和她说话，一早就溜达去上班了。回来之后，像什么都没发生过一样。也就是说，他忍下去了。自那次起，她就与他针锋相对了。一旦尝到甜头，她便开始第一个挑起战争。现在他们吵得愈发频繁了。

维克多可以在发狂的时候冲出家门，但很快就能冷静下来并回到家里；而她则在接二连三的争吵中崩溃，害怕他将自己抛弃。可是，那些印有填字游戏的报纸堆、汗水和酒精的气味，以及那种粗鲁地揪住她阴毛的习惯——这一切非但没有改变，反而让她感到舒适起来。

到了十一月，莲娜陪着塔尼娅一起住进了普希金诺医院：塔尼娅一连好几天都原因不明地高烧不退。

快到晚上的时候，值班医生走进了病房，他是一个淡金色头发、脑袋大大的高加索人。他用两根并拢的手指碰了碰熟睡女孩的额头，目光转向莲娜：

"怎么样？"

"打过针了。"

"打针,这就对了。"

他走到另一位女人旁边(白大褂的前襟摇曳不定),她看上去就像一只疲倦的袋鼠——她带着一个小男孩,后者在蚊帐后面哼哼唧唧的,不时地吐出奶嘴。他先是用手指吓唬男孩,随后又吓唬女人:

"怎么,没睡么,多久了?必须要睡觉。学谁呢!孩子不需要一个虚弱的母亲!"

"我不是母亲,我是小姨。"

"虚弱的小姨!"接着又转向莲娜,"没什么不舒服吧,妈妈?头疼不疼?"

"谁?我么?"

"肯定不是我啊。别把自己给忘了,"他关心地投来柔和的目光,"病了多久?温度多少?五天五夜了?哎——哎!病毒太厉害了!都快107华氏度[1]了。我会给些有用的建议的。"他猛地转过身,走了出去。

……莲娜轻轻敲了几下门,里面响起一个洪亮的声音:

"进来!"

她一走进去,就陷入了一片昏暗之中。医生坐在一台红色的台灯前,埋头写着什么。他如梦初醒一般抬起头,从桌子后面浮游过来,弯下毛茸茸的身影。他扶住她的双肩,将她按在一把人造革靠椅上。

他一面用手掌轻按在她的额头上,一面打着响亮的卷舌:

"不用温度计么?确定?"

"您的手很烫。"

"我的手温度正常。不,这你就不讨人喜欢了。你看,你要是病了——我就得让你回家。我看过病史了。也就是说,她有斑疹?"

"今天……有点泛红。他们说是抗生素的缘故。"

---

[1] 译者注:相当于41.6摄氏度。

第十七章

"你自己还好么?确定吗?要不要做个检查?"

莲娜撞上了他的目光,在没入黑暗的脸庞上闪烁,她感到自己的双颊真的变红了。

她虚弱地说:

"不用了。塔涅齐卡怎么样,严重么?"

"哪个塔涅齐卡?"

"我的。"

"呃……你别担心。明天就会好转的,明天记得索斯蓝·埃杜阿尔兑奇的话。我看过病史了:一切正常,最坏的时候已经过去了。最重要的是,你现在不能被感染。这个时期的传染性最强。你这么可爱……千万不能生病。得多吃点东西。虽然……我在说些什么!最好别长胖了,现在这样正正好……美——美人!听着,你得放轻松……你不开心,就把自己给毁了。孩子喜欢开心的大人!"莲娜有种错觉,好像他在讲祝酒词,"你喂过她了么?"

"她都一岁多了!"

"我母亲把我喂到两岁呢!所以才能长这么……发育得这么完全……不像有些人……哈哈!我会的东西可多了……这都是母乳的功劳!不过胸部……胸部怎么样?没变小一些么?"

"不知道……"

"谁会知道呢?所以你就不该说已经喂过了,"他冷漠地瞥了她一眼,然后长久地盯着下方。莲娜一动不动,暮色令她的眼皮变得沉重,更深地陷入椅子中,"不疼么?晚上也不疼?怎么不说话?有疼过?我看看!医生什么都可以。"他例行公事地伸出一双大手,开始轻轻地隔着胸罩抚摸,很快就触到了乳头。

她恍惚之中抓住这双手,炽热的,覆盖了一层粗硬的毛发。

"不要……"

"不要……不要什么?"

他站起来,低头俯视着她,恼怒地重复道:

"不要……谁要谁啊?她还不想要……"

"我来您这儿不是为了做这个。"

他又后退了几步,带着越来越重的口音不安地咕哝着,暴露了一颗跳得越来越快的心:

"我又没脱你的衣服。我只是问了你几个问题,"随后他走到桌子旁边,碰掉了什么东西,发出了一声玻璃脆响,他大声说,"你可以走了!"

塔尼娅的烧第二天早上就退了,于是她们办理了出院。

莲娜时不时就回忆一遍在办公室里的场景:一开始有些厌恶,过后是隐秘的愉悦和恶作剧式的好笑,再后来竟有些想入非非;到了最后,在被丈夫经常性的审问惹怒时,她想起了那双恰如其分、经验丰富的双手和他对自己男性魅力的热烈吹嘘,后悔自己当时没有屈服。但是当时,在医院里,她除了孩子的病情还能想什么呢?如果她是在别处碰到的索斯蓝,也许一切都会有所不同。

有一天,她躺在床上,突然翻了个身,闭着眼睛说:

"我不想要。"

"来月经了?"

"嗯。"

"慢着!这个星期不是刚来过……"

"我想睡觉了。"

"唉哟,这可真是新鲜!"维克多坐了下来,俯下身看着她,她将双目闭得更紧了。他轻声问着,时而语带讥讽,时而严肃认真,"怎么,你还勾搭上了?"

"啊哈!"鼻尖在毯子的绒毛上蹭了一下,她差点没打喷嚏。

第十七章

"莲……"他揪住了她的耳垂。

"别碰我！"她猛地拽了一下被单，"你能像个人样么？"

他低吼着，像条啃咬拴住自己锁链的狗一样，喃喃地咒骂，吐出恶毒的誓言，而她竟然带着奇怪的喜悦在这些声音的包围中睡着了。

从那时起，只要是心血来潮，想要折磨一下他，或者是为了报复，她便拒绝他。他会抱怨，咬着一条看不见的锁链，但最终还是妥协了……

……八十年代的一个五月，她从莫斯科去了彼尔姆。

她的知心密友娜斯佳·阿芙鸠科娃是位地质学家，三年前因为分配调到了乌拉尔，在那儿她嫁给了一位彼尔姆当地的工程师。塔尼娅白天由老邻居波琳娜·阿列克谢耶夫娜照看，晚上则跟着维嘉，莲娜在路上幸福地度过了两夜加一个白天。

她差点儿迟到：本来以为会早一点，因为到雅罗斯拉夫火车站是直达的，结果电气小火车刚过"驼鹿"站就出人意料地停了四十分钟。维克多没送她，下了班之后直接去接女儿了。

莲娜一头扎进车厢，扔下行李，满脸通红，一直红遍全身，从耳朵就能看出来：车门发出巨响，车体的各个部分嘎吱作响，火车发动了。

她深吸了一口闷热的空气，又慢慢呼了出来。在她对面，行李架和门之间的挂钩上，挂着一件军大衣，肩章上的星星闪闪发光。小桌对面坐了两个人，一个很年轻，身着蓝色背心，另一个年纪大些，身上的背心是白色的。

"你们好。"她不好意思地微笑着。

"叶甫盖尼。"身穿蓝色背心、面色红润的小伙子站了起来，向前走了一步，火车晃了一下，他抓住了上层的行李架，显露出不大的漂亮肌肉群。

"莲娜。"

"我们好像认识。"第二名乘客的声音即使在越来越大的车轮声中也清晰可辨,她很快就认出了他:当她还在后勤部门工作时,经常能在国防部碰到他。"瓦季姆。"这人有力地点了一下头,他虽有满头黑发,但已初显稀疏了。

火车带着淘气的讥讽朝反方向驶去,经过了她刚刚坐电气小火车来的车站。熟悉的白桦林、垃圾场、他们家深红色的房子一闪而过,也许丈夫和女儿已经在那儿了;一秒钟之后,是尼基季奇家的暖房,又或者,塔涅齐卡还在她家。

"得去拿床单和被罩了。"[1] 莲娜站起身。

"说没错。"[2] 瓦季姆一跃而起,把两个词连成了一个。

在走道里他们排在一个小队里。瓦季姆一回头,莲娜刚好和他脸对脸。他那对散开的黑眉下面是一双灰色的眼睛。

"裙子很漂亮,"他以一种阴谋家的口吻评价,"印花布的?"

"人造呢。"

"我很早就注意到您了。在食堂里我们一起排过队……有吧?您……你还踩着高跟鞋在楼梯上走……而我……"一阵人潮将莲娜推到他胸前,瓦季姆接住了她,顺势揽入怀中,"我本想上去……"

他们闪到一边,让那些取了床单、被罩的人们通过,随后又朝沉默着分发物品的女列车员挤过去。当他们拿到那一包潮湿的、散发着面团气味的床上用品时,一束阳光照射在过道上,他们俩手上的戒指都闪闪发亮。

热尼亚[3] 去取他的那份床单了,就剩下瓦季姆和莲娜,于是他俩

---

1 译者注:俄罗斯的火车卧铺车厢需要乘客去服务员处领取干净的床单和被罩。
2 译者注:俄语原文中省略了一个字母,将两个词连成了一个,翻译时为了对应,就省去了"得"字。
3 译者注:热尼亚即叶甫盖尼。

第十七章

开始整理床铺：她是上铺，他是下铺，他们背靠着背，手肘轻轻碰在一起，臀部也时不时温柔地摩擦着。四周飘飞着从床垫上脱落下来的大量灰尘颗粒，它们在阳光的照射下像钻石一般闪耀。瓦季姆率先整理好，便在小桌旁边的床单上坐了下来，莲娜拍打完枕头，望向窗外。忽然，这些光亮尘埃的慵懒包围在她心里唤起了一种甜蜜的虚弱感，像是某种魔法发生的前兆。

"你现在在哪儿？"

"不远，也在市中心。那边工作比较轻松。还是一样的内容：锅炉房，中央供暖站……"

"真可惜，你从我们这儿走了。"

"为什么这么说？"

"我本可以跟你认识的。"他满怀信心地说。

同伴拿着床单回来了。瓦季姆从行李箱里取出一瓶"德温"白兰地，热尼亚则从透明的食品袋里抽了一根香肠，袋子里还剩下一整板。莲娜放上一条"致敬"牌巧克力，并给大家都端来了茶水。瓦季姆举起白兰地的酒杯，说："为了我们的旅伴，为了她给我们带来的巨大幸福，无论是作为朋友还是作为女人，希望幸福的时刻能够延续。""我一般只喝红酒。"莲娜抿了一口。热尼亚说，他要趁放假到基洛夫郊区的父母家去，他今年二十五岁，是莫斯科一个乐团的鼓手，这个乐团附属于"列宁"汽车厂的文化宫。瓦季姆说，他在格拉佐夫之前负责视察部队。

"现在莫斯科一团糟。"他用手指擦掉白兰地的残滴。

"六月份，"莲娜记起来，"我丈夫说该高兴才是，我们一家都在莫斯科郊区。至少风平浪静，没什么事端。"

热尼亚摊开双手，仿佛是在人前辩解：

"奥运会！我们要办奥运会！这真是一辈子只有一次……什么时

候才能再碰上？估计是下辈子吧。我做梦都想去现场看奥运会！但你们知道的，我对莫斯科并不怎么……家里这么安静，有绿色的松乳菇，松针的颜色，云杉的气味，这在哪儿都找不到……真可惜，假期快结束了，它们才刚长出来。维亚特卡的生活很特别，是一种森林式的……"为了迁就词汇的发音，他稍稍张开了嘴唇。

"我听说过，"莲娜说，"我丈夫就是那里人……不寂寞么？"

"我从没感到过寂寞，"他对她笑了笑，"结婚多久了？"

"三年了。"

"为了这段日子！"瓦季姆举起杯子。

"我没结婚……"热尼亚灌了一杯白兰地，双颊瞬间变得绯红。莲娜润了润唇，开始拆多孔巧克力的包装袋。"有过一个……可以说是未婚妻吧……是真的，比我大，还带着孩子。我是无所谓的……只要人好。你们有孩子么？"

"一个女儿。"

"一个儿子，一个女儿，"瓦季姆用戒指轻敲了一下杯托，"都快成人了。我都是老家伙了，三十六岁。但依我看一切才刚刚开始！或许我已经是个老头子了，啊？你说呢？"他转向莲娜，挑起陡峭上扬的眉毛。

"年轻着呢。"她一边嚼着巧克力，一边小猫似的说。

"我们这里一片死寂，"热尼亚分享道，"经常在城里走着走着，就有人过来对你们这些小屁孩说：'你从哪个区来的？''关你什么事！'后面就有更高级别的人来找你麻烦了。"他用了甩浅黄色的方型发式[1]，"我这个发型一出莫斯科马上就会惹麻烦。"

"经常挨揍么？"瓦季姆赞许地问。

---

1 译者注：长度与脸型宽度大致相仿的发型称为方型发式。

第十七章

"没有,我一直在练空手道。在莫斯科也是,在索科利尼基也是。听说,空手道很快要被禁了,说是比手枪还厉害。现在国内能让人一命呜呼的机会多的是。"

他们又喝了一杯,兴致勃勃地讨论着格斗艺术和武打。

他们引经据典,互相角逐,仿佛陷入了一场狂热的游戏,并且一直盯着她看:不是视为裁判,就是视为战利品。她也不再拘泥,开始一口接一口地喝酒,大声笑着,笑声越来越响,转动满头黑发的头颅(昨天刚理的发,又稀疏又清透的空气刘海——车厢里虽然很闷,刘海却被微风拂起),用闪亮的黑眼珠看看这个,又看看那个。

"我一个熟人在列宁格勒街上走,"热尼亚神采飞扬地说,"问过路人要根烟抽!那人怼了他一下:'请字哪去了?'听起来挺吓人,但礼貌总该有。"

瓦季姆略带嘲讽地打了一个呵欠:

"我服役那会儿,有个战士在我们大家共用的仓库里偷了包裹,里面有糖、香肠什么的……还厚颜无耻地偷烟草。我们逮住他之后,逼着他把香烟吞下去。"

莲娜卖弄风情地转过头去:

"那样他会死的……"

"不是一整包,吞了大概两三支吧。"

"真残忍!我也想起一个关于香烟的事儿!"热尼亚吞了一口酒,"我有个朋友叫廖哈,眼睛有点斜视,说话也不利索,但小号吹得一级棒。有一回,他一个人在科斯特罗马城的街上走,看见一个壮实的茨冈人在抽烟,廖哈便过去问他:'还有烟么?'那人没明白,直接将他扑倒在地,一把掐住脖子……那手臂粗得,就跟两条蟒蛇似的。好在路人将他们拉开了。"

"我没懂。"

"我也没懂，"瓦季姆呷了一口茶。

"茨冈人把'香烟'听成了'茨冈女人'。我就跟他说：廖哈，去治治你的语言障碍症吧！"

"你的朋友怎么总被教训……"瓦季姆皱起眉，似乎带着一种讥讽式的担心，莲娜也发出了女性专属的哧哧笑声，两人漫不经心却又心照不宣地碰了一下玻璃杯的底座。

"你呢？从来没挨过打？"……

"你呢，从来没挨过打？"热尼亚用和他脸一样红的胳膊肘趴到桌上，"真走运……"

"小时候被祖母用荨麻条抽过。"

"在军队里呢？"

莲娜明白过来，他们是在斗嘴，是为了博取她的注意而战斗。这一状态本身就令她陶醉——两个想打动她的男人，封闭的空间，飞翔的五月……

"军队里挺好的，"瓦季姆若有所思地说，"在军队里一直都挺好，什么都占上风……我在图瓦服过役，电动步枪师。那时候，周边环境很凶险。一旦开战，图瓦人肯定第一个扑向美国人。退役的时候，我老是和他们掐架。有一次，三个人喝醉了，缠着我说：'给钱！'我说：'给你！'就把两个人的额头撞在了一起，第三个逃跑了，不过被我用石头追上了。我在路上捡了一块石头，一扔出去正好砸在他的尾骨上。他简直就是缩成了一团，躺在地上，试图从我身边爬开。对他们就要这样……"

"哦，好吧……"莲娜柔情地看着他的拳头。

"等等，我提图瓦做什么？"他斜睨了一眼窗外，转而毫不掩饰地盯着热尼亚，"你问的明明是在军队里嘛！你怎么问的？挨没挨过打？有句老话说得好：不服军役非男人。所以我才一直留在军队里，

第十七章

喜欢真男人的感觉。我的一个飞行员同事说过这么一句话：'在军队里，如果你把自己当作一块石头，就能成长为一片峭壁'。说得不错吧？他是飞行员，我是通信兵，都是真男人。我记得，那时候我们的军大衣都挂在烘干室里，有一回我出去劈柴，拿错了衣服。回来以后发现大衣的手肘部弄脏了。那个老兵就质问我：'你他妈拿我的大衣做什么？''对不起，'我说，'你可以把我的那件拿走。''洗干净。你弄脏的，你洗！''我不洗。''你想干吗？''不想干吗。'我不说话了，他也不说。他是头强壮的公牛，而我只是个不起眼的新手。他开口了：'你就是欠揍！'意思是，其他同伴会给他撑腰的，我也不甘示弱：'你会先挨揍的！'然后就闭嘴了，周围人也都没说话。我感觉到自己的沉默压制住了他，事实上我连一根手指都没动他，就只用不说话这招将他赢了。我用沉默把他变成了一块肉饼，谁也没妨碍。从那以后，就没人敢动我了。"瓦季姆不说话了，莲娜缓慢地扑闪睫毛，他捕捉到了这阵掌声，于是满意地靠过去，毫不留情地问道："你也服过役？"

"服过，哪能躲得过去呢？在一个军乐队。驻扎哈萨克斯坦北部的铁路兵，"热尼亚打鼓似的急急地说，"事情是这样的……我还有一年就毕业了，假期的时候飞去了克拉斯诺亚尔斯克，我叔叔尤拉在那边。嗯，第一个晚上我就出去找跳舞的地儿了，虽然他再三劝我：最好哪儿都别去。我找到了一个带迪厅的中学，胆子挺大，也不知分寸。跳了没一会儿，我看见有个小伙子独自坐在椅子上，跷着二郎腿，看样子早就不是中学生了。在我旁边跳的是个小姑娘，昏暗中觉得她很可爱。我懂规矩，便冲她喊：'你是跟谁一起的？'她回喊：'没跟谁！'我于是靠近了一些，捉住她的手，有邀她共舞的意思。这时候听见椅子上的那个小伙子在叫人，两个人冲他奔了过去，然后他指了指我这边。我就问小姑娘：'你是他女友？''不是！'她大声说。

'不过他是这里的头儿！'正说着，那两个人就扑了过来，把我连拖带拽推到了出口。他们将我带到楼梯间，怼着我的胸口问：'你在这儿想干吗？''就跳个舞。''我们这儿斯拉夫卡说了算。由他决定谁和谁跳。滚出去！他吩咐要揍扁你的脸，快滚，你有十秒的时间。'我掉头就开始加速爬楼，也不知道自己是怎么了——很快就跑回了他们把我架出去的地方，在黑暗中就着音乐的节奏把他们推开冲了进去。那家伙还坐在原处，跷着二郎腿，我扑过去，一拳打在他额头上。他就保持着那个姿势摔倒在地，我又一脚踹在他脸上。谁揍扁谁？搞清楚点！音乐声很嘈杂，但我不是听见就是感觉到：他的鼻骨碎了。之后，有东西猛击我的头部，大概是酒瓶。我断断续续记得，自己躺在地上，一群人在打我，躺在地上被一群人打。我是在街边清醒过来的，脚都不听使唤，还好叔叔家就在附近。在一片狗叫声中，我就这么单腿跳着回了他家。到家的时候，已经是半夜了。幸运的是，没有骨折，只是脱臼，脸跟身上有些淤青而已。他们没有下狠手，怕真的杀了人。说不准他们内心深处还很感激我哩，恐怕早就受够了这个黑社会头子的折磨，而我竟然教训了他……"

"是你被教训了！"瓦季姆生气地反对道。

莲娜想：他们说的故事多么相似呵，两人都在面对强者时毫无惧色，而且没有一个人有帮手。但热尼亚的故事更打动她：他受苦了，她有些同情他。

"好样的！"她猛烈地喘息了一声，"要是他们把你的手废了呢？你不就不能打鼓了……"

"那你就去跳舞，准备好随时开跳。"瓦季姆粗鲁地插话，活像一个错用俄罗斯民间智慧的外国人。

莲娜明白过来：他们所有的对话都是雄性的求偶舞。在这场口水战中，她是柔弱的，无望地落在他们后面，不明白什么是危险和愤怒、身体上的胜利、疼痛、成熟的肌肉分量、成功袭击的滋味——她只是个女性。两名战士都向她施展魅力，让她感到神魂颠倒，但她秘密地选择了同龄人热尼亚。

热尼亚笑得很灿烂，露出了牙齿缝隙，里面卡了一片茶叶："夏天，去了村子里的俱乐部……我是去看望祖母的……大家都不跳舞，全在打架。"

"因为姑娘么？"莲娜问。

"姑娘们全都被瓜分光了。可爱的都名花有主，她们被称为'小浆果'，剩下的都在旁边伺机等待。因为音乐！一个人喊着：'不喜欢这种音乐，放另外的。'一半同意，一半反对。最后录音机坏了，半年都没放过音乐。对，跟这些恶棍们是很难建立共产主义的……"他深吸了一口气，一跃而起，打开了收音机，却没有声音。

瓦季姆在车轮饥肠辘辘的节奏中机械地舞动着，坐到了莲娜旁边，这样一来，他们三个就在下铺上坐成了一排。

"生活本来是卑鄙的玩笑，在没有……"他说得真挚却略带造作，"在没有遇到另外一个人之前……之后一切都飞向地狱，所有的过去都化为了碎片。"说着他捉住了她的左手，手指冰凉而有力。

"就是别被哪个流氓给骗了。"热尼亚轻轻地、几乎不易察觉地抚摸着她的右手，"莲娜，您的那双眼睛……要是能一路上都看着它们该多好……一边坐车一边看着。能挨过多少个日夜呵！"

"根本不是这么回事儿。我的朋友，你傍晚就下车了。我还得往前坐，羡慕吧！"

莲娜轻笑着，感觉像过节一般。她的左手和右手边都投来关注的目光——这让她怎么都没个够。哪边的关注更合她的心意？瓦季姆很可爱，仪表堂堂，可以算得上英俊，就是结婚了。热尼亚虽然像个猪倌，不过人很好，还会乐器。

她看到车窗外有一群红色的瘦母牛沿着土堤排成一列,像是在模仿火车车厢(可能是生锈的铁皮火车)。

所有人都沉默了。她等待着有人能打破沉默,但两个人都不说话,所以她也闭口不言,撅起嘴,感觉自己像团空气。她起身走进了过道。

在洗手间的镜子前面,她拉开连衣裙的领口,不知为什么从胸衣里掏出褐色的乳头,嘲讽地看着自己。火车咔嚓咔嚓地停住了。洗手间的门把手被转动了好几次,接着是愤怒而持久的敲门声。莲娜用毛巾擦了一把脸,打开了门。

"出来!"女列车员站在门口,制服和两个眼袋发出青光,"到站了。"

莲娜看了一眼包厢:

"热尼亚哪儿去了?"

"一个下去了,还剩一个继续坐……自然选择。"瓦季姆紧张地笑了一下。

火车终于开动了,陷入了沉沉暮色中。火车开出去越远,这位少校就越显轻松自如。他又拿出一瓶白兰地、一块烟熏奶酪,吃完了热尼亚留下的几条香肠。不知不觉中,傍晚变成了夜晚,弥漫着原始的黑暗和灯火。在一个不知名的小车站上,他们手挽手,黑暗中紧靠着彼此,走了足足五分钟。跳上车之后,瓦季姆瞎扯了些段子,他大笑着,像是喝醉了,回忆起他们在国防部的共同熟人——军人、姑娘、阿姨。当他无意中吻上莲娜的嘴唇时,她丝毫没有反抗。一开始很轻,干干的,后来变得深入,潮湿,黏稠。"你妻子呢?"她脱口而出,问得很大胆,因而显得放肆无礼,"你爱她?爱她么?""很久之前爱过。现在是尊重。"他没有再反问她关于她丈夫的事。反锁上包厢的门,他拉紧了窗帘,来回拽了好几次,试图遮得更严实些。

第十七章

他们又吻上了,接吻变成了拥抱,拥抱变成了宽衣解带。他浑身光滑,没有毛发。"你怎么这么……平滑。""祖母是雅库特人[1]。"直到此时,她才从他眼眶的形状里看出了某种狡诈。她战胜了自己,从头上脱掉连衣裙,扔在枕头上,他使她蜷曲起来,头抵在塑料的墙面上,之后突然将她的一只手折到身后,仿佛是一只翅膀痛苦地高举着。

就这么举着。就这么举着。就这么举着。

完事得既迅速又粗鲁,加之酒精又钝化了感觉。他松开她的手,怜惜地吹了吹手肘,随后开始在她的肩头印下一个个虚假的亲吻。

他很快就清醒了,她也是。两个人都被尴尬淹没了,于是轮流往洗手间跑,他费劲地开着玩笑,躲出去抽烟了;她则端着两个空杯子跑到列车员休息室,门锁着,只好又折回来。"会有办法的!到国防部来!也就是说,你在应急服务部门?我能找到你!"说完,两人都开始用痛苦的呵欠声避开彼此,隐蔽在自己铺位上的黑暗里。

夜里,当他在格拉佐夫下车时,莲娜假装睡着了,甚至为了可信而小声打起鼾来。他应该会吻别她的,但她躺在上铺,脸朝着墙壁。

白天到了彼尔姆,整个城市都沐浴在强烈的日光下,竟显露出某种粗糙的平淡无奇。莲娜什么都没想——既没想家,也没想火车上的艳遇。婚姻登记处,餐厅,炎热,温热的伏特加和葡萄酒,呆滞而狂热的眼神,发出尖叫的嘴——从里面翻出鲜艳的颜色都一闪而过……中学同学娜斯佳,跟以前一样,还是位可爱的栗发女郎,只是仿佛掉到了放大镜下面——变得丰满起来。她脸上长出了一个肉色的痣,鼻子上也隆起了一个小鼓包,但看上去并不是胖,而像是怀孕了。她那位瘦弱的丈夫说起话来前言不搭后语,幸福在他身上荡漾。庆祝活动

---

[1] 译者注:俄罗斯少数民族,大部分生活在雅库茨克。在中国也有分布,为萨哈人。属蒙古人种西伯利亚类型。

颇具规模，来了很多人，持续了一天一夜，直到第二天早晨。莲娜灌足了葡萄酒，又是唱歌又是跳舞，既发起谈话，也倾听他人的声音，为所有人和她自己的趣事而感到开心。她远离了那些可怕的纠缠，潜入到了女性话题的河湾中，听到了有关幼犬、儿子们、孙子们以及将要成熟的西葫芦的新闻。她说要写一封信，去什么玛莎阿姨和瓦留舍家拜访，并相信一定能成行，在这几个小时里，她真的变成了一个彼尔姆女子。当她在一张长桌子上许下愿望——祝愿他们拥有爱情、信任、关心、耐心、爱情时，快쫓滴下的泪水令鼻子直发痒。哦，已经说过爱情了？那就再说一次！就让爱贯穿始终！祝你们从早到晚都有爱情！

在回莫斯科的一路上她都睡得死死的。

然而，从莫斯科回家的路上，那些被赶得远远的思绪又成群结队地扑了回来。她开始考虑到丈夫、女儿、背叛、现在和将来，回忆起那两道飞散的浓眉、包厢里第一个微妙的吻以及十五分钟后在火车的颠簸中军官的一只冰凉的手掌是怎样拍在她屁股上的。她因为羞耻而感到厌恶。丈夫是不会知道的，那自己会感到丢脸么？丢脸的是所有这一切发生得太低级、太匆忙了。如果事情向另外一条线发展，比如跟深情的鼓手热尼亚一起，可能就不会这么丢脸。想到这里，她嫌弃地撇了撇嘴。什么热尼亚？要他做什么？她已经习惯了维克多——他的气味和身体。跟瓦季姆的感觉比跟维嘉差多了，不过或许瓦季姆也不赖，只不过证明这一点需要时间。需要么？为什么？维嘉满脸倦色地走过来，在床边俯下身，塔涅齐卡挂着半睡半醒的微笑皱起了小脸，朝他神气活现地叫"爸爸"，圆圆的鼻头、红色的卷发……透过那层密不透风的羞耻之罩，莲娜温柔地微笑着，试图用脸颊和嘴唇唤起女儿的笑容。

背叛将她钉到丈夫身边。"来看看，喜鹊——乌鸦，哪个归了

第十七章

谁?"[1]有一次他下班回来,随口这么问道,突然听见她说:"所有的一切都留给你了。我竟然这么想你,自己都不知道!"

从彼尔姆回来的一周之内,她都十分温顺。然而,很快她就意识到家庭炉膛中的火苗缺了干柴,就开始以暴制暴并首先挑起战争。

瓦莲金娜说对了:他在长久的磨合中渐渐陷入了爱河。一年又一年地过去,莲娜愈加清楚地明白,她找不到比维克多更好的人了。她在嘴上和心里大声诅咒丈夫,但只要一天没见面,她就发现自己很想他。她喜欢同他吵架,喜欢纠正他的坏毛病,最主要的是他总是臣服于她。即使是在床上,她都完全按照自己的心意来,想做什么就做什么。

与此同时,她还是有点怕他,就像害怕一头强壮的野兽,怕他万一做出什么出格的事情来……

一九八三年,他们去了雅尔塔。他们已共同生活了七年,现在看起来那时候像是在度蜜月,哪怕是女儿的尖叫声也没有消磨那股新鲜劲。他们一醒来,仿佛是被逐出了天堂,但仁慈的主将他们放逐到了这里——光滑如缎的沙滩上。重新回来的两人发现自己几乎是没有重量、完全透明的,他们打量着彼此,在带着咸味的海浪和鼓胀的微风中,在蓝色的、令人舒适的、毫无压抑感的群山下觉察出一种出乎意料的亲密感。生平第一次,他们感到像是一个人一样。

在这一刚刚苏醒的新趋向当中甚至埋藏了某种好奇的自我主义。每次逛完、买完之后,他们就把自己锁在山上的一间旅馆里,白天酝酿的激情在这里攀升到了顶点。塔尼娅很快睡着之后,他们马上便被

---

[1] 译者注:俄罗斯的一首儿歌,原文为"白肚皮喜鹊/煮了粥/来把孩子喂/给了这个/给了这个/给了这个/给了这个/就是没给这个/你既不挑水/也不劈柴/还不煮粥/你什么都没有!"维克多可能是记忆出了差错,将"白肚皮"记成了"乌鸦"。

彼此之间的磁力吸引。仿佛想要交换呼吸、看看会怎么样似的,他们的嘴唇总是粘连在一起。眼下的状态比他们任何时候都要好。他们很少讲话,也不在接吻的间隙闲扯一些有的没的。每个傍晚,他们都在暮色渐临的阳台上亲吻,或是在黑暗中躺在房间里,热情而又傻气地接吻,就像第一次接吻一样——他们从马戏团出来,绕着莫斯科城散步;一言蔽之,两个人都变得更加年轻了:从他们的所有动作当中——在城里,在海上或是在床榻都浮现出一种无意识的年轻。

因为要时常照看女儿,他们自然也不会特别自由,然而就是这一不自由令温存的时光压缩,令他们克里米亚半岛的生活更显刺激。他们几乎不责骂彼此了,即使是责骂,听起来也别有一番风味。一天夜晚,在品尝过一个滋味奇妙的甜瓜和两瓶度数偏高的葡萄酒之后,他对她说了重话,说得比以往更加难听,更具攻击性和侮辱性。他先是开玩笑似的,后来便渐渐沉迷其中,凌驾在她之上嘶嘶吼叫着。她带着呻吟声回应着,肯定他的侮辱,不时呼唤着自己和他的名字,这让两人都欲仙欲死。之后再没有过这么和谐的时候。这是他们之间的秘密,是他们两人都羞于启齿的冲动。克里米亚总算是不虚此行,他们似乎已经发现,在婚姻中还有比第一次呼吸更深入的第二次,这也暗示了还可能有第三次。

然而,维克多还是没有停止或是假装停止吃醋。他甚至一面滑稽地叹气,一面对她喋喋不休地说各种民间谚语,不是从哪里读到并记下来的,就是突然从记忆深处浮现出来的:"丈夫在劈柴,妻子就那样""丈夫打灰狼,妻子爱小伙""你除了涅斯捷尔,还有六个人儿"……他自己觉得这只是开开玩笑,并认为这些玩笑可以起到防患于未然的作用,不过他经常自己都说服不了自己。塔尼娅也会没心没肺地笑,还跟在父亲后面重复,莲娜便用更粗野的话回击,试图让他们更痛一些:"怎么,都出现狼的幻觉了?他可不追狼……不追大灰狼，倒追伏特加。"每一次，这些对于想象中背叛行为的指控在她听来都像是真的，但凡她还能为他疯狂，但凡她还将忠诚视为某种神圣之物……但是，她仍像往常一样对他的粗俗和偶尔酒醉后的演唱大发雷霆，为时间的流逝倍感折磨，并对他们的婚姻充满了怀疑。

二月下旬的一个寒冷清晨，天还没亮，莲娜在厨房弄东西吃。她每次去赶电车前都这样，维克多穿着短裤背心从楼上下来，坐在凳子上，开始从一堆乱蓬蓬的头发里梳理发尖。昨天他喝醉了，一般周末他都要这样放肆一下，但没有胡搞，只是自夸："船上没有女人简直没法过。我们这个工作就跟古时候一样……海员可是在每个港口都有老婆的。"当他抱着吉他、扯着嗓子喊"到甲板上来，同志们，全体就位"的时候，莲娜已经带着塔尼娅上了楼，锁上门躺下睡了。维克多又胡闹了一阵，自己也睡下了。而现在，他却在这张吱吱作响的凳子上正襟危坐，用一双肿胀的粉红色眼睛死死地盯着妻子看，不知为何还透出一股子狡诈：

"你这是干吗？"

"我么？"她从膝盖上弹去面包屑，戏谑地确认道，"怎么样，适合我么？"

她穿了一条蓝色的宽大无袖衫，红白波纹的。

"你就不怕被冻死？"

"外面还有五件衣服。我跟你说过了：我们救援队里有暖气，跟澡堂里一样。"

他不说话了，也不移开目光，只有她手中叉子的响声打破沉默。

"莲……"

"干吗？"

"你为什么要打扮成这样？"

"别说了，这衣服我都穿了一周了。"

沸腾的茶壶里冒出的蒸汽在窗户上化成一道道汗流,像是进行了某种复杂的化学反应一般,窗户外面的黑色被洗刷成了靛蓝。

"你是说,他们一周都像看神经病一样看你咯。莲娜,这是夏天的衣服……"

"你才是神经病。救援站里就是夏天,苍蝇都活过来了。"

"我以前没看过你穿这套。不会是别人送的吧,是谁?"

"谁送的?等你买给我是等不到的。去年我自己买的。"她匆匆扒完土豆和剩下的炸香肠。

"我怎么不记得?"

"你可以再想想,能记起我另外一件的。"

"能记起另外的,不记得这件了。你知道我的,我记忆力可好了。"

他开始悲悲切切地絮叨。她也没听清说的是什么,便给自己倒了一杯茶,也给他倒了一杯推过去。她一边喝茶,一边不时抛去几句防御性的回击——没时间对骂了。

"别说了,就因为你,我要迟到了……"她将锅端到冷水中,用陀螺般亮闪闪的钢丝球疯狂地擦洗着,"你从哪儿钻出来的?接着睡啊,你得照看塔尼卡一整天呢。"

"今天周日,"维克多意识到了这问题,"幼儿园不开门。"

"嗯,不开门。还记得喂她什么吗?再去眯一会儿……她马上就要起床了。"莲娜从厨房闪出来,裸露的胳膊擦到了他,臀部在花布下摇摆着,耸了耸露出的肩膀,"游手好闲……"

他在椅子上一下子旋转过来,只看到一个快要消失在过道里的背部,他扑了过去,从她肩上扯下背带。令他感到惊讶的是,衬衫嘶啦一声被扯坏了——沿着脊椎一直到腰。

这到底是什么在作祟——欲望、愤怒、醉意还是所有这一切的集合?她嚎叫起来,仿佛被他砍了一刀。他害怕了,喃喃自语着,用颤

第十七章

抖的手将裂口按住,笨拙地想要把这些五颜六色的碎片拼到一起。

从楼上传来一声呼唤:

"妈妈!"

决裂没有发生,一天以后他们就算是和好了。维克多给她买了白色的捷克女鞋,戒了两个月的酒,但她并没有打消满腔的复仇念头。

一九八七年八月里晴朗的一天,维克多的前同事和好友阿曼前来拜访,他们一直保持着书信交往。他是个黑头发、黑皮肤、身形瘦削的人,虽然沉默寡言,却并非出于腼腆,莲娜很快就看出了这一点,而是出于某种令人反感的原因——很大可能是自负。他们一起坐在花园里。莲娜不喜欢丈夫的这位客人,她故意没有化妆打扮,并且只准备了很少的凉菜——土豆、黄瓜、西红柿、萝卜、大葱和一堆苹果。巨大的酒瓶(俗称"四分之一桶")在玻璃瓶塞以下的部分闪着浑浊的黄光。塔尼娅已经向来客问了安,并早早被打发上床了。维克多倒了一杯家酿酒,很快就开始回忆起大海和当年的勇士了:"只有我们两个决定跳下去……从桅杆跳下去,从桅杆,哎……"

阿曼刻意让自己看上去很镇静,就好比书中的"镇静"一词被神经质的指甲盖重重地划出一样。他喝了不少酒,但没喝醉,在他的这种镇静背后,莲娜感到了某种对她而言隐秘的、难以理解的、但又充满诱惑的威胁。

维克多记起来,上铺的格列柯夫经常光着脏脚丫:"他还总是垂着两条腿坐在床沿弹吉他,跟臭奶酪一个味儿。""又不是在桌子下面臭!"她嫌恶地打断他,"是他教会了我弹吉他。"

阿曼住在下卡姆斯克市,在一家轮胎制造厂上班。

"我做什么?做轮胎。造型工人。轮胎,它在非洲也是轮胎。不管是好是坏,能滚就行。"他的声线低沉而富有男人味,这在第一时间就使莲娜暗暗吃惊。

"我们都乘公共交通,"维克多残忍地将黄瓜掰成两截,"早上——电气火车、地铁,晚上——地铁、电气火车。我老婆总是抱怨,说又是腿疼,又是把她从莫斯科拽走了,现在每天多走好多路……莫斯科的生活对她有莫大的吸引力。但在莫斯科能干啥呢?脱下裤子就跑[1]……"

莲娜在她那条仿缎子的菜园专用裤子里坐立不安,后悔没有梳妆打扮一下。她走进屋里,想要做一点小小的补偿——拿出几个鲱鱼和鳟鱼罐头。

"阿曼——你的名字可真有意思。"

"鞑靼人的。"

"翻译过来呢?"她举起杯子轻轻晃动,似乎在猜测着什么。

"意思是'生机勃勃'。"

"我的自酿酒还不错吧?"维克多用两根手指捏住长长的玻璃瓶颈,"你就说有没有劲儿吧?"

"有劲儿!"阿曼轻快地点了点头,表示满意,"我也很有劲儿。"黑暗中他的眼睛里跳跃起欢乐的火花。

"儿子大了吧?"

"上三年级了。"

"未来的海员?"

"他干吗要去海上?我都替他去够了。"

莲娜忽然意识到在来客简短的回答背后隐藏着某种古老而神秘的含义。

"这是我的兄弟,莲娜!他很特别,总是那样沉默寡言。了解他

---

1 译者注:在俄语中"脱下裤子就跑"是一句俏皮话,用来回答"干什么"的问题,因为本来这种问话就毫无意义或显得很愚蠢。

第十七章

的人都知道——他品德高尚，心胸……还记得吗，兄弟，我们看过一部电影……在我们那儿的'忠实'电影院……叫《条纹航线》。我们那儿总是放些老掉牙的片子，年复一年的。我就坐在你旁边的长椅上。那时候有传言说，小卖部的女售货员玛丽安娜，哎，就是那个纳扎罗娃，驯兽师，她在那场电影放过之后……又过了三年……在一次驯兽中被老虎吃了。"

"啊……是有这种传言。"莲娜确认道。

"我们聊了多少关于撒布林的话题呵！记得吗？"

"记得。"阿曼谨慎地表示同意。

"撒布林？"莲娜打断他问，"谁是撒布林？"

"你反正不会知道！"维克多激动地挥舞手臂，做出捕捉的姿态，似乎将她的问题悬空捉住并扼杀在了摇篮里。

"陆地上生活的人们确实对他一无所知，"阿曼镇定自若地维护了她，在黑暗中凝视着莲娜的眼睛，"我们整个舰队都欢呼雀跃。副师长还在'警戒'号上，都在里加观望。简而言之，他一个人击溃了叛军，俘虏了舰长。就像他们总说的'战列舰波将金'号[1]一样……后来他乘'阿芙乐尔'号靠了岸，勃列日涅夫亲自与他联系，他却草草打发了，之后他们就开始炮火相向。他被枪毙了。"客人的轮廓变得模糊不清了，"为了我们的妻子。为了我们最珍惜的人。你有一个好妻子！"

维克多呛了一口，俯身在桌子下呼哧呼哧喘气，背部剧烈颤抖着。阿曼用阿拉丁灯神般的诚恳嗓音殷勤地问莲娜：

"您不会是靶靶姑娘吧？"

---

[1] 译者注："波将金"号战列舰，历史名舰之一。俄国黑海舰队的战舰，1904年建成。

"您从哪儿看出来的?"莲娜笑了。

她笑了很久,逾越了礼貌的界限。

她喝了口酒,将笑声咽下去,喉咙愈加发紧,于是又开始笑起来,一边笑,一边为她的短发感到遗憾——现在要是将头发放下来,长发飘飘的多好。

"我父亲是乌克兰人,"她说着,忍住笑,"祖父叫迪纳利奇。妈妈跟我说的。她是哥萨克人,所以曾祖父应该叫迪纳尔……这是什么民族?"

一盏路灯亮起来了,黑暗中浮现出了阿曼的脸庞。

"肯定是我们一族的!"他搓着手。

"谁知道她是鞑靼人还是巴什基尔人……我的天,就是个普通女人……"维克多靠在桌边,气喘吁吁地问,"你以为是我找的她么?在哪儿偶遇的?是被强塞给我的!"他呵呵笑着,用自己独特的方式抚摸着酒瓶,仿佛是它给安排的婚事。

"你说把我塞给你?你在说什么?"莲娜突然站起来,体内一下子涌出了大量的血液,一股邪恶的热气注入了眼睛、脸颊、脖颈和胸部。

她忽然变得无比委屈,只想进屋和女儿躺在一起,不再露脸。

"为什么要吵架?你真幸运,有个这么好的老婆。真的很好……你们两个都很幸运。"

"你也弄个这么好的试试?"维克多用颤抖的手握住瓶子,似乎它变沉了,酒洒了一些出来,他一面咒骂,一面倒满了杯子,边倒边洒。之后,他突然将头搁在漆布上,不说话了。他有时候可以直接在桌上睡着,即使喝醉了酒也不打鼾。

莲娜身上的热仍没有褪去,血气涌上来又不消散,就像是体温真的升高了一般,她于是解开了衬衫的几个纽扣。阿曼将烟灰从卷烟上抖落,动作很像量体温之前要将体温计甩一甩。抽完烟,他一跃而起,步入了黑暗中,在那儿活动活动手脚。他挥动手臂,一时向左,一时向右,仿佛是在黑幕上用烟雾作画。

"这是什么?它们叫什么?"他不大的声音传来,呼唤她上前去。

莲娜不知为何等了一会儿才回应道:

"哪里?"

"这里。"

她站起身,感到浑身的鸡皮疙瘩都在颤动,令灼热的皮肤一阵冰冷的刺痛,她往前迈了几步,陷入了不忠的黑暗之中。

"什么东西?"在这片具有欺骗性的黑暗中,她走到他身边,几乎贴身站住了。

她站在他散发气味的领地——辣的,酸的,甜的,还混合着不太纯的白酒味儿。

"什么?哪里?几时?"也许是一片漆黑的缘故,他的嗓音略带了些嘲讽的意味,"长在这儿的这些是什么?"

"香蕉树。"

"什么?香蕉树?"

"香蕉树。"莲娜淡漠地说,而他却问得又急切又古怪:

"维奇卡怎么了?"

她又等了一会儿,然后带着一丝倦意简短地答道:

"睡着了。"

现在轮到阿曼等候着有利时机,想说出一番轻飘飘、调转锋头的话,然而总共就一个词:

"真的么?"

"真的。"

"确定是真的?"他热切地问。

"是真的,"莲娜软弱无力地喃喃答道,"我知道他的。"

"我也知道他的。"一团黑暗迎面扑向她,准确无误地伸出骨节坚硬、粗大的五指,如同梳子一样在她发间滑过。

莲娜摇晃了一下,他擦亮一根火柴,黄色的火苗勾勒出他的颧骨、宽大的鼻孔,以及嘴唇颤抖的频率。她看到:他被自己的勇气吓到了。

"这里真好,真好,"他时而从她身边走开,时而又邀请她近前,就这样慢慢走进了菜园子的深处,"什么都好……"

莲娜像丢了魂一般跟着他。

"想要么?"他在一株隐秘的八月苹果树旁等待着。

"想要。"

香烟从他的手中转移到了她的手上,在黑暗中涂抹出一个火光的斑点。莲娜用嘴紧紧咬住纸烟的滤嘴,吐出一个烟圈,头部先是缓慢的、尔后又加速转动起来,仿佛坐在旋转木马上。她扔掉香烟,微闭双目,靠在鬼鬼祟祟在她身上抓摸的那双手上。

她抓住树干,而他则开始在她的脸颊和脖颈处播下一个个疾吻。几个苹果掉到了地上,在叶子上滚得沙沙作响。他是个十足的侵略者,用嘴唇紧紧吸附住她的嘴唇,一个苹果砸在她的肩膀上,另一个坠入了黑暗里——两人同时叫出声来,仿佛经历了同样的事情。

"妈妈!妈——妈!"莲娜听见呼声(塔尼娅?在哪儿?),她用胳膊肘将阿曼推开。

夏日小屋的木制房顶上,有一只邻居家的黑猫经过,它一边喵喵叫,一边在黑暗中辨认着什么。

阿曼猛烈地擦着了一根火柴,往后退了十来步。

她徐徐走向他,以为他会吻她。一个火光的省略号在她眼前划过——他弹掉烟灰:

第十七章

"我都不认识自己了……几杯酒上头……差点背叛朋友……"

莲娜猜到了:他不敢从这儿再回到餐桌,回到有可能已经醒了的维克多身边。她也被同样的烦恼所折磨。

"你先去。"他说。

他在草地上坐下,偷偷摸摸地在杂草丛中摸索着什么,就像刚才摸她的身体一样。

"还好么?"

"好……一切都好……烟头掉了,妈的……你丈夫醒来就会问烟头哪儿来的。在这儿,找着了,"他带着受惊过度的笑声直起身来,"哎,你可不是个好妻子……"

"我怎么了?"

"不,不是你,是家酿酒不好,让我昏了头。我刚才醉了,会改过的,妈的,"他一遍遍骂娘,仿佛现在才有权利在她面前开骂似的,"你小心点,别说漏嘴……"

莲娜没有搭腔——她小心翼翼地避开菜畦,朝餐桌走去,本来指望能看到男人的脑袋趴在原地,谁知餐桌上没人,只有玻璃的酒瓶、剩下的冷盘和路灯昏暗的反光。

"维奇!"

她踩到了一个硬邦邦的东西,赶紧缩回腿:丈夫像一座沉默的大山一样侧躺着,被黑暗所覆盖——显然是在睡梦中栽到地下的。

"要帮忙么?"阿曼走过去,犹疑不定地问。

"快来帮我!"

他们架着他站了起来,维克多一边挣扎,一边嘟囔着,不住地摆头:

"睡着了?我睡了多久?"

"睡着了,我们没叫你,"阿曼假惺惺地笑道,"睡着睡着就摔下来了。"

"你们在干吗？"维克多狐疑地咂了咂嘴。

"都去睡吧！"莲娜命令道。

一大早，他就心怀愧疚地等在过道里准备去上班了，阿曼则低着有罪的头颅，站在篱笆外面等车（电气火车十分钟一班），莲娜正用一个酒精棉球仔细地擦拭卷发里的一个鼓包。也许，她在想，维克多就是在那个苹果砸在自己和阿曼身上的时候摔下去的。

她很高兴，没有和这个希望不再相见的人发生任何进一步的关系。

但就在阿曼走后，她又被少女时代那种熟悉的感受攫住了——对来自异性的神秘感的迷恋。之前令人头昏脑涨，现在则叫人烦闷……这之后不久，她在梦里和一个村民私通了，对方是谢罗夫，一个干瘪的老头，丑得不堪入目，而她则在这个腐朽的鬼影身上体验到了至上的快感，还在梦里她就有一种心平气静的报复心理——这下丈夫不会好过了。如果是在维嘉身边，她就更起劲地幻想不存在的或者不认识的人，甚至哪怕是电影里的野蛮人——古铜色皮肤、头插羽毛、光着身子的印第安人。一九八九年的春天，她在阿尔巴特大街上遇到一个邋遢的画家，后者提出要给她免费画像，他的舌头像蛇一样灵活地舔舐着嘴角。要不是女儿和后母在旁边——她就会停下试试了。后来，只要去阿尔巴特大街，她就会在一群大嗓门的诗人和一排排敞开的画架之间游走，隐约希望可以再次见到那个画家。

救援队的同事不能给莲娜提供任何灵感：总是在骂人，黑暗的乌合之众。一个已婚的大个子库瓦尔达还可以，不过对他们醉酒莲娜总是很宽容，不像对维嘉那般苛刻。她只说"别喝过头了"，经常给伙伴们切点冷盘，尤其是在执行任务回来以后。她自己虽不喝酒，但可以和他们一块儿坐坐，聊聊天。这么一来，总有喝过头的时候。瓦列尔卡·别洛卢斯醉醺醺地闯入一片喧闹中，跌倒在地，喝了半瓶伏特

第十七章

加之后,他舔了舔从指关节渗出的血滴,说:"我非杀了他不可。我发誓,一定要杀了他。还缠上我了,混蛋。只要他敢靠近……我三下子就把他……然后拖到外面去。"有一次,接莲娜班的瓦利亚·列斯科娃不得不把自己锁在公共休息室里,因为焊工帕霍莫夫已经醉到神志不清了——在别人把他绑起来之前,他足足在外面撞了一小时的门。那天晚上,宽大的木头门上就被电焊机弄裂了一个口子。

一个冬天的夜里(严寒照顾到了每一个人),莲娜坐在电话机旁读阿加莎·克里斯蒂的书,隔壁房间里睡着喝得不多的电工基拉泽(他后来被解雇了)和一口一杯喝着酒的库瓦尔达,窗玻璃的响声越来越大。她正读到潜行的凶手的情节,不禁浑身一颤,突然听到近处一声:

"莲!"库瓦尔达在她上方俯下身,体型巨大,满面红光,睁着一双疯狂的蓝眼睛,"莲!在看啥呢?"

"干吗打扰我?"

"我这叫打扰?知道他们怎么打扰的么?"他用一双强有力的大手将她连人带椅子悬空端了起来,然后凑近他,像是要把她的嘴唇整个吸进去似的。

"放我下来!听到没有?"她用指甲在他青筋暴露的脖颈上抓了几道——只是为了警告他,抓得不深。

"放你下来……"他将她放了回去,打了一个嗝儿,"随便你……"随后,他去了另一个房间,宽阔的背影写满了尴尬。

维克多充满嫉妒的嘲讽在逐年递减,他虽然没有停止对她的指责,但说起这些的时候,他就像一个喜剧演员在履行自己古老的职责,不断进行自我嘲讽。莲娜不再指望他像最初的那几年一样,在深更半夜以一个蓬头垢面的检察员形象出现在他们的救援站里……她在等另一个……她在等另一个。她等到了。

那是一九九〇年六月，她下了班，正沿着不久前更名为特维尔大街的原果戈理大街晃悠，因为值了一夜的班，她感到有些睁不开眼睛。偶尔撞到一个行人，她假装没听见责骂声，马上回到正道。在最后一瞬间她成功避开了深红色的领带，但膝盖还是撞到了黑色的公文包上，在缓慢而模糊的慢镜头中，她看到他跌倒了，舒展开来，像是分裂了似的，向周遭发射出许许多多纸片，随着飘落的杨絮纷纷起舞。

"对不起。"她本能地倾下身，笨拙地叉开手指。

"没事，"一个黝黑的男子蹲下身去，领带轻拂在人行道上，"我自己，自己来。"他以一种令人难以置信的速度，仿佛早已排练好似的，捡起纸片，敏捷地将它们理成一叠，然后放入被莲娜贸然撞掉的硬皮公文包里。

他扶住她的肘部，将她带出了人流。这是一位身材高大、头发灰白、有着坚毅下巴的黑发男子。

"对不起……"莲娜又说了一遍，抬起眼睛扫视了一下街道，想起地铁站就快到了，"晚上没睡觉。"

"整个晚上？"他愉快地张大鼻孔。

"可不是。"

"这么浪漫……竟然一整晚都——我最后一次这样还是在遥远的青年时代。"

"我总这样！"

"不会吧？"

"工作性质就是这样。"

"工作？"他那张两颊丰满、布满金色晒斑的脸因猜测而扭曲，然后飞快地，几乎是居高临下地打量了一下她全身——从高跟鞋到沉甸甸的乳房（粉红色的衬衫里面），再到刘海儿。目光最后在她闪亮的棕色小包上停住了，"在这儿工作？"

第十七章

"在'明斯克'饭店后面。"

"挣得多么?"

"一百三十卢布。"

"怎么给的?"

"按月给。"

"怎么这么少?"

"救援队员的一般工资。"

"谁的一般工资?"

"我在救援站工作,接线员!"她大声解释道,像对着一个聋子,"好了,我该走了……"她突然离开原先站着的地方,努力不去再撞到柔软大手中那个沉重的公文包。

他追上疾走如飞的她,与她并肩走着,竟是意想不到的敏捷。

"您看起来太像一个人了……您相信命运么?"

她默不作声,拐进了地铁站。

"您去哪儿?我送您?"

她没有回答,通过检票口,站到了自动扶梯上。如果不是过于疲倦,她可能会因为这么一个体面男人所表现出的兴趣而受宠若惊的。

"我都一年没进过地铁了,"富有魅力的声音从耳朵上方传来。他把"年"说成了"步"[1],她下定决心不回头看,"城市在扩张……这么多人!跟着您,我也不知道为什么。您该不会是科兹洛夫斯卡娅吧?"

她嗅到了肩后飘来的一阵昂贵的古龙香水气味。

"不是。"

在站台上,她重新快速评估了他一次——穿着昂贵,鞋子锃亮。

---

1 译者注:他把俄语的"年"(год)说成了"步"(ход),把第一个字母的 g 音发成了 h 音,该男子可能是乌克兰人或俄罗斯南方人。

车厢里，他向坐着的她俯下身。

"我还没自我介绍。米沙，"他递上了闪闪发光、质地坚硬的名片。莲娜接过来，看到上面一行烫金的字母："姆·恩·斯米尔诺夫，苏联部长会议办公室燃料下属的燃料开采部专家"。她漠然地将名片塞到小包里。她确实不在乎。嗯，的确是个大人物，所以呢？……

"您叫什么名字？"他放开铁质的扶手，随车摆动着，一边按压泛白的太阳穴，"不……让我猜猜！阿……阿……阿廖娜？"

她笑了，有点小兴奋：

"还要亲切一点。"

"阿拉？"

"莲娜。"

"莲娜！您看起来心事重重……就像阿廖娜，阿廖努什卡[1]，坐在小河边。"

他咯咯哒地自说自话，越来越让她觉得像一只肥硕的抱窝母鸡——尖喙、凸出的眼睛。

到了"共青团"站，他们乘扶梯向上面的浮雕群像驶去，那里肌肤雪白的男人和女人肌肉紧绷。

"您有电话么？"

"还没装。"她说了实话，感受到了瞌睡的威力。

只要想睡觉，就会说真话；失眠才是真话的免疫血清。

在车站的电气火车门口，他恳切地说：

"我们怎么才能再相见？"电气火车扑哧扑哧地喘气，活像一只巨大的母猫趴在公猫身上。"说工作地址吧，莲诺奇卡。"

---

[1] 译者注：指俄罗斯家喻户晓的一幅名画《阿廖努什卡》，由维克多·瓦斯涅佐夫所作，画面上是一位充满忧思的少女抱膝坐在小河旁，该画作现在特列季亚科夫画廊展出。

第十七章

"哎……就是特维尔大街，24号。您要当心，我们的救援队员都是些冷酷的家伙……"

"会完美解决的！"他抛出一个个飞吻。

她一坐上电气火车，就把他丢在了脑后，这是缺觉大脑的另一个特征。她怕坐过了自己的"四十三站台"，所以没有睡着，一直想着工作的事情，想到了夜班，想到了库瓦尔达。他在一周前戒了烟，之后就把所有人搞得精疲力尽——把每个要抽烟的人都赶到室外去。布里昂采夫夫妇从不抽烟，以后塔尼娅可不能抽烟。

在这之后，莲娜连续三个晚上守在电话机旁，一边搁着第二杯变了质的咖啡，救援站里空荡荡的。才刚半夜，已经有三个求救电话拨进来了。有裂纹的电话机突然铃声大作——一次，两次，再一次，又一次，她不慌不忙地拿起听筒。电话那端没有声音。

"有话请讲。"

"莲诺奇卡，是您么？谁让您心情不好了？"她瞬间就认出了那个喋喋不休的声音，"莲诺奇卡，我今天也睡不着。等下了班想见您。好不好？"

"晚安。"她小心翼翼地扣上了听筒，心跳突然令人不安地加速了。

虽然他表现出的关注令她受宠若惊，但除了在家务事之余，她很少会想到这位石油专家。然而现在，他占据了她一整晚上的思绪……

她走到屋外的水泥台阶上，旭日初升，一个人都见不到。她窸窸窣窣地走下台阶，拖着沉重的脚步沿着焦油胡同朝特维尔大街走去。

右边传来铁质的哐当声：他从乌黑的"伏尔加"敞开的车门里走了出来，手里捧着一丛蓬松的白色花束：

"你好！找个地方吃早餐吧？不如去'阿拉戈夫'？"

"这个点餐厅不开门。"

"没事，很快它们什么点都会开张的。那边的经理我很熟，已经在等我们了。"

莲娜接过玫瑰，偷偷回头看了一眼救援站的大门，便跟着黑色西装男子钻进了后座。她的内心忐忑不安，就像童年时期一样。

她将那束潮湿而油腻、不知为何闻起来一股猪油味儿的花凑近脸颊，捕捉到了反光镜中司机心不在焉的目光——她开始有点喜欢上了。她已经结婚十三年了，直到此刻才感到自己是个成熟、自信的女人。她不害怕这个石油专家。他又在心花怒放地咯咯哒，诉说能再次见面有多么高兴。餐厅不赖。有一百年没去过餐厅了。礼物也马马虎虎。耳环，吊坠……"不如，再结一次婚？只要把维嘉哄好。有什么的，再生一个孩子呗。"

很快就到了餐厅。甜得发腻的格鲁吉亚服务生带领他们穿过二楼空无一人的大厅，来到一个舒适的包间，并在一张大长餐桌边就坐。米沙点了白葡萄酒、一碟奶酪、一盘沙拉。

"快吃！我就是一平凡人：有棱角的地方都被生活磨平了。什么苦都吃过，从井架一路来到了莫斯科。我出生在卢甘斯克，学业一结束就开始工作，萨哈林、托木斯克、下瓦尔托夫斯克都待过。从钻探工到钻探专家，慢慢往上爬，后来升到主工程师，钻探作业负责人，再后来莫斯科就发出了召唤。要是不喜欢石油——就别干这个工作。还有天然气也是……"他一边把"g"说成"h"，一边像摆弄小铁兵似的转动着叉子，一次叉起了好几块咸奶酪塞进嘴里。"石油——不是所有人都喜欢的。它太热烈了。要不就对它一见钟情，要不就完全无感。我跟女人也是这样：一见钟情。每当我看到石油，就会想起那首名叫《黑眼珠》的浪漫曲。黑色的眼珠，炽热的眼珠……你特别像一个我认识的人，她凭着共青团的介绍信来到了我的工地。"他用高脚杯碰了一下莲娜的酒杯，一饮而尽。"以前我只知道伏特加。早已不是当年了，四十八岁了。她叫阿廖娜，阿廖娜·科兹洛夫斯卡娅，

第十七章

我和她一起修建了穆拉夫连科。知道穆拉夫连科么?"

"不知道。"

"你吃啊!是个城市。为纪念一个石油人而命名的。那儿的原始森林密不透风,最近的村子诺亚布里斯科也在一百二十公里之外。城里的东西都是从这个村子运过去的:技术、装配的房屋……没有路,只能靠趟几条小河过去。现在那里已经有四所小学、一个体育场、一个电影院了……"

莲娜明白了,他可能没人可以说话。

"阿廖娜呢?你们爱过么?"

"可以说是爱吧。我跟她在不同部门:我管石油这块,是部门负责人,她就是个普通的建筑师,来自大罗斯托夫,当然比我要小。我们谈了很多,手挽着手。后来我被召回了……升迁,到了'科米石油'[1]。那是一九八四年。我经常想起她,做梦都会梦见。一天早晨,我心血来潮地打电话,四处打听,然后飞到了穆拉夫连科,但她已经不在那儿了……搬去伏龙芝了……我找了,但也没找到。也许,她从来就不存在?"他郁闷地笑了一下,倒满了酒杯。"她的眼珠也是漆黑漆黑的,和你一样。也许,她本来就不是个普通姑娘?而是石油女神?又返回到了石油当中?……结过婚,又离了,总不是那么回事儿,也没有孩子。你让我一下子就想起了阿廖娜!"他咯咯笑着,像只母鸡一样审视地斜了她一眼,"原谅我这么问:你对石油怎么看?"

"还行。"莲娜嘟囔着。

米沙提出要用"伏尔加"载她回村子,她拒绝了,与他在餐厅门口道了别。

---

[1] 译者注:科米石油是科米自治共和国在石油开采领域中最大的财团所有者之一,从事固定资产(财产)的租赁、天然气的生产和销售。

"跟谁出去逛了，怎么这么久？"维克多给她开门，只穿了居家短裤，他俯下身，例行公事地嗅了嗅，"喝酒了？"

"女儿都替你害臊……光着身子出来。玛琳卡·鲍吉娜过生日，我的一个同学。"（她知道女友总会包庇她的。）

"显然在撒谎。"

就是要戏弄命运，她一如既往地建议道：

"不信你就查啊。"

石油专家消失了。一开始，莲娜想起他就觉得厌恶。工作的时候接电话犹犹豫豫，总觉得会是他。过了一个月，维克多在她的钱包里翻零钱的时候，从手提包底部掏出了一张金色的名片，于是得意洋洋地喊道：

"你的情人？"

"当然！"

"嗯，还真是……姆·恩·斯米尔诺夫。这是谁？"

"斯米尔诺夫？你忘了？我和你说过的……"突然，从意识中的石油漩涡里浮现出一张脏脸，"钳工斯米尔诺夫还记得么？他还在今年把腿烧伤了，住了院。"

"你们那儿是有这么个人，你说过，然后呢。"

"这是他父亲。斯米尔诺夫把他爸的名片带来炫耀，我顺手就塞包里了。你能想象吗，简直太戏剧化了：父亲在政府任职，一分钱都不给儿子，逼得他不得不做钳工。"

"撒谎。"维克多平静地说，显然已经信了。

"放过我吧！"她忽然有一种想要见米沙的明确感觉。

她越来越频繁地想到石油专家。有时候，当她在村里的小卖铺排队买新上不久的布什火腿时，或是跟丈夫激烈撕扯之后，甚至会觉得丢失了一个宝藏。应该对这个米沙更温柔一些的……

第十七章

他在夏天快结束的时候出现了。差不多是过了午夜打来的电话。

"莲娜，是你么？能碰上你接真是太好了！我打了电话，但打不通！最近出差太多。你早上有么事么？"

"明天吧。明天傍晚。"

他提议去"大都会"。

她提早跟丈夫说了第二天的安排：

"玛琳卡叫我去参加乔迁派对。公寓在克雷拉茨基。要是太晚了，就在她那儿过夜。"

"又是玛琳卡？"

"又是玛琳卡，"她强硬地回答，对这个游戏很是着迷。为了减弱游戏感，她又小声补充道，"维奇，你也知道，我很久没去过别的地方了。你也是……要不，你跟我一起去吧？你反正明天也休息。"她知道要搞家庭装修，打通他房间和储藏室之间的墙，他不会去的。

但他犹豫了一下，于是她惊慌失措地说："不，你最好还是留在家里，陪陪塔尼娅。"

在有喷泉的"大都会"大厅里，侍者端来了葡萄酒和鲟鱼排。

"你飞哪儿了？"莲娜寻思着，已经开始对他以"你"相称了。

"你应该问，没飞哪儿。从巴库到利雅得……简直是灾难，联盟快没了，油价也在下跌。跌了整整五倍！"

"不会再涨回来么？"莲娜问，虽然不是很懂他在说什么，但就像问他的竞争对手一样。

"怎么不会？"他用食指抚摸着高脚杯的细腿，"有一天会涨的，等到人们一放松警惕，它又会跌……石油这个东西，永远是危险的、有欺骗性的、不忠诚的……"他转动高脚杯，在光线下盯着杯中的液体，"差点忘了，我给你带了……"他的手伸进夹克的内口袋，一颗金色的心在细链子上摇晃。

他摸准了她隐秘的渴望——又小又亮丽的红宝石吊坠。莲娜把小小的心捧在手里,目不转睛地盯着它看,嘴唇嚅动着,仿佛在读一张名片。她开心地吹了声口哨。

"就现在,请戴上吧。对,对,这就对了。很适合你的脸型、你的眼睛……"

他满面红光地喝了一杯伏特加,接着又是一杯。他不停地跟她说在沙特阿拉伯的有趣而又刺激的经历,告诉她飞去了哪里以及当地的习俗:禁止饮酒,惩罚巫术,断手之刑。莲娜听着,就着冰淇淋喝下了一小杯甜酒。

他向服务生招了招手,在空中打了个响指——"结账",然后隔着桌子朝她凑过去:

"我们再坐一会儿吧……"

"还坐一会儿?"

"楼上,"他低低地俯下身,对她单独说,"我在这儿开了间房。"

他们乘坐四面都是镜子的电梯上楼,来到凉爽安静的房间里,米沙没有给她一秒钟回神的余地。

他将她推倒,压在一张宽敞整齐的床上,扯下她的上衣,掀起裙子,用力地吻她的嘴唇,一边还带着呜咽嘟囔着什么。他突然跳开,将夹克摔在地上,解开了皮带。她所害怕的大肚腩并没有出现。"美好的……美好的少女!"他一面小声说,一面飞快而又疯狂地运动着,从各个方向吻她的脖子。莲娜闭上了眼睛:"别留下……吻痕……"他运动得更加快速了,发出了呻吟声。

她冲完澡回来,他正躺着啜饮杯中的葡萄酒(瓶塞扔在地上,旁边是打开的公文包)。另一边的床头柜上立着为她准备的一满杯酒。电视机是开的,在播放一个叫《看法》的节目,里面有个英俊的教士,确切点说,是上了年纪的教士在发言。他胡子花白,戴着一顶黑

第十七章

色小帽。

"你们有这个词吗?"留小胡子、戴眼镜的主持人轻快地问教士。

"这个词就是'忏悔',"教士的言语缓慢地流动,"不论是个人,还是民众都应当明白,忏悔永远不迟。"

"皮季里姆!"米沙指着教士对莲娜说,"我们经常一起参加派对。"

"大主教,"第二个圆脸主持人一脸忧郁地打断他,"我们国家的少数民族之间目前剑拔弩张,卡拉巴赫、苏姆盖特、费尔干纳……教会有可能缓和矛盾吗?"

"民族仇恨是大恶。教会如是说:没有希腊人,也没有犹太人。"

"他说石油?"米沙一下子坐起来,"他怎么说的?石油?"随后,他满意地关掉了电视。

"他说石油了。"莲娜轻声附和道,爬上床,脸颊贴在他肥硕的肩膀上。

"就像他说的!没有希腊人,也没有犹太人!石油是共有的!全民族的!现在,从各地来的希腊人和犹太人都在咒骂它的涨跌。他们的眼睛里看不到石油,只想将一切都窃为己有。快下手,价格跌了……有时候我想:如果它再也不涨了,我的人生就白费了。新的世纪会有新的燃料。价格一旦下来,石油就会消失……"

"完了?"莲娜用虽饱满、但晒得黝黑的乳房蹭着他,"再也不涨了?"

"跌了……接下来还会一路跌。我们跟它休戚与共。"他小心地捧住她的头,咬住了她的卷发和潮湿的乳头,然后继续向下,经过她再次收紧的小腹,"阿……阿……阿廖娜……"

"什么?"她推开刘海,抬起眼睛:从下往上看,他特别像一只硕大的尖喙母鸡。

"阿廖娜!"

"你怎么叫我的?"

"听着……莲娜……"他气喘吁吁地说,"快说'我是阿廖娜'。"

"你想干什么?"

"开玩笑的……和我在一起的时候……可以么?说'我是阿廖娜'。说呀!"他按住她乏力的头颅。

"我不说。"

"我给你钱。"

"我不是阿廖娜。阿廖娜不是我!"她坐起来,在床沿垂下双腿,"我不需要你的钱!"她在一瞬间注意到:他的下面像放了气一般,变得很小,缩进了灰色的毛发当中。

他长长地叹了口气,将一双大手摊在整个床上,肚皮朝上仰面躺着,奇怪的是,肚皮反而胀大了,似乎里面充满了空气。

"我不是阿廖娜!"她穿上高跟鞋,"我也不会成为阿廖娜,明白么?"

米沙绝望地躺着,默不作声。她整了整肩上的小包,站在门口给了他意味深长的一瞥,随后像放机关枪似的说:

"我受够你的石油了!"

还没到电梯,她突然折去了楼梯,一边跑,一边系上衬衫前襟散开的纽扣。

在暮色笼罩下的雅罗斯拉夫火车站里,她冲进小卖铺买了一条咖啡味的口香糖。维嘉常说"虽说屎就是屎,但酒气还是很容易消除的"。她将口香糖翻了个面,拆了开来。咖啡色的长方条既气人又感人——苏联口香糖,西方口香糖无助的模仿者。莲娜边走边蠕动下巴,试图显露出独立自信的派头,她感到口中的糖在渐渐失去味道,变得越来越粘牙。

正走着,突然有什么东西扎了一下她的前胸。她猛然停下脚步。

第十七章

金色的心形吊坠像被人操控了似的,前后摇摆。见鬼,应该还回去的。她在路上看到了一个垃圾桶,于是伸手想拽下它扔进去,但还是不忍心,有点可惜。

之后就是八月,邻居伊达·霍洛捷茨领她去了普希金诺旁边一个新村庄里的木质小教堂,教堂有着蓝色的圆顶,内部回声效果很好。早晨的仪式开始之前,亚历山大神父在木制的讲经台旁听她说话。这是位善良平和、让人想起古代预言家的神父,但他的内心似乎隐藏着熊熊烈火。此时,他正倾过头去,黝黑的眼皮垂在褐色的眼睛上方,眼底是褐色的眼袋。从装有栅栏的敞开窗户外传来挖掘机的噪声,应该在挖不远处的土地——这非但没有妨碍他们之间的交流,反而令其他爱看热闹的人无法知晓其中的秘密。

"您知道'罪'是什么意思吗?在希腊语中,它的意思是'偏离'。"神父问。

莲娜回答说:

"我的整个生活似乎都偏离了。"

之后,他微妙而清晰地询问了罪恶发生的情况,所使用的词汇都如此公正、简洁、宽容、严肃,以至于她开始觉得对不起丈夫,并且没有丝毫害羞地将所有细节和盘托出。

在说出自己的背叛行为之后,她忽然想起了什么:

"但他也伤害了我……总是取笑我,给我取了各种绰号:莲娜-海鳝鱼、海蛇之类的。"

"我在中学还被人嘲笑是'曼尼-饺子'呢。"莲娜圆圆的眼睛闪烁出笑意。

莲娜从神父那绣着金丝线的温暖长巾[1]下欢快地跑了出来,这长

---

[1] 译者注:神父法衣的一部分,垂在胸前,绣有十字架。

巾不知为什么散发着一种亲切的羊奶味儿。

之后,神父被用斧头砍死了,而她则出席了葬礼,站在人群中哭泣。再之后,对教堂的迷恋过去了,那些关于忏悔和有治愈力的长巾的回忆也逐渐褪色。她又开始幻想别人,但别人已经没有了,到最后,莲娜已经沦落到回忆库瓦尔达是怎么将她连人带椅一下子抬起的地步了。

一九九二年一个界限不分明的早春,库瓦尔达和莲娜通过电话以后,就载着一车的东西来了——四把用麻绳拴在一起的椅子。这可是个实用的礼物,是克列什为了感谢莲娜救他一命,有一回从检察院的地下室里拖出来的。二月份,她像是有预感似的,没有安排救援队去"普希金"电影院的地下抢修,两个其他救援队的队员钻进去了,结果被他们身后管道爆炸喷出的开水烫伤了。库瓦尔达虽然早就不在莲娜队里了,但还是很感激她为他们做的一切。

莲娜在露台上用刀子慢慢地将麻绳割开,弯腰的姿势充满诱惑,丰满的臀部曲线清晰可见。

"我来,"库瓦尔达接过小刀,劈了一下就把椅子拆解成了两份,随后又码成了一列,"维嘉在家么?"

"去莫斯科了。为他的长筒找些什么鬼配件。"

"什么长筒?"

"就是他用来看星星的。早就开始了。他傍晚回来。要是愿意就一起等他回来。女儿在学校,她来了就介绍你们认识,"她笑了笑,没看他,接着补了一句,"你进来啊,坐一会儿……"

"我走了!"他喘了一口粗气,像是铁匠拉着风箱。

"我家有酿的酒。黑浆果酿的。"

"维嘉酿的?"

"是他。"

第十七章

"下次吧。"

"怎么,酒都不喝?"

"想喝啊。他要在我就喝。可他不在……不,我还是走吧。向男主人问好!"库瓦尔达转过身,在潮湿的门口台阶上跺了跺脚,又像三年以前那样,整个宽厚的背部都透出一股子腼腆。

第十八章

莲娜不是每晚都去取阿霞的羊奶,日子是定好的。她走到浅紫色的篱笆跟前,按下门铃,将空罐子递过去,拿回来的就是一整罐洁白的奶。她还没走近篱笆,就感到一阵令人沮丧的羊奶味直冲鼻孔——大脑的直接反应。她从不进篱笆门,免得阿霞发现她,但总是带着好奇小声问:"那个,它在里面怎么样?"

"什么怎么样?在适应。"

"还没适应?"

"还不行。"

"我能看它一眼么?"

"您现在最好别见它。"

有一次,奶是由谢瓦的老婆送来的,又高又壮的娜佳,她是个话痨:

"你们怎么就这样把它放走了呀,它就这么没脑子?快去接它回来!你们行行好!什么都不用,接它回来就完事儿了。"

"它怎么了?"

"就因为它,我都开始吃药了。它一跳,我的血压就跟着跳。它真是个毒蘑菇,所有人它都顶……非要从绳子里挣出来,结果捆住了,喉咙里血直流,我想着是活不久了。"

"接回来,接回来,"莲娜忧心忡忡地答应了,第二天就去问谢

第十八章

瓦,"您想我带走它么?"但他立马就咕哝起来,仿佛料到她要这么问似的,原先落了五十年灰的矢车菊色眼睛泛出暗蓝的光,"是娜佳跟你瞎说的?我能教好它,您家的山羊。我是谁,怎么会不了解羊?它会健步如飞的。"

听到这番话,莲娜更加忧心了。

她从浅紫色的篱笆门那儿回来之后,心情很不好,连羊奶都喝不下。她开始派塔尼娅去那边取奶,后者虽然很不情愿,但架不住每天睡前要喝一杯鲜奶,早晨还得吃奶粥。"我们的阿霞真可怜,"莲娜忍不住说,"我们都习惯它了。""都怪你自己,"塔尼娅带着一种幸灾乐祸的平静说,"不送走它不就好了。""我要把它接回来!你们说好不好?""所有人都可怜。"维克多重重地叹了一口气。"你叹什么气?快说:接不接?"莲娜问。"啊哈……接回来好让它继续折磨我们?要是真困难,就让他们把它宰了吧。"

这一天他俩都休息。莲娜早晨才下班,她将墙上的红方块日历翻到九月二十三号,随后躺下睡着了。没一会儿,她就被一阵铁制的敲击声惊醒了,是丈夫把自己一个人关在房间里在捣鼓什么东西。她起身下床,从维克多房间门里面传来高分贝的广播声,主持人嗡嗡直叫,就像被巨浪抛起又摔落在地的一片木屑:"内政部代理部长法令!"这是丈夫费尽苦心找到的电台,专门播报白宫消息。

莲娜生气地踢开门,下楼洗漱,望着客厅一眼:"你又不是一个人!声音关小点!"(塔尼娅在看音乐台)等她一出门,气就消了:一地落叶闪着金光,落日的余晖也令人心醉。她瞥了一眼阿霞的小窝:一个空空的木架子,必须清除掉,眼不见为净。她想象着维嘉将如何挥起板斧,木屑漫天飞舞,随后木条又是怎样被堆成一垛。"羊奶"——她突然想起来。这个时候从二层楼的窗户里又传来铁质的敲击声。"他在上面搞什么?造宇宙飞船么?"

维克多在做火枪——自己点火的那种。第一支火枪他在八月试过了，那是一个黄昏，在铁道后面的林子里，他等到火车快要开过去的时候扣动了扳机，射中近处一棵发黑的松树。枪管爆了，要不就是锯口太大，要不就是硫黄放多了。他奇迹般地没有因此致残，爆炸的碎片贴面飞过，有一块将脸颊擦出了血。他跟下夜班回来的莲娜说："脸扎破了。""扎破了？什么扎的？不会是叉子吧？肯定又喝醉了。"她给他的脸上贴了一块创可贴。

在失败面前维克多没有退却，他下决心要做出一支新火枪来。散热器的材料适合做铜枪管，散热器是他从一辆生锈的汽车里拖出来的，这车被扔在远处林子旁边的垃圾堆里已经很久了。他有时候在自己房间里装配，有时候就在度假小屋里干活。他用木板锯出了木制的扳机，用小刀将枪管缩短，只留下三十公分左右，随后用锤子砸扁并折弯。他又用钢丝将弯过来的枪管一端与木制扳机缠绕在一起。为了让这次的努力不白费，他还用小刀为点火棒开了一道小口，又狭长又干净。用铅笔刀刮去点火棒上的硫黄（手指止不住地颤抖，差点儿没割到），然后开始将硫黄撒进枪管的洞眼里，废了两盒。之后，他用电焊条将硫黄压实，直到变小成火药状。为了让火药保持紧实，他又从报纸上撕了一小块下来（撕下的那块刊着名为《日子》的文章，签名是黑色的，很漂亮），揉成一团，也用那根焊条塞进里面。接着，用钢丝钳夹了一草帽的大钢钉，一个挨着一个地将手里亮闪闪的钉子放入枪管中。这当然跟火药不能比。也可以把铅熔化了，铸成子弹，再从蓄电池里取得极板，不过没关系——草帽的钢钉也凑合——打不死也能致残了。维克多没有打算杀死任何人——这样一来，射杀个把吸血鬼想必是不成问题的。他将点火棒带有硫黄的那一头贴着锯口放置，一个小小的半球形埋没在里面，如果有别人想要射击，就必须在盒子上擦一下——他用胶带缠上了。

第十八章

他不顾自己的生命安全,还是在同一片林子里试了这支火枪,点了火,啪的一声,枪管没爆,射出的尖锐物体又打中了那棵松树,还有一部分将窄窄的树叶和红色的山楂果打歪了。然而,一名男子从草丛中跳出来,他没被火车经过的声音所干扰,却被枪响声惊动了,甚至可以说他感到自己听见了枪响声而为之兴奋,他哑巴着瓦蓝的嘴巴,又窸窸窣窣地迅速消失在了密林里,动作灵敏得像一只野兽。重要的是,火枪已经没问题了。维克多用手掌沿着松树的树干仔细抚摸,高兴地发现了几处缺口。

如今,特别是在白宫旁边发生过街垒战之后,他每次出门都要带上这把火枪。口袋里揣上几个危险的枪管,此时再喊"一切权力归苏联政府"就比光喊这个口号要好很多。

……莲娜走到浅紫色的篱笆跟前,还没来得及按门铃,就又感受到了那股令人讨厌却又极其珍贵的羊奶味,仿佛浅紫色是它的序曲一般。这时她突然意识到既没带袋子,也没带罐子。

她想走,就让守林人过哪怕一个月的清净日子——阿霞看来也正在适应那里的生活。但灌木丛里不知什么地方突然传来熟悉的哀叫声,莲娜跨过小河沟,沿着一地黏滑的落叶快步走向白桦林当中那个模模糊糊的毛团。

她迎面撞上了一整支队伍。起先走来的是几只惊慌失措、不住向后望的山羊,两只白色,一只灰色。接着谢瓦出现了,他用绳子牵着毛色肮脏、结成块状的阿霞。他的圆脸汗涔涔的,出现了红斑,枯草般的头发黏在一起,就像秋天腐烂的稻草。他身边有位八岁光景的小男孩,也是枯草般的头发,手中攥着一根小树枝。

阿霞因为突发事件而失声了,猛地冲向女主人,谢瓦拽住它,快速将绳子在手上绕了几道。它摔倒了,膝盖跪在地上,这时候才发出一声尖叫,不像是山羊,倒像是鸟叫。小男孩在它那双黄色无神的眼睛前面挥舞着树枝。

"我要走开么?"莲娜有些担心地问。

谢瓦把住山羊的两角,将它的头压下来,语带恐吓地说:

"唔,我把你,唔,我把你……"山羊甩着头"唔,我把你!"他更严厉地说了一遍,山羊不情愿地站了起来,也不看莲娜,短促地叫了一声,斜眼看着灌满火车呼啸声的铁路。"散步么?我们也是。"他将阿霞拽到身边,用绳子扯着它的脖颈,"我们家人都走了……跟着他娘去了南方……只有安东留在我身边。"

莲娜目不转睛地看着其他几只山羊,尽量不去看自己家那只。小男孩不知为何报以残忍的笑声,用小树枝轻轻抽打那只灰色山羊,后者非要用鼻子拱一个玻璃纸卷。

阿霞走的时候很顺从,一声不吭,好像仍抱着自己会被送回去的希望。

谢瓦打开浅紫色的大门,山羊们在树枝的鞭打下鱼贯进入了院子,院子是混凝土浇筑的,很整洁。

莲娜看到了一栋砖房和一个木板搭建的窝棚。阿霞站住了,抬头望着天,突然发出了近乎嚎叫的声音,其他山羊也停了下来,惊慌失措地互相乱撞。

"唔,我把你!唔——唔!"谢瓦在阿霞那垂下的双耳旁边一左一右地拍掌,像在打蚊子似的,小男孩则开始用鞭子抽打它的两侧。

山羊仰着头,不间断地叫,仿佛有什么东西在它体内觉醒了。他们三个人抓住它,朝窝棚挪去。莲娜拽着它的角,对所做的一切感到沮丧。守林人大声催促着,从后面推她,他儿子则抽打鞭子。再赶剩下的羊群就几乎没什么困难了。

之后,谢瓦一屁股坐在木墩上,咧嘴露出了一口黄牙:

"我一开始就说服它了。它听我话的,还记得么?我已经把它驯服了。后来不知怎么又回去了，还想顶人。我，娜佳，孩子们……它这种恶作剧很快就被我制止了。然后它就开始顶我其他的山羊。它们之间现在关系差得很。它不吃也不喝——从哪儿来的力气？还教唆它们都不吃东西。才开始好一点，这不，今天又遇上了您。可别又重新来一遍……得了，我去把羊奶拿给您。"他站起身，"走，我带您看看，院子里井井有条的。"他用力抓住莲娜的肘部，领她沿着跟飞机场似的混凝土平台转了一圈，平台的边缘是小菜园。"那边是我的房间。这是大门口，我都一个人进去……那边没人过去……我在那里整了好多小玩意儿……还自己塞了毛绒动物！"

莲娜想挣脱出来，但他顽固的解说令她迷惑，使她臣服，于是她跟着他来到了门口。

"您想干什么？"她像是被施了魔法，觉得自己不仅顺从，还很坦诚。

"看房子。"

"不用了，下次……"

她想停下来，而他望着她的眼睛说：

"莲娜，会很舒服的……"

他温柔地将肥腻的嘴唇撅成鸡屁股的形状，上唇周围长了一圈浅色的细绒毛。莲娜注意到窗帘从窗户上被风鼓起，里面有几个枯黄的小脑袋若隐若现。

"您有孩子。我办不到。我办不到。"

"快活……我会让你快活的。我都会……这样……那样……"淫荡的铃铛在他喉咙里摇动。

"您有妻子，我有丈夫……"莲娜在他们走上漆成黄色的门前台阶时说，"我是有丈夫的人。"

"他就清清白白？村里人都知道关于拉伊卡的事。"

"哪个拉伊卡?"莲娜甩了甩头,就像刚刚阿霞在瞬间感到自己是有角的[1]一样。她从他野兽般的大钳中挣脱出来,他甚至连拉都拉不住,"为什么骗我?"

"谁骗你了?"

"你胡说八道些什么,不幸的撒谎者?"

"我撒谎?"他的喉音中立马加入了几个不友善的铃铛,"小卖铺里的拉伊卡说起过你丈夫,她说,人不错,就是妻管严。他已经一年没找她了。看来是找到别人了。她现在的姘头是个从绿村来的出租车司机。"

"滚你的……"莲娜厌恶地回头望了他一眼,似乎在打量守林人的全身。

"去你们的,带着你家的山羊滚蛋!"

"宰了它吧!我不需要它了!"

莲娜在混凝土平台上奔跑起来,像是要起飞似的,她用力抽出了那根沉重的木质门闩,不知为何像发了寒热病一样没有打开篱笆门,而打开了大门。

"你在那儿干吗?"守林人在后面喊道。

阿霞在窝棚里发出了告别的咩咩声。

莲娜艰难地穿过小树林朝铁路走去,她感到山羊角令人头昏眼花的重量,又或者只是斑驳的白桦树林在折磨人的神经。她现在不能回家。维嘉背叛她这件事,对她而言就像被电打了一般。"村里人都知道了。"——守林人说,可她不知道。所有人都在议论她,就她自己像个傻瓜……如果这是真的,那……"我要离婚。"她没想到自己会这么愤怒,但很快就准备好了……她要用指甲抓他的脸,越深越好,

---

[1] 译者注:俄语中"有角的"也可理解为"戴绿帽"的意思。

第十八章

不然……就用酒瓶子砸他。就是要让他痛,让他嚎叫。真是个混蛋!她一点都不怀疑(一路上,她浑身发抖,绕了好久的弯路,不停撞在树上),他就是个混蛋。出了这事以后,还能和她躺在一起……"我要离婚。在塔尼娅面前揭开他的真面目。"

她曾经上千次、年复一年地看到过浅色头发的拉雅(有时候是和维嘉一起去的小卖铺),不知为什么这个女售货员总是以一种奇怪的语调同她说话,目光中也尽是嘲讽……这么多次她排队结账,其他人全都知道,互相使眼色,但莲娜却毫不知情……上帝啊,现在可怎么再去小卖铺?

她爬上布满鹅卵石的土堤,穿过小路,来到了树林里。

她抱住迎面撞上的第一棵松树,将额头贴在树干上,用力呼吸松脂的镇定剂。

不,她从来没有怀疑过维嘉。从来没有。她总觉得,他——自始至终都是她的,这给了她力量。他是属于她的,于他而言,她也是独一无二的。看来完全不是这样。不过,也许,这一切都是守林人杜撰出来的,为了接近她?要不去问问维嘉?又能怎么样呢?既然骗了她,他就会一直骗下去。他从一开始就对她撒了谎。他需要户口,也要人伺候。而他的嫉妒全是假的。为了掩人耳目或者纯粹是取笑她。她用手掌抚摸着树干,真是令人吃惊,树干因不知为何卡在里面的铁片而显得斑驳不堪。

身后传来一阵巨响。她回过头。看着火车远去的轨迹:窗户,窗户,窗户,窗帘,水瓶,贴在窗玻璃上的脸,黄色的字母"莫斯科—彼尔姆"。

莲娜忽然想起来了。

"莫斯科—彼尔姆"。她陷入了回忆当中,年轻的自己,在车厢里,旁边坐着两位,鼓手热尼亚和少校瓦季姆,和后者她……

火车消失了。铁路上方红色的尘土微微颤动,缓缓下沉,同消逝的汽笛声融合到了一起。

莲娜又慢慢穿过小路,朝家的方向走去。

这个新想法为什么一开始没能占据上风:既然她已经背叛了他,为什么他就应该让她好过呢?

在火车里的出轨,跟石油专家的出轨。和阿曼的吻,精神上的出轨以及出轨的热望。曾经做好准备和库瓦尔达……她沿着街道向前走,小心翼翼地越过路上的水洼。她数来数去,反复掂量——所有的论据都对她不利。"不,还是维嘉错了。他一直推我,把我推向了那里……那里是哪里?哎,自己面前还是别昧着良心讲话吧。你又是怎么对待他的?你等着瞧,哪天肯定会被他知道的。那又怎么样?没怎么样。你看着吧。"

维克多站在篱笆门旁边,穿着背心短裤,在背上抓痒:

"出去好久了。"

"你怎么出来了?"

"等你。这是什么?"

"哪儿?"

他用手指沾了点吐沫,在她额头上摸了一下,闻了闻,随后皱起了眉:

"像是松脂。"

"在树上靠了一会儿。"

"还是被谁压在树上的?"

"够了……我们去林子里吧,趁着洋口蘑还有。就这两天去,亲爱的?"

"亲爱的?"他怀疑地轻笑了一下。

他们进了家门。莲娜跟在丈夫后面,仰头看着他的后脑勺:从竖

第十八章

起的红色短发中依稀可见奶白色的头皮。开始秃顶了。她已经不想用酒瓶砸他了,想做别的——想潜入那里,潜入那个巨大的头颅里,进入他的脑子,看看他到底在想些什么……

晚上,维克多在睡前打开了电视。

主持人——亮起了一个长长的姓氏"维胡霍列夫",灰色的线状小胡子,戴着眼镜,用一种干巴巴的、带浓重鼻音的腔调播报新闻:

"白宫的电话线路已经瘫痪,供暖系统也已关闭。同时,根据我方记者的观察,在此前的议会大厦及其周边地带都有向武装分子出售武器的现象。据首都警察局的消息,白宫附近的犯罪分子逐渐增多,其中包括联邦通缉的犯人。目前,白宫的大部分居民都被当作人质,不能擅自离开大楼。根据克里姆林宫的消息,鲍里斯·叶利钦已于今天下达撤销新西伯利亚地区负责人维塔利·穆赫职务的命令,原因是他反对总统的决议。"

播音员窸窸窣窣地翻着稿纸,垂下了眼睛:

"紧急播报。不到一小时之前,一群身份不明者袭击了位于列宁格勒大街上的独联体武装部队总指挥部。他们成功地……"他忘词了,咳嗽了一声,"对不起……他们成功地部分解除了护卫队的武装。"他抬起头,眼镜在屏幕中反光。"两人在之后的交火中丧生。据初步调查,是一名警察和一名当地女性居民。袭击者仍在潜逃。"他拿起另一张纸。"另外一则……也是标注'紧急'的。斯坦尼斯拉夫·捷列霍夫涉嫌组织袭击行动而被通缉,该嫌疑人是所谓军官联盟的头目。"

"难以置信,"维克多将五指插入卷发中,"难以置信!他是个严肃的军官,经验丰富。袭击,逃跑……编的什么故事?"他不安地望向妻子,"你怎么不说话?"

"故事,对的,"她轻声说,"到处都是故事。周围所有人都在撒谎。"

"你好歹听明白什么没有,他们袭击了哪里?列宁格勒?"

"好像是美国大厦吧,维奇。我没听。我们的后方勤务在红场设了点,阿尔巴特大街也有,甚至是'伏龙芝'地铁站。"

"如果要偷袭,肯定是从奥斯坦金诺。"他自信满满地说。

"为什么?"

"瘦老头[1]的针。盒子在谁手上——谁就握有权力。搞到那根针。"维克多发出了一阵阵冷笑。"一定的……"

"不会要打仗吧?"莲娜靠近他。

"打仗?"他目光锐利地看着她,一双眼睛闪着调皮、危险、野性的光,就像是多变天气下的海浪,从浅灰色变成了苍蓝色,"军队绝不会介入的,没有军队怎么打仗。"

"主要是你,别去惹事……"莲娜又开启了日常的唠叨模式,于是赶紧纠正道,"可以吗?"

"我能惹什么事?我又怎么了?"

塔尼娅不知何故神经质地嘿嘿笑了一声。

"不管怎么样,跟他总是开心些。"莲娜想,丢给丈夫一个眼神,像是想要融入他的眼睛里,眼眶摩擦眼眶,睫毛贴着睫毛。

"要是有人被射杀,就是说,是有枪的。"她若有所思地说。

"有是有,跟你也没关系。我们的人开火,这不是事实。就算是,是谁挑起的?"

"谁?"

"想啊!"

莲娜迟疑了一会儿,怯生生地确认道:

---

[1] 译者注:凶恶的瘦老头,俄罗斯民间故事里拥有宝物和长生秘方的人物。

第十八章

"叶利钦?"

"还能是谁?"

"知道么……"她伸手关了电视。"或许,总之……也不必要……他也不必要……第一个挑起……"

"是么?好姑娘,你有进步了!"他抚摸着她的手说。

"去睡觉,好不好?"莲娜问道,她起身去拉维克多,"女儿,别睡太晚了。"

塔尼娅用疑惑的眼神目送他们。

维克多双手伸到枕头下面抱住头。莲娜靠墙躺着,倾听自己内心的声音,经过一番挣扎——厌恶、嫉妒和欲望,最终扎入了他敞开的腋窝,本以为是一片氤氲的沼泽,谁知那里竟出人意料地干燥,还有一种轻微的樱桃味:

"洗过了,是么?"

"啊?是啊!"

"你什么时候洗的?"

"你散步的时候……"

"怎么,我不在的时候,你出去了?"

"啊?"

"你在哪洗的?我们没有这种味道的肥皂。"

他松开双手,放在两侧(一只撑在莲娜头顶的墙上,另一只垂在地板上方),用硬邦邦的声音问道:

"你怎么了,莲娜?"

她想要扑上去抓他,咬他,大声叫喊,但忍住了,只是在黑暗中痛苦地皱了皱眉,用小到几乎听不见的声音说:

"你经常骗我?"

他也真的没听见。

"你不爱我了?"她声音稍大了一些。

他颤抖了一下,双手保持了原先的姿势,仍然用之前那种硬邦邦的语气问:

"莲,你今天怎么这样?"

"哪样?"

"跟往常不一样。"

"维奇。"

"啊?"

"维奇,塔尼娅需要爸爸,明白我的意思么?"

"不明白。"

"不明白?你看看这些新闻,都开始射击了。我支持你,我……我站在你这边,好不好?你做什么选择我都支持,你说投谁就投谁。我错了,你是明白人,我对这些鬼政策简直一窍不通。但你……"她用手肘撑着坐起来,注视着他的那片沉默,"听着,你要答应我。别去那儿。哪儿都别去。你要出去还是和以前一样,上班,下班。回来,再走,不要偏离轨道。或者干脆请一个月的假!维嘉,别抱侥幸。我从没和你说过这些,我求你了。能答应我么?答应我!"她在他的肋骨和肚子上轻轻挠着。

他哈哈笑了:

"你傻了?"

"答应我!"

她漫溢过他的身体,爱抚他,挑逗他,又掐又捏,用指甲刮挠他,湿润的舌头标记乳头的位置。她滑过他的身体,就像火焰滑过干燥的房屋,感受到他迅速鼓胀起来的回应力量。"她是怎么跟你做的?她会怎么做?这样?"莲娜自己都不知道,到底是有意识这么说的,还是无意识的私语。

第十八章

在感受到他跃跃欲试的战斗力之后,她采取了主动,挺直背部,小心翼翼地运动。"你这个老色鬼!公羊!"她哑着嗓子,无所顾忌地说,指甲嵌入他的胸部。他发出呻吟,于是她低下头吻他,带着对另外一个女人的憎恶。

"你和她是怎么做的?这样?还是怎样?你喜欢么?和她……喜欢么,啊?老色鬼……"她的体验出奇的好,她用自己的耻骨顶入他的,用力压迫,直至两片骨质的半岛重合在一起,像是想要将自己身体中那粒罪恶的豌豆压扁。她蜷曲起来,伏在他身上,带着厌恶和快感的呻吟钻入了他腋窝下面。丈夫的腋窝出汗了,闻起来是本该有的味道——遥远森林里那熟悉的沼泽味。

"你今天真的太棒了……"

"会一直这样的。只要你哪儿都不去。别找架吵!"

他嘟囔着表示同意。

第十九章

维克多一大早就出发去莫斯科了。在地铁里他忽然想先去"克拉斯诺普雷斯涅"站,但马上反应过来,如果那样的话,去救援站就会迟到。

"白宫旁边一个人都没有?"他眼睛盯着同事们,一边就着小面包圈喝茶,一边认真地问。

"关于那边还有什么我忘了说了?"接线员丽达大声回应道。"那边清一色全是匪帮。杀了一个警察和一个女人,她只不过在窗口望了一眼。抓到一个,电视里已经放了,是个小胡子。他招供了,这个小胡子,把他们所有人都供出来了。"

"捷列霍夫?斯坦尼斯拉夫?"维克多感到了一丝担忧,"他们在审讯期间殴打他,我在电台上听到的。我有个收音机,没事就爱听,然后就……调到了这个台……叫什么《第二十层》。"

"哪怕是三十层呢!"丽达给自己加了一勺糖,"打他做什么?要是我就会把他枪毙,一个女人都被他杀了。"

"强盗横行,"老电工德罗兹多夫庄重地呷了一口茶,"看看现在物价飞涨得,我都两个月没买肉了。"

他有可能将布里昂采夫视为同行中的专家,打算小心谨慎地支持他。

"你当时不会在那儿吧?"库瓦尔达阴郁地问。

第十九章

"我在啊，以后也会在！"维克多说，"你们根本不在乎！你们没有一个人去过，也不了解，那里根本没有什么强盗！"他结结巴巴地、带着挑衅的口吻补充道。

"跟我有什么关系？"克列什眨了眨眼睛，"白宫，黄宫……上面拉屎，我们还得给他们擦屁股？"

"就是就是。"周围一群人都在点头。

"当时都有谁？"克列什打了个响指，嘴角歪向一边，"三个女人，两个老头，一面红旗？"

"要都是正常人，你们就该宣布罢工了！"维克多再次感到自己说话有些结巴。

"还来了一个罢工的！你给我罢一个试试看！"丽达威胁地晃着咖啡，像是马上要洒出来似的。

维克多站起身，他知道自己必须离开这里。到那儿去，到城市和国家的重要地段去。但什么时候去？怎样才能请到假？接待室里的电视上正播放新闻，公民去往白宫的通道受到限制，周边地区被宣布为高风险区，武装分子仍能得到枪支，用垃圾箱堆成的路障，一群衣着五颜六色的老太婆在齐声高唱《蓝色的车厢》。维克多边看边想，应该到那儿去。他好几次走到外面，一个人站在台阶上倾听着城市的一片埋怨之声，仿佛已经捕捉到了集会游行的回声。

下午，在契诃夫大街（不久前叫作"小德米特罗夫卡街"）上的莫斯科国立列宁共青团剧院旁边，一条水管爆了，开水顺着人行道往下流。事出紧急，时间紧迫，三个人已经出发去挖那条管道，维克多和克列什则冲到最近的中央供热站关掉阀门——已经等不及巡线员来了。

"女人都是这样，"克列什分享道，小碎步跟在维克多后面，"胸大就没屁股……反过来也一样！"

维克多迈开大步,作出一副英勇刚毅的表情,这个时候不这样可不行。他觉得,这副坚硬如铁的面孔可以传达给路人或是秋天本身某种重要的信息。

"知道有个女人是怎么陷害我朋友的么?她给他老婆带了个好。老婆回家一看:有干净的卫生棉在。好歹拿走用掉啊。"

"这是你朋友的错,"维克多说,"不打扫房间。"

"你知道她藏哪儿了?塞到柜子上的高脚杯里了。新年的时候他们家取下高脚杯,才发现这么个礼物……"

"他怎么蒙混过关的?"

"他把错全推给我了,说他把钥匙给了克列霍夫和他情人了。"

他们走入那个熟悉的小院子,院子深处红色的旋转木马和蓝色的蜘蛛网后面显露出暖气站的灰色建筑。

"我也曾经有一个女人……"克列什继续念叨,"一会儿给我,一会儿不给我,一会儿又给了,一会儿又不给了。烦透了。有一次,她上我这儿来。我跟她喝了几杯,她就留下来过夜了,之后就开始纠缠我。我决定你拒绝过我多少次我就拒绝你多少次。后来才知道,她那时候怀孕了,跟一个市场的小贩,想让我当孩子的爹。"他扑哧一声,像是在啃西瓜瓢。

维克多猛地拉了一下门,锁像往常一样被拽开了。

屋里亮着昏暗的灯光。

有人在房间尽头一堆各种口径的管子中间喘息。

维克多放慢了脚步,费力看了一会儿,快速诅咒了一句,便沿着台阶跑过去。

"那边是什么东西?"克列什在他后面踩着碎步。

维克多一边跑一边掏出并打开了折刀,跳到了那个蹲在墙边的人身边,几下就割断了将他的脖颈和管子拴在一起的粗皮带。

第十九章

那人停止了喘息,似乎是因为氧气的吸入,他伸直了双腿,一屁股坐到地上,开始闭着眼睛艰难地大声呼吸。

"黑得跟……"维克多同情的语调中透着一丝反感。

"他是黑人。哎!"克列什轻轻打了上吊者一个耳光,上吊者的脑袋抽搐了一下,像个球一样。

他们一起看着这个浑身布满大滴汗珠的人:黑人就是黑人,突出的额头,扁平的鼻子,弹簧般的卷发。

"快弄水管。"维克多提醒道。

克列什沿着墙根走,考虑要在哪里修补,最后终于喃喃道:"就是它!"排风扇吱吱呀呀响了起来。

黑人睁开了眼睛,即使在昏暗的灯光下也可见鲜红的血丝。

维克多没有收起小刀:

"怎么,活够了?"

他自己都没想到,怎么突然憎恶地挥舞折刀,劈开了面前的空气。黑人立马用手掌挡住脸,似乎要避免它受伤。维克多换了一个拿刀的姿势,像握匕首一样,令锋利的刀尖对着前面,慢慢划过他那在白色T恤下起伏不定的黑色胸脯,像是在盘算心脏位于哪里——要是他敢动一下,马上就刺进去。黑人转动眼珠,连呼吸都小心翼翼,竭力想要抑制心跳,尽量不去刺激如此之近的利刃。

"你都快断气了,怎么还能吓尿?"维克多问。

"哎……操你妈。"克列什亲热地说了一句,挤走了维克多,站到了他旁边。

黑人移动眼珠,像是凝望着远处的天际,然而什么也看不到。

维克多将小刀收进裤袋里。

"别吓尿了,卡普斯金!"

"卡普斯金?"黑人忽然以一种外国人特有的询问的方式微笑起

来,露出罕见的大牙。

维克多没有继续他粗俗的开场白,往后退了一步,目光尽量避开这个笑容,就像畏光一样。

"哪来的高兴劲儿,说说?"克列什用一种带着鄙夷的冷酷语调问道。"你就这么满意?"

黑人仍旧咧嘴笑,仿佛觉得凭借这笑容便可以将两人赶走,然后心安理得地上吊。

"哎,怎么,你就没别的正事儿干了?"维克多开口道。"您这是在做什么啊,好人?"他开始一边跺脚,一边真的朝出口走去。"现在形势都这样了……他还……打算上吊自杀……你最好去……我也不知道……我们都帮了你们非洲多少忙了……"

"帮忙?"黑人一骨碌爬了起来。

"得了,维杰克,别扯淡了,快从这儿出去……"克列什紧张地说,语速飞快,边说边离开维克多朝出口走去。"听着,非洲人,你继续吸气!我们马上去叫警察!"

维克多停下了脚步,似乎在等待什么,一边在口袋里摩挲着那把小折刀。

"帮忙?"黑人悄无声息地走向他,带着那个逐渐僵化的笑容,像是一把出鞘的刀锋。

就在一眨眼的工夫,他已经来到了身边,像一尊雕像。他在喉咙里咕哝着什么,透过一个微笑挤了出来:

"背叛!"

"什么?"维克多不明白。

"背叛!"黑人停止了微笑。

"谁背叛你了?我?你这是从何说起?"维克多摇了摇头,像是深表同情。

第十九章

"莫桑比克,"黑人重重地说出这个词,不友好地揉捏着喉咙,似乎是要剥落上面看不见的灰尘。他贪婪地打了个哈欠,大口吸着空气,"莫桑比克!萨莫拉·莫伊泽斯·米歇尔[1]!听说过没有?他曾经是位领袖。给了我们很多东西。给了土地。黑人为了黑人而战斗!对抗美国。你们帮了我们。给我们造房子,给了我们坦克。你们和我们并肩战斗。随着你们的到来,他们被射杀烧死。吉玛·契若夫战斗过。我认识他。是个好人,好样的。什卜朔村子。是他被杀害的地方。我们信任过你们。信任过,"他重复了一遍,舔了舔紧绷发黑的两瓣嘴唇,像是不相信它们刚刚还绽放过笑容。"我在莫斯科学习。曾经很爱俄罗斯人。我爱过!所有人都爱过!萨莫拉·米歇尔也爱过!可他被杀了。飞机坠毁了。落到了山里。米歇尔本来还活着。结果被注射了一针。他是被毒死的。这是你们的飞机,苏联的飞机。你们的戈尔巴乔夫就这样!不给建造,不给坦克,也不让俄罗斯人来。萨莫拉·米歇尔是个大人物。莫斯科有条街道就叫他的名字。知道么?"

"是有这么条街,跟你自杀有什么关系?"克列什在维克多背后讥讽地说。

"萨莫拉被杀了,"黑人自顾自说,好像完全没听到。"朋友霸占了他的妻子。曼德拉!他和她在一起了,是的。格拉萨·米歇尔[2]!我们国家开始打仗了。我逃走了。逃到了莫斯科。一直往家里寄钱。我住

---

1 译者注:萨莫拉·莫伊泽斯·米歇尔(1933—1986),莫桑比克革命家,政治家。1975年革命后,他成为莫桑比克第一任总统,并持马克思列宁主义的社会主义观点。
2 译者注:格拉萨·米歇尔·曼德拉(1945—),莫桑比克和南非政治家,因飞机失事而死亡的莫桑比克总统萨莫拉·米歇尔的前夫人。在1998—2013年间,她是南非前总统纳尔逊·曼德拉的妻子。也是世界历史上唯一一位曾为两个不同国家第一夫人的女子。

在莫斯科，公寓房，我们一共十二个。一个房间！莫桑比克人，喀麦隆人，加纳人。想带家人来！但不知老婆在哪儿。有过儿子……被炸弹炸死了……你们的家人呢？你们的家人在哪儿？没有吃的。饥饿。"

"你在莫斯科做什么？"维克多问道，马上又接着问了一句，"你叫什么名字？"

"我是医生。学医。没打仗之前，是医生。莫斯科不接收医生。我扒车过来的。扒火车。在火车站就扒上了。达里！"

"啊？"

"达里！"

"维克多。"说着伸出手去。黑人迟疑了一秒钟，也伸出了自己的手，黏糊糊的，像是黏土塑料。

"他们让我裸体。俱乐部要求的。那里都不穿衣服。裸着跳舞。我们很多人，黑人，都在那里。这不好……裸体……我不愿意。"

克列什语带挖苦地建议道：

"你还是跟我们说声谢谢吧，好歹把你从绳子上拽下来了。"

维克多举起双手，吸引住他的目光，然后颇具威严地、像一位对土著人传教的神甫那样说：

"活着的时候就好好活！不要屈服，达里！现在莫斯科到了生死攸关的时刻！俄罗斯得救——世界就得救！回到苏联体制，便能保护所有人！去白宫吧，兄弟！那里需要医生！如果我们胜利了，"他如痴如醉地打了个榧子，"一切都会好起来……你的赞比亚……"

"莫桑比克。"黑人咧开嘴，大大的两排牙齿差点没碰在一起，不知为什么让人联想到他们国家的名字。

"莫桑比克！"维克多兴奋地举起拳头。

随后，他俩一边喘气一边骂，把黑人连拖带拉弄到了出口。

救援站的电视里正播放新闻：牧首阿列克谢访问美国；苏呼米

第十九章

城的血战；姆斯提斯拉夫·罗斯特罗波维奇[1]和加林娜·维什涅夫斯卡娅[2]抵达俄罗斯，成立了人权委员会；新的莫斯科夜总会"曼哈顿快车"开业；圣彼得堡市长安纳托利·索普恰克将副市长维亚切斯拉夫·谢尔巴科夫免职，因后者支持最高委员会的散漫作风，女主持人特意将"散漫"这个词提出来强调，带着一种似笑非笑的玩味；没有任何关于白宫的消息。

维克多走出了救援站，冲到特维尔大街上，跑遍所有商店买到了一块"丹蛋糕"，又跑了回去。

"丽达！"他一面喘气，一面大叫。

接线员猛地转过身，一双小眼睛盯着他。他递过去一个已经揉皱了的、金色的包装盒：

"丽达！"

"有何贵干？"

"配茶喝的。就是你……给打个掩护……我有急事……可以吗……我先走？很快的，去了就回来……"

"我什么都不知道，"她毫不犹豫地接过蛋糕，将它随一叠纸张塞进了桌子抽屉里，然后关上抽屉，"跟他们说吧！"她指了指大房间的方向。"怎么，搞上女人了？"

"什么女人？"维克多惊讶地说。

"安卡狙击手。[3]"克列什在进门的地方就笑起来了，房间里面已

---

[1] 译者注：姆斯提斯拉夫·罗斯特罗波维奇（1927—2007），苏俄大提琴家，钢琴家，指挥家，作曲家，教师，社会活动者。
[2] 译者注：姆斯提斯拉夫·罗斯特罗波维奇的夫人。
[3] 译者注：安卡狙击手是由瓦西里耶夫兄弟导演的电影《恰巴耶夫》中的一个虚构角色，该电影是根据德米特里·福尔曼诺夫的小说《恰巴耶夫》以及事件参与者——恰巴耶夫所在红军师的一名美女投射计算指挥官的真实回忆拍摄的。电影中的安卡是一个大胆、积极、果决的人物。

经传来了觥筹交错的声音。

维克多一个箭步冲上去,将他硬推进门里,看见里面坐了五个人。他将他们仔细打量了一番,然后叹了一口气,盯着那台斑斑驳驳的冰箱说:

"小伙子们,我的工作做完了,我请求……"

"给你倒上?"因为酒精的关系,焊工马尔采夫已经变成了一头傲慢的雄狮,连往常凌乱的头发都变成了王者气派的鬃毛,此时他懒洋洋地抬起了眼皮。

"不舒服,还咕噜咕噜的。"克列什怨恨地揉了揉肚子。

"我出去一会儿,可以么?"

"去哪儿?"钳工扎亚金一脸无赖地问。

"那里!"

"那里,那里,"克列什附和道,"我们在这躲着的时候,那里正受苦呢……"

"去集会现场?"库瓦尔达马上明白过来。

"我去去就回!"维克多转身冲向了室外,朝车站方向奔去,仿佛是去冲锋陷阵。

他坐在电气火车里,观察每一个乘客谁是同道中人:坐在椅子上的老太婆,快乐的一家人带着一个聪明的胖小孩,戴着红色鸭舌棒球帽的年轻男子。他想早一点发现,以便在到达广场之前搭上话。他似乎觉得,他们现在就会认出彼此,火车刹住,眼神交汇,口中自动吐出暗号,而那节人们原本应当四散离开的车厢竟然坐满了同道中人。

火车驶出了隧道,维克多最后扫视了一遍车厢。在车门旁边,有位没扶把手、但将双腿分得很开并因此保持住平衡的白衣男子,维克多注意到他在颤抖。火车停下了,但反而在这人体内激起了一阵兴奋。从他身上散发出一股篝火的酸臭和阴森气息。他在窗玻璃上拍了一掌，用嘶哑的声音喊道：

"同志们！一定要站出来！到苏维埃大楼去！保卫苏维埃政权和劳动人民！"

维克多用眼角余光扫视了一下，发现周围人都面带嫌恶地谨慎闪到一边，于是，他用尽全力大声说：

"说得对！"但他的声音被一个蛮不讲理的机械女声淹没了，这声音听上去很像莲娜的："'克拉斯诺普雷斯涅'站到了。"紧接着车门开了。

靠近自动扶梯那面透着油光的肉色花岗岩墙壁前，人群最为拥挤。

"他们在忍饥挨饿！忍饥挨饿，明白么？他们在为俄罗斯坐牢！"传来一个女人指责的声音。

他在向前挤的时候，发现了两个大人物的对决——一个丰满的黑发女人和一个面色红润的胖警察在朝各自的方向拽一个包在乌克兰印花毛巾里的东西。他意识到，这是一口锅。

旁边传来吵嚷声：

"畜生，都吃成胖子了！"

"他是舍不得红菜汤！"

"就知道吃，吃，总也吃不够！"

"给我！又不是你烧的！"黑发女人拽得愈发用力了。

有几只手伸出来支援她了，就像民间故事《拔萝卜》[1]里一样，有人开始挤兑警察，悄悄拽住他灰色的袖口。

"妈的，怎么不离婚！"又一名敦实的警员扯着嗓子喊，他冲进人

---

[1] 译者注：《拔萝卜》是一则俄罗斯民间故事，由民俗学家阿法纳西耶夫收录并于 1863 年发表在《俄罗斯民间故事集》中。讲的是一个老头试图拔出地里一根巨型萝卜的故事，他一开始喊了家里人来帮忙拔，后来小动物们都加入进来。

群,后面还跟着几个年轻的小警察。

女人精疲力尽地望着前方,将锅紧紧贴在胸口,矫揉造作地喊道:"你可别落到谁手上!"

早有准备的奚落声附和着她。

女人尖叫一声扯开包裹,抄起锅盖,凶狠地将它掀开,像掀一块盾牌。锅翻了,里面的东西倒了出来,众人连忙闪开——下一秒钟,维克多就看见警察的衬衫上被红色覆盖了,散发着阵阵热气。警察歇斯底里地骂娘,用手做出砍人的架势。女人躲开了,邪恶地哈哈笑着,锅掉到了地上,所有人都向边上靠了靠,以便红菜汤自由而奔放地在大理石地面流淌。

响起了稀稀拉拉的掌声。女人以胜利者的姿态甩了甩头发,在一片同情者的包围下,敏捷地跳上了自动扶梯。不小心闯入她世界中的维克多也顺着电梯向地面升去。

下雨了。在通往白宫的要道上杵着几辆洒水车和带防雨篷的军用卡车,还有穿着雨衣的执行封锁任务的部队,戴着暗绿和奶白色的头盔,有几个则是摩托车安全帽,是同样的白色,甚至是红色。偶尔还有一两个穿军大衣、戴大檐帽的警察,他们的身形在收腰的制服里显得异常臃肿、不合标准。人群挤在封锁部队旁边,有一部分在和士兵警察啰哩啰嗦地讲述着什么,另外一部分在不断地增加,口中喊着口号。

白宫的各个方向都被封锁了。

维克多绕着圈,浑身都淋湿了,他在听人们说话:

"你们是哪个师的?捷尔任斯基师?为谁效力?你们的手还有干净的么?"

"够了,捷尔任斯基自己就是个刽子手。肃反委员会的缩写在犹太语中就是'屠宰'的意思。现在犹太复国主义者都有贝伊塔尔组

第十九章

织[1]了,头子就是那个姓伯克塞尔的!这些人一旦发起猛攻——谁都逃不过!"

"我参过战,看到勋章了没?你凭什么不放我进去?"

"我们给他们投过票,放我们进去!"

"跟杜马议员没关系,我们是为了国家。"

"所有人都被赶出来了,没人能进去。"

"还是能从后院溜进去的。"

"他们没有电,没有水,没有暖气……"

"您觉得我们是怎么过的?扎莫连诺夫大街,三号楼。先是被掐了电话线,现在只能坐在寒冷和黑暗中。是故障,据说……本来是给我们都安排好了的,就跟白宫里一样。孩子哭个不停,我家老祖母又感冒了。"

"我们普通居民有什么错?"

"孩子们,到底是什么将你们收买了?喏,这是面包,嚼嚼吧,亲爱的!"

"凌晨四点,有个小伙子开自卸卡车到了附近:卸载了两大块混凝土。现在设路障正是时候,牢靠得不得了。"

"真大!看这建的!所有的麻烦都装在里边了!"

"农庄主运了一千只母鸡来。我是说,这些……小鸡崽……"

"不是农庄主,是集体农庄庄员。"

"他们的柴油已经用完了。大会是靠点蜡烛才继续进行的。"

"哦,闻到了么,附近有火堆?闻到了吧?那是我们的人。他们幕天席地……哪儿也不去。"

---

1 贝伊塔尔或称贝塔尔,是一个青年犹太复国主义组织,于1923年在里加成立。贝伊塔尔的意识形态是在弗拉基米尔·扎波津斯基的影响下建立起来的,他呼吁建立一支犹太的合法军队来保护巴勒斯坦的犹太人。

"目前正在解散莫斯科市议会[1]……"

"他们怎么了?他们可是第一批民主党人,改了所有街道的名称,又是普希金,又是契诃夫的,还有高尔基……"

"已经开始处理民主党人了。电视里柳比莫夫[2]主持的《红方块》节目都停播了。"

"很快涅夫佐罗夫[3]的节目也要停了。"

"杜马议员想要进入奥斯坦金诺,但被赶出来了……"

"放——行!放——行!放——行!"

"别喊了,姑娘,他们怎么都不会放你进去的。"

维克多整个背部都湿透了,眼睫毛也挂满了水滴,雾蒙蒙的一片,像是戴上了别人的眼镜。他抽了抽鼻子,鼻孔里也满是潮气,转身朝地铁站走去,不一会儿就到了救援站。

"好久不见!"丽达迎接了他。"没有午餐……有任务。瓦尔松诺菲耶夫。"

"那里我们不是刚维修过么!"

"就是那里。他们又把管子弄炸了。"

"水管生锈了。"

"怪我咯?休息好了没?"

---

[1] 译者注:莫斯科市议会(Mossovet)是1917—1993年间莫斯科市的最高公共权力机构。与当代莫斯科市杜马不同,莫斯科市议会不仅是一个地方立法机构,而且在莫斯科市的领土上拥有完全的行政权。莫斯科市议会大楼原址在莫斯科市特维尔大街13号。

[2] 译者注:亚历山大·米哈伊洛维奇·柳比莫夫(1962—),俄罗斯记者,电视和电台主持人,制片人,媒体经理。从1992年3月—1993年9月,柳比莫夫担任《红方块》节目的策划者和主持人。1993年9月,叶利钦总统解散了议会,柳比莫夫的《红方块》节目也因此而停播。

[3] 译者注:亚历山大·格列波维奇·涅夫佐罗夫(1958—),苏俄记者,电视主持人,纪录片导演、编剧和制作人,四届国家杜马成员(1993—2007)。

第十九章

"不赖,"维克多用手捂住嘴打了个喷嚏,随后甩掉了手上多余的水分,"只要别说我的事!"

"我就说嘛,肯定是搞上女人了……"

"不,不是什么女人……"

"那是谁,男人?"丽达懒洋洋地笑了。

维克多克制地朝她摆了摆手。

行动迟缓的马尔采夫和厚脸皮的扎亚金出现了,维克多不喜欢同他俩一起工作。瓦列尔卡·别洛卢斯已经在路边停好车,等着载他们了。

一个肮脏的故事即将开始:要在水洼和雨滴中掘开沥青,挖到混凝土盒子,然后再将它砸碎,之后才能开始修复穿孔的水管。

第二十章

莲娜烤了他最爱的西葫芦煎饼作为早餐。维克多被带着醋味的秘密香气惊醒了,这股香味拉上轻盈的烟雾一起蹑手蹑脚地爬上楼梯,钻进了门缝里。可以起床了。这是甜蜜的味道。

一整天,莲娜和维克多都在彼此试探,说话的语气都小心翼翼、不太确定,似乎是害怕他们之间意外建立起来的和谐会突然被破坏。塔尼娅(周六不上学)没有开电视,说是要出去走走。

"莫斯科事态怎么样?"莲娜小心翼翼地问。

"还能怎么样?"

他们开始谈论日常琐事。说到了救援站的工资水平简直令人感到羞辱,还有一直飞涨的物价,然后是邻居们(护士、煤气工人、中学老师)的工资,再然后维克多称赞了煎饼:

"你不会在里面加了苹果吧?"

"还有些洋葱。"

"洋葱?没吃出来。"

"只加了一点点。"

"自己刨的?累么?以后我帮你刨西葫芦吧?"

"那还不如在浴室帮我擦背……"她轻笑道。

"我不总帮你擦么?"他哼了一声。

"你想要我给你烤馅饼么?奶酪蘑菇馅儿的?我在伊达那儿吃到

过，跟她要了配方……很好吃。"

"首先需要有蘑菇。"

"林子里的洋口蘑一周以前还多得很。每根树桩上都有。人家都一篮一篮地装回家。现在就不知道了……还记得那是什么时候的事么？前年？我们提桶过去的，结果两个桶都装满了。去年就什么都没有。"

"去年简直就是灾难，莲。本来有的那些都烂了，天太热……我们提桶去的那次，尼基弗罗夫也去了……人都已经死了……但这不是前年的事……他前年夏天已经被打死了……"

"就是说，是再之前一年。"莲娜轻声附和道。

"今年气候不错：热天也有，雨天也有——很均衡。"

"正因为这样，蘑菇才多。"

实际上，他们没什么好说的，但因为这些话他们似乎变得亲密了。客厅里，维克多脱掉睡裤和背心，从柜子里拿出一叠报纸，口中衔着一支水笔躺在了沙发上——开始做填字游戏。莲娜穿一件揉皱了的番红花色连衣裙，裙子的腋窝处有个小洞，在女儿的沙发床上蜷作一团。

"噢！八个字母！国家杜马在1907年瓦解之后建立起来的政权体制，"他几乎是一字一句地说，"第三个六月……什么？什么是第三个六月？听说过这个么？莲！"

她则瞪大双眼，盯着昏暗的天花板，天花板上蜿蜒着一道道黑色的裂缝，这令她很不舒服，感觉像是不久前在头发里发现的几根灰丝：

"政策还没看厌呢？"

"不是我要看，莲，是这里写的。"

"围墙上也写着是吧。"

"第三个六月……"

"不知道。"她闭上了眼睛。

"君主制，莲！"维克多大声说，"君主制！"

"塔尼娅，"她忽然用一种勉强的音调说，"她问我要礼物。"

"什么礼物？"他漫不经心地从牙缝中挤出一句，她哪怕闭着眼睛都能猜到：他嘴里咬着笔。

"电脑。那个……光谱电脑，对。可以跟电视接上打游戏的。"

"知道，我还不知道么。要这鬼东西干什么？"他温和地问。

"什玛科夫家也有一个。我们家为什么不行？维奇，我们凑点钱吧……我们自己也玩玩。偶尔还是可以的。据说可以缓解紧张。好不好？"

"唔……"

"买吧？"

"要是真想要……"

"维奇，钱我们均摊？"

"买，我又不是舍不得。我自己也能做。只要搞到处理器和控制器，我就能做。"

"最好还是买一个。米京斯基市场上有二手的，不贵。等十月份工资一发我们就去买，好不好？"

是啊，为什么不在老了的时候开始玩游戏呢？为什么不扮演警察，去追捕罪犯，穿越迷宫，扮演忍者，去完成狩猎？他完成了填字游戏，以胜利者的姿态甩了甩折好的报纸，像是在甩一个哑了的拨浪鼓，接着又拿出了另一张报纸。一个清明的朗日正从敞开的窗外滑过。

"我们陪她太少了，你不觉得么？"莲娜好像嘴唇粘连在一起了，含糊地说。

"是。"

第二十章

晚上,他们都侧躺着,他从后面抱住她。他用左手环抱住她温暖舒适的小腹,就像是抱住了一个神圣而熟悉的容器。他以一种主人的姿态抚摸着,充满了平和与感恩,脑海中浮现出往昔的种种美好……他们的女儿在这里孕育、生长——"谢谢你,小肚子。"这一切都是他那粗糙的手指所完成的感恩睡眠序曲。

莲娜睡着了,他没睡,小心翼翼地抽出手来,躺在那儿想,自己是个叛徒。

他背叛了那些自己为之疯狂了近两年的人们。

莲娜更重要么?

白宫那边怎么样了?篝火被泡沫喷灭了?他宁愿要西葫芦煎饼。也许,今天一切都结束了,而他没有听到消息。另一方面,维克多认为听了新闻却什么都不作为才是更可恶的。什么都不知道比知道了还跟老婆肩并肩躺着呼吸林中空气来得好。

他打定主意:如果需要他,如果他能对芸芸众生的历史有点作用,那就让所有这一切不要发生在今天,也不要发生在明天,等他到了莫斯科,随便发生在哪一天都行。

一大早,莲娜就去上班了。十点钟,他光着脚下了楼,打开电视机,正好看到新闻刚刚开始。

"所有同意解散最高苏维埃的前国家杜马议员,都可获得两百万卢布。"肤色黝黑的播报员生着一张长脸,凸起的喉结和一个长长的鹰钩鼻,像极了一只乌鸦。"未来还会有其他奖励,"他的嗓音听起来像是木头上细碎的敲击声,"这些奖励于当日被总统在克里姆林宫所证实。"

叶利钦出现了,差点没贴在镜头上。

"都会走的……"他顶着一头蓬松鲜奶油似的头发,脸在维克多看来泛着静脉的紫色。"都会离开那里的……要不了多久,那里就只

403

会剩下两个人：哈斯布拉托夫和卢茨科伊。"说着戏谑地皱皱眉，"他们俩在这栋大楼里只能……"一个大大的笑容爬上了他的整张脸。叶利钦前仰后合，抖动着突出的肩膀，在他身后有人敲办公室的门，随后闪进了随员的身影。在叶利钦身后，有个戴眼镜的人讨好地轻声笑着。有几分钟叶利钦没有说话，就像在慢镜头里一样——他露齿而笑，睁大了那双睡意惺忪的、微微有点斜视的眼睛。

电视里又出现了那只"乌东鸟"，他的鼻子似乎在这几分钟的时间里变得更加尖锐了，继续开始急速敲击：

"七国集团的财政部长为华盛顿会谈修改日程。他们支持俄罗斯总统为实现民主突破所作的努力。文化方面的新闻。青年钢琴家伊戈纳特·索尔仁尼琴于莫斯科举办了他的第一场个人音乐会。"

响起了一阵琴键密集的敲击声，塔尼娅动了一下，维克多于是关上了电视。

他想着要完成第二次试枪，等天一黑就实施，但双腿却不听使唤地将他带到了大街上。四下秋风萧瑟，他放慢脚步，走到了最近的一个小树林里。他有些失神地环顾四周，心想："不错，这里正合适。"每走一步都能发现不少真正适合做成牢靠路障的材料！过去用作青贮窖的上方有一块混凝土板，原就在拖拉机上的带刺且生了锈的钉耙，从开春就躺倒在地的巨大枫树，已经倒塌的篱笆墙剩下的两根轴……

或许在那儿，在红普列斯尼亚[1]，每个人都举足轻重。但他却在这里，头顶着乡村的天空……

必须赶赴城里，晚上再回来。女儿会出卖他，说他走了。他便要开始澄清：去哪儿，为什么。莲卡马上就会戳穿他，而他之前还保证

---

[1] 译者注：是莫斯科的一个地区，因纪念1905—1907年英勇的工人斗争而得名。"克拉斯诺普雷斯涅"地铁站就在该区。

第二十章

过:不去任何地方凑热闹,珍惜生命……但要求塔尼娅什么都不告诉母亲又显得荒谬可悲。救援队友也可能出卖他。不,救援队不会的。要不他就到莫斯科去那么一会儿?不行,后天莫斯科还会是老样子,后天一切又是照旧,只要没有结果,就会一直持续下去,后天他会想办法抽出时间,从单位溜走……

莲卡……她突如其来的温存一开始着实令他吃了一惊,他怀疑这是个圈套,但现在,几天过去了,她已经渐渐打消了他的顾虑,使他变得愉悦、柔软起来。

林子里的白桦树落光了叶子,变得光秃秃、黑漆漆的,翡翠般的苔藓在树根部闪闪发亮,树干让人联想到花斑蛇。用运动鞋挖出土里的苔藓叶很好玩,在黑土里可以迅速地找到一大堆。

在野生丁香盘根错节的强壮根部,他发现了一丛不大的洋口蘑,既朴素又庄重,让人想起日历上的基日大教堂[1]——他们家确实有过这么一本日历。

附近传来了羊叫声。

维克多转过身。他认出了那个头发乱蓬蓬的男人。

守林人谢瓦的目光从羊群的上方漠然穿过他,那些山羊温顺地走着,一边发出训练有素的悲切叫声。

"你好啊!没有阿霞?怎么,烦透它了?"

守林人没说话。

"我是说,我们的阿霞……我自然早有耳闻,"维克多故意用一种油滑轻松的语调说话,但不知为何感到心跳越来越快,连带嗓音也变得谄媚起来,"我特别理解你,它在我这儿的时候也是不得安

---

[1] 译者注:又名主显圣容教堂,是俄罗斯基日岛上最大的建筑,建于1714年,属于基日墓地教堂建筑群。

宁。带它出来遛弯儿——真是得不偿失。它在你那儿怎么样,我是说阿霞?"

"阿西?"守林人阴沉地回应道,他总是将平舌音发成翘舌的,"宰了。"

"什么?"

谢瓦跟在羊群后面走了,靴子踩得吱吱响。

维克多扶住那棵挡了他道儿的干瘪白桦树——他像是忘了,山羊是他们自己给出去的。

"为什么?"他惊恐地叫道。

"别挡路……"谢瓦用肩膀顶了他一下,像是顶一扇很难开的门。

"你能正常说话么?"维克多喘不过气来,白桦树在他的手中猛烈摇晃着,变成了一根绳索。

"你想想吧,很痛苦啊——我把它宰了!但它疯了,能怎么办?只有宰了给家人吃。"

"好胃口!"维克多侧身站起来。"走好!"他放开了白桦树,在灰色桦树皮的掩映下挥了挥手。

"整个国家,就跟叶利钦一样,"守林人圆睁着一双矢车菊色的眼睛,放射出嫌恶的目光,"所有人都为了叶利钦而活,为了'宿醉钦'[1]而活。没人想工作。然后也没人发工资……"

"谁?你说我为他而活?我反对!"

"你喝伏特加么?"

"这又是什么关系?你说叶利钦?"

"还能说谁!整个国家都在瞎胡搞……"

"你这说得对。"

---

[1] 译者注:这里是一个文字游戏,"宿醉"这个词里含有"叶利钦"的发音。

第二十章

"要是酒醉得难受,就泡一杯千叶蓍,"谢瓦像山羊一样灵活地弯下腰,用力摘下一片雪花似的植物,放在鼻子下面嗅,"清肠特别有效……"

"你不会以为我喝醉了吧?"

"你自己心里清楚……"守林人发出一声嘲笑。

山羊咩咩大叫起来。

维克多快步离开了,踩得脚下的树叶发出沙沙的响声。

他走在一片白色的树干中,就像穿过烟雾,心里一阵反感:为什么同道中人突然变成了这个守林人?不但杀了阿霞,还胡说八道。为什么不是别人?周围没有人对政治局势感兴趣。他们或许可以和谢瓦一起在白宫附近碰头,修建街垒,喊同样的口号……那什么更重要一些呢?他们共同的理念,还是这个谢瓦杀了阿霞?

或许,秋天闻上去就像是在遥远的童年时代,祖母研碎的苹果粒儿,看上去也是如此——咖啡色的糊状物混合着绿色的表皮碎片。有那么一刻,他想要永远留在小树林里,忘却一切,消失其中。

晚上,他仔细收听了议会的电台,艰难地捕捉一闪即逝、微弱无比的电波信号,好不容易才弄明白,那里面的男声和女声到底要让他相信什么。在说什么北方舰队的海员,一直都很忠心,既忠心又准备好了,不论是舰队还是海员。

早晨,莲娜回来了。

"给你,亲爱的……电气火车里卖的。"她用很快的语速疲惫地说,随后从手提包里掏出一本灰色纸质封皮的书《一千个填字游戏》。

"你都把我惯坏了……"

莲娜还在酣睡中,塔尼娅进来了,热了点汤喝,然后疑惑地盯着客厅里那台关上的电视。

"别把妈妈吵醒了。"维克多嘟囔着,像是读懂了她的想法。他已经在桌边玩了三把填字游戏了,"快做作业……你想要光谱?我说得对吧?"

"对。"

"给你买。功课怎么样,塔纽什?"

"还行。"

"应该'很好'才对。要达到这个标准就得多学。从十月份开始,我来监督你。左耳朵进,右耳朵出的,你们老师反正无所谓。考完试——全忘光了。塔尼娅,趁着现在记性好,多记一些。这个问题你怎么回答?'面包'的斯拉夫语名称?知道么?四个字母……"

塔尼娅结巴起来。

"谷类!"维克多得意地提示道。

"说什么呢?"莲娜走进了客厅。

"想要塔纽莎变聪明些。"

"我们女儿就够聪明的了……是不是,女儿?"莲娜走过来,一把抱住女儿,将她搂得紧紧的,在她那长了雀斑的小脸上重重地亲了一口。

"出去走走吧,好不好,爸妈?"塔尼娅说,把他俩合并在一个词里。

"你可以跟丽塔一起去铁道附近,"莲娜建议道,"找找洋口蘑。"

"早点回来,我要问你历史。"维克多昏昏沉沉地看着家人,用圆珠笔尖像火枪一样对准她们。

塔尼娅很喜欢秋天冰冷的土地散发出的气味,总想深深吸进一口,然后留在体内将它捂热。在她看来,这个秋天将要开启某种非常重要的东西,并且所有的阴霾很快就要一扫而空。

在丽塔家的格状栅栏旁边,一棵黄色的花楸树下,站着金黄色头发的费佳,发梢是亚麻色的,有着活泼的双眼和生了冻疮的颧骨。

第二十章

在跟科尔涅夫发生那件事之后,他们就再没说过话。每次相遇,男孩都沉默不语,试图避开,塔尼娅也不说话,他们之间仿佛达成了某种共识。

她捕捉到了他那天蓝水果糖似的双眼放射出的恳求的光芒,于是停下了脚步。

塔尼娅看着苍白瘦弱的少年,感到很好笑。

"别对我摆臭脸!"她用大人的口吻响亮地说。

"胡说。"

"我看不是胡说。"

"你干吗?……"他卡壳了。"反正你也不需要我……"

"费佳,听我说。那次真的太可怕了。我不跟你来往,就是因为不想记起这些事情。我知道,他把你的肋骨弄断了……这全是因为我。你原谅我,这是我的错。你保护了我,你就是个英雄。"

她露出了一个赞许的微笑。

男孩把手指塞进栅栏的网眼里,抽出来,又塞进去,斜眼看着她:

"你还在等他?别等了!"

"我谁都没有等!"她故作镇定,若无其事地说。

"你们都在等。你在等,丽特卡也在等。别等了——不会回来的。"

"为什么?"

"有个邻居告诉我的,就是那个茨冈人吉姆。科尔涅夫向他炫耀过自己的枪。我觉得,他肯定是被匪帮雇佣了,他们还给了他枪,就是为了让他去杀掉某个人。"

"你觉得是他杀了扬斯?"

"所有的事情都合上了……之后他们就把他杀了。他们就是这个规矩。"

塔尼娅突然变得毫无血色。

"瞎说。叶果尔不是杀手……"

"扬斯一家在莫斯科,"费佳继续说,"他们不会来这里的,你也知道。住在街角的索科夫一家给他们打过电话,似乎家里最小的孩子到现在都一无所知。爸爸出差去了,等等就会回来……于是大家都等着。克休莎等她爸爸,你和丽塔等叶果尔……"

她在脚下发现了一根树枝,上面有四片干枯的叶子,看上去像是薯片,于是她便用运动鞋充满快感地将它们全部踩碎。

"该死,我笑得太狠了,下巴都疼,"大嗓门的丽塔走出了篱笆门,"想象一下,救护车满城跑,医生用机关枪扫射人群……"

"你这是说谁呢?"费佳惊愕地问。

丽塔没有回答他的提问,倒是忙着给塔尼娅解释:

"医院里的面具。"

她看了电视节目《面具秀》,印象深刻。

莲娜躺在装满水的浴缸里。马桶上方丈夫的自画像里,丈夫的头发从后脑勺就开始蜷曲了。她盯着这颗巨大的头颅,眼里感到有些甜蜜的刺痛。水渐渐凉了。

"维——维奇!"她喊道,从哗哗漫过她的泡沫水里站起来。

"怎么了?"他进来了。"你怎么了?"

"给我搓搓背吧?"她发出一阵温柔而不知羞的轻笑。"你可是答应过的……"

她又坐了回去,他于是凑过去,有些迟钝地看着她的裸体,看着她蹚过黄色的锈水和奶白色的泡沫,像是踩在融化了的冰淇淋上一般。忽然,他在一阵本能的兽性冲动中脱下长裤,将一条腿跨过浴缸伸了进去,随后整个儿坐了下去。

"你进来干吗?你快把我挤出去了!"莲娜摆着手,一团泡沫挂在了他的卷发上。

他们面对面蹲坐着，膝盖碰在一起，他的大脚趾盖戳到了她的脚踝。

莲娜拔掉塞子，打开淋浴，生气地淋了维克多一头带蒸汽的热水，烫得跟开水一样。他撅起嘴，给了她一个滑溜溜的吻。莲娜不可置信地看着他，就像看来自石器时代的野蛮人，她用淋浴头对着他的脸和胸，仿佛想要让他退却，变模糊，缩小，变弱。他在近处显得过于庞大和危险，又红又白的躯干耸立在蒸汽当中，完全是另外一个陌生人。

"你经常骗我么？"她问。

"我爱你。"他在已经冷却的激情中无意识地嘟囔着。

像是作为拷问的惩罚，一股股热流旋即击中了他的脸、眼睛和牙齿。

"你在做什么？"他抓住她的手。"莲娜！"

"喜欢么？"她用力抽回手，想要挣脱，同时又用淋浴水枪对准了他——水溅到了地板上，镜面上，咖啡色的暖气片上，水滴沿着墙壁爬行，顺着马桶上方的画像往下流。"不许再对我撒谎。"

"阿霞被宰了。"维克多松开手，她感到他在哭。

第二十一章

九月二十八日，维克多出发前往莫斯科。天气转冷了，在去车站的路上，他经过了一排忧心忡忡的树木——都用尽了全身力气想要抖落白色的绒毛，总之一派莫斯科北方郊区的景象。

白天他们在普希金广场下面的管道里爬行，书店下面有根管子爆了——必须拖着瓦斯罐和电焊机一起下去；随后，没来得及回救援站，又一头扎进了旁边科济茨基巷道里一家的地下室，那边一根腐烂了的管道漏水了。库瓦尔达塞了几口薯片就准备好了。晚上五点之后又来了一个任务——马车队大街上的中央供暖中心漏水了。

直到晚上八点钟，维克多才把工作服放回到壁柜里。这次他没有请假，冲出门就赶往了地铁站。"我很快的，"他想，"很快，我真的会很快……没人能发现，要是发现了，我就加班抵偿。"

从"克拉斯诺普雷斯涅"站出来的时候，他被尖叫和咆哮声惊呆了，两名戴着军帽的警察正将人们强制按倒，一个人在踢肩膀，另一个跳到前面，疯了似的大喊："把他们从这儿赶出去！"在这附近，有几个警察从侧面挤开人群，将一个老头和一个老太拖往黑暗中的某个地方。右面戴头盔的队列用警棍有节奏地敲击着钢盾，左面则传来人群的喊叫和口哨声……

他挤在一个身穿皮夹克、手拿红色消防钩的小伙子跟一个戴了宽檐毡帽的大叔之间，大叔握着一根铁铲上卸下来的手柄，鼻子已经被砸得鲜血直流。最前面的人们都各自紧握能弄到的任何利器：用旗帜裹着的铁棍、木棒和铁杆。人们齐心协力、声嘶力竭地叫喊："防暴警察，滚回家去！"声音传入维克多的耳朵，一阵渴望攫住了他，他凝视着黑压压的人群，这片以卵击石的乌云发出轰隆声，并且越来越近，于是他也竭尽全力地大叫起来：

"防暴警察！滚回家去！"

他退回到了那排喊叫的人群当中，因为他的武器只有拳头，但也有一些人用胳膊肘将他朝后挤，自己则使劲儿往前钻。后排传来一阵激动又恶毒的嗡嗡声：

"畜生！"

"一整天都在打人跟赶人！"

"打个不停！"

"我手臂上全是淤青！"

"警棍还有弹性。打到我两次。"

"怎么有两次？"

"一次，又一次……"

"有人的脸被盾牌划了……"

"还放了'催泪瓦斯'……"

"共青团员被赶到动物园去了……"

"动物园不是在修么？"

"有一半是开放的。"

"应该打开笼子，放老虎出来咬这些畜生！"

"放北极熊出来也行！"

"太棒了！野兽最讨厌酒鬼，这些人身上正好满是伏特加味儿。"

"他们在狂喝'库班'牌伏特加，早上送进去好几箱，有位同志看见了。"

"没关系,白宫会给他们好看……"

"像熊一样!"

"北极熊!"

"白宫在美国,我们只有苏联议院。"

"真有他的,让杜马议员蹲监狱……全世界都不允许这么搞。阿尔科斯尼斯[1]今天宣布:那种螺旋网叫'布鲁诺'[2]。一旦踩进去,什么都绞住了,只能用气焊切开。"

"斯维尔德洛夫斯克州的防暴警察是最没人性的。"

"还有鄂木斯克和下……"

"落井下石,贪污受贿!"

"一小时六美元呢!"

"他们为谁卖命?难道是政府?一帮流氓,小偷!"

"普罗汉诺夫[3]都写了,所谓'小偷',就是临时占领制度[4]。"

"所有的存款都被盗了!我账户上的本来能买一栋别墅的……"

"真有钱……盖达尔估计很快就要缩减我的退休金了。"

"就该把他们的刺网扯个稀巴烂……"

"怎么扯?都不让靠近。"

"他们想扫射。"

---

[1] 译者注:维克多·伊曼托维奇·阿尔科斯尼斯(1950—),苏联和俄罗斯时期的政治家,苏联人民代表大会代表,拉脱维亚苏维埃社会主义共和国最高苏维埃代表,第三届和第四届俄罗斯国家杜马代表。

[2] 译者注:布鲁诺螺旋网,直径为70—130厘米呈螺旋线状的阻止通行的屏障,由几根交叉的带刺铁丝或是普通电线在底座上渐次展开。布鲁诺螺旋网出现在第一次世界大战期间,其特点为大规模使用电线障碍。

[3] 译者注:亚历山大·安德烈维奇·普罗汉诺夫(1938—),苏联和俄罗斯时期的政治家,作家,编剧,评论员,记者,社会活动家。俄罗斯作协秘书处成员,报纸《明天》的总编辑,列宁共青团奖得主。

[4] 译者注:此处是一个文字游戏,俄语中"小偷"的三个字母恰好是"临时占领制度"的首字母组合。

第二十一章

"不如硬冲进去。把他们就地解决。"

"我还想打枪呢!"

最后一句是维克多说的——声音低得几乎听不见。

防暴警察正从地铁站向这边进发,人们等待着。在旁边,五光十色的"丑角"俱乐部附近,封锁部队在一片霓虹灯的神经质闪烁中向前延伸,在封锁部队后面堵满了卡车、消防车和洒水车。很显然,危险的铁丝网在更远处蜿蜒。

"法——西——斯!法——西——斯!"从地铁站那边传来喊声。

铁轨的轰隆声消失了,突然之间——人群发出一声叹息,摇晃起来。

维克多看到警棍在不停闪烁,已经没在敲击盾牌了。盾牌在迎面击打下,又开始发出深浅不一的响声。头盔也叮叮当当地乱响起来。

传来了嚎哭和呻吟声,还有女人持续的尖叫声,队伍在这声尖叫下乱了阵脚,哄作一团,互相踩踏,每个人都往不同的方向冲,挡住了彼此的去路。

"不!不!"一个披着灰色长毛披肩的女人发出长长的哀嚎。

"俄罗斯人,向前!"有人扯着嗓子喊。

戴头盔的队伍进入了人群,将其一截两半,快速为自身扫清了道路。闪过几道奶白色的曝光灯……"现在不会把我也打死吧?"维克多以一种旁观者的好奇想。他眯起眼睛,仔细分辨着细节和阴影——顶部开有圆孔的银色盾牌,防护夹克,蓝色的防弹衣,沼泽色的头盔……

他突然觉得,一队防暴警察正自信满满地朝他扑过去……眼下发生的事情愈发令人难以理解了,传来对讲机发出的可怕声音——断断续续的吱呀声。他用余光瞥见在封锁部队旁边,另一支部队正在俱乐部的霓虹灯下聚集成形，全都戴了白色的头盔，在彩虹般的灯光下变得五颜六色、生机勃勃……

密集的人群出人意料地疏散了，并且他还发现，大多数喊口号的人已经退到了人行道上，还有一些人跟他一样有些犹豫，不知道该怎么办，之前在地铁站附近打斗的人缩减到了一小撮，防暴警察正从这一小撮里揪人出来，一边把人往外拖，一边猛力击打。

维克多慌了……

他想要溜走，但偏偏挤到了前面，正好迎面对着一位喘粗气的防暴警察——他那长满胡须的圆脸在黑暗中发出红光。"大胡子"用盾牌猛撞了一下他的胸部，几乎是同时，维克多感到肩膀上一阵火辣辣的疼痛——挨了一下富有弹性的击打。警棍弹回来之后，他又挨了第二下。

他差点没忍住叫了起来（多么可耻的痛感），旋即便照着盾牌上方垂下来的胡子来了一拳。指关节上的皮肤擦破了（也很痛，但却是光荣的痛），牙齿咯咯作响，这响声瞬间便压过了其他声音。维克多成功地抽回手，防暴警察则用盾牌挡住脸，开始盲目地挥舞警棍，维克多躲闪着，用靴子像踢门一样猛踢他的盾牌，边踢边喊：

"把脸露出来！露出来！哎，露出来啊，混蛋！"

"哟嗬。骂人？"从防暴警察中窜出了一个年轻魁梧的家伙。

他大幅挥舞着警棍，无情地击打人们：劈开秃顶，剥夺意识，令一个巨大的身体倒在沥青马路上。

说时迟那时快，一块长板迎面朝身形魁梧的警察砸去，他因为要用盾牌挡住它，暂时忘了击打。然而，维克多顺着他的肩膀看过去，发现在他背后不止一个人：不知为什么，每个人都拿了一块木板，或是折断了的，或是带尖头的，又或是长长的——有这么一群神情可怖的人聚集在他身后，他明白，那些撤退的人又回来了。

第二十一章

"手掌上都扎了刺……怎么弄出来?"他听到有人在抱怨。

"打!"维克多大喊一声,紧握两只像是灌了铅的拳头向前冲去。

两名防暴警察笨拙地逃跑了,边跑还边转身幸灾乐祸地大叫。他们的嫡系部队也逃得飞快,或是跟在他们身后,或是和他们并排。地铁站附近的那一大群人被击溃了,没有喊叫,没有旗帜,有的只是密集的绿色头盔,无边无际的头盔……防暴警察的数量越来越多——戴着甲壳动物般的头盔。从浸染了各色血液的"丑角"俱乐部侧边又冲出了一支封锁部队,这也是防暴警察,戴着白色的头盔,行进速度稍慢一些。

"每小时六美元!"从远处传来一个女人的呼喊。

"每小时六美元!"维克多喊道,本能地退后了一步,认为作战计划随时都在变化。

"每小时六美元!每小时六美元!"众人坚定不移地重复着。

一些黑色的块状物像鸟一样争相飞过头顶。维克多听到盾牌从正面和侧面挡住这些东西所发出的声响,他明白了,飞的是沥青碎块。

突然,对讲机里同时发出一声口令——所有的防暴警察立马挥动着警棍奔跑起来。

"掉到包围圈里了。"有人惊慌地喊起来。

防暴警察开始捶打和碾压周围的人群,凶狠地抡起警棍,再用警靴猛踩。

人们奋起反抗,但这只会激怒那些变得更加凶猛的警察:第一分钟,传来了对抗的金属撞击声;第二分钟——木板、铁片和旗帜掉在了沥青马路上;到了第三分钟,所有的防暴警察都到齐了,开始发起猛攻——人们一个接一个地倒下了。有些人是在无意识的状态倒下的,另一些人或是叫喊,或是沉默地护住头部,剩下的幸存者则四散奔逃。

维克多在肋骨上挨了一下，肩膀已经有了一块淤青。他迈开大步朝"克拉斯诺普雷斯涅"站奔去，在他前面和后面都是奔涌的人流，从人行道溢出到了马路上。现在，他只想着一件事——活下去。他的身后只有撞击和吼叫声，一个老头被踢得像麻袋一样滚来滚去，一位衣衫不整的女人发出疲惫不堪的抽泣声，她想要拽开俱乐部锁住的门，头上的方巾已经掉了。

过马路的时候，维克多冲到了另一边，朝动物园方向跑去，很快就到达了"街垒"站。

他被一个举着黑黄白三色旗的群体吸引住了，这群人在眼皮底下越来越多。在雾气笼罩、发出模糊亮光的斯大林式大楼对面，停着一辆无轨电车，车门敞开着，灯火通明。

"兄弟们！上帝与我们同在！"一个年轻人怒吼，他穿了一件满是金属铆钉的皮夹克。"咱们一起去打个翻身仗！"

"兄弟们！"一个具有穿透力的女声喊道，这是一位个子小小的柔弱姑娘，也穿着拉链的皮夹克，她热情洋溢地望向他，就像他本人一样。

年轻人一跃而起，拽住钢缆，将喇叭连着电线扯了下来。

"冲啊！"一个高颧骨的男人朝维克多转过脸来，他的额头上有明显的擦伤，耳朵后面插了一面小红旗，是小时候在苏联时期常见的那种。

"别把小红旗弄丢了！"一位中年男子命令道，他穿了一件芥末色的双排扣大衣，将腰杆挺得像战士那样笔直。"我们去拦住汽车……您，您和您……"他向选中的几个人点了点头，于是他们都服从了他的安排。"您来推……"

一部分民众和一名举旗者（一个勇敢的驼背，举着一根挂有旗子的长长的钓鱼竿）涌上了机动车道，挥舞着手臂，仿佛在捕捉汽车，

第二十一章

与此同时一字一顿地大喊：

"胜——利！"

"帮帮忙！"维克多看到一位穿着柠檬黄救生背心的大眼睛女子，从背心可以很明显地看出来，这是位无轨电车司机。"驾驶室里……我被……流氓……这是什么世道……我的外套落在公园里……会感冒的……亲爱的，帮帮忙！"那个她用双手招来的"亲爱的"是位警察，他全然不动声色，仿佛是心满意足地从一旁默默地观看。

电车的前后门都敞开着，车身周围挤满了人，簇拥的人群将它推动了。电车谨慎地转了个弯，挡住了道路。

"哎！哎！"警察活了过来，犹豫不决地朝前挤。

那位警察的周围响起一阵抱怨声，人们似乎刚刚注意到他。他从身上扯下对讲机，生气地对着它嘟囔了几句，随后便摇摇晃晃地继续朝前挤。

维克多三步并作两步追上了电车，将一位穿棉背心、气喘吁吁的老大爷往前一顶，从后面推了电车一把。最后，那条由鹅卵石铺就的、虽狭窄但也有双行道的路障街被堵死了。路上的车辆嘀嘀叫着，从行驶的轨迹来看都是往花园路和动物园去的。

"胜——利！胜——利！"众人喊道。

"难道这就是胜利么？"维克多大声问。

"如果你不相信，胜利就不存在，"那个颧骨高耸、将红旗插在耳后的男人意味深长地说，"我们呼唤它，它便到来！胜利正被呼唤！"维克多觉得他额头上的红褐色瘀伤看起来像是中国文字。"我能理解他们……或许，其中一道已经凝结的伤口就是胜利？"

"轮胎也要放气。""芥末色的大衣"吩咐道。

穿粉色上衣的女孩咯咯笑了起来，掏出一把钢刀。"喏。"她兴奋地说，一边拿住斜斜的刀锋，将缠着蓝色胶带的刀柄递了过去。芥末色大衣的男人撩起前襟，在车轮旁边蹲下，开始大力捣戳。有人俯身看着他，垂下一面红旗，他也因为旗子的光照变得更加鲜艳了。维克多摸出那把铅笔刀，蹲下来，开始以专业的姿势往轮胎里拧。

当他站起身来时，发现人群显著增多了。他们堆叠着装香蕉的箱子，一边闲聊，一边唱歌，一个穿哥萨克靴子和中国绿松石色羽绒服的男人在叫卖报纸，厉声地喊着报纸的名称——《日报》《公开性》《俄罗斯公报》《图希诺的脉搏》。

有些人爬上了无轨电车，维克多也钻了进去，扑通一下坐在窗边。

坐下的人们热情地交谈着。维克多不无惊讶地听见，他们想必已经挨了警棍，但还是在探讨和争论，显然准备好了要再次战斗。

"塔尔科夫要是活着的话，他就会在路障上唱歌给我们听了，"响起了一个不安分的男高音，"他曾预言他们会杀了他：'我将战死，并复活和歌唱。'他知道叶利钦的一切，在临死前唱道：'总统先生，大祸临头。'我把他说的话都录了磁带！"

"要是能抓住哪怕一个警察就好了，"一个不羁的女声插了进来，"给他点颜色看看，然后就放人！一个就够了。他们会好好想想的……"

"我们需要斯大林，"一个浑厚的男低音打断了她，"他是个真正的领导。谁还能像他那样理解普通百姓？多少人都被抢劫、被盗窃了……马卡绍夫将军，他一定会重振苏联雄风的！"

"民族主义，"有人开始用刺耳的嗓音有条不紊地解释，"顺便一提，是个美妙的品质。俄罗斯人养活了所有的共和国，特别是，抱歉，中亚国家，所以现在基本上已经不堪重负了。我们需要它们么？等到它们中的一些国家生活好起来，我们，抱歉，已经完蛋了。每个民族都有自己的国家，唯独俄罗斯人没有。这才是核心。俄罗斯人是什么，抱歉，火星人么？"

第二十一章

"宪法,最主要的是宪法,"响起了一个圆滑而平稳的声音,也许此人的灵魂和身体都很柔软,"否则就是强盗行为,明白么?……法制的田野,就要用宪法来耕耘……它是一头神圣的耕牛……必须遵纪守法——从小我就被这么教导。如果有人违反了自己对之宣誓过的法律,会有什么后果?他会想到什么?"

"人民全都饿死了,"那个不羁的女声又插了进来,"就为了让他在那边,克里姆林宫里,大吃大嚼到死!就为了能给他送烤乳猪进去……"

维克多用手掌轻轻地擦了擦玻璃。神秘莫测,剪影,黑暗……在窗外的画布上反射着沙龙里透出的灯光。

维克多想,救援队还在等他……"我会加班的。工钱那么少,可我还是工作这么认真。阿巴耶夫也不错,挺讲理的一个领导。"他用冰冷潮湿、已经变得像玻璃似的手在脸上抹了一把,不知为什么想起瓦莲金娜来,都过去这么久了!

从开着的车门那边传来号哭声。本该丢开这一切赶紧逃跑的,但他仿佛跟窗玻璃粘在了一起,窗户外面是一锅粥似的人群,白色的头盔浮游在表面上,警棍在一闪一灭,几面旗帜就在他眼皮底下沉下去了。攒动的人头和肩膀从左面撞击着电车,车的外壳发出巨响,但电车倒不了,瘪气的轮胎将它固定在马路上。随后,车窗塌陷了,维克多弹了起来。人群涌了进来——就像是车门马上要关闭了,而他们快赶不上了似的。他们的数量越来越多,一瞬间车里就挤得水泄不通了。

"我们下车吧!"有人瓮声瓮气地吆喝。

大街上因为满是头盔变得雪白一片,防暴警察在隧道里列队行进。

"上哪儿?上哪儿?"一个老太婆嘟嘟哝哝叫着,犹豫要不要下车。

"去地铁站!快!"

他们一边走下车,一边将挨了揍的脑袋缩得紧紧的。有狗在气喘吁吁地吠叫,不会是流浪狗,一定是警犬。犬吠中还夹杂着骂娘。那个穿羽绒服、夹了一叠报纸的男子呜呜叫着,挨了一嘴巴。他的报纸漫天飞舞,有人捉住了他。他尖叫起来,像兔子一样。他被拖走了,围在队列中间……"你们在干什么?你们在干什么?"有人弯下腰,从马路上捡起报纸。"混蛋!""你说谁呢?"警棍打了上去,接着就是一脚,人们踏着报纸逃开了……

维克多不由自主地下了电车,像其他所有人一样弓着身子仓皇奔逃。从他面前的黑暗中浮现出了通红的字母"M"[1]。

"挨个通行,不要挡路!"扩音器里传出雷鸣般的声音。

他被撞入了人流当中。他们驱赶着他,从四面八方将他围住。

人流回转过来,指责那些攻击者,抓住了他们的警棍……新一轮的打击开始了。

当维克多被叫嚣的人群裹挟至地铁站并挤进闸机时,他感到胸口憋得慌,闸机一个接一个地敲击着人们,没有任何停顿。

他刚刚注意到闸机旁边的工作室里一个人都没有,就发现自己已经站在了自动扶梯上。两个自动扶梯都是下行的,说明地铁只是看起来在运行。所有人都在顺着自动扶梯往上爬,那些已不是青壮年的人格外小心,生怕摔下来。在奔跑当中,维克多看到了隔壁扶梯上一片混乱,于是他明白了,那边的情况更差——人们绊倒在对方身上……

"停下!警察!"

他们在为谁喊话?有可能上面的斗殴又开始了,掉下来一个头盔,砸在楼顶垂下的半圆形灯罩上,一时间玻璃碴飞溅。

---

[1] 译者注:"M"是地铁站的标志。

第二十一章

"这里有孩子!"旁边响起一个声音。

一个穿黑衣服的人扑到了胶合隔板上,发出一声巨响。

下面的工作室是空的,但到处都被防暴警察控制了,这一次他们戴了红色头盔。他们把所有人一股脑儿塞进了地铁车厢里。

维克多看见在人群最为密集的地方,有人用一只脚抵住车门,不让它关上,防暴警察们在站台上来回奔跑,用警棍击打这些人后,再将他们塞进去。就在车门关闭的那一刹那,有个人疲惫不堪地吐了出来,一团白色的呕吐物径直飞到了亮闪闪的头盔上,此时地铁驶入了隧道。

出发了。

"我要回家……"一个穿短羊皮袄的男人哭诉着,他脸上被打得青一块紫一块的,"又不放我回家,还打我……为什么?我做错了什么?"

"这是您的被动应得的惩罚!"一名瘦弱的女子勇敢地说,正了正她的贝雷帽。维克多惊恐地瞥了一眼她的手指,已经变成青紫的扁平状了,沾满了暗红色的血迹。她迅速舔了一口血迹。

"而我……我被……我的外套还在公园里……"维克多转过身,认出了那位穿柠檬黄背心的女人,"妈的……"无轨电车司机看起来还是那样,但说起话来却更加慌乱了,仿佛词语都卡在了喉咙里,她还不住地在自己胸口摩挲,像是要缓解疼痛。

"一九〇五年大街"站。

防暴警察沿墙而立,其中一些耍弄着警棍,做出威胁的样子,像是愤怒的猫在摇动尾巴。

几乎所有人都下车了,包括维克多,他打算沿原路返回到"马雅可夫斯基"站。

但地铁发出震耳欲聋的一声巨响就疾驰而过了,根本没有减速。

"不停站！"戴羊毛帽子的男人大叫着揭穿道，他的帽子遮到了眉毛，"不让我们回去！"

不知为什么，这辆不停站的地铁惹得维克多大为光火。他的手不自觉地伸进上衣口袋里，摩挲着小刀光滑的刀柄。

"现在要是有枪就好了！"男人像是猜到了他的冲动。"连女人都不放过，刽子手……哪怕有一杆打猎用的枪也好啊。我们就能给他们一点颜色看看了……"

"就是！"维克多响应，"下次我带把枪来！"

"什么样的？"

"就是那样的！"

"啊？"

"点火的那种！"

男人惊讶地眯起眼睛，在下一辆地铁的轰隆声中攥紧拳头威胁道：

"你就是个骗子！"

大街上的人们三五成群地交谈起来，渐渐分散开来。

维克多决定步行去"白俄罗斯"火车站，从那里到上班的地方就很近了。

他沿普雷斯涅大堤往前走，过往车辆的前灯将他映照成橘红色，不时在一排商铺旁陷入明亮的窟窿里，随即又潜入黑暗之中……他开始有些疑虑了。莲娜会看见他的！她会怎么说？肯定会说："别犯傻了！"不去工作而犯了三个小时傻。

他为了什么冒这个险？为了俄罗斯？谁又真正知道，什么才是正义的？谁对他而言更珍贵？那些被驱赶、被鞭打的不认识的陌生人，还是亲人莲娜和塔尼娅？

莫斯科有多少来自全国各地的防暴警察啊！还有捷尔任斯基师

的士兵！听说还要加上索夫林特种部队¹……命令就是命令。该打人就会打人的。军队呢？一旦下令，坦克就会开进莫斯科。会射击么？会的！

不，总归还是不会开枪的，大概吧。

他拐进了一座红砖建筑的院子里。周围似乎空无一人。他便在墙根处撒了泡尿。刚拉上拉链，就听见了一声口哨。有人想要吹个曲子，但走调了。

维克多扭过头，在离他五米远处，一个穿黑色西服的人影靠在黑色的铁门边，沐浴在一片昏暗的十字形灯光下。

"嗨！"那个人友好地打招呼。维克多没有回答，准备往远处走。"想喝一杯么？"

"有么？"他又走开了几步。

"别踩！"

维克多看了看脚下，才反应过来自己踩在掉落的白色花瓣上，于是退到了一旁。这是百合花。

"你好，老头儿，"那个人摇摇晃晃地迎面走来，轻轻在他肩膀上拍了一下。肩膀隐隐作痛，令他想起今天挨的打，"跟我们一起……"

"去哪儿？"

"去工厂……威士忌，伏特加，你以为呢……"

这个人身上散发的正是一股威士忌的味儿，灼热而浓烈。

"还有什么工厂可去？"

"'吉阿姆'，"他呜咽着，拍了一下对方的肩膀，肩膀疼得更厉害

---

1 译者注：1989年5月8日，继奥姆斯登"第九部队"之后，在苏联内务部的内卫部队中又出现了第二支专职特种部队——作为有专门任务的训练中队索夫林军团。训练中队的指挥官是上尉瓦列里·车尔尼雪夫，曾在当年"夏天的费尔加纳事件"后荣获了肩章上的第四颗星。

了。"'吉阿姆'。"他用额头抵住肩膀,免得摔到地上。

"好吧,趁火打劫,"维克多往回抽了抽身。那个人摇摇晃晃的,头垂得很低,眼镜跌落下来,在沥青马路上发出了令人惋惜的哐当一声。维克多捡起掉在两片白色花瓣之间的眼镜——还好镜片没有碎。他将眼镜塞到皮夹克的胸前口袋里,末了不知为何竟拖延了一会儿,问道:"庆祝什么呢?"

"一个朋友,"一个清晰的嗓音出其不意地响了起来,"为一个朋友庆祝,伊留哈。伊留哈·梅德科夫[1],听说过么?没听说也没事……'吉阿姆','吉阿姆'石油公司。亲爱的伊利亚……"那人没有歪在一边,而是将整个身体挪到了另外一边,"亚历山大维奇·梅德科夫……"

"不知道。"

"没听说过?那阿维佐呢?"

"嗯。这人会耍手段,"维克多肯定地说。

那人吹了声口哨:

"伊留哈——我的朋友和老板。他是个天才,你明白么?二十六岁,有自己的飞机。钞票挣得叠起来比人还高。一开始也就是给塔拉索夫开车。阿尔乔姆·塔拉索夫[2]知道么?我永远记得伊留哈的生日派对:简直是'大都会',香槟池,所有的一切,穿着迷你裙的塔尼亚·奥夫西恩科。听说过奥夫西恩科么?"

维克多带着敬意,一动不动地聆听着:"真是个有趣的人……像

1　译者注:伊利亚·亚历山大维奇·梅德科夫(1967—1993),俄罗斯企业家,管理专家,普拉格玛银行的高级经理,"吉阿姆"石油公司的所有者,俄罗斯首批百万富翁之一。

2　译者注:阿尔乔姆·塔拉索夫(1950—2017),第一位合法的苏联百万富翁,苏联合作社运动的先驱。

第二十一章

骆驼一样吧唧嘴。"

"你听说过……"他高兴地总结道,"你听说过奥夫西恩科,塔尼亚。你记住,'吉阿姆'石油公司。亲爱的伊利亚·亚历山大维奇·梅德科夫。漂亮吧?伊留哈只爱自己。本来他要飞到巴黎去的,结果没去成,留下来了。那天我在墓地就开始喝酒了……"

"所以他死了?"维克多问。

"死了,二十六岁,啊哈。不想要那三颗子弹么?他就躺在这儿,花朵掉下的地方。就是从那个窗口射击的,从阁楼上……就从那儿,看见么?"他用疲软无力的手势指了指对面一栋红色的大楼,院子是关闭的。"你主要是得记住……九三年的秋天,记住了么?这是其一。被诅咒的红普列斯尼亚[1]。其二。狙击手,对么?伊留哈想要被记住……枪杀,就在那个时候,记住,不只是射杀……还有多少人将被埋葬!"

"多少人?"

"很多人!"

"为什么?"

"时代……时代就是这样:现在的年轻人总是惹来杀身之祸……伊留哈……伊留哈想要被理解,他叫上我们所有人,就是为了青史留名。'吉阿姆'石油公司,亲爱的伊利亚……"那人吹了声口哨,转过身去,摇晃了一下便跌坐在百合花瓣上,伸出穿着褐色半高帮皮鞋的双腿,皮鞋闪着令人愉悦的巧克力糖浆色,甚至在院子里昏暗的天光下都看得清清楚楚。

维克多走上了大格鲁吉亚街。

---

1 译者注:在该区域内曾爆发过几次大的工人运动,不论是1905—1907年革命、1917年建立苏维埃政权、1918—1920年的国内战争,还是之后的社会主义建设,该地区的工人群体都是不可忽视的主导力量。

他感到,这次碰面不是个偶然。

有意思,这个人知道近在咫尺的地方发生了什么事吗?知道防暴警察在抽打、踩踏民众,并沿着扶手电梯撞人么?还是他只能记起亲爱的伊利亚·亚历山大维奇·梅德科夫?或者连想起这个名字也是因为"蜂蜜"[1]这个词?

维克多感到自己掉入了另一个维度的世界中,在那里每个事件都息息相关、十分重要,并且很早就设置了那个遍布白色花骨朵儿的院子,薄暮中看起来像是西风热气球。

"但这还没完,不,还没完,"他预感到,"今天不会就这么结束的……"

---

[1] 译者注:俄语中"蜂蜜"这个词发音跟"梅德科夫"相近。

第二十二章

他朝"白俄罗斯"火车站走去,在一个售货亭前停了下来,见焊接的栅栏窗口后面摆着小瓶伏特加——民间叫"乳酸饮料",就买了一瓶。他掀开瓶盖,闻都没闻,两大口就干掉了。

亭子后面有东西在哐当哐当响。他将玻璃瓶顺风扔在脚下,循着落叶和烟头冲亭子后面望去。他看见那里冒出了一个小水泡,凭借自己那双火眼金睛,他马上明白那人在挖铁窨井盖,另外一个在一旁打着照明。

"你们干吗呢?"

也许是出于同一阶级的情谊,或者恰恰相反,是因为妒忌而生的警惕性,加上伏特加的酒性,再或者是继续滋事的热望,他朝挖井人喊了起来……

如果想要搞事情,那事情就会发生。

那两人停住了。

"安静,别喊。"一个姑娘大胆地回应道,一束长长的手电光打在他脸上。

维克多闪开了,朝他们那边走去。

又是哐当一声,井盖在闷响当中移位了,维克多走近一些发现,拿手电的姑娘披散着一头金发,手持小铁棍的人也和她一样,只不过发色稍微深些。他们穿着一模一样的浅绿色迷彩服上衣,蹬着长靴,背后的双肩包都很相似。

"你们不会是姐妹吧?"

两人都没回答。

"听着,走你自己的道,"姑娘用手电照着下面的坑,坑里冒出热气。"别碍事,求你了。"

"你们这么激动干吗?我在这边工作……就问一个问题:你们在做什么?"

"拯救国家。"她挑衅地回答,白色的手电光在地上扫来扫去。小伙子拽住了她的袖子:

"娜塔莎……"

"有人已经在别的地方拯救国家了。"维克多平静地说。

"什么地方?"手电筒的光划过眼睛。

"就在不远。"

"在哪里?"

"滨江大道。"

"滨江大道?"

"'克拉斯诺普雷斯涅'站。"

"白宫?"

"嗯。"维克多老实地点了点头。

"娜塔莎,这是奸细。"小伙子轻声说。

"廖沙[1],安静点……就是说,您要去白宫?"

"怎么,不行么?"

"您跟白宫有何相干?"她文绉绉地确认道。

"我?今天挨了一棍子。就是这么个关系。"

---

[1] 译者注:廖沙是阿廖沙的昵称。

"加入了哪里?"

"供职么?"

"什么鬼,我说组织……"

"没有。"

"那派系呢……属于哪一边的?"小伙子警惕地问。

"什么意思?"

"共产党员,君主主义者,自由主义者?"姑娘耐心地解释。

维克多沉吟了一会儿:

"俄罗斯人。"

"这答案真好!"她用电筒光飞快地绕井盖转了一圈。

小伙子朝一个小"山包"弯下腰去,后者原来也是一个背包。他拉开拉链,放入铁棍,再拉上拉链,捧起书包,哼哧哼哧地站起来,又把包放回了地上。

"拎不动么?"姑娘担心地问。

"那能怎么办?"

维克多终于可以透过黑暗打量他们俩了。姑娘中等个子,颧骨坚毅而高耸,嘴唇很丰满,两道浓眉凶狠地上扬,看起来比她的同伴要大——后者像是被拉长的,瘦弱单薄,生着一副显小的娃娃脸。在他身上有股孩子气,不是与她相比而是普遍意义上的孩子气;与此同时,她身上也有某种母性,这同样是普遍意义上的。

姑娘将电筒光打到维克多身后,像是在检查他是否带了其他人。

"我们要去白宫。"她简短地说。

"怎么去?"维克多被这突如其来的决定吓到了。

"从地下。"

"这是……我是说……"他字斟句酌,"为了什么?"

"蜡烛,食物,药品……"

他高兴起来,警惕地扫了一眼街道那边的摊位,有几个稀稀拉拉的行人在附近游荡。

"需要帮忙么?"他停顿了一下,又颠三倒四地补充道,"我可以的,可以帮忙……我,我能行,真的。你一个人不行的,廖沙[1]!你去不了的!"

"您怎么知道我的名字?"小伙子哑着嗓子问。

"她这么叫你的,她叫娜塔莎,猜对了吧?"维克多笑了。"我随时准备出发……"

一束光从下往上舔舐着他的橡胶靴子,还好他没在救援站换鞋!

"你从一开始就知道了,"小伙子嘶嘶地说。

"我是个电工,"维克多反驳道,"我们在地下作业,那里到处是水,所以我才穿着靴子和……带我去吧,你们不会后悔的,我是站你们这边的……"

"能坏我们什么事呢!"姑娘打断他道。

"他跟我们一起……是外人。你明白么?"

"这不正是我们想要的么,让每个人都能自由地去往属于他本人的议会!"她骄傲地宣称道,"别在这儿废话了,还等什么呢?等着巡逻队发现我们?"

"我不跟他一起去。"小伙子抱紧背包,粗声喘着气,明显不想发出哼哼声,一面朝着井盖走去。

"你们是怎么想的,"维克多同情地说,"还带这么重的东西?"

"我们坐车来的,没计算好人力。"姑娘将光照进下水道里,在黑暗中绘制出了一架铁梯。"一个朋友本来也要跟我们一起来的,结果他病了。我们本来摊上麻烦事儿了,要爬一整晚……阿廖沙,看见

---

[1] 译者注:廖沙、廖什、阿廖沙、阿列克谢为同一名字的不同称法。

第二十二章

没,有人了。我看人还是很准的。他是上帝派来帮我们的。你信不信上帝?"

"这是个私人问题。"小伙子咕哝着,冒着背包掉下去的风险在下水道口边缘晃荡。

"廖什,没有他我不去。"姑娘用不大的声音说,维克多明白这事儿成了。

不远处传来对讲机噼啪作响的声音,很可能是好几个。他们三个立马成了惊弓之鸟。

维克多一言不发地从阿列克谢那里拿过背包,甩在自己的肩膀上。他将脚探进下水道,摸索着踩上了铁质的横杠,慢慢往下走去。

只是当他隐没在他们身后的黑暗中时,维克多才感到一阵恐慌:"朋友们,朋友们!"

他们弓着腰,靴子不时踢到管道,终于顺着混凝土环挪到了一片闷热潮湿之中。娜塔莎用手电筒给阿廖沙照路,维克多那边只有一点点光亮,半圆形的墙壁上出现了几道细细的绿色光圈。

"你吼什么?"娜塔莎冷冷地问,没有停下脚步。她说的话产生了回音。

"还要走很久么?"

"还行吧,"传来一阵窸窸窣窣的碰撞声,"廖什,你别挡路!"

"我们能走到么?"维克多试图振作起来,然而黑暗中的轻笑令他显得龇牙咧嘴。

"游到过,我只知道……"

"游到过?"他想起了那些关于废水冲走工人的可怕故事。

"游到过?"他反问道,但没指望他们回答。"你们经常不戴头盔么?也没有防毒面具?地下会产生有毒气体的!"

娜塔莎停了下来,扭转过来半个身子:

"不要叫！我们不出声地走——就能走得更远。"

维克多跟在她后面，想着还好他是电工，不是什么焊工，不用爬进下水道，然后一直待在这儿。虽然为了帮助别人也下来过不下一百次，现在又跟年轻人扯上了关系……可他又怎么知道今天还会有事情发生的呢？他随后又想，之前来地下大概都是为了这次旅行做准备。再然后他就撞到了额头，呻吟着跌坐到一根管子上。同伴们没有等他，他只好跟在他们后面爬过一个狭窄的通道，因为怕卡住，简直就是匍匐前进。他一边爬，一边用手摸着鼻梁上方，那里肿起了一个汗涔涔的鼓包。

经过十分钟的艰难爬行，就在他已经精疲力竭、准备束手就擒之时，他们来到了一个方形的混凝土空间，那里可以直起背，甚至能两人一起站起来。

"还好么？"娜塔莎将手电筒凑近自己的脸，脸上即刻变成了骇人的紫红色，就像恐怖电影里一样，她还一面做着鬼脸。"喂……"她将电筒递给维克多，"照着路。"

少年展开一张皱巴巴的地图，上面有些歪歪斜斜的鲜明记号，显然是自制的。她朝地图俯下身，脑袋抵住他的脑袋，他俩长长的头发就缠绕在了一起。

"我们在这里，"娜塔莎的手指在地图上方盘旋，瞄准之后戳了一下，差点没将它戳破，"他们在这里。"

阿廖沙小心翼翼地折起地图，收进怀里的内口袋中。

"焊缝的垂瘤。"维克多将光束沿着灰色的悬垂体滑动，它们数目众多，从灰色的天花板上垂下来，像巨大的老鼠尾巴。

"钢筋混凝土的氧化作用。"阿廖沙灵机一动，急急地说，但维克多知道这不是冰。

一阵巨大的轰隆声，墙壁震动了。

第二十二章

"地铁!"所有人异口同声地说。

前面出现了两条岔道,他们走了靠右边那条;于是,又开始了无止尽的混凝土管道,两侧是水管,脚下则是铁梯。

娜塔莎微微喘了口气,停了下来,用电筒光指指上方。

光束来回奔跑,维克多看见一大堆倒置的蟑螂正焦急地朝各个方向乱窜,都是乳白色的,不是因为光照,而是它们本身的颜色……

"白化病!"他明白过来,像是解开了填字游戏一般。

"它们看不到白光。"传来了阿廖沙理智的声音。

"那它们吃什么?"维克多感到很吃惊。

"互相吃?"娜塔莎喃喃地说。

"真菌和黏液。"阿廖沙解释道。

随后,他们再一次鱼贯通过了一个狭小的洞口,又进入了一个方形的空间,最后终于感到了一丝凉爽——他们走进了一间宽敞的拱形过道,墙体是砖砌的,地下是潺潺的浅水。靴子踩在上面吧嗒吧嗒响。

"普列斯尼亚,"娜塔莎说。"这条河的名字。之前在拱桥下面,被挪到这里来了……"

水位时而升高,变得湍急,减缓他们前行的步伐,时而又平静下来。

他们拐进了下一个混凝土洞口。维克多正要抱怨,阿廖沙却兴奋地大喊:

"结束了!"

他们没法跟他一起挤进下水道口。能听见阿廖沙沿着铁制悬梯往上爬的声音,紧接着是娜塔莎,随着哐当一声响,显然他是用脖颈顶开了盖子。

"自己人!"他的叫声从上面某个地方传来,夹杂着其他人的喊声:

"不许动!"

"举起手来!"

"这是廖哈[1]!"

"娜塔什卡[2]!"

维克多迅速爬上梯子,开始奋力向上撑。他被几双强有力的手臂拽了上来,暴露在强劲的大风里。他十分茫然,只是非常谨慎地半弯着腰从下水道里跳了出来。

周围站着几个裹得严严实实的大胡子男人,手里都拿着木桩和电枢[3],看起来既像农民游击队员,又像法国俘虏。在他的一边,洁白而巨大的白宫倾轧下来,似乎行将就木,而另一边则是带刺的银色螺旋线圈,洒水车发红的侧边,市长大楼亮闪闪的窗玻璃,还有从某处传来的奥列格·加兹曼诺夫震耳欲聋的歌声。

"布里昂采夫。"维克多有感情地依次握了握周围人的手,不知为什么没有说名,而说了姓。

娜塔莎走到他跟前,敏捷地从他肩膀上卸下背包,有人很快将它接住了。维克多这才感觉到肩上的担子有多重——现在肩膀终于有痛感了,而这疼痛加重了额头上那个鼓包无声的哀嚎。

"你们真及时,我们正等着进攻呢。"金色小胡子的哥萨克说。

"噢,地下之子!"一个穿着高领毛衣、皮夹克上别着杜马徽章的矮个子男人跳了起来,他跟其他巷战人士不一样,脸颊剃得很光净,"我还以为你们会像昨天一样直奔白宫。"

"昨天我们从普留什哈大街过去的,"阿廖沙说,"今天那边有

---

[1] 译者注:阿廖沙的昵称。
[2] 译者注:娜塔莎的昵称。
[3] 译者注:电枢是在电机实现机械能与电能相互转换过程中,起关键和枢纽作用的部件。也是电机需要外接电源的部分。

第二十二章

埋伏……"

"动作不会少的。在新圣女公墓附近,"杜马议员开始乐观地将手指扳弯,"会展中心……工厂旁边……地铁换乘站……动物园的大象馆里……到处都会有我们的人,主要就是不能让大象给搞砸了。我们安排这些线人就是为了以防万一。"

"弗拉基米尔·库兹米奇,"娜塔莎打断他,"不需要说这些没用的。"

"这可对我们都有好处,亲爱的!你知道会有多少人来投奔我们么?昨天涅夫佐罗夫来了。今天凌晨,一个傻瓜蛋闯入了健身房。健身房里还有我们的巴尔卡什派[1],喏,就在那边的附楼里。他看到了他们的袖章,像是万字符号,这些恶棍称它们是'圣母之星'[2]……他们对他说:'你是什么鬼人?'他答道:'我是托洛茨基派!'他们二话没说就将他围住了,于是他捅了其中的一个。捅得不重,刀子卡在衣服里了。所以他们把他绑起来了。还能怎么办呢?总不能枪毙吧。只好把他从封锁部队里除名了。他们人也挺好的……政治家库尔吉尼扬[3]昨天晚上被推出了街垒……说他是亚美尼亚人,竟敢辱骂彼德罗维奇,我是说巴尔卡绍夫……可怕……没有彼德罗维奇哪行?高度的纪律性和一流的训练。没有他就等于赤膊上阵。"

"安比洛夫们,干得好",一个穿着臃肿外套、头戴橘色头盔的男人叹了口气,他的头盔上用白色油漆涂了缩写字母"ФНС"[4],"成天就想突破我们的防线。我们都能听见他们的声音……之后他们就被赶

---

1 译者注:即前文中提到的"巴尔卡绍夫派",见 P310。
2 译者注:圣母像的头巾和披巾上都有一颗"※",象征圣母的童贞。
3 译者注:谢尔盖·耶尔万多维奇·库尔吉尼扬(1949—),亚美尼亚血统的苏联和俄罗斯时期政治家,戏剧导演,"时间本质"运动的领导者。
4 译者注:"民族救亡阵线"的缩写。

走了……"

"他们没被赶走,是被打了,"维克多反驳道。

强劲的探照灯光打在大楼上,不停地来回摆动,加兹曼诺夫的歌声似乎越来越大了:

> 可惜到如今,不能在一起,
> 或许只要攒够钱,
> 就能买下你的夜,
> 如果是那样,我们该怎么过?

"这是什么迪斯科?"维克多问。

"每隔五分钟就放这鬼歌,"大胡子男人带着浓重的鼻音说,他那顶褪色的风帽上面尖尖的,活像个占卜师,"那是黄色的戈培尔。我们都这么叫他。"

"叫谁?"

"就是那个……"杜马议员伸出手指。

一架亮黄色的装甲运输车正沿着滨河大道慢慢爬行。一个类似于侧置钟形物的扬声器明显突起,从里面传出声音:

> 荡妇,荡妇,荡妇……
> 夜间出没的蛾子,谁的错……
> 荡妇,荡妇,荡妇……
> 酒店的灯光如此诱人……

装甲车在街角转了个弯,慢慢爬向市长大楼,加兹曼诺夫的嘶吼在半路戛然而止,响起了一个冷冰冰的声音:

第二十二章

"注意！请撤离大楼和广场！最后通牒的期限是今晚十二点。注意！近期将开始进攻！"

装甲车在马厩大街调了个头，喇叭里又响起了那个冷冰冰的声音：

"注意！请撤离大楼和广场！"

维克多冲着声音渐渐变小的娜塔莎、阿廖沙和议员喊道：

"哎，命中注定！"

看着装甲车在宽大的轮胎上左右倾斜，从格尔巴特桥旁边爬过，维克多一面响亮地重复：

"注意！"

"故意吓唬人，垃圾，"议员说。

"听出来德国口音了没？"阿廖沙哧哧笑道，"罗斯，投降吧……"

"但生活还会继续，"议员接着说，兴奋地挥舞着短短的胳膊，"点着蜡烛也要开音乐会，食物少了，水也不够，但所有人都没当回事儿。柴油灯油所剩无几，就点小彩灯，整个屋子从上到下，故意跟敌人对着干……亮个五分钟，又陷入黑暗中。但地区力量开始干预了，西伯利亚……要是到了十月四日叶利钦还不消停，莫斯科的粮食供给就会被切断。卡尔梅克总统飞过来了，吉尔桑真是聪明：'我在这里，'他说，'跟你们一起，直到封锁解除。'接下来会怎么样？难道真会有袭击？"他有些怀疑地问，抬起一只手。"古话说得好，听天由命吧……"直到现在，维克多才发现天空中的旗帜，黑色的，红色的，褐色的，映照着城市的灯火。旗帜在白宫白色的塔楼上猎猎作响。他仔细看了一会儿，辨认出了其中的颜色：粗粗的旗杆上是白蓝红三色旗，下面是小一些的旗帜——苏联的红旗、皇家的黑黄白三色旗和白底蓝十字架的安德烈耶夫旗。它们不知为何颤抖得令人感动，甚至有种荒谬感，维克多的心揪了起来。

他记忆里人声鼎沸的广场现在成了另一副样子，几乎是空荡荡的；到处烟雾弥漫，远远近近的火堆闪着红光。有些人坐着不动，头耷拉着，仿佛一尊塑像；另一些人在独自散步，手背在后面，活像囚犯……在靠近大楼的地方，草绿色的帐篷旁边，有口锅挂在微弱火苗上方的铁杆上，锅里的粥咕嘟咕嘟冒着气。

维克多的同伴们窃窃私语着，消失在一个门栋里。

在那面贴满了纸张和招贴画的玻璃墙下，人们议论纷纷，时不时响起一个脆生生的词："进攻"，此处站了几位穿粗呢上衣的小伙子，操着卡拉什语（属于印度伊朗语中的达尔德诸语言，后者通用于印度北部、巴基斯坦、阿富汗东北部相邻地区），似乎在等待着什么。一位穿着白大褂的女人从面前跑过。

一张纸上用斜体字母印着：

> 啊呀，好极，好极，好极，
> 这就是你们的索布察姬[1]——
> 周围饿殍满地，
> 这对夫妇却穿金戴银。

纸的另一面上用同样的字体写道：

> 舒梅伊科夫妇[2]傲气十足，

---

[1] 译者注：索布察姬·克谢尼亚·阿纳托利耶夫娜，俄罗斯政治家，电影、电视和配音演员，编剧，电影和电视制片人，电视和广播节目主持人，记者，公众人物和作家。自2018年6月23日起担任变革党党联席主席。

[2] 译者注：弗拉基米尔·菲利波维奇·舒梅伊科夫（1945—），俄罗斯政治活动家，在90年代初是叶利钦的亲信之一。他的配偶加琳娜·舒梅伊科是政治团体"改革—新政策"的领导人，与其在各项政治事务上总是同进退。

第二十二章

怕是比波奈尔[1]更胜一筹。
舒梅伊科大概已经忘了,
审判席上长椅还是有的。

第三张绘图纸的上方有一行斜体字:"我选择你的时候,你是怎么跟人民承诺的?"下方也同样有一行斜体字:"我答应过:会卧轨的。"中间贴了一张醒目的照片,照片上的斯大林皱着眉,被用水笔画上了刘海和小胡子。

"看我不把你的眼睛划掉!"一位专注的小个子女人踮起脚,用蓝色的圆珠笔在照片上画出一道道斜线,但有人制止了她:

"不要这样!这是创作!"

从德鲁日尼科夫大街上又传来了加兹曼诺夫高亢的歌声。站在大楼旁边的人们诅咒连连。

"我让你唱,"穿着一件褪色棉袄的男人画了个十字,像是在保佑自己免于厄运,随后就转身朝那个发出忧郁独唱和悠扬乐声的地方径直走去,"荡妇,荡妇,荡妇……"

维克多也走向了那边。那里有大约两百人,他们的喊声撞在装甲车和加兹曼诺夫身上——喊声经过扩音器,变得更大了,裂成了碎片。"荡妇,荡妇,荡妇……"

密集拥挤的人群散发出一股子油烟味儿,还有种男人身上没洗澡的味儿,黏哒哒又甜蜜蜜的,像是蜜蜡。他看到了之前的那个哥萨克人,五个穿毡斗篷并戴毛皮高帽的男人,穿军装的老头们,那个熟悉的神甫身着黑色法衣,将一个铜十字架紧紧攥在手中。一个年轻人,

---

1 译者注:叶莲娜·波奈尔(1923—2011),苏俄时期的政治活动家,人权保护主义者,持不同政见者,评论员,晚年移居美国。

完全是个孩子，手握小铲时刻准备着，嘴里高喊道：

"到这儿来！"

"坏——蛋！坏——蛋！"宽肩的小伙子一边嘶吼，一边挥舞手中的一瓶香槟酒，瓶口塞着一块布。维克多马上注意到了一旁吸引无数艳羡目光的一堆酒瓶，都塞着这样的布块，他猜这是莫洛托夫鸡尾酒。

丰满的金发女郎在小声地哭泣，她被印有拉丁标语的绿红黑三色丝绸旗挡住了。

维克多被推搡着朝街垒方向走，外面全是防暴警察的绿色头盔，三辆装甲车上的机关枪黑压压地架了起来。

"变态！"一个秃顶大胡子说，维克多认出他就是不久之前看到的那个德涅斯特沿岸人，他挤到街垒旁边，抓起一整个水泥块；垃圾桶的铁壁发出哐当哐当的响声，成堆的石块掉了进去。"干掉你们所有人……"他伸手去拿胶合板做的机关枪模型，不知为何这个模型放在一堆零件中间。维克多马上意识到这挺机关枪从远处看跟真的别无二致。

正当他在犹豫要不要也像这样大喊一声的时候，歌曲结束了，扬声器里传来一个冷冰冰的机械声音：

"注意！离开大楼和广场！最后通牒的期限是今晚午夜。注意！在近期我们将开始进攻！"

人群绝望而又兴奋地高喊起来：

"开始吧！"

"开枪吧！"

"把我们逼上绝路吧！"

"几点了？"维克多回过头问一个戴着防毒面具的人。

那人看了表一眼，随后庄重地回答：

第二十二章

"十五分。"

"几点十五?"

"还剩十五分钟。"窄窄的脸上抽搐了一下。

维克多挣脱人群,转向大楼走去。

在广场上的火堆边上散停着许多车辆,周围被一堆堆人挤得水泄不通。有几个窗户里摇曳着烛光,三楼一扇亮着的窗户通过一根电线跟广场上的路灯连在一起。在第二十栋门口聚集着一动不动的听众们,大概是在听什么有趣的事情。

娜塔莎坐在墙边的高脚凳上,手指扫过琴弦。阿廖沙站在她旁边,用手电筒照亮。她挑衅似的用一种易碎的、清脆的歌喉唱起来,猛烈地摆动头部,使得淡金色的卷发披散下来,遮住了她的脸颊:

> 你再次听到了黑暗,
> 还有附近那嗡嗡作响的管道。
> 在黑暗中你能看到,
> 所有的一切,就像一只夜猫。

维克多意识到,从街垒那边传来的喊声越来越弱了,而黄色的戈培尔几乎没有发出声音。

> 看不到蝙蝠。
> 酷热。然后是极寒。
> 你又一次用草席
> 盖住某个白痴的身子。
> 要是扛着机枪的警察
> 出现在窗口,混蛋,

> 那么我们要的就只有，
> 两坪土地和一杆十字架。

猛地拨了一下琴弦，女孩在稀稀拉拉的掌声中跳了起来，其他人则阴郁地频频点头。

"这是关于我最后一天的！"

"哪儿来的蝙蝠？"有人好奇地问。

"我们是洞穴专家。"阿廖沙说。

"洞穴专家，"娜塔莎回声似的重复道，"我们在山里度过了整个夏天。去了结冰的洞穴。我带回来一只蝙蝠，放在冰箱里。也不知道没有我它怎么样了，有没有人喂它？我从二十五岁起就没回过家……"

"我从二十一岁就在这里了！"有人夸耀道，"从那时起就没洗过澡！"

阿廖沙将手电筒举高了些。娜塔莎外套的扣子松开了，维克多看见她脖子上戴着一根用羊毛线串起来的小珍珠母贝。

"我是个政治人物，他只是作陪的，"她开玩笑地用吉他的按弦板推了阿廖沙一下，"我九一年就想来这儿的，为叶利钦而来，但父母不让，他们怕……现在长大了，变成反对叶利钦的人了……"

"再给我们唱一首吧，姑娘，"戴针织帽的老太婆恳求道，"你唱歌的时候显得特别勇敢。"

"真要再来一首么……我是在五月一号写的……"娜塔莎将吉他在膝盖上调整成一个更舒适的位置，毫不犹豫地开始拨弦：

> 在相邻银河系的大都市里，
> 奇怪的事情如今正在发生，

第二十二章

> 因为争端和谜团、谎言和妄想
> 独裁政权发出了嘶吼。

维克多看着女孩修长的手指斜斜地拨弄着吉他,总觉得在哪里见过这把吉他,但又想不起来。吉他上面覆盖着一层褪了色的贴纸,但还是明显能看出是红色和黄色的。他明白了,正是这把吉他,在一周之前有人用它在这里弹奏"古巴很遥远,古巴在近旁"。那时候,这把吉他的主人是个少年。

> 现在一年才刚开始,
> 之后一切皆有可能,
> 风雨欲来,却没有避雷针,
> 也没有逃亡的小径。

"谁的吉他?"他轻声问一位站在老挂历旁边的人,挂历上是斯大林的肖像,粘在一个纸箱上。

"萨尼·奥格涅夫的,"那个白胡子拉碴的男人说,"音信全无了。没有回头路可走。"

娜塔莎的嗓音和铿锵的吉他声交融成了一个声音的漩涡,极具迷惑性和吸引力。维克多发现自己已经感觉不到肩膀和肋骨的疼痛了,鼻子上的鼓包也像是消失了,但他忽然之间清楚地看到了必将灭亡的命运——自己的,别人的,这栋大楼的,这个唱歌的姑娘和她男友的,还有这个因为腾起的烟尘看上去像是雾中刺猬的男人。

娜塔莎像是猜透了他的想法,她顿了一会儿,再开口的时候唱腔愈发凶猛、响亮和清晰起来:

> 坦克沿着广场开进烟雾中,
> 沉重的履带预示着起义者的死亡,
> 街垒和窑洞都将复活,
> 地球会被眼泪浸透。

玻璃后面的大厅里,地板上的蜡烛时而冒出火焰,时而又减弱。

> 新的一年才刚刚开始,
> 未来还会发生什么?
> 难道那些胸前背着机关枪的恶人们
> 真的要在人民的仇恨中到来?

娜塔莎又拨了一次弦:

> 那些胸前背着机关枪的恶人们……

再次拨了一下之后,她站了起来。她斜背着吉他站在那里,眼睛眯着不停地眨巴,像是没弄明白发生了什么、谁在她身边。
"你几岁了?"维克多问。
"十九岁。"她几乎是傲慢地说,将吉他递给了阿廖沙,后者又转交给了人们:
"谁会唱?"
布里昂采夫摇了摇头。

第二十三章

他整个晚上都在听他们讲话,有时候发表一下自己的观点。娜塔莎又唱了一首,之后他也跟着其他人合唱了几首,但就是不想自己弹吉他。在黎明将至、冰冷的黑暗开始同分层的烟雾融合在一起时,他离开了那个围困之地。袭击并未发动。娜塔莎、阿廖沙和几个年轻人出发去了寒冷的白宫,选择走出地下通道,但他们建议维克多走地面。

"现在所有人都能出来,但不让进去,"娜塔莎用训诫的口吻说。"我们得把传单带出来。谢谢帮我们背包。也许还有机会再见面,到那时候我们一起庆祝胜利。"

在熄灭的火堆旁边散布着帐篷,维克多经过那些熟睡在帐篷里的人们,有人在睡梦中此起彼伏地咳嗽,就像是互相吠叫一样。

街垒附近有五十人值班,有的在打盹儿,有的在打牌。一个哥萨克人在巡逻,长着一张饱经风霜的脸,他像鸟儿一样吹口哨,手里还拿了一柄长梭般的尖刀。

"呵,逃兵!"他喊起来。

"我还会回来的……"

维克多将混凝土块、突出的钢筋、涂成黑色的机关枪模型和印着模糊单词的传单丢在了身后。

二十米外是敌人的警戒线。

年轻的警察移动着跟他大衣颜色一致的掩体,两名辅警从侧边贴过来:"有武器么?证件?"几双强有力的大手将他全身搜了个遍,发现了小刀,将它没收了:"这个禁止携带。"

他钻进了洒水车和军用卡车之间的通道。在闪烁的微光中站着士兵、防暴警察和交警,他们模糊的面孔疲惫而冷漠:各色的雨衣,安全帽,头盔,军帽,防弹背心,车辆……公园里醒来的乌鸦嘎嘎叫着,厚重、潮湿的线圈闪闪发光,上面带刺的铁丝盘旋纠缠在一起。

奇怪的是,虽然发生了这么多事,还一夜未曾合眼,他竟感到自己充满了能量,甚至是灵感。他下到"克拉斯诺普雷斯涅"站里,乘地铁到了"马雅可夫斯基"站。应该去救援站报个到,证明还活得好好的,再把工作靴给换了。

在特维尔大街的拐角处,维克多在一个老商贩旁边停住了。商贩朝过路人叫卖的声音出人意料的年轻、尖细,像是牧童对着羊群吆喝:

"新出的报纸!新出的《莫斯科共青团报》,带填字游戏的!"

递上钱,接过报纸,他快速扫了一眼——"白宫陷入困境",下面——"人民代表准备发言",再下面一些是一幅漫画,但他已经看不到了。他双耳发红,将报纸一撕两半扔在脚下,在"牧童"诧异的目光中急匆匆地走开了……

在救援站门口,他撞见了从里面出来的克列什和扎亚金。

"发泄完了?"克列什问,下流地眨了眨眼睛。

扎亚金嫌恶地别过脸。

"什么玩意儿?"

"你上哪儿去了?"克列什把嘴歪到一边,"我们整晚都在地下摸爬。德罗兹多夫一分钟都没停,他都六十三岁了,一个电工能顶所有人。"

"我会补上的,"维克多说,"我哪儿都没去,在地下待了一晚上。"

"钻到地底下去了?"克列什挤出一丝冷笑。

"土拨鼠!"扎亚金蛮横地抢白道,撅起他粉色的猪拱嘴。"你以后的绰号就叫'土拨鼠'!"

维克多把他推开,走了进去。

库瓦尔达迎面走来,他那张方脸上浮现出撒旦的表情,维克多甚至准备好和他干架了。

"他倒来了!"丽达冲上前去,靠在桌边,"我要去向阿巴耶夫汇报!还要告诉你家莲娜!让她为自己的花花公子丈夫高兴一下!"烦人的电话铃声响了,像是为她伴奏似的,但她没有接。

"肯定会扣你工资的,不用想了!"

"我会补上的,会补上的……"维克多重复道,想着千万别忘了脱下靴子。"没问题……哪怕替德罗兹多夫一天,或者两个连班,再不行就……我也是有事才走开的。"

"那我们都是无所事事的咯?"丽达叫起来。

"我不是这个意思。"

"你要是敢胡来,"库瓦尔达咽下一个大呵欠,凑近他说,"我们就跟你来黑的。"

"你要干吗,安德留哈[1]?我们可是兄弟啊!"维克多不是为自己担心,而是因为他感到害怕,他立马就发现了:这些熟悉的人在一夜之间变得多么陌生!他于是开始轻声念叨一首童谣的前奏:"离开八丈远……"唱得如此之轻,以至于库瓦尔达似乎明白了什么,闪到了一边,丽达则拿起了听筒,对着来电话的人一通叫骂。

在快挂断的时候,她又恢复了常态,埋头于记事本中:

---

1 译者注:安德留哈是安德烈的昵称。

"好的，布里昂采夫！记到你额外的工作里。什么时候可以？"

"周一可以的。只是你根本……一点都……我是说关于我的……"

"行。就是说，周一。十月四日。"

回到家中，莲娜在他下巴下面的脖子上亲了一口，刚贴上去马上就离开了，她抽了抽鼻子：

"什么味儿？"

"啊？"

"你身上是什么味儿？"

"我什么味儿？"维克多故意模仿道，"怕不是谁的香水？"

"烟味儿。从哪儿来的烟？"

"烟嘛……就是……我从地铁口出来，旁边有些人在烧火……我还帮他们烧了一会儿。学习了一下怎么正确地点火，怎么堆树枝……总共才五分钟，就沾了一身的味儿，是不是？"

莲娜不信任地皱了皱眉，但他却语无伦次地坚持辩白：

"他们烧的是垃圾和树叶，多好啊……你知道的，我就爱看烧火，一看就入神。我们也该去公园把不用的东西烧一烧。"

维克多直到夜深人静的时候才穿着从衣柜深处翻出来的破洞的绒布衬衫走进了莲娜的房间："有点凉。""暖得很。"（窗外确实很暖和。）"我怎么这么冷。"她关掉了落地灯，而他脱掉了衬衫，随后抱了抱莲娜（他抱得小心翼翼，显然很笨拙，有几次甚至发出了电影里才有的炽热的呼吸声，因为肋骨疼得厉害）。过了一会儿，他突然从床上溜下来，摸到了椅子上的衬衫，便一头套进去开始系扣子，像是自言自语地说："不行，不行……还是好冷……"他怕莲娜早上会发现自己身上的淤青。

他还在睡觉的时候，莲娜就出门上班了。

他一直睡到塔尼娅从学校回来打开了电视机才醒，电视上凯·梅

第二十三章

特夫在讲令人昏昏欲睡的"第一立场"。不知为什么,他就想像一粒优柔寡断的原子那样继续躺下去。"啊,逃兵!"他一次又一次地回想起那个欢快的哥萨克人,想起他那粗糙的面颊和被烟熏红了的眼睛。

几天的休息时间都粘成了一团。莲娜下班回来,像平常一样躺下,之后和他同时起床。

他长久地站在淋浴的喷头下面。脸上长满了红色的胡须,但他懒得刮。长长的红色鼻毛从鼻孔里刺出来。"蟑螂胡子。"维克多不悦地想,他用两根手指夹住鼻毛,将它拔了出来。他的脸因为这小小的刺痛感而扭曲了。

"不能破坏家庭。不能谋杀爱情。"他一面呆滞地重复,一面盯着水流哗哗地落进浴缸,又直接淌到妻子刚刚洗过的水槽里,溅起一片七彩的泡沫。

他知道自己为什么情绪如此低落,因为灵魂在那个地方已经撕裂了。

必须从头脑中拔除那个弹吉他的姑娘,在台阶、火堆和街垒旁边的那些人们,浅黄色的、发出进攻威胁的装甲运输车。必须……还有那顶在飞起来时砸碎了地铁站天花板灯的头盔……必须……但根本办不到。

现在,重要的是不能表现出慌张……

他走出浴室,跟妻子殷勤地攀谈了两句,随后摸了摸她湿漉漉的头顶。他把小径上的落叶扫成一堆,修了修悬钩子的盆栽,剪掉了枯枝败叶。莲娜走到他身边,跟他手挽手在附近绕了一圈。她说了些话,他表示同意,不仅没有提高嗓门,反而压低了声音。

他们直到临睡前都是手拉着手,莲娜已经发出了轻微的鼾声,而维克多则小心翼翼地张开五指。

"不能破坏家庭。不能谋杀爱情。"他躺在黑暗中,摸了摸自己没有刮干净的脸。

他是因妻子执着地摇晃他的肩膀而醒来的：

"你怎么了？不舒服么？"

"怎么了？"

"你在喊……我听不懂……"

"喊什么？"

"在喊……什么美元？"

"美元？"

"六美元……"

"睡吧，亲爱的。"

一大早，他就去了救援站。日历上显示是十月二号。

午饭一过，铺天盖地的事务便涌了来，一连串的电话接踵而至。地下洗衣房的水管漏了，他们一行人坐货车去卡尔玛尼茨基街道的斯莫连卡，下一站要去沃罗夫斯科沃大街，今年开始改叫波瓦尔斯卡亚大街了，挪威大使馆附近的地下管道爆了。

去斯莫连卡的路上堵车很严重。

"车祸，"瓦列尔卡·别洛卢斯推测道，一边叼着香烟滤嘴，咬牙切齿地骂着技术糟糕的司机。

但那并不是车祸。靠近斯摩棱斯克广场的双行道上，站着一位汗涔涔的交警，像是上了发条一般用指挥棒示意所有车辆掉头。

原先坐在汽缸上的伙计们全都倒在了车窗上。

"自己人！"维克多大叫，差点没从货车上跳下来。

他看见前方，穿过花园环形街的地方，有些令人兴奋和意外的东西——路障，烟雾，红旗。

"踩油门！"克列什激动地发出指令。

"唔，非得干一次傻事不可了。"库瓦尔达嗅了嗅他握紧的拳头，

第二十三章

瞟了一眼维克多,后者正朝瓦列尔卡探过身去:

"停下……就一分钟……停在人行道上!"

但掉过头来的货车已经鸣叫着拐进了小巷里,维克多只注意到在老阿尔巴特大街的拐角处有一家杂货店,店门口有一摊鲜艳的血迹,他甚至都来不及思考这是怎么一回事。

他们匆忙止住了漏水的管道,没有焊接,用了简易方案——在两个螺栓上用钢带制成的卡箍上方,放上了一个橡胶垫片。

"听我说,"在他们爬到地面上时,维克多发话了,同时吞下混合着酸臭气体却又浸透了阳光的空气。他感到自己像是个孩子,在朝大人讨要昂贵的玩具,又或者想获得允许不做作业而去院子里跟小伙伴玩儿,"这对我来说非常……真的!不如让我先走,你们在这里等一会儿……我只要三分钟就好……马上回来……我会工作一整天补上的!"

"一整天?"库瓦尔达用一种带着醉意的眼神盯着维克多,似乎有催眠的效果,"你会在警察局关上十五天的。"

"什么警察局啊!精神病院吧!"克列什带着一脸酸溜溜的表情补充道。

维克多绝望地将目光从一个人身上移到另一个人身上,想要逃跑,但同时也明白,这是不可能的。他盯着扎亚金那个汗毛粗大的鼻子以及马尔采夫油腻的长发……

"哎,别走啊!等一等。这可是见证历史的一刻啊!以后可以讲给儿孙们听。你们难道不觉得那时候会很有趣么?"所有人都朝货车走去,唯有他止步不前,茫然无措地望着他们的背影试图说服他们。

"我哪儿都不去。"瓦列尔卡响应道,他靠在散热器的隔栅上,对他鼻子下面那排像是粘上去的小胡子又搓又捏。

"不走了?"维克多满怀希望地问。

这一刻,瓦列尔卡在他眼中变成了墨西哥连续剧中的英雄主角,既高贵又神秘，莲娜经常会看这类片子。

"上哪儿去？往哪儿赶，赛车手们？"瓦列尔卡不慌不忙地将一根烟揉匀。"你们想比其他人多干？渴望工作？花园路关闭了……太阳这么大。不想出去瞎转悠……"

"你是干什么的？"库瓦尔达阴沉地问，"在我们这份工作之前？"

"你该不会以为我开车还没开厌吧？不是所有人都像你一样，斯达汉诺夫[1]式的工作者。"

"沃罗夫斯科沃有沸水溢出。"扎亚金握住车门把手，整个动作都在谴责其他人的拖延。

"你想想，沸水……"瓦列尔卡确实有一边抽烟一边说话的天分，"一般来说，水是冷是热，有人问你么？如果有，意思就是他们去不了[2]。冷静点……"

"啊哈，我们要放鸽子啦，"克列什恶毒地说，"这下不是被他们踩死，就是脑瓜被他们砸开。"

"我站维嘉这边，"瓦列尔卡从隔栅上挪开，"他喜欢这样做，也有这个权利。我认识他很久了，不介意等他半小时。"

"说得对，伙计们。"马尔采夫从容不迫地点点头。

"好好好，"库瓦尔达带着一种阴郁的疑惑咕哝道，"好吧，就跟着你们去胡搞吧。出了事就一起承担。"

于是，他们中的四个人顺着小巷朝花园路走去。克列什和扎亚金留在了货车旁边。

一路上，瓦列尔卡一直喋喋不休：

---

1 译者注：阿历克塞·斯达汉诺夫是苏联被载入史册的采煤工人。1935 年 8 月 31 日，斯达汉诺夫在一班工作时间内采煤 102 吨，超过普通采煤总额 13 倍。他的生涯因斯大林的赞誉而成为"工业化"不可分割的一段历史。
2 译者注：瓦列尔卡的意思是现在已经知道是沸水，说明肯定有救援队过去了。

第二十三章

"我父亲住在戈罗德诺,是个退伍老兵,以前打过游击。他打电话来,对这些事情也很疯狂……"

"疯狂?"维克多想想就觉得好笑,"跟看足球比赛一样。我说不定也是个疯狂的粉丝?"

现在斯摩棱斯克广场的布局已经有所改变。从街垒开始的一百米内,花园路上的汽车已经全部清空了,从街垒那边不停飞出砖块和沥青块。急速飞出的碎石砸在几十个防暴警察身上。看起来,他们本来想要发起的进攻被阻止了,就不得不蹲下来用盾牌护住身体。他们蹲在一条线上,罩在地上的盾牌也像是钢制的街垒。有个人跳了起来,飞快地往回跑,但马上便弹了回去,又躲在盾牌下面。

"嘿,真是好样的!"瓦列尔卡笑了。

"你干吗?"维克多没明白。

"扔得真准……他们挖了不少石头呢……"

轮胎和成堆的垃圾熊熊燃烧,透过腾起的黑烟隐约可见屋面板、原木、管道、木板、抹灰网的围栏和蓝色带篷货车。车顶上立着几个人,其中一位手中拿着一面红旗。在这一切的上方,外交部黄灰色的斯大林式塔楼高耸入云,塔身被黑烟笼罩着。

"在准备呢……"马尔采夫指了指上面,"这正是我们要的,是不是,伙计们?"

维克多看见对面的房子里有几个头戴钢盔、手持机关枪的人影。

"那是狙击手。就在那儿,沿着屋顶走呢……"库瓦尔达指着左方,"看到了没有,这种装备……"

街垒前方的空地上开进来一辆消防车,不是红色的,而是墨绿色的军用车。刚一到达,就从软管里涌出一条小溪。雪白的水柱用力喷射着,蓝色的带篷货车上马上就空无一人了。消防车退了回去。在它倒车经过时,维克多发现车窗已经碎了。

花园路两旁的人行道上挤满了围观的群众,有人在奋力嘶吼,有人在唉声叹气。维克多身边站着一群老太太,他马上认出其中几张熟悉的面孔。她们争先恐后地大声交换着对今天所发生事件的意见:

"以为还能把我们打倒,失算了吧……"

"又放了一帮屠夫出来……"

"只要集会一开始,这些人就马上扑上去……血光之灾啊!……"

"之后我们就拿起了铁器,把他们撂倒。那些铁器从哪儿搞的,你知道么,纽尔?"

"高层旁边有个铁制的舞台。"

"舞台我也看到了。干吗在那里设舞台?"

"阿尔巴特大街的诞辰日。阿尔巴特差不多五百年了。"

"瞎说,哪有五百年?"

"节日不都是想出来骗老百姓钱的么?"

"舞台就是为庆祝做准备的。毕竟有那么多奥库贾瓦[1]呢。刚开始,我们一挨棒子,就把舞台给拆了,然后将这群卑鄙的畜生赶走了……哎,我的天,赶走了……"

"我一个人都会赶他们走……他们朝我们开枪呢……"

"不过不是防暴警察,是另外一帮人。戴黑色头盔的。他们的制服都是灰色的。那些开枪的人。"

"打中谁了?"

"我不知道。反正是开枪了——我看到了。"

"旁边是建筑工地,我们爬进围墙,把东西拖出来了。"

"你看见阿尔科斯尼斯没有?头上缠了纱布,胳膊也断了。"

---

[1] 译者注:布拉特·绍沃维奇·奥库贾瓦(1924—1997),苏联和俄罗斯时期的诗人,散文家,编剧和作曲家。创作了大约两百首舞台歌曲,他的大多数诗歌都可配曲吟唱。

第二十三章

"今天防暴警察围住了一个老人,把他在盾牌之间推来推去地耍弄。"

"这算什么!加加林区委会的克劳迪娅知道么?就是总穿紫色衣服,还喜欢戴帽子的那个克劳迪娅。她昨晚心脏病发作了,就在动物园附近。"

"不过今天早上,国家安全机构工作人员在卢比扬卡集会了。是真的,都穿了制服。谁都不怕。防暴警察就在附近,牙齿咬得咯咯作响,但没人敢动他们。"

"烧得真漂亮!快看呐!像是节庆一样!"

"这不就是阿尔巴特节么?"

"明天在'十月'地铁站几点?"

"两点。"

"明天有什么事?"维克多问。

"市民大会!"几个人异口同声地回答。

突然间,从街垒那边飞来的石块停止了,一名男子出现在蓝色带篷货车的顶上,他身披浅黄色的雨衣,一只手拿着扩音器,长着大胡子和一头卷发。

"亲爱的警察市民们!你们可以走了!请安心地离开!我是议员阿克休契茨[1]!"出现了一个停顿。盾牌后面躁动起来,他们站起身,互相使了个眼色,随后迅速踩着碎步分散开来,步调并不整齐。一个孤单的警察跟在所有人后面蹒跚而行,随之而来的是更加复杂和有些戏剧性的宣言:"我们的集会是经过莫斯科市人民代表苏维埃同意的,而你们受命将它遣散是违法的。今天莫斯科公诉人提出了对莫斯科警察局负责人刑事案件的起诉。在这个街垒后面,是秉持不同思想理念

---

[1] 译者注:维克多·弗拉基米尔维奇·阿克休契茨(1949—),俄罗斯哲学家,神学家,评论员。1990—1993年期间任俄罗斯苏维埃联邦社会主义共和国人民代表。

的人们，比如，我本人——一个基督教民主党人……"

他摇晃了一下，栽倒下来，从那里传来模糊的尖叫声。

从烟雾缭绕的废墟里爬出两个人，他们像跳慢动作的舞蹈一样来回走动，手里扯着一个白色的条幅，上面用黑色大字写着："我们是俄罗斯人！上帝与我们同在！"

其中一个人的脸是黑的——可能是被烟熏的。他一边跳，一边转过身来，维克多认出来，这就是那个黑人，那个想要上吊自杀的黑人。他想要看得更清楚一些，便向前探过身去，沿着人行道走了几步，完全忘记了救援队的同事们。

"法西斯主义是行不通的！"周围一片喧嚷之声，他发现自己的行为被几位老太婆效仿了，她们三五成群、兴高采烈地冲向街垒。

库瓦尔达追上他，拉住了他的胳膊：

"好了，足够近了。"

一个手持机关枪、身着迷彩服的彪形大汉从半路跳了出来：

"上哪儿去？退后！"

老太太们像女学生一样竞相发出轻笑声，这声音伴着黑烟弥散开来。但库瓦尔达却把胳膊架在维克多脖子上，将他拉回了人行道。

在杂货店旁边，离那个樱桃色的水坑不远处，立着一个三脚架，上面是一台接着电线的电视机，电线一直延伸到一个蓝色多孔的麦克风下面，麦克风被一位可爱的姑娘拿在手里。在她跟前站着一个戴方格帽的小伙子、一个提着绳子袋的老奶奶和一位怀抱小姑娘的女子。他们都因站得时间太久而不得不将重心在两只脚间移动。维克多在身前让过了救援队的同事，巧妙地出了队伍，想要听清他们在说些什么。

"告诉您！"小伙子解释说，"莫斯科人做出了自己的选择！我们信任鲍里斯！"

第二十三章

蓝色的麦克风朝前滑动。

"不要为了五斗米折腰!"老奶奶大声哭诉起来,"强盗……一切都被他们毁了……还有那些……牛肝菌……"

"武装分子们,"那名女子激动地说,"都躲在白宫里。至少因为他们我们还能受到保护。你们看看,这都干了些什么!一切都被封锁了。整个城市都奋起反击,因为这些人救护车都无法前行。我就不明白总统还在拖延什么?我为我的女儿担心!"她将怀里的小姑娘抱得更紧了。

维克多不知道——他们究竟是安排的线人还是仅仅说出了自己的想法,但这对他来说已经不重要了。他明白了,这是在烟雾背景下的一次采访。他膝盖微屈,向前挪过去,从姑娘手中一把抢过了麦克风,直直地看着镜头,气喘吁吁地高叫着,几近疯狂,仿佛他在直播中:

"人们啊!救救祖国吧!电视在欺骗你们!奥斯坦金诺……奥斯坦金诺是个蜂巢……你们都被谎言的黄蜂蜇了!"

他猛地推开从后面逼近的小伙子,朝着摄像人员光滑如镜的秃顶挥了挥手,对着女记者做了个鬼脸,记住了她裸露的牙齿、闪亮的眼睛和乌黑头发里的发饰,随后便朝救援队的货车跑去。

他一屁股坐进车厢,坐在硬硬的气瓶上,鼻子紧贴着窗玻璃。他沉默了一路,没去听同事们在嬉笑些什么。

第二十四章

清新的湿气与发烫的烈日碰撞在一起，令整个世界显得异常宁静，没有一丝贪婪的气息。仿佛在这样的日子里，不会产生任何邪恶的思想。维克多在车站买了一瓶度数有点高的啤酒。之后可以尽情睡觉了——三天的休息日。润润喉咙，这样就能睡得更香。鸟叫声婉转悠扬，其中有一种叫声节奏感和穿透力十足，像是不疾不徐地在锯监狱铁栅栏。他穿过林荫道，小口啜饮着啤酒，不知怎么的突然想起今天在莫斯科城里要举行市民大会。"市民大会"这个词虽则短小，但很令人陶醉，就像一小块抹了蜂蜜的黑面包那样吸引人。一切都还来得及，这不是战斗的最后一天。现在一切都明朗了：人们一旦走上街头，便不那么容易散去了。

他朝家门口走去，期待着睡一个长长的好觉。

"手枪打热了？"当他把还剩了酒的瓶子放在地上、解开鞋带时，莲娜从厨房里鲁莽地发问。

"我这么纯洁的人。"他开玩笑地说，以为她不是认真的。

"给我记住，你要是喝醉了，就别进这个家门。"

"那我住哪里啊，莲？难道住到沟里去不成？"他仍旧开玩笑地反击道。

"这儿没人留你。"

在这突如其来的打击下，维克多的腿抽动了一下，酒瓶翻倒了，

第二十四章

酒洒了出来。妻子声音不大但很恶毒地咒骂他。

"你怎么了?"他站在昏暗的过道里,左脚的袜尖被黏糊糊的酒水浸透了。他看着坐在厨房桌前的她,从那里飘来令人懊恼的烧焦了的土豆味儿。

"你自己弄脏的自己擦。"

客厅门口出现了塔尼娅的背影,她漫不经心地丢下一句"早安",便一头埋进了电视机传出的音乐声中。

"聋了么?"莲娜提高了声音,"拿起抹布——把你弄脏的地方擦一擦。有那么难么?"

"你对我吼什么?"

"因为我已经厌倦了一辈子跟在你后面收拾。"

"你想说什么,莲娜?"

她将他打了个措手不及。他既没有力气大声反击,也没法打人,更不能打发她走。他孤立无援地站在那里,穿着被啤酒浸湿的袜子,想要弄清楚究竟发生了什么。

"你听好了,"他嗓音沙哑地说。"你从来不曾用这种语气跟我说话。"他将啤酒瓶扔到了洗手池下面的废纸篓里。

"你上哪儿去了?"

"工作。"

"你以为我不看电视的?认不出来你的嘴脸?全都播出了——你是怎么给汽车点火的,是怎么打警察的。你在干什么?你以为人家能让你这么胡作非为么?新闻里都播了,人民都处在极度恐慌中,只有一个倒霉的神经病在狂吼,号召大家去杀人,还瞪着两只眼睛骂人。看到这种人上电视别人只会想:'天呐,赶紧把这条疯狗给枪毙了。'令人羞耻的是——这是我丈夫。我的丈夫啊……斯维塔打电话来,很不好意思。塔尼娅现在还怎么去学校?"

"莲,不知怎么就变这样了,我在那边只能算是路过吧。"

"你对我是怎么保证的?一条腿都不迈进那里!"

"我不是故意的,真的。不信你去问我们的同事。那边巷子里有任务。我一时没忍住,就对着那个……麦克风……喊了几句真心话。但我一直在工作啊,跟你保证过……"

"保证过的?"她温柔地打断他。

"可不。"他嘟囔着,猜了半天也没识破她的诡计。

"那上一次值班你一整晚都在哪里瞎转悠来着?"

"我?"维克多吞下一口啤酒味儿的口水,他的耳朵里已经响起了女人那怒不可遏的讯问声:"啊?""莲娜,缓一缓,你轻点儿声。"维克多说。

"你以为我不知道?丽达全都告诉我了。别人还在工作的时候,你就围着别的女人转。整个救援队都知道你的丑事。要是被炒鱿鱼——你就自己养活自己,或者让你的姘头养活你。"

"我的?谁?"阳光在他眼前跳跃,维克多这才反应过来,他一直在眨眼睛。

"你问我?自己心里清楚得很。"

"等等,别喊。塔尼娅在家……"

"现在想起塔尼娅了。就让她听一听,免得到时候被吓到。"

"莲娜,我全都解释给你听,就现在。是,我撒了点……小谎……莲娜,但我没跟什么……女人……就只是去了白宫。仅此而已。明白吗?我也不想,但实在没办法……"

"你向我发过誓的。"

"我错了。还是去了。你不相信?要不要我把细节讲给你听?在街垒那边……"

"哦,是这样么?"她讥讽地拖长了声音,"只是去了白宫?"

第二十四章

"可不。"

"你把我当傻子糊弄？还是觉得我真什么都不知道？那个恶心的白宫你根本进不去，车进不去，人也进不去。全部包围起来了，跟鼠疫隔离一样。"

"我是从地下爬到……"

"够了！"她用手掌在还未收拾的桌面上猛拍了一下，"你撒谎时不恶心么？"

"你！你是人还是毒蛇？"他冲上了楼梯。

他用取出的钥匙划了半天，尝试到第三次，终于打开了保险柜，拿出一瓶未开封的"皇家"。旋开铁盖子，以一种将死之人的冲动和果断灌下了整整一大口，像塞炮弹入膛一般。他想吐，但因为没含在嘴里（可靠的法子）而直接将酒精吞进了喉咙，还是呛到了。他一屁股坐在地上，大气直喘。

他扶着保险柜的边缘站了起来——保险柜几乎整个被碎锯末、铁钉和杂志埋没了——下楼来到厨房里，将红色的酒瓶夹在腋下。他凑近妻子，后者正在喝剩下的咖啡——她甚至连动都没动一下，仿佛根本没发现他。他不停地移动重心，大脚趾从被指甲戳破的湿袜子里探出头来。他将酒瓶垛在桌上，发出一声巨响：

"不来一点？"

"来啊！"

他拿了一个小酒杯，满上之后推给了妻子。她将酒倒进了咖啡里。他又从水龙头底下接了一小杯水，掺了一半的酒。两人没碰杯都干了。他从黑面包边上揪了一大块，蘸了盐，大嚼起来。

"不许我喝酒？我非要醉给你看。"

"给我从这儿滚出去……"

"啊哈，瞧你说的！我想知道怎么让我滚出去？"

"我能找到人帮忙。"她不怀好意地瞟了他一眼,眼神很闲定。他不知为什么突然一阵心悸:

"找谁?"

"多得是,"她抖动着扬起的弯眉,"那些自告奋勇的人……"

维克多怒不可遏,他张开五指,从桌子的另一边凑近那张无比熟悉的脸,那张下眼睑上长了一颗小小黑痣的脸。他仿佛想要将这张脸像面具一样揉皱、撕碎。

莲娜避开了,跳到了窗户边,而他突然叹了一口气,垂下了手臂。

塔尼娅往厨房探了个头:

"你们给我买的电脑在哪儿呢?"

"问他,"莲娜迅速从厨房进了过道,然后下了台阶朝花园跑去。

维克多像是大梦初醒一般,跟在她后面跑了出去,他听见身后的喘息声,是女儿追了过来。

妻子站在羊圈旁边,抚摸着坑坑洼洼的墙壁。他朝前走了几步才发现,脚上只剩一只袜子了。

"大家都在玩电脑,就我没有,"塔尼娅站在门口抱怨,"你们不是领过工资了么,到底给不给我买?"

"我们的阿霞没了……再也没有阿霞了,阿霞被宰了……忘了阿霞吧!"莲娜伴随着手上抚摸的节奏口中念念有词。

"你怎么了,喝醉了?"维克多吓到了。突然,他觉察到脚上的并不是袜子,而是粘上的几片叶子,他的脚趾瞬间僵硬了,像是插入了泥土里。

"怎么被宰了?谁宰了它?"他听见塔尼娅突然激动起来的声音里有哭腔,便没有回头看她,"不过我确实很久没去取奶了。"

"就是你爸爸不想让它和我们待在一起!"莲娜说。

"是我把它宰了么?我难道不可怜它么?莲娜,冷静点行吗。"

第二十四章

"因为你才给出去的。你谁都不可怜。哎哟,你怎么有空管山羊?等我们大家都被砍死的时候,你还要成就一番丰功伟业呢。"

"丰功伟业!"维克多朝她走去,小心翼翼地迈着步子,"对,我是要成就丰功伟业!"

"你怎么掉到这个匪帮里去了?他们到处招募刽子手,从那些最热的地方,阿布哈兹、卡拉巴赫,还有哪里我忘了。"

"这都是电视上的谎言。那些地方的人都正常得很。要是叶利钦真的留下来,那时候我们才会变成美国的殖民地。"

"叶利钦是人民选出来的,他身边都是年轻有为的人。你不会还在怀念斯大林时代吧?"

"又开始了?"维克多踩掉粘在脚上的树叶,一只脚踏进了烂泥里,他连忙拔出来,甩掉了上面凉凉的脏东西,"是他们非要在莫斯科中心设阵营!"

"瓦莉娅和我说的:所有红头发的家伙脑子都长反了!"

"也包括塔尼娅?"

"别逼我!"妻子眉头紧蹙,面部扭曲,仿佛她的脸是橡胶做的,已经完全错位了。她沿着对角线跑开了,经过台阶冲进了家门。

"爸爸,你的袜子!"

"没事,塔纽什卡。给我拿双新的来。没事。"他也起身回了屋。他走进浴室,"没事……"他把脚洗了洗,发现镜子里的那张脸上已是胡子拉碴。他光脚走进厨房,看见高脚椅上已经有一双厚厚的羊毛袜在等着他。穿上袜子,他倒了一杯水,掺了些酒,坐下来,带着老爷的派头朝着窗外的太阳扬起下巴:"塔季娅娜!"

他等了一会儿,打算再喊一声。女儿悄声无息地走了进来,她那一头生机蓬勃、油光泛亮的红发编成了一条辫子。

"爸?"

"坐下,我们坐一会儿。"

维克多凑近杯子,揪了一小块黑面包,又掰下一瓣紫色的洋葱:"多棒的一天……你说,我们不住在莫斯科是不是很好?走到大门口,才发现自己的平庸。跟一只小蟑螂没二样。"

"爸,给你来块土豆?"

"来吧……知道么,要听那些平庸的人说话——任何人都是哲学家。任何人!"他坚定地挥着手掌,"谁最了解生活,你知道吗?是那些小混混、流浪汉……"

"流浪汉?"塔尼娅嘿嘿笑了起来。

"有什么好笑的。第欧根尼[1]也曾经是流浪汉。听说过他么?"

"读到过。"

"多读书,你正是读书的年纪。"

他在一分钟内津津有味地吞掉了土豆,神秘地笑了笑。

"掺了这么多水,"他伸出杯子,"啊哈,还是冷的。"

"嗯,那我走了?"

"我想说的是,"他又加了些水,晃了晃杯子,"坐着别动……谈话还没结束呢。为你干杯!还记得么,你问过一个关于意义的问题。很早以前的事,我们在挤奶,你说:'如果我们都要死,那为什么活呢?'既然你问了,就说明这个问题让你烦心了,或者曾经烦心过。我难道没被这个问题烦心过么?从小就有过!这个问题触动我的时候,我假装什么都没发生。那时候,我跟你稍微解释了一下,比如,任何人都不能没有梦想。你可能会问我:'那你的梦想是什么,父亲?'现在问啊……哎,你倒是问啊!"

---

1 译者注:第欧根尼(约公元前412—前324),"锡诺帕的第欧根尼",古希腊哲学家,出身于银行家庭,却自愿放弃舒适的生活,强调禁欲主义的自我满足,是犬儒派的代表人物。

第二十四章

塔尼娅在他询问的目光下一语不发，她把坐着的凳子挪到了桌角，像是不舒服似的。

"别坐在桌角，这样会嫁不出去的！听好了，我问自己：'你的梦想是什么，维克多·米哈伊洛维奇？'注意，回答如下：'我只有一个愿望，那就是我自己，我的女儿，所有的亲人和所有的生命，包括最微小的生物都获得永生。我希望所有死亡的生命都能复活。'这就是我最卑微的梦想……"

"爸，地球上如果所有的生命都复活，会住不下的。"

"这是梦想！"他因为她的不理解而苦恼，以至于脸都扭曲了。他的眼睛灼灼发光，就像在蓝色激流中飞旋的鱼钩，"我一直都想证明自己。梦想着，梦想着，但总是错失机会。所以……我不只是热爱政治。这些天，我的梦想更近了。谁走上了大街？是那些普通人。他们闻到了不朽的气味。"

"他们不是为叶利钦才这样做的么……那些普通人？"

"不是，这里面有点费解。他们自己把自己给骗了。糊涂啊！他们不明白乐趣在哪儿。还用说么！万一普通群众推翻了政府，继而推翻了国家呢？他们怕了。叶利钦拥有一切——防暴警察，军队，金钱，奥斯坦金诺电视塔。我们有什么？石头……如果我们赢了，那就是奇迹。我得出了一个结论，哪里有奇迹，那里必然可怕。不久前，我才读到这么一句话：'生命的奇迹……生命是个奇迹……'对了，就是在一份报纸上，有尼库林的采访和小丑图的！我把报纸翻了个面儿，想着奇迹是奇迹，但是个可怕的奇迹。纸啦，报纸啦，书籍啦，电车啦，飞机啦……是奇迹不？是奇迹。时间的奇迹，人们想出了秒、分，日历……要知道，我们的身体，明白么，在这个身体里心脏将血液泵到全身，它跳不了很久的。我是说心脏，记住这个表述——我们会在地下腐烂。可怕吧？时间是这具肉身想象出来的，而肉身似乎就是人类世界。奇迹？你看看，死了多少人，生命何其短暂，又何等脆弱，你看了就会明白：根本没有什么生命。没有生命，有的只是那该死的心跳。"

"你干吗说脏话？"莲娜迅速走进了厨房。

"我说'该死的'。"维克多平静地摆了摆手。"我正和塔尼娅探寻生命的意义……它在哪儿？应该就像在填字游戏里一样，生命的意义是水平方向上的七个字母。然后你就猜吧。可能还会有几个提示的字母。顺便一提，是水平还是竖直的，啊，莲？生命的意义……在哪儿能找到？"

他伸出一条腿，用羊毛袜尖去碰她的腿。

"去刮胡子。你看上去一点精神都没有。"

"说我没精神。我健康得很，跟勇士一样。"

"棉花勇士！"她戏谑地说。

"什么？"

"他们都叫你棉花勇士，"她满不在乎地解释道，脸上仍旧挂着湿润的笑容，"虽然高大，但没什么力气，棉花做的。所以就这么叫你啊，棉花勇士。不是维嘉，而是棉花[1]。"

他喘息着一跃而起，眼睛被一片鲜红的浮影遮蔽了，那浮影就像是从红旗里长出来的一样。他冲进过道里，试图穿上运动鞋，但羊毛袜子妨碍了他。

"爸爸，这不是真的！没人这么说你！"从厨房深处传来一个遥远的声音。

他拽下羊毛袜，正光脚穿鞋的时候，像是突然想起了什么，冲到

---

1 译者注："维克多·布里昂采夫"（Виктор брянцев）与"棉花勇士"（Ватный богатырь）是俄语里发音相近的两个双音节单词，两个单词中的两个辅音首字母相同，只有元音字母不同。

楼上，披上短外套，在保险柜里摸索了一阵，掏出了一根带木柄的铜管，把它藏进上衣的深口袋里，然后又塞进了一盒火柴。他下楼跑了出去。

"爸爸，妈妈是开玩笑的！"在他转过房子拐角的时候，塔尼娅追上了他。

他猛地转过身，仿佛满怀着希望。她从下往上钻到他怀里，顶住他那张长满红色胡须的、汗涔涔的大脸，喉头哽咽着结结巴巴地说：

"你们根本不爱我！你们对我一无所知！你们只管忙你们自己的事！你们答应给我买的电脑……"她把后半截话咽了下去，因为突然看见他的额头异常发白，眼皮几乎变成了黑色。

和他卷发齐平的窗户吱呀一声打开了，莲娜在很近的地方伸出双臂，用一种嘶哑的、近乎痛苦的戏谑语调问：

"巴滨！你要去打仗？"

"为什么是'巴滨'，妈？"

"这是他的真名！"

"一辈子都对我呼来喝去！"维克多对着窗户做了一个表示惊讶的手势。

"是你拖累了我一辈子！"

"不喜欢——你就别忍着！"

"我为什么要嫁给你？"莲娜沮丧地推开鸟形喂水器，"你就是个苏联人……苏联人！我真是一点都不明白。可你就非要做个苏联人……你折磨我多少年了，你这该死的白痴！你因为嫉妒攻击我多少次！要是能把青春还给我就好了。我肯定会让你滚远一些……"

"现在就可以让我滚啊。"维克多严厉地说。

"让你滚？你以为我不知道拉伊卡的事？"

"谁？"

"小卖铺的拉伊卡,那个肥婊子,你跟她……"

他开始谩骂了,根本不听她说话,盲目地在空中乱抓,一边挥舞双臂,一边咆哮:

"不许在女儿面前胡说!"

"让她了解了解真相,你不是个说真话的人么。"

"谁跟你嚼了她的舌头?"

"你以为,我是傻瓜,只有你一个人是英雄?我也是……"

"你什么意思?"他盯着从窗户里探出半个身子的妻子,"什么也是?"他的手在上衣口袋里无意识地摸到了打火机。

"你想听什么?你可以,我就不行……"

"恶心至极。"他一字一顿地说,感到一股子绝望在血液里弥散开来,随后凶猛精准地捉住了口袋里的火枪。

莲娜模糊的脸孔在房子的深处一闪而过,急速向后退去。

"爸爸,你去哪儿?"塔尼娅叫起来。

他沿着混凝土小路往前走,不久前他们才清理干净的,现在又已经铺满了树叶。

第二十五章

维克多在电车上打瞌睡,一个谄媚的声音将他惊醒了:

"肉,肉!便宜卖了!肉!品质好,自家产!"

叫卖的男人个子不高,提着一个购物袋,他从里面掏出一个红色的包裹拿到维克多眼皮底下:

"这里有一公斤包装的……我很少出来卖的。价比市场价低一半。自家产的,新鲜!"

维克多摇了摇头,小个子男人便开始去做其他乘客的工作了。

到了莫斯科,他看到一些无家可归的流浪汉像往常那样靠在火车站的墙壁上,其中一个他似乎很眼熟,留着一嘴灰色蓬乱的胡子。那人站着,仿佛陷入了永恒之中,他习惯性地佝偻着背,这样的姿势加上长长的、毛都掉光了的皮袄,令他看上去像一只瘦弱的小熊。沥青马路上散落了一地药瓶。维克多走上前去,平静地呼吸了一口恶臭。

"最近怎么样?"

那个人立刻从茫然中回过神来,咧开嘴笑了一下,原本握成一个皱巴巴的黑色勺状的手掌摆了摆:"兄弟,帮帮忙!三天没吃饭了。腿烂了,必须要锯掉。"

维克多仔细观察了一下,想起来,或许这就是那年夏天他起先认为已经死了,而后又起死回生跟在他和莲娜后面爬的那个人。他撒了一把硬币,那人用手掌贪婪地接住了。

"那我呢？兄弟……父亲……朋友……给我……"其他人在一旁嘟囔着。

"你们从哪儿来？"维克多想显得自然一些，却感到更加不自在了，仿佛他是个对着士兵颐指气使的指挥官。

"我是克拉斯诺亚尔斯克人，刑满释放，回到家里，老婆已经有了别人。我就再也没回去过。那边那个还是教授呢，"他指了指一个坐在旁边昏睡不醒的白胡子老头，"从家里被赶出来了。还给下了药。本来是个怪人，现在变成傻子了。"

"我可是有房子的人！"另外一个枯瘦干瘪得像妖怪一样的人口齿不清地吹嘘道，"我家里有老婆，又有饭吃，还有床睡，也有洗澡间，可我就是想在外面浪！……这样过我最喜欢了。哎，嘿嘿！"

"快说说……"一个拄着拐杖的怪物干巴巴地打断了他。

从旁边不知怎么的钻出一个无家可归的女子，圆圆的脸蛋，两颊绯红，嬉皮笑脸甜腻腻地说：

"给我点钱，我就告诉你一个秘密……"

"你要告诉我什么？"维克多问，突然发现她长着硬硬的黄色小胡子。

他将一张小面额的钞票按照要求塞进她那红通通的、像是被烧伤了的手中。空气都凝固了，只能闻到伏特加的气味。随后便听见一声"咕噜"——这声音越来越清晰，越来越顽强，所有的声响都被这饱满的碎裂声挤走了。一种甜蜜的呼噜声绵绵不绝地流溢出来，以至于有那么几个瞬间，维克多感到火车站消失了，他又和那只早已不见踪迹的小猫恰恰面对面站在了一起。"咕噜——咕噜——咕噜——咕噜"，小猫打着呼噜。对话结束了。

"现在上帝还能容忍我……马上天就要冷了，"那个穿着毛皮的人说，"得找地方过冬……"

第二十五章

"好多人去年冬天都冻死了,"无家可归的女子眯着眼看了看黄色的太阳,"还有警察。千万别给警察逮住。会被往死里打的……"

"年轻人更倒霉,"一个长了半张茄子脸的男人嘿嘿笑着说,"他们不会留活口的。"

"这就是民主党领导下的生活,"维克多说,"一切都会不一样的,只要……爱国者们……"

就在此时,有人打了一个响亮的嗝,所有人都向下看去,坐着的白胡子老人抬起浑浊的眼睛,缓慢地宣称:

"爱国者全没用,民主党派也一样……"

说着又打了一个嗝,因用力过大,后脑壳撞在了墙上。

维克多在精神上遥祝了他永垂不朽,随后便起身去了"十月"站。他还在自言自语地跟莲娜争吵:"你把我整个人都凿了孔,跟奶酪一样。"他坐在空荡荡的地铁里指责她,"跟奶酪一样。"她对他不忠的暗示令他大为震惊,以至于他根本不想回想这一幕;与此同时,他又抑制不住地猜测,她到底是怎么知道拉伊卡的。是谁嚼了舌根?维克多已经忘记跟拉伊卡的风流韵事了,也不知道她后来如何。不,是他的错,这是肯定的。如果莲娜什么都没发现,或是发现了但仍旧对他温柔可亲,那他现在八成正闻着西葫芦煎饼的味儿打瞌睡呢,心中庆幸再也不用见拉伊卡了。调度员还打小报告,说他值班期间出去过。他还指望救援队能罩着点……要知道,他可是登记要加班的。主要就是莲娜这次对他太不客气了。

快到"十月"站时,车厢里逐渐变得拥挤起来,他乘着站满了人的自动扶梯来到了地面上。他们的谈话、面孔、姿态令他确信,这些人是同他一起的,一些人手里还拿了卷起的旗帜跟标语牌。维克多走出来,看了看售票处上方的时钟:两点差五分。在他离开地铁站时,列宁纪念碑附近的广场上人声鼎沸。

473

绕过人群,他又撞上了盾牌,盾牌后面可以看见一列长长的货车队伍,一直排到石桥那里。各种声音在喧哗,从盾牌上反弹回来,形成了一种钢铁的回声:

"为克里姆林宫担心!"

"好日子到头了!人会越来越多的,你瞧着吧!"

"孩子,你要是俄罗斯人,就把棍子递给我!"

"被嘲笑了整整两周!"

"就是……克里姆林宫里狂欢了两周了。"

"大家早上起就横在这儿了。我是十点到的。起先是防暴警察干预,对我们推推搡搡的……我们一站起来,他们就逐个包围……从不一起驱赶,阴险!"

"我们去伊里伊奇广场吧。到'镰刀铁锤'工厂去。"

沿着蜿蜒曲折的盾牌,一名手持木笛的男子在向前浮游,木笛发出尖锐易碎的颤音,十分可笑。他在上衣外面套了一件红色大氅,红色的尖顶帽上绣了"金色的日月"。

在克里米亚大桥的桥头,盾牌的屏障同样闪闪发光。维克多往那边走了一点,便看见一位黑衣男子,头戴"黑色法冠"(一个填字游戏里的词),长长的木质十字架从头顶伸出来。他在镜面般反光的盾牌之间走来走去,维克多明白了,这是神职人员。有人往他手里塞了一张纸片。

"亲爱的娜坚卡[1]!"纸上用打印机打出来的文字清晰可见,"您丈夫——苏维埃议院的钳工——瓦连京·康斯坦丁诺维奇·克里莫夫的死讯令我深感遗憾,震惊之情难以言表。很难想象他是在去上班的路上遭遇不测的,眼下既无战事,也无征兵。对您的悲痛我深表同

---

1 译者注:娜佳的爱称。

第二十五章

情。我向您保证,法律的公正裁决必定会将杀害您丈夫的人定罪。代理俄罗斯总统卢茨科伊"。下面聚集了一团黑色的签名,仿佛是描画出来的积雨云。

列宁大街上挤满了人,从扩音器里传来宣讲声。

维克多开始往前挤,想要弄清楚是谁在讲话。周围的一切看起来更像是战前准备了,有人在手指上套了铜质的自来水龙头,还有人拿了一截带有熟悉的针状气孔的水管。最后,他终于来到了队伍的核心地段,有位穿皮夹克的小伙子正架起双臂护住两个人。维克多认出来那是两名议员。乌拉日采夫[1]手中是一个塑料的扩音器盒子,康斯坦丁诺夫[2]则拿了一个放大喊声的喇叭。那个发出喊叫的人满面通红,异常欢快,仿佛刚从桑拿房里出来,顶着一头黄灰色的蓬松头发。手拿喇叭的人则眉头紧锁,络腮胡子,头却是秃的。

"独裁不会结束!"乌拉日采夫带着哭腔激动地说,"朋友们,还要再坚持一下!我们不如去加加林广场那边,离是非之地远一些……或者麻雀山……"

康斯坦丁诺夫带着一种阴郁的庄重神情点了好几次头。

"胆小鬼!"一个栗色波浪卷发的女子气愤地说,"引开群众!跟该死的自由民主党派一样!"有人对她咳嗽了几声,于是她便开始自我辩护起来,"不是这样么?他们是从哪里被选出来的?从'俄罗斯民主党'!"

"所有人都到大学去!朝着知识,前进!"乌拉日采夫幸福地高喊。

---

[1] 译者注:维塔利·格奥尔吉耶维奇·乌拉日采夫(1944—),政治活动家,评论家。曾当选为俄罗斯联邦人民代表(1990—1993)。在叶利钦总统和议会的冲突事件中,他起初站在总统一边,然而在1993年4月25日全民公决之后转向了反对派一边。
[2] 译者注:即在《序幕》中所提及的伊利亚·康斯坦丁诺夫·弗拉基斯拉沃维奇。

人群沿着大街流动起来。

维克多信步向前,同时细细品味着阔别已久的景物:莫斯科大学主楼顶上闪耀的塔尖,边上带有一座白色小教堂的观景台,在下面舒展开来的蓝色梦幻莫斯科,灌木丛里腐烂树叶散发出的波尔图酒气味。

他朝一片吵吵嚷嚷的人群回过头去,看见一个戴着飞行皮帽的人,正张开双手拦住队伍:

"嗨!往车库去!快掉头!有人正在打我们的人!"

人群一阵骚动:他们互相推搡着,试图朝前挪动,但领导者站了出来。不一会儿,领导们开始掉头往回走了,所有人也都掉转头去。维克多也跟着转过头,但他压根不明白发生了什么,看样子也没人明白。他们已经开始返回"十月"站了,扩音器就在他后脑勺处,干扰的声音直接进入他的大脑,乌拉日采夫兴高采烈,笨拙地唱了起来:

我们骄傲的"瓦良格人"[1]宁死不屈!
没有任何人需要怜悯!

被混乱的歌声包裹起来的队伍总在一个副歌上卡住,不断回到第一句"起来吧,同志们",随后突然转向了左边。维克多几乎小跑着才跟上,在他们即将踏上大桥时,他居高临下地看到他们的队伍正被一个盾牌武装的小分队压制,而在他们身后隔了几排的地方,银质的盾牌在太阳下闪着刺眼的光芒。

有那么一瞬间,维克多被一种孩童的本能攫住了。他几乎是不假

---

[1] 译者注:瓦良格人(意为商人)是东斯拉夫人对斯堪的纳维亚半岛的日耳曼部落——诺曼人的称呼,芬兰人则称他们为罗斯人(意为北方人)。瓦良格人以海上掠夺和贸易为职业。

第二十五章

思索地感受到，这些盾牌不过是箔片，没有用处，微不足道，它们可以被撕开，像糖果一样被吃掉。于是，他没有望向前方，而是朝上看去，一直看进了甜蜜的天蓝色里，然后扯开喉咙，对着耀眼的阳光唱起来。他有意拖长了音调，唱得激动而又大声，以便其他人都听到，能跟着他一起唱：

> 周围子弹嗖嗖，炮声隆隆！
> 大炮在轰鸣，子弹发出嘶嘶声！
> 我们是无惧而骄傲的"瓦良格人"
> 变得像那漆黑一片的地狱！

圣安德鲁旗帜如同温柔的蓝白色波浪一样拂过他涨红的脸颊。

他们的队伍一出现，带盾牌的小分队马上撤退，并形成了另一种防御屏障。

"让人民去议会！"康斯坦丁诺夫气急败坏地叫道，几乎与此同时，一记打在他脸上的警棍回应了他的话。直到现在，维克多才明白，为什么他被带到了这里。

"会放行的，等着吧。"有人说。

一时间议论纷纷：

"那边是什么人，知道么？"

"穿绿色制服的。内务部队。"

"从这儿确实过不去。"

"我们加把劲儿！"

"就算突破了包围，到前面也会被拦截。"

"我们的俄罗斯精神呢？要知道，苏沃洛夫当年翻越阿尔卑斯山的时候[1]……"

"阿姨,你不会是在写历史小说吧?他们可是开着窗口有铁丝网的装甲车。"

"没事,我们会在战场中抢到武器的。"

"骗到陷阱里!就是为了打破你的头!"一名男子挥舞着关节粗大的双手,他的嘴边裂开了一道皱纹。

"到那边还有多久?请告诉我!"戴了一副夹鼻眼镜的老妇人尖着嗓子问。

"走去大概一个小时!"一位看起来很彪悍的女人搭腔道,从她的头巾里戳出一小撮染红了的头发。

"我连这儿都走不了,还上哪儿参加战斗啊?"老妇人环顾四周,像是死里逃生的幸存者。

"莫斯科人和首都的客人们都想看到他们投票选出的人!乌拉!"乌拉日采夫兴致勃勃地高喊,仿佛在主持婚礼。

"他们会遭报应的。"一名男子断言,从他的胸口到脖子处有一条龙的纹身,它正张开大嘴,喷出蓝色的火焰。

"我们期盼出现奇迹!"维克多大声自语道,"只要对奇迹抱有期望,就……"

"防暴警察现在就要从后面打人了!"龙纹身的男子打断了他的话,望向后方。

维克多回头一看就笑了:"不会打人的!"身后,庞大的人群在一片五颜六色的标语和旗帜的海洋里晃动,挤满了从列宁纪念碑到大桥通道的每一寸空间。

---

1 译者注:指1799年的一次军事行动,俄国与奥地利联合军队在元帅亚历山大·瓦西里维奇·苏沃洛夫的指挥下翻越了阿尔卑斯山脉,顺利出征瑞典,为日后抗击法军打下了良好基础。

第二十五章

　　他感到身体已经开始不完全属于自己了,而成了将他紧紧攫住的自然力的一部分。

　　士兵们也被这阵势吓到了,他们蹲下来,从头到脚都用盾牌护着。第二排的人将盾牌堆在上面,刚好连着第三排人举起的盾牌,从而形成了一面坚不可摧的铁壁:这让维克多想到电影《亚历山大·涅夫斯基》里的那些铁甲骑士。但他眼前的这些人也像是从电影里出来的,注定会失败,会垮掉,或许会重重地跌入河里。远方的河面波光粼粼。似乎是为了证实这一感觉,一个大眼睛的女子弯曲着她长长的手臂,大声恳求道:"主啊,让我们脱离囚禁吧!"他认出来这就是电影《高加索女俘虏》的主演瓦丽。

　　维克多踮起脚,想要弄清楚桥上是什么情况,却只能看见愈发宽广的河面。扩音器再次嘎嘎作响:"乌拉!"周围一片喊叫声:"冲啊!"人们互相推搡着,仿佛一股巨浪,差点将他挤扁。他看见一个快活的大高个儿用木板将盾牌撞出了豁口,一位戴着褐色便帽的老头儿弹了回来,便帽下边涌出鲜血。随后一场混战开始了,经过绞肉机式的轰鸣洗礼之后,他发现自己位于桥上,光脚躺在一个全副武装的小伙子身上,后者仰着一张年轻的脸庞,他身上也压了个人,在不停扭动。

　　他被拉了起来,很容易就在一堆其他人的鞋子里找到了自己的运动鞋。一个士兵被拖到护栏边上,那里,剩下的人们穿着绿色军大衣,或坐或立,手无寸铁,面色苍白,有几个还在无声地抽泣。桥的另一头坐着几个受伤的示威者。游行仍在继续,桥梁被淹没了……

　　一个坐在沥青路面上的士兵垂下了头,他长着一头黏糊糊的红发,女演员用手帕体贴地为他擦着头:

　　"再忍耐一下,孩子!会结束的……"

　　"我们给了他们漂亮的一击!"义愤填膺的男人打断了她,不断地吐痰又擦掉。

"不准打手无寸铁的人！不准动他们！"从另外一堆密集的人群中传出响亮的训诫声。

前方，像是得了命令一般，一队闪光的盾牌跌入河中。

"现在我们就乘胜追击！"一位衣衫褴褛的女子说。戴着防护头盔、身形巨大的乡下人麻木而悲哀地望着她，眼睛一眨不眨，像是一头公牛望着女主人。

"把他们的东西都抢来！作为我们的储备！"扩音器里传来嘶吼声，"接下来还不知会怎么样呢！"

"接下来会怎么样？"一个眼睛下面有淤青的男人问道，他朝一位高个子士兵挥舞着木棒，后者吓得蹲了下去。"接下来就等着瞧吧，愚蠢的家伙！"

"他们也没错！"一个女人的声音哀鸣起来，"他们也是奉命行事！"

"要是他们开始射击，您还会同情他们么？"一位身材丰满、上了年纪的亚洲人从旁边走过，抛下了这句话。

从那一刻起，生活开始以另一种速度旋转了。

维克多跑着去追队伍。他的头眩晕起来。桥上的人河在垂直方向流动，水平方向上闪耀着莫斯科河，还有那位将十字架扛在肩膀上、朝着队伍飞快走来的神甫。

他从桥上下来，朝花园路跑去。一路上烟雾弥漫，枪声隆隆，他从上面看到祖博夫斯基广场上钢质的盾牌以及它们后面那些移动的卡车。一名男孩骑着脚踏车迎面驶来，他使劲儿地踩踏板，疯狂地尖叫："快点！跟上！跟上！"

在旧粮仓旁边，人群围住了几辆公交车，这些车辆显然隶属于防暴警察部队或者内务部队。人们用缴获的警棍敲击车窗，车窗随即碎裂成玻璃碴。

第二十五章

"他们在用毒气！烟雾弹！"一名男子一边咳嗽，一边用嘶哑的嗓音叫喊，他用毛茸茸的围巾捂住了鼻子。

挂了"进步"招牌的商店旁边在修路，戴着橙色安全帽的工人们呆若木鸡地站在油亮的柏油马路上。离开他们一段距离，一辆车窗里红旗飘扬的货车撞翻路障冲了出来，维克多知道自己赶上了，于是一面读着红底白字印的"俄罗斯共产主义工人党"，一面拍着手一路小跑着奔过去。

前面又有人斗殴了。传来一阵七嘴八舌的议论声，许多人在喊"瓦良格人"，混杂着乒乒乓乓的打斗声。

维克多忽然想到，他知道应该喊出来，是那一个词，他知道那个词，但一时忘记了。他无意识地笑了一下，深吸了一口甜蜜的汽油味，似乎无所畏惧。他闪避到了人行道上，突然感到一阵强烈的恶心，差点没吐出来——"皇家"牌伏特加和烤土豆的味道。

塔尼娅和费佳在树林里散步。

是费佳打电话约她的，塔尼娅刚拿起听筒时，还没搞清楚是谁打来的，因为这是他第一次给她打电话。她同意出去走走。五分钟以后，他已经站在窗户底下了，穿了一件童装夹克，虽然很瘦，但夹克还是紧紧裹在身上。他没来由地摇晃着那颗亚麻色的脑袋，平日里都是乱蓬蓬的，现在却分了中缝。

"还打扮了一番嘛，"她取笑道，"正式得很。"

"这可是好料子的。真的斜纹布，"费佳拽了拽夹克的翻领，"父亲给的礼物。"

塔尼娅完全无所谓他要说什么，要去哪儿散步，她只想分散一下注意力，因为爸爸那声摔门的巨响给了她惊吓。

他的离去在她心里埋下了不安的种子：他上哪儿去了？妈妈在屋

子里失魂落魄地走来走去,然后就把自己锁在了房间里。所以出去走走对塔尼娅来说也是一种放松。"只不过离开家一小会儿,"她试图安慰自己,"费佳的父亲都永远离开这个世界了。"

他们走过被阳光照亮的林间空地,脚下满是圆圆的松树果实和长长的杉树果实。费佳不时将它们踢开,塔尼娅剥下树枝的外皮,咀嚼着松针——又酸又涩。不知为什么,她总想要从里面吮吸出汁液来。

费佳告诉她,英语老师让他去读一本史无前例的巨著,是关于鬼魂和预言梦的,出自一位古代执事季亚琴科之手。一名男子入住旅店,做了一个梦,梦见店主和女主人拿着匕首沿着黑色的阶梯往上爬。男子惊醒了,赶紧给左轮手枪上好了子弹,就在此时他们走了进来。一名女子在半夜醒来,吩咐将她的新生儿带进来,女仆争辩了一会儿,还是屈服了,随后就在他放摇篮的那个地方,天花板塌了下来。

很快,费佳的头发又变成乱糟糟的了,而他还在说一个什么从印度来的人发了疯,想象自己是一条蛇,于是在地上爬着走,只吃青蛙,住在沼泽地里,就这样嘶嘶地爬了很多年。

"是吗?"塔尼娅怀抱一种警惕的感激瞥了他一眼。

"好吃么?"

"啊?"

"针叶很好吃,是不是?"

她有些难为情地吐掉绿色的糊状物,费佳挽住她的手,他的手指又干又热。

"塔尼娅……"

"你要干吗?"

"你真好看。"

"你要干什么?"她又问了一遍,没有将手抽出来。

第二十五章

他的脸色苍白，连珠炮似的说：

"我可以吻你么？"

她静静地看着他，带着一种冷淡而不明就里的神情。他则直直地盯着她，一下子将嘴唇贴了过去……一股令人窒息的"香柏木"科隆香水味儿扑了过来。

一阵恶心涌上喉咙，像是坐了速度过快的电梯。塔尼娅迅速抽出手臂，一巴掌打在他的颧骨上，一边抽搐，一边扶住一棵生机勃勃的松树。她吐了。

"怎么了？塔尼娅！"

"别碰我，矮矬子！"她呛得直咳嗽，又吐了。

"我不是矮矬子！"

她呼哧呼哧地喘气，感到又一股新的黏稠物涌上了喉头。

"塔尼娅，你不舒服么？"

"没看见么？你让我作呕！"她发出歇斯底里的叫声，眯起含泪的眼睛，没有看他，而是望着挂了恶心唾液的树枝。

她听见他走开了，愤愤地将松果踩得吱吱作响。

……维克多用袖口擦拭了一下嘴角，振奋精神喊道："乌拉。"

他又开始朝前跑，看到很多士兵和防暴警察七零八落地奔逃，警棍和盾牌都不见了。周围那些愤怒的人流漩涡将那些来不及逃走的士兵一团一团地围住。人们扒在军用卡车上，打破窗户，钻了进去。一辆军用卡车沿着花园路冲出来，车踏板上挂了一个人，那人滑了一下，滚到了另一辆紧跟在后面的卡车下面。

第三辆插了红旗的卡车在被碾死的人旁边刹住了，有人从车上跳下来，弯下腰，看上去像是在摸被碾者的脉搏，随后从驾驶舱里取来红旗，盖在了尸体上。那些跳下车的人把尸体抬到了人行道上。

一切都在几秒钟内闪过。

两个身穿皮夹克、浑身透湿的小伙子分别抬着一个木头长椅的两端,大步跳跃着行进,长椅已经坏了,看上去是从军用卡车上搬下来的。

"你们惊醒了黑熊!"跟维克多并肩小跑的一位健美老人叹气道。他的秃顶上长有老年斑,一张一合的嘴唇上结了红色的硬痂。他抱着一根圆木,像是从树林里弄来的。

他们停了下来。在他们面前是四面封锁的斯摩棱斯克广场,挤满了数不清的安全帽,身后是绿色的军用卡车和红色的消防车。撤退的人们涌入到这支掩护部队里,队伍在不断壮大。黄褐色的外交部大楼现在看起来充满邪恶,仿佛一座坚不可摧的中世纪古堡。

"勇士。"维克多读出了商店的招牌,这个词在他心中引起了一阵病态的回音。

两名戴着头盔的枪手从盾牌后面走出来,向上倒空了弹夹。一个身穿敞怀墨绿羽绒服的男人径直朝他们走去,手中握着一叠厚厚的报纸。一名戴着灰色帽子的警察跳出来拦截他,大幅摆动着穿了沉重军靴的脚。男人躲开了,抖了抖递出去的报纸,像是在兜售。

维克多环顾四周,屏住了呼吸,整个花园路上都挤满了人,似乎没有尽头。很多人要不就弯着腰用警棍奋力击打,要不就蹲在地上。他明白过来,他们正在习惯性地挖开柏油马路。

一股甜得刺鼻的气味从盾牌的一侧飘出来,周围的人开始咳嗽,将毛衣领子拉到脸上,用帽子和手帕捂住鼻子。维克多擦掉大滴的眼泪,他已经不恶心了,但喉咙里痒痒的,里面像是有沙子。

"去战斗!"一个人对着扩音器喊,声音有些嘶哑。这是一位他不认识的男人,生了一张南方人的长脸。

"为了俄罗斯母亲!"头上有老年斑的老头挥舞着手中的原木,像

第二十五章

弹药一样掷了出去。

维克多意外地想起了那个滚进记忆深处黑暗缝隙里的词。他从上衣口袋里掏出点火器跟火柴盒,擦着一根火柴,一字一顿地喊道:"革——命!"

自制火枪在一片尖叫声中发射了,仿佛是对消防泵喷出的坚硬水流的一种回应,炫目的白色冰束冲出来,势如破竹,就好像雪崩一般。

顶上插有新红旗的卡车驶向盾牌。人们紧随其后猛冲过去,卡车不知为何停住了,或许是司机动了恻隐之心,不想再轧死人了。红旗被水流击落了,下一刻,几乎来不及细想,他便已经明白了,革命来了,革命就在这里,革——命;于是,他游过人声鼎沸的海洋,浑身透湿地浮上表面,又钻进了盾牌之中,闯入了防暴警察的阵地,自制火枪的木头手柄准确地砸在头盔下面的人脸上。

警察开始用警棍揍他,他用一种近似于野兽的声音嚎叫起来,随后施暴者又遭到了人们的攻击。

斯摩棱斯克广场上现在展开了一场真正的肉搏战。双方混战在一起,像古代的战士一样杀红了眼。在前线上闪过黑黄白三色旗,不断敲打在头盔上,可以听到女人的尖叫声、男人的骂娘声和歇斯底里的喊声"为了祖国"……

盾牌退了回去,发出嘎吱嘎吱的响声,仿佛冰块已经破裂并且顺流而下。

消防车被占领了,软管掉过头来喷向敌人……车里的人都已经四散逃跑了,只有一个人爬到了帆布的车身顶上,擦了擦血淋淋的鼻涕,困兽似的盯着这一切。

防暴警察、士兵和巡警变成了一群乌合之众。人群吼叫着驱赶他们,像驱赶牲口一般,踢着飞起的头盔和军帽。

维克多根本意识不到自己在喊什么,不知从哪儿拿到一根替代了点火器的橡胶警棍,冲向隧道上方的左侧。那里已经没有了任何的警戒线,他又一次哈哈大笑了起来,因为成百上千穿着绿色和灰色制服的敌人匆匆逃离了他们本来就不大的疯狂队伍,他们原来所在的加里宁大街已经空了,与此同时,数以万计的人们还没来得及从花园路拐过来……

子弹呼啸着从他耳边飞过,活像五月的飞虫。

吱呀呀,轰隆隆,呼嗖嗖……

"机关枪!"

"自动步枪!"

"趴下!"

人群从拐弯处涌上街道,冲了上去。

维克多微微弓起身子,退后一些,冒着枪林弹雨跟一个头发梳得油光发亮的小伙子并肩向前冲去。市政大厅的窗户在阳光下像鳞片一样闪闪发亮,断断续续传出几声巨大的闷响。

"抽水泵,"小伙子一边喘气,一边咬着牙说,"这是抽水泵在跳……"

周围踩踏的脚更多了。

"像开香槟酒一样,"穿短皮夹克、头戴迷彩鸭舌帽的男人抬了抬笨重的眼镜,神经质地笑笑说。

"就你还喝过香槟酒……"一个身材魁梧、胡子灰白的人生气地说。

"哎,乡巴佬……"穿短皮夹克的那个酸酸地说,"你怎么不在村子里待着?"

"作家们,别吵了!反正要一块儿去另一个世界!"小伙子抓抓自己的头发,扔下这么一句话。

第二十五章

"作家们?"维克多有些疑惑。

"这是瓦西里·别洛夫[1],"小伙子挥手一指,"而这位是——利莫诺夫[2]。"

他们从市政大厅的斜坡上跳了下来,那里有一队穿着蓝色防弹衣的防暴警察向大街作扇形扫射。

"法西斯!"小伙子一面朝前跑,一面攥紧拳头。穿着灰色家居裤的女人尖叫起来,像被蜇了似的,抱住一只穿运动鞋的脚,用另一条腿跳着走。身着墨绿色羽绒服的男人摔了个四仰八叉,一堆报纸盖在了他身上。维克多在他身上绊倒了,与此同时,枪击声停止了,取而代之的是电机来势汹汹的轰鸣声。

维克多单膝跪地,从他的肩膀上方瞥了一眼:七辆大功率的"乌拉尔"沿着加里宁大街行驶,占据了所有的车道。车顶上飘扬着五面红旗、一面安德烈耶夫旗和一面黑黄白三色旗,人们从后面蜂拥而至。

"走开!离开这里!快走!"前面传来喊声。穿绿衣服的人形从白宫向市政大厅跑去,有人跟在他后面喊,"过街老鼠!"

眼下,第一辆货车已经开始撞击橙色的洒水车,将它挤到一边,往前推着走,还压扁了带刺的铁丝网。第二辆紧随第一辆的轨迹,然后是第三辆……一分钟之后,形成了一条通道,维克多和其他人一起冲了过去,他们像醉汉一样互相推搡着,拽住对方的手臂,翻过车顶,大声叫喊:

"胜利!"

---

[1] 译者注:瓦西里·伊万诺维奇·别洛夫(1932—2012),俄罗斯作家、诗人、编剧,"乡村散文"的主要代表人物之一,苏联作家协会成员。
[2] 译者注:爱德华·维尼阿明诺维奇·利莫诺夫(1943—2020),俄罗斯作家、诗人、评论家、政治家,原俄罗斯被禁的布尔什维克民族党代表。

"啊——啊——啊！"

维克多跳到广场上，看到一辆鹅黄色的装甲车从桥上驶过，防暴警察和士兵们交织在了一起，橡皮泥一般蜷缩在市政大厅斜坡的上下。绿色的装甲车不断地向天空发射响弹，似乎赶走这些暴动的民众势在必得。天空变得愈加澄澈蔚蓝，也许是因为在天幕里白宫高耸入云，而人们急急忙忙地从所有可见的窗户里挥动着双臂。

"自由了！"维克多用双手在嘴边做出一个喇叭的形状，高声喊道，"你们自由了！"

他注意到在所有参与巷战的大胡子中，有位行色匆匆、一瘸一拐的伞兵副手奥恰洛夫[1]，生着一张红色的圆脸。就在此时，五月甲虫般的子弹又嗡嗡响起来。

所有人都趴了下去，躺在地上，翻滚到货车、洒水车、花岗岩的短柱和护栏后面躲藏起来。

"乌克兰！乌克兰那边有狙击手，混蛋！"躺在旁边的少年用一种女孩子的声调大骂。他黄色的眼珠贪婪地望向远处的什么东西，维克多一时没反应过来，"乌克兰"其实是桥那边的一座大饭店。

一支戴了头盔的小分队在市政大厅门口兵分两路，从左右两边分别开火，并一路小跑着向白宫逼近。在他们后面，装甲车牵引着炮筒谨慎地爬行。正门旁边一扇长长的玻璃窗一下子崩塌了。作为回应，从白宫的窗户里也传来了扫射声，紧接着几个穿黑衬衫的人冲上了台阶，从腹部那里毫无章法地放起枪来。维克多可以看见他们的袖章——红底上面印着白色的标志。

防暴警察停了下来，开始往回跑，在装甲车的掩护下消失在市政

---

[1] 译者注：弗拉基斯拉夫·阿列谢维奇·奥恰洛夫（1945—2011），苏联军事首领，政治和社会活动家。在1993年的政治危机中，他经最高委员会批准担任俄罗斯联邦国防部长。

第二十五章

大厅里。

狙击的枪声也停止了,像是到了抽支烟的时间。人群缓慢地、不安地蠕动,像是被踩踏的草地。人们丢下几具一动不动的尸体,互相推搡着涌进了不受带刺铁丝网侵扰的隧道里,然后从白宫旁边跑了过去,试图飞速通过危险的区域。

一堵灰蓝色的迷彩墙正沿着科纽什科夫大街行进。

"索夫林人[1]!"一名戴着铁制消防头盔的知情示威者喊道。

一名端正的军人走在队伍的前排,他的肩带上有三颗星,留着海象般的灰胡子,一边迈步一边冲着无线电大吼:

"去……去他妈的狙击手!我已经损失两个士兵了!"

奥恰洛夫一瘸一拐地飞速向他走去,宽阔的脸膛涨得通红。

"去……去他妈的狙击手!"军人像之前一样对着对讲机咆哮,没有看奥恰洛夫,而是将目光投向天空,一排鸟儿斜斜飞过,"回复!我,瓦西里耶夫上校,往白宫方向去了!回复!"

他们拥抱在一起,互相拍打对方的背部。

……维克多站在阳台下面,警棍已经丢了。但哪怕没有警棍,他也感到自己是个必胜无疑的战士。

示威者们称兄道弟,带着嘟囔声、感叹词和欣悦感。维克多将不认识的人揽入怀中,不认识的人们也拥抱了他。篝火上方,巷战者被举起来高高抛起。一名护士正在入口处轻柔地为几个受了枪伤的男人抹上药膏,有人受伤的头部已经被包扎起来了。他在人群中看见了娜

---

[1] 译者注:这是第 21 届独立特战旅战士的自我称谓。他们曾令头号恐怖分子沙米尔·巴萨耶夫闻风丧胆。他起先下令禁止俘虏特种部队的战士,之后又为取他们的首级悬赏一大笔奖金。但他最终还是被索夫林人铲除了。这支特战旅的战士在后苏联时期的广阔战场上也立下了战功,同俄罗斯境内的恐怖分子们作斗争。

塔莎，一眼就认出了她背在肩上的吉他；女孩同阿廖沙亲吻起来，他们被挡住了，随后维克多就再没找着他们。

在这之后，所有人都开始上下蹦跶。跳起来的时候他们举起双手，像是在投降，或是马上就要飞起来了。就连那个挂着黑色拐杖的老人也哐当哐当地跳起来了。而拉手风琴的老头儿则正打算向上跳。

"去克里姆林宫！"一个人喊道。

"去市政大厅！"其他人喊道。

"去奥斯坦金诺！"维克多叫了起来。他深情地注视着阳台中央，在孱弱的扬声器上方，满头大汗的卢茨科伊悬立着，他身着灰色西服，胡子蓬乱，头发结成了一个球。警卫也穿着灰色的西服，从两侧用皮质的手提文书箱——显然是特制的——斜斜地将他遮住。

"年轻人，骁勇善战的男人们！"卢茨科伊的声音在低吠，"就在这里，在左边，列队，形成队伍！必须今天一举拿下市政大厅和奥斯坦金诺！"

最后一个词淹没在众人响亮的"乌拉"声里。

"还我奥斯坦金诺！"维克多一跃而起，牙齿碰在一起，舌头被咬破了，一股血腥味在他嘴里弥散开来。

卢茨科伊换成了哈斯布拉托夫，他的皮肤紧绷而泛黄，颤抖的手指钳住扩音器，像是被词语呛着了，厉声尖叫道：

"我呼吁我们最勇敢的战士们把军队和坦克带到这儿来！一举攻下克里姆林宫，赶走篡位者！上一任！叶利钦！叶利钦如今应该被关进'水兵的寂静'[1]！他手下所有的匪帮都该被囚禁到地下室里！"

1　译者注：俄罗斯联邦执行处罚管理局下第一号刑讯监狱的简称，坐落在"水兵的寂静"大街上。

第二十五章

最后一个吐出的词带有山民的口音,立刻淹没在群众的欢呼声中。

维克多被冲到了大楼边上,卢茨科伊在那边,嘴角叼着一支掉灰的香烟,两只有力的大手在空中挥舞着,将人们推到一起,排出整齐的队列,随后又朝前挤去。

"亚历山大·弗拉基米尔维奇,"一位年迈的将军凝视着他的小胡子,朝这边走来,他看上去像一株枯萎的干玫瑰,"事情不妙……没有武器……所有的装甲车都朝花园路开过去了……"

"你去组队,回头向我汇报!"卢茨科伊瞪大疯狂的、布满血丝的眼睛。

"亚历山大·弗拉……"

"快去组队,该死的!梁赞人来了!"

卢茨科伊用余光瞥见了维克多,于是晃了晃他的肩膀,在一瞬间用审视的目光扫过他的脸颊。烟灰掉落下来,在他湿漉漉的外套上粘成了一个灰色的签名:

"你来当指挥官!"

"我?我不会……"

"在军队服过役?"

维克多点点头。

"这就够了!"

维克多组织起一支步伐参差不齐的部队,推挤已经开始了。示威者陆续沿加里宁大街抵达,他们中的一大部分拥堵在市政大厅入口处,被夹在这栋黑灰色摩天大楼的两扇门之间,一些人在朝高高的窗户投掷石头,石块伴着节日的呼啸声散落下来。

由几位冲锋枪手陪同、从维克多身边掠过的马卡绍夫将军穿着一件橄榄绿的上衣,背着双肩包,头上歪戴一顶蓝色贝雷帽,尖嘴下边的小胡子根根竖起：

"把官员们赶到……大街上！"

"好极了！"退休人士冲他大喊，向上举起双手。

军用卡车悄悄驶近了门边，低吼着冲了进去，随后开到一边停住，为接下来的撞击挪开地方。机关枪的哒哒声传来，维克多从入口处两边落地窗碎裂后露出的门洞里看见了士兵。

"刽子手！"一个女人的尖叫声传来。

第二辆卡车来势汹汹地出现了，它加速猛撞大门，接着在愈发频繁的机关枪声中掉过头去，车身一下子砸在门边上。车轮下蔓延着汽油形成的彩虹池。

一分钟之后，维克多已经随着人流不受控制地涌入了门洞，站在了宽敞的大厅里。而这里马上变得拥挤起来，玻璃碎片在嘎吱作响，周遭一片高呼："不要抽烟！"黑色的枪管不时在这里或那里闪现。

他挣扎着走到了外面。

满头大汗的士兵和警察在一片指指点点和高呼"耻辱"的群情激愤中艰难跋涉。走在最后的是一名穿着条纹袜的男子，他踩在铺了一地的玻璃碎渣上，衬衫的领带已经歪到了一边的肩膀上。有人扇了他一巴掌，他没敢还手，于是又挨了好几下。"卢日科夫[1]的副手。"旁边的人解释道。人群的包围圈合拢了。响起一声清晰的枪响。

一名大个子举着一把手枪冲进人群："住手！"说着又朝空中放了一枪。

这是康斯坦丁诺夫议员，长着大胡子，发际线很高。人们勉强让开了一条路。

---

[1] 译者注：尤里·米哈伊洛维奇·卢日科夫（1936—2019），苏联和俄罗斯时期的政治活动家，曾当选为莫斯科第二任市长，任期为1992—2010年。

第二十五章

从他们身边慢吞吞地走过一位弯腰驼背的男人,像是裹在红色的油漆里一样。

随后,维克多听见市政大厅的斜坡上传来马卡绍夫将军的声音。白色的扩音器里传出断断续续的叫喊:

"我们占领了这个该死的市政大厅!现在我们的土地上再也不会有什么市长、贵族、先生、小人了[1]!"

"乌拉!"响起了一阵长久的欢呼声,很快,人们没有相互商量,又全部开始高喊下一个目标:

"奥斯坦金诺!"

维克多脑中一片空白,他感到某种无忧无虑的轻盈,某种傻里傻气的荒诞。

他忽然记起了歌里面那些喊出自己心目中英雄的孩子们:

"布——拉——提——诺![2]"

"去奥斯坦金诺!"他改口道,有些紧张地喊。"去奥斯坦金诺!"

然而,他总是将"叛乱"说成"沃斯坦金诺"[3],还脱口而出,显得幼稚而孩子气。

戴着铁制头盔的消防员迅速而精准地拉动绳子,将白蓝红三色旗从高高的灰色钢旗杆上降了下来。他一把扯下旗帜,揉成一团,猛地一下扔了出去,就像扔掉不要的床单一样。

三色的布团飞过人们的头顶,落在人群后面。一面红旗仿佛一团火焰,正顺着绳子向上攀升。

---

1 译者注:俄语"贵族、先生、小人"发音与"市长"相似,只有首字母不同。
2 译者注:布拉提诺(burattino),意大利语,虚构的童话角色,是阿·托尔斯泰《金钥匙,或布拉提诺历险记》(1936)和卡尔洛·柯罗齐《匹诺曹》的共同主人公。
3 译者注:"叛乱"在俄语中发音为"沃斯塔尼亚",与"沃斯坦金诺"相似,主人公很可能是"奥斯坦金诺"这个地名叫顺口了,一时很难发相近的单词。

马卡绍夫旁边出现了一名穿绿色军服的年轻人,他一只手挥舞着,像敲钟人一样摇晃着手中的一大串钥匙。

维克多步履蹒跚地走到了白宫后面——这里不仅人多,而且气氛欢快,华丽的篝火噼啪作响,等待着烧烤的节日,四下里一片低声絮语:

"奥斯坦金诺……奥斯坦金诺……"

"五辆军用卡车都开去那儿了!"

"新的游行队伍正从十月大街过来,二十万人,直接发动进攻。"

"那防暴警察呢?"

"什么防暴警察?城市是我们的了!"

"我们拿下了'和平'饭店……那里是他们的大本营。"

"捷尔任斯基的人已经倒向我们这边了。"

"不是捷尔任斯基的人,是索夫林人!"

"我知道索夫林人,也有捷尔任斯基的人……"

"图拉的空降兵已经在路上了,马上就会占领克里姆林宫……"

"你们听说了么,科济列夫[1]被逮捕了?就在外交部大楼里!"

"快看,快看!"

他抬起头来。渐渐的,窗户里的灯光一层接一层地亮起来,小心翼翼地越攀越高。整栋大楼都是窗户构成的,每一扇先前在大太阳底下昏暗不清的窗户都被注入了电灯的柠檬黄色。

"灯亮起来了,说明是完胜!"维克多用某种不属于自己的、绷紧声带的嗓音说。

被占领的汽车一辆接一辆地驶入广场,有军队的无线电车、大篷

---

[1] 译者注:安德烈·弗拉基米尔维奇·科济列夫(1951—),叶利钦政府俄罗斯外交部部长,第一届和第二届俄罗斯国家杜马代表。

第二十五章

车、公交车、"嘎斯"牌警车。

房子从顶上到下面整个儿烧着了。"看吧,莲卡,我们赢了……你……你现在还能说什么?"他想着,眨了眨眼睛,浑身上下微微一震。

他推开人群,朝小山丘走去。坐在地上,他用双手捂住了脸颊。牙齿不住地打战,手脚也抖个不停。他偷偷朝指缝里看了一眼,随后捂得更严实了。

他把指甲插进了额头上方的卷发里,试图把自己弄得更痛一些,按压得更用力一些,这样才能保持清醒。

"不舒服?"一个友好的声音传来。

维克多朝侧边看了看,没有将手从脸上放下来。

一个戴圆眼镜的男人正朝他说话,他脸颊上的肉松弛了,长了一个鹰钩鼻。

"差不多,"维克多设法透过不断打战的牙齿缝隙急急地说。

"要死了么?"那人随口问道。

"快死了。"维克多虚弱地表示同意。

"受伤了?"

"没啊!"

"那是怎么了?"

"现在心脏好像要停跳了,眼前黑得吓人。"他用舞蹈的牙齿快速咀嚼出了这句干巴巴的话。

"这是你的恐惧症犯了。"

"恐惧症?"

"对。别害怕。会好的。"

"你怎么知道?"他满怀希望地转过脸,张开了手指,发现在圆圆的镜片后面是一对炯炯有神的淡褐色眼睛。

"我是医生，"那人轻快地解释道，"天一落雪，诸事顺遂。"[1]

"雪？"

"你情绪很低落，所以才会恐惧。子弹吓到你了？"

维克多毫不犹豫地脱口而出：

"家里一团糟。"

"家里？"

"老婆。"

"她怎么了？"

"吵架了。"

"都这样。我也结过三次婚了。"

"我只结过一次。"

"她怎么惹你了？"

"为……为……做爱……"

"你需要分散分散注意力。多休息，出去走走。再爱上个什么人……"

"爱上谁？"维克多打着寒颤结结巴巴地问。

"这得你自己找。"

"说得倒轻巧：自己找。"维克多将手指从脸上挪开，紧紧攥在一起，嘎吱嘎吱地捏动着关节。

"感觉好点了？"

"你怎——怎么知道？"

"看出来的。放松了。"

"才没有。"

---

[1] 译者注：这可能是医生临时编的谚语，基于俄罗斯民族对雪的深厚情感，相信落雪会带来好运和安宁。

第二十五章

"得了吧，我能看出来你好些了！你主要是别害怕，也别去危险的地方。今年秋天好多人都得了这病。"

"弄了半天，我是个精神病人？"

"我们都是精神病人。"

医生的眼镜像探照灯一样，闪烁着讽刺的光芒。

之后，维克多浑浑噩噩地从白宫走到市政大厅又折返回来。他还是时不时地轻微颤抖。没有一个警察，也没有一名士兵。人流在迟迟不愿落幕的金色天光里退散开去了。洒水车被赶到一边，在桥的那头聚集成橘黄色的一堆。长长的队伍沿着河堤一直排到了白宫门口，在最上面一层台阶上站着毛发浓密的年轻议员沙什维阿什维利[1]，他正在发放纪念品——双刃带刺刀片。九月集会上曾经出现过的那位毛发稀疏、看起来像农民工的男子将带有天线的晶体管收音机凑在耳边，呼吁所有人都去尼科尔斯基大街，占领"莫斯科回声"[2]，就像电台里播报的，那边的警卫已经偷偷溜走了。

哥萨克中尉莫罗佐夫站在低一些的台阶上，眉头紧锁、若有所思地甩着鞭子。他旁边是一位淡金色头发的女孩，比塔尼娅要小一些，她正用一种庄严的声调开导女人们：

"我从市政大厅得到了许多礼物！……足足一整袋！糖果！坚果！百事可乐！还有各种各样的发夹！"她骄傲地指了指自己蓬松的金色头发，那里面有几只铁制的蜻蜓在闪闪发光，"我换了连裤袜！我之前的那条连裤袜都烂了……这些天……"

"你在这儿多久了？"维克多问。

---

1 译者注：伊凡·阿尔齐洛维奇·沙什维阿什维利（1951—），苏联和俄罗斯政治家，社会活动家。
2 译者注："莫斯科回声"是俄罗斯的一个24小时播报信息和谈话节目的电台，总部位于莫斯科的尼科尔斯基大街。

"很久了！封锁之前就在了。我跟妈妈一块儿过来的，她在集会上把我给弄丢了。"小女孩像个演说家一样果断地说，"我住在帐篷里，每天都下雨，我身上总是湿透的。所以连裤袜才烂了。但我学会了用布把腿缠起来。在封锁时期这都很正常。食堂给我们三明治吃。还有那个什么……烤饼……又烫又好吃。所有人都感冒了，我一个喷嚏都没打。"

"情况怎么样呀？"议员走下台阶，来到哥萨克军官旁边，前者的手中握着刀片的一段，手上尽是新割的伤痕。

"去了哈斯[1]那儿……"哥萨克人眯缝着眼睛，目不转睛地盯着河面。

"他说什么？"

"能说什么……坐在那儿抽烟。桌子上摆着个模型，一辆小卡车。他一手滚动小卡车，嘴里还唱歌，'哈斯布拉特真勇敢，你的小茅屋空荡荡……'"

"是的，是的。"小女孩笑了，像是在附和。

"哎，哎，很抱歉……"维克多尽可能礼貌地说，"哪里还送这些东西？"

"哪种东西？"议员怀疑地瞟了他一眼。

"就是这种……"维克多指了指刀片，"我要带回去，给老婆和女儿。告诉她们我们是怎么得胜的！"

"回什么家？"议员出人意料地用一种冷冰冰的目光上下打量了他一会儿，"去奥斯坦金诺！"

"去奥斯坦金诺？"维克多喃喃自语道，像是在表明决心，"肯定会去的！我早就说过：'还我奥斯坦金诺！'电视——就是力量……"

---

[1] 译者注：指哈斯布拉托夫。

第二十五章

一名穿着防暴装备的小伙子走过来，不知从哪儿拖出几箱子巴达耶夫啤酒和几条"麦格纳"香烟，开始一点一点堆放在台阶上。

"来一点儿？"一个稳重如山、脸膛红润的人递过来一瓶酒，他像是从壮士歌里走出来的英雄。

维克多吞下一口苦涩的液体。当他吹掉上唇的泡沫时，恰好看见一群人，约莫有五十个，几乎全是青少年，在"波尔托斯"[1]五颜六色、富有异国情调的旗帜下从桥上跑下来，为首的那个手里举着上了子弹的冲锋枪。"去特维尔大街。夺取电报局！"有人响亮地宣布。

"把酒收起来！我要控诉！不准让我们的队伍蒙羞！"一名窄脸男子出现了，他戴着一个过肩的防毒面罩。

维克多又吞了一口酒，随后朝加里宁大街方向走去。

军用卡车咆哮着全速朝那边驶去，人们从人行道上冲它们又是叫喊，又是挥手，并且开始充满自信地热烈争论：它们要开到哪儿去？是去卢比扬卡、国防部、塔斯社，还是去"克拉斯诺普雷斯涅"站的区内务局取武器，扫空武器商店，抑或是向塔曼师[2]求助……

维克多目送了军用卡车的远去，在他看来，车完全是直奔夕阳西下的地方而去的。

1　译者注："波尔托斯"是一个协会名称的首字母简写，全称为"诗化发展公共幸福理论协会"。
2　译者注：即塔曼摩步师，为俄罗斯陆军中一支久负盛名的部队，其主要作战目标是保卫首都莫斯科，并与其他部队组成20近卫集团军。

第二十六章

莲娜开电视开得正是时候。主持人熟悉的面孔变得陌生起来——茫然失措,面如土色,黑眼圈很重,眼镜似乎陷入了眼眶里。

"尊敬的观众朋友们,"他艰难地分离开两片干枯的嘴唇,"由于电视中心受到武装袭击,"他贪婪地舔了舔嘴角,"我们被迫中断播报。"

屏幕上显现出一片彩色的条纹。

莲娜不断调换频道——除了俄罗斯广播电视台,其他台都没了,仅剩的那一个台里主持人满脸红斑,难以辨认,啊哈,原来是没化妆。金发主持人激动地圆睁着清澈的双眼,一字一顿地播报着,偶尔停下来无声地哽咽:

"攻击者使用了机枪、火箭筒和重型设备。必须提醒大家,今天白天,一群武装分子以妇女和儿童为掩护,袭击警察队伍并闯入了先前最高苏维埃的大楼。到下午三点为止,至少有十名警察被杀,且有多名警察被当作人质劫持。据来自克里姆林宫的消息,总统已宣布莫斯科进入紧急状态并实行戒严。就在此时,狂暴的人群已经开始发动对奥斯坦金诺电视中心的猛攻。提醒大家,我们是在备用工作室里播报的。"

"混蛋!他们在搞什么!"莲娜抬头望向阴暗的天花板,仿佛在向二楼丈夫的空房间寻求答案,"这难道正常么?"她转向女儿,后者正坐在桌前,生平头一次不知为什么想要完成填字游戏,"你来看看,

第二十六章

莫斯科出大事了……塔尼娅!"

"啊?"

"睁大眼睛看看……"

"妈妈,爸爸在里面,对不?"塔尼娅做梦似的问道,眼睛仍旧盯着报纸。

"天呐,他不会真跑去了吧?"莲娜调大了电视的音量,小声补上一句,"疯狗……"

……在市政大厅的转角处,维克多发现了一辆敞篷卡车,上面坐满了手持缴获来的警棍的男人们,有几个还戴着头盔、扛着盾牌。

"去哪儿?"他望了望驾驶室的玻璃。

"拿下奥斯坦金诺!"那人在黑色马蹄状小胡子下面的嘴角弯成一道弧线,他伸出两根手指,紧张地比出了一个颤抖的"V"字。

卡车发动了,坐在车厢里的人全部弹了起来,随后车绝尘而去。

周围的人们全都上了那辆窗玻璃都碎了的红色公交车。维克多让一位个头不高、黑色短发的女子走到前面,也跟着上了车。女子找到一个靠里面的位置,先是很仔细地检查了一下上面有没有玻璃碎片,然后坐了下来。他跟在后面挤了过去,站在一旁。她穿了一条及膝的短裙,刘海儿搭在前额。

公交车坐满了,开始不停地鸣喇叭,随后在一片喧闹声中发动了:

"必胜!"

"今天是叶赛宁的生日!"

"青天白日下总还是有神明的!"

"这真是千载难逢的日子!"

"跟子孙后代可有的说了!"

"顺便一说——这盾牌能挡住子弹么?"

"挡不住。"

"两块盾牌呢?要是我用两块挡呢?"

"想都不用想,这还用说么……"

"我来自阿拉木图,好歹能和家人打个招呼吧!"

"我家近一些,在卡卢加。巷战时别人给我取了绰号——鳇[1]。"

"一夺取电台我们就召集军队……"

"军队不会听叶利钦的了。军人们都发誓:不会再为他卖命了。"

"一得知真相,成千上万的人们马上就会涌上大街去……"

"俄罗斯人就是小孩子,电视上说什么,他们就信什么。"

"怎么,你不是俄罗斯人?"

"我是啊,但我已经觉悟了!"

"必须要做一期节目——《人民的一天》!不是一个小时,是一整天!明白吗?来吧,谁愿意,站出来!"

"我一边看电视,一边想:'民主党人,啊,民主党人!好歹让人说句话啊!'"

"我不看,忍不住,会想让他们闭嘴的。"

"现在必须要重新收买了。"

走到花园路上时,谈话被歌声取代了。先是大声唱苏联国歌,虽然有人反对,称自己是君主专制的拥护者,但很快就唱了起来:"连绵不绝的草原……"[2]

维克多没有跟着唱,他向那位带刘海儿的女人俯得更低了一些,她也没有唱,于是他嗅着从她身上飘来的巧克力味香水,不由得碰了碰她的肩膀:

---

[1] 译者注:在俄语中,"鳇"的发音和拼写与地名"卡卢加"相同。
[2] 译者注:一首家喻户晓的俄罗斯民歌,由 И. З. 苏里科夫根据驿站车夫唱的民歌改编成诗,题为《在草原》(1865),后又被作曲家 С. П. 萨多夫斯基谱曲,在民间广为传唱。

"这么坐坐车挺好的,吹着小风……"

她毫不惊讶地望着他。她肤色黝黑,长长的脖子,嘴唇涂成了粉色,鼻子大大的像只小靴子。

"为了我们才封锁的。政府的公路。"她梦幻般地笑了,"人民的政府!"

她又笑了一下,他从这笑声中听出了某种熟悉的东西,就像无线电呼叫,或是可以重建她姓名的密码。

"'议会'电台!"维克多兴奋地说,似乎找到了一个好主意。"您……您是塔季亚娜·伊万诺娃?"

"不是,"她摇了摇头,"我叫奥列霞。"

"我是维嘉。奥列霞,您也是突围出来的么?"

"我么?"

"从'十月'站?"

"我住在动物园附近,从窗户里全都能看见,所以马上就出门过来了。今天是休息天。我真恨不得现在去上班。我最开始就来了,那时候封锁还没开始。"

"为了信念,对不?"

她抬起明亮的琥珀色眼睛困惑不解地看着他。

"您一定是为了某种信念来的,是不是?"维克多耐着性子解释道。

"啊……我是因为好奇心!想亲眼看一看!毕竟是历史……这么多人都来了,当然,都是很好的人……也不是谁都可以……"

"您的声音真耳熟。"维克多咂了咂嘴,"您真的没在哪家电台工作过?"

"怎么说?我在加油站工作,常对着麦克风告诉谁要加多少升油,就把声音给练出来了,跟电台里似的。"

"她有点儿像莲卡,"维克多想,"是眼睛么?"

歌声停止了，公交车慢了下来，不再鸣笛。所有人都挤作一团，贴在车窗上。窗外蓝色的烟雾里，装甲车在缓慢爬行，车上紧紧地挤满了身着黑底灰色斑点迷彩服的人们——头上黑色网状面罩一直遮到鼻孔，顶上是半圆形的安全帽，持有自动步枪和手枪。装甲车总共有八辆。公交车里安静了下来，装甲车上也没有声音。

"为了谁，伙计们？"有人抑扬顿挫地喊道。

又是一阵集体的沉默。

维克多身旁的一位高个子骂了句脏话，将上半身探出窗外，绝望地挥舞着红色的布片。

装甲车上的战士们挥挥手以示赞同。

"我们的人！"喊声在车厢里回荡。

"我们的人！"人们高喊着，都将身子探到外面，挥舞着手臂和旗帜。

一辆装甲车驶离队伍，几乎是贴着地面朝左边驶去。

"在保卫我们，"一位老者用鼓舞人心的声音说。

维克多游弋到另一边，从窗孔里看见装甲车上的一名战士调整了一下枪口，向他竖起中指做了一个"滚开"的手势。

空气里突然变了颜色，又黄又绿的，温度也降了下来；太阳还很大，却已接近黄昏了。

"怎么，不是我们的人么？"奥列霞问，她在座位上露出了嘲讽的微笑。

他沉默了，不知该怎么回答。装甲车队继续前行，留下一排苦涩的尾气。公交车里又响起了歌声，这回唱的是《白鹤》。

维克多开始思考，万一被拍进电视，他该怎么跟莲娜解释，"我会对我的妻子说，莲娜，你不信任我……"不，或者最好吓吓她，"莲诺奇卡，看到了吧，你现在知道全部的真相了。电视里跟我说的一样,你还跟我胡闹。"不行。不能在全国人民面前这么说。那要怎么说?必须得排练一下,事先想好要说的话。或许,他们会给每个愿意发言的人一分钟的时间,你得表达出来。

他们转到了和平大道上。

"我们开啊,开啊,开啊。"一位老太太用温柔的嗓音嘟哝着。

"我们要开到哪儿去?"高个儿小伙子兀自叹了口气,红旗像披风一样搭在他肩上。"我还有个儿子得照顾……"

"您家孩子多大了?"奥列霞问。

"两岁。"小伙子答道。

"我家五岁。"

"一个人待在家里?"维克多问道。

"周末去他爸爸那边。"

"离婚了?"他又问。

"对!"她抬起头,用好奇的目光打量了他一会儿,不知为何追问了一句,"怎么,你也是?"

"对啊,"他脱口而出,转念一想,"我为什么要撒谎?"

"有孩子?"

"一个女儿。"

公交车紧挨着人行道停住了。

"大家好!我想去买瓶水!马上就回来!"一个满头大汗的胖子趴在方向盘上喊道。

他将车门打开,从驾驶室里冲了出去,飞速冲向商店的玻璃柜门。

"喝点什么?"维克多问。

"香槟怎么样?"奥列霞轻笑着问。

维克多走进商店的玻璃门,那里有十几个人聚集在柜台旁边,一位牙齿尖尖、胡子拉碴的哥萨克人在柜台后面露出笑容,他说起话来

有一种奇怪的口音,就好像词语卡在牙齿缝隙里一样:

"请自便……拿吧,拿吧……我们应该为苏联干杯……"

"谢谢你,同志!"司机绕到柜台后面,打开冰柜,拿出了一瓶"波尔若姆"矿泉水,"胜利之后我一定奉还!"

"不客气!"售货员的脸上一直洋溢着笑容,似乎连一秒钟都不敢让它熄灭,"我自己,我自己来!"他用手势阻止了那些想跟在后面钻到柜台后面的顾客。

"那个,要'拉斯普京'!他冲我眨眼睛呢!"穿着绿色橡胶雨衣的男人喊道。

售货员拿出那瓶水,已经要递过去了,又突然收了回来,用五指按在柜台上,目光凝视着人们的头顶上方,嘴角的微笑开始变得粗鲁邪恶起来。

"哎!哎!"他将瓶子抱在胸前,仍朝着某处张望,"价格标了是干吗的?看价,付钱!"

维克多转过身。在公交车后面,停了一辆"乌阿斯"牌警车,车身闪烁着蓝光。

"哎!"售货员惊讶地重复道,瓶子磕在柜台上。

从车上下来一位胡子浓密的哥萨克人,戴了一顶毛皮高筒帽,身体一侧别着猎枪。

售货员收起了笑容,消失在后面的房间里。

人们涌入柜台后面,开始在货架上和冰箱里翻箱倒柜地搜索,拿走他们想要的东西。

维克多拿起一瓶香槟,但马上又改变了主意——口渴得厉害,于是学着司机的样儿抽出两瓶矿泉水。

等他再回到公交车上时,大街上已经开始游行了,从花园路浩浩荡荡地蔓延过来。"胜——利!"传来震耳欲聋的声音,仿佛有上千个

第二十六章

一年级学生在齐声朗诵似的。他朝奥列霞那边靠了靠,车子继续向前行驶。

"喝点吧,这可是好东西,"他将瓶子递过去,一边念诵着,"钾、钙、硅、镁、钠、硫、氯……"

"你不会是个学者吧?"她喝了一口水,瓶口边缘成了粉红色。

"以前……以前是。你怎么知道?"

"你的目光太严肃了!"

维克多将水一饮而尽,嘴里含了一口带涩味的水。

……莲娜在电视机旁边跳来跳去,不时在屏幕前攥起拳头。

"无耻之徒!"当电视定格在卢茨科伊那张扭曲的面孔上时,莲娜尖叫了起来。塔尼娅感到不寒而栗,因为她明白这喊声不只针对他一个——"混蛋!"

"白宫人以一种受侮辱的姿态中断了与总统代表在丹尼洛夫修道院的谈判,他们宣布:'到早上把你们都处决。'"女主持人的喉头哽咽了一下,这种悲凉立马反映在了她的双眸中,她的双眸变得愈发透明了,"有消息称,对被俘虏的警察们已经开始了枪击,几名救护车的工作人员被挟持。被劫持为人质的医生们设法发来了救援请求。目前,一群暴徒在所谓战地指挥官的领导下正往奥斯坦金诺集结。据事发地点传来的最新消息,马卡绍夫将军宣布将处死所有在大楼里的记者。"

莲娜在客厅转来转去,从橱柜里拿出一个蓝色的空花瓶,花瓶摔在地上,发出一声冷漠的脆响。

"没碎。"莲娜说,迅速从地上捡起花瓶。突然,花瓶底掉了下来,很快摔成了碎片。

"妈妈,我来收拾。"塔尼娅蹲在玻璃碴上,开始将碎片一块块小心翼翼地拾起来,然后放在掌心。

"就在此时,莫斯科特维尔大街上的莫斯科市议会大楼旁边聚集了一批公民,准备捍卫民主和由民众选举出的总统叶利钦。"主持人的声音更加严肃了,屏幕上滚过一道惊慌失措的波纹,像是炮弹已经掉入了演播室里,"所有关心俄罗斯和孩子未来的人们都去了特维尔大街。我们不会将国家拱手让给法西斯的。"

"我也要去!"莲娜一动不动,感觉充满了决心,"是的,我要去!现在就坐火车去……"

塔尼娅将手心里的碎片合到一起,放在架子上那个残破的花瓶旁边,然后跳到了母亲跟前:

"为什么?"

"没有为什么!"

"妈妈!"

"怎么了?"

"别扔下我!"

"你爸一个人行么?我在这儿坐着,他在那边瞎搞……"

"那不是他,妈。"

"怎么不是他?就是他!他跟那些人……一起干蠢事!在挑起战争……"

"妈,那我跟你一起去!"

"待在家里!"

"为什么?妈!"

"你还小。我反正明早还要上班。从莫斯科市议会大楼到救援站只要十分钟。"

莲娜换了身衣服,化了一会儿妆,喷了几下香水。两分钟以后,她已经穿上外套和靴子,最后看了一眼客厅——女儿正坐在椅子上,眼泪汪汪地盯着电视。

第二十六章

"小红毛,早点睡。明天按时上学。早上我会给你打电话的。乖乖的!"

她走进了一片落日的余晖。周遭神秘而寂静,从泥土里飘来完全看不见的蘑菇的气味,既强劲又自由。远处的天空里飞过一群白鹤,留下不安的叫声。坐电气小火车去车站的路上,四下不断泛起金色、蓝色和灰色,以至于上了地铁之后,莲娜感到精神抖擞、兴高采烈,仿佛是去约会一样。

……从左边闪过饰有雕花的蓝绿色里加火车站。

"如果往前一直开,就能到我家了,"维克多说,"我家就在雅罗斯拉夫大街上。"

"在莫斯科工作?"

"是的。"

"可怜虫,这不累坏了。"

"不是每天都去。"

"家乡在哪儿?"

"基洛夫附近。"

"邻居,我估摸着。我家在叶卡捷琳堡。"

"莫斯科的公寓房是谁的?你的还是你丈夫的?"

"租的。跟一个女朋友均摊。我跟前夫也是合租的。他是科米人。明天好像又会热起来,"奥列霞懒洋洋地打了个哈欠,没有用手遮掩,"不知为啥想睡觉。太阳晒得人没力气。"

他感觉已经和她认识很久了。她既真诚又亲切,还很温柔,这让他十分欢喜。她没有多想就轻轻松松坐上了被强占来的满是玻璃碴的公交车,也一点不害怕载着特种部队的装甲车,而现在则笑容满面地轧过整个莫斯科去冲锋。维克多告诉她,他是怎么在"十月"站突出重围,那个人是怎么葬身货车底下,他们又是怎么被消防车喷水的。

她不住地惊叹，连连摇头，仿佛是在听外国的奇谭故事。这些故事跟她不相干，跟这辆公交车、这座城市和他们前行的目的都不相干。他发觉，今天确实有所突破。他在自己体内释放了某种东西。在这段黄金时间里，他奔跑、战斗，用自制火枪射击、跌倒，避过嗡嗡的弹雨，由此他变成了另外一个人。这个女人的出现也并非偶然。要是在以前，他未必会跟她如此轻松地攀谈。毕竟，他早就不是毛头小伙子了，他这个年纪的大叔，已经不会见人就搭讪了。他本来对此也不习惯。他们谈话中的那种天真无邪和无忧无虑又是从哪儿来的呢？

他们拐到了科罗廖夫街上。在深蓝色的天空中，电视塔的尖顶在阳光下闪闪发着白光。

车在池塘边上停了下来，对面有一座发红的小教堂。

维克多首先听到的，是吉他的弹奏声和大合唱，中间有一个姑娘的嗓音尤为突出，极具穿透力，高亢而带有挑衅的意味：

> 我的妻子被推入人群
> 世界的拳头砸在她的胸口
> 全民族的自由撕扯着她的血肉
> 请将她与基督一同埋葬……

此时合唱飙起了高音，中途飞出一个小伙子无礼的喊声："一切都在按计划顺利进行！"

斜坡上黄绿色的草地中间躺着一群穿斜拉链皮夹克和肥大帽衫的年轻人，他们将腿冲着黑水方向押出去。

一个男人出现在斜坡上，他的枪托引起了维克多的注意。这人穿着边卷向下的渔民胶靴，戴了一顶跟马卡绍夫一模一样的贝雷帽，看上去像是发怒的警卫。

第二十六章

维克多等着他开骂,谁知他出人意料地简短宣布道:

"向你们致敬,民间歌手!"坐在地上的人们纷纷转过头,"伙计们,我们再往入口靠近一些,马上就要开始了。你们刚刚唱的会上电视的。"

"嗨!"维克多朝着手抱吉他的娜塔莎和坐在她身边的阿廖沙打了个招呼。他们点点头以示回应,"认识一下,这就是那帮人!"他指给奥列霞看,"我们曾经一起爬过地道。"

"哪里?"她不可置信地笑起来。

这群年轻人并不急于离开斜坡。维克多巧妙地挽住女伴的手臂,将她领到了一栋灰色的大楼前,大楼旁边是微微颤动的人群。迎面遇到一个穿牛仔外套、将摄像机扛在肩上的独行者,他一动不动地在拍摄走过来的人们。"要是我跟她曝光了怎么办?莲娜会看到的。没事,这都是她自己一手造成的。"

人们三五成群地集结在一起谈话,大多数人都站在大楼的台阶上。维克多和奥列霞走入了人群。马卡绍夫将军手拿扩音器站在大门旁边,他的两边分别站了一位穿军装的狙击手:一个镇静、英俊,有北方人的特征,留着蓬松的浅色胡子;另外一个难掩兴奋之情,脸颊涨成了砖红色,顶着一头鸭舌帽似的栗色头发。

"不要流血!"马卡绍夫的扩音器发出尖锐的鸣笛声,像是沸腾的茶壶,"不要流血,听到没有?"他的声音听起来有些慌张,"那些朝人民举起屠刀的人是可耻的!但我们不会首先开火!"

在大厅的玻璃窗后面,可以看到许多蒙面士兵,他们正从机关枪、手枪、狙击步枪和其他一些维克多见都没见过的新式复杂武器里瞄准目标。就从那儿,玻璃窗的后面出现了一个由翻倒的桌子设置的路障。

"我们到了。"维克多大声说,心脏噗通一沉。

他明白，一切都完了。

一名穿西装的男子正隔着玻璃窗展示一些文件。门廊上还有几个枪手，他们围成一个半圆形，中间一对戴眼镜的年轻人看起来像生物系的学生，正在调试一管双人炮筒。所有这一切又好笑又悲哀，因为一种冷血的力量正蛰伏在玻璃窗后面……

从门里走出一位戴了面罩的敦实军人，安静而苍白的安比洛夫走上台阶朝他迎过去，口中说着些什么，听上去出人意料的温和。能听见他说："爱好和平的人们……依据宪法……直播……"康斯坦丁诺夫随后雄赳赳气昂昂地挺身而出，他微微弯下腰，像是要打架似的，一把捉住军人的手臂大力摇晃起来。"我只是奉命行事。"军人挣脱出来，两手一摊，消失在了门内。

一名颧骨突出的男子冲上了门廊，他身着一件柠檬黄的衬衫，衣领已经被撕破了：

"阿尔伯特，我来说！"他想从将军手中夺走扩音器，但后者不给他；大胡子枪手拉了拉枪栓，柠檬黄立马像吞下了一根拖把一样，疯狂地站直身体，他向后仰着头，大声喊道："你们定在那里干什么，蠢蛋？我们为什么还站在这里？等什么呢？等特别的邀请？你们在拖什么时间？就应该像夺取市政大厅一样——冲进去，然后拿下！"

安比洛夫和康斯坦丁诺夫一边一个架住他的胳膊，将他拖下台阶，推到了远处。他来到了维克多身边，神经质地擦拭额头，嘴里还快速地嘟哝着什么。

"他说得没错！"从后面传来一个声音，"我们都在这儿原地踏步两个小时了！"

"怎么，就你最勇敢？那你上前面去，别踏步了。"

"会去的。没问你的意见。"

"大家别吵了。游行队伍已经在来的路上了，人山人海的。"

第二十六章

"最主要的,是要能进到里面。"

"首先就应该取消广告。"

"肥皂剧也要取消。"

"可以留一个节目,《富人也会付出代价》,我妈妈爱看。"

"没错,那些有钱人马上就会付出代价!"

"你们能想象电视里在怎么说我们么?"

"噢,不敢想!"

"可惜了,没有因特网!"

"谁?"

"二十年后就会在群众中普及的。"

"谁?"

"因特网。"

"什么特网?从'偷'[1]这个词来的么?"

"电脑里的玩意儿……根本不需要什么电视,我在美国做过两年的程序员。"

"那回你的美国去吧!"

"这又怎么了?"

维克多瞥了奥列霞一眼,看她仍旧抱着双臂。她在害怕么?她捕捉到了他的眼神,于是笑了一下,上唇掀起,露出一排小小的玉米牙:

"好极了,是不是?"

"啊?"他没明白。

"这么大的事件!你觉得呢,他们会不会采纳?"

他看着她的眼睛,那里面有许多年轻的好奇和坚定的信心——相

---

[1] 译者注:这里的群众不知道"因特网"是什么,误听成了"偷窃"一词的变位形式。

信一切都会好起来。

一个大腹便便、留着商人胡子的男人拨开人群,朝马卡绍夫走去,他用一只戴了黑色大戒指的肥手遮掩着,俯在马卡绍夫耳边说话。戒指跳动着,在阳光下闪烁,维克多眯起了眼睛,似乎有种冰冷的东西刺入了他的心脏。

"跟我走!"马卡绍夫一路小跑下来。

在他的武装部队和一帮跌跌撞撞摄影记者的陪同下,他迎着斜阳疲惫的光线冲向街对面的铁塔,铁塔从远处一片橡树林的黄色硬冠上方探出头来。大部队都跟在他后面,维克多和奥列霞也不例外,在快速移动中他俩的手臂分开了。

穿过街道,马卡绍夫转向右面,一头扎进了一座建筑的玻璃门里,维克多看到门边一个黑底黄字的铭牌:"技术中心"。

一位制服松垮、满脸皱纹的中年警察坐在铭牌下面。

"请说。"马卡绍夫磕磕巴巴地说。

警察显然有些紧张,嗓音却异常清晰:

"我们转投您这边。毫无疑问。所有的警察,所有的保安。毫无疑问。这个入口最好了。这里有自动化检测系统-3,播报就是从这儿出去的。但是……"

"收到!"将军与他的同伴交换了一下眼色。

"但是……"

"什么?"

"里面不止有我们的人,还有特种部队——'勇士',有上百个战士。怎么办?我是想帮你们,不过……"一个遗憾的表情使他的圆脸扭曲了。

仿佛是对这个"不过"的确认,从门后面跳出来一个戴着面罩和球形头盔的战士,他握着一杆装了异常巨大消音器的机枪,将枪柄顶

第二十六章

在那个警察一侧,拽着衣领将他拖了回去。那人立马垂头丧气地臣服了,就像一个大大的塞满稻草的洋娃娃。

"我们为什么要放弃自己人?"维克多没忍住,脱口问道。

马卡绍夫一语不发地瞪着他。

"失败……"维克多又大声说了一词,"完全的失败!"

"别难过,坐会儿,休息休息。"奥列霞体贴地说。于是他们坐在了混凝土砌成的方形花坛边缘。

人群慢慢聚拢,同时第一缕暮色开始变蓝。马卡绍夫举起扩音器,试图压制住口哨声和嘘声:

"既然,既然……他们……既然……他们用武力挟持了我们的警察……"

他同周围的人低语了几句,随后便猛地拉开玻璃门,和三个枪手消失在了里面。

"你为什么离婚?"维克多问。

"他酗酒,"奥列霞欣然答道,"不喝的时候没什么,一喝多了就是最下等的猪。大家都喝酒,但不是每个人都能喝。他是半个科米人,他父亲那边的血统,酒精在他们体内根本分解不了。"

"强制戒酒呢?"

"试过,半年没喝吧。没用。现在又开始戒了……想向我证明,他是个多好的男人。有用么,我已经不爱他了。你呢?"

"我什么?"

"什么什么……"

"喝酒么?"

"如果不是因为喝酒……为什么离婚?"

维克多思忖了一小会儿,嘟囔道:

"性格不合。"

515

"结婚多久了?"

"十六年。"

"够久。什么时候离的?"

"不久前。"

"嗯,也许还会复合的。"

"不会了,"他肯定地说,"冰冻三尺非一日之寒。可能有一辈子那么久了。"

"那么女儿呢?"他陷入了沉思,一语不发,谈话中断了。天色渐暗,华灯初上,对面大楼的百叶窗纷纷降了下来;有人拦下无轨电车,将上面的乘客全都赶了出来,有人在街道当中来回奔忙,试图建起一个路障。

马卡绍夫从门里跳了出来,摘下贝雷帽,露出秃顶,用手背在脸上擦拭。出现了三名男子,每位都扛着一把直直竖起的机枪,其中一位头发像栗色帽子的,朝着那个一直在等他们的穿运动服的枪手说:

"人渣!差点没搞砸了。一个喊:'格杀勿论!'另外一个杀红了眼……跟兔子似的,门现在被锁住了!"

"妥了,我到十二点回去,"奥列霞平静地说,"我明天还要上班。"

"我也是。"维克多忽然想起来,他保证过四号加班的。

"送我吗?"

"现在?"

"等会儿……看看情况。"

"要不,我们再往远处走走?"

"上哪儿去?远处什么都看不到。"

"随你……"

维克多的目光扫到了一位头发花白、胸前挂着银色相机的男人,于是叫住他问:

第二十六章

"几点了？"

那人笑了笑，像个聋哑人。维克多这才明白他是个外国人。维克多一把抓住他那因受惊而颤抖的手腕，瞥了一眼上面的电子表，骄傲地宣布：

"差五分五点。"

自然，按他的想法，哪怕不离开这里，他也会回避。但是，他怎么能在新朋友面前表现出软弱呢？

"能要你的电话么？"他轻轻靠近了一点。

"什么？"

"想要你的电话号码……"

"现在还不行。"奥列霞惊讶地说，但并没有躲开。

不知不觉中，天完全黑了。对讲机噼啪作响。一辆帆布顶篷的军用卡车从人群中驶过。从驾驶室里跳下一位留着哥萨克式黑色额发的小伙子，毕恭毕敬地听马卡绍夫大声说完了一番话，又跳了回去。卡车轰鸣着，倒回去一些，加速撞在了门上。玻璃哐当作响，锋利而巨大的玻璃碎片掉了下来。奥列霞大声笑起来，似乎在模仿玻璃的奏乐。人群开始呼喊、咆哮，维克多的心跳狂热得几乎要骤然停止。

卡车一下一下有节奏地撞击着大门，驾驶室的顶部嘎吱作响，因为总是卡在门口的遮阳棚上。枪手们挥动手臂，照着车身边缘发动一轮轮新的打击。

"他们没开枪。"维克多看了看奥列霞疑惑地说，她在黑暗中不知为何跟莲娜一模一样。

"谁没开枪？"

"我说，他们没开枪。没朝卡车开枪！"

"傻瓜才会开枪！这么多人！"

卡车又加速撞击了一次，随后停了下来。枪手们手忙脚乱地跟进跟出，踩得碎玻璃嘎吱作响。

在花坛和大门之间的人群稍稍散开了一些，于是维克多看见一名穿着运动服的枪手晃了一下，抱住了自己的大腿，接着，他的卡拉什尼科夫冲锋枪重重地砸在了水泥地上，他倒了下来，周围迅速蔓延开一个血水洼，在暮色中显现出樱桃红色。

"狙击手！"门后面传出一声咆哮。

"在房顶上！"

"从后面开枪的！"

身穿白大褂的医护人员飞奔过来，迅速把这个家伙扔在了担架上，抬着他穿过喋喋不休、毫无戒备且越来越稠密的人群……

第二十七章

从多尔戈鲁基纪念碑到莫斯科市区亮着昏黄灯光的红色议会大楼之间挤满了人。

"莫斯科"书店附近的部分街道已经堆满了木板,到处是翻倒的垃圾桶。

莲娜在路上遇到了一个年轻人,满脸细密的绒毛,显然还是个孩子。他递给莲娜一条白蓝红三色彩带:

"这是识别我们的标志……"

她接过彩带,发现他胳膊肘的位置也绑了一条。她把彩带拿在手里,犹豫着要不要系上。

人们或是三五成群地聚在一起,或是来回走动。从纪念碑那里传来扩音器断断续续的鸣叫声,天色越来越暗,越来越沉。莫斯科市议会大楼附近燃起了一堆巨大的篝火,光斑似的闪烁着,从它上方传来急促的吉他拨弦声。

人们克制而礼貌地互相点头致意。在路灯的照耀下,莲娜注意到了很多张或是友好或是带着紧张微笑的惊慌失措的面孔;从他们眼中闪出极度小心翼翼的光,仿佛在等待着什么。这种不安也传递给了她。于是,她走向了人行道上充满感染力的人群,很快便转到了路障后边。路灯和反光的书店橱窗映照出黑暗中形形色色的身影和面庞。

"他们挟持了坦克，正往这边开过来，"一个有点驼背的粗壮男人喋喋不休地说，他长长的脑袋上顶着一头罕见的浓密卷发，"向我们施压，好将他们自己人救出来。"

"什么自己人？"一个歇斯底里的声音飘过来，那是从一名个子不高、满脸皱纹、戴一顶紫色贝雷帽的女人嘴里发出的。

"您还不知道，是不是？那都是些傻瓜……莫斯科市议会的代表，我们把他们给关起来了。"驼背男子指了指红色大楼顶部那些昏暗的窗户。

"让他们来吧，"一位戴了儿童式样蓝色针织帽的老人忧郁而缓慢地说，他的喉结上挂着毫无防范、皱巴巴的皮肤，"我已经做好被杀的准备了，我什么都不怕，只要你们能活得好好的。"

"我们也一点不怕他们的！"一位穿绒面外套、朴素瘦小的女子以坚定而倔强的话语出人意料地支持了他，"这可能比所有发生的一切都更可怕！"

一名圆顶发型的男人神经质地呵呵笑了，他的目光飘忽不定，双眼似乎有点斜视。

"我不站在叶利钦一边，明白么，我完全跟政治不沾边，我是个中世纪学家，研究中世纪的……保持距离，方能看出宏大[1]，明白么？"一个脆弱的声音响起来，是位身着灰色长外套、蓬头垢面的年轻人，他漫不经心地用手指摩擦着牙床，"这些天我一直在旁观……等待这件事能自行解决……但他们是发起者，不是么？要知道，这是暴乱……对健康思想的暴乱……机枪在乌合之众手里……还是一群有疯狂想法的乌合之众……现在这帮乌合之众在我的城市里四处践踏……这就像在十七世纪，是不是？要知道，那时候没有人真正知道发生了

---

[1] 译者注：出自叶赛宁的一首诗。

第二十七章

什么,很快就有数以万计的人从自己的国家出逃了……"

"注意:他们呼吁的正是那种布尔什维克的法律!"一名驼背男子激动地用鼻音说,他的胡须像淡奶油一样波浪起伏,"宪法,他们说。这就是勃列日涅夫的宪法!延续了斯大林的传统!见鬼,哪来的什么苏维埃政权!这是列宁同志和一帮喝醉酒的水手们臆想出来的!"他满意地扫视了一圈被勾起好奇心的人们。

"不,不,才不是什么苏维埃宪法,"一位年轻的金发男子用金属般的嗓音说,他有着兔子似的龅牙,"宪法早被他们自己改得面目全非了。就过去这一年,他们改了多少?每公投一次就改一次!乌合之众,被哈斯布拉托夫任意驱使。全民公投结束了,公民们的回答很明确,我们信任叶利钦。但这些人就是闭目塞听。"

"我的妈呀,为什么我们人这么少?"从黑暗中传来一个女人的抽泣声。

"一切尽在掌握中,人数会越来越多的……"一个男中音威风凛凛地走过。

"他们要是控制了电台就糟糕了,"有人呼吸急促地轻声嘟哝道,"要知道,他们不是自己人。别自我欺骗了,亲爱的们。体面的人没那么多。意识形态的洁净度几乎为零。坦白地讲,所有这一切从开端就注定了,从跟拜占庭交好的时候起……"

"军队在哪儿?"又是那个带哭腔的女声。

"看在上帝的分上,军人从来都是被蒙蔽的,"还是那个软绵绵的嘟哝声,"要知道,他们都是潜在的杰尔日莫尔达[1]。"

"只要食物一到,边界就会开放……"有人深吸了一口气。

"是盖达尔在给我们提供食物!"一位体型匀称的姑娘欢快地回应

---

1 译者注:果戈理的喜剧《钦差大臣》中的警察,此处指行为粗暴蛮横的人。

道。她生着一对低眉,三色彩带被她成功地编进了辫子里。

"我过得很艰难,拉伊索契卡,"响起了一个怯弱而颤抖的声音,"我退休了,好歹也是个学者,一辈子都在研究地质学,我还在沙漠里发现了一种贝类,以我的名字命名。但不管我过得有多艰难,都应该为活着的盖达尔竖一座纪念碑。盖达尔——神勇无敌[1]。"

"叶洛奇卡,我完全赞同你说的。但是,叶尔卡,你能想到老雷巴科夫疯了么,他在写一本反对我们改革者的书,反对叶戈尔[2]。收集完材料就开始写了。他还放话说:'活到哪一天,我就写到哪一天。'"

"什么雷巴科夫?托利亚·雷巴科夫[3]?《阿尔巴特街的孩子们》?"

"是他,叶尔卡!"

"啊呀呀,你看看!"

莲娜好几次都拍案而起:"太对了!"她能与他们产生共鸣,这些具有感染力的、充满激情的人们。看得出来,他们是真正的知识分子。他们之中显然没有维嘉的位置,他是跟那群疯狂的猴子一伙儿的……

"做好准备:军队不会来了!"从纪念碑那里传来宣讲声,新扩音器放大了声音,在石马的铁蹄下更加清晰可辨。宣讲人的声音尖锐而自信,十分威严。("列拉!"有人认出了宣讲人的声音。"哪个列拉?"有人问。"诺沃德沃尔斯基的!"那人回答。)"如果到早上政府还不能拯救自由,我们是不会重蹈历史的覆辙的:我们会自己去消灭

---

1. 译者注:原文为"神风敢死队员",指第二次世界大战中日军驾飞机自杀的飞机驾驶员。
2. 译者注:指叶戈尔·盖达尔。
3. 译者注:安纳托利·纳乌莫维奇·雷巴科夫(1911—1998),苏联和俄罗斯时期的作家,创作过一系列的中篇和长篇小说,如《佩剑》《青铜鸟》《司机们》《重沙》,四卷本小说《阿尔巴特街的孩子们》为他赢得了广泛的声誉。

红色的恶魔！给我们武器，我们要将这些爬行动物碾碎！"

"乌拉！"长着一对招风耳的男人一跃而起，手中攥着一根铁棒，路灯照亮了他那双醉醺醺的眼睛。

"上帝保佑！让我们远离污秽……上帝保佑！"有人一边走，一边热情洋溢地低语着，对着迎面而来的人画十字祝福。那人红色的大胡子和紫色的僧帽一闪而过，莲娜认出来他是神甫格列布·雅库宁。

她挪到了火堆旁边。木箱子上坐着一群头发蓬乱的年轻人，其中那个递给她彩带的男孩现在正朝篝火俯下身，猛烈地拨动琴弦：

> 我的太阳，看看我吧，
> 我的手掌变成了拳头，
> 但是如果有火药，也请给我火种……

他抬起苍白的脸颊，仰望黑暗的、涌动着力量的天空，细软的黑色绒毛令他的脸显得不那么清晰，而在他那如泣如诉的拨弦声中，所有人都扯开嗓子齐声喊道："就像这样！"

火堆发出噼啪声，火星四溅，油状的火花一下子蹿了好高，一个波尔图酒瓶子在地上打转。

"你就把它想象成一次内战。半个莫斯科城站在我们这边，另外一半站在他们一边……"一个年轻人若有所思地叽叽咕咕，他戴了一副小得出奇的眼镜，像假的一样，滑稽地架在他宽大的鼻梁上。

"什么莫斯科城……再大一些——整个国家！"一个腰身粗壮的姑娘扯着公鸭嗓子吼道。

"我祖父是个破坏者，"抱着吉他的男孩温柔地翻动在他身下卷成一团的彩带，"一个顽固的共产主义者，住在萨马拉……还好，他不在这里，不然就要被打倒了。他有可能会骑着小摩托到这里来，专门教训他的孙子。"

"我怎么生了你这个……"有人哧哧地笑了。

"他们保证要运来武器的,"戴着滑稽眼镜的那位严肃地说,"重要的是我们有绍伊古[1]这个武器。我记得这个姓。"

"带上绍伊古,走入泰加林!"一个两侧脂肪肥厚的姑娘嘎嘎叫着,她的皮夹克被绷得紧紧的,活像拳击手套,"看吧,这可不是开玩笑的,真的会屠杀自己人。"

"有可能,"滑稽的眼镜因为点头滑到了方方的鼻尖上,"黑暗中什么都看不清……要是挨个来,好多人都会受牵连……谁家有亲戚支持这些人?"

"不能动的爷爷,"吉他手安慰大家道,"他在农村老家待着,吃吃洋葱,打打盹儿。"

"我家没有!"一名男孩厉声否认道,他面对着篝火,不小心露出了鼓起来的黑色夹克下面那件橘黄色的打底衫,"我们全家都支持叶利钦!"

"一个没有怪胎的家庭!"姑娘果断地用一根长长的铁钎伸进火堆里拨弄了一下。

"你跑哪儿去了,怪胎?"莲娜想着,羞愧地退到了另外一个火堆旁边。这堆篝火有点远,在卡梅尔格尔小巷的转角处。那儿坐着一位形容枯槁、鹰钩鼻子的游吟诗人,看上去像是古代的勋爵。他带着女性的温柔唱起来:"在那些彼岸,大雪深埋。"莲娜听到歌声,便同其他几个女人一起开始随节拍摇摆,之后鼓起掌来,她心想:"你真是个畜生,维嘉·布里昂采夫。就因为你,我才大半夜跑到这里来。就

---

[1] 译者注:谢尔盖·绍伊古(1955—),苏联和俄罗斯时期的军事、政治家,自2012年11月6日起任俄罗斯联邦国防部部长。陆军将军,俄罗斯联邦英雄,挽救俄罗斯联邦的功臣,"统一俄罗斯"党最高委员会委员。

第二十七章

因为你。但这些人是多么高尚啊……不像你这个白痴。"

游吟诗人将收音机的声音调大了一些,周围有人发出嘘声,瞬时安静了下来。奥斯坦金诺已经发射了枪榴弹。武装分子发动了攻击,并占领了电视中心的两层楼。

……维克多用力揉了揉眼睛。

"年轻人,你们从哪儿弄来的枪榴弹?"有人严肃地问。

"从'和平'饭店搞到的。"一个细细的声音答道。

"有什么不对么?"另一个也是细细的声音。

"你们都没把榴弹的雷管壳揭下来。还不如我来,我好歹在警局工作过。"

他怎么坐在花坛坚硬的水泥边缘上?有那么一瞬间,维克多完全不知道发生了什么,或许是因为喷涌而出的疲惫。没有武器……可笑的手无寸铁的人群……或许是他太理想主义了?不,不是的。这里大多数人可能比他更加理想主义。抑或大多数人都和他一样,只是打圈、旋转、深陷……

"奥列希[1],你知道么,月球上有我的指纹。"

"你胡说什么?"她哼了一声。

"你看,我把手指浸在油漆里,然后……登月车就上了月球……"

"你是个怪人。"她警惕地说,稍微往旁边挪了挪。

"怪人是从'奇迹'[2]这个词来的。"

似乎有人在入口处宣布了中场休息,浓密的黑暗中时不时有闪光灯和微弱的灯光亮起。马卡绍夫和三个枪手不知去哪儿了。

随着车身的颠簸,维克多时而贴近奥列霞,时而又离开,他闭上

---

1 译者注:奥列霞的爱称。
2 译者注:在俄语中,"怪人"(чудак)和"奇迹"(чудо)共用一个词根。

眼睛，陷入了黏稠的半梦半醒之中——昨天夜里的失眠起作用了，今天又是前所未有的一天。从他在火车上被推销猪肉那一刻起，已经过去很久了！七小时？二十年？一百年？时间没有白白流逝，这里一定有某种秘密，永生的秘密。

他的眼皮随着火花似的闪光灯不自觉地张开了。

"轰隆隆"——脚下大地在跳动，发出巨大的回声。

他一把抱住奥列霞，本能地同她一起翻滚在地。就在那一刻，一股猛烈的火力朝他们袭来。

维克多将额头顶在花坛的水泥边上，他一手压住奥列霞柔软的后脑勺，听见人群尖叫着奔逃而过。炮声刚停下来没有一会儿，机关枪就响起来了——哒哒哒，冲锋枪也加入进来——突突突。他胆怯地抬起头，看到从大楼里飞出数道闪亮的子弹轨迹。

"你还好么？"

"还好！"奥列霞低声说。

在宽大花坛的左后方躲着一名男子，他像维克多一样沉默着，呼哧呼哧地喘粗气，之后又有一个人爬到他们旁边，自顾自地抽泣着。

"外国人！"那个邻人下了结论。

几分钟后，炮声变弱了一些。

维克多再次抬起头：子弹交叉着飞过，在入口附近洒下耀眼的银色光线，在子弹轨迹形成的切割线下是潮湿如珍珠母贝的灯光。几具尸体静卧在灯光里，有些还是并排躺着的。所有的一切都沾满了黏稠的鲜血。死人的头部不知为何显得硕大，又大又不自然。他认出了倒在旁边的那个生物系学生，而在离花坛不远的地方，他看到了娜塔莎和阿廖沙。对，就是他们，仰面朝天并排躺着，娜塔莎的双臂是伸开的。门旁边散落着榴弹发射器和几架摄像机。一个穿粗呢外套的人欠了欠身子，咳嗽了一声。像是受了本能的驱使，维克多一抬头，看

第二十七章

见窗口有一个黑色的人影正伸出手臂——在炮火的轰隆声中传来一阵手枪独有的、干巴巴的射击声。穿粗呢外套的人抽搐了一下，便定住了。就像在电影里一样，轻松又简单。

枪声止住了，周遭立马传来一片呻吟声——像是各种频率交织的鼾声：拖长的、加重的、微弱的、轻轻的……

"我的朋友奥托！噢，我的上帝啊！"[1] 离他们最远的花坛后面发出了急急的喊声。忽然，他冲出了掩体，跑到那一堆尸体旁边，挥舞着一块白色的手帕："不要！不要！"

他满怀感激地朝黑暗的窗户晃动手帕，弯下腰去，找到了他的朋友，抬起来架到自己身上，随后拖走了。受伤的男子开始发出呻吟——这是那位花白头发的摄影师，维克多还向他问过时间。

两名身着白大褂的男子从另一个角落冲出来，像幽灵一样直逼大门：

"不要开枪！救护车！"

维克多跪在地上，将头整个儿伸了出去，感觉出汗的脑袋像是挂着水滴的花茎上一个硕大而乱蓬蓬的花朵。他看到尸体活动起来了，活人背着死人四处乱窜，纷纷从大楼边爬开。

"我们跑么？"奥列霞热切地问。

"等会儿。"他伸出双臂，爬了起来。

机关枪声适时地响起了。

医护人员落入了铅弹的波涛中，衣襟下摆飘起，仿佛雪片一般围绕他们旋转。或许，这场暴风雪只是他的一个幻梦，他没有看到他们是如何倒下的，没有看到外国人的命运。他狠狠地摔了一跤，于是忘记了所有的一切。他鼻子贴在沥青马路上，耳朵听见机关枪声之后数

---

1 译者注：这两句是用俄语字母拼出的英文。

炮齐放的轰隆声。

随后，枪声息止了，从敞开的窗户里传出各种声音。

其中一个声音既愤怒又疲惫：

"沃夫，把那个人拿下。远处那个，拿旗子的。"

片刻之后——响起一个欢快的回音：

"给他躲过去了，混蛋。"

"你看，蟑螂都醒过来了……在左边……你看……爬过来了……"

"打算爬到哪儿去？你们这些……狂热分子。"

"戴蒙，穿雨衣的那个，你闪开，我来。"

枪响声增多了，机关枪又恢复了扫射，手枪声和机关枪扫射声的交替越来越频繁猛烈，像是炸响了数个弹药桶。

"嘿，"有人摇了摇维克多的肩膀，"我们躲到卡车后面去吧，那里安全些。带上你的那位。跟她说一声……"

那辆不久前刚撞击玻璃门的军用卡车就停在他们的五米开外，他们的身后是一片混乱。

"他们会开枪的。"维克多绝望地说。

"他们不会的。只要等机关枪不响了，就说明一夹子弹打完了。在他换弹夹的时候，我们就冲过去。"

"又不是只有一挺机关枪在发射。"

邻人那张阴沉的、胡子拉碴的脸朝他转过来，热气逼人：

"机关枪是最糟的。他们不会料到我们要跑过去，所以不会瞄准……他们会继续沿街扫射，而我们只需要五秒。你全程别站起来，猫腰走。或者滚过去也行。"

"听见了？"维克多转向奥列霞。

"听见了。我们这就跑么？"

"等一下，你干吗！"

第二十七章

不一会儿，机关枪停了下来，于是他们三个像影子一样朝卡车跑去，随即他们陷入了死胡同里，因为实在太挤了。他们先后绊倒在头发花白的摄影师身上，后者已经昏迷在地，而他的救助者也被击倒了。这里坐着一个胡须浓密的北方大汉，两腿间夹着一挺机关枪，有一名头戴防暴警察的安全帽、两腮鼓鼓的抽烟男孩，一位用柔软披巾裹住头部、口中念念有词的女人，顶着一头乱发、手捧录音机的男人，还有两具尸体，他们厚重的靴子直挺挺地从底板下抻出来。

"机关枪没响了，我们要继续跑么？"维克多问大胡子。

"嘿，快坐下！要是被他们看见，马上就会把你击毙。"

"维奇，"奥列霞不知为什么忽然像家人一样叫他，"我好像被戳了一下。"

"啊？"他吓到了，"哪里？"

"没事。不疼，就是有点酸。我刚在跑的时候，肩膀像挨了一锤子似的。现在已经好多了，不疼了。"她像是在说服自己，一切正常，"也许都没有伤口。"

"在哪里？"维克多摸索着她的外套——是完整的，干干的，他用不听使唤的手将她的外套拽了下来，随后便抖得什么也做不了：她白色衬衫的领子被血水浸透了。

"听着，我对这事儿可不在行。"建议他们往卡车跑的男人严肃地推开维克多，俯下身，用力撕开她胸前的衣领，"这就……"

"那里怎么了？"奥列霞问，有点耍小孩子脾气，"糟糕，是凉凉的。"

男人紧抿着藏在胡须里的嘴唇，仔细端详着维克多：

"差一点到颈子。打穿了。没事，能活。"

他于是嘶的一声扯下自己的黑色衬衫，结结实实地绑住奥列霞的前臂，从她的腋窝下面拖曳出长长的一块布。

"你怎么样?"维克多搂着她,不禁在她面颊上啄了一下。

"有点……飘……"她不自然地笑着说。

"有救护车吗?"他回过头去,大吃一惊。

他本以为会看到一条空荡荡的街道,但人们还在,看起来有上百个:他们三三两两地聚成一堆,再远些的地方,有人躺着,有人被背着,有人在猫腰跑,大多数人都汇集在另一个入口。不长眼的子弹在四下里闪闪发光,仿佛是引人注目的火花。不远处有一辆公交车在燃烧,橙色的火焰从车窗里窜出来直舔高空。"要是卡车着火了呢?"维克多想。像是跟他作对似的,从左面和右面都传来砰砰的响声——这是已经开始在近处射击了,就像是在抛光入口处的区域;车厢叮叮当当地响起来。

"跟着我重复,"维克多抓住奥列霞的手腕,摸到了她细若游丝的脉搏,"一、二、三、四、五。"他不知从哪儿听说过,为了防止晕厥可以数数,"重复!快点重复!你听到么?"

她摇晃着,将后脑勺放在他的膝盖上:

"二、四、四、八、二、二、五。"

"你很难受么?"他轻轻晃了晃她的头。

"这是我的号码。"听起来她又打起了精神。

"当然!"维克多感到开心,"我们就来重复你的号码。再说一遍!奥列霞!你还在么?"

他们把电话号码复述了一遍又一遍,他很快就记住了,并且注意到她昏迷得更深了,他不断地摇晃她的脑袋,甚至有一次还拍打了脸颊。他提议把这串数字反过来念一遍,从尾到头,但她已经说不出来了。

"我想起一个笑话:改革会怎样结束?以互相射击结束!"抽烟的男孩儿粗野地轻声笑了起来,像是在迎合现状,"亲爱的朋友,来根烟不？"

戴着头盔的男孩默默地递过一包烟，其中一根抽出头来。

"这不是互相射击，是枪决。"夹着机关枪的大胡子轻声说。

"不好意思，可以请教您么？"抽烟的男孩坐到了他旁边，"我是名记者，中立态度。不为记录，就是私人问题。有一件事我无法理解……"

大胡子没动。

"有一件事我无法理解，"抽烟的男孩像是抱歉似的继续问道，"你们为什么要开枪，还发射榴弹？为什么？你们以为这会奏效么？"

"我们没有开枪。是他们从上面……投了榴弹……电光火石的……"

"你们总想着那个奥斯坦金诺……"

"命令就是命令。"

"拿下奥斯坦金诺是正确的！"维克多从对奥列霞脉搏的关注中回过神来，扔下一句话，"那里对他们而言是一个神经节！"

"对你们来说是什么呢？不服从的节日？"

"什么意思？"维克多没明白。

"因为之后总会令人失望的。皮鞭打在光屁股上。小孩子过家家。"抽烟的男孩兴奋地说，很明显胆子大起来。"你们知道的：叶利钦有得力助手，内务部长叶林。他封锁了白宫，驱散了你们的集会。现在你们得争取到国防部长格拉乔夫，弄到一支军队。还是待着吧，别惹事了，想想你们牺牲了多少。兴许这样你们就能坐得住了。"烟头突然在沥青马路上划过一道闪光。

"我不在乎，"大胡子平静地说，像是在说一件已经早有定论的事情，"要是能活下来，我就回到苏维埃大楼去。重新站在格尔巴特大桥上，没有人能让我离开——坦克不行，飞机也不行。"

"您姓什么？"录音机亮起了绿色的指示灯。

"叶尔玛科夫。"

"您是做什么的,从哪儿来?"

"军官,来自塔林。"大胡子漫不经心地耸耸肩。

几分钟之后,突然闪过一阵明亮的蓝光,一辆救护车朝他们冲过来,停在了几米开外的地方。

"有伤员么?"有人从敞开的车门里喊道。

"有!"所有人都叫起来。

救护车掉转头,以卡车作掩护,用车尾对着他们倒至很近,现在果然没有人能打中车体了。车里亮着灯,躺了一个人,地上满是血迹。

他们将花白头发的男子抬了上去,奥列霞扶着维克多,自己爬了上去。围着柔软披巾的女人抬腿跟着挤了进去。

"您去哪儿?"卫生员轻轻推了她一下,"没有位置了。"

"'莫斯科回声',记者协会。"抽烟男孩冲了上去,亮出工作证。

大胡子举起机关枪,故作威胁状,并且摆了摆头以示邀请:

"这样,所有人迅速上车。我说的!"

他们相互推搡着,全都挤进了车里。

"您倒是做点儿什么啊。"维克多喃喃自语道,卫生员看起来如此年轻,令他震惊——约莫只有十八岁。

"这么挤,我们能做什么?现在要上橡胶止血带了。"对方的视线越过他,俯身向前,像鹅一样扯着脖子神经质地叫起来,"斯克里夫索夫斯基急救中心!"

几块冰雹响亮地砸在车前盖上。

一名半边脸缠着纱布绷带、肿得像一枚蔓越莓果的男人绝望地哈哈大笑起来。

"他怎么了?"记者忧心忡忡地问。

第二十七章

没有人回答他。纱布遮住了他的额头、眼睛和鼻子，只露出一张嘴，从里面迸出嘹亮而邪恶的笑声……

"有什么好笑的？"男孩责备地问。

"快活鬼。"围披巾的女人补充道。

大胡子阴沉地调整两腿间的机关枪。

男人从灵魂中发出笑声，就像在唱歌一般，歌声响亮而有力，湮没了信号灯和枪响声。

"脑部中弹是会这样的。"卫生员俯下身，用白大褂的袖子擦掉从那张不断抽动以致歪斜的嘴巴里溢出的白沫。笑声戛然而止。

"坚持住！"维克多说，一边抚摸着奥列霞的黑发，"我们会有办法的！我们还会相见的！你非常勇敢！非常！"

车顶上哐当一声，所有人本能地弯下了身子。

"科罗廖夫纪念碑[1]过了么？"大胡子说，"我说，科罗廖夫纪念碑过了没有？停车！"他大声命令，"我走了。"

维克多小心翼翼地将奥列霞交到卫生员手中，吻了她一下，喊道："我会去医院看你的！"说着他跳下了车。跟在他后面的是男孩、大胡子、记者，只有披着毛绒围巾的女人决定继续随车前行。

维克多不知为了什么，但和其他人一样，也掉头往回跑——朝着打枪的方向跑去。

没过一会儿，他忽然想到：刚才应该护送奥列霞去斯克里夫索夫斯基。

人们或是抱团站着，或是不断走动——从奥斯坦金诺进进出出。他遇到一个从那里出来的老头，后者弓腰驼背，蹭着地走路，用右手

---

1 译者注：谢尔盖·巴夫洛维奇·科罗廖夫是苏联科学家，设计工程师，苏联生产火箭空间技术和火箭武器的首席组织者，实用航天技术的创始人。

紧握住被打断的左手。

路边停了一辆黑色的"奔驰",从敞开的车窗里传来一个豪放的声音:

"伙计们,警察来了!快拿起我们的枪杆!"

维克多与同伴走散之后,便回到了电视中心。人们纷纷从电视中心的第二大楼跑出来,因为今天第二大楼已经开战了,从它对面的大楼发出了猛烈的攻击。

小树林后面,在探照灯的银辉下,电视塔尖在闪闪发光,而透过树林可以隐约看到人群。维克多拐进了一团漆黑之中——那里人声鼎沸,有人在争论着什么。他迅速进入了一个年轻人的圈子里;附近的落叶上立着几个酒瓶,里面塞了长长的亮色塞子。

"要是再有几个瓶子就好了,瓶子太少了,"一个蹲在地上穿皮夹克的小伙子沮丧地说。"要是早知道这样,我就把一箱子都搬来。妈的,连一个小卖铺都没有。"

"这些是从哪儿搞到的?"维克多问,想要至少在精神上参与他因为躲避流弹而未能真正参与的事业。

"派各路朋克青年去地铁站搬来的。"

"汽油呢?"

"从汽车上,把车刹住,然后倒出来的。你这么感兴趣做什么?你想自己去扔汽油瓶么?"

"想。"维克多毫不犹豫地确认。他忽然发现肩膀上出现了一个恶毒的红色光斑,那是红外线瞄准器投下的。于是,他猛烈地拍打了一阵肩部——"可恶的害虫!"然而,光斑爬到了另外一位的肩膀上。

"必须坚持下去,亲爱的人们,"响起了一个激昂的声音,将元音发得很重,"我们的军队就要到了,到时候干掉他们!"

"军队?"维克多问。

第二十七章

"我们在等图拉造的枪,"一旁的老妇人响亮地补充道,"从图拉运来可不近呐。"

嗖……

强风呼啸着穿透枝叶。黑暗处,与维克多有两人间隔的那一位"啊"地大叫了一声,随后倒下了。

嗖……又一个人倒了下来。

嗖……又是一声尖叫和随之而来的呻吟……

人们四散逃开,互相推搡着,伏倒在地。维克多紧贴在一棵树上,将嘴唇贴在凹凸不平的树皮上。

"狙击手!"

"不止一个!"

"是狙击手打的!"

"从哪儿打的?"

"电视塔!"维克多在黑暗中大声喊道,一名女子在他的猜测中尖叫起来。

"他能看到我们。他能看到我们所有人。他有夜视设备,"维克多陷入了狂热的猜想,"他们能看到我们。他们多少人都有可能。死神盯上我了。"

"害怕了?"穿皮夹克的小伙子恶狠狠地说,边说边站起来。"你以为,战争只会出现在电影里?得了,一人拿一瓶,上!"

他带头拿起一个瓶子,左右摇晃均匀,向上一抛,然后接住,吹着口哨走进了树林里。

从黑暗中浮现出几个人影,他们正猫着腰,小心翼翼地前进。瓶子一个接一个地消失了。维克多迈了一大步离开树干,一下,两下,他的心脏差点儿没爆炸:正当子弹在他耳畔呼啸着嗖嗖而过时,他偶然间翻起了一堆树叶,俯身捡起遗落的小标签,上面写着"镭射气"。

八个人影手拿瓶子站在树林的边缘,每两人相距一米,正在叫骂。

"原来你在这儿!"维克多认出了那个戴头盔、双颊鼓鼓的小男孩。

"我们到底走不走?"一个瘦高个儿不停地跺脚,打着寒战不耐烦地说,即使在黑暗中他的身影依旧看上去很奇怪,"我到末了都没可惜过衬衫,每一件都撕碎了。"维克多眯起眼睛,看见他那件深色的皮夹克里确实没有衣服了。

"我去那边给娜塔莎报仇。"穿皮夹克的那位坚定地说,进而指了指技术中心,"最好是一起进去。这些鬼事情发生之后,他们肯定会更警惕的。问题很简单:黑暗是年轻人的朋友,我们可不会暴露在灯光下。也就是说,走过去,点着它,挥起来,扔出去。然后就跑,不要回头。"

"我不抽烟,"维克多忽然想起来,"没有打火机。"

"你运气太好了,我有两个。"男孩庄重地说,递给他一个红色的打火机。

维克多不知道当他们沿着树林边缘走到黑黢黢的建筑物正面时过去了多久,或许,只有一两分钟。

从正门的一侧,源源不断的明亮队列仍像之前一样涌入街道。

按下第一个打火机,然后是第二个……点着啊!他们不会杀我的,我不害怕,我什么都能做成……齿轮怎么这么紧,好,好……他晃了晃打火机,突然升起一股无名火:"坏了!"躲开其他人,点着了火,他赶紧拿到塞子旁边,塞子噼啪作响,突然强光一闪,他的肩膀刺痛了一下,别犹豫……扔!瓶子飞了出去,直接命中灰色的窗户。砰!砰,又是一声巨响……炸碎的玻璃发出一阵阵爆裂声……快跑!

他纵身朝树丛一跳,急速地翻了几个跟头,脸埋进了土里。他一边呼吸着腐烂树叶的气息,一边向前爬,同时听见从对面的建筑物里响起一排迟来的,迟来的,该死的,低沉的,该死的,射击声,一根

第二十七章

断了的树枝掉在地上，发出一声脆响。

他仍然保持躺在落叶上的姿势，不过翻了个身，便于观察。

火舌吞没了邪恶城堡的一角。火焰在风中高高扬起，仿佛丝绸的旗帜。

"所有人都炸死了吧？"树后面发出咯咯的笑声。

"不是所有人，"有人愤怒地回答，"就三个。其余都逃走了，混蛋！撂倒了三个，没错。一个微不足道。小偷，婊子养的。我也会亲手把他父母给掐死的。他就躺在那儿，就那儿。"

维克多这才知道，奥斯坦金诺的群众当中已经出现了异己。但现在他管不了这些。

他猛地站了起来，仔细打量周围的一切。前方，离燃烧的大楼不远，有三具烧焦的尸体。在最矮的那具旁边，躺着一个圆圆的东西，像是第二个头颅——他认出来，这是头盔。

从建筑物里发出的枪响像是在一声命令之下突然停止了。一队装甲车沿着街道发出轰鸣。人们纷纷从树林里钻出来，站在了人行道上。

维克多扒开柔韧的树枝，跌跌撞撞地走向最后的希望。

"终于等到了！"一个女人的尖叫清晰可辨，接着一众声音喊道："安静，安静，不要吵！"

"图拉万岁！"陶醉的欢呼声，接着又是，"你闭嘴！"

第一辆装甲车赶上了技术军团，平稳地调转机枪，以一长串子弹射穿了第一级阶梯。第二辆装甲车重复了调转机枪的动作，连续发射在第二级阶梯上。

"我们的人！"戴帽子的老人高喊起来，用双臂搂住维克多的脖子。

"我们的人！"维克多叫道。

……九点过后，特维尔大街上的人明显多起来。

"盖达尔,盖达尔,盖达尔"的呼喊声不时闪现在交谈中。人们像在电视里能看到的那样行进。副总统盖达尔发表了特别讲话,召唤人们走到他身边去。

据莲娜观察,从地铁站里涌出的人们比她刚刚抵达时看到的那一批要单纯许多。他们一路上帮着加固路障,或是燃起新的篝火,解开彩带,系在固定有宣传集会用的麦克风的阳台下面,再或者就凑近篝火,打开收音机,互相认识,开启话题。莲娜加入了一个这样的圈子,她边听边观察。

"我从阿尔汉格尔斯克来,退了票,就是为了留在这儿。"一个背着鼓囊囊背包的大脸男孩用拳头护住胸部,像是摆出了拳击姿态,"在莫斯科好歹过的是正常人的生活。我记得,之前母亲带我坐过运香肠的火车。后来就完全不行了:要凭券吃饭。"

"当局一召唤,就要出大事,"一个矮小敦实的男子将自己裹在防雨帐篷里,"要出大事……"

"据'灯塔'报道,"一位身材丰满的老女人忧心忡忡地说,"哈斯布拉托夫将他的车臣手下都安置在'俄罗斯'酒店里。志愿兵一来,把他们都赶走了。"

"做得对!就应该赶走他们!"响起另外一个赞同的女声,"让他滚回车臣,在那里发号施令。"

"卢茨科伊肯定有问题,"一个男人嗓音嘶哑地说,手里牵着的短皮带上栓了一只牧羊犬。"所有的文件上都有他的签名,他所有的账户大家都心知肚明。他怕被抓进监狱。"

"他不应该被抓,应该被枪毙!"一名在闪烁的火光下脸看起来像斧头的男子反驳道。

"我兄弟在阿富汗战死了,到现在我都没缓过来。"一闪而过的光斑照亮了一张涂得鲜红的嘴唇和凹陷的脸颊,"他们还会回来的,再

第二十七章

次引发战争。"

"不止一场！马上就要引发世界大战了！"一名腰间别着几把军刀的小伙子大声说。军刀将他的牛仔裤拽得低低的，刀尖碰到了水泥地。

"我父亲和母亲家里都被没收了财产，"一个轻柔的声音低吟道，"父亲那时候才五岁。那些人来了，把房子砸了，所有人都摔在雪地上。四个孩子里只有他一个活下来了。我有两个孩子，要是也碰上这种事情……"

"当局一召唤，就要出大事，"防雨帐篷里的男子重复道，"出大事……"

"别说丧气话！"有人怼了他。

牧羊犬不安地打颤，好几次冲着火堆狂叫。

"吉姆，安静！"

"没有武器，就把红辣椒磨成粉！"大妈呵呵笑着，火光照亮了她欢快的脸。

一位像教导主任的女子摇动她那高高的发髻，在建筑物上投下神奇的阴影："那里有的是真正的法西斯。他们戴万字袖章的。"

"注意，注意，德国人来了！"黑暗中传来女孩哧哧的调笑声。

"是真的万字袖章！""教导主任"生气地继续说，"我的父亲在战斗中牺牲了。我看了电视，觉得恶心。上帝啊，他们真有纳粹标志和机关枪。"

"就是做生意，即使不大，但也是自己家人好说话，"一个戴着皮帽的小壮汉咬牙切齿地说，"全是交易。他给所有人都打了招呼，他们答应要袒护他。"

"小偷！"牵着狗的男子又发声了，"上千名议员，我的妈呀，抱着工资、房子跟'伏尔加'牌车子不放……"牧羊犬猛烈地抖动了一下,狂吠起来,又引发了新一轮的狗叫。"吉姆,嘘!"

现在,轮到莲娜不寒而栗了。她似乎认出了这个声音,准确些说,不是声音,而是语调。呵斥狗的那声叫喊。人群实在太挤了,根本看不到那个嘶哑声音的脸,她只能仔细分辨他说的每一个字,来判断到底是不是他。

阳台上,一名动容的女子正对着麦克风讲话:"你好,莫斯科!"街上一片喧嚷,牧羊犬在吠叫,人们在咒骂,"教导主任"提出要求:

"把你的狗牵走!已经够吵的了。"

主人嘶哑地低吼了一声,牵着狗离开了人群,莲娜也溜了出来,紧紧地跟着他们。

看起来很像,只是胖了许多,个子似乎也变矮了。昏暗的光线和逝去的岁月让她无法准确地辨认狗的主人。她可能到最后也认不出来,要不是那人自己吃惊地叫起来:

"莲娜!"

"科斯佳!"

"莲娜,你一点都没变!"

他已经不像过去那样板正利索了,剃掉了黑色的小胡子,只有那突出的、黑葡萄般的眼睛还是跟以前一样,她在黑暗中就看到了这双眼睛。他们热烈地交谈,互相抢着说话,仿佛并没有发生过任何不美好的事情,并且他们的相遇也不是在巷战时,而是在日常生活中。

"结过婚,又离了,没孩子。早就不在学校工作了。在一家公司当保安。从'舒金'站搬来的,住在这边,不远。但是,你看,还是跟从前一样喜欢狗……你呢,你怎么样,莲娜?"

"有丈夫,有女儿,住在郊外。"

"莲娜,我们有多久没见面了?"

"大概有十五年了,还是更久?不,我瞎说什么,当然是更久。

第二十七章

最后一次见,我记得,是在电梯里。那时候我还怀着孕,现在女儿都十五岁了。"

"难以置信!"

"我就是听到这个声音很耳熟。想着:是你,不是你……"牧羊犬挑剔地嗅闻着她的膝盖。

"别害怕,吉姆不会伤害你的。我经常会想起你……很频繁。真的,莲娜,是我的错……"

"忘了吧。我们那时候是苏联时代。哎,那时候我们究竟在忙些什么呀!如今的年轻人根本就不会明白。"

他们排进了一个原本不长、但迅速壮大的买汉堡和雪碧的队伍,就在最近的"麦当劳"旁边,每人都拿到了一个纸包和一杯纸质饮料。

"莲娜,"他眼中黑色的钻孔直直地盯着她,一眨都不眨,"我多想让时间倒流。我无论如何都不会放你走的……"他的舌头伸到外面,舔了舔原先有黑色小胡子的地方。

"当心欲望。"她开玩笑地说。

"为什么?"

"要是时间真的回来了呢?"

"不会回来了。我们去把他们[1]消灭吧!"

突然,从附近的某个地方传来了手风琴声,有人在唱歌,歌声欢快而清晰:

> 我的心上人儿他犯了傻
> 偏要把哈斯布拉托夫爱

---

[1] 译者注:指暴乱的群众。

> 于是我便对他说：再见
> 让你一个人尽情地深陷！
> 嗨！

唱歌的是一个老头儿，特意站在那些发放食物和饮料的姑娘们旁边。

"自己编的。"他对周围人答道，心满意足地鞠了一躬，随后又挺出满是肌肉的胸膛，再次打开胸腔：

> 我的心上人儿支持鲍里斯
> 他向我把毒誓发……
> 要是你敢站卢茨科伊
> 那我便不再把你爱！
> 嗨！

有位老奶奶正沿着队伍灵活地一路往前小跑。在窗户和路灯射出的昏暗光线下，莲娜吃惊地发现，她的肩膀上垂下了一面巨大的、皱巴巴的红旗，与此同时，莲娜听见了她似乎喘不过气来的尖叫声：

"刽子手！"

"垃圾。"科斯佳一边说，一边胃口大开地咀嚼。

"刽子手！该死的刽子手！刽子手！"

人们开始推搡她，拉扯着红旗："离开这里！""蹦跶个不停！"，狗叫起来，而她在破旧的雨衣下浑身紧绷，顽固地高喊着，混杂了淋湿的喜悦：

"刽子手！"

"必须救她出来。"莲娜说。

第二十七章

老头儿将手风琴放在一堆纸包中间,伸出双臂向举旗者迎面走去,像是要邀她共舞,实则突然一脚踹在她的腹部。她毫不慌张,用旗杆照着他的头部狠揍了一下。人们像一锅粥似的在他们周围旋转,已经迅速开始朝街垒方向移动了,不一会儿,一声哀嚎传到了莲娜耳中,淹没了其他所有声音。

有人把收音机的声音调大了一些:

"奥斯坦金诺的围攻仍在继续。武装分子成功烧毁了自动化检测系统-3的技术中心,引起的火灾威胁到大楼里的守卫者和记者们的生命安全。"

一阵耀眼的车灯闪过,从人群中驶过一队黑色的小轿车,逐渐消失在大门里面。

"去奥斯坦金诺的车,"传来一个年轻而欢快的嗓音,"我们在召集车辆——保卫奥斯坦金诺。"

"我们或许该去奥斯坦金诺?"莲娜失神地问。

"你疯了么?你想被杀?"科斯佳反问道。

"那里需要人。"年轻人满怀信念地回应。

"让我们拭目以待吧。"莲娜说。

"那里在发生枪击,"科斯佳说,"我要跟狗在一起!狗和我在一起!但车上不能带狗。"

"哪怕是带着鳄鱼呢,"年轻人反驳,"现在是战时策略。"

"不,我要去,拉耶齐卡,我要去,"莲娜听见一个胆怯而颤抖的声音,"他们就待在那里,可怜的人们,等着被烧死。而我们等于抛弃了他们。我真的看不下去了。"

"我也去,叶尔卡!"一个嘶哑的嗓音坚定地说,说话的人已经不年轻了,"这些混蛋没有退缩,他们都在那儿。"

"去奥斯坦金诺的车!"年轻人的喊声更加响亮和急切了,"谁要去奥斯坦金诺？"

"我去。"莲娜没忍住，在黑暗中举起了手。

"等等！"科斯佳紧紧拽住了她的胳膊。

她半转过身，一字一顿地问：

"你想怎么样？"

"别去，莲娜！"

"你都忘了外面在发生些什么了吧？"

"你觉得我软弱？"

那个很久以前由怨恨留下的创伤又开始隐隐作痛，她打起精神，轻轻地挣脱出来，故意压低声音，不露声色地说：

"不知道……"

当他们穿过路障时，一个声音从阳台传来：

"莫斯科的市民们！"莲娜回头一看，看见在头顶探照灯强烈的白光下，飘扬着三色旗以及市长那颗像西瓜一样敦实圆润的光头，"暴乱会被压制下去！白宫将被摧毁！"

回答他的是一片急速而浑浊的噪音，像是在人群上方飞过的榴弹。

……第三辆装甲车连射了第一和第二级阶梯，平稳地上下移动机枪。

大楼里没有人开枪，显然是不想冒险与装甲车的技术一争高下。

"乌拉！"

人们兴奋地大喊，挥舞手臂，转移到了机动车道上，有人从怀里掏出圣安德鲁旗，在头顶挥舞转圈。

第五辆装甲车将机关枪转向右边，对准小树林，其他的几辆车也照做了。就在此时，维克多仿佛听到了善良而强大的野兽们对与它们交好的人们发出的善意嘲笑，他仍在挥动手臂，但已经从人行道退到了草坪上，装甲车的队列在离他只有几米远的地方轰隆驶过。

第二十七章

他倒地的时候是侧身的,于是便翻了个身,在震耳欲聋的射击声中往前爬,试图消失,死去,同土地融为一体。他被人踩踏,有人绊倒在他身上,上面不断有人摔倒、压在他身上,但他还是一刻不停地向前爬,直至意识到他的脸埋进了厚厚的树根里,牙齿正碾磨着苦涩的橡树叶。

为什么要对着人群开枪?或者说:为什么一开始是朝着大楼射击的?他们显然没有正确领会命令……

他坐在地上,背靠树干,望着自己爬来的方向,一面疯了似的将树叶撒在两腿上。树林里扫过一束刺目的白光,那是探照灯发出的像是手术灯似的强光。从扩音器里传来一个坚硬如铁的声音,跟那时候他听到的从黄色装甲车里传出的一个样:

"注意!所有人散开!注意!开火!"

"还警告一下。"维克多咧嘴笑了。下一秒钟,空气便被震耳欲聋的"哒哒哒哒""哒哒哒哒"声碾成了碎片。"谁……打中谁了……"他想。

他抬头朝"哒哒"声传来的方向望去:树林上方低低盘旋着一架直升机,从那上面不断掉下一个个燃烧的包裹,掉落下来时半边天空都被照亮了。"炸弹?没有爆炸。照明弹。"

近处响起一名男子的喊声,断断续续的,但激情四射,像是竞技比赛评论员:

"噢,跑了,跑了!"

"干得漂亮,干得漂亮!扔了一个瓶子!"

"又一个!"

"看呐,倒下了。"

"该死,没烧起来。"

"打他!他在打他!"

"又是一个！"

"打死了！他把他打死了！你看到了么？"

"该死！我们的指挥官上哪儿去了？"

"都这么久了……"

"把我们带到这儿来，自己却……"

"这些……垃圾……"

"我们为他们欢呼，他们却倾轧我们……"

"倾轧？"维克多在脑中反问了一句，不过也许问出了声，汹涌的忧伤汇成一股冰流灌入他的灵魂，"怎么倾轧的呢？""怎么射击的，就是怎么倾轧的。"他自问自答道。

现在必须选择：或是送死，或是逃离。

他又开始朝前爬行了，尝试沿着右侧到达树林的边缘，从那儿就可以逃离这里了。

"注意！所有人散开！注意！开火！"

"哒哒哒哒，哒哒哒哒！"

靠近街道一侧的行人越来越多了；大部分人都挺直站着，有些人围成一堆堆的，热烈地讨论着什么。

"他们为什么不离开？"

他为自己在地上爬感到很羞愧。人们时不时问他："受伤了么？"他爬起来，弓着背从一棵树小跑着挪至另一棵，生怕被人群看见。

"他们为什么留下来？他们要向谁证明什么呢？"

没有人再开枪了。空荡荡的街道从树林的边缘隐约可见，还有一具昏暗的尸体，躺在白色的斑马线上，微风轻轻拂动那烟灰色的头发。

"这发色！难道是记者？真是他？"可是没法看清脸。维克多站起来仔细辨认了一会儿，当风再次掀起那堆头发时，他浑身发冷。"够

第二十七章

了,赶紧离开!"

从后面传来一阵高八度的说话声。

"没走……真是个奇迹……我要走了……休息休息……但战争……战争才刚刚开始……"

"兄弟!"身后又是一声喊。

从小树林里跌跌撞撞走出三个人,赶上了他。其中两个气喘吁吁地拖着第三个人,那人像垫子一样直挺挺垂着。

"帮帮我们!"穿深色夹克的家伙喘着粗气。

"你们要把他抬哪儿去?"

"前面,"穿浅色夹克的那位也喘着粗气,"那边有车。"

那人的腿被弯折成一个奇怪的角度,一条裤腿卷了起来,浑身是血,没穿鞋子。

维克多牢牢抓住伤者,然后他们一行人以最快的速度朝前跑去。

他们在红色的路灯下放慢了脚步:几股液体疾速落在沥青马路上,分散成鲜红的大滴。

"他的腹部……中弹了!"黑暗中的那个人提示道,"血从背后一直流到……"

"只要他不会流血而死就行!"那个穿浅色夹克的家伙说,"行了,我们继续走。"

一路上,他们越来越频繁地碰到围成一堆一堆的人群,他们全都面向电视中心,似乎在等待着什么。

远处又传来扩音器里坚硬如铁的声音,空气被连发的子弹撕成了碎片,树林上方展开了一个宽大的红色扇形区域,像是烟花的形状。

"哎!缓一缓……"穿深色夹克的家伙放慢了速度,换了口气,"别扔下他!"他有些责备地晃了一下手中紧捏的一条腿,伤者的身体也随之晃了一下,"狗屎,也算是个人!还要为这种狗屎操心。"

"为什么说他是狗屎?"维克多问。

大楼两侧又响起了枪声,同样让人联想到烟花——闪亮交错的细线划破了天空。

"因为,你知道他冲到装甲车前面喊了啥么?'为了斯大林!'把大家全部惊呆了。"

"你站哪一边?"

"站哪边,站哪边……站叶利钦啊,还能站哪边。看了电视,就来这儿了。拯救什么民主制……谁知是来救这些……"

"我哪边也不站,"穿浅色夹克的家伙澄清道,"我从地铁站一出来,就听见枪响声,于是就走近了想看看。嘿!准备好了么?"

"可不!"穿深色夹克的人答应着。

"这不是我们拖出来的第一个了!"浅色夹克解释道,"自己差点儿都被震聋了。"

他们又加快了脚步,斜插过科罗廖夫纪念碑,转到了一个昏暗隐蔽的院子里。

"日古利"9型轿车的前灯亮了起来,两个穿着类似防护服的男子沉默地抬起伤者,放到了前座上。车门砰的一下关上了。

"去斯克里夫索夫斯基?"维克多习惯性地问,就跟平常一样。

"去白宫。"司机用干涩的声音回答。

"去那儿做什么?"

"我们有自己的医护人员,"坐在副驾驶的那位用吱吱的声音说,"我们不信任外人。"

轿车加速消失在黑暗中。

"一群废物,"深色夹克讥讽地笑了,"妈的,中午的时候还……中午还不相信会这样!冒着生命危险去救这群废物!"

"你呢,回去还是继续?"浅色夹克问。

第二十七章

"我继续。"维克多疲惫地说。

当剩下他一个人的时候,维克多清晰地感受到了身上每一处都火辣辣的,腿也磨破了。"我竟然光着脚……我竟然光脚从家里跑出来了。"其中一条裤腿像是树皮做的,凝结在血块里。谁的血?或许是奥列霞的血从绷带里渗透出来了?二,四,四,八,二,二,五。他记住了。应该去看她。太蠢了,他连她姓什么都没问。

现在应该回救援队加班。先别跟莲娜说。他会像不认识她一样,同她继续生活在一起。要是幸运的话,还能去找奥列霞。多好!塔尼娅长大了,不会多难受的……

得了吧,明摆的事儿,今天或者明天他就会跟妻子和解……他会继续忍受她,她也一样,所有的一切都将回到老样子……而塔尼娅是不容伤害的……

他一个人走了没多久,就看到路中间有两队人马正剑拔弩张地对峙,每队大概有三十人左右。

"这是在干吗?"他问一个两手叉腰的女孩儿,她的辫子上缠了几根五颜六色的彩带。

"坏人。"她冲对面那群人挥了挥手。

"那边是什么人?"

"红褐色人……"

"啊。"维克多走到了那边。

聚在一起的人堆里散发出汗味、酒精味、焦糊味、树叶的气味和血液甜丝丝的味道。

一个外套敞开的男人走到一小撮人前面开始大声发表讲话,他的拳头在黑暗中发出白光,像是发面馒头:

"议会被摧毁了,又怎么样呢?谁需要你们这群微不足道的人?你们的叶利钦会在你们身上擦鞋的!"

"他首先就会把你的脑袋砍掉。"有人冷冷地说,其他人在咔咔地笑。

"既然这么胆大,就过来啊!"

"你等着,这就过去!"

"别去!"从另一边传来一个女人的尖叫声,醉醺醺地拖长了所有的元音字母,"都是成年人了!就不能谈话解决么?"

"那我就说了!"男人空锤了一拳,"为什么要把议员们解散?"

"因为他们叫人腻味!"一个年轻人叫起来,获得了一片笑声的支持。

"正是!腻味死那帮骗子了!现在没有一点管控力!现在要夺走人民建设起来的一切!"

"人民,人民……"一个愤怒的高音故意模仿道,"人民在古拉格群岛上也建设,你们却对他们满腹牢骚。人民不站在你们这边!你们这群喝人民血的人!"

"你是犹太佬么?"维克多旁边的老太婆大声说,一面灵活地弯下腰去,很明显是在寻找可以投掷的东西。

"现在只要有一辆车,就能把你们全都装走!"男人挥舞着白色的拳头,仿佛在扔雪球。

"没关系,现在会有人载我们的!"他的同伴夸耀地高喊。

"这下我们走运了!"对面有人扯着嗓子大喊,"有军队支持我们!明天就让你们肝脑涂地!"

双方开始互相咒骂。

"法西斯!"

"贝塔尔人!"

"法西斯!"

"你们才是法西斯!"

第二十七章

"不,你们是!"

远处扩音器里响起了那个铁锈似的声音,机关枪又开始打了。

"畜生!"传来一个大胆而训诫味十足的声音,仿佛是从维克多过热的颅骨内部、从他夜里噩梦的最深处传出的,"警察被杀了,还有记者!"

"别胡扯,婊子!"他边叫喊,边上前了一步。

"你自己别胡扯!"

"对着平民……手无寸铁……用机关枪扫射!"维克多喘了口气,试图抓住空气,但不知为什么浑身发热。

"是谁先动手的?谁先犯的混?"

"别瞎说!"

"你自己别瞎说!"

"闭嘴,混蛋!"

一条狗突然咆哮起来,有人用嘶哑的嗓音威胁道:

"你怎么跟女人说话的,婊子养的?"

"你说我么?"维克多吃了一惊。

"还能说谁!"

维克多的后脑勺开始隐隐作痛。

"看我不掐死你!"他说着,用力冲着黑暗咧嘴一笑,随后便朝着狗叫的方向迎过去。

"试试看。"

双方都像在决斗之前一样吹起了口哨。

心脏敲打在太阳穴上,似乎做出了决定。

维克多向前走着,但对手却始终隐而未现——只有口哨声,只有犬吠声,这已经不仅仅是外部的黑暗了,而转为了内里的黑暗,紫色的、绝望的黑暗,忽然,他看到了瓦莲金娜,她正追在山羊后面绕着桌子跑。

一道闪电击穿了他的头部。

他晃了一下,既无助,又绵软,在一个女人的尖叫声中急速下坠,女人显然吓坏了,不停呼唤着他的名字。

第二十八章

"维嘉！维嘉！快叫救护车！"

两队人马融合在一起，形成了一支新的队伍，暂时忘记了仇怨。

"被杀了？"所有人都开始七嘴八舌地议论起来，"还是晕倒了？"

"狙击手？"有人提出了颇具经验的担忧，随后跳到一边跑走了。

"把他从路中间抬走，不然会被装甲车轧到的！"一名老妇人指挥道。

有人打开了手电筒。一个身形硕大的红发男子躺在柏油马路上。运动鞋不见了，解放了他的赤脚。

女人跪在地上，她俯下身，抚摸着他喉结颤动的颈部。

"莲娜，发生什么了？"带狗的男子哑着嗓子问。

"快去叫救护车！"

"这是谁？"

"我的丈夫！"

"我不明白！"

二十分钟以后，维克多被推入了救护车，他浑身从里到外都浸透了鲜血，莲娜陪着他一起去了最近的医院。

他一直没有恢复意识，死于十四日的凌晨。然而，就在他陷入完全的黑暗中时，莲娜意识到了这一点，差点儿晕厥，她扑到他身上，在他耳边低语着："原谅我！"她觉得，他蠕动的嘴唇是在表示同意。

"为什么不关注自己的身体？应该定期检查的，"面如土色、神情疲惫的医生说，"三十九岁……中风死还是年轻了点儿……"

十月四日这天，塔尼娅没有去上学。她在家看电视。

那天天气很好。妈妈几次打电话来，说爸爸出事儿了，她在陪他。让她在家待着。

坦克停在大楼对面的桥上，顶上的几层已经完全烧毁了。

雪白的白宫高耸入云，像是戴了一顶由黑烟聚拢而成的帽子，巨大而又脆弱。

白宫原本是由窗户组成的，让人联想到一本打了格子的练习册，又或者是亟待完成的填字游戏，但是现在——即便从远处也能看到——整栋楼已经没有一扇完整的窗户了。塔楼上的金色时钟冻结了，指针定格在十点零三分。高处的浓烟中飘扬着几面旗帜。大炮爬行着，吐出炮弹，从对应的窗户里不断冒出毛茸茸、脏兮兮的烟云。

塔尼娅坐着，将双手叠起放在腹部。

不久前，她才惊恐地反应过来，在她身上发生了什么。

关于参加所谓大规模群众骚乱的解释性说明：

我不认识我的外公，也从未见过我的父亲。很遗憾，我没能认识并且亲眼见到他们，这辈子是不可能了。我觉得，他们生活在了一个很有趣的时代。关于父亲，我一无所知，妈妈说他被车撞了。但关于外公，我倒是从妈妈和外婆那里听说了不少。外婆说，在他去世之后，她才明白，对她而言他有多么的重要，正因为如此，她才没有再嫁。妈妈说，对她来说，他直到现在都还活着，所以她也找了一个电工做丈夫。

外婆经常去给外公上坟——在普希金诺的新农村。他的名字不在

第二十八章

那一系列秋季事件的死亡名单里,但她却认为他才是真正的受害者。

我觉得,外公能够参与这样激烈的事件,还是很幸运的。

在我还是个孩子的时候,就一直在思考外公的命运,或许,正是这些想法推动了我走到大街上。

布里昂采夫·彼得[1]
于"水兵的寂静"
2013 年 6 月 24 日

---

1 译者注:"彼得"即"别嘉"。别嘉为彼得的小名。

译后记

燃烧大厦背景下的家庭画像
——谈沙尔古诺夫的《1993》

坦诚地讲，这是一部我翻得有些吃力的小说。年轻人之间的俚语、复杂的人物背景关系、遍布专业术语的细致描写、场景变幻莫测的对白……所有这一切再加上对那段历史时期的不甚了解，使我的翻译工作持续了近一年半的时间。不过，也正是因为磨合的时间足够久，我才有机会慢慢地靠近这位年轻作家的心灵，以一种倾听脉动的方式感受到他对于那个悲怆年代的记忆。

小说作者谢尔盖·沙尔古诺夫（Сергей Шаргунов）是一位八零后的年轻人，在 1993 年 10 月炮轰白宫事件发生的时候，他才刚满十三岁。沙尔古诺夫在接受采访时说，正是童年时期偶然在街上撞见的这一幕骇人景象，促使他写出了长篇小说《1993》。俄国诗人叶赛宁曾经写道"保持距离，方能看出宏大"（Большое видится на расстояние），这诗句无形中设定了评价历史事件所需遵守的时间尺度。而沙尔古诺夫无疑打破了这一规则——事件发生的 1993 年到该书出版的 2013 年仅仅过去了二十年，这在历史学家看来简直微不足道，要知道托尔斯泰在动笔写《战争与和平》时，距离 1812 年的卫国战争相隔了近半个世纪。急剧缩短与"宏大之物"的距离对于年轻作家而言既颇具诱惑力，也困难重重——研究史料的贫乏与自身经验的有限很容易使文学创作陷入史实堆砌的泥沼。沙尔古诺夫之所以能够成功地跨越这一难题，在很大程度上得益于他的多重社会身份：他是诗人、杂志社主编、社会活动家、电视台主持人，也是国家杜马议员中唯一的一名职业作家。新闻专业出身的他长期深入实地进行采访，掌握了大量不为人知的第一手资料，自小通过阅读充盈起来的文学心灵又将这些史料以一种人文关怀的方式编织起来。

小说名《1993》很难不让人联想到雨果的《九三年》，后者同样是一部将重大历史事件融入到个人传奇命运里的作品。作者在接受采访时也称，正是受到了雨果的启发，他才从众多备选的书名中定下了这一个。然而，《1993》的不同之处在于，小说中所有的人物都是资质平庸的普通人，大多数时候无法扼住自己命运的喉咙，就更不要说像朗德纳克侯爵和郭万司令那样改变历史潮流的前进方向了。小说中的男女主人公——维克多和莲娜，是莫斯科救援队的工作人员，他们生活中的其他人也都从事着最为平凡的职业——有的是钳工，有的是电焊工，还有的是司机。很显然，作者感兴趣的人群与大多数当下的俄罗斯作家不同：在乌利茨卡亚、瓦尔拉莫夫、托尔斯泰娅的作品中，占据中心位置的是受过良好教育的社会精英阶层——研究人员、大学教师、文学工作者甚至精神错乱者，他们虽然处在某种家庭关系里，却始终显得游离且淡漠，随时做好了出逃的准备。《1993》并不属此类。从小说的副标题"燃烧大厦背景下的家庭画像"便可看出，"家庭"对于沙尔古诺夫而言不仅仅意味着一种社会关系的组织形式，更是由相似基因筑成的坚实堡垒，为动荡时期的成员们提供庇护。正是在无数个这样普通家庭的生息繁衍中，俄罗斯的精神得以传承，描写与反映有血有肉的历史也成为可能。小说结尾别嘉的信似乎是对普希金《上尉的女儿》结尾处的一次呼应——原本作为家族信物保存下来的女皇来信在《1993》中变成了追寻真理、参与创造的信念，作品本身也由此自然地纳入到了俄罗斯的史诗型家庭小说传承中。

2001年，还是莫斯科大学新闻系学生的沙尔古诺夫发表了一篇名为《反对哀悼》(«Отрицание траура»)的文章，提出后现代主义必将为新现实主义所取代，而"现实主义与现实本身一起连续不断地更新着，总是奇迹般地要比后现代主义更加年轻。"[1] 此后，沙尔古诺夫便以小说家的身份不断实践着自身的理论，《1993》便是他近年来最具代表性的一部佳作。小说的情节并不复杂：维克多与莲娜是一对经人介绍而结合的年轻夫妻，他们俩从政治倾向到审美趣味都截然相反，即使女儿塔尼娅的出生也没能令他们的心更加贴近。1993年的十月事件爆发之后，维克多响应杜马议员的号召去了奥斯坦金诺，在那里碰巧遇到了走上街头阻止暴乱群众的妻子，因为中风引起心脏衰竭而死于她的怀中。这看上去是一个典型的现实主义框架内有关"他与她的真实故事"。然而，沙尔古诺夫的野心不止于此，与其说他想要返回到传统现实主义的黄金时代，不如说他更乐于构建一个新现实主义的世界，在那里社会不是作为个人命运的背景出现，而是以一种活生生的方式进入到个人生活，内化为某种代代相传的精神信条。这一设想在他的处女作长篇小说《受惩罚的男孩》(2002)中就已初具轮廓：女主人公的政治倾向与她本人的形象严丝密缝地贴合在一起，以至于要爱她就不得不接受她的激进立场。经过《禽流感》(2008)、《乌拉！》(2012)等作品的不断打磨，沙尔古诺夫终于通过《1993》达成了某种令人惊讶的平衡：政治立场之间的对立与人物性格深处的矛盾交织在一起，成为男女主人公相互吸引又走向分离的内在原因，

---

[1] 译者注：Шаргунов С. Отрицание траура // Новый мир, 2001, №12.

而副标题中极富现实寓意的"燃烧的大厦"意象则经由一系列"被火焰包裹之物"(如着火的无轨电车、火花四溅的地下管道、街垒附近燃起的一堆堆篝火以及响声轰隆的炮火)升华为结尾处永不息止的创造热望。

具体来说,沙尔古诺夫通过《1993》这部作品,在以下两个层面上实现了对传统现实主义的继承和超越:

首先是对不断变化着的人物性格所展现出的极大兴趣,尤其是那些主动做出道义上的选择并为此负责到底的人们。小说中的人物确实在关键时刻做出了自己的选择,且没有在历史的洪流中迷失方向:维克多置个人生死于不顾,参加了一系列示威游行活动,最终响应杜马议员的号召去了奥斯坦金诺电视塔;莲娜则在听到电视播报后毫不犹豫地去了特维尔大街,目的是"保卫民主",和她丈夫维克多支持的一方作斗争。除了两位主角,其他不知名的小人物(有的甚至只出现过一次)也都以实际行动表明了自身的立场,如自杀未遂被维克多救下的黑人,死于当局炮火下的摇滚青年娜塔莎和阿廖沙,跟莲娜有那么点相似的奥列霞——她在维克多生命的最后阶段给他带来了勇气和温暖……然而,与传统现实主义作品中具有自发觉醒意识的主人公不同,维克多和莲娜大多数时候是由一种自然力所推动的,他们在行动的初期并没有十分清晰的目标,随着情节的推进,他们才分别找到了属于自己的人群并跟随这些人确立了最终的阵营。或者可以说,沙尔古诺夫让他的主人公从高地上走下来进入到普通人中间,成为了他们的传感器,于是民众作为一个体验者的集合将感受反馈回主人公身上,令他原本并不强烈的体验瞬间变得深刻起来。这或许可以解释某些突然发生的转变,例如少年维克多在小伙伴的簇拥下克服了对死亡的恐惧,跳下十米高的跳水台,成年之后又在群情激愤的集会民众中发表了令自己都惊讶的宣言,以及对政治完全不感冒的莲娜在听到电视召唤之后突然走上街头加入请愿群众。这些看似普通的转变不仅改变了人物的命运轨迹，而且在不断叠加和倍增的过程中扭转了历史前进的车轮。特别是小说"序幕"里别嘉（维克多与莲娜的孙子）参与集会的细节和结尾处公开的他对此行动的说明，以一种首尾呼应的方式确认了人在历史进程中做出"主动选择"的重要性。事实上，社会作为一个活的有机体对人们产生的影响就在于不断要求他们做出选择，但这些选择很多时候不是在个体而是在世代生命的延续中完成的（就像别嘉完成了维克多未竟的事业一样）。选择一旦做出便意味着人们已经通过几代人的自我修正达到了与时代要求之间的短暂平衡，这一观点可以说是新现实主义所独有的。

其次，沙尔古诺夫继承了传统现实主义将重大政治历史事件作为叙事背景的一贯手法，却没有刻意追求史诗性的宏大，而是时常用最尖锐的笔触挑拨读者敏感的神经，警醒他们注意那些被遗忘的阴暗角落——因为这才是生活真实的面目。小说中有很多触目惊心的描写，例如躺在地下的流浪汉"远离其他人，以胚胎的姿势躺在地上。他身上分不出颜色的衣服像囚服一样，膝盖碰到了灰色的胡须，脑袋下面有一摊已经凝固干涸的暗红色血渍，扭曲的臀部旁边一块更大的液体正向四面流淌，泛着褐色的绿荧光。一群苍蝇围着他飞舞。"以及巷战开始后，伤亡惨重的情形："子弹交叉着飞过，在入口附近洒下耀眼的银色光线，在子弹轨迹形成的切割线下是潮湿如珍珠母贝的灯光。几具尸体静卧在灯光里，有些还是并排躺着的。所有的一切都沾满了黏稠的鲜血。死人的头部不知为何显得很硕大，又大又不自然。"这些画面无一不闪烁着真实而可怖的光泽，但与此同时，读者又可从中体味到一种别样的美感，这在很大程度上来自于画面中的色彩、构图和动静的对比。以严肃冷静的笔调勾勒现实，并借助于后现代主义的某些手法（如互文性、拼贴、审丑等）表现出来，是新现实主义不同于传统现实主义的一大特点。另外，小说中很多重要的场景描写具有象征性的含义，这一方面连缀起了以往的经典文本、拓展了作品的深度，另一方面加重了事件的悲剧性色彩，使得本来没有必然因果关系的事件之间产生了某种微妙的联系。例如，第一章的起首就出现了"燃烧着的电车"意象，在它周围包裹着惊恐的情绪、目击者的哀嚎以及救援者的司空见惯，它的一端连接了诗人古米廖夫笔下那辆"迷失在时间深渊中的电车"，另一端则串联起后文中各种"燃烧着的"物件，其中最具代表性的无疑是"燃烧的大厦"。这大厦既是支离破碎的布里昂采夫家宅，是炮火包围下的白宫，也是受尽苦难的俄罗斯，更是剧烈变化着的新世界。再如，维克多和他救援队的同事们每天都在与死神打交道，他们在布满暖气管和水管的地下总能发现上吊的死者。这一幕可以追溯到但丁在《神曲·地狱篇》中对自杀者森林的描写，但读到后来我们会发现，作者并没有谴责这些自杀者的意思，恰恰相反，他借维克多之口批判了那些在地面上浑浑噩噩生活的人，他们才是真正地死亡了。

　　死亡和永生也是这部小说隐匿的主题。"如果我们都会死的话，活着是为了什么呢？"塔尼娅式的疑问也是我们每个人的困惑。爱情是抵抗死亡的途径么？永生是指肉体不朽还是精神复活？肉体和精神之间存在此消彼长的关系么？……沙尔古诺夫试图借这部作品证明，宏大的真理主题并没有消失，不论在哪个时代，人们都会竭力探索他们存在的这个世界并尝试给出合理的解释，而所在世界的不断变化保证了这一探索将永不停息。这也是新现实主义文学想要带给我们的启示：不论这个世界从外表看来有多么破碎荒谬，它始终包含着所谓永恒价值的概念；永恒价值也从来不在于其本身，而在于追求它的艰难过程。

　　受时间和译者水平的限制，本书的翻译总有不尽如人意之处。目前,沙尔古诺夫的作品在意大利、英国、法国、塞尔维亚等国都有长篇译本,我国对他作品的介绍不多,仅限于杂志上的几个小短篇。希望本书可以起到抛砖引玉的作用,使这位年轻作家的优秀作品被更全面、更迅速地介绍到我国来,相信读者们一定会获得相当独特的阅读体验。

张煦

2020 年 9 月 24 日

于上海